BESTSELLER

🖬

Danielle Steel nació en Nueva York y estudió en su país y en Europa. Desde que en 1973 se editó su primer libro, *Going Home*, se ha convertido en la autora más leída de nuestro tiempo, con más de 440 millones de ejemplares vendidos en todo el mundo. Ha publicado cincuenta novelas, la mayoría de las cuales ha alcanzado el primer puesto en las listas de *best sellers* y, desde 1981, sus títulos aparecen ininterrumpidamente en la lista del *New York Times*. Su nombre figura en el libro *Guinness* de los récords por haber tenido tres obras en la lista de *best sellers* al mismo tiempo. Esta editorial ha publicado una amplia selección de su obra.

Biblioteca

DANIELLE STELL

Joyas

Traducción de
José Manuel Pomares

⊞ DeBOLS!LLO

Título original: *Jewels*
Diseño de la colección: Equipo de diseño editorial
Fotografía de la portada: © D. Boone/Corbis

Tercera edición: agosto, 2004

© 1992, Danielle Steel
© 1992, 2003 de la edición en castellano para todo el mundo,
  Grupo Editorial Random House Mondadori, S. L.
  Travessera de Gràcia, 47-49. 08021 Barcelona
© 1992, José Manuel Pomares, por la traducción

Printed in Spain – Impreso en España

ISBN: 84-9759-475-4 (vol. 245/26)
Depósito legal: B. 33.924 - 2004

Fotocomposición: Zero pre impresión, S. L

Impreso en Novoprint, S. A.
Energia, 53. Sant Andreu de la Barca (Barcelona)

P 8 9 4 7 5 4

Para Popeye

Tan solo se ama una vez en el espacio de una vida, una sola vez, que surge de repente, y nos acompaña para siempre... Tanto en la vida... como en la muerte, así... mi dulce amor, eres mío. Mi primer y único amor... para siempre.

De todo corazón,
OLIVIA

1

El aire de ese resplandeciente día de verano era sosegado, tanto que se podían oír los trinos de los pájaros o cualquier otro sonido a kilómetros de distancia. Sarah se sentó plácidamente a mirar por la ventana. El parque había sido trazado de forma brillante y estaba muy cuidado. Los jardines los había diseñado Le Nôtre, como hiciera con los de Versalles; las altísimas y verdes copas de los árboles daban un aspecto señorial al parque del *château* de la Meuze. El *château* tenía unos cuatrocientos años de antigüedad, y Sarah, duquesa de Whitfield, había vivido en él durante los últimos cincuenta y dos años. Se instaló allí con William, cuando apenas era una chiquilla, y sonrió al recordar los dos perros del guardián persiguiéndose en la distancia. Su sonrisa se acentuó al pensar en cuánto disfrutaría Max con los dos jóvenes perros pastores.

Siempre experimentaba una sensación de paz al mirar, allí sentada, el parque en el que tanto había trabajado. Era fácil recordar la desesperación de la guerra, el hambre interminable, los campos privados de sus habituales frutos. Todo había sido tan difícil, tan diferente..., y resultaba extraño. Nunca como ahora le quedaba tan lejano..., cincuenta años..., medio siglo. Bajó la mirada a sus manos, a los anillos de esmeraldas, enormes y perfectamente talladas, que casi siempre llevaba puestos, y se sorprendió al ver las manos de una anciana. Gracias a Dios aún eran bonitas, gráciles y útiles, pero eran las manos de una mujer de setenta y cinco años. Había vivido mucho y bien; demasiado, pensaba a veces; demasiado tiempo sin William y, sin embargo, siempre surgían más cosas que hacer, que ver, más cosas en las que pensar, planear y supervisar con sus hijos. Se sentía agradecida por los años transcurridos, y ni siquiera ahora tenía la sensación de que todo hubiera acabado. Siempre aparecía algún cambio imprevisto que afrontar, algún acontecimiento difícil de prever que exigía su atención. Era extraño pensar que todavía la necesitasen; menos de lo que creían, cierto, pero pese a esto acudían a ella con frecuencia, haciéndola sentirse importante para ellos, y todavía útil. Y, además, estaban sus hijos. Se emocionó al pensar en ellos y los buscó con la mirada, de pie ante la ventana, desde donde podía verlos llegar..., ver sus caras, sonrientes o disgustados al bajar del coche, y mirar expectantes hacia las ventanas. Era como si supieran con certeza que ella estaría eternamente allí, mirándolos. No importaba qué otra cosa tuviera que hacer; la tarde en que ellos llegaban indefectiblemente encontraba alguna tarea en su pequeño y elegante salón, mientras los esperaba. Incluso después de todos aquellos años, ya crecidos, se sentía conmovida por la ilusión de ver sus caras, y oír sus historias y problemas. Se preocupaba por ellos, los amaba como el primer día y, en cierta manera, cada uno de ellos representaba una parte del gran amor que había profesado a William. Fue un hombre ideal, mejor que una fantasía, que un sueño. Incluso después de la guerra era alguien con quien contar, un hombre que nunca olvidarían aquellos que lo hubieran conocido.

Sarah se apartó lentamente de la ventana y pasó junto a la chimenea de mármol blanco, ante la que solía sentarse las frías tardes de invierno, para meditar, tomar notas o escribir cartas a alguno de sus hijos. A menudo hablaba con ellos por teléfono: París, Londres, Roma, Munich o Madrid, y aun así, le encantaba escribirles.

Se detuvo junto a una mesa cubierta por un antiguo brocado descolorido, de bonita y antigua hechura, que había comprado años atrás en Venecia. Acostumbraba acariciar lánguidamente las fotografías enmarcadas dispuestas sobre la mesa, levantándolas para verlas mejor y, al mirarlas, revivía aquel momento..., el día de su boda. William se reía de un comentario hecho por uno de los invitados, mientras ella lo miraba sonriendo con timidez. Reinaba tanta felicidad, tanta alegría, que por un momento pensó que el corazón le iba a estallar de gozo. Lucía un vestido de encaje satinado de color beige, con un elegante sombrero calado del mismo color, provisto de un pequeño velo, y en las manos sostenía un ramillete de orquídeas de color té. Se casaron en casa de los padres de ella, en una pequeña ceremonia, a la que asistieron los mejores amigos de la familia. Casi un centenar de invitados acudió para participar en una recepción sencilla pero muy elegante. Esta vez no hubo damas de honor, ni criados de librea, gran ceremonia o excesos de ningún tipo; solo contó con su hermana para ayudarla, elegantemente ataviada con un traje sastre de color azul con iridiscencias y un estupendo sombrero, diseño exclusivo de Lily Daché. Su madre escogió un vestido corto de color verde esmeralda. Sarah sonrió al acordarse..., el vestido de su madre era exactamente del mismo color que sus dos extraordinarias esmeraldas. ¡Lo contenta que habría estado su madre con la vida de Sarah si hubiera vivido para verlo!

Guardaba también otras fotografías de los chicos cuando eran pequeños..., una espléndida de Julian con su primer perro, y otra de Phillip que parecía muy mayor, aunque apenas tenía ocho o nueve años, cuando estuvo por primera vez en Eton. E Isabelle en algún lugar del sur de Francia, en su adolescencia..., y ambos recién nacidos en los brazos de Sarah. William hizo las fotografías conteniendo las lágrimas que le brotaban de los ojos cuando miraba a Sarah con las criaturas. Y Elisabeth, tan pequeña, de pie junto a Phillip, en una fotografía tan amarillenta que apenas si podía verse con nitidez. Pero, como de costumbre, al mirar las fotografías y evocar esos días, a Sarah se le saltaban las lágrimas. La vida se había portado bien con ella, aunque no fue fácil, ni mucho menos.

Permaneció contemplando las fotografías durante un buen rato, reviviendo cada momento, acariciando aquellos recuerdos, aunque con cuidado de evitar los que fueran demasiado dolorosos. Suspiró, y se alejó de la mesa para volver junto a la ventana.

Era alta, de porte distinguido y espalda erguida, y movía

la cabeza con el garbo y la elegancia propios de una bailarina. Su cabello era blanco como la nieve, aunque antaño brillara como el ébano. Sus enormes ojos verdes tenían el profundo color oscuro de las esmeraldas. De entre sus hijos solo Isabelle tenía sus ojos, aunque no tan oscuros como los de Sarah. Pero ninguno de ellos poseía su fuerza y estilo, ni la fortaleza, determinación y entereza para afrontar lo que la vida le había deparado. Habían tenido una vida más fácil que la suya, y se sentía muy agradecida por ello. Aunque, por otra parte, se preguntaba si sus constantes atenciones no los habrían echado a perder, si no los habría consentido en exceso, contribuyendo así a convertirlos en personas débiles de carácter. No es que se pudiera decir que Phillip fuera apocado, ni Julian, ni Xavier... ni siquiera Isabelle. Y, sin embargo, Sarah tenía algo de lo que carecían todos ellos, una entereza de espíritu que parecía emanar de ella cuando se la miraba. Era un poder que la gente percibía fácilmente y que hacía que, la quisieran o no, todos la respetaran. William también era así, aunque más efusivo, y más claramente satisfecho de la vida y sus circunstancias. Sarah por naturaleza se mostraba más reservada, excepto en compañía de William. Él hizo florecer lo mejor de ella. Le había dado todo, como ella decía a menudo, todo en lo que se había interesado, deseado o necesitado. Sonrió mirando por la ventana los verdes jardines, recordando cómo empezó todo. Tenía la impresión de que apenas habían transcurrido unas pocas horas... días... Le parecía imposible que estuviera a punto de cumplir setenta y cinco años. Sus hijos y nietos vendrían a celebrarlo, y al día siguiente lo harían cientos de personas importantes y famosas. La fiesta le parecía una locura, pero sus hijos insistieron con obstinación. Julian lo había organizado todo, e incluso Phillip la había llamado una docena de veces desde Londres para asegurarse de que todo iba bien. Xavier le había prometido que vendría en avión para asistir a la fiesta sin importar donde estuviera, si en Botswana, Brasil o Dios sabe dónde. Ahora los esperaba, de pie junto a la ventana, con la respiración entrecortada, percibiendo la agitación de su espíritu. Llevaba puesto un sencillo vestido negro Chanel, algo viejo, pero de bonito corte. Con él hacían juego unas perlas que se ponía con frecuencia, y que asombraban a quienes las veían por primera vez. Le habían pertenecido desde la guerra, y si hubiera decidido venderlas ahora podría haberlo hecho por más de dos millones de dólares. Pero a Sarah nunca se le habría pasado por la cabeza; las llevaba simplemente porque les tenía cariño, porque eran suyas, y porque William insistió en que las conservara. «La duquesa de Whitfield ha de tener perlas como estas, amor mío.» Él había bromeado cuando se las probó sobre un viejo suéter de su marido, que usaba para trabajar en el jardín.

—Es una terrible vergüenza que las perlas de mi madre fueran tan insignificantes en comparación con estas —comentó.

Ella se rió, y entretanto, él se acercó y le dio un beso. Sarah Whitfield tenía muchas cosas bellas, su vida había sido maravillosa, y era una persona realmente extraordinaria.

Al apartarse de la ventana, impaciente por la espera, oyó el primer coche, que se acercaba por el último recodo del camino. Era una interminable limusina Rolls Royce de color, con cristales tan oscuros que le fue imposible ver quién viajaba en el interior. Sin embargo, ella conocía todos los coches a la perfección y, mientras lo observaba, esbozó una sonrisa. El vehículo se detuvo justo frente a la entrada principal del *château*, debajo mismo de su ventana. En ese instante se apeó el chófer, quien al punto abrió la puerta trasera, de donde apareció él. Al verlo, ella no pudo evitar un gesto de complacencia. Se trataba de su hijo mayor, con el porte distinguido que le caracterizaba y con aires muy británicos; se esforzaba por disimular la inquietud que le provocaba la mujer que salió del coche detrás de él. Esta vestía un modelo de seda blanco, zapatos de Chanel, un peinado muy elegante, y exhibía unos diamantes que destellaban más que el sol. Sarah volvió a sonreír, mientras se alejaba de la ventana. Tan solo era el comienzo de unos días interesantes, frenéticos... Era difícil de creer, pero ella no podía dejar de preguntarse qué habría pensado William de todo aquello... Todo aquel alboroto a propósito de su septuagésimo quinto aniversario... setenta y cinco años... y se habían hecho tan cortos... Qué vida tan intensa...

2

Sarah Thompson había nacido en Nueva York en 1916; era la más joven de dos hermanas y, aunque quizá menos agraciada, era prima sumamente apreciada y respetada por sus tíos, los Astor y Biddle. Su hermana Jane contrajo matrimonio con un Vanderbilt a la edad de diecinueve años, y Sarah se comprometió con Freddie van Deering dos años más tarde, el día de Acción de Gracias. Por aquel entonces, ella también tenía diecinueve años, y Jane y Peter acababan de tener su primer hijo, James, un niño adorable de rizos dorados.

El compromiso matrimonial de Sarah con Freddie no supuso ninguna sorpresa para su familia, ya que todos conocían a los Van Deering desde hacía años; y aunque habían tratado menos a Freddie, pues había pasado varios años en un internado, lo habían visto con frecuencia en Nueva York, cuando él estudiaba en Princeton. Se graduó en junio del mismo año en que se comprometieron, y desde aquel solemne acontecimiento destacó por su afición a las fiestas, aunque también encontraba tiempo para cortejar a Sarah. Era un joven inteligente y dinámico, y siempre gastaba bromas a sus amigos, con el firme propósito de que todos, y en especial Sarah, se lo pasaran bien allí adonde fueran. Rara vez se le veía serio y siempre solía bromear. A Sarah le fascinaba su galantería y le divertía su buen humor. Era una persona alegre, de conversación agradable, y sus risas y su buen humor acababan por contagiarse. Todos querían a Freddie, y a nadie parecía importarle su falta de ambición para los negocios excepto tal vez al padre de Sarah. Sin embargo, todos sabían muy bien que podría vivir sobradamente de la fortuna familiar aunque no trabajara nunca. Pero el padre de Sarah consideraba necesario que un joven como él entrara en el mundo de los negocios, con independencia de su fortuna o la de sus padres. Él mismo tenía un banco y, justo antes de hacer oficial el compromiso, habló largo y tendido con Freddie acerca de sus planes. Su futuro yerno le aseguró que tenía intención de labrarse un porvenir. De hecho, le habían ofrecido un puesto excelente en J. P. Morgan & Co., en Nueva York, además de otro incluso mejor en el banco de Nueva Inglaterra en Boston. Una vez pasado Año Nuevo, Freddie estaba dispuesto a aceptar uno de los dos; esa decisión agradó sobremanera al señor Thompson, y fue entonces cuando consintió que el noviazgo siguiera adelante.

Ese año, las vacaciones fueron muy divertidas para Sarah. Se celebraron interminables fiestas para festejar su compromiso, y noche tras noche salían, se divertían, se veían con los amigos y bailaban hasta altas horas de la madrugada. Patinaban con despreocupación en Central Park, organizaban comidas, cenas y numerosos bailes. Sarah advirtió que, durante ese período, Freddie parecía haberse aficionado a la bebida, pero por mucha que fuera la cantidad de alcohol ingerida, siempre se mostraba inteligente, educado y sumamente encantador. Todo el mundo en Nueva York adoraba a Freddie van Deering.

La boda estaba prevista para junio, y ya en primavera Sarah desarrolló una actividad incesante supervisando la lista de boda, y acudiendo a las pruebas para su vestido de novia así como a numerosas fiestas con los amigos. Sentía como si la cabeza le diera vueltas. Durante esos meses, rara vez conseguía estar a solas con Freddie, y daba la impresión de que su única ocasión de encuentro eran las fiestas. Freddie ocupaba el resto del tiempo con sus amigos, quienes lo «preparaban» para el decisivo paso de la vida en matrimonio.

Sarah era consciente de que deberían haber sido momentos de alegría, aunque en realidad no era así, tal y como le confesó a Jane en mayo. Era un verdadero torbellino de acontecimientos, todo parecía fuera de control y ella estaba totalmente agotada. Sarah acabó por llorar una tarde, después de probarse por última vez el vestido de novia, mientras su hermana le entregaba muy dulcemente su pañuelo bordado y le acariciaba con suavidad el pelo largo y oscuro, que le caía por los hombros.

—No pasa nada. Le sucede a todo el mundo antes de casarse. Se supone que todo esto es muy bonito, pero en realidad es muy difícil. Pasan tantas cosas de golpe que no tienes un solo momento de tranquilidad para pensar, sentarte o estar a solas... Yo también lo pasé muy mal antes de mi boda.

—¿De veras? —preguntó Sarah, volviendo sus enormes ojos grises hacia su hermana mayor, que acababa de cumplir veintiún años, y que a sus ojos aparecía infinitamente más juiciosa.

Fue un gran alivio para ella saber que alguien se había sentido igual de nerviosa y confusa antes de casarse.

De lo único que Sarah no tenía duda era del amor que le profesaba a Freddie, de la clase de hombre que era y de la felicidad que experimentarían una vez casados. Lo que sucedía ahora era que habían excesivas diversiones, demasiadas distracciones, fiestas y confusión. A Freddie solo le preocupaba salir y pasárselo bien. No habían mantenido una conversación seria desde hacía semanas, y él todavía no se había pronunciado sobre sus proyectos profesionales, tan solo se limitaba a decirle que no se preocupara. No se molestó en aceptar el trabajo del banco a primeros de año porque había tanto que hacer antes de la boda que un empleo hubiera distraído demasiado su atención. Por aquel entonces, Edward Thompson ya tenía una impresión muy desfavorable de los planes de trabajo de Freddie, pero se abstuvo de comentárselo a su hija. Había hablado de ello con su mujer, y Victoria Thompson estaba segura de que después de la boda Freddie sentaría la cabeza. Al fin y al cabo, había estudiado en Princeton.

La boda tuvo lugar en junio, y los minuciosos preparativos valieron la pena. La ceremonia, preciosa, se celebró en la iglesia de Santo Tomás, en la Quinta Avenida, y el banquete se ofreció en el Saint Regis. Asistieron cuatrocientos invitados que se deleitaron con una música maravillosa y una comida que resultó exquisita, y las catorce damas de honor estaban encantadoras con sus vestidos de organdí, de un delicado color melocotón. Sarah llevaba un primoroso vestido de encaje blanco, con una cola de seis metros, y un velo de encaje del mismo color, que había pertenecido a su bisabuela. Estaba realmente arrebatadora. El sol brilló radiante todo el día, y Freddie no podía estar más atractivo. Fue, en todos los sentidos, una boda perfecta.

La luna de miel fue también casi perfecta. A Freddie le habían prestado una casa y un yate en el cabo Cod, y fue allí donde pasaron las primeras cuatro semanas de su matrimonio, completamente solos. Al principio Sarah se mostró un tanto tímida, pero Freddie era amable y atento, y era un placer estar con él. Mantenía a todas horas la compostura, algo inusual en él. Ella descubrió que su marido era un magnífico navegante. Por encima de todo, se sentía feliz al comprobar que ya no bebía como antes, algo que le había venido preocupando desde antes de la boda. Tal y como él le dijo, tan solo se trataba de momentos de diversión.

La luna de miel fue tan maravillosa que sintieron pesadumbre al tener que volver a Nueva York en julio, pero la gente que les había prestado la casa estaba a punto de regresar de Europa. Sabían que su deber era empezar a organizarse e irse a vivir a su casa, un apartamento que habían encontrado en Nueva York, en la parte residencial de la zona este. De todas maneras, pasarían el verano en Southampton con sus padres, hasta que las reformas en la decoración y otros detalles quedaran listos.

Una vez llegaron a Nueva York, después del día del Trabajo, Freddie no encontraba el momento de ponerse a trabajar. A decir verdad, estaba demasiado ocupado para hacer nada que no fuera ver a los amigos. Y parecía que la bebida volvía a ser una de sus aficiones preferidas. Sarah ya se lo había notado durante el verano, cada noche que él volvía de la ciudad. Y ahora que ya se habían mudado al apartamento, era imposible no darse cuenta. Aparecía borracho cada tarde, tras pasar el día con los amigos. A veces, ni se dignaba a aparecer por casa hasta bien entrada la medianoche. En alguna ocasión Freddie la llevó a bailar o a alguna fiesta; él era siempre el centro de atención, el mejor amigo de todo el mundo, porque todos sabían que estar con Freddie van Deering era sinónimo de pasárselo en grande. Todos menos Sarah, que empezó a sentirse desesperadamente infeliz mucho antes de Navidad. Nunca más volvió a mencionar la posibilidad de trabajar, y siempre que Sarah intentaba abordar el tema no recibía de él más que desaires, por mucho tacto que empleara al hacerlo. No quería saber nada que no fuera beber o divertirse.

Al llegar enero, a Jane le extrañó el pálido aspecto de su hermana, y la invitó una tarde a tomar el té para averiguar qué le sucedía.

—Estoy bien —dijo.

Quiso restar importancia a las muestras de preocupación de su hermana pero, una vez servido el té, su cara palideció aún más y no pudo terminar de bebérselo.

—Cariño, ¿qué sucede? ¡Dímelo, te lo ruego! ¡Debes hacerlo!

Jane sabía desde antes de Navidad que algo no iba bien. Sarah nunca estuvo tan reservada como en la cena de Nochebuena en casa de sus padres. Freddie los cautivó a todos en el brindis con aquellos versos dedicados a toda la familia, incluyendo a los criados, que trabajaban en aquella casa desde hacía años, y a Júpiter, el fiel perro de los Thompson, que se mordía la cola mientras los demás aplaudían encantados con el poema. Nadie pareció darse cuenta de que llevaba ya algunas copas más de la cuenta.

—En serio, estoy bien —insistió Sarah.

Y entonces rompió a llorar, refugiándose entre los brazos de su hermana y, entre sollozos, admitió que las cosas no funcionaban bien. Era desgraciada. Freddie nunca estaba en casa, siempre estaba fuera, en compañía de sus amigos. Sin embargo, no comentó su temor de que algunas de aquellas amistades pudieran ser mujeres. Había intentado por todos los medios atraer la atención de su marido para pasar más tiempo juntos, pero él no parecía tener el más mínimo interés. Bebía más que nunca. Se tomaba la primera copa antes del mediodía, incluso a veces nada más levantarse por la mañana, y continuaba insistiendo en que no había motivo de preocupación. La llamaba «su pequeña niña remilgada», y le divertía mostrarse indiferente cuando manifestaba inquietud por él. Para colmo de desgracias, acababa de recibir la noticia de que estaba embarazada.

—¡Pero eso es maravilloso! —exclamó Jane, con satisfacción—. ¡Yo también! —añadió, y a Sarah se le escapó una sonrisa entre las lágrimas, al verse incapaz de explicar a su hermana mayor lo desdichada que se sentía.

Jane llevaba una vida distinta por completo. Su marido era un hombre serio y respetable, feliz de estar casado con una mujer como la suya, mientras que, probablemente, no fuera ese el caso de Freddie van Deering, un hombre encantador, divertido e ingenioso, pero con una manera de ser incapaz de entender el significado de la responsabilidad. Y Sarah empezaba a sospechar que no la tendría nunca. Todo continuaría como hasta entonces. Hasta su padre compartía esa creencia, pero Jane seguía convencida de que todo acabaría por salir bien, especialmente cuando hubiera nacido la criatura. Ambas se dieron cuenta de que sus respectivos embarazos se habían producido exactamente al mismo tiempo (de hecho, era solo cuestión de días), y esa pequeña coincidencia alegró a Sarah durante unos instantes, antes de volver a su solitario apartamento.

Como era de esperar, Freddie no estaba en casa. No regresó en toda la noche, sino al día siguiente, al mediodía, y le dijo que estaba arrepentido, que la noche anterior había estado jugando al bridge hasta las cuatro de la madrugada, pero que luego no había querido volver a casa por miedo a despertarla.

—¿Eso es todo cuanto puedes decirme? —inquirió Sarah con vehemencia.

Por primera vez, ella le volvió la espalda, enojada, y él se quedó pasmado ante el tono de sus palabras. Su esposa siempre había tenido un comportamiento muy comedido, pero esta vez parecía estar enfadada de verdad.

—¿Qué quieres decir con eso? —se extrañó él.

Fue incapaz de decir nada más, y se quedó allí, con la boca abierta, como un pequeño Tom Sawyer, con aquellos ojos tan azules e inocentes abiertos como platos, y su pelo castaño.

—¿Y tú me lo preguntas? ¿Qué haces tú cada noche fuera de casa hasta las dos de la madrugada? —le espetó con rabia, dolor y decepción.

Él sonrió como un crío, convencido de que podría seguir engañándola durante toda la vida.

—A veces te pones a tomar unas copas y no te das cuenta de la hora. Eso es todo. Y me parece mejor quedarme donde esté que no volver a casa si tú ya estás durmiendo. Ya sabes que no quiero molestarte, Sarah.

—¡Bueno! ¿Y qué te crees que haces? Siempre te vas con los amigos, y regresas cada noche borracho. Se supone que un marido no debe comportarse así.

Estaba a punto de estallar.

—¿Ah, no? ¿Piensas por casualidad en tu cuñado, en la gente normal que trata de ser algo en la vida y se empeña en ello con ilusión? Lo siento, querida, pero yo no soy Peter.

—Nunca te he pedido que lo fueras. Lo que me gustaría saber es qué clase de hombre eres tú. ¿Con quién me he casado? Nunca nos vemos como no sea en una fiesta y, entonces, te dedicas a jugar a las cartas con tus amigos, a hablar de vuestras cosas y a beber. Y cuando te marchas por ahí..., ¡sabe Dios adónde vas! —exclamó con tristeza.

—¿Acaso preferirías que me quedara contigo en casa?

Parecía como si aquella situación le divirtiera y, por primera vez, Sarah observó algo mezquino y perverso en sus ojos. Pero ella estaba dispuesta a enfrentarse con él, a reprocharle su ritmo de vida, su adicción al alcohol.

—Pues sí, preferiría que te quedaras conmigo en casa. ¿Acaso te parece algo tan difícil de entender?

—No, me parece más bien estúpido. Te casaste conmigo porque yo era una persona con la que todo el mundo se lo pasaba bien, ¿no? Si hubieras querido un tipo aburrido como tu cuñado me imagino que lo habrías encontrado. Pero el caso es que me quisiste a mí. Y ahora quieres convertirme en alguien como él. Pues bien, querida, puedo asegurarte que eso no sucederá nunca.

—¿Y qué ocurrirá entonces? ¿Te pondrás a trabajar? El año pasado se lo prometiste a mi padre y no lo has hecho.

—No necesito trabajar, Sarah. Empiezas a cansarme. Deberías alegrarte de no estar casada con un hombre que se vea obligado a arrastrarse por ahí buscando un trabajo penoso con el que poder alimentar a los suyos.

—Pues mi padre piensa que te iría muy bien. Y yo también lo creo.

Fue lo más valiente que le había dicho hasta entonces. No en vano se había pasado en vela toda la noche anterior, pensando en lo que le habría de decir cuando regresara. Tan solo anhelaba que la vida se portara con ella un poco mejor, tener un marido de verdad antes de que naciera la criatura.

—Tu padre pertenece a otra generación, y tú pareces tonta.

Sus ojos tenían un brillo especial.

Al oír estas palabras, pensó que ya debía habérselo figurado desde el momento en que lo vio entrar por la puerta. Había bebido. Solo era mediodía, pero su embriaguez era evidente. Se lo quedó mirando y sintió asco.

—Quizá sería mejor discutirlo en otro momento.

—Creo que es una buena idea.

Ese mismo día volvió a salir, pero regresó antes de lo habitual. Al día siguiente hizo el esfuerzo de levantarse temprano, y solo entonces cayó en la cuenta de lo mal que lo estaba pasando su mujer. Incluso llegó a asustarse cuando hablaron del tema durante el desayuno. Todos los días acudía una mujer a limpiar la casa, planchar la ropa y prepararles la comida si era necesario. Por lo general, a Sarah le gustaba cocinar, pero desde hacía un mes se le habían quitado todas las ganas, aunque, después de todo, Freddie no había tenido ocasión de notarlo.

—¿Te pasa algo? ¿Estás enferma? ¿Crees que habría que ir al médico? —preguntó preocupado, mientras la observaba por encima del periódico.

Esa misma mañana la había oído vomitar, y se preguntaba si podía deberse a algo que hubiera comido.

—He ido al médico —respondió con tranquilidad.

Lo miró fijamente, pero él ya había apartado la mirada, como si hubiera olvidado su pregunta.

—¿Cómo dices? Ah, bueno... vale. ¿Y qué te ha dicho? ¿Gripe? Deberías cuidarte, ya sabes que este tiempo es muy propicio. La madre de Parker lo pasó fatal la semana pasada.

—No creo que se trate de eso.

Sarah sonrió levemente mientras él volvía la atención al periódico. Tras un largo silencio, la miró de nuevo, sin recordar lo que estaban hablando.

—Vaya revuelo que se ha armado en Inglaterra con la abdicación de Eduardo VIII para poder casarse con esa tal Simpson. Debe de haber algo raro de por medio para que esa mujer le haya arrastrado a hacer una cosa así.

—Es muy triste —opinó Sarah, muy seria—. Ese hombre ha sufrido tanto... ¿Cómo puede una mujer destrozarle la vida de esa manera? ¿Qué clase de vida les espera?

—A lo mejor una muy picante —apuntó él, esbozando una sonrisa.

Se mostraba más simpático que nunca, para mayor desesperación de Sarah, que ya no sabía si lo amaba o lo odiaba. Su vida se había convertido en una pesadilla. Quizá Jane tenía razón, quizá todo se arreglase después de nacer la criatura.

—Voy a tener un niño.

Fue casi un susurro y, por un momento, pareció como si él no la hubiera oído. Entonces se giró hacia ella, se puso en pie y la miró como deseando que todo fuera una broma.

—¿Hablas en serio?

Saltándosele las lágrimas, Sarah asintió con la cabeza, incapaz de articular palabra. En cierto modo, habérselo dicho era un consuelo. Lo sabía desde antes de Navidad, pero no había tenido el valor de contárselo. Necesitaba todo su cariño, un momento de tranquilidad y felicidad entre los dos, algo que no sucedía desde su luna de miel en el cabo Cod, y de eso hacía ya siete meses.

—Sí, hablo en serio.

Al contemplar sus ojos, Freddie supo que no mentía.

—Lo que me faltaba. ¿No te parece que es un poco pronto? Yo creía que tomabas precauciones.

Parecía molesto y nada entusiasmado con la noticia. Ella sintió que algo espeso le recorría la garganta, y rogó a Dios no hacer el ridículo delante de su marido.

—Yo también lo creía así —dijo entre sollozos.

Freddie se le acercó y le acarició el cabello, como a una hermana pequeña.

—No te preocupes más, todo saldrá bien. ¿Cuándo será el acontecimiento?

—En agosto.

Se esforzó por no llorar, pero era difícil controlarse. Por lo menos no estaba furioso, tan solo contrariado. Al fin y al cabo, ella tampoco se había emocionado al enterarse. En esto no diferían mucho. Pero estaban tan poco tiempo juntos, hablaban tan poco, disfrutaban de tan poco calor de hogar.

—Peter y Jane también van a tener uno.

—Mejor para ellos —atajó con un deje de sarcasmo, pensando en qué iba a hacer con su mujer.

Para él, el matrimonio había llegado a convertirse en una carga mucho más inaguantable de lo que cabía esperar. Tenía una esposa que se pasaba la vida en casa, a la espera de que él regresara para atraparlo. Al bajar la mirada se encontró a una madre joven, más desconsolada y angustiada que nunca.

—Para nosotros no lo es tanto, ¿verdad?

Se le escaparon dos lágrimas, que le recorrieron lentamente las mejillas.

—El panorama no es muy halagüeño. Aunque no sé cómo lo llamarías tú.

Sarah hizo un gesto con la cabeza, y él salió de la habitación. No se volvieron a hablar hasta media hora más tarde, cuando Freddie se aprestaba a salir. Había quedado para comer con los amigos aunque no comentó a qué hora volvería. De hecho, nunca lo hacía. Sarah se pasó toda la noche llorando, hasta que apareció él, a las ocho de la mañana. Se hallaba inmerso en tal estado de embriaguez que no pudo ni llegar hasta el dormitorio, pues tropezó con el sofá de la salita. Ella le oyó entrar, pero lo encontró completamente inconsciente.

Al cabo de un mes, todavía estaba afectado por la noticia. El matrimonio era algo que le aterrorizaba, pero la idea de tener un hijo le hacía sentir verdadero pavor. Peter conversó con Sarah un día en que ella acudió a casa de sus cuñados a cenar. Ellos ya sabían que no era feliz en su matrimonio. Nadie más lo sabía, pero ella confiaba en ambos desde que le confesó a su hermana lo del embarazo.

—Algunos hombres sienten terror ante este tipo de responsabilidades. Eso quiere decir que todavía han de madurar. Confieso que, al principio, a mí me pasó lo mismo —dijo, al tiempo que miraba a Sarah con ternura—. Ya sé que la sensatez no es la mejor cualidad de Freddie, pero con el tiempo quizá se dé cuenta de que ser padre no es ninguna cosa horrible que te prive de libertad. Los críos son mucho más llevaderos cuando todavía son pequeños. Pero es posible que pases momentos muy duros hasta que lo tengas.

Peter trataba de ser benévolo con Sarah, con todo y que solía decirle a su mujer que Freddie era un verdadero malnacido. Sin embargo, no quiso decirle a su cuñada lo que pensaba. Prefirió ofrecerle todo su apoyo.

Pero tampoco eso logró animarla mucho. El comportamiento de Freddie y su afición a la bebida no hicieron sino empeorar. Sarah necesitaba toda la ayuda que le prestaba Jane para soportarlo. Un día, se la llevó de compras. Al llegar a Bonwit Teller, en la Quinta Avenida, Sarah palideció de repente, dio un traspiés, y cayó sobre los brazos de su hermana.

—¿Qué te pasa? —preguntó Jane, asustada.

—Nada..., estoy bien. No sé qué me ha ocurrido.

Había sentido un dolor terrible, pero ya se le había pasado.

—¿Qué tal si nos sentamos?

Jane se apresuró a pedir a alguien una silla y un vaso de agua, en el momento en que Sarah le apretó de nuevo la mano. Unas gotas de sudor descendían por la frente, y su cara adquirió un color verde grisáceo.

—Lo siento mucho, Jane, no me encuentro nada bien...

Apenas hubo dicho esto, se desmayó. La ambulancia se presentó enseguida, y se la llevaron con presteza en una camilla. Jane pidió que le dejaran llamar a su marido, y a su madre, que poco después acudieron al hospital. Peter se mostró preocupado, sobre todo por Jane, a quien abrazó estrechamente, intentando consolarla, mientras la madre entraba a ver a Sarah. La visitó durante largo rato y, al salir, se quedó mirando a su hija mayor sin poder contener las lágrimas.

—¿Cómo está? ¿Se encuentra bien? —preguntó Jane, nerviosa.

Su madre, demostrando serenidad, asintió con la cabeza y se sentó. Siempre había sido una madre excelente para las dos. Era una persona tranquila, modesta, con buen gusto, convicciones firmes y unos valores morales que ambas hijas compartían, aunque las juiciosas lecciones que les había inculcado no le servían a Sarah de gran ayuda con Freddie.

—Se pondrá bien —dijo Victoria Thompson, a la vez que tendía sus manos a Peter y a Jane y estos se las apretaron con fuerza—. Ha perdido el niño…, pero todavía es muy joven.

Victoria Thompson también perdió un hijo, antes de traer al mundo a Jane y a Sarah, pero nunca había compartido con sus hijas ese doloroso pesar. Ahora se lo acababa de confesar a Sarah, en un intento de reconfortarla.

—Algún día podrá tener otro —añadió con un tono de tristeza.

Lo que a decir verdad le preocupaba era lo que Sarah le había contado de su matrimonio con Freddie. A lágrima viva, su hija insistió en que la culpa era solo suya. Le contó que la noche anterior tuvo que cambiar un mueble de sitio, pues Freddie nunca estaba en casa para ayudar. Y después, le explicó toda la historia: el poco tiempo que pasaban juntos, cómo bebía, lo desdichada que se sentía con él y todo lo referente al drama de su embarazo.

Transcurrirían varias horas antes de que los médicos les permitieran visitarla de nuevo, así que Peter regresó a la oficina, e hizo prometer a Jane volver al mediodía a casa para poder descansar y recuperarse de la inquietud que experimentaba. Después de todo, ella también esperaba un hijo, y con una desgracia ya era bastante.

Intentaron encontrar a Freddie, pero había salido, como de costumbre, y nadie sabía dónde estaba ni a qué hora volvería. A la criada también le había afectado mucho el accidente de la señora Van Deering, y prometió dar cuenta de lo sucedido al señor para que llamara al hospital o se presentara a la mayor brevedad, algo que, como ya sabían todos, era bastante improbable.

Cuando pudieron visitarla otra vez, Sarah seguía sollozando.

—Toda la culpa es mía... —se lamentaba sin cesar—. No lo deseaba lo suficiente... Me sentía desconsolada porque Freddie se disgustó al saberlo, y ahora...

Al ver que no reaccionaba, la madre la tomó entre sus brazos. Las tres mujeres no hacían más que llorar, y finalmente tuvieron que calmar a Sarah con un sedante. Como debía permanecer ingresada durante algunos días, Victoria avisó a las enfermeras que esa noche se quedaría con su hija. Tras enviar a casa a Jane en un taxi, habló largo rato por teléfono con su marido, desde el vestíbulo.

Cuando Freddie regresó a casa, le sorprendió encontrar a su suegro, que le esperaba en la sala de estar. Por fortuna, había bebido menos de lo habitual, por lo que estaba sobrio, algo sorprendente si tenemos en cuenta que ya pasaba de medianoche. La velada estaba siendo de lo más aburrida, por lo que decidió volver pronto a casa.

—¡Cielo Santo! ¿Qué..., qué hace usted aquí?

Sintió un gran sofoco, y le lanzó una de sus generosas e infantiles sonrisas. Entonces se dio cuenta de que debía de haber ocurrido algo muy grave para que Edward Thompson le estuviera esperando en su apartamento a aquellas horas.

—¿Sarah está bien?

—No, no lo está. —Apartó la mirada por un momento y después la volvió a fijar en Freddie. No había otra forma de decirlo—. Sarah... ha perdido el niño esta mañana; ahora se encuentra en el hospital Lenox Hill. Su madre está con ella.

—¿Que lo ha perdido? —preguntó sorprendido. Por un momento experimentó una sensación de alivio, pero esperaba estar lo bastante sobrio como para poder disimular—. Siento oírte decir eso. —Hablaba como si no se tratara de su mujer y su hijo—. ¿Cómo está ella?

—Creo que podrá tener más hijos. Lo que aparentemente no va tan bien, sin embargo, es eso que me ha contado mi esposa de que la relación entre vosotros dos podría calificarse de algo menos que idílica. No suelo interferir en la vida privada de mis hijas, pero en estas circunstancias tan anómalas, con Sarah tan..., tan... enferma, me parece el momento más oportuno para discutir el tema. Me ha dicho mi esposa que Sarah ha tenido ataques de histeria durante toda la tarde, y me ha parecido bastante extraño que desde esta mañana temprano nadie haya podido localizarte. No creo que esta sea vida para mi hija, ni para ti tampoco. ¿Hay algo ahora que debamos saber, o te ves capaz de continuar tu matrimonio con mi hija con el mismo ánimo con que lo iniciaste?

—Yo..., desde luego..., ¿le apetece tomar algo, señor Thompson?

Se dirigió con premura al lugar donde guardaban los licores y se sirvió una copa larga de whisky, con apenas un chorrito de agua.

—Me parece que no.

Edward Thompson se sentó expectante, mientras observaba a su yerno con desagrado. Freddie sabía que aquel hombre seguramente no encontraría satisfactorias ninguna de las respuestas que se le iban pasando por la cabeza.

—¿Hay algún problema que te impida comportarte como un marido de verdad?

—Bueno..., señor..., el caso es que lo del niño fue un tanto inesperado.

—Lo comprendo, Frederick. Por lo común todos lo son. Pero ¿ha habido algún malentendido entre mi hija y tú que yo deba saber?

—En absoluto. Ella es maravillosa. Yo..., lo único que necesito es tiempo para hacerme a la idea del matrimonio.

—Y a la de trabajar, espero.

Lo miró con fijeza. Freddie ya esperaba que sacara a relucir ese tema.

—Sí, sí..., claro. Pensaba ocuparme de eso una vez naciera el niño.

—Pues ahora es el momento, ¿no crees?

—Por supuesto, señor.

Edward Thompson permaneció impasible. Mientras contemplaba el semblante descompuesto de su yerno proyectaba una amedrentadora sensación de respeto.

—Supongo que te sentirás ansioso por visitar a Sarah mañana a primera hora.

—Desde luego, señor.

Lo acompañó hasta la puerta, deseoso de verlo marchar por fin.

—Telefonearé a su madre al hospital a las diez. A esa hora ya estarás allí, ¿verdad?

—Claro, señor.

—Muy bien. —Abrió la puerta y le lanzó la última mirada—. Creo que ya nos vamos entendiendo.

Eran palabras llenas de significado, y ambos lo sabían.

—Creo que sí, señor.

—Buenas noches, Frederick, hasta mañana.

Freddie dio un suspiro de alivio al cerrar la puerta. Antes de irse a la cama se preparó otro whisky, para pensar en Sarah y en el niño. Se preguntó cómo había podido suceder todo, pero prefirió no darle demasiadas vueltas al tema. No sabía casi nada sobre ese tipo de cosas, y no tenía la intención de averiguarlas ahora. Lo sentía por Sarah, porque estaba seguro de que para ella había debido de ser un golpe muy duro, pero resultaba extraño que sintiera tanta indiferencia, no solo por el niño sino también por su mujer. Antes de la boda pensó que ella sería la esposa ideal, pues así tendría siempre a alguien con quien salir, que le acompañara a todas las fiestas. Nunca imaginó que llegaría a aburrirse tanto, a sentirse tan oprimido, tan encadenado. Su casa le producía claustrofobia. No le gustaba nada la vida conyugal, ni siquiera su mujer. Sarah era bonita, la clase de mujer capaz de hacer feliz a cualquier hombre. Sabía cómo cuidar la casa, cocinaba bien, daba gusto estar en su compañía, era inteligente, agradable y tenía un físico muy atractivo. Su matrimonio era lo que menos le interesaba en el mundo. Se sintió tan aliviado al conocer la pérdida del niño... Incluso se le había pasado por la cabeza la idea de desembarazarse de él.

A la mañana siguiente se presentó en el hospital, un poco antes de las diez, para que su suegro lo encontrara allí cuando llamara a su esposa. Freddie llevaba puesto un sombrío traje oscuro, aunque en verdad no se sentía nada afligido. Las flores que le trajo no parecieron animarla. Sarah seguía postrada en la cama, con la mirada perdida a través de la ventana. Cuando él entró en la habitación: Sarah tenía la mano de su madre cogida entre las suyas. Durante un instante, sintió pena por ella. Al girar la vista hacia Freddie, su mujer no pudo evitar algunas lágrimas; no dijo una sola palabra. Tras apretarle la mano, la señora Thompson se dirigió hacia la puerta en silencio y, al pasar junto a su yerno, le tocó el hombro como muestra de cortesía.

—Lo siento —le dijo Freddie.

Ella era una mujer mucho más inteligente de lo que él creía y, nada más mirarlo a los ojos, supo que aquellas palabras no eran ciertas.

—¿Estás furioso conmigo? —le preguntó Sarah entre hipidos.

No realizó ningún esfuerzo por incorporarse, prefirió seguir echada. Su aspecto era lastimoso. Los cabellos, largos y brillantes, se extendían enmarañados sobre la almohada, los labios se le habían quedado casi azules y la cara mostraba una palidez preocupante. Había perdido mucha sangre, y no encontraba fuerzas para incorporarse. Todo lo que hizo fue apartar la mirada; Freddie no sabía qué decirle.

—Por supuesto que no. ¿Por qué habría de estar furioso contigo?

Se acercó un poco más y la cogió con delicadeza de la barbilla para que lo mirara de nuevo, pero el dolor que reflejaban sus ojos era mucho mayor del que imaginaba. No había acudido a verla para tratar el problema, y ella lo sabía.

—Fue culpa mía. La otra noche arrastré aquel estúpido mueble de la habitación y..., no sé..., el médico dice que estas cosas forman parte del destino.

—Vamos... —Se fue al otro lado de la cama y cuando ella cerró los puños él intentó abrírselos, pero no alcanzó a tocarla—. Mira, de todas maneras es mejor así. Yo tengo veinticuatro años, tú veinte y no estamos preparados todavía para tener un hijo.

Sarah permaneció largo rato en silencio. Lo miró y tuvo la sensación de que no conocía a aquel hombre.

—Te alegras de que lo haya perdido, ¿no es eso?

Freddie padecía un dolor de cabeza tremendo. La mirada de Sarah era tan penetrante que casi le hizo daño.

—Yo no he dicho eso.

—No era necesario. No lo sientes, ¿verdad?

—Lo siento por ti.

Era cierto, su aspecto provocaba lástima.

—Tú nunca deseaste tener un hijo.

—No.

Por una vez fue sincero. Pensó que era lo menos que podía hacer.

—Bueno, ni yo tampoco gracias a ti, y puede que por eso lo haya perdido.

Freddie no supo qué decirle. Instantes más tarde apareció su padre con Jane, mientras su madre arreglaba algunos asuntos con las enfermeras. Sarah debía permanecer ingresada algunos días más, y después iría a casa de sus padres; cuando ya se sintiera fuerte, entonces volvería al apartamento con su esposo.

—Me alegro de verte aquí, Freddie —le dijo el padre de Sarah.

Victoria Thompson le obsequió con una sonrisa a Freddie, si bien no tenía la más mínima intención de permitir que Sarah regresara de nuevo al apartamento. Era preciso vigilarla, y parecía obvio que Freddie no era el más indicado para esa labor.

Al día siguiente le envió unas rosas rojas. Volvió a visitarla en el hospital y luego continuó haciéndolo, ya en casa de los padres de ella.

Él nunca le hablaba del niño. Pero se esforzaba por conversar. Le sorprendía sentirse tan violento cada vez que se encontraba con ella. Era como si de la noche a la mañana se hubieran convertido en seres extraños, como si ya no se conocieran. La verdad es que nunca lo hicieron. El problema consistía en que les costaba ocultarlo muchísimo más que antes. Freddie no compartía el pesar de su mujer. Repetía sus visitas tan solo porque pensaba que era su obligación, y que el padre de Sarah lo mataría si no hacía ese esfuerzo.

Cada mediodía se presentaba en casa de los Thompson, pasaban una hora juntos, y después se marchaba a comer con sus amigos. Ni siquiera tenía la delicadeza de cambiar sus costumbres para acercarse a verla por la tarde. Aquello tenía su explicación. A diferencia de cuando la visitaba, con los amigos vestía trajes elegantes y no quería que ni Sarah ni sus padres lo vieran así. Realmente, le fastidiaba ver a Sarah padecer tanto por la pérdida del niño, entre otras cosas porque ella aún tenía el dolor reflejado en el rostro. Eso no podía soportarlo, como tampoco soportaba la idea de tener que demostrar aflicción, o incluso peor, la de tener otro hijo. Sucumbió, ante toda esa presión, y ello agravó su adicción a la bebida. Salía constantemente. Cuando consideraron llegado el momento oportuno para que Sarah volviera con él, Freddie se encontraba inmerso en un proceso de desmoronamiento interior del que nadie podía rescatarle. Bebía tanto que algunos de sus amigos empezaron a preocuparse.

Con todo, se vio en la obligación de ir a buscar a Sarah a casa de sus padres. A la vuelta, la criada les esperaba en el piso. Aunque todo estaba limpio y ordenado, Sarah se sentía incómoda en aquella casa, como si no fuera la suya, como si nunca le hubiera pertenecido.

Su propio marido le parecía un extraño. No en vano, desde que había perdido el niño no aparecía por casa más que para cambiarse de ropa. Se iba de juerga cada noche, aprovechando que ella no podía enterarse. Volver a tenerla en casa le causaba una desagradable sensación de cautiverio.

Tras pasar la tarde con ella, le explicó que había quedado en ir a cenar con un viejo amigo para hablar de un trabajo, y que era muy importante. Sabía que, con ese subterfugio, su mujer no pondría ninguna objeción. Y así fue, aunque ella se sintió decepcionada al no poder pasar la primera noche juntos en casa. Lo que ya fue intolerable fue el estado en que regresó a las dos de la madrugada; se quedó abatida al comprobar que el portero tuvo que ayudarle a subir hasta la puerta, sujetándolo para que no se cayera; ni siquiera parecía capaz de reconocer a su mujer. Una vez que el portero le ayudó a acomodarse en un sillón del dormitorio, Freddie le entregó un billete de cien dólares, farfullando que era un tío formidable y un gran amigo. Sarah contempló con repugnancia cómo se acercó tambaleante hasta la cama y quedó postrado en ella, totalmente inconsciente. Con lágrimas en los ojos y después de observarlo durante un largo rato, decidió dormir en la habitación de los invitados. Una vez se hubo alejado de él se le partió el corazón al pensar en la criatura malograda y en el marido que nunca había tenido y que jamás tendría. Por fin se dio cuenta de que su matrimonio con Freddie nunca sería más que una farsa, un sentimiento vacío, una fuente eterna de sufrimiento y decepción. La soledad de la habitación de los huéspedes le aterrorizaba. Ya no podía disimular la verdad por más tiempo. Su marido era un borracho y un vividor. Y lo peor de todo es que le asustaba la idea de divorciarse; sería una deshonra para sus padres y para ella misma.

Aquella noche, mientras yacía en la solitaria cama de los invitados, pensó en el largo y tormentoso camino que le quedaba por delante. Una vida de soledad, junto a Freddie.

3

Al cabo de una semana en casa, el aspecto de Sarah era mucho más saludable. Hacía ya una vida casi completamente normal, y un día quedó en ir a comer con su madre y con su hermana. Parecía estar bien, aunque ellas sabían que aún no se encontraba recuperada por completo.

Las tres se encontraron en casa de Jane, y su madre le preguntó por Freddie con fingida naturalidad. Sentía inquietud por todo lo que Sarah le había contado en el hospital.

—Freddie está bien —contestó Sarah, con la misma aparente naturalidad.

Como siempre, no comentó nada sobre las largas noches, que pasaba sola, ni sobre el lamentable estado en que su marido regresaba siempre a casa. A decir verdad, ni siquiera hablaba del tema con él. Había aceptado su destino, y tomó la determinación de continuar su matrimonio con Freddie. Hacer cualquier otra cosa le habría resultado poco menos que humillante.

Freddie también percibió que algo en ella había cambiado, que se mostraba especialmente sumisa, como si se resignara a su detestable comportamiento. Parecía como si la pérdida del hijo se hubiera llevado consigo algo de ella. Pero eso no le inquietaba, al contrario, se limitaba a sacar provecho de la actitud aparentemente sumisa de su mujer. Entraba y salía a su antojo, y apenas se veían. Además, le era indiferente que la gente estuviera al corriente de sus devaneos con otras mujeres, y bebía desde que se levantaba hasta que caía inconsciente, ya fuera en su cama o en cualquier otra.

Para Sarah fue una época increíblemente desdichada, pero parecía decidida a aceptarlo. Transcurrieron los meses, inmersa en la soledad y un sufrimiento que no compartía con nadie. Su hermana se enfadaba con ella cada vez que se veían. Por eso, Sarah comenzó a dejar de verla. Poco a poco se desarrolló en ella una especie de insensibilidad, de vacío, y sus ojos revelaban una callada angustia. Jane estaba muy preocupada porque su hermana había adelgazado en exceso desde que tuvo el aborto, pero le daba la impresión de que hacía todo lo posible por evitarla.

—Sarah, ¿qué te sucede? —se decidió a preguntarle un día, a finales de mayo.

Por entonces ella ya estaba en su sexto mes de embarazo y hacía mucho tiempo que no se veían, porque Sarah no soportaba ver a su hermana embarazada.

—Nada. Estoy bien.

—¡No digas que estás bien! Eres otra persona. ¿Qué te está haciendo tu marido? ¿Qué ocurre entre vosotros?

Jane se ponía enferma solo con mirarla. Había notado lo incómoda que se sentía su hermana cada vez que la visitaba, y por eso casi nunca había tratado de sonsacarla. Pero ya no estaba dispuesta a abandonarla por más tiempo a su propia suerte. Le empezaba a inquietar terriblemente que pudiera perder el juicio si continuaba junto a Freddie, y por eso se decidió a hablarle con franqueza.

—No seas tonta. Estoy bien.

—¿Van ahora las cosas mejor que antes?

—Supongo que sí.

Su evasiva fue premeditada, y su hermana se dio cuenta al instante.

Desde el aborto, Sarah nunca había estado tan delgada y tan pálida. Se encontraba sumida en una profunda depresión, y lo peor de todo es que nadie lo sabía. Se apresuraba a decir a todo el mundo que las cosas se habían arreglado, que Freddie se portaba bien. Incluso les dijo a sus padres que su marido estaba buscando trabajo. Siempre la misma cantinela, pero ya nadie estaba dispuesto a creerla, ni siquiera ella misma.

Para celebrar su primer aniversario de boda sus padres

consintieron tácitamente en alimentar más la farsa, y organizaron en su honor una pequeña fiesta en la casa de Southampton.

Al principio, Sarah había tratado de disuadirlos, pero al final le resultó más fácil llevarles la corriente. De hecho, hasta le pareció una gran idea. Freddie le prometió asistir; deseaba disfrutar de toda una semana en Southampton y llevarse consigo media docena de amigos. La casa era realmente espaciosa, y cuando Sarah le pidió a su madre su aprobación, esta le contestó que los amigos de Freddie serían bien recibidos. Más tarde se lo comunicó a su marido, aunque advirtiéndole que se comportaran debidamente, porque no deseaba que se produjera ninguna situación embarazosa con sus padres.

—Qué cosas tienes, Sarah —le reprendió. En los dos últimos meses se venía mostrando más desconsiderado. Ella ignoraba si se debía a la desmesurada cantidad de alcohol que ingería o si era simplemente que había llegado a odiarla—. Tú me odias, ¿verdad?

—No seas ridículo. Lo único que pretendo es que tus amigos sepan comportarse en casa de mis padres.

—Siempre tan meticulosa y remilgadita. Pobrecita ella, tiene miedo de que no sepamos comportarnos delante de sus papás.

Sarah estuvo a punto de decirle que era el único sitio en que sabía portarse correctamente, pero se contuvo. Se resignaba a lo que la vida le había deparado, pese a la certeza de que junto a él siempre sería desdichada. Casi con seguridad nunca esperarían otro hijo, pero eso ya no le importaba. Ni eso ni nada. Se limitaba a dejar transcurrir el tiempo, hasta que un día le tocara morir y todo acabara. Nunca consideró la posibilidad de divorciarse, o en todo caso lo pensó de una manera muy difusa. Nadie de su familia se había divorciado nunca, y ni en sus pesadillas más angustiosas albergó la idea de ser la primera. Se habría muerto de vergüenza, igual que sus padres.

—Descuida, Sarah, sabremos comportarnos. Pero hazme un favor. No hagas que mis amigos se sientan incómodos con tus caras largas. Serías capaz de arruinar cualquier fiesta.

Precisamente fue al casarse y abortar el hijo que esperaba, cuando empezó a palidecer, a perder toda su vida, su alegría de vivir. De niña siempre fue una persona dinámica y vivaz, y con el tiempo se había convertido en un cuerpo errante. Jane lo comentaba algunas veces, pero tanto Peter como sus padres le dijeron que no se preocupara, que Sarah se pondría bien. Eso, sin embargo, no era más que lo que ellos querían creer.

Dos días antes de la fiesta de los Thompson, el duque de Windsor se casó con Wallis Simpson. La ceremonia se celebró en el *château* de Candé, en Francia, en medio de la vorágine de la prensa y toda la atención internacional. A Sarah esta celebración le pareció penosa y de mal gusto. De pronto, su mente se olvidó de los Windsor y volvió a la celebración de su aniversario.

Peter, Jane y el pequeño James decidieron pasar el fin de semana en Southampton para participar en el gran acontecimiento. La casa estaba preciosa, con flores por todas partes, y se instaló un entoldado en el jardín, encarado hacia el mar. Los Thompson prepararon una gran fiesta. La noche del viernes se dispuso que los jóvenes salieran con sus amigos, por lo que pasaron la noche en Canoe Place, en medio de charlas, bailes y risas. No faltó ni siquiera Jane, que ya se encontraba en un estado de gestación muy avanzado, y Sarah, que se sentía como si no se hubiera reído durante años. Además, Freddie bailó con ella, y por un segundo pareció como si la fuera a besar. Al final, Peter, Jane, Sarah y algunos más regresaron a casa, mientras Freddie y sus amigos seguían deambulando en busca de jarana. Esto desconsoló a Sarah, pero no comentó nada en el camino de vuelta con Peter y Jane. Su hermana y su cuñado, debido al chispeante estado de alegría en que se encontraban, ni siquiera notaron su mutismo.

El día siguiente amaneció claro y soleado. Al atardecer, bajo una preciosa puesta de sol sobre Long Island, la banda de música empezó a tocar y los Thompson se dispusieron a saludar a los invitados. Sarah se había puesto un espléndido vestido blanco que realzaba su figura; parecía una joven diosa. Llevaba el pelo sujeto en un elegante moño, y se movía con tanta gracia mientras saludaba a los invitados y a sus padres que todo el mundo coincidía en comentar lo mucho que había madurado en un solo año y lo hermosa que estaba, más incluso que el día de su boda. Contrastaba en gran manera con la evidente obesidad de su hermana, que ofrecía una conmovedora imagen maternal, enfundada en un vestido de seda color turquesa que cubría toda su voluminosidad, pero carecer de figura no era una cosa que a Jane le preocupara demasiado.

—Mi madre me ha preguntado si quería ponerme el entoldado, pero este color me gusta más —bromeó con un viejo amigo.

Al pasar junto a ella, Sarah esbozó una sonrisa. Estaba tan guapa y parecía tan feliz... Hacía tiempo que no la veía así. Pero Jane sospechaba que algo no iba bien.

—Qué delgada te has quedado Sarah.

—Estuve..., estuve algo enferma a principios de año.

Desde el aborto había perdido más peso incluso y, aunque nunca quiso admitirlo, se sentía culpable y terriblemente afligida por la pérdida de su hijo.

—Qué, ¿todavía no buscáis el bebé? —le preguntaban una y otra vez—. ¡A ver si os espabiláis!

Se limitaba a sonreír. Al cabo de una hora, se dio cuenta de pronto de que aún no había visto a Freddie. La última vez que lo vio rondaba por la barra del bar junto con sus amigos; desde entonces, le había perdido la pista, dedicándose a saludar a los invitados, en compañía de su padre. Al preguntarle al mayordomo, este le contestó que el señor Van Deering se había marchado en coche con algunos amigos, en dirección a Southampton.

—Seguramente habrán ido a comprar algo, señorita Sarah —añadió en tono amable.

—Gracias, Charles.

Estaba de mayordomo en la casa desde hacía años, e incluso pasaba allí los inviernos, cuando todos volvían a la ciudad. Le conocía desde que era una niña, y le tenía un cariño muy especial.

A Sarah comenzó a inquietarle lo que Freddie pudiera estar haciendo. Sin duda, él y sus amigos habrían ido a parar a algún bar de Hampton Bays para tomarse rápidamente unas cuantas copas bien cargadas antes de volver a la fiesta. Lo que en rigor le preocupaba era el estado en que podrían regresar, o que alguien notara su ausencia.

—¿Dónde está ese apuesto marido tuyo? —le preguntó una antigua amiga de su madre.

Ella le contestó que bajaría en un minuto, que había ido un momento a traerle un chal para ponérselo por encima. La amiga consideró muy cortés el detalle.

—¿Ocurre algo? —inquirió su hermana con cautela.

La había estado observando durante la última media hora y la conocía demasiado bien como para dejarse convencer por su sonrisa.

—No. ¿Por qué?

—Parece como si te hubieran metido una serpiente en el bolso. —La comparación hizo que a Sarah se le escapara la risa. Por un instante le hizo volver a su infancia, y casi se olvidó de que su hermana estaba embarazada. Dentro de apenas dos meses le resultaría muy difícil soportar el ver a su hermana con el bebé, sabiendo que el suyo se había marchado para siempre, y que tal vez nunca tendría hijos. Ella y Freddie no habían hecho el amor desde el accidente—. A ver, ¿dónde está la serpiente? —preguntó Jane.

—Pues... se me ha escapado.

Las dos hermanas rieron al unísono por primera vez en mucho tiempo.

—No me refería a eso..., pero hay que reconocer que ha sido muy oportuno. Dime, ¿con quién se ha ido?

—No lo sé. Pero Charles me ha dicho que se fueron a la ciudad hace media hora.

—¿Y eso por qué?

Jane la miró con preocupación. Cuántos quebraderos de cabeza le debía dar su marido, más de los que podían imaginar, si no era capaz de guardar las formas ni una sola tarde en casa de sus suegros.

—Habrán tenido algún contratiempo. Con la bebida, seguro. Necesitan cantidades ingentes. De todas maneras, aguantará bien..., hasta más tarde.

—A mamá le hará mucha gracia cuando lo sepa.

Jane sonrió mientras permanecían juntas observando a la multitud. Parecía que la gente se lo estaba pasando bien, aunque obviamente no era ese el caso de Sarah.

—Pues papá lo va a encontrar aún más gracioso. —Ambas rieron de nuevo, y Sarah, tras un hondo suspiro, miró a su hermana—. Siento haberme portado así contigo durante estos últimos meses. Es solo que..., no sé..., es muy duro para mí pensar que vas a tener otro niño...

Se le escaparon unos gimoteos, sin dejar de mirarla, y su hermana le tendió el brazo para consolarla.

—Ya lo sé. Y no has conseguido otra cosa que preocuparme todavía más. Cómo me gustaría poder hacer algo para que fueras feliz.

—Estoy bien.

—Te está creciendo la nariz, Pinocho.

—Oh, cállate.

Sarah sonrió de nuevo, y juntas volvieron a perderse entre los invitados. A la hora de la cena, que se celebraba en el jardín, Freddie todavía no había regresado. Al sentarse a la mesa en los lugares asignados y ver que el asiento de honor de Freddie, a la derecha de su suegra, estaba vacío, los invitados notaron enseguida su ausencia y la de sus amigos. Pero antes de que nadie pudiera hacer comentario alguno, o que la señora Thompson tuviera ocasión de preguntar a Sarah adónde había ido su yerno, se oyó un estruendo de bocinas. Eran Freddie y cuatro de sus amigos, que cruzaban el césped de modo temerario con su lujoso automóvil, entre gritos y carcajadas. Se detuvieron justo al lado de las mesas, ante la mirada estupefacta de todos, y se apearon del descapotable. Traían consigo a tres chicas de la ciudad, una de las cuales se mostraba especialmente cariñosa con Freddie. Al acercarse, los comensales pudieron apreciar que no se trataba exactamente de unas amigas, sino de mujeres que vendían su compañía.

Los cinco jóvenes estaban sumidos en un lamentable estado de embriaguez, y era evidente que aquella acrobática maniobra les pareció la más divertida de cuantas habían realizado. No era el caso de las chicas, que contemplaron un tanto acobardadas a toda aquella gente engalanada y a todas luces perpleja que les rodeaba. La que iba con Freddie se apresuró a convencerle de que las llevaran de vuelta a la ciudad, pero ya era demasiado tarde. A todo esto un grupo de camareros trataba de llevarse el coche de allí, y Charles, el mayordomo, intentaba hacer desaparecer a las chicas. Freddie y sus amigos deambularon sin rumbo, tropezando con todo, intentando sortear sin éxito a los invitados, y provocando todo tipo de situaciones embarazosas. Freddie era el peor de todos. No quería permitir que se llevaran a la chica que le acompañaba. Sarah, aturdida, se levantó de la mesa y fijó la mirada en él, recordando con lágrimas en los ojos el día de su boda, hacía tan solo un año. ¡Cuántas esperanzas albergó entonces en un matrimonio que se habría de convertir en una pesadilla! Aquella desconocida no era más que el símbolo de todos los horrores vividos durante el año anterior. De pronto, mientras lo seguía observando angustiada y silenciosa, tuvo la sensación de que todo era irreal, como si se tratara de una horrible película. Lo peor de todo era que a ella le había tocado interpretar uno de los papeles.

—¿Qué pasa... cariño? —le preguntó Freddie desde el otro lado de las mesas—. ¿No quieres conocer a mi bomboncito? —La visión del semblante descompuesto de su mujer le produjo risa. En ese momento, Victoria Thompson cruzó el césped en busca de su hijo menor, que se había quedado helado, paralizado por la impresión, como fuera de sí—. Sheila —continuó gritando—, esta es mi mujer..., y esos son sus padres —dijo, con un ceremonioso ademán.

Era el centro de todas las miradas. En ese momento, entre el señor Thompson y dos camareros se llevaron por la fuerza a Freddie y a su amiga, mientras un ejército de camareros expulsaba al resto de los compinches.

Freddie reaccionó con un poco de violencia cuando su suegro lo condujo hasta un pequeño cobertizo de la playa que utilizaban como vestuario.

—¿Qué pasa, señor Thompson? ¿Acaso no es mi fiesta?

—No, a decir verdad, no lo es. Nunca lo debería haber

sido. Te debimos echar de la familia hace meses. Pero te aseguro, Frederick, que me voy a ocupar de eso enseguida. Por lo pronto, ya te estás marchando de aquí. Enviaremos tus cosas la semana que viene, y tendrás noticias de mis abogados el lunes a primera hora. No volverás a torturar a mi hija. Y por favor, no vuelvas por el apartamento. ¿Ha quedado claro?

La voz de Edward Thompson retumbó en el pequeño cobertizo, pero Freddie estaba demasiado borracho como para asustarse.

—Me..., me parece que papá Thompson se ha disgustado un poquitín. No me dirá usted que de tanto en tanto no se ve con alguna jovencita. Vamos, señor... Estoy dispuesto a prestarle esta.

Abrió la puerta, y ambos vieron que la chica permanecía fuera, esperando a Freddie.

Edward Thompson cogió a Freddie por las solapas con tanta rabia que casi lo tiró al suelo.

—¡Si te vuelvo a ver, asquerosa rata inmunda, te mato! ¡Ahora lárgate de aquí, y mantente alejado de Sarah! —gritó frenético.

La mujer se estremeció al verlos forcejear.

—Está bien, ya me voy.

Sin poder disimular su embriaguez, Freddie le ofreció el brazo a la prostituta y, cinco minutos más tarde, tanto él como sus amigos desaparecieron de la fiesta. Sarah había subido llorando a su habitación en compañía de su hermana Jane, a quien insistía que era mejor así, que todo había sido una pesadilla desde el principio, que quizá la culpa era suya por haber perdido el niño, porque a lo mejor eso lo habría cambiado todo. Algunas de las cosas que decía tenían sentido y otras no, pero era evidente que le surgían de lo más profundo de su alma. Mientras seguía refugiada en el regazo de su hermana mayor, su madre subió un momento para ver cómo se encontraba, pero tuvo que bajar de nuevo para atender a los invitados, aunque se sintió aliviada al comprobar que Jane se hacía cargo de ella. La fiesta había resultado un estrepitoso fracaso.

La velada se le hizo eterna a todo el mundo, a pesar de

que los invitados supieron disimular en todo momento. Cenaron tan rápido como les fue posible; bailaron por educación unas cuantas piezas; todos fueron muy considerados al olvidar lo sucedido, y se marcharon temprano. A las diez ya no quedaba nadie y Sarah seguía llorando en su habitación.

La mañana siguiente fue un tanto tensa en casa de los Thompson. Toda la familia se reunió en el salón, donde Edward Thompson explicó con entereza a su hija lo que le había dicho a Freddie la noche anterior.

—La decisión es tuya, Sarah —le dijo con evidente frustración—, pero quisiera que te divorciaras de él.

—Padre, no puedo..., sería terrible para toda la familia.

Los miró a todos, temerosa de la desdicha y la vergüenza que les acarrearía.

—Si vuelves con él será mucho peor para ti. Ahora me doy perfecta cuenta de todo lo que has pasado. —Mientras exponía esto, casi se alegró al pensar que ella había perdido el niño. La miró con tristeza—. Sarah, ¿tú le amas?

Titubeó un momento, bajó la mirada hacia las manos, que mantenía firmemente apoyadas en las rodillas y musitó:

—Ni siquiera sé por qué me casé con él. —Levantó la mirada de nuevo—. Entonces creía que lo amaba, pero ni siquiera lo conocía.

—Cometiste un tremendo error. Te dejaste engañar, Sarah. Puede ocurrirle a cualquiera. Ahora tenemos que solucionar el problema por ti. Deja que yo me encargue de todo.

Todos coincidieron en que eso era lo mejor para ella.

—¿Y qué vas a hacer?

Se sentía perdida, como una niña, pensando en que los invitados habían visto a Freddie burlarse cruelmente de ella la noche anterior. Era más que una mera imagen. Era una tortura..., traer mujerzuelas a casa de sus padres. Se había pasado la noche llorando, horrorizada por lo que diría la gente, por la terrible humillación que eso supondría para sus padres.

—Quiero que lo dejes todo en mis manos. —Entonces pensó en otra cosa—. ¿Te quieres quedar con el apartamento de Nueva York?

Miró a su padre e hizo un gesto negativo con la cabeza.

—No quiero nada. Solo quiero volver contigo y con mamá.

Dejó escapar algunas lágrimas, y su madre le pasó el brazo por el hombro para reconfortarla.

—Bien, así será —dijo el padre algo emocionado, mientras la madre le secaba las lágrimas.

Peter y Jane se apretaron fuertemente las manos. El drama les había afectado a todos, pero ahora se sentían mejor por Sarah.

—¿Y qué pasará contigo y con mamá? —preguntó, mirando a sus padres con tristeza.

—¿Con nosotros?

—¿No os avergonzaréis de mí si me divorcio? Me siento como si fuera esa Simpson. Todo el mundo hablará de mí, y también de vosotros.

Sarah rompió a llorar y hundió la cara entre sus manos. Era muy joven todavía, y los acontecimientos de los últimos meses aún la tenían abrumada. Su madre se apresuró a darle el calor de su pecho e intentó consolarla.

—¿Qué va a decir la gente, Sarah? ¿Que era un marido terrible? ¿Que fuiste muy desdichada? ¿Qué has hecho de malo? Nada en absoluto. Tienes que aceptarlo. No has hecho nada malo. Es Frederick el que debería avergonzarse, no tú.

Una vez más, el resto de la familia asintió como muestra de apoyo.

—Pero la gente se horrorizará. Nunca se había divorciado nadie en esta familia.

—¿Y qué? Prefiero que vivas segura y feliz, que tu vida no se convierta en una pesadilla, al lado de Freddie van Deering.

Victoria se sintió culpable; le resultaba doloroso no haberse dado cuenta de lo mal que lo había pasado su hija. Solamente Jane pudo sospechar la angustia que asolaba a su hermana, y nadie la había escuchado. Creían que el aborto era la causa de todo su infortunio.

Sarah aún continuaba afligida cuando Peter y Jane regresaron a Nueva York aquella misma tarde, así como a la mañana siguiente, cuando su padre se marchó para entrevistarse con los abogados. Su madre decidió quedarse con ella en

Southampton, porque Sarah se había mostrado inflexible en su determinación de no volver a Nueva York por el momento. Deseaba ocultarse allí para siempre y, por encima de todo, no quería ver a Freddie. Convino con su padre en que debía divorciarse, pero le entraba el pánico al pensar en lo que se le avecinaba. Alguna vez había leído algo referente a divorcios en los periódicos, y tenía la impresión de que siempre eran complicados, sumamente embarazosos y desagradables. Ya daba por sentado que Freddie estaría furioso con ella. Por eso se quedó helada cuando él la llamó el lunes a media tarde, después de haber hablado con los abogados de su padre.

—No pasa nada, Sarah. Creo que es lo mejor para los dos. No estábamos aún preparados.

¿Estábamos? No podía dar crédito a sus oídos. Él ni siquiera se sentía culpable, es más, parecía feliz de haberse librado de ella y de todas las responsabilidades que nunca se había molestado en aceptar, como la de su hijo.

—¿No estás enfadado? —preguntó Sarah, sorprendida y dolida a un tiempo.

—Nada de eso, muñeca.

Hubo un largo silencio.

—¿Estás contento?

Otro silencio.

—Te encanta preguntar todas esas cosas ¿verdad, Sarah? ¿Qué importa cómo me siento? Cometimos un error y tu padre ahora nos está ayudando a salir de él. Es un buen hombre, y creo que obramos correctamente. Si te he causado algún trastorno, lo siento...

Hablaba como si se tratara de un lamentable fin de semana o una tarde poco afortunada. Freddie no tenía ni idea de lo que había hecho sufrir a su mujer durante todo un año. Nadie se había dado cuenta. Y no solo eso. Él se sentía incluso feliz de acabar de una vez.

—¿Y qué vas a hacer ahora? —quiso saber Sarah.

Le costaba hacerse a la idea. Todo era demasiado reciente y confuso. Lo único que tenía claro era que no quería regresar a Nueva York. No quería ver a nadie, ni tener que explicar nada del porqué de su ruptura con Freddie van Deering.

—Igual me voy a Palm Spring por unos meses. O a lo mejor paso el verano en Europa.

A medida que hablaba iba improvisando sus planes.

—No está mal.

Era como hablarle a un extraño, y eso le producía aún mayor tristeza. Nunca se habían llegado a conocer, su relación no había sido más que un juego, y ella, había salido perdiendo. Los dos, a decir verdad, solo que Freddie parecía no darse cuenta.

—Cuídate —dijo él, como si se tratara de dos compañeros de clase que se iban a dejar de ver durante una temporada, aunque no sería una temporada, sino para siempre.

—Gracias —replicó mirando el teléfono, inexpresiva.

—Ahora me tengo que ir, Sarah. —Ella asintió en silencio con la cabeza—. ¿Sarah?

—Sí..., perdona..., gracias por llamar.

«Gracias por este año tan horrible, señor Van Deering... Gracias por destrozarme el corazón.» Quiso preguntarle si la había amado alguna vez, pero no encontró el valor; pensó que, de todos modos, ya sabía la respuesta. Era obvio que no. Freddie no amaba a nadie, ni siquiera a sí mismo, y desde luego tampoco a Sarah.

La amargura le duró todo el mes, y el siguiente, hasta septiembre. Su madre lo notaba. Lo único que atrajo su atención en julio fue la desaparición de Amelia Earhart, y unos días más tarde la invasión de China por los japoneses. No dejaba de pensar en el divorcio. Se sentía culpable de todo, y no podía soportar ser motivo de deshonra para su familia. Pasó por momentos muy duros cuando nació el hijo de Jane, pero tuvo el coraje de ir con su madre a Nueva York para visitar a su hermana al hospital. Tuvo una criatura preciosa, a quien pusieron por nombre Marjorie. Después de haberla visto, insistió en conducir ella de vuelta a Southampton. Tenía ganas de estar sola. Se pasaba la mayor parte del tiempo reflexionando sobre su pasado, tratando de encontrar una explicación a todo lo que le había acontecido. De hecho, era mucho más sencillo de lo que ella pensaba. Había contraído matrimonio con un hombre al que no conocía realmente, un hombre que había llegado a ser un marido odioso. Eso era todo. Pero, de alguna manera, ella continuaba culpándose, y se llegó a convencer de que lo mejor que podía hacer era alejarse del mundo, mantenerse aparte, para que la gente olvidara que existía, y no pudiera atormentar a sus padres por su pecado. Por consideración hacia ellos, y hacia ella misma, se obstinó literalmente en desaparecer.

—No puedes seguir así durante el resto de tu vida, Sarah —le recriminó su padre con severidad.

Después de la fiesta del día del Trabajo, cuando las vacaciones se hubieron acabado, tuvieron que regresar a Nueva York. Los procedimientos legales seguían el curso previsto. Freddie estaba en Europa tal y como le había comentado, pero había dejado todo en manos de su abogado, que colaboraba de buen grado con los Thompson. La audiencia se fijó para noviembre, y el divorcio se haría efectivo exactamente un año más tarde.

—Debes volver a Nueva York —le encareció su padre.

No querían abandonarla allí, recluida, como si fuera un miembro de la familia del que se sintieran avergonzados. Pero aunque era una locura, así era como se sentía ella, y por eso rechazó la intención de su hermana de visitarla con la niña en octubre, cuando volvieran a Long Island.

—No quiero volver a Nueva York, Jane. Ahora soy feliz aquí.

—¿Con Charles y los tres viejos criados, helándote de frío todo el invierno? Vamos, no seas tonta. Ven a casa. Tienes solo veintiún años y no puedes dejar escapar tu vida de esa manera. Debes aprender a empezar de nuevo.

—No quiero —dijo con fragilidad, evitando mostrar interés por la criatura.

—No seas idiota.

Sarah se sorprendió al ver a su hermana mayor tan exasperada.

—¿Qué sabrás tú, maldita sea? Tienes un marido que te quiere y dos hijos. Nunca has sido una carga o motivo de desgracia para nadie. Eres la esposa, la hija, la hermana y la madre perfecta. ¿Qué sabes tú de mi vida? ¡Nada en absoluto!

—Parecía furiosa, y lo estaba, pero no con Jane sino consigo misma, y su hermana lo sabía. Furiosa con su destino..., y con Freddie. Enseguida se arrepintió y miró a su hermana con tristeza—. Perdóname, lo único que deseo es quedarme aquí, alejarme de todo.

Ni siquiera podía encontrar las palabras adecuadas para expresarse.

—Pero ¿por qué?

Jane no podía comprenderlo. La veía joven y bonita y, además, no era la primera mujer que se divorciaba. El problema era que Sarah se comportaba como si hubiera asesinado a alguien.

—No quiero ver a nadie. ¿Es que no puedes entenderlo?

—¿Y cuánto tiempo piensas pasar así?

—Pues toda la vida. ¿Vale? ¿Te parece suficiente? ¿Lo entiendes ahora?

Odiaba tener que responder a todas aquellas preguntas.

—Sarah Thompson, estás loca.

En los trámites de la separación, su padre había dispuesto que recuperara el apellido de soltera lo antes posible.

—Tengo derecho a hacer lo que quiera con mi vida. Puedo hacerme monja si me da la gana —le dijo con terquedad a su hermana.

—Primero tendrías que hacerte católica —observó Jane con una sonrisa, aunque Sarah no lo encontró gracioso.

Eran de confesión episcopaliana desde que nacieron. Jane empezó a pensar que su hermana estaba un poco trastornada. Era cuestión de tiempo, o al menos eso es lo que todos esperaban, pero cada vez estaban menos seguros.

Sarah mantuvo firme su decisión de no trasladarse a Nueva York. Hacía tiempo que su madre había recogido y guardado en cajas todas sus cosas del apartamento. No quería ni verlas. En noviembre, acudió a la vista oral de su divorcio vestida de negro y con cara fúnebre. Estaba tan bonita como siempre, pero su rostro reflejaba miedo. Permaneció sentada estoicamente hasta que todo hubo terminado. Sin perder un instante, cogió el coche y se llegó a Long Island. Acostumbraba dar largos paseos por la playa a diario, incluso en los días más gélidos, cuando el viento le fustigaba el rostro hasta hacerle sentir dolor. Vivía inmersa en la lectura y escribía cartas a su madre, a Jane y a algunas viejas amistades, pero al mismo tiempo seguía sin deseos de verlas.

En Navidades toda la familia volvió a reunirse en Southampton. Sarah apenas hablaba. La única ocasión en la que mencionó lo del divorcio fue a su madre, porque oyó algo por la radio relacionado con la separación del duque y la duquesa de Windsor. Sintió una penosa afinidad con Wally Simpson, pero su madre le aseguró que ella no tenía nada en común con aquella mujer.

Al llegar la primavera, su aspecto experimentó al fin una notable mejoría, se sentía mejor, más relajada, había ganado algo de peso y sus ojos habían despertado del mortecino letargo. Por aquel entonces su intención era la de encontrar una casa en algún lugar solitario de Long Island, para alquilarla, o quién sabe si comprarla.

—Eso es ridículo —gruñó su padre cuando lo sugirió—. Entiendo perfectamente que te sintieras desdichada por todo lo que te ha pasado, y que necesitaras algún tiempo para recuperarte aquí, pero lo que no voy a consentir es que te encierres tú sola en Long Island para el resto de tu vida, recluida como un ermitaño. Si quieres puedes quedarte aquí hasta el verano, pero en julio, tu madre y yo te vamos a llevar a Europa.

Lo acababa de decidir la semana anterior y a su mujer le había entusiasmado la idea, incluso Jane pensó que era un proyecto espléndido, justo lo que Sarah necesitaba.

—No pienso ir.

Una vez más se mostró testaruda, pero era diferente. Estaba preciosa, más fuerte y saludable que nunca, y le había llegado la hora de reintegrarse al mundo, estuviera de acuerdo o no. Si no accedía por las buenas, sus padres estaban decididos a obligarla.

—¡Tú irás si te lo decimos nosotros!

—No quiero ir detrás de Freddie —apuntó débilmente.

—Ha pasado todo el verano en Palm Beach.

—¿Cómo lo sabes?

Sentía curiosidad por saber si su padre había hablado con él.

4

El *Queen Mary* permanecía fondeado en el muelle, engalanado y altivo, en el embarcadero 90 del río Hudson. Por todas partes se respiraba un ambiente festivo. Mientras acababan de transportar unos enormes y elegantes baúles a bordo, se entregaban numerosos ramos de flores y el champaña corría por los camarotes de primera clase. En medio de toda esa algazara llegaron los Thompson, con el equipaje de mano, puesto que las maletas grandes ya las habían enviado a bordo con anterioridad. Victoria Thompson lucía un precioso vestido blanco de Claire McCardell. Lo complementaba con un ancho sombrero de paja, que armonizaba a la perfección con la indumentaria. Al subir por la escalerilla daba la impresión de ser feliz, incluso más joven. Todos se sentían emocionados con el viaje. Hacía varios años que no viajaban a Europa, y estaban ansiosos por volver a ver a los antiguos amigos que conservaban en el sur de Francia y en Inglaterra.

Al principio, Sarah se había negado en redondo a acompañar a sus padres en el dichoso viaje, del que no quería ni oír hablar, pero a última hora Jane consiguió persuadirla. Había provocado una dura discusión con ella en la que llamó a las cosas por su nombre, acusó a su hermana pequeña de cobarde, y le dijo que no era el divorcio lo que arruinaba la vida de sus padres, sino su persistente rechazo a retornar a la vida, y que todos ellos comenzaban a hartarse de su actitud, así que ya podía ir haciendo de tripas corazón, y pronto. Mientras Sarah oía a su hermana gritar no entendía los motivos reales de su enfado, pero sus palabras le hicieron acumular tal sentimiento de furia que su actitud cambió radicalmente.

—¡Muy bien! —Le gritó a Jane, tentada de lanzarle un vaso que tenía en las manos—. ¡Iré a ese maldito viaje si crees que es tan importante para ellos! Pero yo soy la única dueña de mi vida y, cuando hayamos regresado, me iré a vivir a Long Island para siempre, y no me molestaréis con más tonterías. ¡Se trata de mi vida, y la viviré como a mí me dé la gana! —Los negros cabellos le ondearon al mover bruscamente la cabeza, mientras clavaba una mirada de enfado en su hermana mayor—. ¿Con qué derecho decidís vosotros lo que es bueno o malo para mí? —añadió, abrumada por la rabia—. ¿Qué sabéis vosotros de mi vida?

—Lo único que sé es que la estás echando a perder —respondió Jane sin inmutarse—. Todo el año pasado te mantuviste encerrada aquí como si tuvieras cien años, y haciendo que mamá y papá se sintieran desdichados con tus caras tristes. Nos horroriza contemplar cómo sigues amargándote. No es que no tengas cien años, ¡es que todavía no tienes ni veintidós!

—Gracias por recordármelo. Y si a todos vosotros os resulta tan doloroso verme así, lo que haré será mudarme de casa antes. Quiero encontrar un lugar para mí sola, sea como sea. Hace meses que se lo dije a papá.

—Muy bien, perfecto, se trata de un establo ruinoso en Vermont, o una granja cochambrosa en algún rincón de Long Island... ¿Qué más castigos piensas infligirte? ¿Vestirte con trapos o impregnarte de cenizas? ¿Ya habías pensado en ellos o son demasiado elegantes para ti? Es mejor que escojas algo más amargado, más lúgubre, como una casa cerrada sin calefacción con un tragaluz en el tejado, para que mamá pueda preocuparse cada año por saber si has pillado una pulmonía. He de reconocer que eso sería un detalle por tu parte. Sarah, estás consiguiendo ponerme enferma.

Se sentía presa de la ira, y Sarah reaccionó huyendo a la carrera de la habitación, y cerró la puerta con tanta violencia que hizo saltar unas cuantas partículas de pintura de los goznes.

—¡Es una mocosa malcriada! —les dijo a los demás, todavía enrabiada—. No sé por qué tenéis tantos miramientos con ella. ¿Por qué no la obligáis simplemente a volver a Nueva York y a llevar una vida normal como cualquier ser humano?

La paciencia de Jane había llegado al límite. Todos habían sufrido mucho, y lo menos que podía hacer Sarah era poner algo de su parte para recuperarse. Su modélico marido ya lo había hecho. En el *New York Times* se había anunciado su enlace con Emily Astor.

—Mejor para él —dijo Jane con sarcasmo al enterarse.

A pesar de que Sarah no quiso hablar con nadie sobre el tema, toda su familia sabía que la noticia le había asestado un duro golpe. Emily era, aparte de una prima lejana, una de sus mejores amigas.

—¿Y qué me sugieres que haga para obligarla a vivir «como cualquier ser humano»? —aventuró su padre—. ¿Vender la casa? ¿Traerla a Nueva York con una camisa de fuerza? ¿Atarla al capó del coche? Ya es mayorcita, Jane, y solo podemos controlarla hasta cierto punto.

—¡Diablos, qué suerte tiene de que la miméis tanto! ¡Ya va siendo hora de que se las apañe por sí sola!

—Debes tener paciencia —le rogó su madre con serenidad. Más tarde, sin tener ocasión de ver de nuevo a su hermana, Jane se volvió a marchar a Nueva York. Sarah había salido a dar uno de sus paseos por la playa. Cogió el viejo Ford que su padre guardaba allí para Charles, el mayordomo, y estuvo conduciendo durante un rato sin rumbo fijo.

A pesar de su terca decisión de permanecer alejada del mundo, era obvio que las palabras de Jane le habían calado hondo. En junio, aceptó un tanto remisa el deseo de sus padres de ir juntos a Europa. Fue durante la cena, y trató de no darle al tema demasiada importancia, pero su madre la observaba con asombro. Su padre, al oír la nueva decisión, aplaudió, en señal de felicidad. Había estado a punto de cancelar las reservas y ceder ante la negativa de su hija. Pensó que arrastrarla a la fuerza por Europa no habría sido agradable para nadie, ni para ellos, ni mucho menos para Sarah. Sin embargo, no se atrevió a preguntarle las razones que finalmente la habían inducido a cambiar de opinión. Todos lo atribuyeron a Jane aunque, por supuesto, nadie le dijo a Sarah ni una palabra.

Esa mañana, junto al embarcadero 90, al apearse del coche, estaba radiante, alta y esbelta, ataviada con un sobrio conjunto negro y un sombrero de un tono más oscuro que había pertenecido a su madre. Estaba hermosa, aunque un tanto severa y algo pálida. Tenía los ojos enormes, el pelo negro y lacio que le caía por los hombros y los rasgos de la cara nítidos, sin rastro de maquillaje. La gente, al mirarla, se fijaba en la hermosura de su rostro, pleno de tristeza, como el de una mujer extraordinariamente bella que ha enviudado demasiado joven.

—¿No te podrías haber puesto algo más alegre, cariño? —le preguntó su madre al salir de casa.

Sarah se encogió de hombros. Había decidido complacerles con el viaje, pero nadie le había dicho que además tenía que pasárselo bien, ni siquiera simularlo.

Antes de partir ya había encontrado la casa perfecta en Long Island, una vieja villa abandonada, con un pequeño cobertizo que precisaba imperiosamente de algunos arreglos, enclavada cerca del mar, sobre un árido terreno de cuatro hectáreas. Había vendido el anillo de boda para cubrir la paga y señal, y tenía la idea de hablar con su padre después del viaje sobre la posibilidad de que se la comprara. Si lo conseguía, todo habría merecido la pena. Estaba ansiosa por establecerse en aquella vieja casa, y ya no quería esperar más.

—Te veo muy relajada, cariño —apuntó su madre en el coche, mientras se asía dulcemente de su brazo.

Les había alegrado tanto su determinación, habían puesto tantas esperanzas, que ninguno podía imaginar lo decidida que estaba a embarcarse en una vida solitaria tan pronto como finalizaran las vacaciones. De haberlo sabido, hubieran sido presa de una gran aflicción.

Su padre sonreía, mientras le comentaba a su esposa los telegramas que había enviado a las amistades avisando de su llegada. El calendario parecía apretado en los dos meses venideros, pues tenían previsto visitar Cannes, Mónaco, París, Roma y, claro está, Londres.

Mientras subían a bordo por la pasarela, y ante la mirada de cuantos se congregaban, su madre le iba explicando anécdotas de los amigos que tenían en Europa, a quienes Sarah no conocía. Hacía gala de una espléndida figura. Llevaba el sombrero levemente inclinado hacia delante y un velo le cubría los ojos, con lo que su rostro, joven y serio, denotaba cierto aire misterioso. Parecía una princesa española. Todos se preguntaban quién podía ser aquella mujer. Una pasajera afirmaba que se trataba de una estrella de cine, y aseguró haberla visto antes en alguna parte. De haberla oído, a Sarah le habría agradado. Pero ella no prestaba la menor atención a lo que sucedía a su alrededor, a las elegantes vestimentas, los delicados peinados, el impresionante desfile de joyas, de bellas mujeres y de hombres apuestos. Lo único que deseaba era encontrar su camarote. Una vez lo hizo, vio que allí le esperaban Peter y Jane, acompañados de Marjorie y el pequeño James, que no paraba de corretear por cubierta. Peter se había asustado un poco antes, cuando encontró a Marjorie, que apenas se tenía en pie, inspeccionando el interior del cuarto. Sarah se mostró feliz al verlos allí a todos, y en particular a Jane. Ya hacía varias semanas que se le había pasado el enfado, y volvían a ser grandes amigas, sobre todo una vez que Sarah comunicó su decisión de realizar el viaje.

Pensaron que lo mejor para despedirse era llevar un par de botellas de champaña obsequio del capitán, que, con la que luego llevó un camarero, sirvieron para amenizar el rato de espera, bebiendo y charlando, todos juntos alrededor de Sarah. Su habitación se comunicaba con la suite de sus padres a través de un ancho y largo pasillo, en el que el pequeño James descubrió un precioso piano pequeño. Al verlo no pudo evitar la tentación de sacarle unas horripilantes notas con la mayor felicidad del mundo, a pesar de que su madre procuró disuadirle por todos los medios.

—¿Crees que deberíamos colocar un letrero en la puerta anunciando que James no viaja contigo para tranquilizar a la gente? — ironizó Peter.

—Es bueno que desarrolle sus aptitudes musicales —añadió el señor Thompson con indulgencia—. Además, nos dará motivos para que nos acordemos de él durante todo el viaje, con esta bonita y estridente despedida.

A Jane le llamó la atención la sombría indumentaria de su hermana, pero hubo de reconocer que estaba preciosa después de todo. Siempre había sido la más atractiva de las dos, entre otras razones porque había heredado los rasgos más bonitos de sus padres. Jane había sacado la elegante belleza rubia, menos acentuada y llamativa de la madre. Y Sarah el moreno de su padre que, de alguna manera, incluso había mejorado.

—Que lo paséis muy bien —dijo Jane con una sonrisa sosegada, al ver que Sarah realizaría la travesía.

Todos querían que hiciera nuevos amigos, que viera nuevas cosas, y que al regresar a casa volviera a ponerse en contacto con sus viejos amigos. El año anterior no le había deparado más que soledad, vacío y desamparo. O al menos así lo creía Jane, que no podía ni imaginar lo que habría hecho ella si le hubiera ocurrido lo que a su hermana. De hecho, ni siquiera podía imaginar una vida sin Peter.

Momentos más tarde abandonaron el barco, en medio de pitidos y el estruendo de las chimeneas, mientras los camareros se dedicaban a circular por los pasillos, avisando con campanillas que los visitantes debían desembarcar sin la menor dilación. La embarcación era un frenesí de besos y abrazos; todos apuraban sus copas de champaña y se dedicaban lacrimógenas despedidas, hasta que por fin los visitantes bajaron por la pasarela que les devolvía a tierra. Los Thompson permanecieron en cubierta para despedirse efusivamente de Peter y Jane, mientras James se revolvía en los brazos de su padre y Marjorie se mecía divertida en los de su madre. Victoria Thompson dejó escapar algunas lágrimas al pensar que no los vería en dos meses, pero se trataba de un sacrificio que hacía gustosa por el bien de Sarah.

—Bien —dijo el padre con cara de satisfacción. Todo discurría según lo previsto; Sarah les acompañaba a Europa. Abandonaron la cubierta y comenzaron a caminar sin tener muy claro hacia dónde—. ¿Qué hacemos ahora? ¿Damos un paseo por cubierta? ¿Vamos a ver las tiendas?

Se sentía muy feliz por el viaje, por poder encontrarse de nuevo con algunos de sus viejos amigos. Pero lo que en realidad le entusiasmaba era haber convencido a Sarah de que les acompañase. Sabía que era el mejor momento. La situación política se había agravado hacía poco, y quién sabe lo que podría pasar. Si estallara una guerra en un año o dos, quién sabe, quizá fuera su última oportunidad de visitar Europa.

—Voy a sacar la ropa de las maletas —comentó Sarah.

—Ya lo hará la camarera —repuso su madre, pero ella no le hizo caso.

—Prefiero hacerlo yo —dijo, con la mirada un tanto ausente, a pesar del ambiente festivo que reinaba a su alrededor.

Desde que habían zarpado, el barco estaba lleno de globos, serpentinas y confeti por todos lados.

—¿Nos veremos en el comedor a la hora del almuerzo?

—A lo mejor hago una siesta.

Trató de estar simpática, pero por un momento pensó en lo difíciles que se le podrían hacer aquellos dos meses, siempre al lado de sus padres. Ya era mayorcita y, aunque la herida parecía haberse cerrado, la cicatriz aún estaba fresca, por lo que prefería no arriesgarse. Por otra parte no podía soportarlos pegados a ella día y noche, intentando alegrarla por todos los medios. Había aprendido a vivir en la soledad de sus oscuros pensamientos, de sus momentos de angustia. Sarah nunca había sido así, pero hacía tiempo que no conocía otra cosa, gracias a Freddie van Deering.

—¿No preferirías que te diera un poco el aire? —insistió su madre—. Si pasas demasiado tiempo en el camarote te marearás.

—Si veo que me mareo, ya saldré a dar una vuelta. No te preocupes, mamá. Estoy bien —aseguró, aunque sus padres no se quedaron muy convencidos.

—¿Qué vamos a hacer con ella, Edward? —preguntó su madre algo abatida mientras paseaban por cubierta, con la mirada perdida entre el resto de pasajeros y el océano, pero con la mente puesta en Sarah.

—No va a ser nada fácil de sobrellevar, eso te lo garantizo. Me pregunto si es tanta su infelicidad como parece, o si tan solo se siente a gusto adoptando ese aire romántico.

Ya no estaba seguro de comprenderla, ni de saber si alguna vez lo había hecho. En algunas ocasiones sus hijas le parecían un misterio.

—Algunas veces me da la sensación de que su desdicha se ha convertido en un hábito para ella —le manifestó Victoria—. Estoy segura de que al principio se sintió aturdida, herida y decepcionada, y que le incomodaba enormemente el escándalo que Freddie causó. Pero, si quieres que te diga la verdad, los últimos seis meses me han hecho creer que realmente disfruta comportándose así. No sé por qué, pero creo que la soledad ha llegado a gustarle. De pequeña siempre había sido obediente, y mucho más traviesa que Jane. Pero todo eso parece habérsele olvidado, como si ahora fuera otra persona.

—Sí, pues mejor sería que se convirtiera otra vez en la Sarah de siempre, diablos. Esa tontería de recluirse acabará con su salud.

Compartía por entero la opinión de su esposa. Es más, tenía la convicción de que en los meses anteriores su hija había llegado a disfrutar con aquella actitud. Su interior reflejaba paz, parecía más madura, pero no daba la impresión de ser feliz del todo.

Minutos después se encaminaron al comedor. Entretanto, Sarah le escribía una carta a Jane. Nunca comía al mediodía. En vez de eso, prefería pasear por la playa, y por esa razón se estaba adelgazando. No lo hacía por sacrificio; sencillamente, nunca tenía hambre.

Tras la comida sus padres pasaron a verla, y la encontraron tendida en la cama, sin zapatos, pero enfundada todavía en aquel vestido negro. A pesar de tener los ojos cerrados, su madre sospechó que fingía dormir. Decidieron no molestarla. Volvieron al cabo de una hora, y esa vez la encontraron sentada en una butaca, cómodamente vestida con un jersey gris y unos pantalones, refugiada en la lectura, un tanto ausente de su entorno.

—¿Sarah? ¿Te apetece un paseo por la cubierta principal? Las tiendas son fabulosas —arguyó Victoria Thompson, resuelta a mostrarse persistente.

—Quizá más tarde —contestó, sin apartar los ojos del libro. Al oír cerrarse la puerta, supuso que su madre se había marchado del camarote. En ese instante alzó la mirada suspirando y se sobresaltó al verla—. ¡Oh! Creí que te habías ido.

—Ya lo sé. Sarah, quiero que vengas conmigo a dar un paseo. No me voy a pasar todo el santo viaje rogándote que salgas del camarote. Ya que has decidido venir, muestra un poco más de alegría o acabarás por destrozarnos a todos, sobre todo a tu padre.

A Sarah siempre le agradó que sus padres fueran tan considerados el uno con el otro, pero en ese momento le molestó.

—¿Por qué? ¿Qué más da dónde esté? Me gusta estar sola. ¿Por qué os molesta tanto?

—Porque no es normal. No es bueno que una chica de tu edad pase tanto tiempo sola. Necesitas ver gente, un poco de vida, un poco de diversión.

—¿Por qué? ¿Quién lo ha decidido por mí? ¿Quién ha dicho que si tienes veintidós años necesitas divertirte? Yo no lo necesito. Ya tuve mucha diversión, y no quiero más en lo que me queda de vida. ¿Es que nadie puede entenderlo?

—Sí, yo lo entiendo, tesoro. Pero lo que tú viviste no fue diversión sino decepción, una profanación de todo lo decente y lo bueno, de todo en lo que tú siempre habías creído. Fue una experiencia terrible, y nunca permitiremos que te vuelva a suceder. Nunca. Pero debes abrirte de nuevo al mundo. Tienes que hacerlo, o tu interior se marchitará, se morirá, y el espíritu de una persona es lo más importante.

—¿Y cómo puedes saberlo?

A Sarah le causaban dolor las palabras de su madre.

—Porque lo veo en tus ojos —le contestó Victoria con sabiduría—. Veo alguien ahí dentro que se está muriendo, alguien que sufre, triste y solitario. Alguien que pide ayuda, y esa persona no podrá salir si tú no le ayudas a hacerlo. —Al oír esas palabras se le saltaron las lágrimas; su madre se acercó y la estrechó tiernamente entre sus brazos—. Te quiero tanto,

Sarah. Por favor, trata de..., trata de sobreponerte. Confía en nosotros, no permitiremos que te vuelvan a herir.

—Pero tú no sabes qué mal lo pasé. —Sarah comenzó a hacer mohínes como una niña, avergonzada de sus sentimientos y de su incapacidad para controlarlos—. Fue todo tan espantoso..., tan horrible. Nunca estaba en casa, y cuando venía...

No pudo continuar; se limitó a llorar al tiempo que meneaba la cabeza, incapaz de encontrar palabras para expresar sus sentimientos. Mientras la consolaba en su regazo, su madre le acariciaba su largo y sedoso cabello.

—Ya lo sé, tesoro, ya lo sé. Tan solo puedo hacerme una idea. Sé que ha sido horrible, pero ya ha terminado. Y tú no. Acabas de nacer. No desistas antes de que la vida te brinde otra oportunidad. Mira a tu alrededor, siente el aroma de la brisa, de las flores, vuelve a la vida. Por favor...

Sarah se quedó sujeta a ella mientras escuchaba sus palabras y, sin dejar de llorar, le explicó cómo se sentía.

—Ya no puedo más..., tengo mucho miedo...

—Estoy aquí... contigo.

Nunca supieron cómo ayudarla. Al menos hasta el final, cuando la rescataron de la pesadilla en la que estaba inmersa. Pero no pudieron conseguir que Freddie se comportara como un buen marido, que regresara a casa por la noche, que abandonara a los amigos y las prostitutas, como tampoco pudieron salvar la vida de su hijo. Aprendió que la vida tiene momentos muy duros en los que nadie te puede echar una mano, ni siquiera los padres de una.

—Debes intentarlo de nuevo, corazón mío. Poquito a poco, aunque te cueste. Tu padre y yo siempre estaremos a tu lado. —Entonces la separó de sí y la miró fijamente a los ojos—. Te queremos mucho, Sarah, muchísimo, y no queremos que vuelvas a sufrir por nada.

Sarah cerró los ojos y respiró hondo.

—Lo intentaré. —Los abrió de nuevo y miró a su madre—. Lo intentaré, puedes creerme. —De pronto pareció asustarse—. ¿Y que ocurrirá si no lo consigo?

—¿Qué quieres decir? —replicó su madre—. ¿No puedes

dar un paseo con tu padre y conmigo? ¿No puedes comer con nosotros? ¿Ni conocer a algunos de nuestros amigos? A mí me parece que sí puedes. No te pedimos gran cosa; si ves que de verdad no puedes hacerlo, entonces nos lo dices. —Hablaba como si se hubiera vuelto inválida aunque, en cierto modo, así era. Freddie la había paralizado, y ella lo sabía. La cuestión era cómo ayudarla, cómo podía recuperarse. Su madre no soportaba la idea de que quizá no podría—. ¿Damos un paseo?

—Estoy horrible. Debo tener los ojos hinchados y la nariz roja de tanto llorar.

Su madre puso una cara graciosa y Sarah esbozó una sonrisa entre las lágrimas.

—Es la mayor tontería que he oído en mi vida. No tienes la nariz roja.

Sarah se levantó de un brinco para mirarse en el espejo y dio un grito de disgusto.

—¡Sí que lo está! ¡Mira, parece una patata colorada!

—Déjame ver... —Victoria achinó un poco los ojos y contempló la nariz de Sarah, a la vez que negaba con la cabeza—. Debe tratarse de una patata muy, muy pequeña. No creo que nadie note nada si te lavas la cara con agua fría, te peinas como es debido, e incluso te pintas los labios.

No se había maquillado desde hacía meses y no le preocupaba lo más mínimo y, hasta ahora, Victoria nunca le había dicho nada en ese sentido.

—Es que no he traído nada para pintarme —dijo, con deliberada indiferencia.

No estaba segura de querer intentarlo, pero lo que le había dicho su madre la había sensibilizado, y quería que viera su intención de cooperar, aunque ello significara que tuviera que pintarse los labios.

—Te prestaré el mío. Tienes suerte de estar guapa sin necesidad de maquillarte. Yo, si no me pinto, parezco una cuartilla de papel.

—No es cierto —replicó Sarah, mientras su madre se dirigía a su compartimiento en busca del pintalabios.

Regresó en el acto y se lo ofreció, después de que Sarah se

hubo lavado la cara con agua fría y arreglado el cabello. Con aquel jersey y aquellos pantalones, con el pelo suelto que le caía por debajo de los hombros, volvió a parecer una mujer joven. Su madre sonreía al salir del camarote. Se cogieron del brazo, y fueron al encuentro del padre de Sarah.

Lo divisaron en cubierta, tomando el sol en una hamaca, mientras cerca de él dos atractivos jóvenes se entretenían jugando al tejo. Había colocado la hamaca cerca de ellos ex profeso, esperando que Victoria apareciera en cualquier momento con Sarah. Al verlas, respiró satisfecho.

—¿Qué habéis estado haciendo? ¿De compras?

—Todavía no. —La cara de Victoria irradiaba felicidad y Sarah sonreía, sin enterarse de la presencia de aquellos dos jóvenes que su padre había elegido—. Primero hemos pensado dar un paseo, tomar el té contigo, y después vaciar las tiendas con todo tu dinero.

—Tendré que arrojarme por la borda si me dejáis sin blanca.

Las dos mujeres se echaron a reír y los dos jóvenes que estaban cerca se giraron para mirar a Sarah; uno de ellos con una expresión de considerable interés. Pero ella se volvió y echó a caminar por el puente, en compañía de su padre. Mientras conversaban, Edward Thompson quedó impresionado por lo mucho que su hija parecía saber de política internacional. Por lo visto, las horas que se pasaba despierta hasta muy tarde las ocupaba leyendo los periódicos y revistas, aprendiendo todo lo que podía sobre la situación en Europa. Su padre recordó ahora lo inteligente que era, lo perspicaz, y quedó gratamente sorprendido al darse cuenta de las muchas cosas que sabía. No se trataba de una joven corriente, y durante toda la temporada en la que había permanecido oculta no había perdido el tiempo. Habló con soltura de la guerra civil española, de la anexión de Austria por Hitler, que había ocurrido en el mes de marzo, así como de sus implicaciones y del comportamiento mostrado por Hider dos años antes, en Renania.

—¿Cómo sabes todo eso? —preguntó su padre, impresionado, con la sensación de que era muy agradable hablar con ella.

—Leo mucho —contestó ella sonriéndole tímidamente—. Tampoco tengo grandes cosas que hacer, ¿sabes? —Intercambiaron una cálida mirada—. Y me parece algo fascinante. ¿Qué te parece que sucederá, papá? ¿Crees que Hitler declarará la guerra? Desde luego, parece prepararse para eso, y creo que el pacto entre Roma y Berlín podría llegar a ser muy peligroso, sobre todo si tenemos en cuenta lo que está haciendo Mussolini.

—Sarah, me sorprendes —dijo su padre, contemplándola con gesto impresionado.

—Gracias.

Pasearon durante un rato, profundamente enfrascados en la conversación sobre los peligros de guerra en Europa, y una hora más tarde interrumpieron el paseo, con mucho pesar por su parte. Su hija tenía una parte desconocida para él, algo que ella había malgastado a todas luces durante su matrimonio con Van Deering. Siguieron conversando animadamente a la hora del té, mientras Edward exponía su teoría de que Estados Unidos jamás se dejaría arrastrar a una guerra en Europa, y expresando el mismo punto de vista que el embajador Kennedy ya había compartido con sus íntimos, según el cual Inglaterra no se encontraba en una posición para involucrarse en una guerra en Europa.

—Es una pena que no vayamos a Alemania —dijo Sarah, sorprendiendo a su padre con ese comentario—. Me encantaría percibir lo que está sucediendo allí, e incluso hablar con la gente.

Al escucharla, su padre se alegró de haber decidido no ir. En sus planes para Sarah no entraban precisamente el permitir que su hija entrara en política. Una cosa era interesarse por lo que ocurría en el mundo, estar bien informada, incluso en la medida en que lo estaba ella, lo que ya resultaba raro, y más para una mujer, y otra muy diferente era ir allí para comprobar cómo estaban las cosas, lo que implicaba un peligro con el que él nunca estaría de acuerdo.

—Creo que será mejor que nos quedemos en Inglaterra y Francia. Ni siquiera estoy seguro de si deberíamos ir a Roma o no. Me pareció mejor decidirlo una vez que nos encontremos en Europa.

—¿Dónde está tu espíritu de aventura, papá? —preguntó

ella en tono de broma, pero él sacudió la cabeza, con una actitud mucho más prudente que la de su hija.

—Ya soy demasiado viejo para eso, hija mía. Y, en cuanto a ti, deberías preocuparte de llevar bonitos vestidos y acudir a hermosas fiestas.

—Qué aburrido —replicó Sarah afectando una expresión de aburrimiento que hizo reír a su padre.

—Desde luego, eres una mujer insólita, Sarah.

No era nada extraño que su matrimonio con Van Deering hubiera sido un desastre, o que ella hubiese decidido ocultarse durante todo aquel tiempo en Long Island. Era demasiado inteligente para él y para la mayoría de los jóvenes que integraban su círculo de amistades. Ahora, a medida que ambos se conocían mejor, durante el viaje en barco, su padre empezó a ir comprendiéndola.

Al tercer día Sarah parecía sentirse completamente a sus anchas, y deambulaba por el barco con naturalidad. Seguía mostrándose reservada, y sin ningún interés por los jóvenes que viajaban en el barco, pero comía con sus padres en el comedor y durante la última noche de la travesía cenó con ellos en la mesa del capitán.

—¿No está usted prometida con nadie, señorita Thompson? —le preguntó el capitán Irving guiñándole un ojo.

La madre de Sarah contuvo la respiración, preguntándose qué contestaría ella a esa pregunta.

—No, no lo estoy —contestó ella fríamente, con un ligero rubor en las mejillas y una mano que tembló casi imperceptiblemente al dejar la copa de vino sobre la mesa.

—Los jóvenes de Europa están de suerte.

Sarah sonrió con recato, pero aquellas palabras fueron como un cuchillo que le penetrara en el corazón. No, no estaba prometida, sino que esperaba obtener el divorcio en noviembre, un año después de celebrado el juicio. El divorcio. Se sentía como si todas sus esperanzas de mujer hubieran quedado arruinadas para siempre. Pero eso era algo que, al menos aquí, no sabía nadie, lo que constituía una pequeña bendición por la que se sentía agradecida. Y, con un poco de suerte, nadie lo sabría en Europa.

El capitán la invitó a bailar y ella tenía un aspecto muy hermoso entre sus brazos, con su vestido de satén de color azul pálido que su madre le había encargado poco antes de su boda con Freddie. Ese vestido pertenecía al ajuar de novia, y esta noche notó un nudo en la garganta al ponérselo. Y lo mismo sucedió cuando un joven desconocido la invitó a bailar, inmediatamente después de que hubiera terminado la pieza con el capitán. Ella pareció vacilar unos segundos antes de contestar, hasta que por último asintió amablemente con un gesto de cabeza.

—¿De dónde es usted? —preguntó el joven.

Era un hombre muy alto y rubio y, a juzgar por su acento, inglés.

—De Nueva York.

—¿Y va a Londres?

Parecía estar pasándoselo muy bien con ella. Había observado a Sarah desde hacía varios días, pero le pareció en exceso distante y un tanto esquiva, ya que no le había dado el menor pie para acercarse, lo que a él le había resultado descorazonador.

Sarah se mostró intencionadamente vaga. No tenía el menor interés en permitir que nadie la cortejara y, de una forma extraña, aquel joven le recordaba un poco a Freddie.

—¿Dónde se alojará?

—Con unos amigos de mis padres —mintió, a sabiendas de que ya tenían reservas hechas en el hotel Claridge, y que permanecerían en Londres por lo menos dos semanas.

Pero no tenía el menor deseo de volverlo a ver y, por suerte para ella, el baile fue breve. Más tarde, el joven intentó rondarla, pero Sarah hizo lo posible por desanimarlo y, al cabo de unos minutos, el hombre comprendió el significado de su actitud y regresó a su mesa.

—Por lo que veo, el joven lord Winthrop no es de su agrado —comentó el capitán en tono de broma.

Aquel joven había sido el varón más codiciado en todo el barco, y la mayoría de las jovencitas casaderas parecían decididas a perseguirlo. Todas, excepto la extremadamente esquiva señorita Thompson.

—De ningún modo. Lo que sucede es que no le conozco —replicó Sarah con frialdad.

—¿Quiere que haga una presentación formal? —se ofreció el capitán, pero Sarah se limitó a dirigirle una amable sonrisa y negar con un ademán.

—No, capitán, muchas gracias.

Luego, bailó con su padre y el capitán comentó con Victoria la inteligencia y la belleza de su hija.

—Es una joven muy notable —afirmó, demostrando una clara admiración por ella. Había disfrutado conversando con ella casi tanto como su padre durante la travesía de cinco días—. Y es tan bonita. Parece muy conveniente para algún joven agraciado. No me puedo imaginar que tengan ustedes ningún problema con ella.

—No —dijo Victoria sonriendo, orgullosa de su hija menor—, excepto que quizá se comporta demasiado bien. —Victoria sonrió a su pesar, desconcertada ante la total indiferencia con la que su hija había tratado a lord Winthrop—. Ha experimentado una gran desilusión en su vida —le confió al capitán—, y me temo que ha permanecido un tanto apartada de todo el mundo durante algún tiempo. Confiamos en sacarla un poco de sí misma con este viaje a Europa.

—Entiendo —se limitó a decir el capitán, al comprender mejor la situación. Eso explicaba su total falta de interés por Phillip Winthrop—. En tal caso, no será fácil encontrarle un hombre adecuado —sentenció—. Es una mujer demasiado inteligente, y sensata, y no parece interesarse por tonterías. Quizá sea un hombre más maduro el que tenga la suerte de atraerla. —Le gustaba aquella joven y, por un momento, se encontró planteándose la cuestión, hasta que finalmente le sonrió a su madre—. Es usted muy afortunada. Tiene una hija muy hermosa y confío en que pueda encontrar el marido que se merece.

Victoria se preguntó si era esa la imagen que daban: que viajaban a Europa para encontrarle un esposo a su hija. Sarah se enfurecería si llegara siquiera a imaginarlo. Victoria le dio las gracias al capitán, luego bailó un último baile con él y al acabar se reunió con su esposo e hija.

—Creo que deberíamos acostarnos esta noche a una hora decente. Mañana será un gran día.

Desembarcarían en Cherburgo y luego viajarían directamente a París. Sarah nunca había estado y tenían un apretado programa de visitas turísticas para el que ya habían contratado con el hotel el tener a su disposición un coche con chófer. Se alojarían en el hotel Ritz y después de pasar una semana en París irían a Deauville y luego bajarían hasta Biarritz, a ver a unos amigos. Luego tenían prevista una estancia de una semana en la Riviera, en concreto Cannes, y a continuación se llegarían a Montecarlo, para visitar a un viejo amigo de sus padres. Después, se dirigirían a Londres.

El barco atracó en Cherburgo a las ocho de la mañana tal como estaba previsto y los Thompson subieron muy animados al tren. Edward compartió con ellas una lista de lugares que, en su opinión, debía ver Sarah, entre los que se encontraban el Louvre, el jardín de las Tullerías, Versalles, la Malmaison, el Jeu de Paume, la torre Eiffel y, desde luego, la tumba de Napoleón. Después de la exposición del programa de visitas, Victoria Thompson frunció el ceño.

—Pues en esa lista no he oído decir nada de la casa Chanel, Dior o Balenciaga, ni siquiera de Schiaparelli. ¿Las habías olvidado, querido?

Ese año, los colores de moda en París eran el violeta y el malva y Victoria tenía muchas ganas de ir de compras con Sarah.

—Lo intentaba, querida —contestó él con una sonrisa benevolente—, pero estaba seguro de que tú no permitirías que lo olvidara.

Disfrutaba consintiendo a su esposa, y también esperaba hacer lo mismo con su hija. Pero no por ello quería dejar de enseñarle los monumentos más destacados, algunos de los cuales ya le comentó cuando el tren hizo su entrada en París.

Las habitaciones que les asignaron en el Ritz eran realmente maravillosas. En esta ocasión, Sarah disponía de una suite para ella sola, separada de la de sus padres, con una vista que daba a la plaza Vendôme. Al encontrarse en su habitación, a solas, tuvo que admitir que en su resolución de permanecer inmersa en la soledad tenía un sabor agridulce, y que todo habría podido ser mucho más maravilloso si hubiera tenido la posibilidad de encontrarse aquí en compañía de su esposo.

Suspiró y se acostó en la enorme cama con dosel. A la mañana siguiente fueron al Louvre y se pasaron allí varias horas. Fue un día muy gratificante para sus padres, como también lo fue el resto del viaje. Ella ya no se mostraba arisca ni se resistía. En París solo conocían a una vieja amiga de la madre de Edward Thompson, que les invitó a tomar el té en su casa de la calle Jacob, por lo que Sarah no se vio obligada a evitar ningún acontecimiento social. Pudo dedicarse por entero a disfrutar de los museos, las catedrales y las tiendas, así como a pasar el tiempo en compañía de sus padres.

Deauville ya representó para ella un poco más de esfuerzo, porque la gente a la que visitaron allí insistió en que Sarah conociera a su hijo, e hicieron todo lo posible para provocar que surgiera algo entre ellos. El joven se mostró realmente interesado por ella, pero a Sarah no le pareció atractivo, y tuvo la impresión de que se trataba de una persona muy poco informada y bastante aburrida. Se pasó la mayor parte de su estancia allí tratando, de evitarlo. Lo mismo sucedió con los dos hermanos que le presentaron una vez hubieron llegado a Biarritz, y con el nieto de su anfitrión en Cannes, por no mencionar a los dos jóvenes «encantadores» que le presentaron los amigos de sus padres en Montecarlo. Al final de su estancia en la Riviera, Sarah se encontraba de mal humor, y apenas si les dirigía la palabra a sus padres.

—¿Has disfrutado en la Riviera, querida? —le preguntó Victoria con aire inocente mientras se dedicaban a preparar las maletas, ya que partían para Londres al día siguiente.

—No, no he disfrutado nada —le contestó Sarah con toda franqueza—. Nada en absoluto.

—¿De veras? —Su madre se volvió a mirarla, sorprendida, pues había tenido la impresión de que su hija se lo había pasado muy bien. Habían estado en varios yates, pasó bastante tiempo en la playa y acudió a varias fiestas realmente espléndidas—. ¡Qué desilusión!

—Quiero que sepas algo, mamá —dijo Sarah mirándola directamente a los ojos y dejando sobre la cama la blusa blanca que se disponía a guardar en la maleta—. No he venido a Europa para encontrar otro marido. Debo recordarte, de todos modos, que sigo estando casada, al menos hasta noviembre. Además, espero no volver a casarme nunca. Me dan náuseas y me aburren todas esas personas que tratan de obligar a sus hijos medio idiotas a que me cortejen, o a sus nietos casi analfabetos, o a sus primos tremendamente aburridos. Todavía no he podido encontrar a ningún hombre con quien mantener una buena conversación, y mucho menos con quien desee pasar una hora en su compañía. No quiero que haya ningún otro hombre en mi vida, y tampoco quiero que me arrastréis por toda Europa mostrándome ante los demás como una jovencita un tanto retraída, desesperada por encontrar un marido. ¿Lo he dicho con suficiente claridad? —Su madre la miró asombrada, y mostró su conformidad con un gesto de la cabeza—. Y a propósito, ¿saben todas esas personas que ya he estado casada antes?

—No, no creo que lo sepan —contestó Victoria.

—Pues bien, quizá debas decírselo. Estoy segura de que, si supieran que soy una mujer divorciada, tendrían menos interés en empujar hacia mí a sus queridos y pequeños idiotas.

—Eso no es ningún delito, Sarah —replicó su madre con serenidad, sabiendo muy bien cuál era el punto de vista de Sarah.

Para ella, lo de su divorcio era como una especie de delito, como un pecado imperdonable que no parecía dispuesta a perdonarse nunca, por lo que tampoco esperaba que lo hicieran los demás.

—No es nada de lo que una pueda sentirse orgullosa, y no creo que nadie lo considere como un valor añadido.

—No he sugerido nada de eso, pero tampoco se trata de una aflicción insuperable. Hay personas a las que conocerás y que lo sabrán, y a las que no les importará en absoluto. Y cuando llegue el momento de conocer a personas que no lo sepan, siempre estás a tiempo de decírselo tú misma, si lo consideras necesario.

—Sí, eso es lo que debo hacer, porque esto es como una enfermedad, y una debe advertírselo a la gente.

—Nada de eso. Solo tienes que decirlo si así lo deseas.

—Quizá debería colgarme un cartel, ya sabes, como si fuera una leprosa. —Su voz parecía enojada, amargada y triste, pero estaba harta de que la emparejaran con jóvenes que no tenían el menor interés por ella, excepto quizá el de quitarle las ropas—. ¿Sabes lo que hizo el hijo de los Saint Gilles en Deauville? Me quitó toda la ropa en el momento en que yo me estaba cambiando y luego entró y trató de quitarme la toalla con la que me cubría. A él le pareció algo increíblemente divertido.

—¡Eso es terrible! —exclamó su madre, que pareció sentirse conmocionada por la noticia—. ¿Por qué no dijiste nada?

—Lo hice, se lo dije a él. Le advertí que si no me devolvía la ropa inmediatamente, acudiría directamente a ver a su padre. El pobre se asustó tanto que me lo devolvió todo enseguida y me rogó que no le dijera nada a nadie. Realmente, fue patético.

Aquello era algo que parecía propio de un adolescente, no de un hombre de veintisiete años. Y todos ellos se habían comportado de un modo tan inmaduro y consentido, y habían sido tan arrogantes, ignorantes y mal educados que casi no pudo soportarlo.

—Solo quería que tú y papá supierais que yo no he venido a Europa para buscar un marido —volvió a recordarle a su madre, que se limitó a asentir con la cabeza mientras Sarah se dedicaba de nuevo a hacer las maletas.

Aquella noche, Victoria le mencionó el incidente a su esposo y le contó lo ocurrido con el joven en Deauville. A Edward, el comportamiento del hombre le pareció estúpido pero, sin lugar a dudas, totalmente inofensivo.

—El verdadero problema consiste en que ella es mucho más madura que todos ellos. También ha tenido que pasar por muchas más cosas. Necesita conocer a alguien de más edad, más maduro. Ninguno de esos jovenzuelos tiene ni la menor idea de cómo tratar a una mujer como ella. Y, si tenemos en cuenta qué opina sobre la idea de relacionarse de nuevo con un hombre, lo único que han conseguido ha sido fastidiarla. Una vez que lleguemos a Londres, debemos ir con cuidado a la hora de presentarle jóvenes.

Su intención era no dejar que se apartara por completo de los hombres, sino presentarle por lo menos a uno o dos en cuya compañía pudiera disfrutar, recordándole así que en la vida había algo más que la soledad. Lo sucedido hasta entonces no había hecho sino reforzar la sensación de que la soledad era más atractiva.

Regresaron a París y a la mañana siguiente cruzaron el canal en siete horas, con el tren *Flecha Dorada* y el ferry. Llegaron al Claridge a tiempo para la cena. En el mostrador de recepción salió a recibirles el director del hotel, que les mostró personalmente la suite de habitaciones, con la máxima formalidad y decoro. Sus padres disponían de un gran dormitorio con una vista del Big Ben y el Parlamento, por encima de los tejados de las casas. También tenían un salón, mientras que ella tenía una bonita habitación que parecía un *boudoir*, forrado de satén rosado y con rosas pintadas. Al mirar hacia la mesa, vio media docena de invitaciones, ninguna de las cuales le produjo el menor entusiasmo. Ni siquiera se molestó en abrirlas y aquella misma noche, durante la cena, su madre se las mencionó. Cenaron en la suite de sus padres, y Victoria le explicó que sus amigos les habían invitado a dos cenas y a un té, así como a pasar un día de merienda en el campo, en Leicester, y a un almuerzo que los Kennedy celebrarían en su honor en la embajada, en Grosvenor Square. A Sarah todo aquello le resultaba increíblemente aburrido.

—¿Tengo que acompañaros? —preguntó con un tono quejoso que a su madre le recordó la época en la que todavía era una adolescente.

Pero la expresión de su padre fue firme al contestarle.

—Vamos, no empecemos de nuevo. Todos sabemos por qué estamos aquí. Hemos venido a ver a los amigos, y no vamos a insultarlos rechazando ahora sus amables invitaciones.

—Pero ¿por qué tienen que conocerme precisamente a mí? Al fin y al cabo, son amigos tuyos, papá, no míos. Seguro que no me echarán de menos.

—No lo permitiré —exclamó Edward golpeando con el

puño sobre la mesa—. Y tampoco quiero volver a discutirlo contigo. Ya no tienes edad para esta clase de melindres. Muéstrate cortés, agradable y sé lo bastante buena como para hacer ese pequeño esfuerzo. ¿Me has comprendido, Sarah Thompson?

Sarah se lo quedó mirando, con expresión gélida, pero él no pareció enterarse, o no quiso observar lo mucho que su hija se oponía a sus deseos. Habían venido a Europa por una razón, y no iba a cejar en su empeño de empujarla de nuevo hacia el mundo. Por instinto, sabía que eso era lo que ella necesitaba, al margen de lo mucho que ella se resistiera a admitirlo.

—Está bien —asintió Sarah.

Terminaron de comer en silencio. Al día siguiente, fueron al museo Alberto y Victoria y pasaron un rato muy entretenido, a lo que siguió una cena muy elegante y formal. Pero Sarah no se quejó. Llevaba un vestido que su madre le había comprado antes de emprender el viaje, de un tafetán verde oscuro que era casi del color de sus ojos y que le sentaba a la perfección. Cuando llegaron, su aspecto era realmente hermoso, aunque a ella no parecía entusiasmarle nada el hecho de encontrarse allí. Su expresión fue de aburrimiento, y así se mantuvo durante la mayor parte de la velada. Se había invitado a algunos jóvenes para que la conocieran, y ella hasta hizo un esfuerzo por conversar con ellos, pero pronto descubrió que no tenía nada en común con ninguno. En general, la mayoría parecían muy consentidos y estúpidos, sorprendentemente inconscientes del mundo que les rodeaba.

Sarah se mostró serena durante el trayecto hasta el hotel, y sus padres no le preguntaron si lo había pasado bien. Estaba claro que no había sido así. La segunda invitación formal a la que acudieron se desarrolló en parecidos términos y en cuanto a la reunión para tomar el té, quizá todavía fue peor. Allí, intentaron hacerla intimar con un sobrino nieto de la anfitriona de quien incluso su madre tuvo que admitir más tarde, no sin cierto embarazo, que era tan estúpido y con tan poca gracia que casi parecía infantil.

—Por el amor de Dios —explotó Sarah aquella noche, en

cuanto llegaron al Claridge—. ¿Qué le sucede a toda esa gente? ¿Por qué me hacen esto? ¿Cómo es que todo el mundo tiene la sensación de que debo emparejarme con sus parientes idiotas? ¿Qué les habéis dicho al informarles de que veníamos de visita? —le preguntó directamente a su padre, quien tuvo que hacer un esfuerzo para no ponerse a la defensiva—. ¿Acaso que yo estaba desesperada y que ellos tenían que ayudarme?

Casi no podía creer en la gente a la que había conocido.

—Me limité a decirles que veníamos contigo. La forma en que lo interpretaron es algo que depende por completo de ellos. Creo que, sencillamente, al invitar a esos jóvenes, tratan de mostrarse hospitalarios contigo. Si no te gustan sus parientes, o sus amigos, lo único que puedo decirte es que lo siento.

—¿No puedes decirles que ya estoy comprometida, o que tengo una enfermedad contagiosa o algo por el estilo? Decirles algo que les impida hacerme la corte. No puedo soportarlo. Me niego a seguir acudiendo a unas fiestas en las que me siento como una boba durante toda la velada.

Hasta el momento, había manejado la situación bastante bien, pero su temperamento surgía ahora y estaba claro que ya tenía ganas de decir algo.

—Lo siento mucho, Sarah —dijo su padre con serenidad—. Te aseguro que no pretenden hacerte ningún daño. Intenta no enfadarte tanto.

—No he podido mantener una conversación inteligente con nadie, excepto contigo, desde que salimos de Nueva York —dijo ella en tono acusador, ante lo que él sonrió.

Entonces comprendió que ella había disfrutado hablando con él tanto como él mismo. Eso, al menos, ya era algo.

—¿Y con quién has mantenido alguna conversación inteligente mientras estuviste encerrada en Long Island?

—Al menos allí no esperaba nada de eso —contestó ella recordando lo tranquilizador que le había parecido el silencio.

—Lo que tienes que hacer entonces es no esperarlo tampoco ahora. Tómatelo tal como es. Una visita a un lugar nuevo, una oportunidad de conocer a gente nueva.

—Ni siquiera resulta divertido hablar con las mujeres.

—En ese aspecto no estoy tan de acuerdo contigo —replicó su padre.

Victoria enarcó una ceja al oír aquello, y él le acarició una mano, como pidiéndole disculpas, aunque ella sabía que solo estaba bromeando.

—Lo único que les interesa a todas esas mujeres son los hombres —dijo ella a la defensiva—. No creo que hayan oído hablar jamás de política, y todas parecen pensar que Hitler no es más que el nuevo cocinero de la mansión familiar. ¿Cómo puede ser alguien tan estúpido?

Ante este comentario, su padre se echó a reír y sacudió la cabeza.

—¿Desde cuándo eres una intelectual esnob interesada en política?

—Desde que me he dedicado a estar a solas conmigo misma. En realidad, ha sido algo muy agradable.

—Quizá hasta demasiado. Ya va siendo hora de que recuerdes que el mundo está lleno de una gran variedad de gentes, unos inteligentes, y otros menos, algunos realmente estúpidos y otros divertidos, o sosos. Pero así es el mundo, hija. Tengo la impresión de que has pasado demasiado tiempo a solas, Sarah. Y al comprenderlo así, me siento feliz por el hecho de que hayas aceptado venir.

—Pues yo no estoy tan segura de sentirme feliz —gruñó, aunque la verdad era que, hasta el momento, había disfrutado del viaje con sus padres.

Cierto que las reuniones sociales no le habían resultado placenteras, pero se lo había pasado bien de otras formas, y se sentía feliz por estar con ellos. Eso había permitido una aproximación a sus padres y, a pesar de sus quejas, experimentaba una mayor felicidad de la que había sentido desde hacía mucho tiempo. Además, y aunque no fuera por otra cosa, había recuperado un cierto sentido del humor.

Protestó ante la idea de acompañar a sus padres al campo al día siguiente, pero su padre insistió, asegurándole que no tenía elección, que el aire del campo le sentaría bien y, como conocía la propiedad a la que irían, le dijo que valía la pena verla.

Al día siguiente, Sarah seguía gruñendo al subir al coche,

y estuvo quejándose la mayor parte del trayecto, pero tuvo que admitir que la campiña inglesa era realmente hermosa, y que hacía un tiempo insólitamente caluroso y soleado para tratarse de Inglaterra.

Al llegar, admitió de mala gana que se trataba de un paraje notable, tal como le había asegurado su padre. Se trataba de un castillo del siglo XIV, con unos campos muy hermosos, en los que todavía se conservaba la granja original, que la familia había restaurado por completo. A los cien invitados que acudieron se les dio la bienvenida y se les permitió deambular por todas partes, incluso por los grandes salones nobles, donde los sirvientes esperaban con discreción, dispuestos a servirles bebidas o acomodarlos en alguno de los numerosos salones, o acompañarlos a los jardines exteriores. Sarah no creía haber visto una mansión tan hermosa o interesante en su vida, y le fascinó tanto la granja que no hizo sino plantear preguntas y pronto se las arregló para perder de vista a sus padres. Se quedó observando los tejados cubiertos de paja seca de las cabañas y alquerías, con el enorme castillo que se elevaba en la distancia. Era una vista extraordinaria y emitió un ligero suspiro mientras la contemplaba embelesada, imbuida de una agradable sensación de paz, completamente atrapada por aquel marco histórico. La gente que la rodeaba pareció desaparecer. La mayoría de ellos se encaminó hacia el castillo, a través de los jardines y los prados, cuando ya rozaba la hora del almuerzo.

—Impresionante, ¿verdad? —preguntó de pronto una voz tras ella.

Se dio la vuelta en el acto, un tanto asustada al ver a un hombre alto, con el cabello moreno y los ojos azules. Parecía dominarla con su estatura, pero mostraba una cálida sonrisa en el rostro y se miraron como almas gemelas.

—Siempre experimento un extraordinario sentido de la historia cada vez que vengo aquí. Es como si uno cerrara los ojos por un momento y entonces aparecieran ante la imaginación los siervos, los caballeros y sus damas de otros tiempos.

Sarah sonrió ante aquellas palabras, porque eso era exactamente lo que ella misma experimentaba.

—Estaba pensando lo mismo. Después de haber visitado la granja, no lograba decidirme a regresar. Quería quedarme aquí y sentir ni más ni menos lo que usted acaba de describir.

—A mí me gusta que sea así. Temo todos esos horribles lugares que han sido fatalmente acondicionados y reformados para modernizarlos, hasta el punto de hacerlos irreconocibles. —Ella asintió de nuevo, un tanto extrañada por lo que él había dicho, y también por cómo lo había dicho. Observó un claro parpadeo en uno de sus ojos, mientras le hablaba. Parecía divertirle todo aquello, y le agradaba hablar de ese tema—. Soy William Whitfield, cautivo aquí durante el fin de semana —añadió él, a modo de presentación—. Belinda y George son primos míos, por muy locos que estén. Pero son buena gente. Y usted es de Estados Unidos, ¿verdad?

Ella asintió con un gesto y le tendió la mano, con un ligero sonrojo.

—En efecto. Soy Sarah Thompson.

—Encantado de conocerla. ¿Es de Nueva York? ¿O acaso de alguna ciudad más interesante, como Detroit o San Francisco? —Ella se echó a reír ante su visión de lo que era interesante, y admitió que había acertado a la primera—. ¿Dedicada a hacer el gran viaje por Europa?

—Vuelve a tener razón —corroboró con una sonrisa, en tanto que él la observaba con atención, traspasándola con unos ojos azules, que mantenían su mirada con firmeza.

—Permítame adivinar... ¿Ha venido en compañía de sus padres?

—Sí.

—¡Qué terrible! Y ellos la aburren mortalmente, llevándola a museos e iglesias, y dedicándose por las noches a presentarle a los hijos de sus amigos, la mayoría de los cuales parecen tontos y algunos de ellos ni siquiera saben hablar correctamente. ¿He vuelto a acertar?

Sin lugar a dudas, disfrutaba imaginando la situación que describía con tanto acierto. Sarah se echó a reír abiertamente, incapaz de negarlo.

—Supongo que habrá estado observándonos, o que alguien le habrá dicho lo que estábamos haciendo.

—No me imagino nada peor, excepto quizá una luna de miel con un ser odioso. —Pero, en cuanto hubo dicho esas palabras, a Sarah se le nublaron los ojos y casi pareció alejarse físicamente. Él se dio cuenta enseguida de su distanciamiento—. Lo siento, ha sido de muy mal gusto por mi parte.

Parecía un hombre muy abierto y directo, y ella se encontraba muy cómoda en su compañía.

—No, en absoluto. —Hubiera querido decirle que era demasiado sensible a aquellas palabras, pero no lo dijo—. ¿Vive usted en Londres? —preguntó, para cambiar de tema y que él dejara de sentirse violento, aunque daba la impresión de que había pocas cosas capaz de perturbarlo.

—Sí, vivo en Londres —informó—, cuando no me encuentro en Gloucestershire, dedicado a arreglar viejas verjas. Pero no se parece a esto, se lo aseguro. En realidad, no tiene la menor semejanza, y yo no poseo la imaginación de Belinda y George, que se han pasado años en la restauración de su heredad. Yo, en cambio, me he pasado el mismo tiempo tratando de impedir que mi casa se caiga a pedazos, cosa que, a fuer de ser sincero, no he conseguido del todo. Es un lugar espantoso, si es que se lo puede imaginar. Lleno de documentos y telarañas, y de ruidos capaces de aterrorizar a cualquiera. Mi pobre madre aún vive allí. —Tenía la virtud de lograr que todo lo que dijera pareciese divertido. Mientras conversaban empezaron a alejarse de la granja—. Supongo que deberíamos estar de vuelta para el almuerzo, aunque no creo que nadie nos eche de menos. Con tanta gente, seguro que Belinda ni siquiera se daría cuenta si decidiéramos regresar a Londres. Aunque, por supuesto, me parece que sus padres sí lo harían. Más bien tengo la impresión de que, en tal caso, me perseguirían con una escopeta.

Sarah volvió a reírse con ganas, sobre todo al pensar que, antes al contrario, sus padres quizá hubieran utilizado la escopeta para arrimarla a él, y así se lo dijo.

—No lo creo —dijo.

—Yo no soy exactamente lo que los padres suelen desear para sus jóvenes e inocentes hijas. Me temo que ya tengo cierta edad, aunque debo señalar que, en comparación, me encuentro en un perfecto estado de salud. —La miraba con atención, asombrado ante su belleza y, sin embargo, intrigado por algo que había percibido en sus ojos, algo inteligente, triste y muy receloso—. ¿Le parecería terriblemente rudo por mi parte si le preguntara cuántos años tiene?

De repente, ella sintió el deseo de contestarle que tenía treinta años, pero al no encontrar razón alguna para mentirle, no lo hizo.

—Cumpliré veintidós años el mes que viene.

Se mostró menos impresionado de lo que ella hubiera querido. La miró, sonriente, y la ayudó a subir un pequeño muro de piedra, sosteniéndola con mano segura pero suave.

—Es usted una jovencita. Yo ya tengo treinta y cinco, y me temo que sus padres se sentirían profundamente decepcionados si regresara usted a casa conmigo, llevándome como recuerdo de Europa.

Se estaba burlando, pero ambos se lo pasaban bien con esta pequeña broma, y a ella le gustaba. Habría sido un buen amigo y le agradaba poder bromear con él, a pesar de que no le conocía.

—Lo agradable de usted, con todo, es que no se comporta como un idiota. Apuesto a que es capaz de saber los días de la semana y, por lo que oigo, puede hablar.

—Estoy dispuesto a admitir que mis virtudes son numerosas. ¿De dónde sacará la gente a esos terribles parientes que presentan a los hijos de los demás? Nunca he podido comprenderlo. A lo largo de mi vida, he conocido a muchas jóvenes casaderas, todas ellas emparentadas con personas en apariencia normales, a pesar de lo cual me temo que la mayoría de ellas debería ingresar en alguna institución benéfica. Y todas las que he conocido parecían estar convencidas de que yo anhelaba conocerlas. Es algo de todo punto sorprendente, ¿no está de acuerdo?

Sarah apenas si podía dejar de reír, sobre todo al recordar a los numerosos jóvenes a los que había conocido desde su llegada a Europa. Le describió a uno de ellos, a quien conoció en Deauville, y a otros dos en Biarritz. Habló luego de los niñatos que le habían presentado en Cannes y en Montecarlo, y para cuando terminaron de cruzar los prados, camino del castillo, ya se habían hecho buenos amigos.

—¿Cree usted que nos habrán dejado algo para almorzar? Me estoy muriendo de hambre —comentó él.

Se trataba de un hombre alto y corpulento, por lo que no resultaba difícil creer en sus palabras.

—Deberíamos haber cogido unas manzanas en la granja. Me estaba muriendo de ganas por probarlas, pero el granjero no nos las ofreció y no tuve el valor de atreverme.

—Debería habérmelo dicho —dijo William, con irónica amabilidad—. Las habría robado para usted.

Encontraron la mesa repleta de carne asada, pollo, verdura y una ensalada enorme. Se sirvieron con abundancia y William, al acabar, la condujo hacia una pequeña pérgola. Ella no vaciló ni un instante en seguirle. Le pareció perfectamente natural estar a solas con él y escuchar las historias que contaba. Terminaron hablando de política, y a Sarah le fascinó oírle decir que acababa de estar en Munich. Afirmó que la tensión casi se percibía en la calle, aunque no tanto como en Berlín, donde no había estado desde el año anterior. Pero, por lo visto, toda Alemania se preparaba para una gran confrontación.

—¿Crees que eso sucederá pronto? —preguntó ella tuteándole.

—Es algo difícil de determinar, pero creo que sucederá, aunque tu gobierno no parece pensar lo mismo.

—No veo forma de evitarlo —dijo ella.

A William le sorprendió descubrir que estaba muy informada sobre la situación mundial y que se mostraba muy interesada por cosas que rara vez despertaban el interés de las mujeres. Le preguntó acerca de ello y Sarah le contestó que se había pasado bastante tiempo a solas durante todo el año anterior, lo que le había permitido disponer del tiempo suficiente para aprender cosas que, de otra manera, no habría aprendido.

—¿Y por qué razón quisiste estar sola? —preguntó mirándola intensamente a los ojos.

Ella, sin embargo, apartó la mirada. William se sentía

muy intrigado, y se dio cuenta de que debía haber algo muy doloroso que ella había decidido mantener oculto.

—A veces, una necesita estar a solas —dijo, sin dar más detalles.

Él no quiso seguir insistiendo en el tema, a pesar de que le intrigaba, y ella le habló de la granja que quería comprar en Long Island.

—Eso es todo un proyecto para una mujer tan joven. ¿Qué crees que dirán tus padres ante todo eso?

—Habrá peleas —contestó ella con una mueca—, pero no quiero regresar a Nueva York. A la postre, no tendrán más remedio que aceptarlo. En caso contrario, la compraré yo sola.

Era una joven decidida y posiblemente tenaz en sus decisiones. Le extrañó la mirada que observó en sus ojos al hablarle de su decisión, y consideró que no se trataba de una mujer a la que pudiera tomarse a la ligera.

—Yo no diría que abandonar Nueva York sea una idea tan mala, aunque vivir en una granja, a solas y a tu edad tampoco es lo que se dice la mejor forma de pasar el tiempo. ¿Y si solo pasaras en esa granja los veranos, o los fines de semana?

Ella negó con un gesto de la cabeza y la misma expresión de determinación en sus ojos.

—No, quiero pasarme allí toda la vida. Quiero restaurar la casa.

—¿Has hecho alguna vez algo así? —preguntó él, extrañado.

Era una criatura encantadora y le asombraba lo mucho que le atraía.

—No, pero sé que puedo hacerlo —contestó Sarah como si tratara de convencer a su padre.

—¿Y crees que tus padres te lo permitirán?

—Tendrán que hacerlo —contestó levantando ligeramente la barbilla, a la que él dio un ligero pellizco.

—Supongo que los tendrás muy ocupados. No es nada extra por uno de esos empalagosos jóvenes.

Ella le miró consternada, y luego le lanzó la servilleta, ante lo que William se defendió, y sin saber cómo se encontró de pronto muy cerca de ella. Por un momento de locura, deseó besarla, pero al mirarla observó algo tan triste en sus ojos, que se detuvo.

—Hay un secreto en tu vida, ¿verdad? Y no se trata de nada feliz, ¿tengo razón?

Antes de contestar, ella vaciló. Al hablar, lo hizo con precaución.

—No sé si debiera llamarlo así —dijo, aunque la expresión de su mirada revelaba una historia muy distinta.

—No tienes que contarme nada si no quieres, Sarah. No soy más que un extraño para ti, aunque debo decir que me gustas. Eres una gran mujer y si te ha ocurrido algo terrible, créeme que lo siento de veras.

—Gracias —dijo ella sonriendo.

Su aspecto era juicioso, estaba muy hermosa y parecía más atractiva que nunca.

—A veces, las cosas que nos duelen más son las que olvidamos con mayor rapidez. Nos hacen daño de una forma muy brutal durante un tiempo, hasta que la herida cura y todo vuelve a ser como antes.

No obstante, vio que la herida de Sarah no había curado todavía y mucho menos había pasado. Imaginó que habría sido engañada por alguien, o quizá el hombre al que amaba había muerto; sin duda alguna, se trataría de algo tierno, romántico e inocente y ella no tardaría en haberlo olvidado. Sus padres habían tenido razón al traerla de viaje a Europa. Era una verdadera belleza y una mujer brillante, y lo que le había ocurrido, fuera lo que fuese, no tardaría en quedar atrás, sobre todo si encontraba al hombre adecuado en Europa... ¿Quién sería el afortunado diablo?

Continuaron charlando durante largo rato, protegidos por la pérgola donde se habían refugiado, hasta que finalmente salieron de allí para reunirse con los demás invitados. Un momento más tarde se encontraron con su anfitriona, un tanto excéntrica, Belinda, la prima de William.

—¡Buen Dios, pero si estás ahí! Les he dicho a todos que habías regresado a casa. Dios mío, William, eres imposible. —Su expresión, sin embargo, era muy divertida. Miró a

Sarah, que le acompañaba—. Estaba a punto de decirte que los Thompson están convencidos de que su hija se ha caído al foso. No la han vuelto a ver desde que llegaron. ¿Qué habéis estado haciendo?

—La rapté. Le he contado la historia de mi vida y ella ha sentido la repugnancia suficiente como para pedirme que al punto la devolviera junto a sus progenitores, así que eso era lo que me disponía a hacer, con el mayor de los remordimientos y mis más humildes disculpas.

Al decir esto, sonreía de oreja a oreja, lo mismo que Sarah, quien parecía sentirse muy a gusto a su lado.

—¡Eres un ser absolutamente endemoniado! Y, lo que es peor, jamás has sentido el menor remordimiento en toda tu vida. —Se volvió hacia Sarah, con una expresión de divertida preocupación—. Querida, ¿te ha hecho algún daño? ¿Quieres que llame a la policía?

—¡Oh, sí! —exclamó enseguida William—. Hace mucho tiempo que no los veo por aquí.

—Anda, cállate, monstruo. —Pero Sarah reía y Belinda sacudió la cabeza, con una burlona desesperación—. No volveré a invitarte, ¿sabes? Simplemente, no podré hacerlo. Te comportas demasiado mal como para permitir que te relaciones con la gente decente.

—Eso es lo que me dice todo el mundo —dijo él mirando a Sarah con fingida pena. Ella no se había sentido tan feliz desde hacía mucho tiempo—. ¿Me permites que me presente yo mismo ante tus padres?

—Será mejor que lo hagas así —gruñó Belinda, sin adivinar que esa había sido la intención de William, que se giró para mirar a Sarah. No tenía ni la menor idea de quién era ella, pero sabía, sin el menor asomo de duda, que deseaba conocerla más íntimamente—. Te llevaré ante ellos —dijo Belinda, solícita.

Sarah y William la siguieron, sin dejar de reír y bromear, cuchicheando entre ellos, como dos niños traviesos. Pero los Thompson, lejos de enojarse, se alegraron de volverla a ver. Sabían que debía de estar en algún rincón de la propiedad, a salvo, entre los demás invitados. Y se alegraron mucho al verla en compañía de William, que les pareció un hombre agradable e inteligente, muy agraciado, de una edad razonable y que, además, no ocultaba el interés que su hija había despertado en él.

—Debo pedirles disculpas —explicó—. Nos detuvimos a charlar un rato en la granja y luego vinimos a comer. Temo haberles privado de la compañía de Sarah durante más tiempo del conveniente.

—No creáis una sola palabra de lo que os diga —intervino Belinda—. Estoy segura de que la ha tenido atada a un árbol o algo así, y encima se ha comido todo el almuerzo de ella, mientras le contaba historias abominables.

—¿Cómo lo sabe? —dijo William siguiendo la broma y haciendo reír a los Thompson—. Sarah, creo que deberíamos intentar algo así la próxima vez.

Daba la impresión de sentirse sorprendentemente a gusto con Sarah, y ella con él. Charlaron un rato, hasta que George apareció, encantado de dar con él, e insistió en que le acompañara a los establos para ver su nuevo semental. A pesar de sus protestas, William se vio obligado a seguirle, y Belinda les acompañó, dirigiéndole una mirada de admiración a Sarah antes de marcharse.

—No debería decirlo, querida —le murmuró a Sarah mientras los hombres se alejaban—, pero creo que has atraído la atención del hombre más atractivo de toda Inglaterra, y posiblemente también del más seductor.

—Hemos pasado un rato muy agradable charlando.

Aunque «agradable» no era exactamente la palabra que le hubiera gustado utilizar, y no lo habría hecho si estuviera hablando con su hermana. Había sido un encuentro delicioso.

—Es un hombre demasiado listo para su edad. Nunca se ha casado, quizá porque es muy exigente —dijo Belinda dirigiendo una mirada de advertencia a los Thompson, como para darles a entender que no sería una presa fácil, aunque ellos aparentaron no oírlo—. Es un hombre bastante modesto, sin pretensiones. Pero una nunca sabe... —Se volvió de nuevo hacia Sarah—. Supongo que no te habrá dicho nada... Sabes que es el duque de Whitfield, ¿verdad? —preguntó abriendo mucho los ojos y Sarah se la quedó mirando, sorprendida.

—Yo..., bueno, se presentó él mismo como William Whitfield.

—Es lo que suele hacer. De hecho, esa es una de las cosas que más me gustan de él. Ya he olvidado qué lugar ocupa y todo eso..., creo que es el decimotercero o decimocuarto en la línea de sucesión.

—¿Al trono? —preguntó Sarah con un nudo en la garganta.

—Sí, claro. Aunque, claro está, no es nada probable que llegue a él. Pero esas cosas significan mucho para nosotros. Somos un poco estúpidos al respecto. Supongo que tiene que ver algo con la tradición. En cualquier caso, me alegro de que estés bien. Me sentí un poco preocupada al ver que no podíamos encontrarte.

—Lo siento —se disculpó Sarah ruborizándose intensamente, pero todavía conmocionada por la información que acababa de recibir sobre William, su nuevo amigo. Entonces, de pronto, se preguntó si no habría dado algún terrible *faux pas* con él—. ¿Se supone que debo llamarlo de alguna forma especial..., quiero decir, con un título o algo así?

Belinda la miró, sonriente. Era una mujer tan joven, y tan bonita.

—El tratamiento es Su Gracia, pero si lo haces supongo que nos gritaría a las dos. Yo, de ti, no le comentaría nada al respecto, a menos que lo dijera él.

Sarah asintió con un gesto y, poco después, William se unió a ellos, justo cuando su anfitriona ya se disponía a marcharse para atender a otros invitados.

—¿Qué tal el caballo? —le preguntó Sarah con el tono de voz un tanto apagado, aunque trató de que sonara normal, mientras sus padres se volvían hacia otro lado, para dejarlos a sus anchas.

—No me ha parecido tan impresionante como el precio que George ha pagado por él. Es el peor experto en caballos que he conocido jamás. No me sorprendería nada que el pobre animal fuese estéril. —La miró con una expresión de culpabilidad—. Lo siento, supongo que no debería haber dicho ese comentario.

—No te preocupes —aconsejó ella, con una sonrisa, preguntándose por un momento cómo reaccionaría él si lo llamara «Su Gracia»—. Creo que, probablemente, he oído en alguna ocasión cosas peores.

—Espero que no. —Y luego, con una mueca, añadió—: Oh..., claro, los tontos. Solo Dios sabe lo que esos habrán sido capaces de decir.

Sarah se echó a reír, sin dejar de preguntarse qué estaba haciendo. William era un duque, que ocupaba un lugar en la línea de sucesión al trono, y ella actuaba como si fueran viejos amigos. Sin embargo, así se sentía después de haber pasado las tres últimas horas en su compañía, y ahora no deseaba regresar a Londres.

—¿Dónde se alojan? —le oyó preguntar a su padre mientras paseaban hacia la salida del castillo con su puente levadizo tendido sobre el foso.

—En el Claridge. ¿Querría reunirse con nosotros allí, uno de estos días? Quizá para tomar una copa, o incluso a cenar —preguntó su padre con naturalidad.

A William pareció encantarle la invitación.

—Me agradaría mucho. ¿Le parece que le llame por la mañana?

Le hizo la pregunta a Edward, no a Sarah.

—Desde luego. Esperaremos su llamada —contestó Edward tendiéndole la mano.

Luego, William se volvió hacia Sarah, mientras sus padres pasaban de largo, dirigiéndose hacia el chófer que esperaba junto al coche.

—He pasado un rato maravilloso. Realmente, no me lo esperaba. Había estado a punto de no venir, pero tu presencia ha sido una sorpresa encantadora, Sarah.

—Gracias —dijo con un brillo en los ojos—. Yo también me lo he pasado muy bien. —Y entonces no pudo evitar decir algo sobre lo que Belinda les había comentado—. ¿Por qué no me dijiste nada?

—¿Sobre qué?

—Su Gracia —se limitó a contestar ella con una tímida sonrisa.

Por un momento, temió que él se enojara, pero, tras un instante de vacilación, se echó a reír.

—Seguro que eso es obra de la querida Belinda —dijo, para preguntar sin afectación—: ¿Importa acaso?

—No, no, en absoluto. ¿Debería importar?

—Podría. Al menos para algunos y, desde luego, por razones equivocadas. —Pero él ya sabía, gracias al largo rato que habían pasado charlando juntos, que ella no pertenecía a aquella clase de personas. Entonces, la miró con una expresión a un tiempo seria y burlona—. Ahora ya conoces mi secreto, Sarah..., ¡pero cuidado!

—¿Por qué? —preguntó ella extrañada al tiempo que William se le acercaba un poco más.

—Porque si conoces mi secreto, quizá llegue el momento en que te pida que compartas el tuyo conmigo.

—¿Y qué te hace pensar que yo guardo un secreto?

—Los dos lo sabemos, ¿verdad? —replicó él distendido. Ella asintió en silencio y William extendió una mano y rozó la suya levemente. No quería asustarla—. No te preocupes, pequeña..., no me cuentes nunca nada que no quieras contarme.

Se inclinó entonces hacia ella y la besó en la mejilla. Después, la acompañó hasta el coche y la devolvió junto a sus padres. Sarah levantó la mirada hacia él, admirada de su alta figura y estuvo despidiéndose con la mano hasta que el coche se alejó. Durante el trayecto de regreso a Londres se preguntó una y otra vez si él los llamaría para confirmar la invitación.

5

A la mañana siguiente, mientras Edward Thompson tomaba el desayuno con su esposa, en el salón de la suite que ocupaban en el hotel Claridge, sonó el teléfono y la voz de la telefonista anunció una llamada del duque de Whitfield. Se produjo un momento de pausa desconcertada y entonces se oyó la voz cálida y alegre de William, que saludaba de forma amistosa.

—Espero no haber llamado demasiado temprano, señor, pero temía que hubieran decidido salir muy pronto, antes de poder contactar con ustedes.

—Nada de eso —dijo Edward mirando a su esposa, que tenía una expresión encantada y asentía con gestos vehementes mientras él seguía hablando. Victoria había comprendido enseguida la situación—. Estamos desayunando, a excepción de Sarah, porque ella no come nunca. No sé cómo se las arregla.

—En tal caso, tendremos que ocuparnos de eso —dijo William tomando nota para encargarle a su secretaria que le enviara un ramo de flores esa misma mañana—. ¿Tienen algún rato libre esta tarde? He pensado que a las damas les gustaría contemplar las joyas de la Corona, en la Torre de Londres. Uno de los pocos privilegios de mi rango consiste precisamente en poder hacer esa clase de visitas en momentos intempestivos. Puede resultar entretenido para Sarah y la señora Thompson. Ya sabe a qué me refiero...

Esta mañana sonaba un tanto distante y muy británico. Pero a Edward le había caído muy bien. Le consideraba un verdadero hombre y era evidente que se había despertado en él un interés considerable por Sarah.

—Estoy seguro de que les encantará. Y eso permitirá mantenerlas alejadas de las tiendas, aunque solo sea durante una o dos horas. Le quedo muy agradecido.

Los dos hombres se echaron a reír y William dijo que pasaría a recogerles por el hotel a las dos de la tarde. Edward le aseguró que le estarían esperando. Algo más tarde, cuando Sarah salió de su habitación para tomar una taza de té, su padre mencionó con naturalidad que el duque de Whitfield había llamado por teléfono y que acudiría a las dos a recogerlos para ir a ver las joyas de la Corona, en la Torre de Londres.

—Pensé que eso te gustaría —le dijo.

No estaba seguro si su hija se interesaría más por las joyas o por el hombre, pero una simple mirada a su rostro fue suficiente para conocer la respuesta.

—¿Ha llamado William? —preguntó ella, sorprendida, como si no hubiera esperado volver a tener noticias suyas. De hecho, se había pasado la mayor parte de la noche despierta, diciéndose una y otra vez que él no llamaría—. ¿A las dos de la tarde?

Parecía como si su padre hubiera sugerido algo terrible, lo que no hizo sino sorprender a este.

—¿Tienes alguna otra cosa que hacer?

Podía imaginar el qué, como no fuera ir de compras a Harrods o Hardy Amies.

—No, no se trata de eso, solo que... —Se sentó, ya sin acordarse de la taza de té que quería tomar—. No esperaba que me llamara.

—No te ha llamado a ti —bromeó su padre—, sino a mí. Y ha sido a mí a quien ha invitado, aunque, desde luego, no tengo ningún inconveniente en llevarte conmigo.

Ella le dirigió una mirada de recriminación y cruzó la estancia en dirección a la ventana. Deseaba decirles que se marcharan sin ella, pero sabía lo ridícula que les parecería su respuesta. Sin embargo, ¿de qué serviría volver a ver a William? ¿Qué podía suceder entre ellos dos?

—¿Qué sucede ahora? —preguntó su padre observando

su rostro, mientras ella seguía ante la ventana. Realmente, sería una mujer imposible si estaba dispuesta a perder esta oportunidad tan extraordinaria. William era un hombre muy interesante, y verse con él no le haría daño a nadie. Su padre, al menos, no haría la menor objeción. Sarah se volvió lentamente a mirarle.

—No veo la necesidad —dijo con expresión triste.

—Es un hombre muy agradable. Y le gustas. Aunque no sea por nada más, podéis ser buenos amigos. ¿Te parece algo tan horroroso? ¿No hay en tu vida un sitio para la amistad?

Ella se sintió estúpida al oírselo decir de aquel modo, pero le dio la razón. Su padre estaba en lo cierto. Era una tontería darle tanta importancia, pero la verdad es que el día anterior se había sentido embelesada por William. En esta ocasión, debía recordar no comportarse de un modo tan tonto e impulsivo.

—Tienes razón. No lo había pensado así. Solo que..., bueno, quizá sea diferente porque se trata de un duque. Antes de enterarme de eso fue todo tan...

No supo cómo decirlo, pero su padre lo comprendió.

—Eso no debería tener importancia. Es un hombre agradable. A mí me ha caído muy bien.

—A mí también —reconoció Sarah tomando la taza de té que le tendía su madre, quien le pidió que comiera al menos una tostada antes de salir de compras—. Pero no quiero verme metida en una situación desagradable.

—Es poco probable, si se tiene en cuenta que solo pasaremos aquí algunas semanas, ¿no te parece?

—Pero yo todavía estoy en trámites para obtener el divorcio —dijo ella sombríamente—. Y eso podría ser desagradable para él.

—No, a menos que quieras casarte con él, y creo que pensar así sería prematuro, ¿no te parece? —replicó su padre, contento de que, al menos, hubiera pensado en William como hombre.

A Sarah le sentaría bien coquetear un poco. Ella sonrió al oír las palabras de su padre, se encogió de hombros y pasó a su habitación para terminar de arreglarse. Salió media hora más tarde con un hermoso traje de seda roja de Chanel que había comprado en París la semana anterior. Parecía una princesa. Se había puesto también alguno de los últimos diseños de Chanel; algunas piezas que simulaban perlas y otras rubíes, así como dos hermosas pulseras, que habían pertenecido a la propia madame Chanel, esmaltadas en negro, con joyas multicolores engarzadas. Eran de fantasía, claro está, pero su aspecto resultaba muy chic, y en Sarah parecían más deslumbrantes aún.

Llevaba el cabello peinado hacia atrás y recogido en una larga cola de caballo, enlazada con una cinta de satén negro, y como último detalle se puso los pendientes de perlas que le habían regalado sus padres para el día de su boda.

—Estás muy bonita con esas joyas, querida —le comentó su padre en el momento de abandonar el hotel, con lo que le arrancó una sonrisa—. Deberías ponértelas más a menudo.

En realidad, no tenía muchas joyas: un collar de perlas de su abuela, los pendientes de perlas que llevaba ahora y unas pocas sortijas. Había devuelto su anillo de compromiso, así como el collar de diamantes *rivière* de la abuela de Freddie.

—Quizá me las ponga esta tarde —bromeó, y Victoria dirigió una mirada de satisfacción a su marido.

Al mediodía almorzaron en un pub, pasaron por Lock's, en la calle Jame's, donde encargaron un sombrero para su padre, y regresaron al hotel a las dos menos diez. Encontraron a William sentado en el vestíbulo, esperándoles. Paseaba con nerviosismo y cuando entraban estaba mirando su reloj. Pero su rostro se iluminó en cuanto vio a Sarah.

—¡Tienes un aspecto espléndido! —dijo, sonriéndole alegremente—. Siempre deberías ponerte algo de color rojo. —Sarah incluso había aceptado pintarse un poco los labios, y sus padres, que entraron tras ella, acababan de comentar lo hermosa que estaba—. Siento mucho haber llegado tan temprano... —se disculpó William ante ellos—. Siempre me ha parecido igual de descortés llegar demasiado pronto como demasiado tarde, pero no quería que te escaparas.

Sarah le sonrió serenamente, mirándole a los ojos. El hecho de hallarse a su lado era suficiente para que se sintiera bien.

—Me alegro de verte... —hizo una breve pausa, le regaló una caída de ojos maliciosa y musitó—: Su Gracia.

William parpadeó, sorprendido.

—Creo que la próxima vez que vea a Belinda le voy a dar unos buenos azotes. Si vuelves a decirme eso otra vez, te rompo la nariz, señorita Thompson, ¿o quieres que te llame Su Alteza?

—Pues no suena nada mal... Su Alteza... Su Opulencia... Su Vulgaridad... ¡Me encantan esa clase de títulos! —exclamó, pronunciando las palabras con un deliberado y fuerte acento estadounidense, parpadeando con falso aire de inocencia, mientras él le tiraba de la cola de caballo que le caía sobre la espalda, con su cinta de satén negro.

—Eres imposible..., hermosa, pero imposible. ¿Siempre te comportas así? —preguntó, sintiéndose feliz, mientras los padres de Sarah preguntaban en recepción si había algún mensaje para ellos.

—A veces soy más mala —contestó ella orgullosamente, pero muy consciente de que en otras ocasiones era mucho más comedida, al menos durante los dos últimos años.

Desde su matrimonio con Freddie no habían aparecido en su vida muchas ocasiones para el regocijo. Ahora, no obstante, sin esperarlo, se sentía diferente al lado de aquel hombre, que despertaba en ella el deseo de volver a reír. Y reparó en que con William era capaz de crear situaciones maliciosas, algo que William también percibía y que le encantaba.

Sus padres se les sumaron y William les acompañó al exterior, donde subieron a su Daimler. Les condujo a la Torre de Londres, charlando amigablemente durante todo el trayecto, señalando los lugares de interés por donde pasaban. Su madre había insistido en que Sarah se acomodara en el asiento delantero, mientras ellos lo hacían en el de atrás. De vez en cuando, William la miraba, como para asegurarse de que todavía seguía allí, a su lado, y podía seguir admirándola. Al llegar a la Torre, la ayudó a bajarse del coche, e hizo lo propio con los padres de Sarah. A continuación, entregó una tarjeta a uno de los guardianes, y se les permitió inmediatamente la entrada, a pesar de que no eran horas de visita. Apareció otro guardia, que les acompañó por la pequeña escalera de caracol que había que subir para admirar los tesoros reales.

—Esto es algo realmente notable, ¿saben? Todos esos objetos guardados aquí, algunos de ellos increíblemente raros y muy antiguos, tienen una historia mucho más fascinante que las propias joyas. Siempre me han interesado.

De niño ya se había sentido fascinado por las joyas de su madre, por la forma en que estaban hechas, por las historias que las acompañaban y los lugares de donde procedían.

En cuanto llegaron a las salas donde se guardaban las joyas, Sarah comprendió enseguida por qué le parecían tan cautivantes. Allí se exponían coronas que habían llevado monarcas durante los últimos seiscientos años, cetros y espadas, y piezas que nunca se veían en público, como no fuera durante un acto de coronación. El cetro con la cruz era particularmente bello, con un diamante de 530 kilates, el más grande de las Estrellas de África, regalado por Suráfrica a Eduardo VII. William insistió en que ella se probara diversas tiaras y por lo menos cuatro coronas, entre las que estaban las de las reinas Victoria y María. A Sarah le extrañó comprobar lo pesadas que eran y se maravilló al pensar que alguien pudiera llevarlas sobre la cabeza.

—El rey Jorge llevó esta el día de su coronación —dijo William señalando una y, al decir estas palabras, Sarah comprendió que él ya había estado allí, que conocía muy bien todo aquello, y se acordó de quién era. Pero durante la mayor parte del tiempo, mientras hablaba con él, le resultaba muy fácil olvidarlo—. Debo admitir que eso supuso una cierta tensión, sobre todo después de ese asunto con David. —Al principio, ella se preguntó qué quería decir con aquellas palabras, y solo entonces recordó que el nombre de pila del duque de Windsor era David—. Fue algo en verdad muy triste. Dicen que ahora es muy feliz, y quizá lo sea, pero hace unos pocos meses que lo vi en París, y no acabo de creérmelo. Ella es una mujer un tanto difícil, con un pasado a sus espaldas.

Era evidente, se refería a Wallis Simpson, la duquesa de Windsor.

—Todo pareció terriblemente egoísta por su parte —apuntó Sarah con serenidad—. Y muy injusto para él. La verdad es que se trata de un asunto muy triste.

Sus palabras reflejaron lo que verdaderamente sentía, de

un tiempo a esta parte había sentido un sutil lazo que la unía con ella. Pero el estigma del divorcio parecía pesar mucho más sobre Sarah que sobre la propia Wallis.

—En realidad, no es una mala persona, pero muy astuta. Siempre he creído que sabía muy bien lo que hacía. Mi primo..., el duque —añadió, como si necesitara puntualizarlo—, le regaló más de un millón de dólares en joyas con anterioridad a su matrimonio. Como anillo de pedida, le entregó la esmeralda Mogol. Hizo que el propio Jacques Cartier se la buscara, y la encontró en Bagdad. Después, ordenó que se la preparara para él, o más bien para Wallis. Es lo más extraordinario que he visto nunca, aunque, en rigor, siempre me han gustado mucho las esmeraldas.

A Sarah le parecía fascinante oírle hacer aquellos comentarios sobre las joyas que acababan de ver, como si se tratara de un guía turístico privado, casi íntimo. No hizo comentario alguno sobre las habladurías, sino que les habló de joyas que habían sido hechas para Alejandro Magno, de collares regalados a Josefina por Napoleón, de diademas especialmente diseñadas para la reina Victoria. Había incluso una notablemente hermosa, de diamantes y turquesas, que le hizo probarse a Sarah y que, sobre su cabello negro, tenía un aspecto majestuoso.

—Deberías tener una como esta —le dijo William zalamero.

—Sí, y podría ponérmela en mi granja de Long Island —replicó ella sonriéndole con una mueca.

—Eres una irreverente. Mira, llevas puesta en la cabeza una diadema que perteneció a la reina Victoria, ¿y qué se te ocurre? ¡Nada menos que hablar de una granja! ¡Ah, qué mujer!

Era obvio, empero, que no pensaba así.

Permanecieron en su compañía hasta bien entrada la tarde y todos recibieron de él una abundante lección de historia, y se enteraron de los caprichos, hábitos y manías de los monarcas de Inglaterra. Fue una experiencia que ninguno de ellos podría haber tenido de no ser por él. Y Edward Thompson se lo agradeció efusivamente cuando regresaron al Daimler.

—Resulta bastante divertido, ¿verdad? Siempre me ha gustado mucho visitar esta exposición. Lo hice por primera vez acompañando a mi padre, que disfrutaba mucho comprando joyas para mi madre. Me temo que ahora ya no se las pone. Se encuentra un poco frágil de salud, y ya no sale de casa, pero sigue estando maravillosa cuando se las pone, a pesar de que ahora afirma que se siente como una tonta cuando lo hace.

—No puede tener muchos años —comentó la madre de Sarah con tacto.

Ella misma solo tenía cuarenta y siete años. Había tenido a Jane cuando apenas contaba veintitrés años, y se había casado con Edward a los veintiuno. Perdió a su primer bebé un año más tarde.

—Tiene ochenta y tres años —dijo William con tono de orgullo—. Es una mujer muy vital, y no parece tener más de sesenta. Pero el año pasado se rompió la cadera y eso le ha hecho ser un tanto asustadiza cuando se trata de salir de casa. Yo intento sacarla de casa siempre que puedo, pero no siempre me resulta fácil.

—¿Es usted el pequeño de una familia numerosa? —preguntó Victoria, intrigada por lo que había dicho.

Pero él negó con un gesto de la cabeza y dijo que era hijo único.

—Mis padres llevaban treinta años de casados cuando yo nací, y ya hacía mucho tiempo que habían abandonado toda esperanza de tener hijos. Mi madre siempre dijo que mi llegada fue como un milagro, como una bendición concedida directamente por Dios, si me permiten expresarme de una forma tan pomposa —añadió dirigiéndoles una sonrisa maliciosa—. Mi padre, en cambio, afirmaba que era un poco obra del diablo. Murió hace varios años. Fue un hombre encantador. Les habría gustado conocerle —les aseguró, poniendo el coche en marcha—. Cuando yo nací, mi madre ya tenía cuarenta y ocho años de edad, lo que es inusual. Mi padre tenía sesenta años y contaba ochenta y cinco cuando murió, lo que no está nada mal. Debo admitir que todavía le echo de menos. En cualquier caso, la vieja jovencita es todo un carácter. Quizá tengan ustedes la oportunidad de conocerla antes de marcharse de Londres.

Se volvió a mirar a Sarah, esperanzado, pero ella miraba por la ventanilla, sumida en sus propios pensamientos. Estaba pensando que se sentía demasiado cómoda al lado de aquel hombre, que todo resultaba demasiado fácil. Pero la verdad es que no lo era tanto. Ellos dos nunca podrían ser más que buenos amigos, y debía recordarlo una y otra vez, sobre todo cuando William la miraba de cierta manera, o la hacía reír, o extendía una mano para acariciarle la suya. No había ninguna posibilidad de que pudieran ser otra cosa el uno para el otro. Nada más que amigos. Ella estaba a punto de obtener el divorcio, y él ocupaba el decimocuarto lugar en la línea de sucesión al trono británico. Al llegar al hotel, William la miró al tiempo que la ayudaba a bajar del coche y observó en ella una expresión de distanciamiento.

—¿Sucede algo?

Le preocupaba haber dicho algo inconveniente, a pesar de que parecía habérselo pasado muy bien, disfrutando probándose las joyas en la Torre. Pero Sarah se sentía enojada consigo misma, con la sensación de estar engañándole, cada vez más convencida de que le debía una explicación. William tenía derecho a saber quién y qué era ella, antes de que empleara más tiempo y amabilidad en atenderla.

—No, lo siento. Solo me duele la cabeza.

—Debo de haber sido un verdadero estúpido al hacerte probar tantas coronas, Sarah. Lo siento, de veras —se disculpó, inmediatamente apenado, lo que no hizo sino conseguir que ella se sintiera todavía peor.

—Anda, no seas tonto. Solo estoy cansada.

—No has almorzado lo suficiente —le reprochó entonces su padre que había observado la expresión consternada en el rostro del hombre y sintió lástima por él.

—Pues me disponía a invitarte a cenar.

—Quizá en alguna otra ocasión —se apresuró a decirle Sarah y su madre le dirigió una mirada que contenía un interrogante sin palabras.

—Quizá se te pase si te echas un rato —le sugirió esperanzada.

William observó el rostro de Sarah. Sabía que allí estaba ocurriendo algo más, y se preguntó si no habría algún otro hombre de por medio. Quizá ella estuviera ya comprometida con alguien y le resultaba incómodo decírselo. O quizá su prometido hubiera muerto. Ella había mencionado el hecho de haber pasado un año muy penoso... Deseaba saber más al respecto, pero tampoco quería presionarla para que se lo contara.

—Entonces, ¿te parece bien mañana para almorzar? —preguntó mirándola directamente a los ojos.

Ella abrió la boca para decir algo, se detuvo un momento y por fin pudo articular las palabras:

—Yo... lo he pasado divinamente —dijo, con intención de tranquilizarlo.

Los Thompson le dieron de nuevo las gracias y se marcharon, convencidos de que los dos se habían ganado el derecho de estar a solas y sabiendo que Sarah sufría un conflicto interno en presencia de William.

—¿Qué crees que le va a decir Sarah? —preguntó Victoria a su esposo, con una mirada de preocupación, mientras subían la escalera.

—No estoy muy seguro de querer saberlo, pero sí de que él sabrá capear el temporal. Es un buen hombre, Victoria. En realidad, se trata de la clase de hombre con quien me gustaría que Sarah mantuviera una relación estable.

—A mí también me gustaría —afirmó su esposa.

Pero ambos sabían que no había fundadas esperanzas de que eso sucediera. A él nunca le permitirían que se casara con una mujer divorciada, y todos lo sabían.

Mientras tanto, abajo, en el vestíbulo, William miraba a Sarah y ella se mostraba ambigua a la hora de contestar a sus preguntas.

—¿Quieres, que vayamos a dar un paseo? ¿Te apetece?

Naturalmente, le habría gustado, pero ¿de qué serviría ir a algún sitio con él, o incluso volverlo a ver? ¿Y si terminaba enamorándose de él? ¿O él de ella? ¿Qué harían entonces? Por otra parte, le parecía ridícula la idea de enamorarse de un hombre al que apenas acababa de conocer, y al que no volvería a ver una vez que abandonaran Inglaterra.

—Creo que me estoy comportando como una estúpida... —dijo con una sonrisa—. Hace tiempo que no me relacionaba con nadie, al menos con hombres, y creo que he olvidado cómo comportarme. Lo siento de veras, William.

—No te preocupes. ¿Quieres que nos sentemos? —Sarah aceptó y encontraron un lugar tranquilo, en un rincón del vestíbulo—. ¿Has estado acaso en un convento durante el último año? —preguntó él, medio en broma.

—Más o menos. En realidad, amenacé con hacer algo así durante una temporada. De hecho, me hice una especie de convento a mi alrededor. Me quedé en la casa que tienen mis padres junto a la playa, en Long Island —dijo serenamente.

Sabía que él tenía derecho a estar enterado de algo que, al menos ahora, ya no le parecía tan insólito o desesperado como hacía algún tiempo. A veces, incluso le era difícil recordar lo terriblemente mal que se había sentido en aquella época.

—¿Y te quedaste allí durante todo un año, sin ver a nadie? —Ella asintió en silencio, sin dejar de mirarle a los ojos, pero sin saber todavía lo que le diría—. Pues a mí me parece una temporada demasiado prolongada. ¿Te sirvió de algo?

—No estoy muy segura —contestó con un ligero suspiro y decidió hablar francamente con él—. Así me lo pareció en ese momento. Pero no ha sido fácil regresar al mundo exterior. Esa es la razón por la que he venido aquí.

—Europa es un buen sitio por donde empezar —dijo él sonriéndole con suavidad, decidido a no hacerle más preguntas. No quería asustarla, ni causarle el menor daño. Se estaba enamorando de ella y lo último que deseaba era perderla—. Me alegro mucho de que decidieras venir.

—Yo también —concedió.

—¿Quieres cenar conmigo esta noche?

—Yo... no estoy segura. Creo que teníamos previsto ir al teatro. —Se trataba, sin embargo, de una obra que sabía no le gustaría: *El grano está verde*, de Emlyn Williams—. Debería, preguntárselo a mis padres.

—Si no es esta noche, ¿te parece bien mañana?

—William... —Pareció a punto de revelar algo importante, pero entonces se detuvo, le miró con expresión franca, y le preguntó sin ambages—: ¿Por qué quieres volver a verme?

Si la pregunta le pareció ruda, él no lo demostró.

—Creo que eres una mujer muy especial. Nunca he conocido a nadie como tú.

—Pero me marcharé dentro de pocas semanas. ¿De qué nos sirve todo esto a cualquiera de los dos?

Lo que deseaba decirle en realidad era que, en su opinión, su relación no tenía ningún futuro. Y el simple hecho de saberlo hacía que continuar la amistad le pareciera una tontería.

—La cuestión es que me gustas..., y mucho. ¿Por qué no afrontamos tu partida cuando llegue ese momento?

Era su filosofía: vivir el momento, sin preocuparse por el futuro.

—¿Y mientras tanto? —preguntó Sarah.

Deseaba garantías de que ninguno de los dos resultaría herido, pero ni siquiera William podía prometerle algo así, por mucho que ella le gustara. Ni conocía la historia de Sarah ni qué les tenía reservado el futuro.

—¿Por qué no nos limitamos a verlo? —replicó él—. ¿Quieres cenar conmigo? —insistió.

Sarah dudaba y le miró, no porque no lo deseara, sino precisamente por todo lo contrario.

—Sí, me gustaría —dijo arrastrando las palabras.

—Gracias. —La miró con serenidad durante lo que pareció un largo rato. Luego se levantó y los hombres que había junto al mostrador de recepción les observaron, admirando su elegancia y la buena pareja que hacían—. En tal caso, pasaré a recogerte a las ocho.

—Estaré abajo esperándote —respondió ella ilusionada, y ya dirigiéndose al ascensor.

—Preferiría subir a tu habitación. No quiero que estés aquí sola, esperando.

Siempre se mostraba protector, siempre atento y respetuoso.

—Está bien —asintió volviendo a sonreírle.

William la besó de nuevo en la mejilla cuando llegó el ascensor y luego cruzó el vestíbulo con paso seguro. Al llegar a la puerta se despidió con un saludo de la mano. Mientras subía en el ascensor, Sarah trataba de contener los latidos de su corazón, desbocados por la ilusión.

6

El timbre de la suite sonó exactamente a las ocho y cinco, y Sarah no tuvo forma de saber que William la había estado esperando en el vestíbulo durante diez minutos. A sus padres no les había importado que no les acompañara al teatro, sobre todo cuando supieron que saldría a cenar con William.

Sarah abrió la puerta envuelta en su vestido de satén negro, que realzaba su delgada figura como si hubieran vertido sobre ella una delgada capa de hielo negro, ribeteada de diminutas lentejuelas.

—¡Dios mío, Sarah! Estás preciosa.

Se había recogido el cabello en un moño, que dejaba caer mechones y rizos que asemejaban, al moverse, una guirnalda, dando la impresión de que si solo se quitara un alfiler toda la masa de cabello oscuro se desmoronaría como una cascada sobre sus hombros.

—¡Realmente preciosa! —volvió a exclamar William.

Dio un paso hacia ella, admirándola, y Sarah se echó a reír tímidamente. Era la primera vez que se encontraba a solas en su compañía, a excepción del rato que habían pasado en la pérgola del castillo, cuando se conocieron, pero incluso en aquel entonces siempre había habido alguien cerca de ellos.

—Tú también estás muy elegante.

Llevaba un esmoquin de su amplio guardarropa, y un hermoso chaleco de seda negra que había sido de su padre, cruzado por la cadena del reloj de bolsillo, adornada de pequeños diamantes, regalo del zar Nicolás de Rusia a su tío.

Durante el trayecto hacia el restaurante; le explicó la historia de aquella cadena. Por lo visto, había sido cosida al forro del vestido de una gran duquesa y sacada de ese modo de Rusia.

—¡Conoces a todo el mundo! —exclamó ella, intrigada por la historia.

Pensar en ello hizo que en su mente aparecieran imágenes de reyes, zares y de toda la fascinante realeza.

—Sí —admitió él mirándola con una expresión divertida—, y permíteme decirte que algunos de ellos son totalmente insoportables.

Esta noche, él mismo conducía el coche, pues deseaba estar a solas con ella y no quería verse molestado por la presencia de un chófer. Había elegido un restaurante tranquilo, donde ya les esperaban. El maître les condujo hacia una mesa recogida, situada al fondo, y se dirigió a él en varias ocasiones con el título de «Su Gracia», inclinándose ligeramente ante ambos antes de alejarse. Poco después trajeron una botella de champaña, pues, por lo visto, William ya había ordenado la cena al hacer la reserva. Primero tomaron caviar, sobre diminutos triángulos de pan tostado, cubiertos con rodajas increíblemente pequeñas de limón. Después, les sirvieron salmón, junto con una delicada salsa, a lo que siguió faisán, ensalada, queso, suflé al Grand Marnier y una pequeña y delicada selección de pastelitos franceses.

—Dios mío, si casi no puedo moverme —se quejó ella, dirigiéndole una sonrisa.

Fue una cena maravillosa y una velada encantadora. William le habló de su madre, de lo mucho que significaba para él y de lo abatida que se sintió varios años atrás, al ver que él no mostraba el menor interés por casarse.

—Me temo que, al menos en ese aspecto, he sido una gran desilusión para ella —sentenció con expresión impenitente—. Pero me niego a casarme con la mujer equivocada solo para complacer a mi familia, y mucho menos a tener hijos. Creo que el hecho de que mis padres me tuvieran tan tarde me ha dado la impresión de que podía dedicarme a cualquier cosa que deseara, y que siempre podría recuperar el tiempo perdido más adelante.

—Y puedes hacerlo. Tienes mucha razón al no permitir que te induzcan a cometer un error.

Y en cuanto hubo dicho estas palabras, él observó enseguida aquella misteriosa tristeza, que volvía a aparecer en su rostro.

—¿Y tú, Sarah? ¿Te presionan para que te cases?

Ella ya le había hablado de su hermana Jane, de Peter y de los niños.

—Desde hace un tiempo. Mis padres se han mostrado muy comprensivos conmigo.

Así era, en efecto. Habían comprendido sus errores, sus desastres, su desgracia. Al decírselo, apartó la mirada. En ese momento, William extendió la mano y unos fuertes dedos envolvieron los de ella.

—¿Por qué nunca me hablas de lo que te causó tanto dolor el año pasado?

A ambos les resultaba difícil recordar que solo se conocían desde hacía dos días. Tenían la impresión de conocerse desde hacía siglos.

—¿Y qué te hace pensar que he sufrido algún dolor? —replicó ella, tratando de desviar su atención, lo que él no permitió, como demostró con la firme pero suave presión de los dedos sobre su mano.

—Porque creo que me estás ocultando algo. No lo entiendo con claridad, pero sé que está agazapado ahí, como un fantasma, entre las sombras, siempre dispuesto a acosarte. ¿Es algo tan terrible como para que no puedas compartirlo conmigo?

No supo qué contestarle. No se atrevía a decirle la verdad y en sus ojos apareció el brillo de una lágrima al oírle hacer la pregunta.

—Yo... lo siento. —Liberó la mano con suavidad, y se limpió los ojos con la servilleta. El camarero desapareció discretamente—. Solo es... Se trata de algo horrible. Si te lo cuento, no volverás a sentir lo mismo por mí. No he conocido a nadie desde que... ocurrió.

—Santo Dios, ¿de qué se trata? ¿Acaso asesinaste a alguien? ¿Has matado a un pariente, a algún amigo? Incluso en tal caso, tiene que haber sido un accidente. Sarah, no debes hacerte eso a ti misma. —La tomó por ambas manos, apretándolas con fuerza entre las suyas, para que se sintiera protegida—. Lo siento mucho. No tengo la intención de entrometerme en tus cosas, pero me duele verte sufrir.

—¿Cómo puede ser? —replicó ella, incrédula, sonriendo a través de las lágrimas—. Ni siquiera me conoces.

Era cierto y, no obstante, ambos sabían que no era toda la verdad. Después de dos días se conocían mucho mejor que otras muchas personas después de haber pasado toda una vida juntas.

—Hice algo terrible —admitió finalmente Sarah, sujetándose con firmeza a sus manos. William ni se arredró, ni las retiró.

—No lo creo. Más bien pienso que a ti te pareció algo terrible, pero apostaría cualquier cosa a que nadie más que tú piensa de ese modo.

—En eso te equivocas —repuso ella con tristeza. Suspiró y se volvió a mirarle, pero esta vez retiró las manos—. Me casé hace dos años. Cometí un tremendo error, y traté de vivir con eso. Lo intenté todo. Estaba decidida a permanecer toda la vida con él, y estaba dispuesta a morir en el intento.

William no pareció sentirse afectado por la noticia, a pesar de que ella había esperado causarle una conmoción.

—¿Y sigues casada con él? —se limitó a preguntar con voz serena, con las manos todavía extendidas, como ofreciéndoselas por si deseaba tomarlas entre las suyas.

Pero Sarah no lo hizo. Sabía que en estos momentos no podía hacerlo. Una vez que él estuviera enterado de todo, ya no querría saber nada más de ellos. Pero le debía una explicación. Tenía que contárselo todo.

—Estamos separados desde hace más de un año. El divorcio será efectivo a partir de noviembre —confesó, como si pronunciara una sentencia por asesinato.

—Lo siento mucho —dijo él con seriedad—. Lo siento por ti, Sarah. No puedo evitar imaginarme lo difícil que ha tenido que ser para ti, y lo desgraciada que has debido sentirte durante este último año.

Se preguntó si su esposo la había abandonado por otra mujer, o qué habría ocurrido entre ellos.

—¿Le amabas mucho? —preguntó con cierta vacilación, sin querer inmiscuirse, pero con el deseo de saberlo.

Necesitaba saber si el dolor que ella había experimentado se debía al anhelo que sentía por aquel hombre, o solo se trataba del pesar por lo ocurrido. Ante su pregunta, ella negó con un gesto de la cabeza.

—Si quieres que sea sincera contigo, ni siquiera estoy segura de haberle amado alguna vez. Lo conocía desde muy pequeña y casarme con él me pareció lo correcto en aquel entonces. Me gustaba, aunque, en realidad, no le conocía bien. En cuanto regresamos de la luna de miel, todo pareció desmoronarse y solo entonces me di cuenta del tremendo error que había cometido. Él solo quería estar fuera de casa toda la noche, jugando con sus amigos, dedicándose a perseguir a otras mujeres y entregándose a la bebida.

El tono de lamentación que percibió en la voz de Sarah le dijo muchas cosas. Ella no le habló del hijo que había perdido, ni de las prostitutas que él había traído a la fiesta de aniversario en casa de sus padres. Pero William no necesitó saber nada de todo eso para ver en sus ojos lo mucho que había sufrido. Sarah apartó la mirada y él le volvió a rozar las manos, y esperó a que ella volviera a mirarle. Cuando lo hizo, la mirada de Sarah parecía estar llena de recuerdos y preguntas.

—Lo siento, Sarah —susurró William—. Tiene que haber sido un completo idiota. —Sarah sonrió aliviada al oír ese comentario, pero eso no fue suficiente para tranquilizarla. Sabía que siempre se sentiría culpable por haberse divorciado, pero continuar la vida con Freddie habría terminado por destruirla, y ella lo sabía—. ¿Y ese es el terrible pecado que me has ocultado todo este tiempo? —Ella asintió y William esbozó una sonrisa—. ¿Cómo puedes ser tan tonta? Ya no estamos en el siglo pasado. Otras muchas personas se han divorciado. ¿Habrías preferido permanecer toda la vida con él, sufriendo esa tortura?

—No, pero me he sentido muy culpable por mis padres. Fue todo tan incómodo para ellos. Nadie de nuestra familia se había divorciado hasta ahora. Y ellos han sido tan increíblemente comprensivos... Sé que tienen que haberse avergonzado hasta cierto punto, pero nunca me han hecho la menor crítica.

—¿Se opusieron al principio? —preguntó él con franqueza.

—No, en absoluto —contestó ella sacudiendo la cabeza—. En realidad, me animaron a dar ese paso. —Recordó la reunión familiar mantenida en Southampton, la mañana después de la desastrosa fiesta de aniversario—. De hecho, mi padre se encargó de todo. Se portaron admirablemente conmigo, pero para ellos tuvo que ser angustioso tener que explicárselo a sus amigos, en Nueva York.

—¿Es eso lo que te han dicho?

—No. Fueron demasiado amables como para reprocharme nada.

—¿Y has vuelto a ver a sus amigos, y a los tuyos? ¿Te han ignorado por tu delito?

Ella negó con la cabeza y sonrió al oír cómo lo expresaba él.

—No —contestó echándose a reír. De repente, se encontró más joven y con el corazón más ligero de lo que lo había sentido en varios años—. Me pasé todo ese tiempo ocultándome en Long Island.

—Pequeña tontuela. Estoy seguro de que si hubieras tenido el valor de regresar a Nueva York, habrías descubierto cómo te aplaudía todo el mundo por haberte librado de ese canalla.

—No sé —suspiró ella—. La verdad es que no he visto a nadie hasta..., hasta que te he conocido a ti.

—¡Qué afortunado he sido entonces, Sarah! Y de qué forma más tonta te has comportado. Casi no puedo creer que te hayas pasado todo un año lamentando la pérdida de un hombre al que ni siquiera sabías si amabas. En serio, Sarah, ¿cómo has podido hacer una cosa así? —preguntó con expresión encendida y risueña a un tiempo.

—El divorcio no es ninguna bagatela para mí —se defendió—. Me sigue preocupando la idea de que los demás piensen que todo fue como lo sucedido con esa ambiciosa mujer que se ha casado con tu primo.

—¿Qué dices? —replicó William asombrado—. ¿Terminar como Wallis Simpson? ¿Con regalos en joyas por valor de cinco millones de dólares, con una mansión en Francia y un esposo que la adora, por muy estúpido que haya podido ser? Dios mío, Sarah, menudo destino. ¡Espero que a ti no te haya pasado lo mismo!

Sin lugar a dudas, se burlaba, pero no del todo, y ambos se echaron a reír ante la evidente exageración.

—Hablo en serio —le reprendió ella, aunque sin dejar de reír.

—Y yo también. ¿Crees acaso que ella ha terminado mal?

—No, pero fíjate en lo que dice la gente de ella. No quiero que a mí me suceda lo mismo —dijo volviendo a ponerse seria.

—A ti no puede pasarte eso, patito. Recuerda que ella obligó a un rey a renunciar a su trono. Tú, en cambio, eres una mujer honrada que cometió un error terrible, se casó con un idiota y luego decidió enderezar su vida. ¿Qué hombre o mujer podría acusarte por ello? Oh, claro, estoy seguro de que alguien lo sacará a relucir algún día, y seguro que de ser así se tratará de algún desgraciado que no tiene otra cosa que hacer que señalar a los demás con el dedo. Pues bien, ¿sabes lo que te digo? Al infierno con esa clase de gente. Si estuviera en tu lugar, no me preocuparía lo más mínimo por tu divorcio. Cuando regreses a Nueva York deberías gritárselo a todo el mundo desde los tejados. Yo en tu lugar, solo me avergonzaría de haberme casado con él, no de haberme divorciado.

Ella sonrió ante la forma que tenía él de ver las cosas; confiaba en que, de algún modo, tuviera razón, y se sintió mucho mejor de lo que se había encontrado en mucho tiempo. Quizá tuviera razón. Quizá las cosas no fueran tan horribles como temía. Y entonces, de golpe, se echó a reír.

—Si continúas haciendome sentir tan bien por todo esto, ¿cómo voy a llevar una vida de reclusión en mi granja?

William le sirvió otra copa de champaña y ella le sonrió, mientras él se quedaba mirándola fijamente.

—Tendremos que volver a hablar de ese tema en cualquier otro momento. No creo que esa perspectiva sea tan acertada como me lo pareció la primera vez que me hablaste de ello.

—¿Por qué no?

—Porque la utilizas para huir de la vida. Lo mismo podrías ingresar en un convento. —Y tras decir esto hizo girar los ojos en las órbitas, al tiempo que tomaba un sorbo de champaña—. ¡Qué desperdicio! Dios santo, no me hagas ni pensar en ello porque podría ponerme realmente furioso.

—¿Te refieres a lo del convento o a la granja? —preguntó ella burlona.

William le había ofrecido un regalo increíble. Era la primera persona con la que hablaba de su divorcio, y no se había mostrado conmocionado, ni horrorizado, ni siquiera sorprendido. Eso constituía para ella el primer paso hacia la libertad.

—Las dos cosas. Pero no sigamos hablando de eso ahora. Quiero sacarte a bailar.

—Eso sí que parece una buena idea. —Hacía más de un año que no bailaba y, de pronto, la idea le pareció extremadamente atractiva—. Si es que me acuerdo de bailar.

—Yo te recordaré cómo se hace —dijo él acariciándole la mejilla.

Pocos minutos más tarde emprendían el camino hacia el Café de París, donde la entrada de William, acompañado por ella, produjo una pequeña sensación y, de repente, pareció como si todo el mundo echara a correr en direcciones distintas para ayudarles. «Sí, Su Gracia», «Por supuesto, Su Gracia», «Buenas noches, Su Gracia». William empezó a aburrirse con tanta etiqueta y a Sarah le divirtió la expresión de su rostro.

—No puede ser tan malo como aparenta —dijo—. Vamos, alégrate por ello.

Trató de que sus palabras le tranquilizaran y poco después se dirigieron hacia la pista de baile.

—No tienes ni idea de lo tedioso que puede llegar a ser. Supongo que sería algo estupendo si uno tuviera noventa años, pero a mi edad me parece realmente horrible. Ahora que lo pienso, hasta mi padre afirmaba que era una molestia, y lo dijo a los ochenta y cinco años.

—Así es la vida —dijo ella con una mueca burlona.

Empezaron a bailar al compás de *Ese viejo sentimiento*, una melodía popular desde el invierno anterior. Al principio, ella estaba un tanto rígida, pero al cabo de unos compases se movía por la pista de baile como si hubieran bailado juntos desde hacía años, y lo más importante, descubrió que a William le gustaban sobre todo el tango y la rumba.

—¿Sabes que lo haces muy bien? —le alabó William—. ¿De veras que has estado oculta durante un año? ¿No te habrás dedicado a tomar lecciones de baile en Long Island?

—Muy gracioso, William, pero lo que acabo de pisar ahora mismo ha sido tu pie.

—Tonterías. Solo mi dedo gordo. ¡Pero vas mejorando!

Rieron, hablaron y bailaron hasta las dos de la madrugada, y cuando él la condujo hasta el hotel, Sarah bostezó y le sonrió, con expresión soñolienta, apoyando la cabeza sobre su hombro.

—Me lo he pasado tan bien esta noche..., William. Te lo agradezco, de veras.

—Yo, en cambio, me lo he pasado espantosamente mal —dijo él con un tono serio y convincente, aunque eso solo duró un instante—. No tenía ni la menor idea de que saldría con una mujer caída. Pensaba que solo eras una jovencita agradable de Nueva York, ¿y qué ha resultado de todo eso? Mercancía usada. ¡Dios mío, qué golpe tan terrible!

Sacudió la cabeza, como lamentándose y ella le golpeó en broma con el bolso.

—¡Mercancía usada! ¿Cómo te atreves? —exclamó, medio enojada, medio divertida, pero ambos no dejaban de reír.

—Está bien, entonces he salido con una *vieille divorcée*, si lo prefieres así. En cualquier caso, no era esa la idea que me había hecho.

Aún sacudió un par de veces la cabeza, como si lo lamentara, dirigiéndole de vez en cuando miradas maliciosas. De repente, ella empezó a preguntarse si su situación no significaría para él que la considerara una presa fácil, que la utilizara con descaro durante unas semanas, hasta que se marchara de Londres. Ese simple pensamiento la hizo ponerse rígida y apartarse de él, mientras William conducía el coche en dirección al hotel Claridge. El movimiento de Sarah fue tan brusco que él comprendió enseguida que algo pasaba. Se volvió a mirarla, extrañado, en el momento en que entraban en la calle Brook.

—¿Ocurre algo?

—Nada. He notado un pinchazo en la espalda.

—Eso no es cierto.

—Sí lo es —insistió ella sin lograr que él la creyera.

—No lo creo. Más bien me parece que algo ha cruzado por tu mente. Algo que te ha inquietado otra vez.

—¿Cómo puedes decir una cosa así? —¿Cómo era posible que la conociera tan bien, después de tan poco tiempo? Le parecía muy extraño—. Eso no es cierto.

—Está bien. Solo lo decía porque eres una persona que suele preocuparse mucho, a pesar de que la mayoría de tus preocupaciones no son más que memeces. Si te pasaras más tiempo pensando en las cosas buenas que están sucediendo ahora mismo, y menos en las malas que podrían ocurrir, ahora o más tarde, y que a buen seguro nunca llegarán a suceder, te prometo que vivirías mucho más tiempo y serías más feliz.

Le dijo esas palabras como si fuera un padre, y ella hizo un mohín de desagrado.

—Gracias, Su Gracia.

—No hay de qué, señorita Thompson.

Llegaron ante el hotel y William descendió del coche, le abrió la portezuela y la ayudó a bajar. Sarah se preguntó qué haría a continuación, si intentaría acompañarla hasta su habitación. En su fuero interno ya había decidido que no se lo permitiría.

—¿Crees que tus padres nos permitirán volver a hacer lo que hemos hecho esta noche? —le preguntó respetuosamente—. ¿No te parece que nos dejarían repetirlo mañana por la noche si le explico a tu padre que necesitas mejorar tu estilo de bailar el tango?

Ella le miró con ternura. William era un hombre mucho más decente de lo que ella había imaginado, y eso que esta noche habían progresado mucho. Aunque no sucediera nada más, sabía que a partir de ahora serían por lo menos buenos amigos, y esperaba que esa amistad se mantuviera.

—Es posible. ¿Quieres acompañarnos mañana a visitar la abadía de Westminster?

—No —espetó él con toda la franqueza del mundo—, pero lo haré con el mayor de los placeres. —Deseaba verla a ella, no visitar una iglesia. Pero visitar la abadía sería el pequeño precio a pagar por estar en su compañía—. Y quizá este fin de semana podamos salir a dar un paseo por el campo.

—Eso me gustaría —asintió ella sonriendo.

William la miró, acercó los labios hacia los suyos, y le dio un sosegado beso. La rodeó con unos brazos sorprendentemente fuertes, pero no tanto como para que ella se sintiera amenazada de algún modo, o incluso asustada. Al apartarse, los dos respiraban entrecortadamente.

—Creo que existe la clara posibilidad de que ya no tengamos edad para esto —dijo él en un susurro—, pero la verdad es que me encanta.

Le agradaba la ternura del momento, la promesa que contenía para más tarde.

La acompañó hasta el ascensor y sintió deseos de volver a besarla, pero se lo pensó mejor. No quería atraer la atención del empleado de recepción.

—Te veré por la mañana —le musitó.

Sarah hizo un gesto de asentimiento y William se inclinó hacia ella. Sarah levantó la mirada para encontrarse con la suya, sin saber qué le diría él a continuación. Al escuchar sus palabras, el corazón pareció detenérsele en el pecho. Apenas si fueron algo más que un leve susurro, y las pronunció demasiado pronto. Pero él no pudo hacer nada para evitarlas.

—Te amo, Sarah.

Hubiera querido decirle que ella también le amaba, pero ella se había retirado, y las puertas del ascensor se cerraron entre ellos dos.

7

Al día siguiente, tal como habían planeado, fueron a la abadía de Westminster, y los padres de Sarah adivinaron que algo sucedía entre su hija y William. Sarah parecía comportarse de modo mucho más dócil, y William la miraba de otra manera, un tanto más posesiva. Mientras caminaban, alejándose de ellos, Victoria Thompson le susurró a su esposo:

—¿Crees que ocurre algo malo? Sarah parece hoy algo alterada —dijo con tono de preocupación.

—No tengo ni la menor idea —contestó Edward fríamente.

William regresó a su lado, para indicarles algunos detalles arquitectónicos. Tal y como había hecho durante su visita a la Torre, les ofreció toda clase de historias privadas y detalles interesantes sobre los diversos monarcas. Se refirió a la coronación que había tenido lugar el año anterior e hizo un par de comentarios benevolentes sobre su primo Bertie. Bertie, a pesar de todas sus protestas, se había convertido ahora en el rey. Como quiera que nunca se había preparado para desempeñar ese papel, se sintió horrorizado cuando su hermano David abdicó como rey Eduardo.

Más tarde, caminaron entre las tumbas y la madre de Sarah volvió a pensar que su hija parecía sentirse inusualmente serena. Los Thompson se quedaron un poco rezagados y dejaron a los dos jóvenes a solas. Al alejarse, vieron que Sarah y William se hallaban enfrascados en lo que les pareció una conversación seria.

—Te sientes inquieta, ¿verdad? —preguntó William, con aspecto preocupado, tomándole las manos entre las suyas—. No debería haber dicho nada anoche, ¿verdad? —Pero nunca se había sentido como ahora, con nadie; nunca había experimentado un sentimiento tan fuerte y, desde luego, tan fulgurante. Ahora se sentía como un muchacho, perdidamente enamorado de ella, y no podía evitar las palabras—. Lo siento, Sarah..., pero lo cierto es que te amo. Sé que puede parecerte una locura, y quizá pensarás que he perdido la cabeza. Pero es cierto. Amo todo lo que tú eres, piensas y deseas. —La miró entonces, con una verdadera expresión de preocupación, antes de añadir—: Y no quiero perderte.

Ella volvió hacia él unos ojos angustiados, y por la forma en que le miró dejó ver que también le amaba, pero también daba a entender que no deseaba que eso sucediera.

—¿Cómo puedes decir eso? Me refiero a lo de perderme... En realidad, nunca podrás tenerme. Recuerda que soy una mujer divorciada, y que tú ocupas un puesto en la línea de sucesión al trono. Todo lo que sacaremos de nuestra relación es una buena amistad, o una aventura casual.

Por un momento, él se balanceó sobre los talones, sin dejar de mirarla y, al hacerlo, apareció en su rostro el atisbo de una sonrisa.

—Mi querida jovencita, si a esto le llamas tú casual, me gustaría que me explicaras qué consideras como serio. Nunca he sido más serio con nadie en toda mi vida, a pesar de que solo acabamos de conocernos. Y esto, querida, no se corresponde con lo que pudiera considerar como una «aventura».

—Está bien, está bien —dijo ella sonriendo a su pesar, con un aspecto más hermoso que nunca—. Ya sabes lo que quiero decir. Esto no puede conducir a ninguna parte. ¿Por qué nos torturamos de este modo? Deberíamos limitarnos a ser buenos amigos. Yo me marcharé pronto, y tú tienes tu vida aquí.

—¿Y tú? ¿A qué clase de vida vas a regresar tú? —Parecía sentirse muy enojado ante lo que ella había dicho—. ¿A esa granja miserable donde vivirás tu vida como una anciana? ¡No seas absurda!

—¡William, soy una mujer divorciada! O lo seré pronto. Eres un tonto por haber llevado esto tan lejos —exclamó con evidente angustia.

—Quiero que sepas que no me importa nada lo de tu divorcio —replicó él con vehemencia—. Eso no significa absolutamente nada para mí, como tampoco lo significa la condenada línea de sucesión que tanto parece preocuparte. Porque todas tus preocupaciones se reducen a eso, ¿verdad? Has vuelto a dejarte confundir por esa que se casó con David.

Se refería, claro está, a la duquesa de Windsor, y ambos lo sabían. Y, además, tenía toda la razón. Sarah se había dejado confundir nuevamente por ella, pero era extremadamente obstinada en sus opiniones.

—Eso es algo que tiene que ver con la tradición y la responsabilidad. No puedes echarlo a rodar. No puedes ignorarlo o fingir que no existe. Y yo tampoco puedo. Es como conducir por una carretera cuesta abajo a toda velocidad y fingir que no hay ningún muro al final del camino. Está ahí, William, tanto si lo quieres ver como si no. Y tarde o temprano nos va a hacer mucho daño si no nos detenemos a tiempo, antes de que sea demasiado tarde.

No deseaba hacerle daño a nadie, ni a él, ni a sí misma. No quería dejarse arrastrar y enamorarse de él sin remisión. Eso no les conduciría a ninguna parte, por mucho que creyera amarlo, o que él la amara.

—Entonces, ¿qué sugieres que hagamos? —protestó William de mal humor sin gustarle nada lo que ella había dicho—. ¿Insinúas que debemos detenernos ahora? ¿Que no volvamos a vernos nunca más? Dios santo, no estoy dispuesto a hacer eso, a menos que me mires directamente a los ojos y me asegures que no sientes lo mismo que yo, que no te has enamorado de mí.

La tomó de las manos y la miró a los ojos, hasta que ella no pudo resistir su mirada.

—No puedo decirte eso —concedió Sarah en un susurro y luego volvió a mirarle—. Pero quizá solo debiéramos ser buenos amigos. Eso es lo único que puede dar de sí nuestra relación. Prefiero tenerte como amigo para siempre, antes que perderte. Pero si insistimos en seguir adelante, en precipitarnos cuesta abajo de una forma tan peligrosa y estúpida, estoy convencida de que tarde o temprano todo aquello que conoces y amas se volverá en contra de ti, y también contra mí. Y entonces llegará el desastre.

—Ya veo la fe que tienes en mi familia. Mi madre es medio francesa, ¿sabes?, y el tema de la sucesión al trono siempre le ha parecido algo accesorio. Ocupar el decimocuarto puesto en la línea de sucesión al trono es una bicoca, querida. Podría renunciar ahora mismo y jamás lo echaría de menos. Creo que a cualquiera le sucedería lo mismo.

—Yo nunca permitiría que lo hicieras.

—Oh, por favor... Por el amor de Dios, Sarah, ya soy adulto, y debes creer que sé lo que me hago. Ahora mismo, tus preocupaciones son prematuras y absurdas.

Trató de tomárselo a la ligera, pero en el fondo ambos sabían que ella tenía razón. William habría renunciado a sus derechos de sucesión en un instante de haber creído que ella se casaría con él, pero temía preguntárselo. Había demasiadas cosas en juego como para arriesgarlas con tanta alegría. Nunca le había pedido a ninguna mujer que se casara con él, y ahora ya sabía lo mucho que amaba a Sarah.

—Buen Dios, todo esto resulta bastante extraño —comentó, bromeando, mientras regresaban al interior de la abadía en busca de sus padres—. La mitad de las mujeres de Inglaterra sería capaz de matar con tal de convertirse en duquesas, y tú ni siquiera deseas hablar conmigo por temor a que sea una especie de enfermedad contagiosa. —Se echó a reír, pensando en lo dócil que había sido siempre, y en lo reacia y amable que se mostraba Sarah—. Te amo, y lo sabes. Te amo de veras, Sarah Thompson.

Y entonces la atrajo con firmeza hacia su pecho, para que lo viera todo el mundo, y la besó en medio del esplendor de la abadía de Westminster.

—William... —empezó a protestar ella.

Pero pronto se abandonó a él, abrumada por su poder y su magnetismo, y cuando finalmente la apartó, ella le miró a la cara y, por un instante, olvidó todas sus reservas.

—Yo también te amo, pero sigo pensando que los dos estamos locos.

—Lo estamos —asintió él sonriendo con una expresión de felicidad. Le pasó un brazo por los hombros y la llevó de regreso hacia la entrada principal de la abadía, en busca de sus padres—. Pero quizá se trate de una locura de la que no podamos recuperarnos nunca —le susurró en voz baja, ante lo que Sarah no dijo nada.

—¿Dónde habéis estado? —preguntó Edward Thompson, fingiendo una preocupación que, en realidad, no sentía.

A juzgar por la expresión que detectó en las miradas de ambos, se dio cuenta de que se hallaban más cerca que nunca el uno del otro, y que todo andaba muy bien.

—Estuvimos hablando, paseando... Su hija le aturde a uno con suma facilidad.

—Más tarde hablaré con ella —dijo Edward sonriéndoles a ambos.

Luego, los dos hombres caminaron un rato, hablando del banco de Edward y de cómo se contemplaba en Estados Unidos la posibilidad de una guerra. William le habló del reciente viaje que había hecho a Munich.

Almorzaron en Old Cheshire Cheese, en el Wine Office Court, y tomaron empanada de pichón. Después, William tuvo que dejarlos.

—Les prometí a mis abogados que pasaría una tarde con ellos, lo que constituye una desagradable necesidad de vez en cuando —se disculpó por abandonarlos. Luego, le preguntó a Sarah si podían salir a cenar y a bailar, como la noche anterior. Al ver que vacilaba, él se mostró desconsolado—. Solo como amigos, una vez más —mintió y ella se echó a reír.

Ya le conocía lo bastante como para saber lo que había detrás de sus palabras.

—Eres imposible.

—Quizá. Pero la verdad es que necesitas practicar un poco más el tango. —Ambos se echaron a reír, al recordar las numerosas veces que ella había pisado en falso entre sus brazos—. Nos ocuparemos de eso esta noche, ¿te parece?

—Está bien —asintió de mala gana, preguntándose cómo iba a poder resistirse.

Era un hombre notable, y nunca se había sentido tan enamorada de nadie, y mucho menos de Freddie van Deering. El encaprichamiento de quien todavía era su esposo le había parecido muy correcto en su momento, pero entonces no era sino una adolescente alocada. Ahora esto también era un error, aunque de una forma diferente y, con todo, nunca había amado tanto a nadie, ni había tenido la sensación de conocer tan bien a alguien como ya creía conocer a William.

—Es un hombre encantador —le dijo su madre mientras Edward volvía a llevarlas a Hardy Amies.

Sarah, desde luego, no pudo mostrarse en desacuerdo con esa apreciación. Sin embargo, no quería arruinar la vida de William y la suya propia entregándose irreflexivamente a una relación que no podía conducirles a ninguna parte. A pesar de la voluntad de William de no tener ninguna precaución, ella no estaba dispuesta a actuar de una forma tan precipitada. Pero aquella tarde ya había olvidado todos sus temores, sobre todo después de que su madre le comprara un fabuloso vestido de seda blanco que realzaba hasta la perfección su cabello moreno, su delicada piel y aquellos ojos verdes.

Aquella noche, cuando William la vio, se quedó mirándola sin bajar la vista. Estaba deslumbrante.

—Buen Dios, tienes un aspecto muy peligroso, Sarah. No estoy muy seguro de que debas permitirme salir contigo. Debo decir que tus padres son realmente muy confiados.

—Les dije que no lo fueran, pero por lo visto te has ganado su más completa confianza —bromeó ella al salir al exterior, donde esperaba el Bentley de William, esta vez provisto de chófer.

—Estás realmente preciosa, querida —dijo él, convencido de que tenía el mismo aspecto que una princesa.

—Gracias —dijo ella sonriéndole, llena de felicidad.

Una vez más, se lo pasaron divinamente y Sarah decidió relajarse. Era divertido estar en su compañía, le gustaban sus amigos, que él le presentó y que se comportaron de forma encantadora con ella. Bailaron toda la noche, hasta que por fin logró dominar el ritmo de la rumba y el tango. Verla bailar sobre la pista, en compañía de William, constituía un placer extraordinario.

La acompañó al hotel hacia las dos de la madrugada, y la velada pareció haber transcurrido en un momento. Ella se sentía más relajada, mientras que William se comportaba con mucha naturalidad. Esta noche, ni siquiera mencionaron las preocupaciones que acosaban a Sarah, ni los sentimientos de William. Fue una noche agradable y espontánea, y al llegar al hotel ella se dio cuenta de que no le gustaba nada la idea de despedirse y subir a su habitación.

—¿Qué monumento vas a visitar mañana, querida? —preguntó arrancándole una sonrisa ante la forma de decirlo.

—Ninguno. Vamos a quedarnos aquí, en el hotel, a descansar. Papá tiene algún asunto que atender, y almorzará con un viejo amigo. Mamá y yo no tenemos absolutamente nada que hacer.

—Eso parece muy atractivo —dijo él con un timbre grave—. ¿Podría convercerte para no hacer nada conmigo? ¿Qué te parece un pequeño paseo por el campo para tomar un poco de aire fresco?

Sarah dudó, pero acabó por estar conforme. A pesar de todas las advertencias que se hacía, ahora ya sabía que no podía resistirse. Y casi había decidido no intentarlo siquiera hasta que se marcharan de Londres.

Al día siguiente, William acudió a recogerla poco antes de la hora del almuerzo, en un Bugatti de serie que nunca le había visto conducir. Emprendieron el camino hacia Gloucestershire y, mientras conducía, fue mencionándole los lugares de interés por los que pasaban, para así entretenerla.

—¿Adónde vamos?

—A una de las propiedades rurales más antiguas de Inglaterra —contestó con expresión seria—. La casa principal data del siglo XIV, aunque me temo que es un poco triste, pero en la finca existen algunas otras casas que son un poco más modernas. La mayor de ellas la construyó sir Christopher Wren en el siglo XVIII y esa sí que es realmente magnífica. Hay unos establos enormes, una granja y un bonito pabellón de caza. Creo que te gustará.

Su descripción le pareció muy interesante y se volvió hacia él para hacerle una pregunta.

—Parece maravilloso, William. ¿Quién vive allí?

Él vaciló antes de contestar con una mueca burlona.

—Yo. Bueno, en realidad paso allí el menor tiempo posible, pero mi madre vive permanentemente en la mansión principal. Yo prefiero el pabellón de caza, que es un poco más rústico. Pensé que quizá te gustaría almorzar con ella, puesto que dispones de un poco de tiempo libre.

—¡William! ¡Me llevas a almorzar con tu madre y no me has dicho nada! —exclamó, horrorizada, asustada al comprender lo que él había hecho.

—Es una mujer bastante agradable, te lo prometo —replicó él con aire inocente—. Creo que te gustará, de veras.

—Pero ¿qué va a pensar de mí? Sin lugar a dudas, se preguntará por qué vamos a almorzar.

De repente, volvió a sentir miedo de él, de sus sentimientos desbocados y de adónde podían conducirles a los dos.

—Le dije que estabas desesperadamente hambrienta. Bueno, en realidad, la llamé ayer por teléfono y le dije que me gustaría presentarte antes de que te marcharas.

—¿Por qué? —quiso saber Sarah dirigiéndole una mirada acusadora.

—¿Que por qué? —replicó él, mirándola sorprendido—. Pues porque eres amiga mía y me gustas.

—¿Fue eso todo lo que le dijiste? —preguntó casi gruñendo, a la espera de una respuesta.

—En realidad, no. Le dije que íbamos a casarnos el sábado que viene y que me parecía correcto presentarle antes de la boda a la que iba a convertirse en la próxima duquesa de Whitfield.

—¡Basta, William! ¡Estoy hablando en serio! No quiero que tu madre piense que ando detrás de ti, o que voy a arruinar tu vida.

—Oh, no, también le hablé de eso. Le dije que vendrías a almorzar pero que, por el momento, te habías negado en redondo a aceptar el título.

—¡William! —exclamó echándose a reír de improviso—. ¿Qué estás haciendo conmigo?

—Todavía nada, querida, aunque te aseguro que ahora mismo me gustaría hacer muchas cosas.

—¡Eres imposible! Deberías haberme dicho adónde me llevabas. ¡Ni siquiera me he puesto el vestido adecuado!

Llevaba pantalones y una blusa de seda, y sabía que eso se consideraría bastante descarado en algunos círculos. Estaba segura de que la duquesa viuda de Whitfield no lo aprobaría en cuanto la viera.

—Le dije que eres estadounidense, y eso lo explica todo —bromeó él tratando de apaciguarla aunque, en realidad, creía que se lo había tomado bastante bien.

Le había preocupado un poco la posibilidad de que se enojara en cuanto le comunicara que la llevaba a almorzar con su madre, pero de hecho se lo había tomado con bastante deportividad.

—Puesto que pareces habérselo dicho todo, ¿le has informado también que sigo los trámites para divorciarme?

—Maldición, eso se me ha olvidado —contestó él con una mueca burlona—. Pero asegúrate de decírselo tú misma durante el almuerzo. Seguro que querrá saberlo todo al respecto.

Le dirigió una sonrisa encantadora, más enamorado de ella que nunca, totalmente indiferente ahora a sus temores y objeciones.

—Eres verdaderamente repugnante —le acusó burlona.

—Gracias, cariño. Siempre a tu disposición —sonrió él.

Poco después llegaron a la entrada principal de la mansión y Sarah quedó impresionada ante lo que vio. La propiedad se hallaba rodeada por altos muros de piedra que daban la impresión de haber sido construidos por los normandos. Los edificios y los árboles parecían centenarios y todo producía la impresión de haberse conservado impecablemente. La vista parecía un poco abrumadora. La casa principal tenía más aspecto de fortaleza que de mansión, pero al pasar ante el pabellón de caza donde William se alojaba con sus amigos, observó con agrado su aspecto acogedor. Era más grande que su propia casa en Long Island. Y la mansión donde vivía su madre era realmente hermosa, llena de hermosas antigüedades francesas e inglesas. Sarah quedó asombrada al conocer a la diminuta, frágil pero todavía hermosa duquesa de Whitfield.

—Me alegra mucho conocerla, Su Gracia —dijo Sarah con cierto nerviosismo, sin saber muy bien si debía inclinarse ante ella o estrecharle la mano, aunque la anciana le tomó la suya cuidadosamente y la sostuvo durante un momento.

—Y a mí conocerla a usted, querida. William me ha dicho que era una joven preciosa, y veo que tiene toda la razón. Pase, por favor.

Indicó el camino al interior. Caminaba bien, aunque apoyada en un bastón que, luego supo, había pertenecido a la reina Victoria y que recientemente le había regalado el propio Bertie la última vez que vino a visitarla.

Le mostró a Sarah los tres salones de la planta baja, y luego salieron al jardín. Hacía un día cálido y soleado, en uno de esos veranos insólitamente calurosos para Inglaterra.

—¿Se quedará aquí durante mucho tiempo, querida? —preguntó agradablemente la anciana, ante lo que Sarah negó con la cabeza y una expresión de pena.

—Nos marchamos a Italia la semana que viene. Regresaremos a Londres para pasar unos pocos días más a finales de agosto, antes de emprender el viaje de regreso. Mi padre tiene que estar de vuelta en Nueva York a principios de septiembre.

—William me ha dicho que su padre es banquero. Mi padre también lo fue. ¿Le ha comentado William que su padre perteneció a la Cámara de los Lores? Fue un hombre maravilloso, y se parecía mucho a William.

Miró a su hijo con una evidente expresión de orgullo y este le sonrió, rodeándola con un brazo, en una abierta muestra de afecto.

—No es bueno jactarse, mamá —dijo burlón, aunque era evidente que su madre pensaba lo mejor de él.

Había sido el consuelo de su vida, su alegría desde el momento en que nació, y constituía para ella la recompensa definitiva a un matrimonio extremadamente prolongado y feliz.

—No me estoy jactando de nada. Solo pensé que a Sarah

le gustaría saber algo sobre tu padre. Quizá algún día tú mismo sigas sus pasos.

—No es probable, mamá. Eso me daría demasiados dolores de cabeza. Es posible que ocupe mi escaño, pero no creo que me dedique a ello por completo.

—Quizá algún día te sorprendas a ti mismo.

Se volvió hacia Sarah, sonriéndole. Poco después, entraron para almorzar. La anciana era un encanto, extraordinariamente alerta para su edad, y no cabía la menor duda de que adoraba a William, a pesar de lo cual no parecía aferrarse a él, ni quejarse por no verse suficientemente atendida o por no disfrutar lo que quisiera de la compañía de su hijo. Por lo visto, le agradaba dejar que su hijo llevara su propia vida y sentía un gran placer cada vez que sabía cosas de él. Le contó a Sarah algunas de sus divertidas travesuras de pequeño y de lo bien que le habían ido las cosas durante sus estudios, en Eton. Más tarde había completado sus estudios en Cambridge, especializándose en historia, política y economía.

—Sí, y lo único que hago ahora es acudir a fiestas y bailar tangos. Resulta aleccionador comprobar lo útil que puede llegar a ser una buena educación.

Pero Sarah ya sabía que hacía algo más que eso. Dirigía sus propiedades, la granja, que por lo visto era muy provechosa, y participaba en los debates de la Cámara de los Lores; viajaba, era un hombre muy bien informado y seguía con interés la política. Se trataba de un hombre muy interesante y, aun a su pesar, Sarah tuvo que admitir que le gustaba todo lo que se relacionaba con él. Incluso le gustó su madre, quien también pareció quedar complacida con Sarah.

Después de almorzar, los tres dieron un largo paseo por los jardines, y Annabelle Whitfield le habló a Sarah de su niñez, que había pasado en Cornualles, así como de las visitas a sus abuelos, en Francia, y de los veranos pasados en Deauville.

—A veces, echo de menos todo eso —confesó con una sonrisa nostálgica.

—Nosotros estuvimos allí en el mes de julio. Sigue siendo un lugar de embeleso —dijo Sarah, devolviéndole la sonrisa.

—Me alegra saberlo. No he ido por allí desde hace por lo menos cincuenta años. —Se volvió y le sonrió a su hijo—. Una vez que llegó William, me quedé en casa. Quería estar con él en todo momento, cuidarlo, atenta a cada palabra y sonido que dijese. Casi me sentí morir cuando el pobre muchacho tuvo que marcharse a Eton. Intenté convencer a George para que lo dejara aquí, conmigo, con un tutor, pero él insistío y supongo que tenía razón. Para William habría resultado muy aburrido quedarse en casa, con su vieja madre.

Le miró amorosamente, y él la besó en la mejilla.

—Nunca me he aburrido en casa contigo, mamá, y tú lo sabes. Te adoraba, y sigo adorándote.

—Bobo —dijo la anciana sonriendo, pero feliz de oír aquellas palabras.

Abandonaron Whitfield a últimas horas de la tarde, y la duquesa le pidió a Sarah que regresara a verla de nuevo antes de marcharse de Inglaterra.

—Quizá después de su viaje a Italia, querida. Me encantaría que me lo contara todo sobre ese viaje cuando vuelva a Londres.

—Me gustará volver a verla —afirmó Sarah con una sonrisa.

Había pasado una tarde muy agradable y ella y William charlaron durante el viaje a Londres.

—Es una mujer maravillosa —dijo Sarah sonriéndole, pensando en las cosas que la anciana le había contado.

La había recibido cariñosa y cálidamente y había mostrado cierto afecto por Sarah.

—¿Verdad que es maravillosa? No hay nada mezquino en ella. Jamás la he visto enfadada con nadie, excepto quizá conmigo. —Se echó a reír ante los recuerdos—. Nunca se ha mostrado descortés con nadie, ni ha levantado la voz en el calor de una discusión. Y adoraba a mi padre, tanto como él a ella. Es una pena que no hayas podido conocerlo, pero me alegra mucho que hayas tenido tiempo para venir a conocerla.

La mirada de sus ojos le decía algo más, pero Sarah aparentó ignorarlo. No se atrevía a permitirse a sí misma sentirse más cerca de él de lo que ya estaba.

—Me alegra que me hayas traído —dijo Sarah con suavidad.

—A ella también le ha encantado. Le has caído muy bien —aseguró, volviéndose a mirarla, conmovido por lo asustada que ella parecía.

—También le habría encantado saber que soy una mujer divorciada, ¿verdad? —preguntó Sarah, implacable al tiempo qué él tomaba una curva pronunciada de la carretera, conduciendo el Bugatti con habilidad.

—En realidad, no creo que eso le hubiera importado gran cosa —dijo sin faltar a la verdad.

—Bueno, en cualquier caso, me alegra que no hayas decidido ponerla a prueba —dijo aliviada.

William, sin embargo, no pudo resistir la oportunidad de burlarse un poco.

—Creía que ibas a decírselo tú misma durante el almuerzo.

—Se me olvidó. Lo haré la próxima vez, te lo prometo —replicó ella, devolviéndole la broma.

—Estupendo. Seguro que se sentirá muy excitada al enterarse.

Se echaron a reír y disfrutaron de la compañía mutua durante el resto del trayecto hasta el hotel, donde él la dejó apenado por tener que separarse. Aquella noche, Sarah tenía previsto cenar con sus padres y unos amigos. Pero William insistió en verla al día siguiente, a primera hora de la mañana.

—¿No tienes ninguna otra cosa que hacer? —preguntó Sarah volviendo a burlarse cuando él se lo pidió, junto a la entrada del Claridge.

Ambos ofrecían el aspecto de dos amantes jóvenes y felices.

—Esta semana no. Quiero pasar contigo todo el tiempo que pueda, hasta que te marches a Roma, siempre y cuando no tengas inconveniente, claro.

Por un momento, Sarah pensó que debía plantear algunas objeciones, incluso en consideración hacia él, pero en realidad no deseaba hacerlo. William era ideal, y sus atractivos demasiado fuertes como para resistirlos.

—¿Nos vemos en Hyde Park mañana por la mañana? Luego iremos a la Galería Nacional, y más tarde haremos un corto viaje a Richmond, para pasear por los Jardines Kew. Y almorzaremos en el hotel Berkeley.

Por lo visto, ya lo había planeado todo, ante lo que ella se echó a reír. No le importaba saber adónde irían, siempre y cuando pudiera estar con él. Se dejaba arrastrar y, a pesar del constante temor de implicarse excesivamente en la relación, se dejaba llevar por la excitación de hallarse a su lado. Era un hombre difícil de resistir, pero, de todos modos, ella no tardaría en marcharse, y entonces tendría que hacer considerables esfuerzos por olvidarlo. Pero ¿qué daño podía hacer el disfrutar de un poco de felicidad durante unos días? ¿Por qué no, después de todo el tiempo que había pasado sola durante el año anterior, y la época miserable que había vivido?

Durante el resto de su estancia en Londres, William les acompañó casi a todas partes. De vez en cuando tenía que asistir a alguna reunión que no podía aplazar, pero la mayor parte del tiempo se puso a su más entera disposición. El último día que pasaron en la ciudad, él y Edward Thompson comieron en White's, el club de William.

—¿Te lo has pasado bien? —le preguntó Sarah a su padre cuando este vino de almorzar.

—William ha sido muy amable. Y pertenece a un club estupendo. —Pero no era el ambiente o la comida lo que más le había gustado, sino el hombre y lo que este le había dicho—. Nos invita a cenar esta noche, y luego te llevará a bailar. Supongo que Italia te parecerá terriblemente aburrida sin él, después de todo esto —dijo seriamente, ávido por observar su expresión al contestar.

—Bueno, también me acostumbraré a eso, ¿no crees? —replicó ella con firmeza—. Todo esto ha sido muy divertido, y William ha sido muy amable, pero no puedo continuar así de forma indefinida.

Se encogió de hombros y abandonó la estancia. Aquella noche todos salieron a cenar al Savoy Grill. William fue una compañía encantadora, como era habitual, y Sarah también se encontraba de buen humor. Después de cenar, dejaron a sus padres en el hotel y se marcharon al Four Hundred Club a bailar.

Pero esa noche, ella se mostró muy distante entre sus brazos, a pesar de todos los intentos que había hecho hasta entonces por actuar con alegría. Resultaba fácil observar la tristeza que sentía y finalmente, al regresar a su mesa, se cogieron de las manos, y estuvieron hablando el resto de la noche.

—La semana que viene ¿será tan dura para ti como sin duda lo será para mí? —preguntó él obteniendo un gesto de asentimiento por parte de ella—. No sé qué voy a hacer sin ti, Sarah.

Durante aquellas cortas semanas habían llegado a sentirse muy cerca el uno del otro, lo que no dejaba de extrañar a ambos. William seguía tratando de sobreponerse. Jamás había conocido y amado a nadie como ella.

—Ya encontrarás alguna otra cosa que hacer —dijo ella sonriéndole valerosamente—. Quizá encuentres un puesto de trabajo como guía del Museo Británico o de la Torre de Londres.

—¡Qué buena idea! —exclamó, siguiéndole la broma. Luego, le pasó un brazo por el hombro y la atrajo hacia sí—. Te voy a echar mucho de menos durante las tres próximas semanas. Es una pena que luego pases tan poco tiempo en Londres, apenas una semana.

Ese pensamiento le entristeció. Sarah asintió en silencio. En ese momento deseó haberlo conocido muchos años antes, haber nacido en Inglaterra y que nunca hubiera existido Freddie en su vida. Pero desear las cosas no cambiaba nada y ahora tenía que hacerse a la idea de la partida. Le parecía duro y difícil imaginar que no lo volvería a ver al día siguiente, dejar de reír y de bromear, no ir en su compañía a nuevos lugares, no reunirse con sus amigos, volver a contemplar otra vez las joyas de la Corona en la Torre de Londres, o visitar a su madre en Whitfield, o sencillamente sentarse en algún lugar tranquilo y hablar con él.

—Quizá vengas algún día a Nueva York —dijo esperanzada, aun sabiendo que no era probable o que, si lo hacía, su visita sería demasiado corta.

—¡Podría ir! —exclamó dejando entrever un breve rayo de esperanza—. Siempre y cuando no nos metamos en problemas en Europa. El «líder supremo» alemán podría dificultar mucho los viajes transatlánticos: Nunca se sabe. —Estaba convencido de que habría una guerra, y Edward Thompson se mostraba de acuerdo con ese punto de vista—. Quizá debiera emprender ese viaje antes de que suceda nada.

Pero Sarah sabía que ver a William en Nueva York no era más que un sueño distante que, con toda seguridad, jamás se realizaría. Había llegado el momento de las despedidas, y lo sabía. Aunque volviera a verle una vez que regresara de Italia, para entonces las cosas ya serían diferentes entre ellos. Tenían que distanciarse ahora el uno del otro y reanudar sus vidas.

Bailaron un último tango y lo hicieron a la perfección, pero ni siquiera eso logró hacer sonreír a Sarah. Y luego bailaron una última pieza, mejilla contra mejilla, cada uno de ellos perdido en sus propios pensamientos. Al regresar a la mesa, se besaron durante largo rato.

—Te amo, cariño. No puedo soportar tu partida. —Durante aquel par de semanas, los dos se habían comportado muy correctamente, y en ningún momento se habían planteado hacer nada diferente a lo que habían hecho—. ¿Qué voy a hacer sin ti durante el resto de mi existencia?

—Sé feliz, disfruta de una buena vida, cásate, procura tener diez hijos... —Lo decía medio en broma, medio en serio—. ¿Me escribirás? —preguntó con cierta ansiedad.

—A cada hora, te lo prometo. Quizá a tus padres no les guste Italia y decidan irse antes de lo previsto —dijo esperanzado.

—Lo dudo mucho.

En el fondo, él también lo dudaba.

—Ya sabes, a juzgar por lo que me dice todo el mundo, Mussolini es casi tan malo como Hitler.

—No creo que nos esté esperando —replicó ella con una sonrisa—. En realidad, ni siquiera estoy segura de que podamos verle mientras estemos allí.

Volvía a burlarse, pero la verdad era que no sabía qué más podía decirle a William. Todo lo que tenían que decirse el uno al otro les resultaba demasiado doloroso.

Regresaron al hotel en silencio. Esta noche conducía él. No quería que la presencia del chófer perturbara los últimos momentos que pasaría con Sarah. Permanecieron sentados en el coche durante largo rato, hablando tranquilamente sobre lo que habían hecho, adónde les habría gustado ir, qué otra cosa podrían haber hecho y lo que harían una vez que ella regresara a Londres, antes de su partida definitiva.

—Estaré contigo todo el tiempo hasta que te vayas, te lo prometo.

Ella le sonrió, mirándole. Era tan aristocrático, tan elegante. El duque de Whitfield. Quizá algún día le contaría a sus nietos cómo se había enamorado de él hacía muchos años. Pero sabía, mejor que nunca, que ella no podía ser la causa de que él perdiera su derecho en la línea de sucesión al trono.

—Te escribiré desde Italia —le prometió sin saber muy bien lo que decía.

Tendría que limitarse a comentarle lo que harían durante el viaje. No podía permitirse contarle todo lo que sentía. Había tomado la firme resolución de no animarle a cometer una locura.

—Si consigo la comunicación, te llamaré por teléfono. —Y entonces la tomó entre sus brazos—. Cariño mío..., si supieras cómo te amo.

Sarah cerró los ojos y las lágrimas se deslizaron por sus mejillas, mientras se besaban.

—Yo también te amo —dijo y sus labios se apartaron durante un breve instante. Observó que también había lágrimas en los ojos de William y le acarició la mejilla suavemente, con las yemas de los dedos—. Tenemos que sobrellevarlo bien, y lo sabes. No tenemos otra alternativa. Tú tienes responsabilidades que cumplir, William. Y no puedes ignorarlas.

—Claro que puedo —replicó él con suavidad—. ¿Y si tuviéramos una alternativa?

Esa fue la ocasión en la que estuvo más cerca de prometerle un futuro.

—No, no la tenemos —insistió ella poniéndole un dedo sobre los labios y besándole después—. No lo hagas, William. No te lo permitiré.

—¿Por qué no?

—Porque te amo —contestó con firmeza.

—Entonces ¿por qué no permites lo que ambos deseamos y nos dedicamos a hablar de una vez sobre nuestro futuro?

—No puede haber ningún futuro para nosotros, William —contestó ella con tristeza.

Más tarde la ayudó a descender del coche, y ambos cruzaron el vestíbulo con lentitud, cogidos de la mano. Ella se había puesto nuevamente el vestido de satén blanco y tenía un aspecto extraordinariamente encantador. Los ojos de William parecían traspasarla, como si absorbiera cada uno de sus detalles para no olvidarlos nunca una vez que se hubiera marchado.

—Te veré pronto —dijo él volviendo a besarla, incluso ante la vista de los empleados de la recepción—. No olvides lo mucho que te amo —añadió con suavidad.

La besó una vez más y ella le dijo que también le amaba. Experimentó una fuerte sensación de angustia al entrar en el ascensor, sin su compañía. Luego, las puertas se cerraron pesadamente y, mientras subía, tuvo la clara sensación de que el corazón se le desgarraba dentro del pecho.

William permaneció de pie en el vestíbulo, observando las puertas cerradas del ascensor durante largo rato. Luego, giró sobre sí mismo y se encaminó hacia el Daimler, que había aparcado ante la puerta del hotel. En su rostro había una expresión de infelicidad, pero también de determinación. Ella se mostraba tenaz en sus opiniones, convencida de que hacía lo más correcto para él, pero William Whitfield era mucho más tenaz.

8

El viaje hasta Roma en tren le pareció a Sarah absolutamente interminable. Permaneció en silencio la mayor parte del tiempo, con aspecto pálido, y sus padres hablaron entre sí en tonos apagados, pero raras veces se dirigieron a ella. Ambos sabían lo desgraciada que se sentía y lo poco interesada que estaba en mantener cualquier tipo de conversación. William la había llamado por teléfono, justo poco antes de salir para la estación Victoria. La conversación había sido breve, pero cuando recogió el bolso para salir de la habitación todavía tenía lágrimas en los ojos. Sabía que esto era el principio de su separación definitiva, sin que importara lo mucho que se amaban. Sabía mejor que nadie lo irremediable de la situación, y lo estúpida que había sido al permitirse enamorarse de William. Ahora tendría que pagar el precio, sufrir durante un tiempo, hasta obligarse a olvidarlo. Ni siquiera estaba segura de la conveniencia de verlo cuando regresaran a Londres, antes de emprender el viaje en barco. Verse otra vez tal vez sería demasiado doloroso para ambos.

Miraba por la ventanilla mientras el tren seguía su marcha, esforzándose por pensar en Jane y en Peter, en los pequeños James y Marjorie, e incluso en Freddie. Pero por mucho que intentara distraerse, siempre volvía a pensar en William, en su madre, en sus amigos, en la tarde que habían pasado en Whitfield, en las muchas veces que se habían besado o en las noches que habían bailado juntos.

—¿Te encuentras bien, querida? —le preguntó su madre, solícita, antes de dirigirse al vagón restaurante para almorzar.

Sarah había insistido en que no tenía nada de apetito, y el camarero iba a traerle un plato de fruta y una taza de té que, según aseguró, era todo lo que deseaba. Su madre sospechaba que ni siquiera se molestaría en probarlo.

—Me encuentro muy bien, mamá, de verdad.

Pero Victoria sabía que no era así, y se lo dijo a Edward durante el almuerzo, preocupada por ver a su hija sufriendo de nuevo. Ya había pasado por una época muy difícil con Freddie, y quizá no deberían haber permitido que se entregara a una relación con el duque.

—Quizá sea importante que aprenda ahora lo que siente exactamente por él —comentó Edward con serenidad.

—¿Por qué? —preguntó Victoria extrañada—. ¿Qué diferencia puede representar eso?

—Uno nunca sabe lo que puede depararnos la vida, ¿no te parece?

Por un momento, Victoria se preguntó si William no le habría dicho algo a su marido, y decidió que no era probable, a pesar de que no se atrevió a preguntarle. Después del almuerzo, regresaron al compartimiento y encontraron a Sarah leyendo un libro. Era *La roca de Brighton*, de Graham Greene, que acababa de editarse y que William le había regalado para que lo leyera en el tren. Sin embargo, no podía concentrarse en la lectura, ni recordar el nombre de ninguno de los personajes. En realidad, no tenía ni la menor idea de lo que estaba leyendo y, finalmente, dejó el libro a un lado.

Pasaron por Dover, Calais y París, donde hicieron transbordo a un tren directo. Poco después de la medianoche, Sarah seguía despierta, tumbada en la oscuridad, escuchando el traqueteo de las ruedas mientras cruzaban el norte de Italia. Y a cada sonido, a cada kilómetro recorrido, a cada girar de las ruedas no podía dejar de pensar en William y en los maravillosos días que había pasado a su lado. Aquello era mucho peor que todo lo que había sentido con Freddie, y la diferencia consistía en que se había enamorado de verdad, y sabía que era correspondida. Lo que sucedía ahora era que el precio que él tendría que pagar por un futuro en común era excesivo. Ella lo sabía muy bien, y se negaba a consentir que él pagara un precio tan alto.

Se despertó cansada y pálida, después de unas pocas horas de sueño inquieto, cuando ya entraban en la Stazione di Termini, que daba a la *piazza* del Cinquecento.

El hotel Excelsior envió un coche a recogerlos y Sarah caminó con aire indiferente hacia el chófer. Llevaba un pequeño maletín de maquillaje, el bolso y un gran sombrero que la protegía del sol romano, pero no se daba cuenta de nada de lo que ocurría a su alrededor. El chófer les indicó diversos monumentos durante el trayecto hasta el hotel, las Termas de Diocleciano, el *palazzo* Barberini y los jardines Borghese cuando ya se aproximaron al hotel. Pero, en realidad, ella lamentaba haber venido a Roma y temía las tres semanas que la esperaban, teniendo que acompañar a sus padres en las interminables visitas turísticas por Roma, Florencia y Venecia, sobre todo sintiendo lo que sentía por William.

Al llegar al hotel, Sarah se sintió aliviada al quedarse a solas en su habitación. Cerró la puerta y se tumbó en la cama, con los ojos cerrados. Pero en cuanto lo hizo así, no pudo evitar volver a pensar en William. Era casi como si la persiguiera. Se levantó, se lavó la cara con agua fría, tomó después un baño que le sentó divinamente tras el largo viaje en tren, se peinó, se vistió con un vestido de algodón y una hora más tarde salió en busca de sus padres. Ellos también se habían bañado y cambiado de ropa, y todo el mundo parecía sentirse muy animado, a pesar del aplastante calor del agosto romano.

Su padre había planeado dar un paseo hasta el Coliseo aquella misma tarde, y el sol brillaba deslumbrante mientras exploraban cada minúsculo detalle. Ya era bien entrada la tarde cuando regresaron al hotel; Sarah y su madre se sentían verdaderamente agotadas por el calor. Su padre sugirió detenerse a beber algo antes de subir a sus habitaciones, pero ni siquiera eso las animó. Sarah tomó dos limonadas y se sintió como una anciana al levantarse de la mesa y regresar sola a su habitación. Dejó a sus padres charlando, tomando una copa de vino y caminó lentamente, cruzando el vestíbulo, sosteniendo en la mano el gran sombrero de paja que había llevado durante todo el día, sintiéndose cansada y, por una vez, sin pensar en nada, lo que constituyó un verdadero alivio.

—¿*Signorina* Thompson? —preguntó uno de los empleados de recepción en el momento de pasar junto al mostrador.

—¿Sí? —replicó, perturbada, mirando en su dirección, preguntándose por qué la habría llamado.

—Hay un mensaje para usted.

Le entregó un sobre, en el que distinguió una letra de trazos fuertes y familiar. Se preguntó con aire ausente cómo había llegado a sus manos con tanta rapidez. Abrió el sobre mientras todavía estaba ante el mostrador. Lo único que decía era: «Te amaré siempre. William». Sonrió al leer aquellas palabras, dobló el papel con cuidado y lo introdujo de nuevo en el sobre, percatándose de que tenía que haberlo enviado al hotel incluso antes de que ellos abandonaran Londres. Se dirigió a paso lento hacia el segundo piso, con el corazón lleno de él, con su imagen inundándole la mente. En ese momento, alguien pasó a su lado y la rozó.

—Lo siento —murmuró ella sin levantar la mirada.

Y entonces, de repente, se sintió literalmente levantada del suelo, se encontró en los brazos de alguien y él estaba allí, en Roma, en el hotel, y la besaba como si no estuviera dispuesto a aceptar que se marchara de nuevo. Apenas si podía creer lo que sucedía.

—¿Qué...? ¡William! ¿Dónde estabas? Oh, Dios mío, ¿qué haces aquí?

Respiraba entrecortadamente y se sentía muy turbada por lo que él había hecho. Pero, al mismo tiempo, muy complacida, realmente encantada.

—He venido a pasar contigo tres semanas en Italia, si es que quieres saberlo, tontuela. Hace un momento acabas de cruzarte conmigo en el vestíbulo.

Le había gustado observar lo ausente que parecía ella. Así era precisamente como se había sentido él en el momento de dejarla en el hotel Claridge, en Londres. Después de eso, solo había necesitado una hora para decidir no hacer caso de la menor precaución y encontrarse con ella en Roma. Al verla ahora se sintió doblemente contento por haber tomado esa decisión.

—Me temo que tengo malas noticias para ti, querida.

La miró con seriedad, acariciándole la mejilla con suavidad y, por un instante, ella se sintió preocupada por la madre de William.

—¿Qué ocurre?

—Debo decirte que no creo poder vivir sin ti.

La miraba con una amplia sonrisa, que ella le devolvió. Todavía estaban de pie en la escalera, y la gente que pasaba a su lado sonreía, viéndoles hablar y besarse, como dos jóvenes atractivos y enamorados que animaban el corazón de los demás con su sola presencia.

—¿No deberíamos intentar al menos resistir? —preguntó Sarah con nobleza, aunque demasiado feliz de tenerle allí como para tratar de desanimarlo ahora.

—No podría soportarlo. Ya será bastante malo cuando tengas que regresar a Nueva York. Aprovechemos este mes que nos queda, y disfrutémoslo.

La rodeó con sus brazos y la besó de nuevo, justo en el instante en que sus padres empezaban a subir la escalera. Se detuvieron de pronto y los miraron, extrañados. Al principio, no vieron de quién se trataba, y solo observaron a su hija en brazos de un hombre, pero Edward Thompson no tardó en darse cuenta de quién se trataba y les sonrió con una expresión satisfecha. Subieron lentamente la escalera y un momento más tarde estaban todos juntos. El rostro de Sarah se hallaba arrebolado por la felicidad, y todavía sostenía la mano de William entre las suyas cuando sus padres llegaron junto a ellos.

—Por lo que veo, ha venido para servirnos de guía por Italia —dijo Edward con divertido retintín—. Muy considerado por su parte, Su Gracia. Le agradezco mucho que lo haya hecho.

—Me ha parecido que ese era mi deber —dijo William con una expresión de felicidad y un tanto de timidez.

—Nos alegramos mucho de verle —añadió Edward hablando por todos ellos, y especialmente por Sarah, que irradiaba felicidad—. Seguro que ahora será un viaje mucho más placentero. Me temo que a Sarah no le ha gustado mucho el Coliseo.

Sarah se echó a reír. De hecho, había odiado aquella visita sin la compañía de William.

—Intentaré que las cosas salgan mejor mañana, papá.

—Estoy convencido de que así será. —Luego, volviéndose hacia William, preguntó—: Supongo que dispone de habitación, ¿verdad?

Se estaban haciendo buenos amigos y William agradaba mucho a los Thompson.

—En efecto, señor, dispongo de una suite completa. Es muy elegante. Mi secretario se hizo cargo de la reserva, aunque solo Dios sabe lo que tuvo que decirles para conseguirlo. Si he de juzgar por lo que han hecho, debió situarme por lo menos en el segundo puesto de la línea de sucesión al trono.

Los cuatro se echaron a reír y subieron la escalera, charlando amigablemente sobre adónde irían a cenar aquella noche. Y mientras caminaban, William apretaba con suavidad la mano de Sarah, sin dejar de pensar en el futuro.

9

El tiempo en Roma pareció pasar volando, dedicados a visitar catedrales, museos, la colina Palatina y visitando a algunos de los amigos de William, que vivían en villas encantadoras. Fueron a la playa, en Ostia, y cenaron en restaurantes elegantes, con algunas escapadas ocasionales a alguna *trattoria* popular.

Al final de la semana se trasladaron a Florencia para seguir haciendo lo mismo. Hasta que, finalmente, durante la tercera semana, fueron a Venecia. Para entonces, William y Sarah se sentían muy cerca el uno del otro, cada vez más enamorados. Parecían moverse y pensar como un solo ser. A las personas que les observaban y que no les conocían les habría sido difícil creer que no estuvieran casados.

—Ha sido todo tan agradable —dijo Sarah, sentados ante la piscina del Royal Danieli, a últimas horas de la tarde—. Me encanta Venecia.

Todo el viaje había sido como una verdadera luna de miel, a excepción de la presencia de sus padres, y a pesar de que ella y William no hicieron nada indebido, lo que por otra parte no les habría resultado nada fácil. Pero se habían prometido desde el principio que ambos se comportarían correctamente.

—Te amo desesperadamente —dijo él, con una expresión de felicidad, a la vez que trataba de absorber todo aquel sol. Jamás se había sentido tan feliz en toda su vida, y ahora estaba seguro de que nunca la dejaría—. Creo que no deberías regresar a Nueva York con tus padres —añadió medio en broma, aunque abrió un ojo para observar la reacción de ella.

—¿Y qué sugieres que haga? ¿Instalarme con tu madre, en Whitfield?

—Eso es una buena idea. Pero, francamente, preferiría que te instalaras conmigo, en mi casa de Londres.

Ella le sonrió. Nada le habría gustado más, pero se trataba de un sueño que jamás se convertiría en realidad.

—Desearía poder hacerlo, William —dijo gentilmente, al tiempo que se giraba y se apoyaba sobre los codos para seguir la conversación.

—¿Y por qué no puedes hacerlo? Recuérdamelo.

Ella tenía una larga lista de objeciones que él siempre se encargaba de rechazar. La primera de ellas era la del divorcio, y la segunda lo de su sucesión al trono.

—Ya sabes por qué. —Pero él no quería saberlo. Finalmente, ella le besó, rogándole que se sintiera agradecido por lo que tenían en aquellos momentos—. Es mucho más de lo que algunos consiguen en una vida.

Ella se sentía infinitamente agradecida por cada uno de los momentos que compartían. Sabía muy bien que eran extraordinariamente preciosos y raros, y que tal vez no volverían a repetirse nunca.

Entonces, él se sentó a su lado y contemplaron los botes y las góndolas en la distancia, con las agujas de la catedral de San Marcos elevándose hacia el cielo.

—Sarah... —dijo, tomándola de la mano—. No estoy jugando.

—Lo sé.

Se inclinó sobre ella y la besó con suavidad en los labios y entonces dijo algo que hasta entonces nunca le había dicho de una forma tan directa.

—Quiero casarme contigo.

La volvió a besar de una forma con la que quiso darle a entender que hablaba muy en serio, pero ella se apartó al cabo de un instante y sacudió la cabeza con expresión angustiada.

—Sabes que no podemos hacer eso —susurró.

—Claro que podemos. No voy a permitir que nos lo impida ni el lugar que ocupo en la línea de sucesión al trono, ni tu divorcio. Eso sería algo absolutamente absurdo. En Inglaterra, a nadie le importa lo más mínimo lo que yo haga o deje de hacer. La única persona que me importa es mi madre, y ella te adora. Le dije que quería casarme contigo, incluso antes de presentártela, y una vez que te hubo conocido me comentó que le parecía una idea razonable, ante la que se muestra totalmente de acuerdo.

—¿Le dijiste eso antes de que me llevaras a almorzar a Whitfield? —preguntó Sarah incrédula mientras él sonreía con expresión traviesa.

—Pensé que ella debía saber lo importante que eras para mí. Nunca le había dicho nada similar hasta entonces, y me expresó lo agradecida que estaba por haber vivido el tiempo suficiente para verme enamorado de una mujer tan agradable como tú.

—De haber sabido que ibas a llevarme allí, me habría bajado del coche y regresado a pie a Londres. ¿Cómo pudiste hacerle eso a tu madre? ¿Se ha enterado ella de lo de mi divorcio?

—Ahora ya lo sabe —contestó él con seriedad—. Se lo dije después. Mantuvimos una seria conversación antes de que tú partieras de Londres, y está completamente de acuerdo conmigo. Dijo que esta clase de sentimientos solo aparecen una vez en la vida, y que, en nuestro caso, deben de ser ciertos. Ya tengo casi treinta y seis años, y nunca había sentido nada por nadie, excepto algún deseo ocasional y un frecuente aburrimiento.

Sarah se echó a reír ante estas palabras y sacudió la cabeza, aturdida, pensando en lo impredecible, en lo maravillosa y extraña que era la vida a veces.

—¿Y si te conviertes en un marginado por mi causa?

Sentía que tenía una responsabilidad por él, aunque experimentaba también un gran alivio al saber la reacción de su madre.

—En tal caso, vendremos aquí y nos instalaremos a vivir en Venecia. De hecho, puede tratarse de una buena idea.

No parecía afectarle ninguna de sus objeciones. No le preocupaban lo más mínimo.

—William, tu padre fue un hombre importante en la Cámara de los Lores. Piensa en la desgracia que producirías a tu familia y que también caería sobre tus antepasados.

—No seas absurda. De todos modos, no me quitarán mi escaño. Querida, lo único que sucederá es que no podré llegar a ser rey. Permíteme asegurarte que, gracias a Dios, antes de conocerte tampoco existía la más remota posibilidad de que sucediera algo semejante. No hay nada que pudiera disgustarme más. Si creyera que había una posibilidad, yo mismo habría renunciado a ella desde hacía tiempo. Ocupar el decimocuarto puesto en la línea de sucesión no es más que una cuestión de prestigio, y ni siquiera eso, te lo aseguro. Se trata de algo sin lo que puedo vivir muy feliz.

Ella, sin embargo, no quería que el amor entre ambos pudiera costarle algo que fuera importante para él, o para su familia.

—¿No te sentirás incómodo cuando la gente murmure que tu esposa ya había estado casada antes?

—Sinceramente, no. Eso no me importa. Por otra parte, no sé cómo podrían enterarse, a menos que tú lo comentes. Afortunadamente, tú no eres Wallis Simpson, a pesar de todo lo que te empeñes en pensar. ¿Contesta eso todas tus ridículas objeciones, cariño?

—Yo..., tú... —balbuceó, sin que le acabaran de salir las palabras, haciendo un esfuerzo por escuchar la voz de la razón, aunque en realidad le amaba con locura—. Te amo tanto.

Le besó con fuerza y él la sostuvo durante largo rato hasta que finalmente la apartó, esta vez para amenazarla.

—No permitiré que te alejes de mí hasta que hayas consentido en convertirte en la próxima duquesa de Whitfield —le susurró—. Y si no consientes, le diré a todos los que encuentre en esta piscina que eres Wallis Simpson... Disculpa, la duquesa de Windsor. —Aquel título seguía atragantándosele en la garganta, contento de que no le hubieran concedido el derecho a que la llamara Su Alteza Real, algo que habría enfurecido a David—. ¿Estás de acuerdo? —le susurró con decisión antes de besarla—. ¿Lo harás, Sarah?

Pero no tuvo necesidad de volver a preguntárselo. Ella le indicó que sí con un gesto, las lágrimas llenaron sus ojos y él la besó con una exquisita ternura. Transcurrió largo rato antes de soltarla y, al apartarse, le sonrió, se levantó y se envolvió rápidamente con una toalla.

—Entonces ya está arreglado —concluyó, tendiéndole una mano—. ¿Cuándo celebramos la boda?

Sarah, asombrada al oírle hablar así, no acababa de creer que fueran a casarse. ¿Cómo era posible? ¿Cómo se atrevían? ¿Qué diría el rey? ¿Y los padres de ella? ¿Y Jane? ¿Y todos sus amigos...?

—Hablas en serio, ¿verdad? —preguntó mirándole, todavía desconcertada, pero feliz.

—Me temo que sí, querida. Te espera toda una vida a mi lado. —Una vida llena de amor por él—. Lo único que quiero saber ahora es la fecha de la boda.

Los ojos de Sarah se nublaron por un instante, sin dejar de mirarle, y cuando se decidió a contestar, lo hizo en voz baja.

—Mi divorcio será definitivo el diecinueve de noviembre. La fecha de la boda podría ser en cualquier momento después.

—¿Dispones de tiempo al día siguiente? —preguntó medio en broma, haciéndola reír, emocionada ante lo que le oía decir.

—Creo que podría ser el día de Acción de Gracias.

—Muy bien. ¿Qué soléis comer para esa fecha? ¿Pavo? Pues entonces serviremos pavo en la boda.

Ella pensó en los muchos preparativos que tendría que hacer, y en el trabajo que tendría su madre para esa fecha. Le miró y sonrió tímidamente.

—¿No sería mejor el primero de diciembre? De ese modo podríamos pasar el día de Acción de Gracias con mi familia y dispondrías de más tiempo para conocerlos a todos antes de la boda.

Pero ambos sabían que, en esta ocasión, serían pocos los invitados. Después del horror de su fiesta de aniversario ella no tenía el menor deseo de celebrar ninguna gran fiesta.

—El primero de diciembre entonces —asintió, atrayéndola hacia sí, con el espléndido paisaje de Venecia al fondo—. En tal caso, señorita Thompson, creo que acabamos de prometernos. ¿Cuándo se lo comunicamos a tus padres?

Parecía un muchacho feliz y ella le contestó con una mueca burlona.

—¿Te parece bien esta noche, durante la cena?

—Excelente.

Después de haberla acompañado hasta su habitación, William llamó por teléfono a la recepción del hotel y envió un telegrama a su madre, en Whitfield. Decía: «El momento más feliz de mi vida. He querido compartirlo contigo inmediatamente. Sarah y yo nos casaremos en Nueva York el primero de diciembre. Espero que te sientas con ánimos para emprender el viaje. Que Dios te bendiga. Con devoción, William».

Aquella misma noche, en el comedor del hotel, pidió que sirvieran el mejor champaña a modo de aperitivo, a pesar de que normalmente preferían tomarlo a los postres.

—Parece que esta noche vamos a empezar muy temprano, ¿no creéis? —comentó el padre de Sarah antes de tomar un sorbo de champaña, que era de una cosecha excelente.

—Sarah y yo tenemos algo que comunicarles —dijo William con serenidad, y un aspecto mucho más feliz de lo que le había visto Sarah desde que le conocía—. Con su permiso, y espero que contando con su bendición, quisiéramos casarnos en Nueva York a primeros de diciembre.

Victoria Thompson abrió unos ojos como platos y se quedó mirando a su hija con una expresión maternal. Durante un breve instante, y sin que ninguna de las dos mujeres lo percibiera, los dos hombres intercambiaron una mirada de comprensión. William ya había hablado con Edward Thompson antes de que ellos partieran de Londres, y este le había contestado que si era eso lo que Sarah deseaba, se sentiría encantado de bendecir la unión entre ambos. Ahora, se sintió realmente emocionado al enterarse de la noticia.

—Cuentas con nuestra bendición, desde luego —le aseguró Edward de modo oficial, mientras Victoria asentía con un gesto de aprobación—. ¿Cuándo habéis tomado la decisión?

—Esta misma tarde, en la piscina —contestó Sarah.

—Excelente deporte —comentó su padre secamente, y todos se echaron a reír—. Nos sentimos muy felices por los dos... ¡Santo Dios! —exclamó de pronto, y solo entonces se dio cuenta de que Sarah iba a convertirse en una duquesa.

Parecía sentirse contento e impresionado pero, sobre todo, le agradaba William y la clase de hombre que era.

—Me disculpo por eso, pero trataré de compensárselo a Sarah con creces. Quisiera que conocieran a mi madre una vez que regresemos. Confío en que tenga fuerzas suficientes para acudir a Nueva York y asistir a la boda.

En el fondo lo dudaba, pero al menos se lo pedirían y tratarían de convencerla para que acudiera, William sabía que era un viaje muy largo para una persona de su edad.

Entonces, la madre de Sarah intervino en la conversación, deseando saber en qué clase de boda pensaban, qué fechas preferían, dónde celebrarían la recepción, a qué lugar irían de luna de miel y, en fin, todos los detalles que encanecen el cabello de las madres cuando se trata de una boda. Sarah se apresuró a explicarle que habían elegido el primero de diciembre, pero que William estaría antes, el día de Acción de Gracias.

—O incluso más pronto —añadió él—. No pude soportar estar un solo día sin ella cuando emprendieron el viaje a Italia, y no creo que pueda soportarlo cuando se marchen a Nueva York.

—Serás bienvenido en cualquier momento —le aseguró Edward.

Los cuatro pasaron una velada deliciosa, celebrando el compromiso de William y Sarah. A última hora, los Thompson les dejaron a solas y la joven pareja pasó un largo rato en la terraza, donde bailaron al compás de las melodías románticas que interpretaba una orquesta, e hicieron planes en la semipenumbra iluminada por la luz de la luna. Sarah apenas si podía creer lo que sucedía. Era todo como un sueño, muy diferente a la pesadilla con Freddie. William había conseguido hacerle recuperar la fe en la vida, le ofrecía amor y felicidad, y mucho más de lo que ella hubiera podido soñar.

—Quiero hacerte siempre feliz —le dijo William en voz baja, a la par que le sostenía la mano en la oscuridad, entremedias de un sorbo de champaña—. Quiero estar a tu lado, cada vez que me necesites. Así hacían mis padres. Jamás se separaron, y raras veces se enfadaron el uno con el otro. —Entonces sonrió y añadió—: Confío en que no haya necesidad de esperar tanto como ellos para tener hijos. Yo ya soy casi un viejo.

No tardaría en cumplir treinta y seis años, y Sarah acababa de celebrar su vigésimo segundo cumpleaños con él, en Florencia.

—Nunca serás un viejo —le dijo ella, sonriente—. Te amo tal como eres —susurró. Volvieron a besarse y experimentó crecientes oleadas de deseo y pasión, tanto más difíciles de contener, ahora que ya sabía que no tardaría en abandonarse a ellas—. Me gustaría poder escaparnos unos días —se atrevió a decirle.

William le sonrió, mostrando sus dientes blancos y brillantes en la oscuridad. Tenía una sonrisa maravillosa. En realidad, ella amaba todo lo que se relacionaba con él.

—Pensé en sugerírtelo en una o dos ocasiones, pero mi conciencia terminó por imponerse. Y la presencia de tus padres también me ayuda a ser honesto mientras estemos en el extranjero, pero no puedo asegurarte cuál será mi comportamiento una vez en Londres.

Ella se echó a reír al percibir el tono de lamento de su voz, y asintió con un gesto.

—Lo sé. Creo que, para ser personas maduras, nos hemos comportado extremadamente bien.

—Te ruego que no sigas contando con eso en el futuro. Mi buen comportamiento, como tú lo llamas, no es una muestra de indiferencia, te lo aseguro, sino solo una exquisita buena educación y mucho control. —Ella volvió a reír al observar su expresión de dolor y, para demostrar la verdad de sus palabras, William la besó con fuerza en la boca—. Creo que deberíamos pasar una luna de miel muy prolongada en algún sitio muy lejano... ¿En Tahití, quizá? O en una playa desierta, a solas con unos pocos nativos ociosos.

—Eso suena maravilloso.

Pero sabía que él bromeaba. Aquella misma noche hablaron de Francia, que les atraía a ambos, incluso en el mes de diciembre. A ella no le importaba el tiempo gris que pudiera hacer para entonces. Es más, le parecía acogedor y le gustaba.

Entonces, él le habló seriamente sobre algo que no le había comentado con anterioridad, pero ante lo que ella se mostró abierta.

—No quería darte la impresión de que trataba de aprovecharme del hecho de que fueras divorciada. Quería que las cosas fueran tal como habrían sido en el caso de que no te hubieras casado. En una situación así, no me habría aprovechado de ti, y tampoco pensaba hacerlo ahora. Espero que lo comprendas.

Lo comprendía, y se lo agradecía. De haber mantenido con él una fugaz relación sexual, eso no habría hecho más que complicar las cosas, y luego todo habría terminado una vez que ella partiera a Nueva York. Ahora, en cambio, ya no tenían nada que lamentar, y solo cabía esperar toda una vida para compartir su amor y su alegría. Apenas si podía aguardar el momento de celebrar su matrimonio.

Hablaron hasta bien entrada la noche y cuando la acompañó hasta su habitación le resultó más difícil que nunca dejarla allí a solas. Pero hicieron un esfuerzo por dejar de besarse y él se quedó mirando cómo cerraba la puerta de su suite.

Todos disfrutaron mucho de los últimos días que pasaron en Venecia, y los cuatro subieron al tren de regreso a Londres sintiéndose inmersos en un ambiente de triunfo. En el Claridge de Londres les esperaba un telegrama de Peter y Jane, que felicitaban a Sarah por su compromiso. William ya había recibido uno de su madre, en Venecia, en el que le deseaba lo mismo, aunque también añadía que le sería imposible viajar a Nueva York para asistir a la boda, pero asegurándoles que estaría espiritualmente a su lado.

Durante los días siguientes estuvieron todos muy ocupados con visitas a los amigos, trazando planes y anunciando la buena noticia. William y Edward redactaron un anuncio formal, que apareció publicado en el *Times*, que provocó muchas desilusiones entre las jovencitas casaderas de Londres, que iban tras William desde hacía quince años, y cuya caza había terminado para siempre. Los amigos de él se mostraron en extremo complacidos con la buena nueva, y su secretario apenas si daba abasto para atender las llamadas, cartas y telegramas que recibían de la gente en cuanto esta se enteraba. Todos querían agasajarle con fiestas y, desde luego, se mostraban ansiosos por conocer a Sarah, por lo que él tuvo que explicar una y otra vez que ella era estadounidense y que partía para Nueva York al cabo de unos días, por lo que tendrían que esperar para conocerla hasta después de la boda.

También se las arregló para tener una larga audiencia con su primo Bertie, el rey Jorge VI, a quien explicó que renunciaría a sus derechos de sucesión. El rey no se alegró al enterarse, sobre todo después de lo que había hecho su hermano, pero, sin lugar a dudas, el asunto le pareció mucho menos dramático y terminó mostrándose de acuerdo, aunque con una cierta pena producida simplemente por ver las cosas desde el punto de vista de la tradición, y también por el profundo afecto que ambos se tenían. William le preguntó si podría presentarle a Sarah antes de que ella partiera, a lo que el rey contestó que se sentiría muy feliz de conocerla. A la tarde siguiente, vestido con sus tradicionales pantalones a rayas, su chaqueta de gala y su sombrero hongo, William acompañó a Sarah al palacio de Buckingham para asistir a una audiencia privada. Ella llevaba un sencillo vestido negro, sin maquillaje, con collar y pendientes de perlas; un aspecto sobrio y elegante. Se inclinó ante Su Majestad y trató de olvidar que William siempre se refería a él llamándole Bertie, aunque no lo hizo así ahora, sino que se dirigió a él como «Su Majestad» y la presentación de ella al rey fue conforme al protocolo. Solo al cabo de un rato el rey pareció hacerse más afable y charló amigablemente con ella sobre sus planes y la boda, diciéndole que esperaba verla en Balmoral cuando regresaran. Le gustaba que fuera allí porque, según dijo, sería más informal. Sarah se sintió impresionada y conmovida por la invitación.

—Porque supongo que regresará a vivir a Inglaterra, ¿verdad? —preguntó de pronto con una expresión preocupada.

—Desde luego, Su Majestad.

Él pareció aliviado al oír sus palabras, y le besó la mano a modo de despedida.

—Será usted una novia muy hermosa..., y una esposa encantadora, querida. Que su vida juntos sea muy larga y dichosa, y que se vea bendecida por muchos hijos.

Los ojos de Sarah se llenaron de lágrimas, y volvió a hacer una genuflexión, mientras William le estrechaba la mano. Luego, el rey se marchó para atender asuntos más importantes.

Al quedarse a solas en la estancia, William le sonrió abiertamente, con orgullo. Se sentía orgulloso de ella, y muy feliz. Era un descanso saber que su matrimonio contaría con la bendición real, a pesar de su renuncia a los derechos de sucesión al trono.

—Serás una duquesa muy hermosa —le dijo en voz queda y luego, casi en un cuchicheo, añadió—: En realidad, también serías una reina extraordinaria.

Ambos se echaron a reír con algo de nerviosismo, y poco más tarde fueron acompañados hasta la salida por el chambelán. Sarah estaba abrumada por el nerviosismo que había pasado. Desde luego, aquella no era una experiencia cotidiana para ella. Más tarde trató de explicársela por carta a Jane, para no olvidarse de nada y, mientras lo hacía, le pareció algo absurdo e increíblemente pretencioso. «Y luego el rey Jorge me besó la mano, dándome la impresión de sentirse él mismo un poco inseguro, y me dijo...» Parecía algo imposible de creer y ella misma no estaba muy segura de que no hubiera sido como un sueño.

Acordaron volver a Whitfield, para que sus padres conocieran a la madre de William. La duquesa viuda les preparó una cena deliciosa. Sentó al padre de Sarah a su derecha, y se pasó toda la velada ensalzando a la hermosa joven que iba a casarse con William.

—¿Sabe? —dijo con nostalgia—. Yo ya había abandonado toda esperanza de tener hijos, y fue entonces cuando llegó William, la más extraordinaria de las bendiciones para mí.

Nunca me ha desilusionado en nada, y así ha continuado toda su vida. Ahora que ha encontrado a Sarah, esa bendición se ha redoblado.

Sus palabras fueron tan tiernas y conmovedoras, que arrancaron lágrimas de los ojos del padre de Sarah, y al final de la velada todos se sentían ya como viejos amigos. Edward Thompson trató de convencerla para que acudiera a Nueva York en compañía de su hijo, pero la anciana insistió en que ya tenía muchos años y se sentía excesivamente frágil como para emprender un viaje tan largo y agotador.

—Ni siquiera he ido a Londres desde hace cuatro años, y Nueva York se me antoja un tanto desmesurado para mí. Además, sería una molestia para todos ustedes tener que ocuparse de una anciana como yo en unas circunstancias en las que siempre hay tantas cosas que hacer. Esperaré y los veré aquí cuando regresen. Quiero comprobar que se hagan ciertas mejoras en la casa de William. Temo que mi hijo no tenga ni la más remota idea de lo que necesitarán, o de lo que puede hacer que la vida de Sarah sea cómoda y feliz. Quiero llevar a cabo unos pocos cambios en ese pabellón de caza, de modo que ella pueda sentirse mucho más cómoda. Y creo que deberían disponer de una pista de tenis, ¿no le parece? He oído decir que ese deporte se ha puesto de moda, y el pobre William es un poco anticuado.

Aquella noche, durante el trayecto de regreso al hotel, Edward se maravillaba de lo afortunada que sería su hija al tener un esposo al que amaba tanto y que, evidentemente, la adoraba a ella de una forma tan apasionada, así como una suegra que se preocupaba hasta el detalle por su comodidad y felicidad.

—Gracias a Dios —exclamó aquella noche, agradecido, mientras el matrimonio se preparaba para acostarse.

—Es una muchacha muy afortunada —asintió Victoria.

Ella también se sentía muy feliz y besó a su esposo con ternura, pensando en su propia boda, en su luna de miel y en lo felices que habían sido durante todos aquellos años. Era feliz al saber que ahora Sarah también gozaría de esa alegría. Había sido tan desdichada con Freddie que la pobrecita no se había merecido nada de todo lo que le había sucedido. Ahora, sin embargo, el destino la recompensaba con creces. William era algo más importante que la vida misma, y una gracia para toda la vida.

Durante el último día que pasaron en Londres, Sarah se mostró muy inquieta y agitada. Tenía miles de cosas que hacer, y William quería que conociera su casa de Londres, que había comprado cuando apenas contaba dieciocho años. Constituía un alojamiento ideal para un hombre soltero, pero no se imaginaba que su esposa viviera feliz en ella. Ahora, quería saber si ella deseaba que buscara algo más grande, o preferiría esperar a que ambos regresaran de la luna de miel en Francia, después de Navidades.

—Cariño, me encanta —exclamó Sarah tras examinar las bien diseñadas estancias, amuebladas con gusto. No era una casa grande, pero tampoco era más pequeña que el apartamento que había compartido con Freddie—. Creo que es perfecta, al menos por ahora.

No se imaginaba que pudieran necesitar más espacio, al menos hasta que tuvieran hijos. En la planta baja había un salón grande y soleado, una pequeña biblioteca con los viejos libros hermosamente encuadernados que William se había traído años antes de Whitfield, una cocina muy agradable y un pequeño comedor, pero suficiente para organizar cenas. El primer piso lo componía un dormitorio grande y muy elegante, de aspecto bastante masculino. Había dos cuartos de baño, uno que utilizaba él y otro para los invitados. A Sarah le pareció perfecto.

—¿Y armarios? —apuntó él, que trataba de pensar en todo, lo que era una novedad; pero, por encima de todo, deseaba que ella se sintiera feliz—. Te dejaré la mitad del mío. Puedo trasladar la mayoría de mis cosas a Whitfield.

Se mostraba increíblemente considerado para ser un hombre que había vivido siempre solo y que nunca se había casado.

—No traeré mucha ropa.

—Se me ocurre una idea mejor: pasaremos la mayor parte del tiempo desnudos.

Ahora se mostraba cada vez más atrevido, dado que pronto sería su esposa. En cualquier caso, a Sarah le satisfizo la casa y le aseguró que no había necesidad de buscar otra.

—Eres muy fácil de contentar —dijo él.

—Espera y verás —replicó ella con una mirada maliciosa—. Quizá me convierta en una mujer exigente cuando nos hayamos casado.

—Si lo haces así, te pegaré y se acabarán los problemas.

—Eso me parece excitante —dijo ella enarcando una ceja y haciéndole reír.

Apenas si podía esperar a quitarse las ropas y hacerle el amor interminablemente. Menos mal que se marchaba a la mañana siguiente. De haber seguido más tiempo a su lado, no lo habría podido resistir.

Aquella noche cenaron a solas y William la acompañó de mala gana al hotel. Habría preferido llevarla a su casa para pasar allí aquella última noche, pero estaba decidido a portarse como un hombre de honor, sin que importara lo mucho que pudiera costarle. Y le costó mucho, sobre todo cuando se encontraron allí de pie, ante el hotel.

—Esto no es fácil, y lo sabes —se quejó William—. Me refiero a todas esas tonterías sobre la respetabilidad. Es muy posible que aparezca por Nueva York la semana que viene y te rapte. Esperar hasta diciembre empieza a parecerme inhumano.

—Lo es, ¿verdad? —musitó ella.

Pero ambos se hallaban convencidos de que había que esperar, aunque ella ya no estaba tan segura de saber por qué les había parecido algo tan importante hasta entonces. Sin razón aparente, por muy triste que se pusiera cada vez que lo pensaba, ahora adoptaba una actitud más filosófica con respecto a su aborto. De no haber sucedido, tendría un hijo de Freddie, o quizá seguiría casada con él. Ahora, en cambio, era libre de empezar una nueva vida, desde el principio, y confiaba fervientemente en tener muchos hijos con William. Hablaron de tener cinco o seis, o por lo menos cuatro y, no hace falta decirlo, la perspectiva le encantaba sobremanera. Todo lo relacionado con su vida en común le excitaba, y apenas si podían esperar. La acompañó hasta su habitación y se quedó de pie ante la puerta.

—¿Quieres entrar un momento? —sugirió ella y él asintió.

Sus padres se habían acostado ya hacía rato y deseaba estar a su lado durante todo el tiempo que pudieran compartir hasta que ella partiera por la mañana siguiente.

La siguió dentro de la habitación, y ella dejó el chal y el bolso de mano sobre una silla y le ofreció una copa de coñac, que él rechazó. Había algo que había estado esperando a entregarle durante toda la noche.

—Vamos, siéntate conmigo, Sarah.

—¿Te comportarás como es debido? —interrogó Sarah burlona.

—No, si me miras de ese modo, y probablemente, no lo haré en cualquier caso, pero ven y siéntate un momento a mi lado. Al menos puedes confiar en mí durante unos minutos, aunque no mucho más tiempo.

Se acomodó en el sofá, ella se sentó a su lado y él buscó algo en el bolsillo de la chaqueta.

—Cierra los ojos —le dijo con una sonrisa.

—¿Qué me vas a hacer? —preguntó riendo, aunque hizo lo que le pedía.

—Te voy a pintar un bigote, patito... ¿Qué imaginas que puedo hacerte?

Antes de que pudiera contestar, la besó y, al hacerlo, le tomó la mano izquierda y deslizó un anillo sobre su dedo. Al notar el frío del metal sobre su dedo, bajó la mirada y se miró la mano, nerviosa, y se quedó con la boca abierta al contemplar lo que le había puesto en el dedo. Incluso a la débil luz de la habitación observó que se trataba de una piedra soberbia, de corte antiguo, tal como a ella le gustaba. Era una sortija con un diamante perfectamente pulido, de veinte kilates, sin la menor imperfección.

—Mi padre lo encargó para mi madre en Garrard's cuando se comprometieron. Es una piedra muy valiosa y bastante antigua. Y ella ha querido que te la entregara a ti.

—¿Es el anillo de compromiso de tu madre? —inquirió asombrada, mirándole con los ojos llenos de lágrimas.

—En efecto. Quiere que lo lleves tú. Hablamos de esto un buen rato cuando supo que me disponía a comprarte uno, pero ella quiso que te regalara este. De todos modos, ahora ya no puede ponérselo, tiene artritis en las manos.

—Oh, William.

Era la piedra más hermosa que hubiera visto jamás y, al extender la mano para contemplarla, relució a la débil luz de la estancia. Se trataba de un anillo de compromiso fabuloso y Sarah nunca se había sentido más feliz en toda su vida.

—Esto solo es para recordarte a quién perteneces cuando subas mañana a ese condenado barco y te alejes tanto de mí que no pueda ni soportar pensar en ello. Creo que voy a llamarte a Nueva York a cada hora que pase, hasta que yo mismo acuda allí.

—¿Por qué no vienes antes de lo previsto? —propuso, sin dejar de mirar la sortija.

Él sonrió. Le agradaba comprobar que le gustaba, y sabía que a su madre también le agradaría saberlo. Había sido un gesto increíblemente generoso por parte de la anciana.

—En realidad, es muy posible que lo haga. Pensaba ir en octubre, a pesar de que tengo muchas cosas que hacer aquí. Para entonces tendré que ocuparme de la granja. —Se habían presentado algunos problemas que todavía tenía que solucionar, y antes de marcharse de Londres tenía que asistir a una sesión de la Cámara de los Lores—. Sea como fuere, estaré allí a primeros de noviembre sin falta. Seguro que para entonces andarás medio loca con todos los planes para la boda. No podré pasar más tiempo sin verte. —La besó entonces con pasión y, por un momento, ambos se olvidaron de sí mismos y se tumbaron sobre el sofá, mientras él recorría su delicado cuerpo con sus ávidos dedos—. Oh, Sarah... Dios mío.

Lo sentía palpitar por ella, pero quería esperar hasta el día de la boda. Deseaba que fuera esa la primera vez, como si no hubiera existido ninguna otra boda, como si nunca hubiese conocido a Freddie. Si William hubiera sido el primer hombre en su vida, ambos habrían esperado hasta ese momento, y eso era lo que deseaba hacer ahora, a pesar de que había instantes como este en que casi lo olvidaba. Separó las piernas hacia un lado, recibiéndole suavemente, y él se inclinó poderosamente sobre su cuerpo hasta que, haciendo un esfuerzo supremo, se incorporó y se levantó con un gemido de pena. Pero él también deseaba esperar, aunque solo fuera por respeto hacia ella y su matrimonio.

—Quizá debería marcharme —dijo William con voz queda, caminando por la estancia, tratando de calmar sus sensaciones, mientras ella se levantaba, despeinada y apasionada, asintiendo ante sus palabras.

Y entonces, se echó a reír. Ambos parecían como dos jovenzuelos ardientes.

—¿No te parece que somos terribles?

—No, no me lo parece. Apenas si puedo esperar —confesó él.

—Yo tampoco.

Y entonces él le preguntó algo que sabía no debía haberle preguntado.

—¿Te ocurrió... lo mismo con él?

El tono de su voz fue profundo y sexual, pero hacía tiempo que deseaba saberlo. Sarah le había asegurado que no había amado a aquel otro hombre, pero él no dejaba de hacerse preguntas. Sarah negó la cabeza, con expresión entristecida.

—No, no lo fue. Se trató de algo vacío..., sin sentimientos. Querido, él nunca me amó, y ahora sé que yo tampoco le amé jamás. Nunca ha existido otro hombre en mi vida, excepto tú. Nunca he amado, ni vivido, ni siquiera existido hasta que me encontraste. Y a partir de ahora, y hasta que muera, tú serás mi único amor.

Esta vez, cuando William la besó, había lágrimas en sus ojos, pero no dejó que el beso se prolongara demasiado y, más feliz que nunca, se marchó, dejándola a solas hasta la mañana siguiente.

Sarah permaneció despierta casi toda la noche, pensando en él y admirando su anillo de compromiso en la oscuridad de su habitación. A primera hora, llamó a la duquesa de Whitfield para decirle lo mucho que significaba ese anillo para ella, lo muy agradecida que estaba por tenerlo y lo mucho que amaba a William.

—Eso es lo que importa, querida. Pero las joyas siempre constituyen un placer, ¿no te parece? Que tengas un buen viaje... y una boda muy hermosa.

Sarah le dio las gracias y colgó. Luego terminó de hacer las maletas y William acudió a encontrarse con ellos una hora más tarde, en el vestíbulo del hotel. Ella se había puesto un traje de lana blanca de Chanel, confeccionado especialmente para ella en París. Lucía su nuevo y deslumbrante anillo de compromiso, y William casi la devoró al besarla. No había olvidado el deseo que había despertado en él cuando estuvieron tumbados sobre el sofá la noche anterior y deseaba acompañarles en su viaje.

—Imagino que a tu padre le gustará saber que no os acompaño.

—Creo que ha quedado muy impresionado por tu ejemplar comportamiento.

—Bueno, no seguirá estándolo por mucho más tiempo —gruñó William en voz baja—. Creo que he llegado al límite.

Ella le sonrió con una mueca y, cogidos de la mano, siguieron a sus padres hacia el Bentley que esperaba. Él se había ofrecido para conducirlos a Southampton. Ya habían despachado previamente el equipaje. Pero el trayecto de dos horas transcurrió con excesiva rapidez. Sarah observó la familiar figura del *Queen Mary*, recordando qué diferentes habían sido las cosas cuando viajaron en ese mismo barco desde Nueva York, apenas dos meses atrás.

—Uno nunca sabe lo que nos tiene reservada la vida —comentó su padre con una sonrisa de benevolencia, a la vez que se ofrecía para enseñarle el barco a William.

Pero este se hallaba mucho más interesado en estar con Sarah, y rechazó amablemente la invitación. En lugar de eso, les acompañó a los camarotes y luego salieron a cubierta. Permaneció allí, rodeándola con un brazo, y una expresión angustiada en el rostro, hasta que sonó el silbato que indicaba la última llamada de atención y, de repente, le asaltó el temor de que pudiera sucederles algo malo. Un primo suyo había viajado en el *Titanic* veintiún años atrás, y no podía soportar la idea de que a Sarah pudiera ocurrirle algo parecido.

—Santo Dios..., cuídate mucho. No soportaría que te pasara algo.

Se apretó contra ella como a una tabla de salvación durante los últimos momentos que pasaron juntos.

—No me pasará nada, te lo prometo. Solo tienes que venir a Nueva York tan pronto como puedas.

—Así lo haré, posiblemente el próximo martes —dijo él con tristeza.

Sarah le sonrió, con los ojos llenos de lágrimas y William volvió a besarla.

—Voy a echarte tanto de menos... —dijo ella en voz baja.

—Yo también —añadió él abrazándola.

En ese momento, uno de los oficiales se les acercó con actitud de respeto.

—Le ruego que me disculpe por la intrusión, Su Gracia, pero me temo que... iniciamos la travesía dentro de muy poco. Debería desembarcar ahora mismo.

—Sí, lo siento —respondió, dirigiéndole una sonrisa de disculpa—. Ocúpese de cuidar de mi esposa y mi familia, ¿quiere? Bueno, en realidad es mi futura esposa...

Bajó la mirada hacia el gran diamante ovalado que ella lucía en la mano izquierda, y que brillaba intensamente bajo el sol de septiembre.

—Desde luego, señor.

El oficial parecía impresionado y pensó en mencionárselo al capitán. La futura duquesa de Whitfield viajaba con ellos hasta Nueva York, y no cabía la menor duda de que debía recibir toda clase de cortesías y cuidados.

—Cuídate mucho, cariño.

La besó por última vez, estrechó la mano de su futuro suegro, besó cariñosamente a Victoria en la mejilla, le dio a Sarah un último abrazo de despedida y bajó por la pasarela. Sarah lloraba a su pesar, y hasta Victoria se secaba los ojos con un pañuelo. Era tan conmovedor verlos así. Desde la orilla, William estuvo saludando con el brazo en alto hasta que se perdió de vista, y Sarah permaneció en la cubierta durante dos horas más, escrutando el horizonte, como si todavía pudiera verlo con un esfuerzo.

—Vamos, Sarah, baja ya al camarote —le dijo su madre con suavidad.

Pero ahora ya no había nada que lamentar, sino que celebrar. Al entrar en su camarote, Sarah encontró un telegrama de William y un ramo de rosas tan grande que apenas debía haber cabido por la puerta del camarote. «No puedo soportarlo ni un momento más. Te amo. William», decía el cable. Su madre sonrió, observando de nuevo el hermoso anillo de compromiso. Resultaba extraño pensar en lo que les había ocurrido durante aquellos dos cortos meses. Apenas si podía creerlo.

—Eres una mujer muy afortunada, Sarah Thompson —sentenció su madre y ella no pudo sino mostrarse de acuerdo con sus palabras, mientras se repetía para sus adentros su nuevo nombre, Sarah Whitfield.

Le gustaba oírlo, tenía un acento maravilloso. «Duquesa de Whitfield», susurró para sus adentros y se echó a reír a pesar de sí misma, acercándose a las rosas para olerlas.

Esta vez, la travesía del *Queen Mary* pareció insufriblemente lenta. Lo único que ella deseaba era llegar a casa y encargarse de todo lo relacionado con la boda. Una vez se hubo extendido el rumor de que ella era la futura duquesa de Whitfield, se vio agasajada por todo el mundo. Los invitaron en varias ocasiones a cenar en la mesa del capitán y, en esta ocasión, Sarah sintió que debía tener una deferencia ante aquella cortesía. Ahora tenía una responsabilidad que cumplir para con William, y a sus padres les agradó comprobar el cambio que se había producido en ella. William había obrado verdaderos milagros con su hija.

Al llegar a Nueva York, Peter y Jane estaban esperándoles, y esta vez no trajeron a los niños. Jane estaba fuera de sí con todas las noticias, y hablaba a gritos, incapaz de creer en lo hermoso que era el anillo que lucía Sarah. Ya en el coche, le mostraron fotografías de William, y Peter y Edward hablaron sin cesar sobre los acontecimientos que ocurrían en Europa.

De hecho, había transcurrido exactamente una semana desde que se interrumpieron las emisiones normales de radio para retransmitir a los norteamericanos el discurso que pronunció Hitler ante el congreso nazi celebrado en Nuremberg. Fue un discurso terrible, capaz de asustar a cualquiera, y todo aquel que lo escuchó comprendió con claridad las amenazas lanzadas contra Checoslovaquia. Declaró que los alemanes no seguirían tolerando la opresión de los sudetes alemanes por parte de los checos, y reveló que se habían destinado más de trescientos mil soldados para reforzar la frontera. Los peligros eran evidentes, pero seguía pendiente la cuestión de saber qué haría Hitler, y cómo reaccionaría el mundo si se atrevía a hacer algo. El veneno, la furia y el odio que emanaron de él durante su discurso conmocionó profundamente a todos los estadounidenses que lo escucharon y, por vez primera, la amenaza de que estallara una guerra en Europa pareció algo muy real. Era evidente que, aunque no sucediera nada más, los checos serían devorados por los alemanes. Y nadie que lo escuchó pensó que fuera una buena noticia.

Durante la siguiente semana, la gente no habló de otra cosa. Los periódicos anunciaron que los ejércitos europeos se estaban movilizando, que las flotas ya estaban preparadas y que Europa esperaba a ver cuál sería el próximo paso de Hitler.

El 21 de septiembre, a las ocho y cuarto, hora de Nueva York, los acontecimientos alcanzaron su punto de mayor tensión en Praga. Los primeros ministros francés e inglés anunciaron que no ordenarían la movilización de sus tropas para defender a los checos, porque era arriesgarse a concitar las iras de Hitler. No ofrecieron a Checoslovaquia otra alternativa que la capitulación y la entrega a las fuerzas nazis de Hitler. A las once de la mañana, hora de Nueva York, cinco de la tarde hora de Praga, el gobierno llegó a la conclusión de que no le quedaba alternativa. Praga capituló ante las fuerzas alemanas, al mismo tiempo que quienes la apoyaban en todo el mundo lloraban de alegría al enterarse de la noticia.

En ese momento estaba lloviendo en Nueva York, como si Dios también llorase por los checos, como le sucedía a Sarah mientras oía las noticias. La emisión que llegaba hasta Nueva York siguió un extraño camino alrededor del mundo, debido al mal tiempo sobre el Atlántico, de modo que para soslayar el problema la emisión llegó a Nueva York vía Ciudad de El Cabo y Buenos Aires. Y gracias a esto se pudo oír con toda claridad. Pero al mediodía ya no quedaba nada más que escuchar. Para entonces eran las seis de la tarde en Checoslovaquia y la lucha ya había terminado para ellos. Sarah apagó la radio, como hizo casi todo el mundo, y no escuchó las advertencias que se hicieron a la una de la tarde, que anunciaban que una tormenta desencadenada sobre el Atlántico podía alcanzar Long Island. Para entonces, el viento había arreciado, y Sarah comentó con su madre la idea de dirigirse a Southampton para empezar a organizar los preparativos de la boda. Tenía mil cosas que hacer, y la casa de Long Island les pareció un lugar tranquilo donde hacerlo.

—No querrás ir allí con este tiempo tan horrible, querida —le dijo su madre.

Pero, en realidad, el tiempo que hacía no le importaba. Le gustaba la playa cuando llovía, la encontraba solitaria y relajante. Pero también sabía que a su madre le preocupaba mucho conducir con mal tiempo, de modo que se quedó en casa para ayudarla. Su padre ya había llamado al propietario de la granja por la que ella había pagado una entrada, explicándole que su hija iba a casarse y se trasladaría a vivir a Inglaterra. El hombre se mostró muy comprensivo y le devolvió a Sarah su dinero, a pesar de lo cual su padre no dejó de regañarla por haber hecho algo tan tonto, asegurándole que jamás le habría dejado vivir allí sola, encerrada en una apartada granja de Long Island. Ella recibió el dinero y, presentando sus disculpas, lo depositó en el banco. Se trataba de los mil dólares que había obtenido con la venta del anillo de boda que había recibido de Freddie, un objeto inútil que nunca había echado de menos.

Pero esa tarde, mientras la lluvia arreciaba sobre Nueva York, ya no pensaba en la granja, ni siquiera en la boda. Solo podía pensar en Praga y en la terrible situación que se vivía allí. Entonces, de repente, oyó un furioso repiqueteo sobre las ventanas de su dormitorio. Eran las dos de la tarde, pero estaba todo tan oscuro que casi parecía medianoche. Los árboles situados frente al apartamento de sus padres se inclinaban por el viento, y por un momento pensó que nunca había visto una tormenta tan furiosa sobre Nueva York. En ese preciso instante, su padre llegó a casa, un poco temprano.

—¿Ocurre algo? —le preguntó Victoria preocupada.

—¿Has visto qué tormenta? —replicó él—. Apenas si he podido salir del coche y entrar en el edificio. Tuve que sostenerme en los postes y dos hombres que pasaban por la calle tuvieron que ayudarme. —Se volvió entonces hacia su hija, con cierta inquietud—. ¿Has oído las noticias?

Sabía lo bien informada que acostumbraba estar su hija, y que a menudo oía los boletines de noticias si se encontraba en casa con su madre.

—Sólo he oído lo de Checoslovaquia —contestó, comunicándole las últimas noticias al respecto, ante lo que él sacudió la cabeza con pesar.

—Esta no es una tormenta normal —presagió, dirigiéndose a su dormitorio para cambiarse de ropa.

Regresó cinco minutos más tarde, vestido con ropas más toscas.

—¿Qué haces? —le preguntó Victoria, nerviosa.

Él tenía la costumbre de hacer cosas que ya no se correspondían con sus habilidades o su edad, como para demostrarse a sí mismo que seguía siendo capaz de hacerlas, aunque no las hubiera hecho antes. Era un hombre fuerte pero, desde luego, no tan joven como hace años.

—Quiero conducir hasta Southampton para asegurarme de que todo anda bien por allí. He llamado a Charles hace una hora y nadie me ha contestado al teléfono.

Sarah miró a su padre a los ojos durante un breve instante y luego habló con firmeza.

—Iré contigo.

—No, no vendrás —se opuso él, mientras Victoria les miraba enojada a ambos.

—Os estáis portando de un modo ridículo. Solo se trata de una tormenta y si allí ha pasado algo, ninguno de vosotros podéis hacer nada por evitarlo.

Un viejo y una joven no podrían hacer nada contra las fuerzas de la naturaleza. Pero ninguno de ellos compartía esa opinión. En el momento en que su padre se ponía el impermeable, Sarah salió de su habitación. Se había cambiado, vestía unas ropas viejas que había llevado durante su año de soledad en Long Island. Llevaba unas pesadas botas de goma, unos pantalones caqui, un suéter grueso de pescador y un impermeable largo.

—Voy contigo —se reafirmó.

Su padre vaciló por un momento y finalmente se encogió de hombros. Se sentía demasiado preocupado como para ponerse a discutir.

—Está bien, vámonos. No te preocupes, Victoria. Te llamaremos por teléfono.

Ella seguía furiosa cuando los dos se marcharon. Puso la radio mientras subían al coche. Se dirigían hacia la autopista Sunrise, camino de Southampton. Sarah se había ofrecido para conducir, pero su padre se echó a reír.

—Puede que a tus ojos sea un hombre viejo y débil, pero no estoy loco.

Ella rió al oír sus palabras y le recordó que conducía muy bien. Después de eso, apenas hablaron. La fuerza del viento dificultaba mucho mantener el coche en la carretera y en más de una ocasión el viento desplazó lateralmente el pesado Buick.

—¿Te encuentras bien? —le preguntó ella en un par de ocasiones, ante lo que él se limitó a asentir con un gruñido, con los labios apretados y los ojos entrecerrados para ver a través de la fuerte lluvia.

Todavía se encontraban en la autopista Sunrise cuando vieron una extraña y alta niebla que, procedente del mar, se instalaba sobre la línea costera. Apenas unos instantes después se dieron cuenta, consternados, que aquello no era niebla, sino una ola de proporciones gigantescas. Un muro de agua de unos quince metros de altura avanzaba implacable contra la costa y, mientras lo contemplaban horrorizados, vieron desaparecer casas enteras arrancadas de cuajo, y algo más de medio metro de agua se abalanzó burbujeante sobre la carretera, rodeando el coche.

Tardaron cuatro horas a través de la furiosa lluvia en llegar a Southampton. Al aproximarse a la casa que tanto amaban, los dos guardaron silencio, y Sarah se dio cuenta entonces de que el paisaje había cambiado brutalmente. Casas que conocía desde toda la vida habían desaparecido por completo, propiedades enteras estaban desoladas y la mayor parte de Westhampton parecía haberse desvanecido. Algunas de aquellas casas eran enormes. Solo más tarde se enteraron de que J. P. Morgan, un buen amigo de toda la vida, había perdido su mansión en Glen Cove. Pero, por el momento, lo único que pudieron ver fue la interminable desolación que les rodeaba. Había árboles arrancados por todas partes, casas reducidas a escombros, si es que quedaba algo de ellas. En algunos casos se había anegado todo un segmento de tierra, así como las docenas de casas construidas sobre esas tierras a lo largo de cientos de años. Había coches volcados aquí y allá y, de pronto, Sarah se dio cuenta de la extraordinaria habilidad que había tenido que emplear su padre para conseguir llegar hasta allí. Mientras miraban a su alrededor y él seguía conduciendo, se dieron cuenta de que Westhampton parecía haber desaparecido literalmente de la faz de la Tierra. Más tarde se enterarían de la desaparición completa de ciento cincuenta y tres de las ciento setenta y nueve casas que antes se alzaban allí; y el terreno sobre el que estaban construidas se había deslizado al mar. De las que aún se mantenían en pie, todas quedaron demasiado afectadas como para reconstruirlas o vivir en ellas.

Sarah sintió que se le hundía el corazón en el pecho mientras su padre conducía lentamente hacia Southampton. Al llegar ante su propia casa, vieron que las puertas de entrada a la propiedad habían desaparecido. Habían sido arrancadas de sus goznes y del suelo, junto con los pilares de piedras que las sostenían, y todo ello había sido arrojado a varias decenas de metros de distancia. Parecía como el tren de juguete de un niño, solo que la tragedia y el daño ocasionados eran muy reales, y las pérdidas demasiado grandes como para calcularlas.

Todos los hermosos y viejos árboles habían quedado arrancados de cuajo, pero la casa todavía se levantaba en la distancia. Desde donde estaban, parecía no haber sufrido daño alguno, pero al pasar junto a la casa del guarda descubrieron que solo quedaba un muro en pie y que todo su contenido había quedado esparcido por el suelo, formando grandes montones, ahora ya, de desperdicios.

Su padre aparcó el viejo Buick lo más cerca de la casa que pudo. Media docena de árboles enormes caídos impedían el paso del vehículo por el camino. Abandonaron el coche y caminaron contra la furiosa lluvia, zarandeados por el viento, sintiendo sobre sus rostros las agujas de las gotas de lluvia. Sarah trató de protegerse el rostro del viento, volviéndolo hacia un lado, pero no le sirvió de nada. Al rodear la casa vieron que la parte de levante, la que daba a la playa, había sido desgarrada de cuajo, llevándose consigo parte del tejado. Podía verse algo de su interior: la cama de sus padres, el piano del vestíbulo. Pero toda la fachada del edificio había sido desgarrada por el implacable muro de agua que la había asaltado, llevándosela consigo.

Las lágrimas acudieron a sus ojos, mezclándose con la lluvia y, al girarse a mirar a su padre, vio que él también lloraba. Amaba este lugar, que había construido años atrás, planificándolo todo cuidadosamente. Su padre había construido la casa cuando ellas todavía eran pequeñas, y juntos habían elegido cada árbol, cada viga y todo lo que había en ella. Y los enormes árboles estaban allí desde hacía cientos de años, mucho antes de que llegaran ellos. Ahora, sin embargo, habían desaparecido para siempre. Todo aquello parecía imposible de creer o de comprender. Ella pasó allí su niñez, había sido su refugio durante todo un año y ahora se encontraba irremisiblemente dañado. Al mirar a su padre comprendió que estaba destrozado.

—Oh, papá... —gimió Sarah apretándose contra él, arrojados intermitentemente el uno contra el otro por la fuerza del viento, como si flotaran sobre el agua.

Se trataba de una visión que desafiaba a la razón. Su padre la apretó contra sí y gritó por encima del rugido del viento para decirle que quería dirigirse hacia la casa del guarda.

—Quiero encontrar a Charles.

Era un hombre amable que la había cuidado como si fuera su propio padre durante el año que pasó recluida allí.

Pero no lo encontraron en la pequeña casa, ni por el prado que la rodeaba, por donde vieron esparcidas sus pertenencias, sus ropas y alimentos, los muebles destrozados y hasta la radio, que encontraron a varios metros de distancia. Edward empezó a preocuparse seriamente por él. Regresaron a la casa principal y entonces Sarah advirtió que la pequeña caseta de baño había desaparecido, así como el embarcadero y los árboles que lo circundaban. Los árboles estaban caídos, desgajados sobre una estrecha franja de arena que aquel mediodía había sido una playa muy ancha de arena blanca. Y entonces, mientras contemplaba angustiada toda aquella destrucción, lo divisó de repente. Sostenía unas cuerdas con las manos, como si hubiera tratado de sujetar alguna cosa, y llevaba puesto su viejo impermeable amarillo. Había quedado aprisionado en el suelo por un árbol que antes había estado sobre el prado delantero de la casa, arrancado de cuajo por el viento, que lo llevó por los aires más de cincuenta metros hasta alcanzarle. La arena tenía que haber amortiguado su caída, pero el árbol era tan grande que debía haberle roto el cuello o la columna al caer sobre él.

Lloró su pérdida en silencio, mientras corría hacia él. Se arrodilló a su lado, y apartó la arena del rostro golpeado como si le acariciara. Su padre la vio entonces y lloró amargamente mientras le ayudaba a liberarlo. Luego, entre los dos, lo llevaron al cobertizo del otro lado de la casa, y lo depositaron con suavidad sobre lo que antes había sido la cocina. Charles había trabajado para la familia desde hacía por lo menos cuarenta años, se conocían y apreciaban desde que eran jóvenes. Tenía diez años más que Edward Thompson y ahora este apenas podía creer que se hubiera marchado para siempre. Había sido para él como un buen amigo de su juventud, fiel hasta el último día, muerto por una tormenta intempestiva, cuando todas las miradas estaban puestas en Praga, y todo el mundo se había olvidado de Long Island. Fue la mayor tormenta que azotó nunca la costa oriental. Desaparecieron pueblos enteros, y la tormenta siguió su camino destructor a través de Connecticut, Massachusetts y New Hampshire, cobrándose varios cientos de vidas, hiriendo a más de dos mil personas y destruyéndolo todo a su paso, hasta que amainó.

La casa de Southampton no quedó destruida de forma irreparable, pero la muerte de Charles afectó a todos. Peter,

Jane y Victoria acudieron al funeral, y los Thompson y Sarah permanecieron en la casa durante una semana para valorar los daños y poner un poco de orden. Solo quedaron dos habitaciones en condiciones, pero no había calefacción ni luz eléctrica, y tuvieron que utilizar velas y comer en el único restaurante que seguía abierto en todo Southampton. Se necesitarían meses para reparar la casa, años quizá, y a Sarah le entristecía pensar que tendría que marcharse precisamente entonces, después de lo ocurrido.

Sarah se las arregló para ponerse en comunicación con William a través del teléfono del pequeño restaurante donde comieron, temiendo que él pudiera haberse enterado de la terrible tormenta por los periódicos y que estuviera preocupado por ella. La destrucción de Long Island causó una verdadera conmoción, incluso en Europa.

—Dios santo, ¿te encuentras bien? —preguntó la voz de William a través de las interferencias.

—Sí, estoy bien —contestó, aliviada al oír su voz serena y fuerte—. Pero hemos perdido buena parte de la casa. Mis padres tardarán todo el resto de sus vidas en reconstruirla, aunque por suerte no hemos perdido el terreno. La mayoría de la gente lo ha perdido todo.

Le comunicó la muerte de Charles y él dijo que lo lamentaba mucho.

—Me sentiré mucho más feliz cuando estés aquí, conmigo. Casi me sentí morir al enterarme de esa condenada tormenta. Supuse que estarías ahí, para pasar el fin de semana.

—Estuve a punto de venir —admitió ella.

—Gracias a Dios que no lo hiciste. Dile a tus padres lo mucho que lo lamento. Estaré a tu lado lo antes que pueda, te lo prometo, cariño.

—¡Te amo! —gritó a través del ruido de la comunicación.

—¡Yo también te amo! Intenta no meterte en problemas hasta que yo llegue.

Poco después de eso regresaron a la ciudad, y ocho días más tarde se firmó el Pacto de Munich, ofreciendo a los europeos la falsa ilusión de que ya se habían acabado todas las amenazas por parte de Hitler. Tras su regreso de Munich,

Neville Chamberlain lo denominó «una paz con honor», pero William le escribió diciéndole que aún desconfiaba del pequeño bastardo de Berlín.

Tenía la intención de acudir a principios de noviembre, y Sarah se hallaba muy ocupada con los planes para la boda, mientras que sus padres procuraban organizar eso al mismo tiempo que empezaban a ocuparse de las amplias reparaciones que había que hacer en la casa de Long Island.

William llegó el 4 de noviembre, a bordo del *Aquitania*, que entró en puerto acompañado de grandes fanfarrias. Sarah le esperaba en el muelle, con sus padres, hermana, cuñado y también los niños. Al día siguiente, sus padres dieron un gran almuerzo de bienvenida en su honor, y ella tuvo la impresión de que todas aquellas personas a las que había conocido en Nueva York le enviaban ahora invitaciones para que acudieran a sus fiestas. Aquello produjo una vertiginosa cadena de compromisos sociales que no parecía tener fin.

Seis días más tarde, mientras desayunaban juntos en el comedor, Sarah frunció el ceño y levantó la vista del periódico para mirarle.

—¿Qué significa todo esto? —le preguntó en tono acusador. Él la miró sin comprender. Acababa de llegar del hotel y todavía no había leído el periódico.

—¿A qué te refieres? —Se levantó y se acercó para leer el periódico por encima de su hombro, y también frunció el ceño al leer lo que se contaba sobre la Noche de Cristal, al tiempo que intentaba valorar las implicaciones de aquel acto tan horrendo—. Parece un feo asunto.

—Pero ¿por qué lo han hecho? ¿Por qué habrán querido hacer una cosa así? —Los nazis habían destrozado las ventanas y escaparates de todas las casas y comercios pertenecientes a la comunidad judía; las habían asaltado, matado a algunas personas y destruido sinagogas, aterrorizando a la gente. Y se decía que treinta mil judíos habían sido internados en campos de concentración—. Dios santo, William, ¿cómo pueden haber hecho eso?

—A los nazis no les gustan los judíos. Eso no es ningún secreto, Sarah.

—¿Pero esto? ¿Por qué esto? —Había lágrimas en sus ojos mientras leía.

Como respuesta, le entregó el periódico para que él también pudiera leerlo. Cuando su padre acudió a desayunar, le comunicaron las noticias y se pasaron una hora discutiendo acerca de los constantes peligros que se cernían sobre Europa. Entonces, su padre se los quedó mirando a ambos y se le ocurrió algo.

—Quiero que me prometáis los dos que, si estalla la guerra en Europa, vendréis a Estados Unidos hasta que todo haya terminado.

—Eso es algo que yo no puedo prometer —dijo William con sinceridad—. Pero lo que sí le prometo es enviarle a Sarah.

—No harás nada de eso —intervino ella mirando muy enojada por primera vez a su prometido—. No puedes disponer de mí como si fuera una maleta, ni enviarme a casa como si fuera una carta.

William le dirigió una amable sonrisa.

—Lo siento, Sarah. No pretendía faltarte al respeto. Pero creo que tu padre tiene razón. Si ocurre algo en Europa, creo que deberías estar aquí. Recuerdo la última guerra, cuando yo era apenas un muchacho, y te aseguro que no es nada agradable vivir con la amenaza de una invasión.

—¿Y tú? ¿Adónde irías tú?

—Probablemente me vería obligado a regresar al servicio activo. No me parece correcto que en esos momentos de tribulación desaparezcan todos los nobles para tomarse unas largas vacaciones en el extranjero.

—¿Acaso no eres ya demasiado viejo para ir a la guerra? —preguntó ella, francamente preocupada.

—En realidad, no. Y te aseguro, cariño, que en tal caso me vería obligado a ir.

Los tres confiaron seriamente en que no estallaría la guerra, pero cada uno de ellos abrigaba serias dudas al respecto.

A la semana siguiente, Sarah acudió a los tribunales en compañía de su padre y obtuvo los documentos definitivos de su divorcio. Le entregaron la resolución judicial y a pesar de todo, a pesar del futuro que la esperaba, no dejó de experimentar un opresivo sentimiento de humillación. Había sido una verdadera estúpida al casarse con Freddie, que resultó ser un parásito. Ahora mantenía un noviazgo con Emily Astor, en Palm Beach. Por lo visto, la boda se celebraría en Navidades. En realidad, ahora ya no le importaba, a pesar de lo cual lamentaba mucho haberse casado con él.

Solo faltaban quince días para la boda y lo único que le preocupaba a William era estar siempre cerca de ella. Salían constantemente y el día de Acción de Gracias fue un verdadero descanso para ellos instalarse, para participar en la comida familiar, en el apartamento de la familia en Nueva York. Aquello constituyó una experiencia nueva para William, y le agradó mucho, pues le pareció muy conmovedor hallarse junto a todos ellos.

—Espero que hagas lo mismo por nosotros cada año —le dijo más tarde a Sarah, sentados ya en el salón, mientras su hermana tocaba el piano.

Ya habían acostado a los niños y se disponían a pasar un rato agradable. Peter y William parecían llevarse muy bien, y Jane había quedado tremendamente impresionada con William. En las últimas semanas se había dedicado a decirle a todas las personas a las que conocía que su hermana Sarah iba a convertirse en una duquesa. Pero no era eso lo que le impresionaba de él, sino la gentileza que demostraba por su hermana, su mentalidad despierta, su amabilidad. Además, el título parecía tener muy poco significado para Sarah.

La última semana fue agotadora para ella. Había que atender montones de detalles de última hora, así como preparar las maletas. Ya habían enviado con antelación los baúles que contenían toda su ropa. Y quería ver a algunas antiguas amigas, aunque la verdad era que se hallaba dispuesta para partir en cualquier momento. El día antes de la boda lo pasó con él, y dieron juntos un largo paseo por Sutton Place, cerca del East River.

—¿Te entristece la idea de marcharte, cariño?

Le agradaba mucho la familia de Sarah y se imaginaba que a ella le resultaría difícil abandonarla, pero la respuesta que le dio le dejó sorprendido.

—En realidad, no. En cierto sentido, ya me había separado de ellos durante este último año, e incluso antes de eso. En el fondo de mi corazón no abrigaba la menor intención de volver aquí, sino que quería instalarme en Long Island.

—Lo sé —asintió él sonriendo—. En tu granja.

Pero ahora, incluso eso había desaparecido. Todos los edificios y parte de las tierras habían sido destruidos, arrastrados por la tormenta que se había cernido sobre Long Island durante el mes de septiembre. Ella podría haberlo perdido todo, incluso la vida, como le había sucedido a Charles. Y William sentía un profundo agradecimiento porque no hubiera ocurrido así. Ella levantó la mirada y le sonrió.

—Lo único que ansío ahora es nuestra vida en común.

Deseaba vivir siempre a su lado, conocerlo mejor, conocer su corazón, su vida, sus amigos, lo que le gustaba y le disgustaba, lo más profundo de su alma..., y su cuerpo. Quería tener hijos con él, compartir un hogar, ser suya y estar siempre presente, cada vez que él la necesitara.

—Yo también —confesó William—. Ha parecido una larga espera, ¿verdad?

Y últimamente se habían visto rodeados de tanta gente que les distraía. Pero eso ya casi se había terminado. Al día siguiente, a esa misma hora, ya serían marido y mujer, el duque y la duquesa de Whitfield.

Permanecieron contemplando el río durante un rato y él la apretó contra su cuerpo y, con expresión seria, dijo:

—Que nuestra vida se deslice siempre con la misma suavidad que este río..., y cuando no sea así, que seamos valientes para afrontarlo, tanto el uno como el otro. —Se volvió a mirarla con una expresión de amor inconmensurable, algo mucho más importante para ella que cualquier título—. Y que nunca te desilusione.

—O yo a ti —susurró ella tiernamente mientras miraba el discurrir de las aguas.

10

Aquella tarde se presentaron noventa y tres amigos en casa de sus padres, para cuando Sarah bajó la escalera cogida del brazo de su padre, con un aspecto radiante y solemne. Llevaba su pelo largo y moreno recogido en un moño, amén de un hermoso sombrero beige de satén y encaje, del que caía un pequeño velo que no parecía sino añadirle un toque de misterio. El vestido también era de satén y encaje beige, y llevaba un pequeño ramillete de orquídeas, con zapatos a juego. Parecía alta y elegante, de pie en el comedor adornado de flores, junto al duque. Habían convertido el comedor en una especie de capilla para la ocasión. Jane llevaba un vestido de organdí, color azul marino, y Victoria un brillante traje de satén verde, diseñado especialmente para ella por Elsa Schiaparelli, de París. Los invitados eran una selección de los personajes más distinguidos de Nueva York y, comprensiblemente, no asistió ningún miembro de la familia Van Deering.

Después de la ceremonia, cuando William besó discretamente a la novia y ella le miró con el rostro encendido, pues sabía que su vida había cambiado para siempre, los invitados se fueron instalando para la cena, en mesas que se habían colocado en el gran salón, para así habilitar el comedor como sala de baile. Fue una velada perfecta para todos ellos, refinada, discreta, hermosa, a todo el mundo le pareció una boda deliciosa, y no dejaron de admirar a la encantadora pareja. Bailaron casi hasta el final. Luego, Sarah bailó una última pieza con su padre, mientras William lo hacía con su flamante suegra, asegurándole lo mucho que había disfrutado con la boda.

—Gracias por todo, papá —susurró Sarah junto a la oreja de su padre, mientras bailaban—. Ha sido todo perfecto.

Siempre habían sido buenos y amables con ella, y si el verano anterior no hubieran insistido tanto en llevarla a Europa, no habría conocido a William. Durante el baile, intentó decirle todo eso a su padre, pero su voz se entrecortaba por las lágrimas y, por un momento, él también temió echarse a llorar, cosa que no deseaba hacer delante de sus amigos.

—Todo está bien, Sarah. —La apretó cariñosamente por un instante y luego le sonrió, pensando en lo mucho que quería a su hija—. Todos te queremos mucho. Ven a vernos siempre que puedas. Y nosotros también iremos a visitarte.

—¡Será mejor que lo hagáis! —exclamó ella como quien hace pucheros.

Siguieron bailando aquella última pieza. Era la última oportunidad que le quedaba de ser su niña, aunque solo fuera por unos minutos. Luego, William los interrumpió con amabilidad, miró a Sarah y no vio en ella a la niña, sino a la mujer.

—¿Está preparada Su Gracia para partir? —le preguntó con ironía, ante lo que ella se echó a reír.

—¿Crees que la gente me va a llamar así durante el resto de mi vida?

—Me temo que sí, querida. Ya te lo advertí, a veces resulta una carga insoportable —dijo medio en broma—. Aunque debo añadir que Su Gracia, duquesa de Whitfield, te sienta muy bien.

Ella tenía un aspecto perfectamente aristocrático. La miró cuando dejaron de bailar, y observó los magníficos pendientes de diamantes en forma de perlas que le había entregado como regalo de bodas, junto con un collar, también de diamantes, que completaba el conjunto.

Se despidieron con rapidez y, antes de marchar, ella arrojó el ramillete de flores desde lo alto de la escalera. Besó a sus padres, les dio las gracias por todo, sabiendo que volvería a verlos antes de partir en el barco. Besó a Peter y a Jane y entró corriendo por última vez en la cocina, para darles las gracias a los sirvientes. Y luego, a la carrera, bajo una lluvia de arroz y flores, subieron al Bentley prestado y se marcharon para pasar la noche de bodas en el hotel Waldorf Astoria. Al dejar atrás a su familia, unas lágrimas aparecieron por un momento en los ojos de Sarah. A partir de ahora, su vida iba a ser otra. En esta ocasión, todo era muy diferente. Amaba mucho a William, pero tendrían que irse a vivir muy lejos, a Inglaterra. Por un instante, sintió nostalgia de su antiguo hogar y la idea de separarse de su familia la puso melancólica. Permaneció serena en el coche, abrumada por sus propias emociones.

—Mi pobre amor —exclamó de pronto William, como si le hubiera leído el pensamiento—. Te alejo de todas esas personas a las que tanto quieres. Pero yo también te quiero, te lo prometo. Y también te prometo que haré siempre todo lo posible por hacerte feliz, estemos donde estemos.

La atrajo hacia él y Sarah se sintió segura a su lado y le dijo al oído:

—Yo también lo haré así.

Recorrieron el resto del trayecto hasta el hotel el uno muy cerca del otro, sintiéndose cansados y en paz consigo mismos. Había sido un día maravilloso, pero también agotador.

Al llegar al Waldorf Astoria, en Park Avenue, el director del hotel ya les esperaba. Se inclinó ante ellos y les expresó su devoción incondicional. A Sarah le divirtió la situación. Le parecía tan ridícula. Cuando llegaron a la enorme suite que les habían reservado en la torre, aún seguía riéndose y su ánimo se había reavivado.

—No te da vergüenza —la reprendió William, aunque no lo dijo en serio—. Se supone que debes aceptar esa clase de cosas muy en serio. Pobre hombre, habría sido capaz de besarte los pies si tú se lo hubieras permitido. Y hasta deberías habérselo permitido —bromeó William.

Estaba acostumbrado a esa clase de situaciones, aunque sabía que ella no.

—Se portó de un modo tan tonto. No pude evitar echarme a reír.

—Pues será mejor que te acostumbres, cariño. Esto no es

más que el principio, y será así durante mucho tiempo, e incluso me temo que más del que quisiéramos.

Era el principio de muchas cosas y William había pensado en todo para iniciar su nueva vida de una manera feliz y agradable. Aquella misma mañana les habían traído el equipaje, y el camisón de encaje blanco de Sarah, así como su batín, que se hallaban perfectamente extendidos sobre la cama, junto con las zapatillas de encaje blanco. Él había pedido champaña, que ya les habían servido en la habitación. Poco después de su llegada, mientras todavía estaban conversando sobre la boda y tomando una copa de champaña en el salón de la suite, llegaron dos camareros para traerles la cena. William había pedido caviar y salmón ahumado, unos huevos revueltos por si ella se había sentido demasiado nerviosa como para comer algo antes, como así era, aunque no había querido admitir que tenía mucho apetito. También había un pequeño pastel de bodas, incluyendo las figuras de mazapán del novio y la novia, como cortesía de la dirección del hotel y del cocinero jefe.

—¡Realmente, piensas en todo! —exclamó ella, dando palmadas con las manos, como si fuera una niña alta y grácil, mirando el pastel y el caviar.

Los camareros desaparecieron enseguida. William se le acercó y la besó.

—Pensé que podrías tener apetito.

—Me conoces muy bien.

Se echó a reír y se dedicó a comer caviar, a lo que William se sumó. A medianoche todavía estaban charlando, a pesar de que para entonces ya habían terminado de cenar. De pronto, parecía haber una fuente infinita de intereses comunes, de temas fascinantes sobre los que hablar, y esta noche más que ninguna. Pero él pensaba en otras cosas y finalmente bostezó y se desperezó, tratando de hacerle comprender la indirecta con discreción.

—¿Te aburro? —preguntó ella, repentinamente preocupada, ante lo que él se echó a reír.

En cierto modo, Sarah seguía siendo todavía muy joven, y eso le encantaba.

—No, cariño, pero este viejo está cansado hasta los huesos. ¿No podríamos continuar mañana esta conversación tan estimulante?

Habían hablado de literatura rusa, relacionándola con la música rusa, un tema que no parecía nada urgente de discutir precisamente en su noche de bodas.

—Lo siento.

Ella también estaba cansada, pero era tan feliz de estar a solas con él que no le habría importado quedarse despierta toda la noche, hablando. Y, en efecto, era muy joven. A sus veintidós años había algunas cosas en las que apenas si era una niña.

La suite contaba con dos cuartos de baño y un momento más tarde él desapareció en uno de ellos. Sarah se metió en el otro, canturreando algo para sí misma, después de haber cogido el camisón de encaje, las zapatillas y su pequeño bolso de maquillaje. Parecieron transcurrir horas antes de que volviera a salir y él la esperó, tras haber apagado las luces discretamente, envuelto ya entre las sábanas. No obstante, a la débil luz que procedía del cuarto de baño observó lo hermosa que estaba con aquel camisón de encaje.

Ella avanzó de puntillas hacia la cama, indecisa, con su larga cabellera morena cayéndole sobre los hombros, e incluso a aquella corta distancia él pudo oler la magia del perfume que se había puesto, Chanel número 5, como siempre, que le hacía pensar en ella cada vez que lo olía. Permaneció inmóvil por un momento, observándola a la débil luz del cuarto de baño. Ella se quedó quieta, como un joven duendecillo, dubitativa, hasta que finalmente se acercó a él con lentitud.

—William —le susurró con una voz casi inaudible—. ¿Duermes...?

Entonces William la miró ávidamente, y ella no pudo evitar el echarse a reír. Había esperado este momento durante cinco largos meses y ella estaba convencida de que se había quedado dormido en su noche de bodas, antes de que se acostara a su lado. Le encantaba esa inocencia que demostraba a veces, y su absurdo sentido del humor. Era una mujer maravillosa, pero esta noche la amaba todavía más.

—No, no duermo, cariño —le susurró en la oscuridad con una sonrisa.

Estaba de todo menos dormido cuando alargó la mano hacia ella y la atrajo hacia sí. Se sentó en la cama, junto a él, un poco temerosa ahora que ya no había ninguna barrera entre ellos dos. William se dio cuenta enseguida de lo que le sucedía, y se mostró infinitamente paciente y dulce con ella, mientras la besaba. Quería que le deseara tanto como él la deseaba ahora. Quería que todo se desarrollara con facilidad, que fuera perfecto y placentero. Pero solo necesitó un instante para encender su llama, y cuando sus manos empezaron a deslizarse por lugares donde nunca habían estado con anterioridad, se despertó en ella una pasión que no había experimentado nunca. Lo que conocía del amor era muy limitado, breve y casi totalmente desprovisto de ternura o sentimiento. Pero William era un hombre muy diferente a cualquier otro que ella hubiera conocido y, desde luego, le separaba toda una vida de Freddie van Deering.

William anhelaba poseerla, mientras le acariciaba los senos con delicadeza. Luego bajó las manos por las esbeltas caderas, buscando el lugar donde se unían las piernas. Sus dedos actuaron con suavidad y habilidad, oyó un gemido cuando finalmente le quitó el camisón por encima de la cabeza, y lo tiró al suelo. Se deslizó sobre su cuerpo y la penetró controlando sus movimientos todo lo que pudo. Pero no tuvo que contenerse por mucho más tiempo. Le sorprendió y le agradó descubrir que era una compañera tan ávida y enérgica como él. Y tratando de satisfacer el deseo que ambos habían sentido durante tanto tiempo, hicieron el amor hasta el amanecer, hasta que ambos cayeron entrelazados el uno en el otro, saciados en lo más profundo del alma y totalmente exhaustos.

—Dios mío, si hubiera tenido la más ligera idea de que iba a ser así, te habría arrojado al suelo y atacado directamente aquella primera tarde en que nos conocimos en la mansión de George y Belinda —dijo Sarah medio dormida.

Se sentía feliz, sabiendo que había satisfecho los deseos de su esposo, y que él había conocido cosas que jamás había soñado.

—No sabía que pudiera ser así —repitió con suavidad.

—Yo tampoco —dijo él, girándose para mirarla. Ahora que ya la había poseído, todavía le parecía más hermosa—. Eres toda una mujer.

Sarah se ruborizó levemente y pocos minutos más tarde se quedaron dormidos, apretados el uno contra el otro, como dos niños felices.

Ambos se despertaron sobresaltados un par de horas más tarde, cuando sonó el teléfono. Los llamaban de la recepción. Eran las ocho de la mañana y habían encargado que los despertaran a esa hora, pues tenían que estar a bordo del barco a las diez.

—Oh, Dios mío... —gimió él, parpadeando, tratando de encender la luz y coger el teléfono al mismo tiempo. Dio las gracias al empleado por la llamada. No estaba seguro de si era a causa de su amor o del champaña, pero el caso es que se sentía como si le hubieran arrebatado cada gota de su fuerza vital.

—De repente, sé cómo debió de sentirse Sansón cuando conoció a Dalila —dijo acariciando un largo mechón de cabello negro suelto sobre uno de sus firmes senos, inclinándose para besarle el pezón, y sintiendo despertar de nuevo su excitación, incapaz de creerlo—. Creo que estoy muerto y he subido al cielo.

Hicieron el amor una vez más antes de levantarse, y luego tuvieron que darse prisa para llegar a tiempo al barco. Ni siquiera pudieron desayunar, y se limitaron a tomar un sorbo de té antes de marcharse, riendo y gastándose bromas mientras cerraban las maletas. Bajaron presurosos a la limusina que les esperaba, mientras Sarah trataba de parecer digna y adecuada, como suponía debía hacerlo una duquesa.

—No tenía ni la menor idea de que las duquesas hicieran cosas así —le susurró ya en el coche, después de haber levantado el cristal que los separaba del chófer.

—No lo hacen. Te aseguro que tú eres una mujer notable, cariño, créeme.

Pero él tenía el aspecto de un hombre que acaba de encontrarse el diamante Hope en el zapato en el momento de subir a bordo del *Normandie*, en el embarcadero 88 de la calle 50 Oeste. Le parecía poco patriótico hacer el viaje en un barco francés, pero eran mucho más divertidos, y había oído decir que el *Normandie* ofrecía una travesía muy entretenida.

Fueron saludados como la realeza, y se les instaló en la suite Deauville, en la cubierta de sol. La suite gemela, la Trouville, se hallaba ocupada en esta ocasión por el marajá de Karpurthala, que la había ocupado ya en varias ocasiones desde su viaje inaugural. Al observar el camarote, William quedó sumamente complacido.

—No me gusta tener que decirlo, pero debo admitir que la línea francesa supera a la pobre Cunard inglesa cuando se trata de ofrecer comodidades.

Nunca había visto tanto lujo en un barco, a pesar de lo mucho que había viajado por el mundo. Era un barco glorioso y lo que habían observado hasta el momento les prometía un crucero realmente extraordinario.

Su camarote estaba lleno de botellas de champaña, flores y cestas de fruta, y Sarah observó que uno de los ramos más bonitos procedía de sus padres, y que había otro de Peter y Jane. Su familia llegó momentos más tarde y cuando Jane le susurró una pregunta al oído de su hermana, las dos se echaron a reír como unas criaturas. Antes de partir, Sarah y William agradecieron a los Thompson la magnífica boda que les habían ofrecido.

—Lo hemos pasado maravillosamente bien —le aseguró William a Edward—. Ha sido perfecto en todos los sentidos.

—Debéis de sentiros exhaustos.

—Lo estábamos —asintió William tratando de mostrarse vago y confiando en haberlo conseguido—. Tomamos un poco de champaña cuando llegamos al hotel, y luego nos derrumbamos.

Pero en el momento en que lo decía, Sarah lo miró y él solo pudo confiar en no haberse ruborizado. Le dio una discreta palmadita en el trasero al pasar a su lado, mientras Victoria le comentaba a su hija lo bien que le sentaba el vestido que estrenaba. Lo habían comprado juntas en Bonwit Teller, para su ajuar. Era un vestido de cachemira blanco, con un maravilloso pliegue en una cadera, y sobre él llevaba el nuevo abrigo de visón que le acababan de regalar sus padres. Le dijeron que eso la mantendría caliente durante los largos inviernos ingleses. Lo llevaba con mucho estilo, con un ligero sombrero tocado con dos enormes plumas negras que le caían sobre la espalda.

—Tienes un aspecto encantador, querida —le aseguró su madre y, por un instante, Jane sintió un aguijonazo de celos por su hermana.

Iba a llevar una vida gloriosa, y William era un hombre tan atractivo. Jane amaba tiernamente a su esposo, pero su pareja no resultaba nada excitante. Por otro lado, la pobre Sarah había pasado por momentos tan difíciles que incluso parecía difícil creer que aquella historia tan triste hubiera encontrado un final tan feliz. Podía decirse que era como un final de novela, aunque la historia no había terminado todavía y confiaba en que Sarah encontraría la felicidad que merecía en Inglaterra, con el duque. Era difícil imaginárselo de otro modo, sobre todo teniendo en cuenta la amabilidad y elegancia del hombre. Jane suspiró, sin dejar de mirarlos, cogidos de la mano, con aspecto de felicidad.

—Su Gracia...

El primer oficial del barco acudió a la puerta del camarote para anunciar discretamente que todos los invitados debían desembarcar en el término de pocos minutos. El anuncio hizo aparecer lágrimas en los ojos de Victoria y Jane, y Sarah tuvo que hacer un esfuerzo para no ponerse a llorar al besarlas, así como a su padre y a los niños. Se abrazó a todos ellos y luego estrechó a su padre por última vez.

—Escribidme, por favor. No lo olvidéis. Estaremos en Londres después de Navidades.

Pasarían las fiestas solos, en Europa. La madre de William había insistido en que tendría tantas cosas que hacer en Whitfield que difícilmente les echaría de menos, y a William le encantó la idea de pasar las Navidades a solas con Sarah, en París.

Ella se puso el visón y todos salieron a cubierta, donde volvieron a besarse y a dar la mano a William. Poco después, Edward Thompson condujo a su familia por la pasarela. Había lágrimas en sus ojos que se encontraron con los de Sarah desde el muelle y solo entonces empezaron a deslizarse las lágrimas por las mejillas de esta, incontenibles, sin poder hacer ya nada para ocultarlas.

—Te amo —murmuró, moviendo frenéticamente una mano para despedirse, y aferrándose a William con la otra.

Lanzaron besos al aire, a medida que el barco se alejaba lentamente del muelle, entre una lluvia de confetis y serpentinas, y en alguna parte de otra de las cubiertas una banda de música interpretaba *La Marsellesa*. Al contemplar cómo se iba alejando el barco pensó que jamás olvidaría lo mucho que aquellos días habían significado para ella.

William le sostuvo la mano con firmeza hasta que el enorme transatlántico empezó a surcar con lentitud la desembocadura del río Hudson y ya no pudieron ver a nadie sobre el muelle. Las lágrimas corrían por las mejillas de Sarah, que contuvo un sollozo en la garganta en el momento en que su esposo la abrazó de nuevo.

—Todo está bien, cariño. Yo estoy aquí. Volveremos a verlos pronto, te lo prometo.

Y lo decía muy en serio.

—Lo siento..., parece tan desagradecido por mi parte. Solo es que... les quiero tanto a todos. Y también te amo a ti.

En los últimos días habían sucedido tantas cosas que todavía se sentía un poco abrumada por las emociones. La acompañó hasta el camarote y le ofreció una copa de champaña, pero ella dijo con una sonrisa de cansancio que solo le apetecía tomar una taza de café.

William llamó al camarero y le pidió un café para ella y un té de jazmín para él, así como tostadas con canela como desayuno. Y se quedaron allí sentados, comiendo, bebiendo y charlando, hasta que a ella se le pasó la melancolía y se sintió mejor. A él, con todo, le agradaba ver que, aunque se asustaba y preocupaba demasiado, demostraba abiertamente sus sentimientos.

—¿Qué te gustaría hacer hoy? —le preguntó echando un vistazo a los menús y folletos que mostraban todos los deportes y diversiones que ofrecía el enorme barco—. ¿Quieres nadar un rato en la piscina antes del almuerzo? ¿O prefieres una partida de tejo? También podemos ir al cine después del té. Veamos, proyectan *El pan y el perdón*, de Marcel Pagnol, por si no la has visto.

La había visto, y el año anterior le había gustado mucho *Cosecha*, del mismo director, pero eso no le importaba ahora. Le divertía tanto hacer cosas con él. Se acercó más a su lado para mirar el folleto, asombrada de las muchas cosas que ofrecía la línea francesa a sus pasajeros. Mientras leía, notó que él le tocaba el cuello, y luego la mano se deslizó muy despacio hasta uno de sus senos. Después, sin transición, la besó, y ya no supo lo que pasó a continuación, hasta que ambos se encontraron en la cama, olvidados de cualquier otra diversión. Cuando recuperaron de nuevo sus sentidos, ya era la hora de almorzar y él se echó a reír al ver que se metía en la boca un pedazo de tostada que había quedado sobrante en el plato.

—Por lo visto, no vamos a practicar mucho deporte en este viaje, ¿no te parece? —preguntó William.

—Ni siquiera estoy segura de que salgamos del camarote.

Y como para demostrárselo, jugueteó de nuevo con él, que le siguió el juego con mucha mayor rapidez de lo que ella había esperado.

Más tarde, se metieron en la bañera y volvieron a hacer el amor allí, y para cuando salieron finalmente de la habitación ya era bien avanzada la tarde y ambos parecían sentirse un tanto incómodos por las horas que habían transcurrido.

—Creo que vamos a ganarnos una mala reputación en este barco —le susurró William—. Después de todo, es una suerte que hayamos decidido embarcar en esta línea.

—¿Crees que se habrán dado cuenta? —preguntó Sarah, mirándole algo nerviosa—. Después de todo, es nuestra luna de miel...

—Oh, Dios, tienes razón. ¡Cómo se me había podido olvidar! ¿Sabes? Creo que me he dejado la cartera en el camarote. ¿Te importaría que volviéramos a buscarla?

—En absoluto —asintió condescendiente, aunque incapaz de imaginar para qué la necesitaría allí, en el barco.

Pero William insistió, de modo que lo acompañó hasta el camarote. Él cerró la puerta con llave, se volvió hacia ella y la tomó en sus brazos.

—¡William! —exclamó entre risitas—. ¡Eres un obseso sexual!

—Nada de eso. Te aseguro que, normalmente, soy un hombre muy comedido. ¡Todo esto es culpa tuya! —exclamó devorando con sus besos el cuello, los brazos, los senos, los muslos e incluso lugares más atractivos.

—¿Que es culpa mía? ¿Qué he hecho yo?

Pero disfrutaba de cada uno de aquellos momentos. Se dejaron caer sobre el suelo del salón y volvieron a hacer el amor allí mismo.

—Eres demasiado, excesivamente atractiva —dijo él, cerrando los ojos y penetrándola, sin haberse quitado las ropas del todo, allí tumbados, sobre el suelo del camarote.

—Tú también —murmuró ella.

Y entonces lanzó un pequeño grito y transcurrió un largo rato antes de que se levantaran y se dirigieran al dormitorio, dejando tras ellos un rastro de ropas que se iban quitando apresuradamente.

Aquella noche ni siquiera se molestaron en ir a cenar, y cuando el camarero que les atendía les llamó por teléfono, para ofrecerse a llevarles la cena al camarote, William rechazó la oferta y anunció con voz quejosa que los dos estaban mareados. El hombre ofreció llevarles unas tostadas y sopa, pero William insistió en que ambos estaban durmiendo. Una vez que hubo colgado, el pequeño camarero francés se volvió sonriendo con una mueca a la doncella.

—Mal de mer? —preguntó ella con expresión maliciosa.

Pero el camarero le guiñó un ojo. Les había echado un buen vistazo y tenía una buena idea de lo que estaba sucediendo.

—Mon oeil. Lune de miel —explicó y la muchacha se echó a reír al tiempo que él le daba un pellizco en el trasero.

William y Sarah aparecieron en cubierta a la mañana siguiente, con aspecto saludable y descansado. William parecía incapaz de dejar de sonreírle a su esposa, que tampoco dejaba de reír. Caminaron por la cubierta y finalmente se acomodaron en sendas tumbonas.

—¿Sabes? Creo que la gente terminará por imaginarse lo que hemos estado haciendo si no dejas de sonreír.

—No puedo evitarlo. Jamás me había sentido tan feliz en toda mi vida. ¿Cuándo podemos regresar al camarote? Te juro que esto se está convirtiendo en una adicción.

—Si vuelves a ponerme una mano encima voy a tener que pedirle auxilio al capitán. A este paso, cuando lleguemos a París no voy a poder dar ni un paso.

—Yo te llevaré —dijo él a la par que se inclinaba hacia ella y la besaba otra vez.

Pero Sarah no parecía nada consternada por lo que había ocurrido. Le gustaba, y también le gustaba él. Ese día, sin embargo, hicieron un esfuerzo por explorar el barco y se las arreglaron para mantenerse alejados de la cama hasta la hora de tomar el té. Luego, se concedieron una breve recompensa y más tarde tuvieron que esforzarse de nuevo para vestirse y salir a tiempo para acudir a cenar.

A Sarah le encantó entrar en el comedor de lujo del *Normandie*. Su elegancia era la de un cuento de hadas, con techos que tenían la altura de tres pisos, y con un espacio incluso mayor que la galería de los Espejos de Versalles, y no menos impresionante que este. El techo aparecía adornado por volutas, y en las paredes había columnas tenuemente iluminadas de siete metros de altura. Al llegar, descendieron por una interminable escalera cubierta por una alfombra azul. William vestía de frac como todos los demás hombres.

—El hecho de que esta noche cenemos en el comedor, ¿significa que ya ha terminado la luna de miel? —preguntó ella por lo bajo.

—Yo mismo me estaba temiendo algo así —le confió él mientras devoraba el suflé—. Creo que deberíamos regresar al camarote en cuanto terminemos.

Ella se echó a reír y, una vez que hubieron acabado de cenar, se las arreglaron para pasar por el gran salón, situado sobre el comedor, y bailar durante un rato, antes de dar un último paseo por cubierta y besarse bajo las estrellas. Luego, regresaron de nuevo al camarote. Era una luna de miel perfecta y se lo pasaron de maravilla, nadando, paseando, bailando, comiendo y haciendo el amor como adolescentes. Era como hallarse suspendidos entre dos mundos, el viejo y el nuevo. Trataron de mantenerse alejados de todos, aunque la mayoría de los pasajeros de primera clase sabía quiénes eran y en más de una ocasión, al pasar junto a alguien, oyeron susurrar: «El duque y la duquesa de Whitfield».

—¿De Windsor? —preguntó una viuda dura de oído—. Pues ella parece mucho más joven de lo que yo creía, y más guapa.

Sarah no pudo reprimir una sonrisa y, después de eso, William se burló de ella y la llamó Wallis.

—¡No vuelvas a llamarme así, o te llamaré David!

Sarah no los había conocido todavía, pero William le comentó que pudiera ser que tuvieran que hacerles una visita en París.

—Es muy posible que te agraden más de lo que esperas. Ella no es precisamente de mi gusto, pero debo admitir que es una mujer encantadora. Y él se siente mucho más feliz de lo que solía, y afirma que ahora ya puede dormir. Supongo que ya sé por qué —añadió con una mueca burlona.

Él mismo estaba durmiendo notablemente bien, entre las orgías a las que se entregaba con su esposa.

La última noche de travesía cenaron en la mesa del capitán y asistieron a la gala de despedida. La noche anterior habían acudido al baile de máscaras, vestidos como un marajá y su favorita, con trajes prestados por el contador del barco, y unas joyas que había traído consigo la propia Sarah. Esos papeles les venían como anillo al dedo. William tenía un aspecto muy elegante y Sarah parecía extremadamente exótica. Pero la habilidad empleada con el maquillaje y el vientre al desnudo no hizo sino adelantar un precipitado regreso al camarote. A estas alturas, los camareros ya cruzaban apuestas sobre cuánto tiempo permanecerían fuera de la cama y, por el momento, su límite parecía haber quedado establecido en cuatro horas.

—Quizá debiéramos quedarnos en el barco —sugirió

Sarah tumbada en la cama, la última noche, que pasaron dormitando esporádicamente después de haber cenado en compañía del capitán—. No estoy segura de querer ir a París.

William había reservado un apartamento en el Ritz, donde pensaban quedarse durante un mes, dedicados a visitar los alrededores de París, aunque también querían ir al Loira, Tours Burdeos y visitar el Faubourg Saint-Honoré, a lo que ella añadió, con una mueca burlona, Chanel, Dior, Mainbocher y Balenciaga.

—Eres una mujer malvada —acusó William volviendo a meterse en la cama, a su lado.

De súbito se preguntó si después de tantas veces como habían hecho el amor durante la travesía no habría quedado encinta. Quería preguntárselo, pero aún se sentía un tanto incómodo ante el tema y por fin, a últimas horas de esa noche, reunió el valor necesario para hacerlo.

—Tú..., nunca has estado embarazada, ¿verdad? Quiero decir cuando estuviste casada antes.

Solo sentía curiosidad y era algo que nunca le había preguntado. Pero la respuesta de ella le sorprendió.

—Sí, me quedé embarazada —le contestó Sarah con suavidad, sin mirarle.

—¿Y qué ocurrió?

Era evidente que no había tenido el hijo, por lo que no pudo dejar de preguntarse por qué. Confiaba en que no hubiese abortado, ya que eso podría haber sido traumático y dejarla incapacitada para tener más hijos. Antes de casarse, no se había atrevido a preguntárselo.

—Lo perdí —confesó ella, sintiendo todavía el dolor de aquella pérdida, aunque ahora estuviera convencida de que eso había sido lo mejor.

—¿Y sabes por qué? ¿Ocurrió algo? —Se percató entonces de que aquella era una pregunta estúpida. Con un matrimonio como el de ella, podría haber sucedido cualquier cosa—. No importa —añadió—. No volverá a suceder.

La besó tiernamente y algo más tarde ella se quedó durmiendo, y soñó con bebés y con William.

A la mañana siguiente, desembarcaron en Le Havre y tomaron el tren directo a París, sin dejar de reír y hablar durante todo el rato. En cuanto llegaron, se dirigieron directamente al hotel y luego volvieron a salir para ir de compras.

—¡Ajá! Acabo de descubrir algo de lo que disfrutas tanto como haciendo el amor. Me siento desilusionado.

Pero se lo pasaron muy bien visitando casas de modas como Hermès, Chanel, Boucheron y algunas joyerías, en las que él le compró un bonito brazalete de zafiros, con un cierre de diamantes, y un deslumbrante collar de rubíes, a juego con unos pendientes. Finalmente, en Van Cleef compró un enorme broche de rubí, en forma de rosa.

—Dios mío, William..., me siento tan culpable.

Sabía que él se había gastado una verdadera fortuna, pero no parecía importarle lo más mínimo. Y las joyas que le había comprado eran fabulosas y a ella le encantaban.

—¡No seas tonta! —exclamó sin darle importancia—. Solo tienes que prometerme que no abandonaremos la habitación durante dos días. Ese será el impuesto que te exija cada vez que vayamos de compras.

—¿No te gusta ir de compras? —preguntó ella con expresión desilusionada.

El verano anterior había tenido la impresión de que le gustaba.

—Me encanta, pero preferiría hacer el amor con mi mujer.

—Ah, es eso... —exclamó riendo.

Y se ocupó de satisfacer sus deseos en cuanto entraron en su habitación del Ritz.

Después de eso, salieron de compras repetidas veces. Le compró hermosas ropas en Jean Patou, y un fabuloso abrigo de piel de leopardo en Dior, así como un enorme collar de perlas en Mouboussin, que ella empezó a ponerse a diario. Incluso se las arreglaron para visitar el Louvre, y durante su segunda semana de estancia en París acudieron a tomar el té con el duque y la duquesa de Windsor. Sarah se vio obligada a admitir que William tenía razón. Aunque estaba predispuesta a que ella no le gustara, la duquesa le pareció realmente encantadora. En cuanto a él, era un hombre muy cariñoso, tímido, prudente, reservado pero extremadamente amable cuando se le llegaba a conocer. Y muy ingenioso cuando se sentía relajado, en compañía de personas a las que conocía bien. Al principio, la entrevista con ellos fue un tanto incómoda y, ante la desazón de Sarah, Wallis intentó establecer una desafortunada comparación entre ellas dos. Pero William se apresuró a desalentar la sugerencia de tal comparación, y Sarah se sintió en una situación un tanto embarazosa al ver con qué frialdad William se comportaba con la duquesa. No cabía la menor duda acerca de lo que pensaba de ella, a pesar de lo cual profesaba el mayor de los afectos y respeto por su primo.

—Es una pena que se hayan casado —comentó de vuelta al hotel—. Es increíble pensar que, de no haber sido por ella, David podría seguir siendo el rey de Inglaterra.

—Tengo la impresión de que él nunca estuvo interesado en ello, aunque podría estar equivocada.

—No, no lo estás. Ese puesto no le sentaba nada bien. Pero, en cualquier caso, ese era su deber. Debo decir, sin embargo, que Bertie lo está haciendo fenomenalmente bien. Es un deportista muy bueno, y odia a esa mujer.

—No obstante, comprendo por qué la gente se siente tan atraída por ella. Tiene una forma muy curiosa de manejar a los demás del modo más sutil.

—Creo que es una gran intrigante. ¿Has visto las joyas que él le ha regalado? Ese brazalete de diamantes y zafiros debe de haberle costado una fortuna. Van Cleef se lo hizo expresamente para ella cuando se casaron.

Y durante la visita ella hizo un despliegue de joyas, en forma de collar, pendientes, broches y dos anillos.

—Me ha gustado más el brazalete que llevaba en la otra mano —dijo Sarah en voz baja—. La cadena de diamantes con las pequeñas cruces.

Le parecía mucho más discreto, y William tomó nota mental para regalarle algo similar algún día. Wallis también les había enseñado un hermoso brazalete de Cartier que acababa de recibir, todo hecho a base de flores y hojas de zafiros, rubíes y esmeraldas. Algo a lo que ella denominó «ensalada de frutas».

—En cualquier caso, hemos cumplido con nuestro deber, querida. Habría sido una descortesía por nuestra parte no haber ido a visitarlos. Ahora ya puedo decirle a mamá que lo hemos hecho. A ella siempre le ha gustado mucho David, y cuando él decidió renunciar al trono, creí que a mi madre le iba a dar algo.

—Y, sin embargo, aseguró que no le importaba cuando tú hiciste lo mismo —observó Sarah con tristeza, sintiéndose todavía culpable por lo que eso le había costado a él.

Sabía que se trataba de algo que le preocuparía durante toda su vida, a pesar de que no parecía molestar para nada a William.

—No es lo mismo —matizó William—. Él ya había sido coronado, querida. Yo, en cambio, jamás lo habría alcanzado. Mamá abriga fuertes sentimientos respecto a estas cosas, pero tampoco es ridícula. No esperaba que yo me convirtiera en rey.

—Supongo que no.

Bajaron del coche unas pocas manzanas antes de llegar al hotel y continuaron su camino a pie, hablando de nuevo sobre el duque y la duquesa de Windsor. Les habían invitado a volver otra vez, pero William les explicó que precisamente a la mañana siguiente se disponían a iniciar su viaje en coche.

Ya habían planeado visitar el Loira, y él quería pasar a ver Chartres, puesto que nunca había estado allí.

A la mañana siguiente se sentían muy animados al partir en el pequeño Renault que habían alquilado y que él mismo conducía. Se llevaron un almuerzo ya preparado por si acaso no encontraban un restaurante que les gustara en el camino, y a una hora de distancia de París todo les pareció maravillosamente rural, salpicado de verde aquí y allá. Había caballos, vacas y granjas, y al cabo de otra hora de marcha un rebaño de ovejas se les cruzó en el camino, y una cabra se detuvo a mirarles mientras almorzaban en un campo, junto a la carretera. Habían traído consigo mantas y abrigos, pero en realidad no hacía frío y el tiempo era sorprendentemente soleado. Temieron que lloviese pero el tiempo estaba siendo perfecto, al menos por el momento.

Habían reservado habitaciones en pequeños hoteles si-

tuados a lo largo del camino y tenían la intención de estar
fuera de París durante ocho o diez días. Pero al tercer día solo
se habían alejado unos ciento cincuenta kilómetros de París, se
encontraban en Montbazon, alojados en una posada encantadora donde se sentían tan a gusto que no se decidían a abandonarla.

El propietario les indicó diversos lugares para visitar, y
fueron a ver pequeñas iglesias y una hermosa granja antigua
y dos increíbles tiendas de antigüedades. En cuanto al restaurante local, era el mejor que habían encontrado en mucho
tiempo.

—Me encanta este lugar —dijo Sarah con expresión feliz,
antes de devorar lo que tenía en el plato.

Desde que estaban en París comía bastante mejor y ya no
estaba tan delgada, lo que le sentaba muy bien. A veces, a
William le preocupaba la idea de que estar tan delgada no era
del todo saludable.

—Deberíamos marcharnos mañana.

Ambos lamentaron tener que marcharse y una hora más
tarde, ante el fastidio de William, el coche se quedó sin combustible en plena carretera. Un campesino les ayudó a ponerlo en marcha de nuevo y les ofreció más combustible para seguir su camino. Media hora más tarde, se detuvieron a comer
cerca de una antigua puerta de piedra, con una verja de hierro
afiligranado que permanecía abierta y que daba a un viejo camino cubierto de hierba.

—Parece como la puerta de entrada al paraíso —dijo ella
bromeando.

—O al infierno. Eso depende de lo que nos merezcamos
—replicó él sonriente.

Pero él ya conocía su destino. Se encontraba en el cielo
desde que se había casado con Sarah.

—¿Quieres que lo exploremos?

Sarah siempre se mostraba aventurera y joven, algo que a
él le encantaba.

—Supongo que podemos. Pero ¿y si nos dispara algún
propietario enojado por nuestra intromisión?

—No te preocupes. Yo te protegeré. Además, da la impresión de que este lugar está deshabitado desde hace años —dijo ella animándole.

—Toda esta zona parece estar así, patito. Esto no es Inglaterra.

—¡Mira que eres esnob! —se burló ella.

Echaron a andar por el camino que se alejaba de la verja. Decidieron dejar el coche aparcado en la cuneta, para no llamar más la atención sobre su aventura.

Durante largo rato no descubrieron nada más que aquel viejo camino rural, hasta que finalmente llegaron a una larga *allée*, bordeada por enormes árboles y cubierta de hierba y matorrales. Si aquello hubiera estado un poco más arreglado, podría haber parecido incluso la entrada a Whitfield, o a la propiedad de Southampton.

—Es muy bonito.

Oyeron el canto de los pájaros, sobre los árboles y ella se puso a canturrear algo mientras avanzaban sobre la hierba y los matorrales.

—No creo que haya gran cosa que ver por aquí —dijo finalmente William cuando ya casi habían llegado al final de la doble hilera de altos árboles. Pero justo en el momento de decirlo, distinguió un enorme edificio de piedra que se levantaba en la distancia —. ¡Dios mío! ¿Qué es eso?

Parecía Versalles aunque, al acercarse, pudieron comprobar que se hallaba en un estado lamentable, necesitado de urgentes reparaciones. Todo el lugar aparecía destartalado y desierto, y algunos de los edificios auxiliares daban la impresión de estar a punto de desmoronarse. Había una pequeña casa de campo al pie de la colina que, años antes, debía de haber sido la vivienda del guarda, pero que ahora apenas si podía considerarse como tal.

A la derecha se levantaban unos establos, y también había enormes cobertizos para carruajes. William, fascinado por todo lo que veía, echó un vistazo en su interior. Había dos carruajes antiguos, con el blasón de la familia cuidadosamente ornamentado sobre paneles.

—Qué lugar tan extraño —dijo, sonriéndole, contento ahora de que ella le hubiera animado a explorarlo.

—¿Qué te imaginas que es? —preguntó Sarah mirando a su alrededor, contemplando los carruajes, los arreos, las viejas herramientas de fragua, totalmente fascinada.

—Se trata de un viejo *château*, y estos fueron los establos. Todo el lugar da la impresión de haber permanecido deshabitado durante doscientos años.

—Quizá lo haya estado —dijo ella sonriendo con excitación—. ¡Quizá haya un fantasma!

William empezó a hacer ruidos fantasmagóricos y fingió abalanzarse sobre ella cuando iban hacia el camino. Luego subieron por una colina en dirección a lo que parecía un castillo de un cuento de hadas, o un sueño. Evidentemente, no era tan antiguo como Whitfield, o como el castillo de Belinda y George donde ellos se habían conocido, pero William calculó que debía de tener fácilmente entre doscientos cincuenta y trescientos años de antigüedad y, al aproximarse, observaron que su arquitectura era muy bella. Sin lugar a dudas, en otro tiempo hubo un parque, y jardines, y quizá incluso un laberinto, aunque la mayoría de todo eso se hallaba cubierto ahora por la maleza. Se detuvieron delante de la entrada a la regia mansión. William comprobó las ventanas y las puertas, pero todas estaban cerradas. Sin embargo, pudieron echar un vistazo al interior, a través de las tablas rotas, y pudieron ver suelos muy hermosos, molduras talladas delicadamente y unos techos muy altos. Resultaba difícil ver más, pero no cabía la menor duda de que era un lugar increíble. Estar allí era como retroceder en el tiempo, hasta la época de Luis XIV, XV o XVI. Uno se imaginaba un carruaje lleno de hombres con pelucas y calzas de satén, que podían aparecer por la esquina en cualquier momento para preguntarles qué estaban haciendo allí.

—¿A quién crees que pertenecía? —preguntó Sarah, muy intrigada por el lugar.

—Los vecinos deben saberlo. No debe de ser ningún secreto. Es un lugar enorme.

—¿Crees que debe de ser propiedad de alguien?

Parecía haber permanecido abandonado durante muchos años, pero seguro que tenía un propietario.

—Imagino que sí, aunque, lógicamente, no le tiene mucho cariño, o que no puede permitirse mantenerlo.

Se encontraba en un terrible estado de abandono, y hasta los mármoles de los escalones estaban rotos. Todo daba la impresión de haber permanecido abandonado durante décadas. Pero la mirada de Sarah se iluminó al mirar a su alrededor.

—¿No te gustaría comprar un lugar así, remozarlo y al mismo tiempo restaurarlo tal como fuera antes? Ya sabes a qué me refiero, realizar un buen trabajo de restauración y conseguir que volviera a ser como antes.

Los ojos se le animaron solo de pensarlo, y él levantó la mirada y fingió una expresión de horror y agotamiento.

—¿Tienes acaso una ligera idea del mucho trabajo que costaría hacer eso? ¿Te lo imaginas? Y eso sin calcular el coste. Se necesitaría un verdadero ejército de obreros para adecentar este lugar, además de todo el Banco de Inglaterra.

—Pero piensa en lo maravilloso que sería el resultado. Realmente, creo que valdría la pena.

—¿Para quién? —quiso saber él echándose a reír, divertido. Desde que la conocía, nunca la había visto tan excitada por nada—. ¿Cómo puede entusiasmarte tanto un lugar como este? Si no es más que un absoluto desastre. —Pero lo cierto era que él también se sentía entusiasmado, aunque la enormidad de los trabajos que se necesitaría emprender fuera algo desalentador—. Preguntaremos cuando regresemos a la carretera. Seguro que nos dirán que aquí se cometieron diez asesinatos y que es un lugar terrible.

Bromeó con ella sobre lo mismo durante el camino de regreso al coche. A ella le parecía lo más hermoso que había visto en su vida y aseguró que, si pudiera, lo hubiera comprado en ese mismo instante, afirmación que William estuvo dispuesto a creer.

Poco después encontraron a un viejo campesino al borde de la carretera, y William le preguntó en francés por el destartalado castillo que acababan de ver. El hombre tenía muchas cosas que contarles. Sarah se esforzó por comprender todo lo posible y lo consiguió. Más tarde, William le explicó con detenimiento los detalles que no había captado. El lugar se llamaba *Château* de la Meuze, y llevaba abandonado unos ochenta años, desde finales de 1850. Antes lo había habitado la misma familia durante más de doscientos años, pero el último propietario había muerto sin descendencia. A continuación, pasó a manos de varias generaciones de primos y parientes lejanos, y el viejo campesino ya no estaba seguro de saber a quién pertenecía. Dijo que cuando él era joven todavía vivía allí gente; se trataba de una anciana que no pudo ocuparse de cuidar el lugar, la *comtesse* de la Meuze, una prima de los reyes de Francia. Pero la anciana murió cuando él no era más que un niño, y el lugar había permanecido cerrado desde aquel entonces.

—Qué triste. Me pregunto por qué no habrá aparecido nadie dispuesto a arreglarlo.

—Probablemente porque eso costaría mucho dinero. Los franceses han pasado por malos tiempos. Y una vez que se restaura una casa como esta, tampoco resulta fácil mantenerla —dijo William que sabía muy bien cuánto dinero y atención se necesitaba para mantener Whitfield, y con la certeza de que hacer lo mismo con ese lugar sería mucho más costoso.

—Creo que es una pena.

Sarah se entristecía solo de pensar en la vieja mansión, en lo que podía haber sido o había sido alguna vez. Le habría encantado arremangarse y ayudar a William a restaurarla. Volvieron a subir al coche y él se volvió a mirarla con curiosidad.

—¿Hablas en serio, Sarah? ¿De veras te gusta tanto este lugar? ¿Te gustaría de verdad hacer una cosa así?

—Me encantaría —contestó ella con la mirada encendida.

—Representa mucho trabajo, y las cosas no funcionarán a menos que tú misma te encargues de hacer una buena parte de ello. Tienes que martillear, trabajar y sudar al lado de los hombres que te ayuden a hacerlo. Mira, he visto a Belinda y a George restaurar su castillo y no tienes ni la menor idea del trabajo que les ha costado.

Pero también sabía lo mucho que les gustaba, y el cariño que les había llegado a coger en tan poco tiempo.

—Sí, pero ese castillo es mucho más grande que este, además de más antiguo —explicó Sarah deseando tener una varita mágica que le permitiera tomar posesión del *château* de la Meuze.

—Esto tampoco sería nada fácil —dijo William con buen sentido—. Hay que restaurarlo absolutamente todo, incluida la casa del guarda, los establos y los cobertizos.

—No me importa —afirmó ella con tenacidad—. Me encantaría hacer algo así..., si tú me ayudaras —añadió mirándole.

—Creía que no volvería a embarcarme en un proyecto como este. He tardado más de quince años en conseguir que Whitfield estuviera como es debido. Pero no sé, tal como lo planteas, parece muy sugerente.

Le sonrió, volviendo a sentirse afortunado y feliz, como desde que la había conocido.

—Podría ser algo tan maravilloso...

Los ojos de Sarah volvían a brillar y él sonrió. En manos de ella, se dejaba convencer con facilidad y habría hecho cualquier cosa que ella deseara.

—Pero ¿aquí, en Francia? ¿No te parece que sería mejor en Inglaterra?

Intentó ser amable, pero lo cierto era que Sarah se había enamorado del lugar, aunque no quería presionarle ni mostrarse caprichosa. Quizá fuera algo demasiado caro o, como él decía, llevara mucho trabajo.

—A mí me encantaría vivir aquí. Pero quizá podamos encontrar algo parecido en Inglaterra.

Eso, sin embargo, no parecía tener mucho sentido. Él ya poseía Whitfield que, gracias a sus esfuerzos, se encontraba en un excelente estado de conservación. Aquí, en cambio, todo era diferente. Podían convertirlo en un nido para los dos, que habrían restaurado con sus propias manos; algo que habrían creado y reconstruido ellos, el uno junto al otro. Sarah nunca se había sentido tan ilusionada en toda su vida, y sabía que era realmente una locura. Lo último que necesitaban era un destartalado castillo en Francia.

Mientras se alejaban en el coche hizo esfuerzos por olvidarse de la idea, pero durante el resto del viaje no pudo dejar de pensar en el solitario *château* del que ya se había enamorado. Casi parecía tener alma propia, como un niño abandonado, o como un anciano muy triste. Pero sabía que, fuera lo que fuese, no estaba destinado a ser suyo, y no volvió a mencionarlo hasta que regresaron a París. No quería que William tuviera la impresión de que le presionaba, y ella sabía que era un sueño imposible.

Para entonces ya era Navidad y París tenía un aspecto hermoso. Acudieron una noche a cenar con los Windsor, en la casa que estos tenían en el Boulevard Suchet, que había sido decorada por Boudin. En cuanto al resto del tiempo, lo pasaron a solas, disfrutando de sus primeras Navidades juntos. William llamó a su madre en varias ocasiones para asegurarse de que no se sentía sola, pero la anciana salía constantemente para visitar propiedades vecinas, cenar con parientes, y el día de Nochebuena estuvo en Sandringham, con la familia real, para su tradicional cena de Navidad. Bertie le había enviado un coche, con dos lacayos y una dama de compañía especialmente puestos a su disposición.

Sarah llamó a sus padres en Nueva York, sabiendo que Peter y Jane estarían en casa para Nochebuena y, por un momento, sintió nostalgia del hogar, pero William se comportaba tan bien con ella que su felicidad era completa. El día de Navidad le regaló un extraordinario anillo de zafiro comprado en Van Cleef, engarzado con diamantes, esmeraldas *cabochon*, zafiros y rubíes, todo ello en motivos florales. Ella había visto uno igual en la mano de la duquesa de Windsor y lo había admirado. Se trataba de una pieza poco corriente, y ella se quedó anonadada cuando William se la entregó.

—Cariño, me estás malcriando —le dijo.

Contempló con asombro todo lo que él le regaló: bolsos y pañuelos de seda, libros que sabía le gustarían, y que había obtenido en los puestos de librerías de lance situados a lo largo de la orilla del Sena, y pequeñas chucherías que le hicieron reír, como una muñeca idéntica a una que le había comentado que tuvo de pequeña. William la conocía muy bien y se mostraba increíblemente generoso y condescendiente.

Ella le regaló una magnífica pitillera de oro y esmalte azul de Carl Fabergé, que contenía una inscripción de la zarina Alejandra al zar, en 1916, y algunos objetos de equitación comprados en Hermès por los que él había mostrado interés, así como un nuevo reloj de Cartier, de mucho estilo, en cuya parte posterior había hecho grabar: «Primeras Navidades. Primer amor, con todo mi corazón, Sarah». William se sintió tan conmovido al leerlo que unas lágrimas aparecieron en sus ojos y luego la llevó a la cama e hicieron el amor de nuevo. Se pasaron la mayor parte del día de Navidad en la cama, contentos de no haber regresado a Londres para participar en toda la pompa, las ceremonias y las interminables tradiciones.

Al despertar, cuando ya acababa la tarde, él le sonrió al tiempo que ella entreabría lentamente los ojos. La besó en el cuello y le dijo una vez más lo mucho que la quería.

—Tengo algo más para ti —confesó.

No estaba muy seguro de saber si a ella le gustaría o no. Era la mayor locura que había cometido, el momento más alocado de su vida y, sin embargo, tenía la sensación de que a ella le encantaría. Y, en efecto, le agradó de tal manera que William dio por bien empleados todos los problemas que había tenido que superar para conseguirlo. Sacó un paquete de un cajón, envuelto en papel dorado y atado con una cinta del mismo color.

—¿Qué es? —preguntó ella mirándole con la curiosidad de una niña, mientras él se sentaba a su lado.

—Ábrelo.

Así lo hizo, lenta, cuidadosamente, creyendo que quizá contenía otra joya. El paquete era lo bastante pequeño como para dar esa impresión. Pero al quitar el papel encontró una caja, dentro de la cual había una diminuta casita de madera hecha con cerillas. Sin saber de qué se trataba, le miró con expresión interrogante.

—¿Qué es, cariño?

—Levanta el tejado —insistió él, expectante y burlón.

Lo levantó y dentro de la casita encontró una diminuta tira de papel, en la que solo decía: «*Château* de la Meuze. Feliz Navidad, 1938. De William, con todo mi amor».

Sarah volvió a mirarle, atónita. Leyó de nuevo las palabras y entonces, de pronto, comprendió lo que él había hecho. Lanzó un grito de sorpresa, incapaz de creer que su esposo hubiera hecho algo tan maravillosamente insensato. Ella nunca había deseado tanto una cosa.

—¿Lo has comprado? —preguntó, resplandeciente, rodeándole el cuello con los brazos, y luego se dejó caer desnuda sobre su regazo, llena de excitación—. ¿Lo has hecho? —insistió.

—Es tuyo. No sé si es un disparate o si hemos hecho algo brillante. Si no lo quieres, siempre podemos vender el terreno, o dejar que se pudra y olvidarnos de él.

Ella estaba tan excitada que casi parecía fuera de sí, y a él le emocionaba que se sintiera tan contenta con su regalo.

No le había costado gran cosa, a excepción de los muchos problemas que había encontrado para cerrar el trato. En cuanto al dinero en verdad la cantidad que había pagado resultó ser ridícula. Le había costado mucho más restaurar su pabellón de caza en Inglaterra que comprar el *Château* de la Meuze, con todas sus tierras, terrenos y edificios.

Lo que fue bastante más complicado de lo que imaginó en un principio resultó ser encontrar a los herederos, pues había cuatro, dos de ellos vivían en Francia, otro en Nueva York y el último en alguna parte de Inglaterra. Pero sus abogados le habían ayudado a solucionarlo todo. Y el padre de Sarah se encargó de ponerse en contacto a través del banco con la heredera de Nueva York. Todos ellos eran primos lejanos de la condesa que había muerto ochenta años antes, tal como les había dicho el campesino. En realidad, las personas a las que había comprado el *château* se hallaban alejadas de ella desde hacía varias generaciones, pero nadie había sabido hasta entonces qué hacer con aquella mansión, o cómo dividirla, de modo que terminaron abandonándola a su destino, hasta que Sarah la descubrió y se enamoró de ella.

Entonces, ella miró preocupada a William.

—¿Te ha costado una fortuna?

Se habría sentido muy culpable en tal caso, aun cuando en el fondo de su corazón pensara que habría valido la pena. Pero la verdad era que la había comprado por poco dinero. De hecho, los cuatro herederos se sintieron muy aliviados al librarse de ella, y ninguno de ellos se había mostrado particularmente ávido.

—La fortuna tendremos que gastarla cuando empecemos la restauración.

—Te prometo que yo misma haré todo el trabajo..., ¡todo! ¿Cuándo podemos regresar y empezar?

Saltaba alegremente sobre su regazo, como una niña, y él gemía de angustia y placer.

—Antes tenemos que regresar a Inglaterra. Tengo un par de asuntos que solucionar allí. No sé..., quizá podamos venir en febrero... ¿Qué te parece en marzo?

—¿No podríamos venir antes? —preguntó como una niña pequeña y feliz en la mañana de Navidad, ante lo que él sonrió.

—Lo intentaremos. —Se sentía inmensamente complacido al ver lo mucho que le había gustado a ella. Ahora, él también estaba excitado y pensó que incluso resultaría divertido ayudarla en la restauración, si es que eso no los mataba a los dos—. Me alegro mucho que te haya gustado. En una o dos ocasiones dudé, creyendo que ya lo habías olvidado y que en realidad no lo querías. Y te aseguro que tu padre está convencido de que me he vuelto loco. En otra ocasión te mostraré algunos de los cables que me ha enviado. Ha llegado a decir que esta idea parece tan equivocada como la granja que tenías la intención de comprar en Long Island, y que ahora ya tiene claro que los dos no estamos en nuestros cabales y que, por lo tanto, nos complementamos a la perfección.

Ella se echó a reír al pensar de nuevo en la mansión y luego observó a William con una mirada maliciosa cuyo significado él no tardó en comprender.

—Yo también tengo algo para ti... No quería decirte nada hasta que regresáramos a Inglaterra y estuviera totalmente segura, pero ahora creo que es posible que..., que vayamos a tener un hijo.

Le miró tímidamente, aunque complacida al mismo tiempo y él se quedó mirándola durante un rato, mudo de asombro.

—¿Tan pronto? ¿Lo dices en serio, Sarah? —preguntó al fin, incrédulo.

—Creo que estoy embarazada. Tuvo que haber sucedido en nuestra noche de bodas. Estaré segura del todo dentro de unas pocas semanas.

Pero, en rigor, ya había reconocido las primeras señales. Esta vez se había dado cuenta por sí sola.

—Sarah, cariño, ¡eres realmente extraordinaria!

Y así, en una sola noche, acababan de adquirir un *château* en Francia y de formar una familia, aunque el niño apenas había sido concebido y el *château* estuviera medio en ruinas desde hacía casi un siglo, a pesar de lo cual ambos se sintieron tremendamente orgullosos.

Se quedaron en París, y esos días pasearon al borde del Sena, hicieron el amor y cenaron tranquilamente en pequeños *bistrots* hasta poco después del Año Nuevo. Luego, regresaron a Londres para ser el duque y la duquesa de Whitfield.

11

Nada más llegar a Londres, William insistió en que Sarah acudiera a ver de inmediato a su médico en la calle Harley, quien no tardó en confirmar lo que ella había supuesto. Para entonces ya estaba embarazada de cinco semanas y el médico le dijo que el niño nacería a finales de agosto o primeros de septiembre. Le advirtió que tuviera cuidado los primeros meses, debido al aborto que había tenido previamente. Pero la encontró en excelente estado de salud y felicitó a William por su heredero cuando este pasó a buscarla. William estaba orgulloso de sí mismo y muy contento de ella. Aquel fin de semana, cuando fueron a Whitfield, se lo comunicaron a su madre.

—Mis queridos hijos, ¡es un milagro! —exclamó la anciana, dichosa, actuando como si ellos hubieran conseguido algo que nadie hubiera hecho desde María y Jesús—. Debo recordaros que a vuestro padre y a mí nos costó treinta años conseguirlo. Debo felicitaros por vuestra prontitud y buena fortuna. ¡Sois unos jóvenes muy listos! —exclamó burlona, y todos se echaron a reír.

La anciana se sentía enormemente complacida, y volvió a decirle a Sarah que haber tenido a William constituyó para ella el momento más feliz de toda su vida y que así fue durante todos los años transcurridos desde entonces. No obstante, tal como había hecho el médico, le aconsejó que no hiciera tonterías ni se cansara en exceso, y mucho menos que ocasionara daños a la criatura o a sí misma.

—Me encuentro estupendamente, de veras.

Y, en efecto, se sentía sorprendentemente bien. El médico les había dicho que podían hacer el amor «con mesura», sin tratar de superar marcas olímpicas. William, no obstante, tenía mucho miedo de hacerle el amor y producirle algún daño, a ella o al bebé.

—Te prometo que no sucederá nada. Él mismo lo ha dicho.

—¿Y cómo lo sabe?

—Es médico, ¿no? —preguntó para tranquilizarle.

—Quizá no sea bueno. Quizá deberíamos ver a otro.

—William, era ya el médico de tu madre antes de que nacieras.

—Precisamente por eso. Es demasiado viejo. Iremos a ver a alguien más joven.

Llegó incluso a buscar a un especialista para su esposa y, aunque solo fuera por no contrariarlo, ella acudió a verlo, aunque le dijo lo mismo que el amable y anciano lord Allthorpe, a quien Sarah prefería. Ya estaba embarazada de dos meses y seguía sin tener el menor problema.

—Lo que quiero saber es cuándo vamos a volver a Francia —dijo después de haber pasado en Londres poco más de un mes, con unas ganas enormes de iniciar los trabajos en su nueva casa.

—¿Hablas en serio? —inquirió William mirándola horrorizado—. ¿Quieres ir ahora? ¿No prefieres esperar a tener, el niño?

—Pues claro que no. ¿Por qué esperar todos estos meses si podemos empezar a trabajar ahora mismo? Por el amor de Dios, cariño, no estoy enferma, solo embarazada.

—Lo sé. Pero ¿y si sucediera algo?

Estaba nervioso y hubiera deseado que ella no se mostrara tan decidida. Pero hasta el viejo lord Allthorpe estuvo de acuerdo en que no había ninguna razón especial para que se quedara encerrada en casa, siempre y cuando no hiciera esfuerzos excesivos y no se agotara, por lo que el proyecto que pensaban iniciar en Francia no le pareció mal.

—Lo mejor para ella es mantenerse ocupada en algo —les aseguró.

Les sugirió entonces que esperaran hasta el mes de marzo, con lo que para entonces ya se habrían cumplido los tres meses de embarazo. Fue el único compromiso que Sarah se mostró dispuesta a aceptar. Esperaría a marzo para regresar a Francia, pero ni un día más. Se moría de ganas de ver iniciados los trabajos en el *château*.

William intentó retrasar los proyectos que tenía para Whitfield todo lo que pudo, y su madre no dejó de insistirle para que Sarah se lo tomara con calma.

—Mamá, lo intento, pero ella no quiere escucharme —reconoció en un momento de exasperación.

—Es todavía como una niña. No sé da cuenta de que tiene que llevar cuidado con estas cosas. Estoy segura de que no querrá perder a su bebé.

Pero Sarah ya había aprendido esa lección, y de la forma más dura. De hecho, iba con más cuidado del que se imaginaba William, hacía pequeñas siestas, colocaba las piernas en alto y reposaba cada vez que se sentía cansada. No tenía la menor intención de perder a la criatura. Pero tampoco quería permanecer sentada todo el tiempo, ociosa, así que empezó a insistirle a su esposo hasta que por fin consintió en volver a Francia y ya no pudo contenerla por más tiempo. Para entonces ya estaban a mediados de marzo, y ella amenazaba con partir incluso sin él.

Cruzaron el canal de la Mancha en el yate de lord Mountbatten aprovechando que este se dirigía a París para ver al duque de Windsor, e invitó a la joven pareja a acompañarle en la travesía. «Dickie», como le llamaban William y sus amigos, era un hombre muy apuesto, y Sarah le divirtió durante toda la travesía, hablándole sin cesar del *château* y del trabajo que se disponían a hacer en él.

—William, viejo amigo, da la impresión de que ya te has sobrecargado de trabajo.

Pero también le pareció que eso les sentaría bien a los dos. Evidentemente, estaban muy enamorados el uno del otro, y mostraban un gran entusiasmo por su proyecto.

William había pedido al conserje del Ritz que les alquilara un coche, y consiguieron encontrar un pequeño hotel a dos horas y media de París, no lejos de su destartalado *château*.

Alquilaron las habitaciones del piso superior del pequeño hotel, y decidieron quedarse a vivir allí hasta que fuera habitable el viejo castillo, algo que ambos sabían tardaría bastante tiempo en suceder.

—Puede que sean años, ¿sabes? —gruñó William cuando acudieron a verlo de nuevo.

Se pasó las dos semanas siguientes contratando obreros. Finalmente, pudo contar con un equipo considerable, y empezaron por quitar las tablas y maderas para ver qué había dentro de la casa. A medida que trabajaban se encontraron con sorpresas por todas partes, algunas de ellas afortunadas y otras no tanto. El salón principal formaba una estancia en verdad espléndida, aunque había otros tres salones, con hermosas *boiseries*, con desvaídos dorados en algunas de las molduras, además de chimeneas de mármol y suelos muy hermosos. Pero la madera estaba estropeada en algunos sitios por el moho, los muchos años de humedad y los animales que habían entrado por entre las tablas, y se habían dedicado a arañar las molduras aquí y allá.

La casa disponía de un comedor enorme y elegante, y una serie de pequeños salones, todo ello en la planta baja, así como una biblioteca impresionante, revestida con paneles de madera, y un vestíbulo muy aristocrático propio de cualquier castillo inglés; la cocina era tan anticuada que a Sarah le recordó algunos de los museos que había visitado el año anterior en compañía de sus padres. Encontraron herramientas y cacharros que, a todas luces, nadie había utilizado desde hacía unos doscientos años. Los fueron reuniendo cuidadosamente, con la intención de salvar todos los que pudieran. También guardaron y protegieron los dos carruajes que habían encontrado en el cobertizo.

Después de sus investigaciones iniciales, William se aventuró a subir al primer piso del *château*. Pero se negó en redondo a permitir que Sarah le acompañara, por temor a que pudiera hundirse el piso, aunque, tras descubrir que se mantenía sorprendentemente sólido, dejó que Sarah subiera para ver lo que había descubierto. Había por lo menos una docena de habitaciones soleadas y grandes, también con encantadoras *boi-*

series y ventanas hermosamente configuradas, así como un salón elegante con una chimenea de mármol, que daba a la fachada principal y a lo que en otros tiempos habían sido los jardines y el parque del *château*. De repente, mientras iba de una habitación a otra, Sarah se dio cuenta de que no había cuartos de baño. Naturalmente, se echó a reír al pensar que no podía haberlos. En aquellos tiempos se bañaban en bañeras instaladas en los vestidores, y disponían de retretes.

Había mucho trabajo que hacer, pero cada vez estaba más claro que valdría la pena hacerlo. Incluso William parecía entusiasmado. Hizo unos planos, organizó programas de trabajo y se pasaba todo el día dando instrucciones, desde el amanecer hasta el anochecer, mientras Sarah trabajaba a su lado, lijando la madera antigua, puliendo los suelos, limpiando las *boiseries*, reparando las molduras doradas, sacando brillo al bronce y el latón hasta que refulgían y cuando no, se pasaba la mayor parte del día pintando. A la vez que trabajaban en la casa principal, William asignó a un grupo de hombres para que se ocuparan de arreglar la casa del guarda, con objeto de abandonar el hotel e instalarse en ella, para estar así más cerca del lugar donde desarrollaban su enorme proyecto de restauración.

La casa del guarda era pequeña. Disponía de un pequeño saloncito, un dormitorio de las mismas proporciones y una gran cocina muy acogedora. En el piso superior había dos habitaciones algo más grandes. Pero, desde luego, era adecuado para ellos dos y posiblemente incluso para una sirvienta, que podía instalarse en la habitación de abajo, si es que Sarah sentía la necesidad de disponer de una. Tendrían así una habitación para ellos y hasta otra para su bebé cuando llegara.

Sarah ya notaba al niño que se movía en su interior y cada vez que lo sentía sonreía, convencida de que sería un niño y que se parecería a William. Así se lo decía de vez en cuando y él insistía en que no le importaría que fuera una niña ya que iban a tener más hijos.

—Y esto no es como si quisiéramos tener un heredero para el trono —se chanceó, aunque ella sabía que estaba la cuestión de su título y la de heredar Whitfield y sus terrenos.

En cualquier caso, durante todo ese tiempo ambos pensaban también en algo más que en Whitfield, o incluso que en su *château*. En marzo, Hitler levantó su fea cabeza y «absorbió» Checoslovaquia afirmando que ya no existía como entidad propia y separada. En realidad, se había tragado a diez millones de personas que no eran de origen alemán. Apenas las hubo devorado, dirigió su atención hacia Polonia y empezó a amenazar a ese país con reivindicaciones territoriales históricas, tanto en Danzig como en otras partes.

Una semana más tarde terminó la guerra civil española, después de haberse cobrado más de un millón de vidas y dejando completamente arruinada a España.

Pero las cosas todavía empeoraron más en abril. A imitación de su amigo alemán, Mussolini se apoderó de Albania, y los gobiernos británico y francés empezaron a inquietarse y ofrecieron su ayuda a Grecia y Rumanía si es que la necesitaban. Semanas antes le habían hecho la misma oferta a Polonia, prometiendo que esta vez se mostrarían más firmes si Hitler la agredía.

En el mes de mayo, Hitler y Mussolini firmaron una alianza, por la que cada uno de ellos se comprometía seguir al otro en el caso de que entrara en guerra, y conversaciones similares entre Francia, Inglaterra y Rusia se iniciaron, pero se detuvieron y no condujeron a ninguna parte. Fue una primavera sombría para la política mundial, y los Whitfield se sintieron hondamente preocupados aunque, al mismo tiempo, siguieron adelante con el enorme trabajo que había en el *château* de la Meuze, mientras Sarah iba engordando con su bebé. Ya estaba embarazada de seis meses, y aunque William no le comentaba nada, le parecía que estaba enorme. Pero los dos eran de estatura alta, por lo que parecía razonable pensar que el niño sería de buen tamaño. Por la noche, mientras se hallaban en la cama, él lo sentía moverse dentro de ella y de vez en cuando, al acercarse mucho, notaba sus patadas.

—¿No te duele eso? —preguntó fascinado por la vida que sentía dentro de ella, por la creciente figura redondeada de su vientre y por el bebé que no tardaría en surgir del amor que ambos compartían.

Aquel milagro seguía abrumándole. Seguía haciéndole el

amor de vez en cuando, pero cada vez tenía más miedo de hacerle daño y ella parecía menos interesada ahora. Trabajaban sin descanso en el *château* y por la noche, al acostarse, ambos caían rendidos. Los obreros llegaban a las seis de la mañana y ya empezaban a martillear y hacer ruido.

A finales de junio ya pudieron instalarse en la casa del guarda, dejando las habitaciones que habían ocupado hasta entonces en el hotel. Ahora ya vivían a solas, y en un lugar que empezaba a adquirir un aspecto civilizado. William trajo un numeroso equipo de jardineros desde París para que se dedicaran a arrancar, podar y plantar, para convertir otra vez en un jardín lo que hasta entonces no había sido más que una jungla. El parque ocupó más tiempo, pero en agosto ya se vislumbraba la esperanza de que también eso quedaría arreglado, y para entonces, al ver las cosas con la perspectiva del tiempo transcurrido, incluso les extrañó comprobar las mejoras que habían hecho en toda la finca y en la casa. William ya empezaba a pensar que quizá pudieran instalarse a finales de mes, a tiempo para que Sarah diera a luz. Trabajaba mucho en el acondicionamiento de sus habitaciones, con intención de que Sarah se sintiera cómoda en ellas, para así poder ir trabajando en el resto de la casa, una vez que se hubieran instalado. Tardarían años en terminar con los innumerables detalles, pero ya habían conseguido mucho y en un tiempo considerablemente corto.

De hecho, cuando George y Belinda fueron a visitarles en el mes de julio, quedaron asombrados al ver todo lo que habían hecho. Jane y Peter también les visitaron, aunque a las dos hermanas les pareció muy breve. Jane estaba entusiasmada con William y muy emocionada por el hijo que Sarah no tardaría en alumbrar. Le prometió volver cuando hubiera nacido, para conocerlo, aunque ella misma también se hallaba en estado de buena esperanza y transcurriría algún tiempo antes de que pudiera volver a Europa. Los padres de Sarah también habían querido venir, pero su padre no se había sentido muy bien últimamente, aunque Jane le aseguró que no se trataba de nada serio. Además, estaban reconstruyendo Southampton a marchas forzadas, aunque su madre tenía intención de visitarles en otoño, una vez que hubiera nacido el niño.

Una vez que Peter y Jane se hubieron marchado, Sarah se sintió muy sola durante varios días, y volvió a entregarse por completo a la casa, para animarse. Trabajó sin horario para terminar su alcoba y especialmente la encantadora habitación situada al lado y destinada al bebé.

—¿Cómo van las cosas por ahí dentro? —le preguntó William una tarde, trayéndole una rebanada de pan, un poco de queso y una taza de café humeante.

William se había portado de un modo magnífico con su familia, lo mismo que hacía con todo el mundo y, sobre todo, con ella. Ahora, más que nunca, Sarah le amaba profundamente.

—Yo estoy aquí —contestó ella con orgullo.

Había estado limpiando cuidadosamente una *boiserie*, que ahora tenía mucho mejor aspecto que cualquiera de las que hubieran visto en Versalles.

—Trabajas muy bien —le alabó él, admirando su tarea con una sonrisa amable—. Yo mismo te contrataría —añadió inclinándose para besarla—. ¿Te encuentras bien?

—De primera.

La espalda le dolía mucho, pero no se lo habría dicho por nada del mundo. Le encantaba lo que estaba haciendo allí y, además, el embarazo ya no duraría mucho más tiempo. Solo tres o cuatro semanas más. Ya habían encontrado un hospital pequeño y limpio en Chaumont, donde podría dar a luz. Allí trabajaba un médico muy atento al que ella acudía a ver cada pocas semanas. En su opinión, todo marchaba bien, aunque le advirtió que probablemente sería un niño bastante grande.

—¿Qué significa eso? —preguntó ella tratando de aparentar naturalidad.

Durante los últimos días había empezado a sentirse un poco nerviosa al pensar en el parto, pero no había querido asustar a William con sus preocupaciones que, de todos modos, le parecían tonterías.

—Podría ser necesario practicar una cesárea —confesó el médico—. Puede ser desagradable, pero hay ocasiones en que la madre y el niño pueden estar más seguros de ese modo, si el bebé es grande, y el suyo lo es.

—¿Podré tener más hijos si me hace la cesárea?

El médico vaciló y finalmente negó con la cabeza, pues pensaba que debía decirle la verdad.

—No, no podrá.

—En tal caso, no quiero que me la haga.

—Entonces, muévase mucho, camine todo lo que pueda, haga ejercicio, nade si hay un río cerca de su casa. Eso la ayudará en el parto, *madame la duchesse*.

El hombre siempre se inclinaba amablemente ante ella al marcharse, y aunque no le gustaba la idea de la cesárea, a ella le gustaba como médico. No le comentó a William el hecho de que el bebé fuera grande, o la posibilidad de que tuvieran que practicarle una cesárea. Pero había una cosa de la que sí estaba segura, y era que deseaba tener más hijos. Decidió hacer todo lo posible para que fuera así.

Al niño todavía le faltaban una o dos semanas para nacer, cuando Alemania y Rusia firmaron un pacto de no agresión, dejando solo a Francia y Gran Bretaña como potencias aliadas, puesto que Hitler ya había firmado un pacto con Mussolini y España había quedado virtualmente destruida y no podía ayudar a nadie.

—Parece que las cosas se ponen serias, ¿verdad? —preguntó Sarah una noche.

Acababan de instalarse en su dormitorio del *château* y, a pesar de que todavía faltaban por terminar los pequeños detalles, ella creía no haber visto nunca nada tan hermoso, que era precisamente la misma sensación que experimentaba William cuando miraba a su esposa.

—La situación no es buena. Probablemente, tendré que regresar a Inglaterra en cualquier momento para ver qué piensan en el 10 de Downing Street. —No le había comentado nada hasta entonces para no preocuparla—. Quizá sería mejor que regresáramos durante unos pocos días, una vez que haya nacido el bebé.

De todos modos, querían presentárselo a su madre, de modo que Sarah no se opuso a la idea.

—Resulta difícil creer que vayamos a entrar en guerra. Me refiero a Inglaterra —añadió, puesto que cada vez se sentía más como una inglesa, a pesar de haber conservado su ciudadanía estadounidense cuando se casó con William, y él no vio ninguna razón en particular para que no lo hiciera.

Lo único que deseaba Sarah era que el mundo se tranquilizara el tiempo suficiente como para permitirle dar a luz. No quería tener que preocuparse por una guerra, cuando lo que deseaba era construir un hogar tranquilo para su hijo.

—Si ocurre algo no te marcharás, ¿verdad, William? —preguntó de improviso, presa del pánico, repasando mentalmente todas las posibilidades.

—No me marcharé antes de que nazca el niño. Eso sí puedo prometértelo.

—¿Y después? —preguntó abriendo mucho los ojos, aterrorizada ante la idea.

—Solo si estalla una guerra. Pero deja de preocuparte por eso ahora. No es bueno para ti en estos momentos. No me voy a ir a ninguna parte, excepto para acompañarte al hospital, así que no pienses más tonterías.

Aquella noche, mientras permanecían acostados en su nueva alcoba, tuvo unos ligeros dolores, pero ya habían desaparecido por la mañana y se sintió mejor. En efecto, era una tontería preocuparse ahora por la guerra, y a la mañana siguiente, al levantarse, se dijo a sí misma que solo era que estaba nerviosa por la proximidad del parto.

Pero el primero de septiembre, cuando trabajaba en el suelo de una de las pequeñas habitaciones situadas encima de la suya, que algún día serían para los niños, oyó que alguien gritaba algo ininteligible en el piso inferior. Acto seguido oyó a alguien correr escaleras abajo y, por un momento, pensó que quizá uno de los obreros se habría herido, así que bajó a la cocina, dispuesta a ayudar en lo que pudiera. Pero allí los encontró a todos reunidos, escuchando la radio.

Alemania acababa de atacar a Polonia, por tierra y por aire. William estaba allí de pie, oyendo las noticias, acompañado por los obreros. A continuación, todos se pusieron a discutir sobre si Francia debía o no socorrer a Polonia. Unos pocos pensaron que debía hacerlo, pero a la mayoría no les importaba. Cada cual tenía sus propios problemas en casa, sus familias y sus preocupaciones, pero unos pocos estaban convencidos de que había que detener a Hitler antes de que fuera demasiado tarde. Sarah se quedó allí de pie, llena de terror, mirando fijamente a William y a los demás.

—¿Qué significa esto? —preguntó.

—Nada bueno —le contestó su esposo con sinceridad—. Tendremos que esperar y ver qué ocurre.

Acababan de terminar el tejado de la casa. Las ventanas ya estaban hechas, bien cerradas, así como los suelos, y se habían instalado los cuartos de baño. Faltaba todavía abordar los detalles. No obstante, la parte principal del trabajo ya se había hecho, y su hogar estaba ahora completo, a salvo de los elementos y del mundo, justo a tiempo para que ella diera a luz. El mundo, sin embargo, había dejado de ser un lugar seguro, y no había ninguna forma de cambiar eso.

—Quiero que olvides ahora mismo todo lo que sucede a nuestro alrededor —le urgió él.

En los dos últimos días había observado que ella dormía mal, y sospechaba que se acercaba el momento. Cuando llegara quería que ella estuviera completamente libre de toda clase de temores y preocupaciones. La posibilidad de que Hitler no se detuviera en Polonia era algo muy real. Tarde o temprano, Gran Bretaña tendría que dar un paso adelante y detenerle. William lo sabía, pero no se lo dijo a Sarah.

Aquella noche, cenaron tranquilamente en la cocina. La mente de Sarah se centró en cosas serias, como siempre, pero William intentó distraerla. No le permitió hablar de las noticias, y solo quería que pensara en algo agradable. Le habló de la casa, tratando de mantener su mente alejada de los acontecimientos que se producían en el mundo, pero no resultó fácil.

—Dime qué quieres hacer con el comedor. ¿Deseas restaurar los paneles de madera originales, o utilizar algunas de las *boiseries* que encontramos en los establos?

—No lo sé —contestó con expresión indiferente, haciendo un esfuerzo por centrar su atención en su pregunta—. ¿Qué te parece a ti?

—Yo creo que la *boiserie* se conserva muy bien. Con los paneles de la biblioteca ya es más que suficiente.

—Sí, yo también lo creo.

Jugueteaba con la comida que tenía en el plato, con aire ausente. William se dio cuenta de que no tenía apetito. Se preguntó si no estaría enferma, pero no quería presionarla. Esa noche parecía cansada, y preocupada. Todos lo estaban.

—¿Y qué me dices de la cocina? —Habían dejado al descubierto los ladrillos originales, que databan de casi cuatrocientos años antes, algo que a William le encantaba—. A mí me gusta tal como está, pero quizá tú quieras algo más pulido.

—En realidad, no me importa —contestó mirándole con una repentina expresión desolada—. Me pongo enferma cada vez que pienso en esa pobre gente de Polonia.

—No puedes estar pensando en eso ahora, Sarah —le dijo él con suavidad.

—¿Por qué no?

—Porque no es bueno ni para ti ni para el niño —contestó él con voz firme.

Pero ella empezó a llorar. Se levantó de la mesa y empezó a caminar por la cocina. Cualquier cosa parecía alterarla ahora que estaba tan cerca de dar a luz.

—¿Y qué sucede con las mujeres polacas que están embarazadas como yo? Ellas no pueden cambiar de tema.

—Es un pensamiento horrible —admitió él—, pero en estos momentos, precisamente ahora, no podemos hacer nada para evitarlo.

—¿Por qué no, maldita sea? ¿Por qué se mete con ellas ese maníaco? —vociferó.

Volvió a sentarse, respirando entrecortadamente, con un dolor evidente.

—Sarah, ya basta. No te alteres. —La hizo subir a su alcoba e insistió en que se tumbara en la cama, pero ella seguía llorando cuando lo hizo—. No puedes soportar el peso del mundo entero sobre tus hombros.

—No son mis hombros, ni es el mundo, sino solo tu hijo.

Le sonrió a través de las lágrimas, pensando de nuevo en lo mucho que amaba a William. Era tan infinitamente bueno con ella, tan incansable, había trabajado tanto en la restauración del *château*..., y todo ello solo porque la amaba, aunque ahora ya había aprendido a querer este lugar, algo que la conmovía.

—¿Crees que este pequeño monstruo se decidirá a salir alguna vez de donde está? —preguntó con acento cansado, mientras él le frotaba la espalda.

Aún tenía que bajar a la cocina para retirar los platos, pero no quería dejarla sola hasta que se hubiera relajado, y era obvio que todavía no lo estaba y puede que no lo estuviese durante un rato.

—Creo que terminará por hacerlo en cualquier momento. Por ahora, está dentro del horario previsto. ¿Qué nos dijo lord Allthorpe? ¿El primero de septiembre? Eso es precisamente hoy, así que solo se retrasaría si no ha nacido mañana.

—Es tan grande.

La preocupaba no ser capaz de darlo a luz por sí misma. En las últimas semanas había engordado mucho. Y recordaba lo que le había dicho el médico del cercano hospital: que era muy grande.

—Saldrá, no te preocupes. Lo hará en cuanto esté preparado. —William se inclinó sobre ella y la besó tiernamente en los labios—. Por ahora, solo tienes que descansar un rato. Te traeré una taza de té.

Pero algo más tarde, cuando regresó con lo que los franceses llamaban una infusión de menta, ella se había quedado dormida sobre la cama, todavía vestida, y él no la despertó. Durmió a su lado aquella noche. A primera hora Sarah se despertó con un sobresalto al sentir un agudo dolor. Pero ya los había tenido en otras ocasiones, aparecían y desaparecían y al poco remitían por completo. En realidad, ahora se sentía mucho más fuerte que en las últimas semanas, y tenía una larga lista de cosas que quería terminar en el cuarto del niño, antes de que naciera. Se pasó allí todo el día, trabajando, olvidada de sus preocupaciones, y se negó incluso a bajar para almorzar cuando él la llamó. William tuvo que subirle el almuerzo y la regañó por haber trabajado tanto. Ella se volvió a mirarle y se echó a reír. Tenía mejor aspecto y parecía más feliz que en las últimas semanas, y él sonrió, aliviado.

—Bueno, al menos ya sabemos que no voy a perder al bebé —dijo ella dándose una palmaditas en el enorme vientre, inmediatamente contestadas por las fuertes patadas del bebé.

Tomó apenas un bocado de pan y otro de manzana y volvió a enfrascarse en el trabajo. Hasta arregló y guardó en los cajones las ropas y pañales del bebé. Al morir el día había hecho todo lo que se había propuesto, y la habitación tenía un aspecto inmaculado. Lo había preparado todo en encaje blanco, con cintas de satén a juego. Había escogido una cuna antigua, un hermoso armario pequeño, una cómoda que encontró en la casa y que ella misma lijó y pintó; y los suelos tenían ahora un pálido color miel, parcialmente cubiertos por una alfombra de Aubusson. La habitación desbordaba cariño y calor, y lo único que faltaba en ella era la presencia del niño.

A la hora de la cena, bajó a la cocina y preparó algo de pasta, pollo frío y ensalada para los dos. Calentó una sopa, puso el pan en la mesa y luego llamó a William, que estaba arriba. Le sirvió un vaso de vino, pero ella no quiso probarlo. Sarah no deseaba beber vino porque le producía una terrible acidez.

—Has hecho un buen trabajo.

Acababa de estar en la habitación del niño y quedó impresionado por la mucha energía que ella había desplegado. No la había visto tan animada desde hacía meses, y después de cenar Sarah sugirió salir a dar un paseo por el jardín.

—¿No crees que deberías descansar? —propuso, ligeramente preocupado por la posibilidad de que ella se estuviera agotando.

No importaba que solo tuviera veintitrés años; dentro de poco tendría que pasar por un doloroso trance, del que siempre había oído decir que no era fácil, y deseaba que descansara todo lo posible.

—¿Para qué? Es posible que el bebé no llegue en varios días. Empiezo a creer que podría continuar así indefinidamente.

—Desde luego, actúas como si fuera así. ¿Te encuentras bien?

La miró con atención, pero no observó nada extraño. Parecía estar bien. La mirada de sus ojos era centelleante y clara, tenía las mejillas sonrosadas, y se burlaba de él al tiempo que reía.

—Me encuentro muy bien, William, te lo prometo.

Esta noche conversaron sobre los padres de Sarah, sobre Jane, su madre y la casa de Long Island. Su familia también había emprendido amplios trabajos allí, y su padre informó que todo habría vuelto a la normalidad para el próximo verano. Parecía mucho tiempo, pero lo cierto era que la finca había sufrido graves daños a causa de la tormenta. Seguían echando de menos a Charles, y ahora habían contratado a un nuevo guarda. Un japonés y su esposa.

Mientras caminaban por los jardines, le entró la nostalgia. Los pequeños macizos de flores plantados aquí y allá empezaban a crecer, y el jardín irradiaba esperanza y promesa, lo mismo que ella.

Finalmente, volvieron a casa y se sentó a descansar. Leyó un libro durante un rato, y luego se levantó, se desperezó y se dirigió hacia la ventana para contemplar la luz de la luna. Su nuevo hogar era hermoso y a ella le gustaba todo lo que contenía. Era como el sueño de su vida convertido en realidad.

—Gracias por todo esto —dijo en voz baja desde donde estaba y él la miró desde la cama, conmovido por el aspecto tan dulce que ofrecía, tan joven y tan lleno de vida. Y entonces, al dirigirse hacia la cama, se detuvo, miró a su alrededor, bajó la mirada hacia el suelo y luego la levantó hacia el techo—. Maldita sea, creo que tenemos un enorme escape de agua. Una de las cañerías tiene que haber reventado.

No podía ver nada por arriba, en el techo, pero el suelo estaba cubierto por un gran charco de agua. William se levantó, con el ceño fruncido y miró hacia el techo.

—Yo no veo nada. ¿Estás segura? —Pero ella señaló el suelo, miró a su alrededor y luego a su espalda. Él lo comprendió antes que ella—. Creo que es a ti a quien se le ha reventado la cañería, querida —dijo con suavidad, sonriendo, no muy seguro de saber lo que debía hacer para ayudarla.

—¿Qué quieres decir?

Se sintió insultada cuando él sacó un montón de toallas del cuarto de baño que habían instalado en la habitación contigua y, de repente, la comprensión de lo que sucedía empezó a aparecer en sus ojos. Ni siquiera se le había ocurrido pensarlo. Había roto aguas.

—¿Crees que se trata de eso? —preguntó mirando a su alrededor, mientras él empapaba el charco con las toallas y solo entonces se dio cuenta de que tenía todo el camisón mojado.

Sí, su esposo tenía razón. Había roto aguas.

—Llamaré al médico —dijo William, levantándose.

—No creo que tengamos que hacerlo. Dijo que podía pasar todo un día antes de que sucediera algo después de esto.

—De todos modos, me sentiría mejor si lo llamaras.

Pero, en realidad, se sintió bastante peor después de llamar al hospital de Chaumont. El *professeur* Vinocour, como solían llamar a los médicos en Francia, había partido con tres colegas suyos en dirección a Varsovia. Iban allí a ofrecer sus servicios y hacer todo lo que pudieran por ayudar; además, aquella noche se había producido un espantoso incendio en un pueblo vecino. Todas las enfermeras estaban allí para ayudar y no había ningún médico disponible. En el hospital se encontraban desesperadamente faltos de personal, y la última preocupación que necesitaban era un parto corriente, aunque se tratara de *madame la duchesse*. Por una vez, nadie pareció quedar impresionado por su título.

—Un parto no suele presentar grandes problemas —le dijeron.

Le sugirieron que llamara a una mujer de una de las granjas vecinas, o a alguien del hotel, pero le dijeron que en esos momentos no podían hacer nada por ayudarle. No supo qué decirle a Sarah cuando regresó al dormitorio. Se sentía culpable, ya que creía que debería haberla llevado a Londres, o por lo menos a París. Ahora, sin embargo, ya era demasiado tarde. De niño había ayudado en una ocasión a parir unos cachorros, pero, desde luego, no tenía ni la menor idea de cómo ayudar a traer un niño al mundo, y tampoco Sarah. Ella era incluso más ignorante que él, pues solo había pasado por la experiencia del aborto y entonces le administraron anestesia general. Ni siquiera disponía de algo para ayudarla a soportar el dolor, o para ayudar al bebé, si es que se presentaban problemas. De repente, recordó lo que le había dicho, que a veces transcurría todo un día entre el momento en que empezaban los dolores del parto y el alumbramiento. La llevaría en el coche hasta París. Solo estaban a dos horas y media de distancia. Decidió que era la solución perfecta y subió corriendo la escalera hacia la habitación. En cuanto entró en la alcoba, observó su rostro con consternación. Las contracciones ya habían empezado, como una venganza, surgiendo de la nada.

—Sarah. —Corrió hasta la cama, donde ella se esforzaba por respirar, retorciéndose de dolor—. No hay médicos en el hospital. ¿Te sientes lo bastante fuerte como para que te lleve hasta París en el coche?

Pero ella le miró horrorizada ante la simple sugerencia.

—No puedo... No sé qué ha ocurrido... No puedo moverme. Los dolores son terribles, y muy seguidos.

—Vuelvo ahora mismo —dijo él dándole unas palmaditas en el brazo.

Se precipitó escalera abajo, decidido a seguir el consejo de la mujer con la que había hablado por teléfono. Llamó al hotel y preguntó si había allí alguien que pudiera ayudarle en aquella situación, pero le contestó la hija del propietario, que solo tenía diecisiete años y se mostró muy tímida. Le dijo que todos se habían marchado para ayudar a apagar el incendio. William comprendió al punto que la muchacha no le sería de ninguna utilidad.

—Está bien, si aparece alguien, quienquiera que sea, cualquier mujer que pueda ayudar, envíela al *château*, por favor. Mi esposa está dando a luz.

Colgó el teléfono y volvió a subir corriendo la escalera para acudir junto a Sarah, que estaba tendida en la cama. La encontró bañada en sudor, jadeando y gimiendo.

—Todo está bien, cariño. Vamos a hacer esto los dos juntos. —Fue a lavarse las manos y regresó con otro montón de toallas, rodeándola con ellas. Le aplicó un paño frío sobre la cabeza y ella quiso decir algo, darle las gracias, pero el dolor era demasiado fuerte como para poder hablar. Sin ningún motivo, William miró el reloj. Era casi la medianoche.

—Bueno, vamos a tener el bebé juntos.

Intentó que su tono de voz sonara alegre, y le sostuvo la mano. Ella se agitó de dolor ante sus propios ojos. William no tenía ni la menor idea de lo que debía hacerse y ella le rogaba que hiciera algo cada vez que sentía los fuertes dolores que parecían desgarrarla por dentro.

—Intenta resistirlo. Intenta pensar en ello como algo necesario para el alumbramiento de nuestro hijo.

—Es tan terrible... William..., William... Haz que se detenga... ¡Haz algo! —gimió.

Pero él permaneció sentado a su lado, impotente, deseando ser útil, aunque sin saber qué hacer. No estaba seguro de que alguien pudiera ayudar en una situación así, a pesar de que ella se sentía abrumada por los terribles dolores. El aborto podía haber sido algo terrible, pero esto era infinitamente peor. Mucho peor que sus más oscuros temores sobre cómo sería el parto.

—¡Oh, Dios..., William! ¡Oh...! ¡Noto que ya viene!

A él le alivió saber que vendría tan pronto, pues imaginaba que si duraba poco tiempo, ella sobreviviría. Rezó para que todo fuera muy deprisa.

—¿Puedo mirar? —preguntó, vacilante.

Ella le indicó que sí y apartó aún más las piernas, como si quisiera dejar más espacio para el bebé. Al mirar, William pudo verle la cabeza, pero solo una punta, cubierta de una pelusilla de color rubio. El espacio que pudo ver debía tener unos cinco centímetros de circunferencia, y le pareció que ya debía de estar a punto de nacer, así que le gritó excitado:

—Puedo verlo, cariño. Está saliendo. Empuja ahora. Adelante..., empuja a nuestro hijo.

Continuó animándola de ese mismo modo, y pudo observar brevemente el resultado de sus esfuerzos. Por un instante, la cabeza pareció adelantarse aún más, para luego retroceder. Era como un baile a cámara lenta y no se produjo ningún cambio durante un largo rato. Luego, la parte de la cabeza que podía ver pareció hacerse un poco más grande. Le apretó las piernas contra el pecho, para que pudiera empujar con más fuerza, pero el bebé no se movió, y Sarah parecía desesperada, sin dejar de gritar a cada dolorosa contracción, recordando lo que le había dicho el médico, que la criatura podía ser demasiado grande para nacer de ese modo.

—Sarah, ¿no puedes empujar más fuerte? —le instó.

El niño parecía haber quedado atascado. Y ya llevaban varias horas intentándolo. Eran las cuatro de la madrugada, y ella llevaba haciendo esfuerzos desde la medianoche. Casi no había momentos de respiro entre las contracciones, y solo disponía de unos pocos segundos para recuperar la respiración y volver a empujar. William observó que Sarah empezaba a sentir pánico, a perder el control de la situación. La sujetó de nuevo por las piernas y le habló con firmeza.

—¡Empuja! ¡Empuja ahora! ¡Ahora…, vamos! Eso es…, ¡más fuerte! ¡Sarah! ¡Empuja más fuerte!

Le estaba gritando, y lo lamentaba mucho, pero no tenía más remedio. El bebé no había salido todavía lo suficiente como para que él pudiera maniobrar para sacarlo. Al gritarle, observó que la cabeza parecía salir un poco más. Lo estaban consiguiendo poco a poco, pero ya eran más de las seis y el sol empezaba a salir, y ellos todavía estaban allí, sin conseguir nada.

Ella siguió empujando, y a las ocho de la mañana empezó a perder mucha sangre. Estaba mortalmente pálida, y el niño no parecía haberse movido desde hacía horas. Entonces, oyó que alguien hacía ruido en la planta baja y gritó para llamar a quienquiera que pudiera oírle. Sarah apenas si era consciente de lo que ocurría, y sus esfuerzos eran ahora mucho más débiles. Prácticamente, no podía seguir. William oyó unos pasos que subían con rapidez la escalera. Un momento después vio a Emanuelle, la joven del hotel, con los ojos muy abiertos, y llevando un vestido azul y un delantal.

—He venido a ver si podía ayudar a *madame la duchesse* con el bebé.

Pero William abrigaba la trágica sospecha de que su esposa se moría, y de que no habría ningún bebé. Tenía una fuerte hemorragia, aunque no incontrolable. Pero la criatura no se movía y ella ya no tenía fuerzas para seguir empujando cuando aparecían las contracciones. Permanecía allí echada, profiriendo gritos y gemidos, y si no hacían algo pronto, él los iba a perder a los dos. Para entonces, ella ya llevaba nueve horas de parto y no había conseguido nada.

—Ven enseguida y ayúdame —le dijo con tono urgente a la muchacha, que se adelantó hacia la cama sin vacilar—. ¿Has ayudado alguna vez a traer un niño al mundo? —le preguntó sin apartar la mirada de Sarah, cuyo rostro tenía ahora un color grisáceo, con los labios ligeramente azulados. Hacía rodar los ojos en las órbitas y él seguía hablándole—. ¡Sarah! ¡Escúchame! Tienes que empujar. Tienes que hacerlo. Todo lo fuerte que puedas. Escúchame, Sarah. ¡Empuja! ¡Ahora! —Durante todo aquel tiempo había aprendido a anticiparse a las contracciones al mantener una mano sobre el estómago de Sarah. Se volvió hacia la muchacha del hotel—. ¿Sabes lo que hay que hacer?

—No —contestó ella ingenuamente—. Solo lo he visto hacer a los animales —dijo con un fuerte acento francés, a pesar de que hablaba bien el inglés—. Creo que ahora debemos ayudarla a empujar o..., o...

No quería decirle que su esposa podía morir, pero eso ya lo sabía él.

—Lo sé. Quiero que empujes todo lo que puedas, que empujes al bebé hacia mí. Cuando yo te lo diga.

Trató de adelantarse a la siguiente contracción, pero ya se estaba produciendo. Le hizo una señal a la muchacha y empezó a gritarle a Sarah para que empujara con fuerza. En esta ocasión, el bebé se movió más de lo que se había movido desde hacía horas. Emanuelle lo empujaba todo lo que podía, con el temor de que pudiera matar a la duquesa, pero sabiendo que no tenía otra alternativa. Siguió empujando una y otra vez, intentando hacer salir al bebé, sacarlo a la vida, antes de que se perdieran tanto él como la madre.

—¿Sale? —preguntó la muchacha y vio que Sarah abría los ojos y que él asentía con un gesto.

Sarah pareció darse cuenta de la presencia de ambos, pero solo por un breve instante, porque luego se hundió en una nueva oleada de dolor.

—Vamos, cariño, empuja otra vez. Trata de ayudarnos esta vez —dijo William con serenidad, luchando por contener sus propios temores, mientras ella gritaba de dolor.

Emanuelle se inclinó sobre ella con todo su peso y empujó con toda la fuerza que pudo ejercer, mientras William observaba y rezaba y entonces, lenta, muy lentamente, la cabeza fue saliendo al exterior y antes de que ambos pudieran liberar el recién nacido emitió un prolongado grito. Sarah se agitó al oírlo y miró a su alrededor, como si no comprendiera lo que había ocurrido.

—¿Qué ha sido eso? —preguntó débilmente, mirando fijamente a William.

—Ha sido nuestro hijo —le contestó William con lágrimas en los ojos.

Sarah empezó a sentir pánico al notar que volvían los dolores y que tenía que seguir empujando. Todavía tenían que liberarle los hombros, pero William podía ayudar ahora en esa tarea, y mientras la madre y el niño gemían, sintió el sudor mezclado con las lágrimas. Sarah ya no pudo colaborar más. Se encontraba demasiado débil y el niño era demasiado grande. El médico de Chaumont había tenido razón. No debería haber intentado dar a luz a este niño, pero ahora ya era tarde. Ya casi había nacido, y solo, tenían que extraerlo de su madre.

—¡Sarah! ¡Vuelve a empujar! —gritó William, mientras Emanuelle seguía apretándole el abdomen hasta que casi dio la impresión de que podría atravesarla.

Pero el bebé volvió a avanzar, y William logró sacarle un brazo, aunque no encontró el otro. Y entonces, de improviso, recordó los cachorros a los que había ayudado a nacer hacía mucho tiempo. A uno de ellos le había ocurrido lo mismo, y había sido terrible para la madre, pero él había logrado salvarlos a ambos. El perrito había sido muy grande, como veía ahora que era su propio hijo.

En esta ocasión, cuando el dolor desgarró a Sarah y gritó, William introdujo la mano y trató de hacer girar al bebé, para colocarlo en una posición diferente, tanteando con mucha suavidad. Sarah se agitó angustiada, tratando de rechazarlo.

—¡Sujétala! —le gritó a la muchacha—. ¡No dejes que se mueva!

Si continuaba moviéndose así, podía matar al niño. Pero Emanuelle la sujetó con firmeza, mientras William le apartaba las piernas a Sarah y trataba de liberar a la criatura. Y entonces, de repente, con un extraño y ligero sonido, el otro brazo quedó liberado. Los hombros aparecieron a la vista y un momento más tarde William sacó el resto. Era un niño muy hermoso y absolutamente enorme.

William lo sostuvo en alto, a la luz de la mañana y lo contempló en toda su belleza. Ahora sabía lo que quería decir su madre cuando hablaba de un milagro, pues esto era un verdadero milagro.

Cortó el cordón cuidadosamente y le entregó el bebé a la muchacha, limpió con ternura el rostro de Sarah con paños húmedos, y trató de contener la hemorragia con toallas.

Pero ahora Emanuelle sí sabía lo que debía hacer. Dejó suavemente al recién nacido en un pequeño nido de sábanas hecho apresuradamente en el suelo y se incorporó para enseñarle a William.

—Tenemos que apretar con fuerza sobre su estómago..., así, para que deje de sangrar. He oído decírselo a mi madre al referirse a mujeres que han tenido muchos hijos.

Y mientras lo decía, apretó el bajo vientre de Sarah, incluso con más fuerza de la que había empleado hasta entonces, amasándolo como si fuera pan, mientras Sarah gritaba ya sin fuerzas y les rogaba que se detuvieran. Pero William comprendió que la muchacha tenía razón, y la hemorragia remitió poco a poco, hasta que finalmente se detuvo, a excepción de lo que les pareció normal a ambos.

Para entonces, ya era mediodía, y William apenas si podía creer que su hijo hubiera tardado doce horas en nacer. Doce horas a las que apenas si habían sobrevivido Sarah y su hijo. Ella seguía mortalmente pálida, pero ya no tenía los labios azulados. Entonces, tomó al bebé y lo sostuvo delante de ella, para que pudiera verlo. Sarah sonrió, pero estaba demasiado débil para sostenerlo, y miró a William con expresión de agradecimiento, dándose cuenta instintivamente de que él les había salvado la vida a ambos.

—Gracias —susurró con las lágrimas corriendo por sus mejillas, al tiempo que él se inclinaba para besarla.

Volvió a entregar el niño a Emanuelle, que se lo llevó abajo para lavarlo y devolvérselo a la madre más tarde. William se dedicó a bañar a Sarah. Limpió la cama, cambió las sábanas, y la envolvió a ella en sábanas y toallas limpias. Sarah se sentía muy débil para moverse, o siquiera para hablar, pero le observó agradecida y por fin se recostó sobre las almohadas limpias y se quedó medio dormida. Habían sido los peores momentos por los que había tenido que pasar William en toda su vida y, al mismo tiempo, también los más hermosos. Ahora, se sentía abrumado por sus propias emociones. Bajó a la cocina para prepararle a Sarah una taza de té y añadirle un poco de coñac. No pudo resistir la tentación de tomar él mismo una copa.

—Es un niño muy hermoso —le dijo Emanuelle, mirándole—. Y pesa cinco kilos —anunció sorprendida.

Eso explicaba la agonía por la que había tenido que pasar Sarah. William sonrió, aturdido, y trató de expresarle su agradecimiento a la muchacha. Había sido muy valiente, e increíblemente útil y sabía que, sin su ayuda, él solo no habría podido salvar al niño o a Sarah.

—Gracias —le dijo, mirándola con expresión agradecida—. No podría haberlos salvado sin tu ayuda.

La muchacha sonrió y ambos subieron a la habitación para ver cómo seguía Sarah, que tomó un sorbo de té y volvió a sonreír al ver a su bebé. Seguía teniendo dolores y estaba muy débil, pero sabía que el coñac le ayudaría a recuperarse. A pesar de su debilitado estado, se sentía muy emocionada por haber tenido a su hijo.

William le comunicó que pesaba cinco kilos, y hubiera querido pedirle disculpas por todo lo que había tenido que hacerle pasar, pero no tuvo oportunidad de decir nada más, porque ella se quedó profundamente dormida apenas posó la cabeza sobre la almohada. Y permaneció así, durmiendo, durante varias horas, mientras William se quedaba allí sentado en un sillón, a la cabecera de la cama, vigilando su sueño. Al anochecer, cuando se despertó, parecía haberse recuperado bastante y le pidió que la ayudara a ir al cuarto de baño. Así lo hizo él, y luego la ayudó a regresar a la cama, maravillado ante la resistencia que demostraba.

—Estaba tan preocupado por ti —le confesó una vez que se hubo acostado de nuevo—. No tenía ni la menor idea de que el crío pudiera ser tan grande. Cinco kilos es mucho.

—El médico ya me avisó —confesó ella, aunque no le dijo que no había querido que le practicaran la cesárea por temor a que no pudieran tener más hijos.

Sabía que si hubiera existido esa posibilidad, William la habría obligado a marchar a Londres. Pero ahora se alegraba de no haberlo hecho, le alegraba haber sido valiente, aunque fuera un poco tonta. Ahora podría tener más hijos... y su hermoso niño... Iban a llamarlo Phillip Edward, por el abuelo de William y el padre de ella. Y ahora, sosteniendo a su hijo por primera vez entre sus brazos, pensaba que nunca había visto a una criatura tan hermosa.

Emanuelle se marchó al anochecer, y al bajar a la planta baja vio a algunos de los hombres que habían trabajado para él, saludándole desde la distancia. Les devolvió el saludo con una sonrisa, creyendo que lo felicitaban por la llegada del bebé, pero al mirarlos más atentamente se dio cuenta de que le estaban gritando algo, algo que no comprendió al principio, y entonces oyó con claridad una palabra que le dejó la sangre helada, y echó a correr hacia ellos.

—*C'est la guerre, monsieur le duc... C'est la guerre.*

Había estallado la guerra. Gran Bretaña y Francia habían declarado la guerra a Alemania aquella misma tarde. Su hijo acababa de nacer, y su esposa había estado a punto de morir, y ahora él se vería obligado a abandonarlos. Permaneció allí de pie durante largo rato, oyéndoles hablar, sabiendo que tendría que regresar a Inglaterra tan pronto como le fuera posible. Si podía, tenía que enviar un mensaje a Inglaterra ahora mismo. ¿Y qué le diría a Sarah? Decidió no decirle nada por el momento. Todavía estaba muy débil para conocer la noticia. Pero tendría que saberla pronto. No podría quedarse con ellos durante mucho más tiempo.

Regresó apresuradamente a la alcoba para comprobar cómo estaban ella y el niño, que dormía. Y al subir la escalera, unas lágrimas descendieron por sus mejillas. Era tan injusto... ¿Por qué precisamente ahora? Ella se quedó mirándole, como si supiera algo, como si percibiera lo que ocurría.

—¿Qué ha sido ese ruido ahí fuera? —preguntó con voz débil.

—Algunos de los hombres vinieron para felicitarte por haber traído al mundo a un muchacho tan guapo.

—Qué amables —dijo ella sonriente, medio dormida.

Y volvió a quedarse dormida, mientras él permanecía allí, a su lado, junto a la cama, vigilándola, lleno de temores por lo que pudiera suceder.

12

La mañana siguiente amaneció soleada y cálida y el niño se despertó poco después del amanecer, con lloros apagados, como si solicitara a su madre. William se levantó, lo tomó en sus brazos y lo colocó junto al pecho de ella, observándoles después a ambos. El muchachote pareció saber exactamente lo que debía hacer y Sarah le dirigió a William una débil sonrisa. Apenas si podía moverse, pero se encontraba bastante mejor que la noche anterior. Entonces, de pronto, recordó el ruido que había oído en el exterior y observó el rostro de William. Supo inmediatamente que algo grave había ocurrido, aunque su marido todavía no le había dicho lo que era.

—¿Qué pasó ayer por la noche? —preguntó en voz baja mientras el bebé se amamantaba vorazmente de su madre.

William se preguntó si no sería demasiado pronto para decirle la verdad. Y, sin embargo, sabía que tenía que hacerlo. La noche anterior había llamado por teléfono al duque de Windsor, y ambos habían estado de acuerdo en que tendrían que regresar a Inglaterra cuanto antes. Wallis le acompañaría, claro está, pero William sabía que no había forma de que pudiera trasladar a Sarah tan pronto. Desde luego, no lo haría ahora, y quizá no pudiera hacerlo en semanas, o incluso en meses. Todo dependería de la rapidez con que se recuperara, y en estos momentos nadie podía decirlo aún. Mientras tanto, sabía que tenía que regresar a Londres y presentarse en el Departamento de Guerra. Ella estaría a salvo en Francia, aunque odiaba tener que dejarla sola. Al observarle fijamente, Sarah percibió todas sus angustias y preocupaciones. Aquellos dos días habían sido realmente terribles para él.

—¿Qué ocurre? —preguntó extendiendo una mano para tocarle.

—Estamos en guerra —dijo apenado, incapaz de ocultárselo por más tiempo y rogando para que fuera lo bastante fuerte para aceptar la noticia y las implicaciones que tendría para todos ellos—. Inglaterra y Francia han declarado la guerra a Alemania. Ocurrió ayer, mientras traías al mundo a Phillip.

Tanto el uno como el otro sabían lo dura que había sido aquella tarea y, comprensiblemente, no habían podido hacer ninguna otra cosa. Pero ahora no había forma de escapar a la verdad.

En cuanto se enteró de la noticia, unas lágrimas aparecieron en sus ojos, y miró a William con expresión de temor.

—¿Qué significa eso para ti? ¿Tendrás que marcharte pronto?

—Tengo que hacerlo —asintió él con tristeza, devastado ante la idea de abandonarla ahora, pero para él estaba claro que no podía hacer otra cosa—. Intentaré enviarles un telegrama hoy mismo para comunicarles que me presentaré dentro de pocos días. No quiero dejarte hasta que te sientas un poco más fuerte. —Le acarició la mano suavemente al recordar todo lo que ella había tenido que pasar. Ahora, verles allí a los dos le parecía un verdadero, milagro y odiaba tener que dejarlos—. Le pediré a Emanuelle que se quede aquí contigo. Es una buena muchacha.

Así lo había demostrado el día anterior, e incluso más que eso, mientras le ayudó a conseguir que naciera su hijo.

Emanuelle se presentó aquella mañana, poco después de las nueve, inmaculadamente limpia, con otro vestido azul y un delantal limpio y almidonado. Llevaba el oscuro cabello pelirrojo peinado hacia atrás, formándole una coleta que se había atado con una cinta azul. Tenía diecisiete años de edad, y su hermano menor tenía doce. Siempre habían vivido en La Marolle, y sus padres eran personas sencillas, acostumbradas a trabajar duro, y listos, como lo eran sus hijos.

Aprovechando que estaba allí, William se acercó a la oficina de correos y envió un cable al Departamento de Guerra.

Justo al volver al *château* apareció Henri, el hermano de Emanuelle, que había venido desde el hotel.

—Su teléfono se ha estropeado, *monsieur le duc* —le informó. Por lo visto, el duque de Windsor había llamado por teléfono, dejándole un mensaje en el hotel, para decirle que el navío de guerra *Kelly* acudiría a recogerlos a la mañana siguiente, en el puerto de Le Havre, y que él debía presentarse en París de inmediato.

El muchacho respiraba entrecortadamente mientras le comunicaba a William el mensaje. Le dio las gracias y le entregó diez francos. Luego, subió a decírselo a Sarah.

—Acabo de recibir un mensaje de David —empezó a decir sin querer precisar, mientras caminaba con lentitud por la habitación, fijándose en todo, para llevarse consigo aquellos recuerdos—. Él..., bueno..., Bertie nos envía mañana un barco, a buscarnos.

—¿Aquí? —preguntó ella, confusa.

Había estado dormitando mientras él iba a poner el telegrama.

—Eso sería muy difícil, ¿no crees? —replicó él con una sonrisa, y se sentó a su lado, sobre la cama. Había más de doscientos kilómetros de distancia hasta la costa—. Atracará en Le Havre. Quiere que me reúna con él en París a las ocho de la mañana. Supongo que Wallis nos acompañará. —Volvió a mirar a su esposa, con el ceño fruncido en un gesto de preocupación—. Supongo que no te sentirás con fuerzas suficientes como para acompañarnos.

No se le ocultaba que ella no estaba en condiciones, pero se creyó obligado a preguntárselo, aunque solo fuera por su propia tranquilidad. Sabía, sin embargo, que ella podía sufrir una nueva hemorragia si se movía demasiado pronto. Y ya había perdido mucha sangre durante el parto. Todavía estaba muy pálida y débil. Transcurriría por lo menos un mes hasta que estuviera lo bastante fuerte para poder ir a alguna parte, y, desde luego, no estaba en condiciones de soportar el viaje en coche hasta París, o la travesía en barco hasta Inglaterra. Ella sacudió la cabeza con un gesto negativo, en respuesta a su pregunta.

—No me gusta tener que dejarte aquí.

—Francia es nuestra aliada. Aquí no sufriremos ningún daño —le dijo, sonriéndole con cariño. No quería que se marchara, pero no le importaba quedarse allí. Ahora, este era su hogar—. Estaremos bien. ¿Volverás pronto?

—No lo sé. Te enviaré un mensaje en cuanto pueda. Tengo que presentarme en el Departamento de Guerra, en Londres, y luego enterarme de qué es lo que quieren hacer conmigo. Trataré de venir lo más rápidamente que pueda. Y en cuanto tú te sientas lo bastante fuerte, deberías venir a casa —su voz adquirió un timbre de dureza.

—Esta es nuestra casa —le susurró ella, mirándole a los ojos—. No quiero marcharme. Phillip y yo estaremos a salvo aquí.

—Lo sé. Pero me sentiría mucho mejor si los dos estuvierais en Whitfield.

Esa perspectiva deprimió a Sarah. Le gustaba la madre de William, y Whitfield era un lugar bonito y agradable, pero el *château* de la Meuze se había convertido para ellos en su hogar, y habían trabajado tanto para arreglarlo y transformarlo en lo que deseaban que ahora no quería abandonarlo. Todavía quedaba mucho trabajo por hacer, y ella misma podía ocuparse de algunas cosas cuando se sintiera un poco más fuerte, mientras esperaba a que él regresara de Inglaterra.

—Ya veremos —dijo él de un modo ambiguo y se dispuso a preparar la maleta.

Ninguno de los dos durmió aquella noche, y hasta el bebé lloró más que el día anterior. Ella no tenía todavía leche suficiente para un niño tan enorme y, además, estaba nerviosa y preocupada. Vio a William levantarse a las cinco, cuando la creyó definitivamente dormida y le habló en voz baja en la habitación a oscuras.

—No quiero que te marches —dijo con tristeza.

Él se aproximó a la cama y le acarició la mano y el rostro. Deseaba no tener que irse.

—Yo tampoco quisiera. Confío en que todo esto acabe pronto y podamos continuar con nuestra vida normal.

Ella asintió con un gesto. Confiaba en lo mismo, e intentaba no pensar en el pobre pueblo polaco.

Media hora más tarde, ya se había afeitado y vestido y volvía a estar junto a la cama. Ahora, ella se levantó. La cabeza se le tambaleó por un instante y él la rodeó con uno de sus fuertes brazos.

—No quiero que bajes. Podrías hacerte daño después al subir esa escalera.

Todavía estaba muy débil y habría podido marearse y golpearse en la cabeza, pero tampoco tenía deseos de probarlo y ella lo sabía.

—Te amo... Cuídate mucho, por favor. William, ten mucho cuidado... Te amo.

Había lágrimas en sus ojos, a la par que sonreía y la ayudaba a acostarse de nuevo.

—Te prometo que lo tendré, y tú debes hacer lo mismo, y cuida mucho de lord Phillip.

Ella sonrió, girando la cabeza para contemplar a su hijo. Era un pequeño tan hermoso... Tenía unos grandes ojos azules, rizos rubios y William aseguraba que era como las fotografías que conservaba de su padre.

La besó con toda la fuerza que se atrevió a emplear, apretándola contra la cama y acariciándole el sedoso cabello largo que le caía sobre los hombros.

—Recupera tus fuerzas... Regresaré pronto. Te amo tanto... —Volvía a sentir un gran agradecimiento por el hecho de que ella estuviera viva. Entonces, se volvió y cruzó la habitación, mirándola una última vez desde la puerta—. Te amo —repitió en voz baja, mientras ella lloraba.

Y luego se marchó.

—¡Te amo! —gritó ella, mientras él bajaba la escalera—. ¡William! ¡Te amo!

—¡Yo también te amo!

El eco de sus palabras llegó hasta ella, y luego oyó cerrarse la puerta principal. Un momento más tarde oyó su coche que se ponía en marcha. Volvió a levantarse de la cama para mirar por la ventana, justo a tiempo para ver desaparecer el coche por la curva de la entrada del *château*. Las lágrimas rodaban por sus mejillas, cayéndole sobre el camisón. Regresó a la cama, sin dejar de llorar, pensando en él durante largo rato, y luego Phillip reclamó su alimento y finalmente apareció Emanuelle, que ahora venía para instalarse con ellos. Iba a quedarse para ayudar a *madame la duchesse*. Era una maravillosa oportunidad para la joven, que ya sentía una gran admiración por Sarah, y estaba loca con el bebé que había ayudado a nacer. Pero nunca se mostró excesivamente familiar. Era una muchacha extrañamente madura para su edad, y constituyó una ayuda muy valiosa para Sarah.

Los días le parecieron interminables tras la partida de William, y transcurrieron semanas antes de que sintiera que empezaba a recuperar sus fuerzas. En octubre, cuando Phillip ya tenía un mes de edad, recibió una llamada de la duquesa de Windsor para comunicarle que habían regresado a París. Habían visto a William poco antes de salir de Londres, y parecía estar muy bien. Había sido asignado a la RAF, en unas instalaciones situadas al norte de Londres. Al duque de Windsor lo habían enviado de regreso a París, con el grado de división general destacado en la misión militar adjunta al mando francés. Pero eso significaba que se dedicarían a ofrecer numerosas recepciones, lo que encajaba con ambos a la perfección. Felicitó de nuevo a Sarah por el nacimiento de su hijo y le dijo que, cuando se recuperase del todo, fuera a París a visitarlos. William les había contado lo difícil que había sido el parto, y Wallis le aconsejó que no se agotara.

Pero Sarah ya volvía a deambular por la casa, vigilándolo todo y encargándose ella misma de las pequeñas reparaciones. Había conseguido a una mujer del hotel para ayudarla a limpiar, y Emanuelle la ayudaba a cuidar de su hijo, que a ella le parecía enorme y que había engordado casi kilo y medio en cuatro semanas.

Henri, el hermano de Emanuelle, hacía los recados de Sarah, pero la mayoría de los hombres que habían trabajado para ellos ya habían desaparecido, llamados a filas. No quedaba nadie que trabajara en el *château*, a excepción de los viejos y los muchachos. Incluso chicos de dieciséis y diecisiete años habían decidido mentir sobre su edad para alistarse y se habían marchado. De repente, Francia parecía haberse convertido en un país habitado solo por mujeres y niños.

Sarah tuvo noticias de William en varias ocasiones. Sus cartas habían logrado llegar y hasta consiguió llamarla una vez por teléfono. Le dijo que, por el momento, todavía no había ocurrido nada importante y que confiaba en conseguir un permiso para visitarla en noviembre.

También había recibido noticias de sus padres, desesperados por convencerla para que regresara junto a ellos, llevándose el bebé consigo. El *Aquitania* había efectuado una travesía hasta Nueva York, justo después de declarada la guerra, a pesar de los temores de todos, pero ella todavía estaba demasiado débil para viajar, por lo que en aquel entonces sus padres no se lo sugirieron. Pero después de eso, otros tres barcos habían llegado a Inglaterra procedentes de Nueva York, el *Manhattan*, el *Washington* y el *President Roosevelt*, para transportar a los estadounidenses a la seguridad de su país. No obstante, del mismo modo que le insistía a William, asegurándole que estaba a salvo donde se encontraba, también escribió a sus padres diciéndoles lo mismo, aunque no por ello los convenció.

Se sentían aterrorizados ante la idea de que ella permaneciera en Francia durante la guerra, pero ella estaba convencida de que sus temores eran absurdos. La vida alrededor del *château* de la Meuze era incluso más tranquila que antes, y la región estaba completamente en calma.

En noviembre volvió a sentirse ella misma. Salía a dar largos paseos, llevando a menudo a Phillip consigo. Trabajaba en el jardín y en la restauración de sus queridas *boiseries*, y hasta realizó algunos trabajos duros en los establos cuando Henri estaba presente para ayudarla. Los padres del muchacho también habían perdido a todos sus empleados en el hotel, y el chico les ayudaba ahora. Era un muchacho muy agradable, siempre dispuesto a ayudarla. Y le encantaba vivir en el *château*, como le sucedía a Emanuelle. Sarah ya no necesitaba la ayuda de Emanuelle por la noche, pero la joven se instaló en la casa del guarda y cada mañana iba a trabajar al *château*.

Una tarde, a finales de noviembre, caminaba de regreso a casa después de haber dado un paseo por el bosque. Cantaba para Phillip, a quien llevaba sujeto con una correa que Emanuelle le había preparado. El niño estaba casi dormido cuando llegaron ante la entrada principal. Lanzó un suspiro de satisfacción y entró. Se detuvo de pronto y lanzó un grito al verle. Era William, que esperaba allí de pie, vestido con su uniforme, más atractivo que nunca. Se precipitó hacia sus brazos y él la sostuvo, con cuidado de no aplastar al bebé. Sarah se quitó rápidamente la correa y dejó al niño con suavidad. Se había asustado con los gritos y ya lloraba, pero ella solo podía pensar ahora en William, que la sostenía entre sus brazos.

—Te he echado tanto de menos... —dijo Sarah con palabras amortiguadas por su pecho, mientras él la apretaba de tal manera que casi le hacía daño.

—Dios mío, yo también te he echado mucho de menos. —La apartó entonces, para mirarla—. Vuelves a estar maravillosa. Algo más delgada, pero fuerte y muy saludable. Qué hermosa eres —dijo, mirándola como si quisiera devorarla, ante lo que ella se echó a reír y le besó.

Emanuelle les había oído hablar. Había visto al duque en cuanto llegó y ahora acudió para hacerse cargo del bebé. El pequeño no tardaría en pedir su alimento, pero al menos podía liberar a sus padres del pequeño durante un rato, para que Sarah pudiera pasar un tiempo con su esposo. Subieron a la habitación cogidos de la mano, hablando y riendo, mientras ella le hacía mil y una preguntas sobre lo que hacía, dónde había estado, adónde le enviarían después del entrenamiento por el que había pasado. Ya había volado antes en la RAF y necesitó poco tiempo para familiarizarse con el nuevo equipo. Evitó decirle a su esposa lo que sabía: que lo destinaban al mando de bombarderos, para pilotar bombarderos Blenheim. No quería preocuparla y se lo ocultó. Pero sí le contó lo seriamente que la gente se tomaba la guerra en Inglaterra.

—Aquí también se lo toman muy en serio —explicó ella—. No ha quedado nadie, excepto Henri, sus amigos y un puñado de viejos, demasiado débiles para trabajar. Yo misma me he encargado de hacerlo todo, con la ayuda de Henri y de Emanuelle. Ya casi hemos conseguido terminar los establos. ¡Espera a verlos!

Él había querido destinar una parte a los caballos que pensaban comprar y a algunos que traería de Inglaterra, para así acondicionar el resto como pequeñas habitaciones para el servicio, y los obreros que pudieran contratar temporalmente. Era un sistema excelente y, de la forma como lo habían hecho, disponían de espacio para cuarenta o cincuenta hombres, y por lo menos otros tantos caballos.

—Da la impresión de que ya no me necesitas aquí para nada —dijo él fingiendo sentirse molesto—. Quizá debiera quedarme en Inglaterra.

—¡Ni te atrevas! —exclamó ella, levantándose sobre las puntas de los pies y besándole de nuevo.

Al entrar en el dormitorio, él la hizo girar y la besó con tanta pasión que ella se dio cuenta enseguida de lo mucho que la había echado de menos.

Cerró la puerta con llave y la miró con expresión de adoración, al tiempo que Sarah empezaba a desabrocharle los botones del uniforme y él le quitaba el grueso suéter que llevaba puesto. Era uno de los que le había hecho, y lo arrojó al otro lado de la habitación, y contempló admirado sus pechos pletóricos, y la cintura, que volvía a ser estrecha. Resultaba difícil creer que había tenido un hijo.

—Sarah..., eres tan hermosa.

Se había quedado sin habla, perdida casi por completo su capacidad de control. Nunca la había deseado de aquella manera, ni siquiera la primera noche que estuvieron juntos. Estuvieron a punto de no llegar a la cama, pero al tumbarse sobre ella se encontraron el uno al otro con rapidez, y sus anhelos mutuos explotaron instantáneamente. Y su apetito quedó satisfecho.

—Te he echado tanto de menos... —confesó ella de nuevo.

Se había sentido tan sola sin él.

—No tanto como yo a ti —le confió él.

—¿Cuánto tiempo puedes quedarte?

Vaciló antes de contestar. Ahora le parecía tan poco, a pesar de que al principio había tenido la impresión de que el permiso concedido era un verdadero regalo.

231

—Tres días. No es mucho, pero tendrá que bastarnos. Confío en poder regresar por Navidades.

Para eso solo faltaba un mes y al menos la dejaría con algo que esperar cuando se marchara. Pero en estos momentos no podía soportar la idea de que volviera a partir.

Permanecieron juntos en la cama durante largo rato y luego oyeron a Emanuelle y al niño al otro lado de la puerta. Sarah se puso un batín y salió a recogerlo.

Entró en la alcoba con Phillip en sus brazos. El pequeño exigía su cena con fuertes lloros y William observó con una sonrisa cómo se alimentaba ávidamente, chupando la leche con ansia, y produciendo toda clase de pequeños y graciosos sonidos.

—Su forma de comportarse en la mesa es espantosa, ¿verdad? —comentó William con una sonrisa burlona.

—Tendremos que educarle —dijo Sarah, cambiándoselo al otro pecho—. Es un cerdito goloso. Quiere estar comiendo todo el día.

—Pues me da la impresión de que lo hace. Casi ha triplicado su tamaño desde que nació y en aquel entonces ya me pareció grande.

—A mí también —dijo ella tristemente.

William pensó entonces en algo que no se le había ocurrido antes, y miró a su esposa con ternura.

—¿Quieres que lleve cuidado a partir de ahora?

Ella negó con un gesto de la cabeza. Quería tener muchos más hijos con él.

—Pues claro que no, aunque tampoco creo que tengamos necesidad de preocuparnos por eso ahora. No creo que pueda quedar embarazada mientras le amamanto.

—Entonces, tanto más divertido será —bromeó él.

Pasaron los tres días siguientes como en su luna de miel, permaneciendo en la cama la mayor parte del tiempo. Entre las veces que no hacían el amor, ella le llevó por la propiedad, mostrándole todo lo que había hecho en su ausencia. Había trabajado aquí y allá y William quedó muy impresionado al ver los establos.

—¡Eres realmente genial! —alabó—. Ni yo mismo podría haber hecho todo esto, y mucho menos sin la ayuda de nadie. No sé cómo te las has arreglado para hacerlo.

Ella se había pasado muchas noches martilleando, serrando y clavando clavos hasta pasada la medianoche, con el pequeño Phillip acostado en la cuna, cerca de ella, envuelto en mantas.

—No tenía otra cosa que hacer —dijo ella sonriendo—. Estando tú fuera, no hay gran cosa que hacer aquí.

William observó a su hijo con una sonrisa de satisfacción.

—Espera a que empiece a coger cosas. Tengo la impresión de que te mantendrá muy ocupada.

—¿Y qué me dices de ti? —le preguntó con tristeza mientras caminaban de regreso al *château*. Ya casi habían transcurrido los tres días y él se marchaba a la mañana siguiente—. ¿Cuándo volverás a casa? ¿Cómo van las cosas por el mundo exterior?

—Bastante mal.

Le contó lo que sabía, o una parte de lo ocurrido en Varsovia. El gueto, los pogromos, las montañas de cadáveres, entre las que incluso se contaban los de aquellos niños que habían luchado y perdido. Sarah se puso a llorar. Desde Alemania también llegaban malas noticias. Existía el temor de que Hitler pudiera avanzar hacia los Países Bajos, aunque por el momento no lo había hecho. Lo estaban conteniendo lo mejor que podían, pero no era nada fácil.

—Me gustaría creer que todo esto acabará pronto, pero no lo sé. Quizá si lográramos asustar lo suficiente a ese pequeño bastardo, retrocedería. Pero parece tener mucho aguante.

—No quiero que te pase nada —dijo ella, mirándole angustiada.

—Cariño, no me pasará nada. Todos se sentirían en una situación muy embarazosa si me ocurriera algo. Créeme, el Departamento de Guerra me mantendrá envuelto en algodones. Lo que sucede es que los hombres se animan un poco al ver a alguien como yo con uniforme y participando en el mismo juego que ellos.

Tenía ya treinta y siete años y a estas alturas difícilmente le enviarían a primera línea.

—Espero que tengas razón.

—La tengo. Y vendré a verte antes de Navidad.

Empezaba a gustarle la idea de que ella se quedara en Francia. La situación parecía tan frenética y terrible en Inglaterra. Allí, en cambio, todo estaba muy tranquilo en comparación. Casi daba la impresión de que no sucedía nada, si no fuera porque no se veía a hombres por ninguna parte, o al menos jóvenes, y solo había niños y mujeres.

Pasaron su última noche en la cama hasta que, finalmente, Sarah se quedó dormida en sus brazos. William tuvo que despertarla cuando el bebé se puso a llorar, reclamándola. Se había quedado dormida profundamente, feliz. Una vez que hubo alimentado al bebé, volvieron a hacer el amor y, ya por la mañana, William tuvo que hacer grandes esfuerzos para levantarse.

—Regresaré pronto, cariño —le prometió al marcharse.

Esta vez, su partida no pareció tan desesperada. Se encontraba bien y a salvo y no daba la impresión de que corriera ningún peligro real.

Fiel a su palabra, volvió a verla un mes más tarde, dos días antes de Navidad. Pasó el día de Navidad tranquilamente, en su compañía, y observó algo que no había visto antes, aunque no acababa de comprender la razón.

—Parece que has aumentado de peso —comentó. Ella no estuvo segura de saber si se trataba de un cumplido o de una queja. Había aumentado de peso alrededor de la cintura y en las caderas, y sus pechos parecían más llenos. Solo había transcurrido un mes desde el primer permiso de William, pero su cuerpo había cambiado y eso le indujo a preguntar—: ¿No podrías estar embarazada de nuevo?

—No lo sé —contestó, con una expresión vaga. Ella también se había preguntado lo mismo en un par de ocasiones. De vez en cuando sentía ligeras náuseas y solo deseaba dormir—. Yo diría que no.

—Pues yo creo que sí.

William le sonrió y, de repente, empezó a preocuparse. No le gustaba la idea de marcharse y volverla a dejar sola, sobre todo si estaba embarazada. Aquella misma noche hizo un comentario al respecto y le preguntó si estaría dispuesta a acompañarle a Whitfield.

—Eso es una tontería, William. Ni siquiera sabemos si estoy embarazada.

No quería marcharse de Francia, tanto si estaba embarazada como si no. Quería quedarse allí, en su *château*, trabajando hasta que estuviera completamente restaurado, y ocupándose de cuidar al niño.

—Pero tú piensas que lo estás, ¿verdad?

—Bueno, creo que podría ser.

—¡Oh, eres una jovencita perversa!

Pero eso no hizo sino excitarle de nuevo. Después de haber hecho el amor, él le entregó el único regalo de Navidad que había podido traerle, un hermoso brazalete de esmeraldas que había pertenecido a su madre. Estaba hecho de grandes piedras *cabochon*, rodeadas por diamantes muy antiguos, y había sido encargado muchos años antes en Garrard's por un marajá. No se trataba de algo que ella pudiera ponerse cada día, pero cuando él regresara a casa y ambos pudieran ir otra vez a fiestas sería un ornamento espléndido.

—¿No te desilusiona que no te haya traído algo más?

Se sentía culpable por no haber conseguido nada más para ella, pero realmente no había podido. Cogió aquella joya de la caja fuerte en Whitfield, con la bendición de su madre, en el último momento.

—Esto es terrible —bromeó Sarah—. En realidad, lo que yo deseaba era un juego de herramientas de fontanería. He estado intentando instalar uno de esos condenados lavabos que empezaron a colocar el verano pasado.

—Te amo —dijo él echándose a reír.

Ella le regaló un hermoso cuadro que habían descubierto oculto en el cobertizo, y un reloj de bolsillo antiguo que a ella le robó el corazón, y que había pertenecido a su padre. Se lo había traído consigo a Europa, como un recuerdo de él, y ahora se lo entregó a William para que lo llevara puesto. A William aquel regalo le gustó mucho.

El duque y la duquesa de Windsor pasaron las Navidades en París, ocupados en asistir a acontecimientos sociales, mientras que los Whitfield trabajaban codo con codo, dedicados a reforzar las vigas del cobertizo y a limpiar los establos.

—Esto es una forma endiablada de pasar las Navidades, querida —dijo William, al ver que ambos estaban cubiertos de polvo y de estiércol, con las herramientas en las manos.

—Lo sé, cariño —asintió ella con una mueca burlona—, pero piensa en lo estupendo que quedará este lugar cuando hayamos terminado.

Había dejado ya de intentar convencerla para que le acompañara a Inglaterra. A Sarah le gustaba tanto este lugar, que se sentía como en su propia casa.

Volvió a marcharse la víspera de Año Nuevo y Sarah pasó ese día a solas, en su cama, sosteniendo a su bebé. Confiaba en que aquel fuera un año mucho mejor y que los hombres pudieran regresar pronto a sus hogares. Le cantó una nana a Phillip mientras lo acunaba.

En enero quedó convencida de que volvía a estar embarazada. Se las arregló para encontrar a un viejo médico en Chambord, quien se lo confirmó. Le dijo que aquellos cuentos de vieja según los cuales una mujer no puede quedar embarazada mientras amamanta eran ciertos a veces, pero no siempre. De todos modos, ella se sintió muy feliz con la noticia. El hermano o hermana de Phillip llegaría en agosto. Emanuelle seguía ayudándola, y también ella se mostró entusiasmada con la noticia. Prometió hacer todo lo que pudiera por ayudar a la duquesa con el nuevo bebé. Pero Sarah también confiaba en que William pudiera estar en casa para entonces. No tenía miedo, sino que se sentía contenta. Le escribió a William, comunicándole la noticia, y él le contestó que se cuidara y diciéndole que regresaría en cuanto pudiera.

Pero en lugar de darle permiso, lo destinaron a Watton, en Norfolk, al Escuadrón 82 del mando de bombarderos, y volvió a escribirle comunicándole que ahora ya no tenía esperanzas de poder volver a Francia por lo menos durante varios meses. Mencionó que deseaba que se trasladara a París en julio y que, en caso de necesidad, podía quedarse a vivir con los Windsor. Pero no quería que tuviera al niño ella sola en el *château*, sobre todo si él no podía estar presente, aunque confiaba en poder acudir.

En marzo recibió otra carta de Jane, que había tenido una niña a la que llamaron Helen. Pero Sarah se sentía ahora extrañamente alejada de su familia, como si ya no formaran una parte íntima de su propia vida, como había ocurrido en el pasado. Intentó mantenerse al corriente de las noticias, pero las cartas tardaban mucho en llegar, y muchos de los nombres que se citaban en ellas le resultaban desconocidos. Había llevado una vida completamente apartada de ellos durante el último año y medio, y ahora todos parecían hallarse muy lejos. Se hallaba totalmente inmersa en su propia vida con su hijo, dedicada a restaurar el *château* y a enterarse de las noticias que se iban produciendo en Europa.

Oía por la radio todos los boletines de noticias que podía, leía el periódico asiduamente, y prestaba atención a los rumores. Pero las noticias nunca eran buenas, o esperanzadoras. En sus cartas, William prometía que trataría de volver pronto. Pero, en la primavera de 1940, Hitler parecía haberse detenido, y William y algunos de sus amigos empezaron a preguntarse si no estaría dispuesto a retroceder. En Estados Unidos denominaron a ese período la «Guerra Falsa», pero para los pueblos de los países ocupados por Hitler se trataba de algo muy real y, desde luego, nada falso.

Los Windsor la invitaron a una cena en París a finales de abril, a la que ella no asistió. No quería dejar a Phillip solo, aunque confiaba en Emanuelle. Además, ya estaba embarazada de cinco meses y no le parecía correcto salir de fiesta sin William. Les envió una amable nota, disculpando su ausencia, y a principios de mayo pilló un fuerte resfriado, por lo que se encontraba en la cama el día 15, cuando los alemanes invadieron Holanda. Emanuelle subió a toda prisa la escalera para comunicárselo. Hitler volvía a atacar y Sarah bajó a la cocina para ver si podía sintonizar alguna emisora y oír las noticias en la radio.

Se pasó toda la tarde pendiente de todos los boletines informativos que pudo sintonizar, y al día siguiente trató de llamar por teléfono a Wallis y a David, pero los criados le comunicaron que la mañana anterior se habían marchado a Biarritz. Por lo visto, el duque se había llevado a la duquesa hacia el sur, para velar por su seguridad.

Sarah regresó a la cama y una semana más tarde el resfriado evolucionó hasta convertirse en una fuerte bronquitis. Luego, se lo contagió al bebé y estuvo tan ocupada cuidándolo que apenas si comprendió lo que ocurría cuando oyó en la radio la noticia de la evacuación de Dunquerque. ¿Qué les había ocurrido? ¿Cómo les habían obligado a retroceder?

Cuando Italia entró en guerra contra Francia e Inglaterra, Sarah empezó a sentir pánico. La noticia era terrible, y los alemanes atacaban Francia y todo el mundo se sentía aterrorizado, pero nadie sabía adónde ir ni qué hacer. Sarah sabía que nunca se someterían a los alemanes, pero ¿y si bombardeaban Francia? Sabía que William y los padres de ella debían de estar muy preocupados por su seguridad, pero no tenía forma alguna de ponerse en contacto con ellos. Se hallaban aislados del resto del mundo. No había podido ponerse en contacto telefónico con Inglaterra o Estados Unidos. Fue imposible establecer la conexión.

El 14 de junio, ella y todo el mundo se quedó con la boca abierta al oír las noticias. El gobierno francés había declarado París ciudad abierta. Se la entregaban de hecho a los alemanes que, al anochecer, entraron en la capital a oleadas. Francia había caído ante los alemanes. Sarah apenas si podía creerlo. Permaneció sentada, mirando a Emanuelle, mientras oían las noticias y la joven empezó a llorar.

—*Ils vont nous tuer...* —gimió—. Nos matarán a todos.

—No seas tonta —dijo Sarah, tratando de que su voz sonara firme y confiando en que la muchacha no viera cómo le temblaban las manos—. No nos van a hacer nada. Somos mujeres. Y tal vez ni siquiera aparecerán por aquí. Sé razonable, Emanuelle, y tranquilízate.

Pero ni ella misma creía demasiado en sus propias palabras. William había tenido razón. Debería haber abandonado Francia, pero ahora ya era demasiado tarde. Había estado tan ocupada cuidando a Phillip, que no se había dado cuenta de las señales de peligro, y ahora ya no podía ni huir hacia el sur, como habían hecho los Windsor. No habría llegado muy lejos con un niño en los brazos, y embarazada de siete meses.

—¿Qué haremos, madame? —preguntó Emanuelle con la sensación de que debía protegerla, como le había prometido a William que haría.

—Absolutamente nada —contestó Sarah con serenidad—. Si llegan hasta aquí, no tenemos nada que ocultar, nada que ofrecerles. Lo único que tenemos es lo que cultivamos en el jardín. No tenemos ni plata ni joyas.

De repente, recordó el brazalete de esmeraldas que William le había regalado por Navidad, y las pocas joyas que había traído consigo, como su anillo de pedida y los primeros regalos de Navidad que William le había comprado en París. Pero podía ocultar aquellas joyas, puesto que no eran muchas, y si se veía obligada a hacerlo, podía entregarlas para salvar sus vidas.

—No tenemos nada que ellos puedan querer, Emanuelle. Somos dos mujeres solas y un bebé.

A pesar de todo, aquella noche se llevó uno de los revólveres de William a la cama, y durmió con Phillip a su lado y el arma bajo la almohada. Ocultó las joyas bajo las tablas del suelo, en la habitación del niño, y luego las volvió a clavetear y colocó sobre ellas la alfombra de Aubusson.

No ocurrió nada en los cuatro días siguientes. Acababa de llegar a la conclusión de que estaban tan seguras como siempre, cuando en la *allée* apareció un convoy de vehículos militares, y un grupo de soldados con uniforme alemán saltó de los vehículos y corrió hacia ella. Dos de ellos la apuntaron con sus armas, indicándole que levantara las manos, pero no pudo hacerlo porque sostenía a Phillip en sus brazos. Sabía que Emanuelle estaba en la cocina, retirando los platos del desayuno, y rezó para que no le atacara el pánico cuando los viera.

A gritos le ordenaron que se moviera y se colocó donde ellos querían, pero trató de parecer imperturbable, a pesar de que sostenía a Phillip con manos temblorosas, y se dirigió a ellos en inglés.

—¿Qué puedo hacer para ayudarles? —preguntó con serenidad y una gran dignidad, tratando de imitar en lo posible el porte aristocrático y dominante de William.

Le hablaron en alemán durante un rato, y luego otro militar, evidentemente de graduación superior, se dirigió a ella. Tenía una mirada turbia y una boca pequeña y nauseabunda, pero Sarah hizo esfuerzos por mantenerse imperturbable.

—¿Es inglesa?

—Estadounidense.

Eso pareció desconcertarle por un momento, y habló en alemán con los otros, antes de dirigirse de nuevo a ella.

—¿Quién es el propietario de esta casa? ¿De este terreno? ¿De la granja?

—Yo —contestó con firmeza y en voz bastante alta para que todos la oyeran—. Soy la duquesa de Whitfield.

Hablaron entre ellos en alemán. El hombre le hizo gestos apuntándola con el arma, haciéndola oscilar hacia un lado.

—Vamos adentro.

Ella se mostró de acuerdo, y entraron en la casa. Al hacerlo, oyó un grito procedente de la cocina. Evidentemente, habían asustado a Emanuelle, y dos de los soldados la sacaron, encañonándola con sus armas. La muchacha lloraba, y echó a correr hacia Sarah, que la rodeó por los hombros con un brazo. Temblaban, pero en el rostro de Sarah no había nada que pudiera indicarles lo muy asustada que estaba. Era la verdadera imagen de una duquesa.

Un grupo de soldados se quedó de guardia para vigilarlas, mientras los demás registraban la casa. Cuando acabaron, una nueva hilera de vehículos militares subía por el camino. El oficial al mando se acercó a ella y le preguntó dónde estaba su esposo. Contestó que no estaba en casa, y él le mostró el revólver que habían encontrado bajo la almohada de su cama. Sarah aparentó no sentirse nada impresionada, y le sostuvo la mirada. Mientras estaba allí de pie, apareció un oficial delgado y alto, procedente de uno de los camiones que acababan de llegar. El hombre al mando del pelotón le dijo algo, le mostró el revólver y señaló a las mujeres al tiempo que daba sus explicaciones. Luego, indicó con un gesto la casa, explicando, sin duda alguna, lo que había encontrado en ella. También le oyó pronunciar la palabra *amerikaner*.

—¿Es usted estadounidense? —preguntó el nuevo oficial

con un educado tono británico en el que solo se percibía un leve acento alemán.

Hablaba un inglés excelente y parecía muy distinguido.

—Lo soy. Soy la duquesa de Whitfield.

—¿Su esposo es británico? —preguntó tranquilamente, mirándola profundamente a los ojos.

En cualquier otro lugar y momento, a ella le habría parecido un hombre atractivo, a quien podría haber conocido en una fiesta. Pero no era eso lo que sucedía aquí. Estaban en guerra y ambos mantenían las distancias.

—Sí, mi esposo es británico —se limitó a contestar.

—Comprendo. —Hubo una larga pausa mientras él no dejaba de mirarla, y no se mostró indiferente al aspecto que ofrecía su vientre—. Lamento informarle, Su Gracia —dijo, dirigiéndose a ella con toda amabilidad—, que debemos requisar su casa. Pronto llegarán tropas aquí.

Al oír sus palabras, sintió que la impotencia y la rabia le recorrían todo el cuerpo, pero no demostró sus emociones y se limitó a asentir.

—Comprendo... —Unas lágrimas aparecieron en sus ojos. No sabía qué decirle. Le iban a quitar su hogar, una casa en la que había trabajado tanto. ¿Y si no lograba recuperarla nunca? ¿Y si la perdía, o la destruían?—. Yo... —balbuceó.

El oficial miró a su alrededor un momento.

—¿Hay... alguna otra casa más pequeña? ¿Algún lugar donde usted y su familia puedan alojarse mientras estemos aquí?

Ella pensó en los establos, pero eran demasiado grandes y con toda seguridad también los querrían para utilizarlos como barracones. Entonces pensó en la casa del guarda, donde vivía Emanuelle, y donde ella misma se había alojado al principio, con William. Sería un lugar adecuado para ella, Emanuelle, Phillip y el bebé cuando naciera.

—Sí, la hay —contestó con sequedad.

—¿Me permite invitarla a que se quede allí? —Se inclinó ante ella con dignidad prusiana y sus ojos le dirigieron una mirada amable y llena de disculpas—. Siento mucho... tener que pedirle que se traslade ahora mismo. —Dirigió una mirada hacia el vientre donde estaba el bebé que nacería en agosto—, pero me temo que van a venir muchas tropas.

—Comprendo.

Intentó hablar dignamente, como lo haría una duquesa, pero de repente se sintió como una joven de veintitrés años, y muy asustada.

—¿Cree que habrá podido trasladar todo lo que necesite para esta misma noche? —preguntó el oficial con amabilidad.

Ella asintió con un gesto. Tampoco tenía tantas cosas, solo ropas de trabajo y unos pocos trajes y vestidos, y William tampoco había dejado mucho. Habían trabajado tan duro que no les había parecido necesario traerse todo lo de Inglaterra.

Casi no podía creer lo que estaba haciendo mientras preparaba sus ropas, junto con algunos pocos enseres de uso personal. No tuvo tiempo para coger sus joyas, ocultas bajo las tablas del piso de la habitación del niño, pero sabía que allí estarían a salvo. Metió su ropa, la de William y la del bebé en maletas, y Emanuelle la ayudó a recoger las cosas de la cocina, algunos alimentos, jabón, sábanas y toallas. Aquello representó mucho más trabajo del que había imaginado, y el bebé se pasó todo el día llorando, como si supiera que había sucedido algo terrible. Eran ya las seis de la tarde cuando Emanuelle terminó de trasladarlo todo a la casa del guarda, y Sarah permaneció por un último momento en su habitación, donde había nacido Phillip y había concebido a su segundo hijo, la misma habitación que había compartido con William. Ahora, le parecía un sacrilegio abandonarla a los militares, pero no cabía otra posibilidad y mientras permanecía allí, observándolo todo a su alrededor, impotente, llegó uno de los soldados, uno al que no había visto antes y la obligó a salir de la estancia a punta de cañón.

—Schnell! —le gritó.

«¡Rápido!» Bajó la escalera con toda la dignidad que pudo, pero las lágrimas se deslizaban por sus mejillas. Al pie de la escalera, el soldado la golpeó en el vientre con la culata del rifle y entonces se oyó un potente rugido, la voz de un hombre capaz de provocar temor en un instante. El soldado saltó inmediatamente hacia atrás, y el comandante se aproximó a ellos. Era el mismo hombre que aquella mañana se había dirigido a ella en un inglés excelente. Ahora, ladró contra el soldado, con una voz tan gélida y controlada que el hombre casi tembló. Luego se volvió y se inclinó ante Sarah en actitud de disculpa, antes de salir corriendo del edificio. El comandante la miró consternado. Parecía profundamente molesto por lo que acababa de suceder. A pesar de los esfuerzos que ella hacía por parecer imperturbable, el oficial se dio cuenta de que estaba temblando.

—Le ruego disculpe los increíbles malos modales de mi sargento, Su Gracia. No volverá a suceder. ¿Me permite que la acompañe hasta su nueva casa?

«Ya estoy en mi casa», hubiera querido decirle, pero al mismo tiempo se sentía agradecida por el hecho de que hubiera controlado al sargento. Aquel hombre podía haberle disparado al estómago, solo por divertirse. Aquel simple pensamiento la hizo estremecer.

—Gracias —le dijo fríamente.

Era una larga distancia, y se sentía agotada. El bebé le había estado dando patadas durante todo el día, percibiendo, evidentemente, la cólera y el terror que ella sentía. Lloró mientras iba recogiendo todas sus cosas y ahora, al subir al coche, se sentía completamente exhausta. El oficial puso el vehículo en marcha, observado por varios soldados. Con su actitud amable, quería establecer un precedente para que todos lo siguieran al pie de la letra. Y ya se lo había explicado a sus hombres. No debían tocar a las mujeres del lugar, ni disparar contra ningún animal de compañía por diversión, ni aventurarse por el pueblo borrachos. Tenían que controlarse en cada momento si no querían enfrentarse a él y arriesgar un posible viaje de regreso a Berlín para ser destinados a cualquier otra parte. Los soldados prometieron obedecer sus órdenes.

—Soy el comandante Joachim von Mannheim —se presentó con amabilidad—. Y nos sentimos muy agradecidos por permitirnos utilizar su casa. Siento mucho la imposición, así como las molestias que pueda ocasionarle. —Mientras conducía por la *allée*, se volvió a mirarla—. La guerra es algo muy difícil. —Su propia familia había sufrido graves pérdidas durante la primera. Luego, sorprendió a Sarah haciéndole una pregunta sobre el bebé—: ¿Para cuándo lo espera?

Parecía sorprendentemente humano, a pesar del uniforme que llevaba, pero ella no estaba dispuesta a olvidar quién era o para quién combatía. Se dijo una y otra vez que era la duquesa de Whitfield, y que debía ser amable con ellos, pero nada más.

—Por lo menos para dentro de dos meses —contestó con brusquedad, pensando en por qué le habría hecho esa pregunta.

Quizá tuvieran la intención de enviarla a alguna parte. Aquella idea era terrorífica y deseó, más que nunca, haberse marchado a Whitfield. Pero ¿quién habría podido imaginar que Francia caería y que los franceses se entregarían a los alemanes?

—Para entonces ya tendremos médicos aquí —le aseguró él—. Vamos a utilizar su casa para alojar a los soldados heridos, como una especie de hospital. Y sus establos les vendrán muy bien a mis hombres. En la granja abundan los alimentos. —Se volvió a mirarla con una expresión de disculpa en el momento en que llegaron a la casa, donde la esperaba Emanuelle con Phillip en los brazos—. Me temo que esta es una situación ideal para nosotros.

—Sí, muy afortunado para ustedes —dijo Sarah con sequedad.

Desde luego, no era ideal para ellas y su hijo. Habían perdido su hogar a manos de los alemanes.

—En efecto. —La observó mientras bajaba del coche y tomaba a Phillip en sus brazos—. Buenas noches, Su Gracia.

—Buenas noches, comandante —dijo ella.

Pero no le dio las gracias por haberla acompañado y no dijo una sola palabra más, sino que se limitó a entrar en la casita que ahora se había convertido en su nuevo hogar.

13

La ocupación de Francia consternó a todo el mundo, y la ocupación del *château* de la Meuze fue increíblemente dolorosa para Sarah. En pocos días, hubo soldados alemanes por todas partes. Los establos y cobertizos estaban repletos, con tres o cuatro por habitación, y ocuparon incluso las caballerizas. Debía de haber allí por lo menos doscientos hombres, a pesar de que ella y William lo habían acondicionado para alojar a cuarenta o cincuenta obreros como máximo. Las condiciones también eran duras para ellos. Pero se apoderaron de la granja, donde alojaron a más hombres, con lo que obligaron a la mujer del granjero que la cuidaba a dormir en un cobertizo. Era una mujer ya mayor, pero se las arreglaba bien. Su marido y sus dos hijos habían sido llamados a filas.

Tal y como había dicho el comandante, el *château* se transformó en un hospital para los heridos, una especie de casa de convalecencia, con salas acondicionadas al efecto, y algunas de las habitaciones más pequeñas reservadas para los oficiales de mayor graduación. El comandante vivía en el *château*, en una de aquellas pequeñas habitaciones. Sarah vio a algunas enfermeras, pero la mayoría parecían ser ordenanzas y enfermeros. Oyó decir que entre el personal había dos médicos, pero no los había visto.

Apenas intercambiaba palabra con ellos. Mantenía una actitud discreta, y permanecía en la casita, en compañía de Emanuelle y del pequeño. Se impacientaba por volver a su trabajo, y le preocupaba mucho el daño que pudieran ocasionar durante la ocupación. Pero ahora no podía hacer nada al respecto. Daba largos paseos con Emanuelle, y hablaba con la mujer del granjero cada vez que podía acercarse hasta la granja para asegurarse de que se encontraba bien. La mujer parecía sentirse animada y decía que se portaban de manera correcta con ella. Requisaban todo lo que era capaz de cultivar, pero no la habían tocado. Por el momento, los militares parecían comportarse. Pero era Emanuelle la que preocupaba a Sarah. Era una muchacha bonita y joven, acababa de cumplir los dieciocho años esa misma primavera y era peligroso para ella vivir tan cerca de los soldados. Sarah le dijo en más de una ocasión que regresara al hotel, junto a sus padres, pero Emanuelle siempre insistía que no quería dejarla sola. En cierto sentido, se habían hecho buenas amigas, a pesar de lo cual siempre existía un abismo de respeto entre ellas. Emanuelle se había tomado muy en serio la promesa que le había hecho a William de no abandonar nunca a la duquesa o a lord Phillip.

Un día que salió a pasear, un mes después de la aparición de los soldados, cuando regresaba a la casita desde la granja, vio a un grupo de soldados que gritaban y aullaban en un viejo camino de tierra, cerca de los establos. Se preguntó qué sucedería, pero sabía que no debía acercarse a ellos. Eran hombres potencialmente peligrosos y, a pesar de que como era americana era neutral, se sentía su enemiga, y ellos pertenecían a las fuerzas de ocupación. Les vio reírse de algo y se disponía ya a seguir su camino hacia la casita, cuando vio una cesta llena de bayas, volcada sobre un lado del camino. Era una de sus cestas, y las bayas eran las que Emanuelle solía recoger para Phillip, a quien le gustaban mucho. Entonces lo supo. Aquellos hombres eran como gatos con un ratoncillo, una diminuta presa a la que estaban torturando e insultando entre los arbustos. Sin pensárselo dos veces, corrió hacia ellos, con su viejo vestido de un amarillo desvaído haciéndola parecer más alta bajo la brillante luz del sol. Llevaba el cabello recogido en una larga cola y, al aproximarse al grupo, se la echó hacia atrás, y entonces se quedó con la boca abierta ante lo que vio. Emanuelle estaba allí, de pie, con la blusa desgarrada, los pechos al descubierto, la falda rota y bajada sobre las caderas, mientras ellos se burlaban y gritaban. Dos hombres la sostenían por los brazos y otro jugueteaba con sus pezones al tiempo que la besaba.

—¡Basta ya! —les gritó, encolerizada por lo que estaba haciendo aquel hombre.

Emanuelle era una joven, casi una niña, y Sarah sabía por las conversaciones mantenidas durante el último mes que todavía era virgen.

—¡Deténganse ahora mismo! —les gritó.

Los hombres se rieron de ella. Agarró entonces el arma de uno de los hombres, que la empujó bruscamente hacia atrás, gritándole algo en alemán.

Sarah se acercó enseguida a donde estaba Emanuelle, que tenía el rostro surcado por las lágrimas, humillada, avergonzada y asustada. Tomó con las manos los jirones de la blusa de Emanuelle y trató de cubrirla con ellos y, al hacerlo, uno de los hombres agarró a Sarah y la atrajo hacia sí, asiéndola con firmeza por las nalgas. Trató de girarse hacia él, pero el soldado la mantuvo de espaldas a él, manoseándole los pechos con una mano, mientras que con la otra le apretaba dolorosamente su enorme vientre. Forcejeó para liberarse, mientras él se apretaba con lascivia contra ella, que notó cómo se excitaba y, por un momento, se preguntó si se atrevería a violarla. Su mirada se posó sobre la de Emanuelle, para tranquilizarla, aunque era evidente que la muchacha se sentía terriblemente asustada, ahora incluso más, por la duquesa. Uno de los hombres sujetó a Sarah por los brazos y otro le metió una mano entre las piernas. Emanuelle gritó, solo de pensar en lo que estaba a punto de ocurrir y, en aquel momento, se oyó un disparo. Emanuelle saltó y Sarah aprovechó la confusión para liberarse del hombre que la sujetaba aunque otro, que la sujetaba por el vestido amarillo, se lo desgarró, dejando al descubierto sus largas piernas y el enorme vientre de embarazada. Pero acudió presta junto a Emanuelle y la alejó de aquellos hombres. Solo entonces advirtió la presencia del comandante, que tenía los ojos encendidos, y gritaba una avalancha de furiosas órdenes en alemán. Todavía sostenía en alto el arma, y volvió a efectuar un disparo al aire para demostrar a los hombres lo muy en serio que hablaba. Luego, bajó el arma, apuntándoles directamente. Añadió algo más, en alemán, antes de meterla en la funda y mandarles que se alejaran. Ordenó que cada uno de ellos fuera encerrado durante toda una semana en los calabozos habilitados en la parte posterior de los establos. En cuanto se hubieron marchado, se acercó presuroso a Emanuelle y Sarah. En sus ojos había una expresión de dolor, y habló atropelladamente en alemán a un ordenanza que estaba a su lado, y que reapareció enseguida con dos mantas. Sarah cubrió primero a Emanuelle y luego se envolvió en la otra. Reconoció que era una de las suyas, de las que se había olvidado cuando se trasladaron a la casita.

—Le prometo que esto no volverá a suceder. Esos hombres son unos cerdos. La mayoría de ellos se ha criado en el campo y no tiene ni idea de cómo comportarse. La próxima vez que vea a cualquiera de ellos haciendo algo semejante, lo mataré.

Estaba blanco de rabia, y Emanuelle aún temblaba. Sarah solo experimentaba una fuerte sensación de furia ante lo ocurrido. Se volvió hacia él con la mirada encendida poco antes de llegar a la casita, donde estaba Henri en el jardín, jugando con el pequeño. Le habían advertido que no se acercara por allí por temor a que los soldados se lo llevaran, pero él había venido de todos modos para ver a su hermana, y ella le había pedido que se quedara con el niño mientras iba a recoger unas bayas. Sarah indicó a Emanuelle que entrara en la casita.

—¿Se da usted cuenta de lo que podrían haber hecho? —le espetó al comandante, mirándole a la cara—. Podrían haberme hecho abortar —le gritó.

La mirada del hombre no se inmutó.

—Me doy perfecta cuenta, y le pido mis más sinceras disculpas.

Parecía lamentarlo, pero su actitud amable no hizo nada por tranquilizar la rabia que sentía Sarah. Por lo que a ella se refería, aquellos hombres no deberían haber estado allí.

—¡Emanuelle no es más que una muchacha! ¿Cómo se han atrevido a hacerle una cosa así?

De repente, le temblaba todo el cuerpo, de los pies a la cabeza, y hubiera deseado golpearle con los puños, aunque tuvo el buen sentido de no intentarlo.

El comandante lamentaba lo ocurrido a Emanuelle, pero todavía parecía más alterado por lo que casi le habían hecho a Sarah.

—Le pido mil disculpas, Su Gracia, desde el fondo de mi corazón. Soy plenamente consciente de lo que podría haber ocurrido. —Ella tenía razón. Sus hombres podrían haberla hecho abortar—. Vigilaremos más de cerca a los soldados. Le doy mi palabra de oficial y caballero. Le aseguro que esto no volverá a suceder.

—Procure que sea así —le espetó.

Y, dándose media vuelta, entró en la casita, y, de algún modo, parecía hermosa y regia, a pesar de ir envuelta en la manta. El oficial se la quedó mirando. Era una mujer extraordinaria y más de una vez se había preguntado cómo se había convertido en la duquesa de Whitfield. Descubrió fotografías suyas en la biblioteca, convertida ahora en su habitación. En algunas de ellas estaban los dos, ofreciendo un aspecto notablemente apuesto y feliz. Los envidiaba. Él se había divorciado antes de la guerra y apenas si veía a sus hijos. Eran dos chicos, de siete y doce años, y su esposa se había vuelto a casar y ahora vivía en Renania. Sabía que su esposo había muerto en Poznan, durante los primeros días de la guerra, pero no la había vuelto a ver y la verdad era que tampoco lo deseaba. El divorcio había sido extremadamente doloroso para él. Se casaron muy jóvenes y siempre habían sido personas muy diferentes. Tardó dos años en recuperarse de aquel golpe; entonces, estalló la guerra y ahora tenía mucho que hacer. Le agradó mucho que lo hubieran destinado a Francia. Siempre le había gustado este país. Cursó un año en la Sorbona y luego terminó sus estudios en Oxford. Y durante todo ese tiempo, en todos sus viajes y sus casi cuarenta años de vida, nunca había conocido a nadie como Sarah. Era una mujer tan hermosa, tan fuerte y decente. Desearía haberla conocido en otras circunstancias. Quizá entonces las cosas podrían haber sido diferentes.

La administración del hospital le mantenía muy ocupado, pero por las noches le gustaba salir a dar largos paseos. Empezaba a conocer bien la finca, incluso en los lugares más alejados, y una noche, cuando regresaba en la oscuridad de dar un paseo por el riachuelo que había descubierto en el bosque, la vio. Caminaba despacio, sumida en sus propios pensamientos, con cierta dificultad a causa de su embarazo. No quería asustarla, pero pensó que debía decirle algo para evitar que su inesperada presencia la sorprendiera. Entonces, ella se giró como si hubiera percibido que había alguien cerca. Se detuvo y lo miró, no muy segura de saber si su presencia constituía una amenaza o no, ante lo que él se apresuró a tranquilizarla.

—¿Puedo ayudarla en algo, Su Gracia?

Había saltado valerosamente sobre troncos y pequeños muros de piedra, y podría haberse caído con facilidad, pero ella conocía bien el terreno. Había venido muchas veces a este mismo lugar, acompañada por William.

—Estoy bien —dijo con voz serena, muy en su actitud de duquesa.

Y, sin embargo, parecía tan joven y encantadora. No daba la impresión de sentirse tan enojada como solía cada vez que la veía. Todavía estaba un poco alterada por lo que le había ocurrido a Emanuelle la semana anterior, pero había oído comentar que aquellos hombres recibieron su merecido castigo, y quedó impresionada por su sentido de la justicia.

—¿Se encuentra bien? —preguntó él, caminando a su lado. Estaba muy bonita, con un vestido blanco bordado por los lugareños.

—Estoy muy bien —contestó, mirándole como si le viera por primera vez.

Era un hombre apuesto, alto, rubio, con el rostro curtido. Pensó que debía de tener unos años más que William. Deseaba que no estuviera allí, pero debía admitir que siempre se había comportado con ella con una extremada amabilidad y que en dos ocasiones su presencia había sido muy útil.

—Debe usted cansarse con mucha facilidad ahora —comentó en voz baja.

Ella se encogió de hombros, con una expresión de tristeza, pensando en William.

—A veces.

Se volvió a mirar a Joachim. De un tiempo a esta parte obtenía muy poca información sobre el curso de la guerra, y no había recibido noticias de William desde la ocupación. No había ningún medio de que pudiera recibir sus cartas. Y sabía que él debía estar desquiciado, ansioso por recibir noticias suyas y de Phillip.

—Su esposo se llama William, ¿verdad? —preguntó él. Ella le miró, preguntándose a qué venía aquello, pero se limitó a asentir con un gesto—. Es más joven que yo, pero creo que me encontré con él en una ocasión, cuando estuve en Oxford. Tengo entendido que él estudió en Cambridge.

—En efecto —afirmó ella, vacilante. Resultaba extraño que los dos hombres se hubieran encontrado. A veces, la vida tenía cosas extrañas—. ¿Por qué fue usted a Oxford?

—Siempre quise hacerlo. Por aquel entonces me gustaba mucho todo lo inglés. —Hubiera querido decirle que todavía le sucedía lo mismo, pero no pudo—. Fue una oportunidad única y disfruté mucho con ella.

—Creo que eso es lo mismo que siente William respecto a Cambridge —dijo Sarah sonriendo maliciosamente.

—Él pertenecía al equipo de fútbol, y en una ocasión me tocó jugar contra él. —Sonrió y añadió—: Me venció.

Sarah hubiera querido gritar de alegría, pero se limitó a sonreír, preguntándose de pronto quién era ese hombre. En cualquier otra situación, sabría que le habría agradado.

—Desearía que no estuviera usted aquí —le dijo con franqueza, ante lo que él se echó a reír.

—Yo también, Su Gracia, yo también. Pero es mucho mejor estar aquí que en el campo de batalla. Creo que en Berlín ya están enterados de que soy mucho mejor reparando hombres que destruyéndolos. Fue un verdadero regalo que me destinaran aquí. —Eso hablaba en su favor, a pesar de lo cual ella seguía deseando que no hubiera venido. Entonces, él la miró con curiosidad—. ¿Dónde está su marido?

Sarah no sabía si decírselo. Si le informaba que William

estaba en el servicio de Inteligencia, todos ellos podían correr un gran peligro.

—Ha sido destinado a la RAF.

—¿Vuela? —preguntó el comandante, sorprendido.

—En realidad, no —contestó vagamente.

—La mayoría de los pilotos son bastante más jóvenes. —Tenía razón, desde luego, pero ella solo asintió con un gesto—. La guerra es algo terrible. Nadie gana. Todo el mundo pierde.

—Su *Führer* no parece pensarlo así.

Joachim permaneció en silencio durante un largo rato, y luego contestó, pero hubo en su voz algo que llamó la atención de Sarah, algo que le indicaba que él odiaba esta guerra tanto como ella.

—Tiene razón. Quizá con el tiempo recupere el buen sentido —dijo valerosamente—, antes de que se pierdan demasiadas cosas y haya muchos más muertos. —Y entonces la conmovió con lo que dijo a continuación—: Confío en que su esposo esté a salvo.

—Yo también —susurró al tiempo que llegaban ante la casita—. Yo también —repitió.

Él se inclinó con un respetuoso saludo y ella entró en la casa, extrañada ante aquella confesión tan interesante. Un alemán que odiaba la guerra y que, sin embargo, era el comandante de las fuerzas alemanas en la región del valle del Loira. Pero al poco de entrar ya pensaba en su esposo, y se olvidó por completo de Joachim.

Volvió a encontrárselo pocos días después, en el mismo lugar, y a partir de entonces se fueron viendo de vez en cuando, como si ambos esperaran encontrarse allí. A ella le gustaba pasear por el bosque al morir el día, junto a la orilla del río, pensando, remojándose los pies en el agua fría. A veces se le hinchaban los tobillos y en aquel paraje se estaba muy tranquilo. Solo se oían el canto de los pájaros y los ruidos del bosque.

—Hola —dijo él tranquilamente después de haberla seguido hasta allí, sin que ella se diera cuenta de que ahora la vigilaba desde su ventana, y la veía salir—. Hace calor hoy, ¿verdad? —Deseaba haberle podido ofrecer una bebida fría, o acariciar el largo y sedoso cabello, o incluso una mejilla. Ella empezaba a aparecer en sus sueños por la noche, y sus pensamientos durante el día. Incluso guardaba una de sus fotografías en la mesa de despacho, donde pudiera contemplarla cada vez que lo deseara—. ¿Cómo se encuentra?

Sarah le sonrió; todavía no se comportaban como amigos, pero sí de una forma neutral, y eso ya era algo. Además, representaba alguien con quien hablar, aparte de Emanuelle, Henri y Phillip. Echaba mucho de menos las conversaciones con William, prolongadas e inteligentes. En realidad, lo echaba todo de menos. Pero este hombre, al menos, con su educación y la amabilidad de su mirada, representaba para ella alguien con quien hablar. Sin embargo, jamás olvidaba quién era y por qué estaba allí. Ella era la duquesa y él el comandante. Pero hablar con él le producía cierto sosiego, aunque solo fuera por unos pocos momentos.

—Me siento gorda —admitió con una ligera sonrisa—. Enorme. —Y entonces se volvió a mirarlo con curiosidad, percatándose de que no sabía nada sobre él—. ¿Tiene usted hijos?

Hizo un gesto afirmativo, y se sentó sobre una piedra grande, cerca de ella. Antes de hablar, removió el agua fría con una mano.

—Dos hijos, Hans y Andi..., Andreas —contestó con expresión entristecida.

—¿Qué edades tienen?

—Siete y doce años. Viven con su madre. Estamos divorciados.

—Lo siento —dijo de veras.

Los niños eran algo aparte de la guerra. Fuera cual fuese su nacionalidad, nadie podía odiarlos.

—El divorcio es algo terrible —añadió él.

—Lo sé —asintió Sarah.

—¿Lo sabe? —preguntó levantando una ceja, y deseó preguntarle cómo podía saberlo, pero no se atrevió. Era evidente que ella no podía saberlo. Parecía muy feliz con su esposo—. Apenas si he visto a mis hijos desde que ella se marchó. Volvió a casarse, y entonces estalló la guerra. En el mejor de los casos, todo es muy difícil.

—Volverá a verlos cuando termine la guerra.

Él asintió, preguntándose cuándo sería eso, cuándo les permitiría el *Führer* regresar a sus casas, y si su ex esposa le permitiría ver a sus hijos, o si le diría que ya había transcurrido mucho tiempo y que no deseaban verle. Empleó muchas triquiñuelas con él, y todavía se sentía dolido y enojado por ello.

—¿Y su bebé? —preguntó para cambiar de tema—. Dijo que lo tendría en agosto. Debe de faltar muy poco. —Se preguntó lo extraño que le parecería a todo el mundo si le permitía tenerlo allí, en el *château*, con la ayuda de sus médicos, y si eso no levantaría murmuraciones. Quizá fuera más fácil enviar a uno de los médicos a su casa—. ¿Le resultó fácil con su primer hijo?

Le parecía muy extraño hablar de ese tema con él y, sin embargo, allí estaban, en medio del bosque, a solas, como apresador y prisionera. ¿Le importaba lo que pudiera decirle? ¿Quién se enteraría si se lo dijera? De hecho, ¿quién se enteraría si se convertían en amigos, siempre y cuando no hicieran daño a nadie y nada saliera perjudicado?

—No, no fue nada fácil —admitió—. Phillip pesó cinco kilos al nacer. Fue bastante duro. Mi esposo nos salvó a los dos.

—¿No había ningún médico? —preguntó sorprendido.

Estaba convencido de que la duquesa habría tenido a su hijo en alguna clínica privada de París, pero su respuesta le sorprendió aún más.

—Quería tenerlo aquí. Nació el mismo día que se declaró la guerra. El médico de la localidad se había marchado a Varsovia, y no había nadie más. Solo William..., mi marido. Creo que él se asustó más que yo. A partir de un cierto momento, ya no supe lo que ocurría. Pareció tardar mucho tiempo y... —Le ahorró los detalles y le sonrió tímidamente—. Pero no importa, es un niño encantador.

Se sintió conmovido por sus palabras, por la inocencia y la franqueza y también por su belleza.

—¿No tiene miedo esta vez?

Sarah dudó antes de contestar. Por algún motivo, no quería mentirle, aunque sin saber por qué. Pero sabía que le agradaba, a pesar de quién era, de dónde se había instalado y de cómo se habían conocido. Solo había sido amable y decente con ella, y había intervenido en dos ocasiones para protegerla.

—Un poco —admitió—, pero no mucho.

Confiaba en que esta vez todo fuera más rápido, y el bebé más pequeño.

—Las mujeres me han parecido siempre tan valientes. Mi esposa tuvo a nuestros dos hijos en casa. Fue algo hermoso, aunque, en su caso, le resultó relativamente fácil.

—Fue afortunada —dijo Sarah sonriendo.

—Quizá podamos ayudarla esta vez con algo de nuestra experiencia alemana —dijo riendo, mientras ella se ponía seria.

—La última vez quisieron hacerme una cesárea, pero yo no quise.

—¿Por qué no?

—Porque quería tener más hijos.

—Algo admirable por su parte. Y valeroso. Como acabo de decirle, las mujeres son muy valientes. Si los hombres tuviéramos que tener los hijos, creo que no habría niños.

Ella se echó a reír ante el comentario. Luego hablaron de Inglaterra, y él preguntó por Whitfield. Sarah se mostró intencionadamente ambigua. No quería comunicarle ningún secreto, pero lo que a él le interesaba era el espíritu, las historias, la tradición. Realmente, parecía gustarle mucho todo lo relacionado con Inglaterra.

—Tendría que haber vuelto —dijo ella con tristeza—. William me lo pidió, pero a mí me pareció que estaría más segura aquí. Jamás se me ocurrió pensar que Francia pudiera rendirse a los alemanes.

—Nadie se lo imaginó. Creo que incluso a nosotros nos sorprendió la rapidez con que se produjo —confesó, y entonces añadió algo que sabía no debía decir. Pero confió en ella y, además, no había forma de que pudiera traicionarle—. Creo que hizo lo correcto al quedarse aquí. Usted y sus hijos estarán más seguros.

—¿Más que en Whitfield? —preguntó ella sorprendida,

mirándole con una expresión de extrañeza, preguntándose qué habría querido decir.

—No necesariamente más que en Whitfield, pero sí en Inglaterra. Tarde o temprano la Luftwaffe dirigirá toda su fuerza sobre Gran Bretaña. Cuando eso suceda, será mejor que usted esté aquí.

Sarah se preguntó si no tendría razón. Más tarde, mientras caminaban de regreso hacia la casita, se le ocurrió pensar que quizá él le había dicho algo que no debía. Supuso que los británicos estarían enterados de los planes de la Luftwaffe y que quizá tenía razón: allí estaría más segura. Pero, en cualquier caso, lo cierto era que ahora ya no tenía otra opción. Era su prisionera.

No volvió a verle durante varios días, hasta que, a finales de julio, volvió a encontrárselo en el bosque. Parecía inquieto y cansado, pero la saludó alegremente cuando ella le agradeció los alimentos que habían empezado a aparecer delante de su puerta. Al principio, fueron bayas para el niño; luego, una cesta de frutas, y finalmente hogazas de pan de las que preparaban sus panaderos en el *château*, y cuidadosamente envuelto en papel de periódico, bien oculto a las miradas indiscretas, un kilo de café.

—Muchas gracias —le dijo con cautela—. No tiene por qué hacerlo.

Él no les debía nada. Simplemente, pertenecía a las fuerzas de ocupación.

—No quiero comer mientras ustedes pasan hambre. —Su cocinero había preparado una maravillosa tarta Sacher la noche anterior, y tenía la intención de enviarle lo que quedaba de ella, pero no se lo dijo mientras caminaban sin prisa hacia la casa del guarda. Ella parecía caminar más despacio, y observó que había engordado mucho durante la última semana—. ¿Necesita alguna cosa, Su Gracia?

Se volvió hacia él, sonriente. Siempre se dirigía a ella llamándola por su título.

—¿Sabe? Creo que podría llamarme Sarah.

Él ya conocía su nombre. Lo había visto al requisar su pasaporte. Y también sabía que estaba a punto de cumplir los veinticuatro años dentro de pocas semanas. Conocía los nombres de sus padres, y sus direcciones en Nueva York, así como lo que ella sentía respecto de algunas cosas, pero, en realidad, no la conocía como persona. Su curiosidad por ella no tenía límites. Pensaba en ella mucho más de lo que hubiera estado dispuesto a admitir. Pero Sarah no imaginaba nada de esto mientras caminaba a su lado. Solo veía que era un hombre atento, dispuesto a ayudarla en todo lo que pudiera y le permitiera el cargo que desempeñaba allí.

—Muy bien, Sarah —dijo despacio, como si se le hubiera concedido un gran honor. Ella le miró, sonriéndole y observando que era un hombre muy atractivo. Su expresión solía ser tan seria que nadie se daba cuenta de ello. Pero ahora, al aproximarse a un claro soleado del bosque, pareció varios años más joven—. Tú serás Sarah y yo seré Joachim, pero solo cuando nos encontremos a solas. —Ambos comprendieron por qué, y ella estuvo conforme. Volviéndose a mirarla de nuevo, preguntó—: ¿Hay algo que necesites de mí?

Parecía sincero, pero, de todos modos, ella negó con un gesto de la cabeza. No quería aceptar nada de él, excepto la comida que le dejaba para Phillip. Pero la pregunta la conmovió y sonrió.

—Podrías darme un billete de vuelta a casa —bromeó—. ¿Qué te parece eso? Directo hasta Nueva York, o quizá a Inglaterra.

Era la primera vez que bromeaba con alguien desde que habían llegado los militares, y él se echó a reír.

—Desearía poder hacerlo —dijo, y poniéndose serio, añadió—: Supongo que tus padres deben de estar muy preocupados por ti. Y también tu esposo.

Él mismo se habría sentido muy inquieto si Sarah hubiera sido su esposa. Al fin y al cabo, estaba tras las líneas enemigas, aunque ella parecía tomárselo con mucha calma. Sarah se encogió con un gesto filosófico, y él anheló alargar una mano hacia ella y tocarla, pero sabía que eso tampoco lo podía hacer.

—Estarás a salvo a poco que yo pueda hacer para lograrlo —le aseguró.

—Gracias.

Volvió a sonreírle y entonces tropezó con la raíz de un árbol que se cruzó en su camino. Estuvo a punto de caer, pero Joachim se apresuró a extender un brazo y la sujetó. La sostuvo entre sus poderosas manos. Luego, recuperado el equilibrio, ella le dio las gracias. Por un instante, él había notado su calor, la suavidad de su piel de marfil, y el cabello moreno le rozó el rostro como la misma seda. Olía a jabón y al perfume que tanto le gustaba a su esposo. Todo en ella hacía que Joachim se sintiera como si estuviera a punto de derretirse al estar en su compañía, y le producía una creciente angustia no poder decírselo así.

La acompañó hasta la casita, la dejó junto a la puerta, y regresó al trabajo que le esperaba en su despacho durante el resto de la tarde.

No volvió a verle durante toda una semana. Tuvo que ir a París para entrevistarse con el embajador, Otto Abetz, y disponer el transporte de suministros médicos. Cuando volvió, estuvo tan ocupado que no dispuso de tiempo para dar paseos al aire libre, ni para las distracciones. Cuatro días después hubo una terrible explosión en un depósito de suministros en Blois. Trajeron a más de cien heridos y el personal de que disponían resultó insuficiente. Había hombres heridos por todas partes, y los dos médicos pasaban de un caso crítico a otro. Instalaron un pequeño quirófano de campaña en el comedor, pero algunos heridos estaban tan quemados que no se podía hacer nada por ellos. Algunos habían perdido las extremidades, y otros mostraban los rostros desgarrados. Fue una carnicería. Joachim y su equipo revisaban las salas atestadas y los médicos acudían a él para pedirle más ayuda. Hubiera querido traer a las gentes del lugar para que le ayudaran.

—Por aquí tiene que haber alguien con conocimientos médicos —insistió uno de los cirujanos. Pero el hospital local estaba cerrado y todos los médicos y enfermeras se habían marchado meses antes a los hospitales militares, o habían huido poco antes de la ocupación. Solo quedaba la gente de las granjas, la mayoría de las cuales eran mujeres demasiado ignorantes para servirles de ninguna ayuda—. ¿Qué me dice de *La Châtelaine*? ¿Estaría ella dispuesta a ayudar?

Se refería, desde luego, a Sarah, y Joachim pensó que quizá lo haría si él se lo pedía. Era muy humana, pero también estaba en un avanzado estado de gestación, y esto no sería nada bueno para ella. Además, Joachim se mostraba muy protector con ella.

—No estoy seguro. Espera dar a luz en cualquier momento.

—Dígale que venga. La necesitamos de todos modos. ¿Tiene criada?

—Hay una campesina que vive con ella.

—Pues que vengan las dos —le ordenó el médico con sequedad, a pesar de que Joachim tenía una graduación superior.

Minutos más tarde, Joachim envió a un puñado de hombres para que recorrieran los campos y hablaran con las mujeres de las granjas, para ver si había alguien que pudiera acudir a ayudarles, o para ordenárselo si había necesidad. Después, subió a un coche y se dirigió a la casa del guarda. Llamó con firmeza a la puerta, las luces se encendieron y poco después Sarah abrió la puerta, con expresión muy severa, envuelta en su batín. Había oído el ruido de las ambulancias y los camiones al pasar durante toda la noche, sin saber qué sucedía. Y ahora, temía que fueran soldados que querían divertirse con ellas. Pero al ver a Joachim abrió la puerta un poco más y la expresión de su rostro se suavizó un tanto.

—Siento mucho molestarte —fue lo primero que dijo él. Aunque llevaba puesta la camisa, se había quitado la corbata, tenía el cabello alborotado, una expresión de cansancio en el rostro y se había dejado la chaqueta en el despacho—. Necesitamos tu ayuda, Sarah, y te ruego que vengas. Ha habido una explosión en un depósito de municiones, y tenemos un número muy elevado de heridos. No podemos con todo. ¿Puedes ayudarnos?

Ella solo vaciló un instante, lo miró a los ojos y luego asintió. Él le preguntó si podía llevar consigo a Emanuelle, pero cuando subió a pedírselo, la muchacha insistió en que quería quedarse allí, con el niño. Cinco minutos más tarde, ya vestida, Sarah bajó y se encontró con Joachim.

—¿Dónde está la muchacha?

—No se encuentra bien —mintió ella—. Y, de todos modos, la necesito aquí para cuidar de mi hijo.

No le hizo más preguntas y ella le siguió al coche, vestida con un viejo y raído vestido azul y unos zapatos planos, con el cabello recogido en una cola. Se había lavado las manos, la cara y los brazos con agua y jabón, y se había colocado un pañuelo limpio y blanco, lo que la hacía parecer más joven.

—Gracias por venir —le dijo él, mientras conducía, con una mirada de gratitud en los ojos y un nuevo motivo de admiración por ella—. Sabes que no tenías por qué hacerlo.

—Lo sé. Pero unos muchachos que se mueren solo son eso, tanto si son ingleses como alemanes.

Eso era lo que parecía sentir por la guerra. Odiaba a los alemanes por lo que hacían, pero no podía odiar a sus heridos, o a Joachim, que siempre se había portado muy decentemente con ella. Eso no significaba que sintiera simpatía alguna por su causa, sino solo por aquellos cuya necesidad fuera mayor que la suya. Asintió con un gesto y poco después él la ayudó a bajar del coche y entró apresuradamente, dispuesta a ayudar a los heridos.

Aquella noche, trabajó durante horas en la sala de operaciones, sosteniendo botellas de plasma y toallas empapadas en anestésico. Entregó los instrumentos cuando se los pedían, y ayudó a los dos médicos. Trabajó sin descanso hasta el amanecer, y luego le pidieron que subiera al primer piso con ellos y entonces, por primera vez, al entrar en su propio dormitorio, lleno de hombres heridos, de pronto se dio cuenta de dónde estaba y de lo extraño que le resultaba encontrarse allí. Había jergones y colchones, extendidos sobre el suelo, y por lo menos cuarenta hombres heridos yacían los unos junto a los otros, hombro con hombro, mientras los enfermeros apenas si lograban pasar por encima de ellos para llegar hasta el siguiente.

Hizo todo lo que pudo; colocó vendas, limpió heridas, y cuando volvió a bajar a lo que antes había sido su cocina, ya era pleno día. Encontró allí media docena de ordenanzas, que estaban comiendo, así como unos soldados y dos mujeres. Todos se volvieron a mirarla cuando entró y hablaron entre sí, en alemán. Tenía el vestido, las manos y hasta la cara manchada de sangre, y el cabello le caía en mechones sobre el rostro, pero ella no parecía darse cuenta. Entonces, uno de los ordenanzas le dijo algo. No lo entendió, pero no pudo dejar de notar el tono de respeto que empleó el hombre para, por lo que intuyó, agradecerle lo que había hecho. Ella asintió con un gesto y les sonrió cuando le sirvieron una taza de café. Una de las mujeres señaló su abultado vientre y pareció preguntarle si se encontraba bien a lo que ella asintió de nuevo, tomando asiento, agradecida, con la taza de café humeante entre las manos. Y solo entonces empezó a sentir su propio agotamiento. No había pensado en sí misma o en su embarazo desde hacía horas.

Joachim apareció un instante después y le pidió que le acompañara a su despacho. Ella le siguió por el vestíbulo y al entrar en la estancia, se sintió incómoda en ella. Incluso la mesa de despacho y las cortinas eran las mismas. Esta era la habitación favorita de William, y lo único que había cambiado en ella era el hombre que la ocupaba.

Joachim la invitó a tomar asiento en el sillón que ella conocía bien, y tuvo que controlarse para no enroscar las piernas sobre el asiento, como solía hacer cuando mantenía largas conversaciones con su esposo. En lugar de eso, permaneció educadamente sentada en el borde del asiento, tomando el café a pequeños sorbos, diciéndose a sí misma que ahora era una extraña en esta habitación.

—Gracias por lo que has hecho esta noche. Llegué a temer que no pudieras resistirlo. —La miró con expresión preocupada. La había visto con frecuencia durante la noche, trabajando incansablemente para salvar la vida de alguien, o cerrando con lágrimas los ojos de un joven que la había perdido—. Tienes que estar agotada.

—Sí, estoy cansada —admitió sonriendo, con una mirada triste.

Habían perdido a muchos jóvenes. ¿Y para qué? Había acunado a uno de ellos como si fuera un niño, que se había agarrado a ella como solía hacerlo Phillip, pero este muchacho había muerto en sus brazos, a causa de una herida en el estómago. No pudo hacer nada para salvarlo.

—Gracias, Sarah. Te llevaré a casa ahora. Creo que lo peor ya ha pasado.

—¿De veras? —replicó ella con una mirada de sorpresa, con un tono tan incisivo que lo asustó—. ¿Ha terminado la guerra?

—Quiero decir, por ahora —se corrigió él con serenidad.

Sus puntos de vista no eran muy diferentes, aunque él no pudiera permitirse el expresarlos abiertamente.

—¿Qué diferencia hay? —preguntó ella dejando la taza de café sobre la mesa de despacho de William, dándose cuenta de que también estaban utilizando su vajilla de porcelana—. Todo esto volverá a suceder en cualquier otra parte, hoy mismo, mañana o dentro de una semana, ¿no te parece?

Había lágrimas en sus ojos. No podía olvidar a los soldados muertos, aunque fueran alemanes.

—Así es —asintió él con un tono de tristeza—, hasta que todo esto haya terminado.

—No tiene ningún sentido —dijo ella dirigiéndose hacia la ventana para contemplar desde allí el panorama que le era tan familiar.

Todo parecía tan engañosamente tranquilo... Joachim se le acercó en silencio hasta que estuvo muy cerca de ella.

—No tiene ningún sentido, es estúpido..., un error, pero en estos momentos ni tú ni yo podemos hacer nada para cambiarlo. Tú vas a traer una nueva vida al mundo. Nosotros traemos muerte y destrucción. Es una terrible paradoja, Sarah, pero yo intento que no sea así.

No supo por qué, pero en ese momento sintió pena por él. Era un hombre que no creía en lo que estaba haciendo. William, al menos, tenía el consuelo de saber que hacía lo correcto, pero Joachim no. Al volverse hacia él, hubiera querido cogerle de la mano y decirle que todo se arreglaría, que algún día sería perdonado.

—Lo siento —dijo ella con suavidad, y pasó junto a él, dirigiéndose hacia la puerta—. Ha sido una noche muy larga. No debería haber dicho eso. Tú no tienes la culpa de nada.

Se quedó allí de pie y lo miró durante un largo rato, mientras él anhelaba volver a estar a su lado, conmovido por lo que había dicho.

—Eso, a veces, no sirve de gran consuelo —dijo él en voz queda, sin dejar de mirarla.

Parecía estar tan cansada ahora, y tan necesitada de descanso... Corría el peligro de que el niño llegara demasiado pronto. Todavía se sentía culpable por haberle pedido que les ayudara, pero ella había realizado un espléndido trabajo y los médicos también se sentían agradecidos por ello.

La acompañó a su casa, donde Emanuelle acababa de bajar a la planta baja, con Phillip. Miró a Sarah en el momento en que Joachim se marchaba y al ver su aspecto fatigado también ella se sintió culpable por no haber acudido a ayudarla.

—Lo siento —se disculpó cuando Sarah se dejó caer pesadamente sobre un sillón—. Simplemente, no pude hacerlo... Son alemanes.

—Lo comprendo —dijo Sarah.

Se preguntó por qué eso no le había importado. Eran apenas unos muchachos, y unos cuantos hombres..., personas. Pero lo comprendió mejor cuando Henri apareció por allí un rato más tarde. Miró a su hermana y algo que Sarah no pudo comprender se cruzó entre los dos hermanos. El chico asintió con un gesto y entonces le vio la mano, envuelta en un vendaje y se extrañó por ello.

—¿Qué te ha pasado en la mano, Henri? —le preguntó tranquilamente.

—Nada, *madame*. Me hice daño ayudando a mi padre a serrar unas maderas.

—¿Y por qué estabas serrando madera? —quiso saber.

Hacía demasiado calor para cortar leña para el fuego, pero el chico ya parecía haber pensado en eso.

—Oh, hacíamos una caseta para el perro —explicó.

Sarah, sin embargo, sabía que no tenían perro, y entonces lo comprendió todo con claridad. La explosión ocurrida en el depósito de municiones no había sido ningún accidente y adivinó que, por alguna razón que no quería saber, Henri había estado allí.

Aquella noche, cuando se preparaban para acostarse, se quedó mirando a Emanuelle cuando las dos estaban en la cocina.

—No tienes que decirme nada... pero quiero que le digas a Henri que tenga mucho cuidado. Solo es un niño. Pero si lo cogen, lo matarán.

—Lo sé, *madame* —dijo Emanuelle con una expresión de terror en los ojos por su hermano pequeño—. Ya se lo he dicho. Mis padres no saben nada. Hay un grupo en Romorantin...

Pero Sarah se apresuró a interrumpirla.

—No me lo cuentes, Emanuelle. No quiero saberlo. No deseo poner en peligro a nadie por accidente. Solo dile que tenga cuidado.

Emanuelle asintió y ambas se dirigieron a sus respectivas habitaciones, pero Sarah permaneció despierta durante largo rato, pensando en el muchacho y en la carnicería que había provocado..., en todos aquellos jóvenes que habían perdido sus piernas, en los rostros quemados, y en las vidas que habían acabado con tanta rapidez. Y en el pequeño Henri con la mano quemada. Se preguntó si comprendía lo que él y sus amigos habían hecho, o si se sentiría orgulloso por ello. Oficialmente, lo que había hecho se consideraba patriótico, pero Sarah pensaba de otra forma. Para ella era un asesinato, independientemente del lado en que se estuviera. Sin embargo, mientras permanecía despierta en la cama, solo confió en que los alemanes no descubrieran a Henri ni le hicieran ningún daño.

Joachim tenía razón. Era una guerra muy fea. Y una época, terrible. Mientras pensaba en todo ello, su mano se deslizó sobre el vientre abultado y el bebé le dio una patada. Eso le recordó que todavía quedaba esperanza en el mundo, en la vida, y en algo decente que esperar en el futuro, y en alguna parte, allá fuera, estaba William.

14

Desde aquella noche, Sarah vio a Joachim casi a diario, sin proponérselo. Él conocía ahora cuándo solía ella salir a pasear, y siempre aparecía entonces, aparentemente por casualidad. A cada día que pasaba caminaban un poco más despacio. A veces, llegaban hasta el río y otras hasta la granja. Poco a poco, empezaba a conocerla. También intentaba conocer al pequeño Phillip, que, sin embargo, se mostraba reticente y tímido, como lo habían sido sus propios hijos a esa edad. Pero Joachim era increíblemente cariñoso con él, ante el descontento de Emanuelle, que no aprobaba nada o nadie que fuera alemán.

Pero Sarah sabía que era un hombre decente. Ella tenía más experiencia del mundo que Emanuelle, a pesar de que tampoco le gustaran los alemanes. No obstante, había veces en que él la hacía reír y otras en que se mostraba serena, y el comandante sabía entonces que estaba pensando en su esposo.

Imaginaba los momentos difíciles por los que ella estaba pasando. Llegó el día de su cumpleaños, y no recibió noticias de William o de sus padres. Se hallaba separada y aislada de todos aquellos a los que amaba, de sus padres, su hermana, su esposo. Lo único que le quedaba ahora era su hijo, y el bebé que estaba a punto de nacer y que le había dejado William.

Pero ese mismo día Joachim le trajo un libro que había significado mucho para él cuando estuvo en Oxford y que era uno de los pocos objetos personales que había traído consigo.

Era un gastado ejemplar de poemas de Rupert Brooke,

que a ella le encantó. Pese a esto, no fue un cumpleaños feliz para ella. Pensaba ominosamente en las noticias que se recibían de la guerra, y le angustiaban los bombardeos sobre Gran Bretaña. Los ataques sobre Londres se habían iniciado el 15 de agosto, y le desgarraba el corazón pensar en las personas que conocía y que debían estar allí, sus amigos, los parientes de William, los niños... Joachim ya le había advertido que pasaría, pero no lo esperaba tan pronto, ni comprendió plenamente lo destructivo que sería. Londres estaba siendo devastada.

—Ya te lo dije —le comentó Joachim—. Aquí estás más segura. Sobre todo ahora, Sarah.

Su voz era afable y la ayudó cortésmente a superar un pequeño obstáculo en el camino. Al cabo de un rato se sentaron sobre unas piedras. Él sabía que era mucho mejor no hablar de la guerra, sino de otras cosas que no alteraran el estado de ánimo de Sarah.

Le habló de sus viajes de niño por Suiza, y de las travesuras de su hermano cuando ambos eran pequeños. Se quedó impresionado desde el principio al ver lo mucho que su hermano se parecía a su hijo. Phillip ya caminaba, con sus rizos dorados y sus ojos azules, y cuando Joachim estaba con su madre o Emanuelle, el niño lo miraba con desconfianza.

—¿Por qué no has vuelto a casarte? —le preguntó Sarah una tarde, mientras permanecían sentados, descansando.

La criatura estaba ya tan abajo que ella casi no podía moverse, pero le gustaba pasear con él y no quería dejarlo ahora. Era un alivio hablar con él y, sin darse cuenta siquiera, había empezado a contar con su presencia.

—Nunca volví a enamorarme —contestó con sinceridad, sonriéndole, y hubiera querido añadir: «Hasta ahora». Pero no lo dijo—. Quizá sea terrible, pero lo cierto es que ni siquiera estoy seguro de que me enamorara de la que fue mi esposa. Éramos jóvenes y nos conocíamos desde niños. Creo que eso era lo que... se esperaba de nosotros —explicó.

Sarah sonrió. Se sentía tan a gusto con él que no le pareció necesario seguir manteniendo secretos.

—Yo tampoco amé a mi primer marido —admitió.

Él se volvió a mirarla, sorprendido. Siempre había en ella cosas que le extrañaban, como lo fuerte que era, lo respetuosa y fiel que se mostraba con su esposo.

—¿Estuviste casada antes? —preguntó asombrado.

—Durante un año. Con alguien a quien conocía de toda la vida, como te pasó a ti con tu esposa. Fue terrible. Jamás deberíamos habernos casado. Cuando nos divorciamos me sentí tan avergonzada que permanecí oculta un año. Mis padres me trajeron entonces a Europa y así fue como conocí a William. —Todo parecía tan sencillo de explicar ahora, pensó. Pero no lo había sido entonces. Las situaciones por las que tuvo que pasar le resultaron muy dolorosas—. Lo pasé bastante mal durante un tiempo, pero con William... —y sus ojos se iluminaron al pronunciar el nombre—, con William todo fue muy diferente.

—Tiene que ser todo un hombre —dijo Joachim con tristeza.

—Lo es. Soy una mujer afortunada.

—Y él un hombre con mucha suerte.

La ayudó a incorporarse, continuaron caminando hasta la granja y luego regresaron. Pero al día siguiente ella ya no pudo hacerlo, y él permaneció tranquilamente sentado a su lado, en el parque. Sarah parecía más serena de lo habitual, más nostálgica y pensativa. Al otro día, sin embargo, dio la impresión de haberse recuperado, de volver a ser ella misma, e insistió en ir a pasear hasta el río.

—¿Sabes? A veces me preocupas —dijo él mientras recorrían la orilla.

Ella se movía hoy con mayor vivacidad, y parecía haber recuperado su sentido del humor.

—¿Por qué? —preguntó, intrigada.

Le resultaba extraño imaginar que el jefe de las fuerzas alemanas de ocupación en la zona estuviera preocupado por ella y, sin embargo, veía que se habían hecho amigos. Era un hombre serio, fuerte y, desde luego, muy amable y decente. Y a ella le gustaba.

—Haces demasiadas cosas. Soportas demasiado sobre tus hombros.

Ya se había enterado de lo mucho que había trabajado para restaurar ella misma el *château*, algo que seguía admirándole. Un día la acompañó por algunas de las habitaciones y quedó impresionado por la precisión y profesionalidad de algunos de los trabajos de reparación que había hecho. Después, le mostró todo lo que había hecho en los establos.

—No creo que hubiera permitido que lo hicieras de haber sido mi esposa —comentó con firmeza, ante lo que ella se echó a reír.

—En tal caso, supongo que hice bien en casarme con William.

Él le sonrió, nuevamente envidioso de William, pero contento de haberla conocido. Aquel día se demoraron más de lo habitual ante la puerta. Era como si esta tarde ella no deseara verle partir y por primera vez, antes de marcharse, ella extendió una mano, tocándole la suya y dándole las gracias.

Ese gesto le dejó asombrado y le llegó hasta el fondo del alma, aunque fingió no darse cuenta.

—¿Por qué?

—Por dedicar tiempo a pasear conmigo..., por hablarme.

Contar con él para charlar había terminado por significar mucho para ella.

—Espero con impaciencia el verte..., quizá más de lo que te puedas imaginar —dijo él con voz casi inaudible. Ella apartó la mirada, sin saber qué decir—. Quizá cada uno de nosotros sea afortunado por el hecho de que el otro esté aquí, como una especie de destino más elevado. Esta guerra habría sido mucho peor si tú no hubieras estado aquí, Sarah. —En realidad, no se sentía tan feliz desde hacía años, y lo único que le asustaba era saber que la amaba, que algún día tendría que irse y que ella regresaría junto a William, sin saber lo que había sentido por ella, ni todo lo que había significado para él—. Gracias a ti —añadió deseando acariciarle el rostro, el cabello, los brazos, pero sin ser tan valiente o estúpido como habían sido sus soldados.

—Te veré mañana entonces —dijo ella con suavidad.

Pero a la tarde siguiente vigiló la puerta de la casita y se preocupó al ver que no aparecía. Se preguntó si se encontraría mal, y esperó hasta el anochecer antes de dirigirse a verla. Las luces estaban encendidas y vio a Emanuelle a través de las ventanas de la cocina. Golpeó en una de ellas y la muchacha acudió a abrirle, con el ceño fruncido, y sosteniendo a Phillip en los brazos, que parecía inquieto.

—¿Está enferma Su Gracia? —le preguntó en francés.

Al principio, la muchacha negó con la cabeza, pero luego vaciló y finalmente decidió contárselo. Sabía que, al margen de lo que ella misma pensara de él y los de su clase, aquel hombre le caía bien a Sarah. A ella, en cambio, no le gustaba. Eso era algo que Emanuelle nunca había puesto en duda. Pero existía un extraño respeto mutuo entre ambos.

—Va a tener el niño.

Pero había algo más en sus ojos, una débil expresión de temor que él percibió casi más que vio, algo que le hizo acordarse de lo que Sarah le había dicho sobre su parto anterior.

—¿Van bien las cosas? —preguntó mirando a la muchacha intensamente a los ojos.

Emanuelle dudó y luego asintió, ante lo que él se mostró aliviado, porque todas sus enfermeras y los dos médicos se habían marchado a París para asistir a una conferencia. Como quiera que en esos momentos no había heridos graves, habían decidido dejar a los ordenanzas a cargo de todo.

—¿Está segura de que se encuentra bien? —insistió.

—Sí, lo estoy —espetó ella—. Yo también estuve con ella la primera vez.

Le dijo que le presentara a Sarah sus respetos y se marchó, pensando en ella, en el dolor que debía experimentar ahora, en el niño que estaba a punto de llegar, deseando que fuera suyo y no de otro.

Regresó al estudio de William y permaneció allí sentado durante largo rato. Sacó de un cajón la fotografía de ella que había encontrado. Reía de un comentario que había dicho alguien, y estaba junto a William, en Whitfield. Formaban una excelente pareja. Volvió a guardar la foto y se sirvió una copa de coñac. Acababa de bebérsela cuando entró uno de los hombres que estaban de servicio.

—Alguien ha venido a verle, señor.

Eran las once de la noche, y ya se disponía a acostarse, pero salió del despacho y le sorprendió ver a Emanuelle, de pie en el vestíbulo.

—¿Ocurre algo? —preguntó, preocupado por Sarah.

Emanuelle empezó a agitar las manos y hablar de manera atropellada.

—Las cosas no van bien otra vez. El niño no quiere salir. La otra vez... el señor duque lo hizo todo. Le gritó... y tardó horas... Yo la apretaba, y finalmente él tuvo que tirar del niño.

«¿Por qué no habré dejado de guardia a alguno de los médicos?», se preguntó acusadoramente. Sabía que la vez anterior ella había tenido un parto difícil, y ni siquiera se le ocurrió pensar en ello cuando los médicos se marcharon a París. Agarró la chaqueta y siguió a Emanuelle. Nunca había ayudado a traer un niño al mundo, pero no había absolutamente nadie que pudiera ayudarles. Y sabía que tampoco quedaban médicos en el pueblo. No había ninguno desde hacía meses. No podía enviar a buscar a nadie para que la ayudara.

Al llegar a la casa, con todas las luces encendidas, echó a correr escalera arriba y vio que el pequeño Phillip se hallaba profundamente dormido en su cuna, en la habitación contigua a la de Sarah. Al verla, comprendió enseguida lo que había querido decirle Emanuelle. Se agitaba terriblemente, sumida en un profundo dolor, y la muchacha le dijo que estaba de parto desde aquella mañana. Habían transcurrido dieciséis horas desde que empezó.

—Sarah —dijo con ternura, sentándose junto a ella, en la única silla que había en la habitación—. Soy Joachim. Siento haber venido yo, pero no hay nadie más —se disculpó.

Ella asintió con un gesto, consciente de su presencia, y no pareció importarle. Le dio una mano, le cogió la suya y empezó a gritar cuando sintió de nuevo el dolor, que parecía continuar interminablemente.

—Es terrible... Peor que la última vez... No puedo... William...

—Sí, sí que puedes. Yo estoy aquí para ayudarte. —Su voz sonaba muy serena y Emanuelle salió de la habitación para traer más toallas—. ¿Ha empezado a salir? —preguntó mirándola a los ojos.

—No lo creo... Yo... —Se agarró entonces a sus dos manos—. Oh, Dios... Oh, lo siento... ¡Joachim! ¡No me dejes!

Era la primera vez que lo llamaba por su nombre, aunque él había pronunciado con frecuencia el suyo. Hubiera querido tomarla entonces entre sus brazos, decirle lo mucho que la amaba.

—Sarah, por favor... Tienes que ayudarme, todo va a salir bien.

Le dijo a Emanuelle cómo tenía que sujetarle las piernas y los hombros cuando llegaran los dolores, para que ella pudiera empujar a la criatura con mayor facilidad. Sarah se debatió presa de dolor al principio, pero la voz de él sonó serena y fuerte, y daba la impresión de saber lo que estaba haciendo. Al cabo de una hora empezó a verse la cabeza del bebé, y ella no sangraba tanto como la primera vez. Evidentemente, se trataba de otro niño muy grande y era obvio que tardaría en nacer, pero Joachim había decidido quedarse allí y ayudarla durante todo el tiempo que hiciera falta. Era ya casi por la mañana cuando por fin terminó de salir la cabeza, con el rostro arrugado, pero, a diferencia de Phillip, el niño no lloraba y en la habitación solo reinaba un silencio ominoso. Emanuelle le miró, preocupada, sin saber qué podía significar aquello, mientras él observaba al bebé con atención. Entonces, se volvió rápidamente hacia Sarah.

—Sarah, tienes que empujar con fuerza para que salga —le dijo con tono de urgencia, mirando una y otra vez la cara azulada del bebé—. Vamos, ahora... ¡Empuja, Sarah, ahora! —le ordenó como si fuera más un soldado que un médico, o un esposo.

Le ordenaba que lo hiciera y esta vez fue él quien hizo lo que había hecho Emanuelle la vez anterior, presionó con fuerza sobre su estómago para ayudarla. Entonces, poco a poco, el bebé fue saliendo, hasta que quedó inmóvil entre las piernas de ella, sobre la cama. Sarah lo miró y lanzó un grito de pena.

—¡Está muerto! ¡Dios mío, está muerto! —gritó, mientras él lo cogía entre las manos, todavía sujeto a la madre.

Era una niña, pero no parecía haber vida en ella. La sostuvo en alto, dándole masajes en la espalda y ligeros golpecitos. Le dio unas palmadas en las plantas de los pies y luego la sacudió, sosteniéndola cabeza abajo. Y, de repente, al hacerlo, una gran masa de moco le cayó de la boca, el bebé abrió la boca y lanzó un berrido y se puso a llorar con más fuerza que cualquier otro recién nacido que hubiera oído. Joachim estaba cubierto de sangre, y lloraba casi tanto como Sarah y Emanuelle, alborozado ante la belleza de la vida. Cortó entonces el cordón umbilical y le entregó la niña a Sarah, con una tierna sonrisa. No podría haberla amado más de haber sido él mismo el padre de la niña.

—Tu hija —le dijo, depositándola con cuidado junto a Sarah, envuelta en una sábana limpia.

Luego fue a lavarse las manos, haciendo todo lo posible por limpiarse la camisa, y un momento más tarde regresó junto a Sarah, que le tendió una mano. Aún lloraba cuando le tomó la mano, se la acercó a los labios y la besó.

—Joachim, la has salvado.

Las miradas de ambos se encontraron, sosteniéndose durante largo rato, y él experimentó el poder de haber compartido el don de la vida con ella durante estas últimas horas.

—No, no he sido yo —dijo, negando lo que había hecho—. Me he limitado a hacer lo que he podido. Pero Dios ha tomado la decisión por nosotros. Siempre lo hace así. —Contempló a la tranquila niña, tan rosada, redonda y bonita. Era una pequeña hermosa y, a excepción de la pelusilla rubia de la cabeza, era igual que Sarah—. Es muy hermosa.

—¿Verdad que sí?

—¿Cómo la vas a llamar?

—Elizabeth Annabelle Whitfield.

Ella y William ya lo habían decidido mucho antes, y ahora le pareció que era un nombre muy apropiado para aquella hermosa criatura que dormía pacíficamente.

Después, la dejó y regresó de nuevo al acabar la tarde para ver cómo les iba. Phillip contemplaba a la niña, fascinado, pero acurrucándose junto a su madre.

Joachim trajo flores y un gran pedazo de pastel de chocolate, una libra de azúcar y otro precioso kilo de café. Y ella ya se había sentado en la cama, con un aspecto sorprendentemente bueno si se tenía en cuenta todo lo que había pasado. Pero esta vez, a pesar del tiempo transcurrido, le había resultado más fácil que la primera, y la niña «solo» pesaba cuatro kilos y medio, según anunció Emanuelle haciendo reír a todos. Lo que estuvo a punto de ser una tragedia había terminado bien, gracias a Joachim. Ahora, hasta Emanuelle le trataba con amabilidad. Después de que Emanuelle saliera de la habitación, Sarah le miró sabiendo que, pasara lo que pasase, siempre le estaría agradecida, y nunca olvidaría que él había salvado a su hija.

—Jamás olvidaré lo que has hecho —le susurró, cogiéndole la mano.

Aquella mañana se había establecido entre ambos un lazo innegable.

—Ya te lo dije antes. Fue la mano de Dios la que se encargó de todo.

—Pero tú estuviste allí... Tenía tanto miedo...

Al recordarlo, las lágrimas acudieron a sus ojos. No podría haber soportado que el bebé hubiera muerto. Pero él lo había salvado.

—Yo también estaba asustado —le confesó—. Tuvimos mucha suerte. —Y luego, sonriendo, añadió—: Resulta extraño, pero la verdad es que se parece un poco a mi hermana.

—También a la mía —dijo Sarah riendo con dulzura.

Tomaron una taza de té y él llevó a escondidas una botella de champaña. Sirvió las copas y brindó con ella por una larga vida para lady Elizabeth Annabelle Whitfield. Por último, se levantó, dispuesto a marcharse.

—Ahora debes dormir. —Sin decir nada más, se inclinó sobre ella y la besó en la frente. Sus labios le rozaron el cabello y él cerró los ojos por un instante—. Duerme, cariño —susurró.

Y ella se quedó durmiendo antes de que Joachim saliera de la habitación. Había oído sus palabras, como si procedieran desde la distancia, pero ya estaba soñando con William.

15

En el verano del año siguiente, Londres había quedado casi destruida por los constantes bombardeos, pero no sucedió lo mismo con el espíritu británico. Para entonces, ella solo había recibido dos cartas de William, pasadas de contrabando a través de las complicadas rutas de la resistencia. Insistía en que se encontraba bien, y se reprochaba repetidas veces no haberla obligado a salir de Francia cuando debiera haberlo hecho. En la segunda carta, se alegraba por la llegada de Elizabeth, tras haber recibido la carta de Sarah en que le comunicaba su nacimiento. Pero le inquietaba mucho saber que estaban en Francia, y que no había forma de llegar hasta ellos. No le decía que había estudiado numerosas maneras para pasar a Francia, al menos para efectuar una corta visita, pero el Departamento de Guerra se había negado en redondo. Y tampoco había manera de sacar a Sarah de Francia, al menos por el momento. Tenían que seguir esperando, y le aseguraba que la guerra terminaría pronto.

Pero fue la tercera carta que recibió de él, ya en otoño, lo que la sumió en la más profunda desesperación. William no se había atrevido a ocultárselo, sobre todo por si se enteraba de la noticia por algún otro conducto. Su hermana Jane, como sabía que no podía comunicarse con Sarah, le había escrito para decirle que sus padres habían muerto en un accidente marítimo en Southampton. Se encontraban a bordo del yate de unos amigos, cuando estalló una horrible tormenta. El yate se hundió y todos los pasajeros se ahogaron antes de que la guardia costera pudiera acudir a rescatarlos.

Al saber la noticia, Sarah se sintió consumida por el dolor, y no habló con Joachim durante toda una semana. Por las mismas fechas, él ya se había enterado de que su hermana había resultado muerta durante el bombardeo de Mannheim. Ambos habían perdido a seres queridos, pero la pérdida de sus padres fue un golpe devastador para ella.

A partir de entonces, las noticias fueron de mal en peor. Todo el mundo se quedó atónito cuando se produjo el ataque japonés contra Pearl Harbor.

—Dios mío, Joachim, ¿qué significa eso?

Fue él quien acudió a decírselo. Se habían hecho muy buenos amigos, a pesar de sus respectivas nacionalidades, y el hecho de que él le hubiera salvado la vida a la pequeña Elizabeth aún pesaba sobre ella. Continuaba llevándoles alimentos y pequeñas cosas, y siempre parecía estar allí cuando ella lo necesitaba. Le había conseguido medicinas cuando Phillip enfermó de bronquitis. Pero ahora, esta última noticia pareció cambiarlo todo. No para ellos, sino para el resto del mundo. Al final de ese día, Estados Unidos había declarado la guerra a Japón y, por lo tanto, a Alemania. Directamente, eso no significó ningún cambio para ella. Técnicamente, ya era su prisionera. Pero constituía un pensamiento aterrador que Estados Unidos hubiera sido atacado. ¿Y si después atacaban Nueva York? Pensó en Peter, en Jane y en los niños. Era tan duro no estar con ellos para poder llorar juntos la pérdida de sus padres.

—Esto podría cambiar muchas cosas —le dijo él con serenidad, sentado en la cocina de la casa del guarda. Algunos de sus hombres sabían que acudía a verla a veces, pero a nadie parecía importarle mucho. Ella era una mujer bonita, pero se comportaba dignamente como la señora del *château*. Para Joachim, sin embargo, era mucho más que eso. Era alguien a quien apreciaba—. Supongo que, dentro de poco, eso tendrá graves implicaciones para nosotros —dijo sombríamente.

Y tenía toda la razón. Todas las cosas desagradables de la guerra fueron aún más penosas, y Londres continuaba siendo bombardeada.

Dos meses más tarde, Sarah se enteró de que su cuñado

había sido destinado al Pacífico, y Jane se había instalado en la casa de Long Island, junto con los niños. Resultaba extraño pensar que ahora les pertenecía a ellas, así como el piso de Nueva York, y que Jane se había instalado allí con los niños. Se sentía muy lejos de todos ellos, y tan triste al pensar que sus hijos no podrían conocer a sus abuelos...

Pero en modo alguno estaba preparada para las noticias que le llegaron a la primavera siguiente. Para entonces, Phillip ya tenía dieciocho meses, y a Elizabeth, la niña milagrosa, como la llamaba Joachim, tenía siete meses, ya le habían salido cuatro dientes y estaba siempre de buen humor. Todo lo que Sarah hacía ahora era arrullar, reír y cantar, y cada vez que la veía la niña daba pequeños gritos de alegría, y abría los brazos pasándoselos por el cuello cuando la levantaba y se apretaba contra ella. El pequeño Phillip también la quería mucho, la besaba y trataba de abrazarla, y la llamaba «su» bebé.

Sarah sostenía a la pequeña sobre su regazo cuando Emanuelle llegó con una carta, con sello de un país del Caribe.

—¿Cómo has conseguido esta carta? —preguntó Sarah pero se contuvo inmediatamente.

Se daba cuenta de que hacía mucho tiempo que no sabía nada sobre las vidas de Emanuelle y Henri, y tampoco sobre sus padres. Había cosas que no quería saber. Hasta ella llegaban rumores de personas que se ocultaban en el hotel, y, en cierta ocasión, hasta les había permitido utilizar un viejo cobertizo situado cerca de la granja, para que alguien se escondiera allí durante una semana. Pero intentaba no saber nada, para no causarles algún daño sin querer. Henri había sufrido pequeñas heridas en más de una ocasión. Aún más preocupante era saber que Emanuelle mantenía relaciones con el hijo del alcalde, que era un colaboracionista. Sarah pensaba con razón que aquella relación era más política que romántica. Era una forma muy triste de entrar en la vida. En cierta ocasión intentó hablar con Emanuelle de ello, pero la muchacha se mostró muy cerrada y firme. No quería implicar a Sarah en nada de lo que hiciera con o para la resistencia, a menos que fuera necesario.

Ahora, le llevó la carta y Sarah supo por el escudo impreso que era del duque de Windsor. No podía imaginarse por qué le escribían a ella. Nunca lo habían hecho hasta entonces, aunque se había enterado por Emanuelle, que lo había oído en la radio que sus padres tenían oculta en el hotel, que era ahora el gobernador de las Bahamas. Por lo visto, el gobierno temía que pudiera convertirse en un peón en manos de los alemanes si llegaban a capturarlo, por lo que procuraban mantenerlo a salvo de todo mal. Además, antes de su abdicación, en Inglaterra no era ningún secreto la simpatía que sentía por los alemanes.

La carta empezaba con un cálido saludo, del que le aseguraba que participaba Wallis. A continuación, decía que lamentaba mucho ser él quien tuviera que informarle que William había desaparecido en acción de guerra. Existía una clara posibilidad de que hubiera sido hecho prisionero, pero no se tenía ninguna certidumbre, y le entristecía tener que comunicárselo así. La carta, que ella leyó con la mirada nublada, seguía diciendo que lo único cierto era la desaparición de William. Describía con detalle cómo había sucedido, y le aseguraba estar convencido de que su primo había actuado con sabiduría y valor. Podía haber muerto al ser abatido su avión, pero también podía haber sobrevivido. Por lo visto, había sido lanzado en paracaídas sobre Alemania, en una misión de espionaje para la que William se ofreció voluntario, a pesar de las objeciones de todos en el Departamento de Guerra, precisamente por eso mismo.

«Era un hombre muy tenaz, y a todos nos apena mucho lo sucedido —seguía diciendo la carta—. A ti más que a nadie, querida. Debes ser muy valiente, como él lo hubiera querido, y tener fe en que, si Dios lo quiere, estará a salvo, o quizá ya se encuentre en manos del Señor. Confío en que tú te encuentres bien, y te envío nuestras más sentidas condolencias y nuestro más profundo amor, para ti y los niños.»

Se quedó mirando fijamente la carta y la volvió a leer, estremecida por los sollozos. Emanuelle había estado observando la expresión de su rostro y comprendió que no eran buenas noticias. Se lo había imaginado al llevarle la carta desde el hotel. Tomó a la pequeña Elizabeth en sus brazos y salió de la estancia, sin saber qué decir. Regresó un momento más tarde y encontró a Sarah sollozando amargamente sobre la mesa de la cocina.

—Oh, *madame*... —Dejó a la niña en el suelo y la rodeó con sus brazos—. ¿Es *monsieur le duc*? —preguntó con voz estrangulada.

Sarah le indicó que sí con un gesto, levantando hacia ella los ojos llenos de lágrimas.

—Ha desaparecido... y creen que ha podido ser hecho prisionero, o que puede estar muerto. No lo saben... La carta era de su primo.

—Oh, *pauvre madame*... No puede estar muerto. ¡No lo crea!

Ella asintió, sin saber qué creer. Solo sabía que no podría sobrevivir en un mundo sin la presencia de William. Y, sin embargo, él habría querido que siguiera viviendo, por sus hijos, por él mismo. Pero no podía soportarlo.

Lloró, allí sentada, durante largo rato. Luego, salió de la casa a dar un largo paseo por el bosque, a solas. Joachim no la vio salir en esta ocasión. Ella sabía que era tarde para él y que ahora estaría cenando. De todos modos, deseaba estar a solas. Lo necesitaba. Finalmente, se sentó sobre un tronco, en la oscuridad, sin dejar de llorar, limpiándose las lágrimas con la manga del suéter. ¿Cómo podría soportar el vivir sin él? ¿Cómo podía ser tan cruel la vida? ¿Y por qué le habían permitido participar en una misión peligrosa que implicaba lanzarlo sobre Alemania? Habían enviado a David a las Bahamas. ¿Por qué no podían haber enviado a William a algún lugar seguro?

No podía soportar imaginarse lo que podría haber ocurrido. Permaneció sentada en el bosque varias horas, rodeada por la oscuridad, tratando de controlar sus pensamientos, rezando, intentando recibir algún mensaje de William. Pero no sintió nada. Aquella noche, acostada en la cama que ambos habían compartido al principio de su llegada al *château*, solo sentía entumecimiento, allí mismo, donde había quedado embarazada de Phillip. Y entonces, sin saber la razón, tuvo la seguridad de que estaba con vida. No sabía cómo, ni dónde ni cuándo le volvería a ver, pero supo que lo vería algún día. Aquella sensación casi le pareció como una señal de Dios, y fue tan poderosa que no pudo negarla, y eso la tranquilizó. Después, se quedó dormida y a la mañana siguiente se despertó refrescada y más segura que nunca de que William se hallaba con vida y no había muerto a manos de los alemanes.

Más tarde, aquel mismo día, se lo comunicó a Joachim, que la escuchó con serenidad, sin quedar totalmente convencido por la creencia casi religiosa de ella.

—Lo digo en serio, Joachim... Siento su poder, la absoluta certidumbre de que está vivo, en alguna parte. Lo sé.

Hablaba con la convicción propia de una persona profundamente religiosa y él no deseaba comunicarle su propio escepticismo ni los pocos hombres que sobrevivían una vez capturados.

—Quizá tengas razón —dijo serenamente—, pero también debes prepararte por si estás equivocada.

Trató de decírselo con toda la diplomacia que pudo. Ella tenía que aceptar el hecho de que su esposo había desaparecido y que quizá estuviera muerto. Existía algo más que una remota posibilidad de que, en aquellos momentos, ya fuera viuda. No quería obligarla a afrontar los hechos, pero sabía que a la postre tendría que hacerlo, al margen de lo que hubiera sentido aquella noche, o de lo que quisiera sentir o creer.

A medida que fue pasando el tiempo, sin recibir noticias tranquilizadoras de él, o informes de su captura o supervivencia, Joachim se convenció más y más de que había muerto. Pero no así Sarah, que ahora actuaba siempre como si lo hubiera visto la tarde anterior, como si hubiera sabido de él en sus sueños. Se sentía más en paz consigo misma, y más decidida y segura incluso que al principio de la guerra, cuando todavía recibió alguna que otra carta suya. Ahora no había nada, excepto silencio. Se había marchado. Presumiblemente para siempre. Y tarde o temprano tendría que plantearse esa posibilidad. Joachim esperaba a que llegara ese momento, sabiendo que, hasta que ella aceptara la muerte de William, no habría llegado el momento para ellos, y tampoco deseaba acosarla.

Pero estaba allí, para ella, cada vez que lo necesitaba, que quería hablar, se sentía triste, sola o temerosa. A veces, resultaba difícil creer que ambos se encontraban en bandos opuestos de la guerra. Para él, solo eran un hombre y una mujer que llevaban juntos desde hacía dos años, una mujer a la que amaba con todo su corazón y su alma, con todo lo que pudiera ofrecerle. No sabía cómo se desarrollarían las cosas después de la guerra, dónde vivirían o qué harían. Pero nada de eso le parecía importante ahora. Lo único que le importaba era Sarah. Vivía, respiraba y existía por ella, aunque Sarah todavía no lo supiera. Se daba cuenta de la devoción que él le profesaba, y percibía lo mucho que le gustaba, así como los niños, y especialmente Elizabeth, después de haberle salvado la vida al nacer, pero Sarah nunca llegó a comprender lo mucho que la amaba.

Ese año, por su cumpleaños, le regaló unos magníficos pendientes de diamantes que había comprado para ella en París, pero Sarah se negó en redondo a aceptarlos.

—No puedo, Joachim. Son bellísimos, pero es imposible. Soy una mujer casada. —No discutió con ella por eso, a pesar de que ya no lo creía. Estaba convencido de que era viuda y, con el debido respeto para William, ya habían transcurrido seis meses desde entonces, y ahora era una mujer libre—. Y soy tu prisionera, por el amor de Dios —añadió riendo—. ¿Qué pensaría la gente si aceptara unos pendientes de diamantes?

—No creo que tengamos que dar explicaciones a nadie.

Se sentía desilusionado, pero lo comprendía. A cambio llegaron al acuerdo de regalarle un reloj nuevo, que ella aceptó, y un suéter muy bonito que sabía que necesitaba desesperadamente. Se trataba de regalos muy modestos, y fue muy propio de ella no aceptar nada más caro. Respetaba su forma de actuar. En realidad, durante aquellos dos años no había descubierto en ella nada que no le gustara, excepto el que insistiera en que seguía estando casada con William. Pero hasta eso le agradaba. Era fiel hasta el final, amable, cariñosa y dedicada a su esposo. Antes había envidiado a William por ello, pero ahora ya *no*. Ahora más bien le tenía lástima. El pobre hombre había desaparecido y tarde o temprano Sarah tendría que afrontarlo.

Pero al año siguiente, hasta las más férreas esperanzas de Sarah empezaron a apagarse, a pesar de que no quiso admitirlo ante nadie, ni siquiera ante Joachim. Para entonces, había transcurrido ya mucho tiempo desde la desaparición de William, más de un año, y ninguno de los servicios de inteligencia había logrado saber nada de él. Incluso Joachim había intentado averiguar algo discretamente, procurando que eso no les causara ningún problema. La opinión generalizada a ambos lados del canal parecía ser la de que William había muerto en marzo de 1942, cuando fue lanzado en paracaídas sobre Renania. Ella seguía sin creerlo pero ahora, cuando pensaba en él, a veces parecían desvanecerse hasta sus más preciados recuerdos, y eso la asustaba. No le había visto desde hacía cuatro años. Era demasiado tiempo, incluso para un amor tan grande como el que ellos habían compartido, y resultaba difícil conservar la fe ante tan poca esperanza y tanta angustia.

Ese año pasó las Navidades tranquilamente, en compañía de Joachim, que se mostraba increíblemente dulce y cariñoso con todos ellos. Se portaba con una amabilidad particular con Phillip, que estaba creciendo sin un padre, y que no guardaba ningún recuerdo de William porque en aquel entonces no tenía edad suficiente para recordarlo. En la mente del niño, Joachim era un amigo especial, y le gustaba de una forma pura y sencilla, lo mismo que a Sarah, que seguía odiando todo lo que los alemanes representaban, a pesar de lo cual no podía odiarle a él. Era un hombre demasiado íntegro, que trabajaba duro con los heridos que llegaban al *château* para recuperarse. Algunos de ellos no tenían esperanza alguna, sin piernas, sin futuro, sin hogar al que regresar. De algún modo, él se las arreglaba para pasar un rato con cada uno de ellos, hablándoles durante horas, dándoles esperanzas, insuflando en ellos el deseo de seguir adelante, del mismo modo que hacía a veces con Sarah.

—Eres un hombre extraño —le dijo ella un día, sentados en la cocina.

Emanuelle estaba con su familia y Henri se hallaba ausente desde hacía dos semanas, en algún rincón de las Árdenas, según le había dicho Emanuelle. Y Sarah había aprendido a no hacer más preguntas. Ahora Emanuelle ya tenía veintiún años y llevaba una vida llena de pasión y de peligro. Su vida se había complicado mucho. El hijo del alcalde empezó a sospechar de ella, y finalmente hubo una gran pelea cuando Emanuelle decidió abandonarle. Ahora se veía con uno de los oficiales alemanes. Sarah no dijo nada pero sospechaba que se dedicaba a sacarle información que luego pasaba a la resistencia. Pero Sarah se mantenía al margen de todo eso. Seguía haciendo todo lo posible por restaurar el *château* poco a poco, ayudaba a los médicos en las urgencias, cuando se lo pedían o sabía que la necesitaban desesperadamente. El resto del tiempo se lo pasaba cuidando de sus hijos. Phillip ya tenía cuatro años y medio y Elizabeth un año menos. Eran unos niños encantadores. Phillip estaba empezando a ser tan alto como apuntaba desde su nacimiento, y Elizabeth la sorprendió con su delicadeza y su constitución, más pequeña que la de su madre. En cierto sentido, era una niña frágil, como ella misma al nacer, y sin embargo estaba llena de vida y hacía muchas travesuras. Todo aquel que veía a Joachim con ellos se daba cuenta de que los adoraba. Les había traído juguetes de Alemania la noche antes de la víspera de Navidad, y les ayudó a decorar el árbol, arreglándoselas para encontrar una muñeca para Lizzie, que se apoderó inmediatamente de ella, la apretó entre sus brazos y la acunó como su «bebé».

Pero fue Phillip quien saltó sobre las piernas de Joachim, le pasó los brazos alrededor del cuello y se apretó contra él, mientras Sarah fingía no verlo.

—No nos dejarás como ha hecho mi papá, ¿verdad? —preguntó el niño con expresión preocupada.

Sarah sintió que las lágrimas le escocían en los ojos al oírle hacer aquella pregunta, pero Joachim se apresuró a responder.

—Tu papá no quiso marcharse, ¿sabes? De haber podido, estoy seguro de que ahora se encontraría aquí, con vosotros.

—Entonces, ¿por qué se marchó?

—Tuvo que hacerlo. Es un soldado.

—Pero tú también lo eres y no te has marchado —replicó el niño con la mayor lógica, sin darse cuenta de que Joachim había tenido que dejar a sus propios hijos y hogar para venir aquí.

El pequeño volvió a rodearle el cuello con los brazos y se quedó allí hasta que Joachim lo acostó en la cama y Sarah llevó a la pequeña. Phillip seguía mostrando una gran pasión por su hermana, algo que siempre gustó a Sarah.

—¿Crees que todo habrá terminado este año? —preguntó Sarah con tristeza mientras tomaban una copa de coñac, una vez acostados los niños.

Él había traído una botella de Courvoisier, y era fuerte, pero agradable.

—Espero que sí. —Parecía como si la guerra no fuera a acabar nunca—. A veces parece interminable. Cuando veo a esos muchachos que nos envían, día tras día, semana tras semana, año tras año, me pregunto si habrá alguien que vea la insensatez de todo esto, y que no vale la pena.

—Creo que esa es la razón por la que estás aquí, y no en el frente —dijo Sarah sonriéndole.

Joachim odiaba la guerra casi tanto como ella.

—Me alegro de haber estado aquí —dijo él con suavidad. Confiaba en haberle hecho la vida más fácil, y así había sido, en muchos aspectos. Entonces, se llegó a la mesa y le acarició la mano, cautelosamente. La conocía desde hacía tres años y medio, un tiempo que, por así decirlo, parecía toda una vida—. Eres muy importante para mí —le dijo con expresión serena, y entonces, dejándose llevar por el efecto del coñac y las emociones del día, ya no pudo ocultar sus emociones por más tiempo—. Sarah —dijo con voz apagada y a un tiempo amable—. Quiero que sepas lo mucho que te amo.

Ella apartó la mirada, tratando de ocultar sus propios sentimientos, ante él y ante sí misma. Sabía que no podía..., al margen de lo que sintiera por este hombre, por respeto a William.

—Joachim, no... por favor —le imploró y él tomó la mano entre las suyas y la sostuvo.

—Dime que no me amas, que nunca podrás amarme, y jamás volveré a pronunciar esas palabras... Pero lo cierto es que te amo, Sarah, y creo que tú también me amas. ¿Qué estamos haciendo? ¿Por qué nos ocultamos? ¿Por qué nos limitamos a ser amigos cuando podríamos ser mucho más?

Ahora, quería más de ella. Había esperado durante años y la deseaba intensamente.

—Te amo —susurró ella desde el otro lado de la mesa, aterrorizada por lo que acababa de decir, casi tanto como por lo que sentía. Pero lo sabía desde hacía tiempo, y había tratado de resistirse, por William—. Sin embargo, no podemos hacer esto.

—¿Por qué no? Somos adultos. El mundo parece acercarse a su fin. ¿Es que no se nos va a permitir un poco de felicidad? ¿De alegría? ¿Algo de sol..., antes de que todo haya terminado?

Habían visto tanta muerte, tanto dolor a su alrededor, y se sentían tan cansados.

Ella sonrió al oír sus palabras. También le amaba. Amaba al hombre que era, lo que hacía por sus hijos y por ella.

—Tenemos nuestra amistad..., y nuestro amor. Pero no el derecho a tener más mientras William esté con vida.

—¿Y si no lo está? —preguntó, obligándola a afrontar esa posibilidad, que ella rechazó, como hacía siempre, por resultarle todavía demasiado dolorosa.

—No lo sé. No sé lo que sentiría entonces. Pero sé que ahora mismo sigo siendo su esposa, y probablemente lo seré por mucho tiempo. Quizá para siempre.

—¿Y yo? —preguntó, exigiendo algo de ella por primera vez—. ¿Y yo, Sarah? ¿Qué voy a hacer yo ahora?

—No lo sé.

Le miró, sintiéndose desgraciada y él se levantó y se acercó poco a poco. Se sentó a su lado y la miró a los ojos, percibiendo la pena y el anhelo que había en ellos. Y entonces, con suavidad, le acarició el rostro con los dedos.

—Yo siempre estaré aquí para ti. Quiero que lo sepas. Y cuando aceptes el hecho de que William se ha marchado para siempre, yo seguiré estando aquí. Tenemos tiempo, Sarah... Tenemos toda una vida por delante.

La besó con ternura en los labios, poniendo en ese beso todo lo que había deseado decirle desde hacía tanto tiempo. Y ella no hizo nada para detenerle. No podía. Lo deseaba casi tanto como él. Habían transcurrido cuatro años desde que viera a su esposo por última vez, y había convivido con este hombre desde hacía tres años y medio, día tras día, sintiendo cómo crecía el amor y el respeto por él. Y, con todo, sabía que no tenían derecho a lo que ambos creían desear. Para ella, en la vida había mucho más que eso. Existía un voto de fidelidad que ella había pronunciado, y un hombre al que había amado más que a nadie.

—Te amo —le susurró Joachim y se volvieron a besar.

—Yo también te amo —dijo ella.

Pero también seguía amando a William, y ambos lo sabían.

Él se marchó poco después y regresó al *château*, habiéndola respetado a ella y a lo que ella deseaba de él. Al día siguiente regresó y jugó con los niños, y su vida continuó como antes, como si aquella conversación jamás hubiera ocurrido entre ellos.

En la primavera, las cosas no iban bien para los alemanes, y él habló con Sarah sobre lo que temía que podría suceder. En abril ya estaba seguro de que los harían retroceder hacia Alemania, y temía tener que abandonar a Sarah y a los niños. Prometió regresar una vez que hubiera terminado la guerra, tanto si la perdían como si la ganaban, cosa que no le importaba mientras todos ellos pudieran sobrevivir. Había seguido mostrándose respetuoso con ella, y aunque ahora se besaban de vez en cuando, ninguno de ellos permitió que la situación se les escapara de las manos. Era mejor así, y él sabía que de ese modo no habría lamentaciones y que, de todas maneras, ella necesitaba tomarse su tiempo. Seguía queriendo creer que William estaba vivo y que algún día regresaría. Pero Joachim sabía que, aun cuando fuera así, ahora le resultaría doloroso tener que renunciar a William. Había terminado por apoyarse en él, y lo necesitaba tanto como lo respetaba. Ahora eran algo más que amigos, sin que importara lo mucho que ella siguiera amando a William.

Ahora, mientras él se mostraba preocupado por las noticias que le llegaban desde Berlín, Sarah no les prestaba mucha atención, ocupada con Lizzie, que tenía una fuerte tos desde el mes de marzo, y que para Semana Santa todavía estaba débil.

—No sé qué puede ser —se quejó Sarah una noche, en la cocina.

—Alguna clase de resfriado. Lo han sufrido en el pueblo durante todo el invierno.

Ella había llevado a la niña al médico, en el *château*, quien le aseguró que no era neumonía, pero la medicina que le entregó no le había hecho nada a la niña.

—¿Crees que puede ser tuberculosis? —le preguntó a Joachim, preocupada.

Pero él no lo creía. Le pidió al doctor que consiguiera más medicamentos para la niña, pero últimamente no recibían nada. Andaban muy escasos de suministros, y uno de los médicos ya había partido para el frente, mientras que el otro se marcharía en mayo. Sin embargo, mucho antes de eso, Lizzie cayó postrada en cama, con una fiebre muy alta. Había perdido peso y su mirada languidecía. Mostraba ese aspecto tan terrible que tienen los niños cuando se ven afectados por la fiebre. El pequeño Phillip se quedaba sentado al pie de su cama, día tras día, cantándole y contándole historias.

Emanuelle mantenía ocupado a Phillip durante el día, pero el niño parecía ahora muy preocupado por Lizzie, que seguía siendo «su» bebé, y le asustaba ver tan enferma a su hermana y tan preocupada a su madre. No dejaba de preguntarle si se pondría bien, y Sarah le aseguraba que sí. Joachim acudía a visitarles todas las noches. Bañaba la cabeza de Lizzie y trataba de hacerle beber, y cuando tosía demasiado fuerte le frotaba la espalda, tal y como había hecho poco después de nacer, para ayudarle a respirar y a traerla a la vida. Pero en esta ocasión no parecía capaz de ayudarle. La niña empeoraba por días y el primero de mayo se hallaba encendida por la fiebre. Los dos médicos ya se habían marchado, y los suministros se hallaban casi agotados. No disponía de medicinas, no tenía sugerencias que hacer, y solo era capaz de permanecer sentado con ellos, día tras día, rezando para que la niña mejorara.

Pensó en llevarla a París, a los doctores que había allí, pero la pequeña estaba demasiado enferma como para resistir el viaje, y las cosas tampoco andaban bien en la capital. Los aliados se disponían a desembarcar en Francia, y los alemanes empezaban a sentir pánico. La mayoría del personal militar estaba siendo enviado al frente ruso, o destinado a Berlín. Eran momentos difíciles para el Reich, pero Joachim se sentía mucho más preocupado por Lizzie.

A finales de mayo acudió una tarde y encontró a Sarah sentada junto a la niña, como había permanecido durante semanas, sosteniéndole la mano, mientras le limpiaba el sudor de la frente. Esta vez, sin embargo, Lizzie no se movía. Permaneció allí sentado durante varias horas, pero finalmente tuvo que regresar a su despacho. Tenía ahora demasiados asuntos de que ocuparse para permanecer ausente sin explicaciones. Regresó de nuevo a últimas horas de la noche, y encontró a Sarah tumbada en la cama de la niña, sosteniéndola en sus brazos, dormidas las dos. Se inclinó a mirarlas y, al hacerlo, Sarah abrió los ojos y le miró. Joachim observó en ellos una verdadera angustia.

—¿Ha habido algún cambio? —musitó, y Sarah negó con la cabeza.

La niña no se había despertado desde esa mañana, pero mientras él estaba allí, observándola, Lizzie se movió y abrió los ojos por primera vez en varios días sonriendo a su madre; parecía un pequeño ángel, con los rizos rubios y unos ojos grandes y verdes como los de Sarah. Tenía tres años y medio, aunque ahora que estaba tan enferma parecía mayor, como si el peso del mundo hubiera caído sobre sus pequeños hombros.

—Te quiero, mamá —balbuceó y volvió a cerrar los ojos.

Entonces, de repente, Sarah lo supo. Fue como si notase cómo la pequeña se deslizaba, alejándose de la vida. Hubiera querido retenerla, tirar de ella para que regresara. Deseaba hacer algo desesperadamente, pero no había nada que pudiera hacer. No había médicos, ni medicamentos, ni enfermeras, ni hospital que pudiera ocuparse de ella... Solo amor, y oraciones. Sarah la miró. La niña suspiró de nuevo y Sarah le acarició los rizos y susurró palabras de amor a su hija, a quien amaba con locura.

—Te quiero, mi dulce bebé... Te quiero mucho. Mamá te quiere mucho... Y Dios también te quiere... Ahora estás a salvo de todo —siguió susurrándole.

Tanto ella como Joachim estaban llorando en silencio. Entonces, con una dulce sonrisa, Lizzie abrió los ojos y los miró a ambos por última vez y luego se alejó, y su pequeño espíritu ascendió a los cielos.

Sarah sintió con exactitud el momento en que sucedió, y Joachim tardó un momento en comprenderlo. Se sentó en la cama, junto a ellas y se dio al llanto, sosteniéndolas a ambas en sus brazos, acunándolas. Recordaba cómo la había traído a la vida... y ahora se había marchado para siempre, con tanta rapidez y tan dulcemente... Sarah le miró con el corazón desgarrado, y sostuvo a Lizzie durante largo rato, hasta que por fin la depositó con cuidado sobre la cama y Joachim la condujo a la planta baja, y ambos se dirigieron al *château* para hablar con alguien que se encargara de hacer los preparativos para el funeral.

Al final, fue el propio Joachim quien se encargó de todo. Se llegó al pueblo para conseguir un pequeño ataúd para ella, y los dos juntos, llorando, la depositaron dentro. Sarah le había peinado el cabello, le había puesto su vestido más bonito, y colocó su muñeca favorita a su lado. Era lo más triste que le había sucedido jamás, y casi se sintió morir cuando hicieron descender el ataúd en la fosa. Todo lo que pudo hacer fue cogerse a Joachim y llorar, mientras el pobre Phillip permanecía a su lado, aferrado a la mano de su madre, incapaz de creer lo que había sucedido.

Phillip mostraba un aspecto grave y cuando empezaron a arrojar paletadas de tierra sobre el ataúd, se adelantó para impedirlo. Joachim lo sostuvo con suavidad y el niño, entre gimoteos, se volvió furiosamente hacia su madre.

—¡Me has mentido! ¡Me has mentido! —gritó, temblando y sollozando—. La has dejado morir..., a mi bebé..., mi bebé.

El niño estaba inconsolable, abrazado a Joachim, sin permitir que Sarah se le acercara. Había querido tanto a Lizzie que ahora no podía soportar haberla perdido.

—Phillip, por favor... —dijo Sarah, apenas capaz de pronunciar las palabras, sujetándolo por los brazos con los que el niño intentaba pegarle.

Lo tomó en brazos y lo llevó suavemente de regreso a la casa. Aquella noche lo acunó durante largo rato, mientras el pequeño sollozaba angustiado por «su bebé».

Fue algo inconcebible para todos ellos. Hacía unas horas estaba allí y ahora se había marchado para siempre. Durante varios días, Sarah se sintió como sumida en un trance, lo mismo que Phillip. Iban de un lado a otro de la casa, esperándola; subían a las habitaciones y creían verla allí, para descubrir que solo había sido como una broma cruel. Sarah estaba tan ciega de dolor que Joachim ni siquiera se atrevió a contarle lo que estaba ocurriendo, y fue cuatro semanas más tarde, una vez desembarcados los aliados, cuando tuvo que decirle que se marchaban.

—¿Qué? —Se quedó mirándolo; aún llevaba el mismo vestido negro que se ponía desde hacía semanas. Tenía la sensación de ser muy vieja y el vestido le colgaba como a un espantapájaros—. ¿Qué estás diciendo?

De hecho, parecía no comprender nada.

—Que nos marchamos —contestó él—. Hemos recibido las órdenes hoy. Nos retiramos mañana.

—¿Tan pronto?

Mostraba un aspecto enfermizo. Era una pérdida más, una pena más.

—Hace cuatro años que estamos aquí —le dijo él sonriendo tristemente—. Es bastante tiempo para tener invitados en casa, ¿no te parece?

Le devolvió la triste sonrisa. Apenas si podía creer que él se marchara.

—¿Qué significa esto, Joachim?

—Los americanos están en Saint-Lô. No tardarán en llegar aquí y luego seguirán hacia París. Estarás a salvo con ellos. Cuidarán de ti.

Eso, al menos, le tranquilizaba.

—¿Y tú? —preguntó, frunciendo el ceño, preocupada—. ¿Correrás algún peligro?

—Me envían a Berlín, y luego trasladaremos el hospital a Bonn. Se conoce que a alguien le ha gustado lo que hemos hecho aquí. —Lo que sus superiores no sabían era el poco entusiasmo con que lo había hecho—. Creo que me dejarán allí hasta que todo haya pasado. Solo Dios sabe cuánto tiempo tardará en suceder eso. Pero volveré en cuanto todo haya terminado.

Le resultaba extraño creer que fuera a marcharse después de cuatro años, y sabía lo mucho que le echaría de menos. Había significado tanto para ella..., pero sabía que no podía prometerle el futuro que él deseaba. En el fondo de su corazón, su vida todavía le pertenecía a William. Quizá ahora incluso más, después de la muerte de Lizzie, que había sido como perder una parte de él. Y ahora más que nunca anhelaba a William. Habían enterrado a la niña en un lugar apartado, cerca del bosque por donde ella siempre había paseado con Joachim, y sabía que nada de lo que pudiera ocurrir en su vida sería tan terrible o doloroso como la pérdida de Lizzie.

—No podré escribirte —le explicó él y ella lo entendió.

—A estas alturas, ya debería estar acostumbrada. Solo he recibido cinco cartas en los cuatro últimos años. —Una de Jane, dos de William, una del duque de Windsor y otra de la madre de William. Y ninguna de aquellas cartas le había dado buenas noticias—. Estaré atenta a las noticias.

—Me pondré en contacto contigo en cuanto pueda. —Se acercó más a ella y la sostuvo contra sí—. ¡Santo Dios, cómo te voy a echar de menos!

Y, al decirlo, ella también se dio cuenta de lo mucho que le echaría de menos a él, de lo sola que se quedaría y de lo sola que estaba incluso ahora. Le miró con tristeza.

—Yo también te echaré de menos —dijo con sinceridad.

Dejó entonces que la besara, mientras Phillip les miraba con una extraña expresión de cólera en su rostro.

—¿Me permitirás tomarte una fotografía antes de marcharme? —preguntó.

—¿Con esta pinta? —gimió ella—. Dios santo, Joachim. Tengo un aspecto penoso.

De todas maneras, se iba a llevar consigo la que había guardado durante tanto tiempo en el cajón del despacho, en la que estaba con su esposo en Whitfield, cuando todos ellos eran despreocupados y jóvenes y la vida todavía no les había cobrado su precio. Sarah, por aquel entonces, todavía no había cumplido los veintiocho años, pero parecía tener más.

Joachim le entregó una pequeña foto suya, y se pasaron toda esa noche hablando. A él le habría gustado pasarla en la cama, en su compañía, pero nunca se lo pidió y sabía que tampoco debía hacerlo. Ella pertenecía a esa rara clase de mujeres que conserva su integridad; era un ser humano de un mérito extraordinario, y una gran dama.

Al día siguiente, ella y Phillip se quedaron de pie ante la puerta, viéndoles partir. Phillip se cogió a él como a una tabla de salvación, pero Joachim le explicó que tenía que marcharse y dejarlos. Sarah se preguntó si el niño sentiría su ida como la pérdida de otro vínculo con Lizzie. Fue una situación difícil, dolorosa y confusa para todos. Solo Emanuelle estaba contenta al saber que se marchaban. Los soldados partieron primero, con los camiones apenas cargados con los pocos suministros médicos que les quedaban; los medicamentos que no habían sido suficientes para salvar a Lizzie. A continuación lo hicieron las ambulancias con los pacientes más graves.

Antes de marcharse, Joachim visitó la tumba de la pequeña, acompañado por Sarah. Se arrodilló un momento ante ella y dejó un pequeño ramillete de flores amarillas. Los dos lloraron, y él abrazó a Sarah por última vez, lejos de sus hombres que, de todos modos, lo sabían. Estaban enterados de lo mucho que la amaba, pero también sabían, como suele suceder entre los soldados que conviven juntos, que nunca había ocurrido nada entre ellos. Y también la respetaban a ella por eso. Para ellos, Sarah era la personificación de la esperanza, el amor y la decencia. Siempre había sido amable y solícita, sin que importara lo que pudiera pensar de su guerra o de qué lado luchaban. Y, en el fondo de sus corazones, confiaban en que sus propias esposas hubieran sabido comportarse como ella. La mayoría de los hombres que habían llegado a conocerla hubieran dado sus vidas por protegerla, como habría hecho Joachim.

Permaneció de pie, contemplándola, mientras su coche aguardaba y el conductor dirigía discretamente la mirada hacia otra parte. Joachim atrajo a Sarah hacia él.

—Te he amado más que a ninguna otra persona en mi vida —le dijo, temeroso de que la mano del destino no le permitiera volver a verla, y deseando que lo supiera—. Más incluso que a mis propios hijos.

La besó con ternura y ella se abrazó a él por un instante, con intención de decirle todo lo que había sentido por él. Pero ahora ya era tarde, y no podía hacerlo. De todos modos, al mirarle a los ojos, él lo vio todo en su mirada.

—Cuídate —le susurró Sarah—. Te amo.

Luego, se inclinó hacia Phillip, todavía aferrado a la mano de Sarah, deseando decirle algo al niño. Todos ellos habían pasado muchas cosas juntos.

—Adiós, pequeño hombre —dijo Joachim silabeando las palabras—. Cuida mucho de tu madre.

Le besó en la cabeza y luego le pasó la mano por el cabello, alborotándoselo. Phillip se le agarró un momento y luego lo soltó. Después, Joachim se incorporó y se quedó mirando a Sarah durante largo rato. Finalmente, le soltó la mano y subió al coche que ya tenía la capota bajada y, sin sentarse, le saludó con la mano hasta que el vehículo llegó a la verja de entrada. Sarah lo vio por última vez, desapareciendo tras una nube de polvo en la carretera, mientras ella permanecía allí de pie, sollozando.

—¿Por qué has dejado que se marche? —preguntó Phillip mirándola enojado.

—No podíamos hacer otra cosa, Phillip. —La situación era harto complicada como para explicársela a un niño de su edad—. Es un hombre muy bueno, aunque sea alemán, y ahora tiene que regresar a su casa.

—¿Le quieres?

Ella vaciló antes de contestar. Pero solo dudó un momento.

—Sí, le quiero. Ha sido un buen amigo para nosotros, Phillip.

—¿Lo quieres más que a mi papá?

Esta vez, sin embargo, no vaciló ni un instante.

—Desde luego que no.

—Yo sí.

—No, eso no es cierto —dijo ella con firmeza—. Tú ya no te acuerdas de tu padre, pero es un hombre maravilloso.

Y la voz le tembló al pensar en William.

—¿Está muerto?

—No creo que lo esté —contestó cautelosa, no deseando inducirle a engaño, pero queriendo compartir con él su propia fe en que algún día encontrarían a William—. Si tenemos mucha suerte, algún día regresará a casa, con nosotros.

—¿Volverá Joachim? —preguntó el niño con tristeza.

—No lo sé —confesó con honestidad mientras volvían a entrar en la casita, cogidos de la mano, en silencio.

16

El 17 de agosto, cuando entraron las tropas estadounidenses, Sarah, Phillip y Emanuelle observaron su llegada. Habían oído rumores de que se aproximaban desde hacía varias semanas, y Sarah sentía verdaderos deseos de verlos. Recorrieron el camino de entrada al *château* en un convoy de jeeps; se asemejaban a los alemanes cuatro años antes. Era como un caprichoso *déjà vu*, pero en esta ocasión no les apuntaron con armas, ella comprendió todo lo que decían y todos se pusieron a vitorearla al descubrir que era americana, como ellos. Seguía pensando cada día en Joachim, pero solo podía suponer que habría llegado a Berlín sano y salvo. Phillip hablaba constantemente de él. Solo Emanuelle no mencionaba nunca a los alemanes.

El oficial al mando de las tropas era el coronel Foxworth, de Texas, un hombre muy agradable, que pidió mil disculpas por verse obligado a alojar a sus hombres en los establos. Pero los demás plantaron tiendas y utilizaron la casa del guarda que ella había abandonado poco antes, e incluso el hotel local. No la hicieron salir de su casa, a la que se había vuelto a trasladar, con Phillip y Emanuelle.

—Ya estamos acostumbradas a eso —dijo ella con una sonrisa, refiriéndose a los hombres alojados en los establos.

El coronel le aseguró que causarían las menores molestias posible. Ejercía un férreo control sobre sus hombres, que se mostraron amistosos, a la vez que sabían mantener las distancias. Tontearon un poco con Emanuelle, que no demostró el menor interés por ellos, y siempre traían caramelos para Phillip.

Todos oyeron el tañido de las campanas cuando los aliados entraron en París. Era el 25 de agosto y Francia era libre por fin. Los alemanes habían sido expulsados de Francia, y sus días de oprobio habían concluido.

—¿Ya ha terminado todo? —le preguntó Sarah al coronel Foxworth, con incredulidad.

—Casi. Habrá terminado en cuanto lleguemos a Berlín. Pero aquí, al menos, sí ha terminado. Ahora puede usted regresar a Inglaterra si quiere.

No sabía qué hacer, pero pensó que debía ir al menos a Whitfield para ver a la madre de William. Sarah no había salido de Francia desde que se declaró la guerra, cinco años atrás. Resultaba extraño.

Sarah y Phillip marcharon para Inglaterra el día antes del cumpleaños del pequeño, dejando a Emanuelle a cargo del *château*. Era una muchacha responsable y ella también había pagado su precio en la guerra. Su hermano Henri murió en las Árdenas, durante el invierno anterior. Pero había sido un héroe de la Resistencia.

El coronel Foxworth y los generales de París habían arreglado las cosas para que Sarah y Phillip partieran en un vuelo militar con destino a Londres, y se había armado bastante revuelo al comunicar a la fuerza aérea que esperaran a la duquesa de Whitfield y su hijo, lord Phillip.

Los estadounidenses pusieron a su disposición un jeep para trasladarlos a París, y tuvieron que rodear la ciudad para dirigirse al aeropuerto, al que llegaron con muy poca antelación. Tomó a Phillip en un brazo y echó a correr hacia el avión, llevando en la otra mano una pequeña maleta con sus cosas. Cuando estaba a punto de llegar, un soldado se adelantó y la detuvo.

—Lo siento, señora, pero no puede subir a este avión. Es un vuelo militar..., *militaire* —repitió en francés, pensando sin duda que ella no le entendía—. *Non..., non* —insistía moviendo un dedo ante ella.

—¡Me están esperando! —gritó ella por encima del rugido de los motores—. ¡Nos esperan!

—Este vuelo está reservado para personal militar —le

gritó el soldado—. Y alguna vieja... —Y entonces, al darse cuenta de quién era, enrojeció hasta las raíces del cabello y tendió las manos para hacerse cargo de Phillip—. Pensé... Lo siento mucho, señora... Su... Majestad...

Se le había ocurrido pensar, demasiado tarde, que ella era la duquesa a la que esperaban.

—No importa —le sonrió subiendo al avión tras él.

Por lo visto, el soldado esperaba a alguien de más edad, y jamás se le había ocurrido pensar que la duquesa de Whitfield pudiera ser una mujer joven, acompañada de un niño pequeño. Todavía se disculpaba después de acomodarlos en el avión.

El vuelo hasta Londres fue breve. Tardaron menos de una hora en cruzar el canal. Durante el vuelo, algunos oficiales hablaron con ella, admirados de que hubiera podido resistir durante toda la ocupación. Sarah no lo entendía y entonces recordó lo relativamente plácida que había sido su vida durante los cuatro años pasados en la casa del guarda, protegida por Joachim. Al llegar a Londres, un enorme Rolls Royce los esperaba. La iban a llevar directamente al Ministerio del Aire para tener una entrevista con sir Arthur Harris, el comandante en jefe del mando de bombarderos, y con el secretario privado del rey, sir Alan Lascelles, que estaban allí por orden de Su Majestad, y también como representantes del servicio de inteligencia. Le regalaron banderas y una pequeña insignia a Phillip, y todos los secretarios le llamaban milord. Aquello representaba mucho más ceremonial y consideración del que el niño estaba acostumbrado a recibir, pero Sarah observó con una sonrisa que a Phillip parecía gustarle.

—¿Por qué la gente de casa no me llama así? —le susurró a su madre.

—¿A quién te refieres? —replicó, divertida por la pregunta.

—Oh, a Emanuelle..., a los soldados...

—Me aseguraré de recordárselo —bromeó ella, pero el pequeño no se dio cuenta de su tono burlón y le agradó ver que su madre estaba de acuerdo con él.

Varios secretarios y dos ayudantes mantuvieron entretenido a Phillip. Entró en la sala de conferencias y se encontró con sir Arthur y sir Alan. Fueron extremadamente amables con ella, y solo querían comunicarle lo que ya sabía: que no se había sabido absolutamente nada de William desde hacía dos años y medio. Sarah vaciló, tratando de mantener la compostura y reunir el valor necesario para hacer la pregunta. Respiró profundamente y les miró.

—¿Creen que es posible que todavía esté con vida?

—Es posible, pero no probable —contestó sir Arthur de un modo prudente, y añadió con tristeza—: A estas alturas ya deberíamos haber sabido algo a través de algún evadido o repatriado, que pudiera haberlo visto en uno de los campos de prisioneros de guerra. Y si el enemigo supiera quién es, lo habrían paseado por todas partes. Creo que es improbable que no sepan quién es, si es que lo tienen prisionero.

—Comprendo —dijo ella con serenidad. Hablaron durante un rato más y, al concluir, todos se levantaron, felicitándola de nuevo por el valor que había demostrado en Francia y por el hecho de que ella y su hijo hubieran podido salir bien librados—. Perdimos a mi hija pequeña —dijo ella en voz baja—, en mayo de este año... William no llegó a conocerla.

—Le acompañamos en el sentimiento, Su Gracia. No sabíamos...

La condujeron fuera y le devolvieron a Phillip. Después, les dieron escolta hasta Whitfield. La duquesa viuda les esperaba y Sarah quedó impresionada por su buen aspecto. Estaba más delgada, y parecía más frágil, pues ya tenía ochenta y nueve años de edad. Era una mujer realmente notable, que incluso había hecho todo lo que había podido en Whitfield por los esfuerzos que exigía la guerra.

—Me alegro mucho de verte —le dijo a Sarah, abrazándola. Luego, retrocedió un paso, apoyada sobre el bastón, para contemplar a Phillip. Llevaba un vestido azul brillante, como el color de sus ojos, y Sarah experimentó una oleada de emoción al pensar en William—. ¡Qué jovencito tan apuesto! Se parece mucho a mi esposo.

Sarah sonrió. Era exactamente lo que William había dicho cuando Phillip nació, que se parecía mucho a su padre.

Los hizo entrar y ofreció a Phillip una taza de té y unas pastas caseras. El niño la observaba con respeto, pero pareció sentirse asombrosamente a gusto con ella. Más tarde, uno de los criados se lo llevó para enseñarle los caballos y los establos, mientras la duquesa viuda hablaba con Sarah. Estaba enterada de que había pasado ese mismo día por el Ministerio del Aire, y deseaba saber qué le habían dicho allí, pero no le sorprendió que las noticias fueran desalentadoras. De hecho, se mostraba mucho más pesimista al respecto que la propia Sarah, lo que no dejó de chocarle un poco.

—No creo que sepamos lo que le ocurrió hasta que Alemania haya sido vencida, y espero que eso sea pronto. Creo que tiene que haber alguien que lo sepa y que, por alguna razón, no quieren decirlo.

Por otro lado, podía haber muerto colgado de un árbol cuando se lanzó en paracaídas, o a causa de los disparos de algún soldado que no llegó a saber quién era y que lo dejó allí para que lo enterrara algún campesino. Podría haber muerto de muchas formas y Sarah ya reconocía que había pocas esperanzas de que estuviera con vida. Empezaba a vislumbrar que era poco probable que su esposo siguiera con vida, a pesar de lo cual aún le quedaba un destello de esperanza, sobre todo ahora que estaba en Inglaterra. Ante su consternación, acababa de saber, después de llamar a Jane, que su cuñado Peter había muerto en Kiska, en las Aleutianas, y Jane estaba desolada como la propia Sarah sin William.

En Whitfield, William parecía estar presente. Todo lo que veía allí se lo recordaba. Al día siguiente, le conmovió en particular que su suegra le regalara a Phillip un poni por su cumpleaños. El niño se mostró muy contento y feliz. Sarah no le había visto sonreír así desde la muerte de Lizzie y la partida de Joachim. Aquí, Phillip formaba parte del mundo de su padre y de la vida para la que había nacido. Al niño le entusiasmaba el simple hecho de encontrarse allí, y le dijo con firmeza que deseaba quedarse cuando ella, tras mucho pensarlo, anunció que regresarían a Francia en octubre.

—¿Puedo llevarme el poni a Francia con nosotros, mamá? —preguntó el niño, y Sarah negó con la cabeza.

Volverían a Francia en otro vuelo militar y no había forma de transportar un caballo con ellos. Además, todavía había algunos soldados en el *château*, y demasiada agitación en sus vidas como para pensar en llevarse un poni. En el fondo de toda aquella agitación, Sarah empezaba a sentir verdadero dolor por la pérdida de William. El regreso a Whitfield había hecho su ausencia mucho más real, y ahora le echaba de menos más que nunca.

—Volveremos pronto, cariño, y la abuela cuidará del poni aquí.

Le entristeció no podérselo llevar a Francia. Resultaba extraño, sin embargo, pensar que todo esto sería suyo algún día. Pero le sorprendió mucho que, hacia el final de su estancia en Whitfield, los sirvientes ya hubieran empezado a llamarlo Su Gracia. Para ellos, William se había marchado para siempre y Phillip era ahora el duque.

—Sigo pensando que algún día recibiremos alguna noticia de él —dijo la madre de William la noche antes de su partida—. No he abandonado por completo toda la esperanza. No debería.

Sarah le prometió que ella tampoco lo haría, pero en el fondo de su corazón ahora empezaba a llorar su pérdida.

Al día siguiente regresaron a Francia y, una vez allí, el Departamento de Guerra se ocupó de hacer los arreglos necesarios para el transporte. Las cosas daban la sensación de funcionar mejor que seis semanas antes, cuando se marcharon, y cuando llegaron al *château* lo encontraron todo en orden. Emanuelle ya se había instalado, y el coronel se había ocupado de controlar bien a sus hombres, la mayoría de los cuales ya se había marchado. Algunos de los campesinos que habían trabajado para ella regresaron y se encargaron de las labores de jardinería, y Sarah también empezó a trabajar de nuevo en algunas de las *boiseries*, después de años de descuido por parte de los alemanes, aunque, gracias a la vigilancia de Joachim, en realidad habían ocasionado muy pocos daños.

Pensaba en él con frecuencia, pero no tenía forma de saber dónde o cómo estaba. A veces, preocupada, rezaba por él y por William.

Las Navidades de ese año fueron muy tranquilas en el *château* y muy solitarias para Sarah. Todo parecía volver a la normalidad, a excepción, naturalmente, de que el mundo seguía en guerra. Pero las fuerzas aliadas ganaban terreno y ahora la gente ya empezaba a pensar que aquello casi había terminado.

En la primavera, los aliados avanzaron sobre Berlín y en mayo, por fin, terminó la lucha en Europa. Hitler se había suicidado, y muchos de sus colaboradores habían huido. El caos reinaba en Alemania. Empezaban a conocerse terribles historias acerca de las atrocidades cometidas en los campos de concentración, y Sarah seguía sin recibir noticias de William o de Joachim. No tenía ni la menor idea de lo que podía haberles ocurrido, o de si estaban con vida. Ella seguía viviendo el día a día, en el *château*, hasta que recibió una llamada del Departamento de Guerra.

—Tenemos noticias para Su Gracia —dijo una voz al otro lado de la línea, y ella se puso a llorar incluso antes de que le dijeran de qué se trataba. Phillip estaba en la cocina del *château*, mirándola, preguntándose por qué lloraba su madre—. Creemos haber encontrado a nuestro hombre... o..., quiero decir, a su esposo. Liberamos uno de los campos de prisioneros de guerra ayer mismo, y había allí cuatro militares no identificados en condiciones bastante lamentables. Me temo que él es uno de ellos, si se trata de él..., pero no tenemos ninguna identificación. No obstante, el oficial al mando asistió a la academia militar de Sandhurst con él, y jura que se trata de su esposo. Aún no estamos seguros, pero lo trasladan por avión esta misma noche. Quisiéramos que acudiera usted a Londres inmediatamente, si puede.

¿Que si podía? ¿Le preguntaban eso después de no haber sabido nada de él durante más de tres años? ¿Estaban bromeando?

—Iré. ¿Pueden facilitarme un medio de transporte? Acudiré enseguida.

—No creo que podamos facilitárselo hasta mañana —dijo la voz con amabilidad—. Las cosas están un poco caóticas por todas partes, con la terrible situación en Berlín, los italianos y todo lo demás.

Toda Europa se hallaba inmersa en el caos, pero ella habría estado dispuesta a cruzar el canal a nado de haber sido necesario.

El Departamento de Guerra volvió a contactar con las fuerzas estadounidenses en Francia y, en esta ocasión, un jeep del cuartel general de las fuerzas aliadas en París fue al *château* para recoger a Sarah y a Phillip, que esperaban impacientes. Todavía no le había dicho a su hijo por qué razón iban a Londres; no quería desilusionarlo si resultaba que William no era el hombre que habían encontrado, pero al niño le encantaba la perspectiva de visitar de nuevo a su abuela y ver su poni. Sarah decidió que lo enviaría directamente a Whitfield, para que se quedara con su abuela, y el Departamento de Guerra puso a su disposición un vehículo y un conductor para llevarla al hospital donde se alojaban los prisioneros de guerra repatriados desde Alemania. Le habían dicho que aquellos cuatro hombres se encontraban desesperadamente enfermos y alguno de ellos gravemente herido, aunque no le habían comunicado de qué forma, o qué le sucedía a William. A ella no le importaba siempre y cuando él estuviera vivo y pudiera salvarse. Y si estaba con vida, se prometió a sí misma que haría cualquier cosa por salvarle.

El vuelo hasta el aeropuerto de Londres transcurrió sin ningún problema, y el coche que llevaría a Phillip hasta Whitfield ya estaba esperando cuando llegaron. Los soldados saludaron marcialmente a Phillip, con todos los honores militares y al niño le encantó. Luego, acompañaron a Sarah al hospital Real de Chelsea, para ver a los repatriados la noche anterior. Rezaba para que uno de ellos fuera William.

Solo había entre ellos un hombre que presentaba una remota posibilidad de que fuera él. Tenía aproximadamente la misma altura que William, pero le dijeron que solo pesaba unos sesenta kilos, tenía el cabello blanco y parecía bastante más viejo que el duque de Whitfield. Sarah no dijo nada mientras se lo explicaban, camino del hospital, y guardó un silencio temeroso mientras la llevaban al primer piso, cruzaban por salas llenas de soldados críticamente enfermos y médicos y enfermeras muy ocupados. Con lo que acababa de suceder en Alemania, tenían mucho que hacer. Estaban trayendo a los hombres por vía aérea con toda la rapidez que podían, y se había pedido ayuda a todos los médicos de Inglaterra.

Habían colocado al hombre que creían era William en una habitación para él solo. Y un ordenanza permanecía de continuo en la habitación para vigilar su respiración. Lo habían entubado por la nariz, conectándolo a un respirador, y sobre él se veían varias máquinas e ingenios mecánicos, incluyendo una tienda de oxígeno, que medio lo ocultaba.

El ordenanza apartó un poco la parte lateral de la tienda para que pudiera verlo e identificarlo, mientras los hombres del Departamento de Guerra se mantenían a una discreta distancia. El hospital todavía esperaba las radiografías dentales del mando de bombarderos para poder establecer una identificación segura. Pero Sarah no las necesitó. Apenas si era reconocible de tan delgado como estaba, y parecía su propio padre, pero al acercarse a la cama, ella alargó una mano y le tocó en la mejilla. Había regresado hasta ella de entre los muertos, y ahora no hizo el menor movimiento, pero en la mente de Sarah no quedó la menor duda. Era William. Se volvió y miró a los presentes y la expresión de su rostro fue suficiente para hacerles comprender, mientras las lágrimas rodaban por sus mejillas.

—Gracias a Dios... —susurró sir Alan, expresando los propios sentimientos de Sarah.

Ella permaneció como anclada donde estaba, incapaz de apartar la mirada de él, acariciándole el rostro y las manos, llevándose sus dedos a los labios para besarlos. Unas manos que tenían un color ceroso, como su rostro. Comprendió que se encontraba entre la vida y la muerte, pero sabía que en el hospital harían todo lo humanamente posible por salvarlo. El ordenanza volvió a cerrar la tienda de oxígeno y un momento más tarde entraron dos médicos y tres enfermeras que se pusieron a trabajar de inmediato, pidiéndole que abandonara la habitación. Así lo hizo ella, tras dirigirle una última mirada. Era un milagro. Ella había perdido a Lizzie..., pero ahora habían encontrado a William. Quizá Dios no fuera tan cruel como había temido durante un tiempo. Antes de que se marcharan, les pidió a los representantes del Departamento de Guerra si podían arreglar las cosas para que ella llamara a la madre de William, en Whitfield. Lo organizaron enseguida, desde el despacho del director del hospital y la duquesa viuda emitió un suspiro de alivio desde el otro lado del teléfono y luego se puso a llorar, como la propia Sarah.

—Gracias a Dios..., el pobre muchacho, ¿cómo está?

—Me temo que no muy bien. Pero pronto se repondrá.

Esperaba no haber dicho ninguna mentira, porque eso era lo que ella misma deseaba creer. Pero él no había sobrevivido a todo por lo que pasó para morir ahora. Ella, simplemente, no se lo permitiría.

Los representantes del Departamento de Guerra se marcharon y el director del hospital se dispuso a hablar con ella sobre el estado en que se encontraba William. No desperdició tiempo ni palabras, y habló sin ambages, con una expresión seria en el rostro.

—No sabemos si su esposo vivirá. Tiene gangrena en las dos piernas, *grandes* heridas internas, y ha estado enfermo durante mucho tiempo. Posiblemente años. Ha sufrido fracturas múltiples en ambas piernas que no llegaron a curar nunca, y es posible que no podamos salvarle la vida. Debe usted saberlo.

Ella lo sabía, pero también se negaba a aceptarlo. Ahora que había regresado se negaba rotundamente a perderlo.

—Tienen ustedes que salvarle las piernas. No ha llegado hasta aquí para que ustedes se las amputen.

—De todos modos, podemos hacer muy poco o nada. Y sea cual fuere el resultado, sus piernas quedarán inútiles, los músculos y los nervios se hallan demasiado dañados. Tendrá que vivir en una silla de ruedas.

—Muy bien, pero que él conserve las piernas en esa silla de ruedas.

—Su Gracia, no estoy seguro de que haya comprendido... Se trata de un equilibrio muy delicado... La gangrena...

Ella le interrumpió, asegurándole que lo comprendía a la perfección, pero le rogó que, de todas maneras, tratara de salvarle las piernas a William, y como parecía tan desesperada, el director le prometió que harían todo lo posible, aunque advirtiéndole que debía ser realista.

En las dos semanas siguientes, a William se le practicaron cuatro operaciones a las que a duras penas pudo sobrevivir. No obstante, lo consiguió, aunque todavía no había recuperado el conocimiento desde que lo trasladaron a Londres. Las dos primeras operaciones se hicieron en sus piernas, la tercera en la espina dorsal, y la última para restañar heridas internas que a la larga habrían podido acabar con su vida. Ninguno de los especialistas que lo atendió lograba comprender cómo había podido conseguirlo. Se encontraba muy debilitado por la infección y la enfermedad, extremadamente malnutrido, con huesos rotos que nunca habían curado, y mostraba señales evidentes de haber sido torturado. Había sufrido de todo y logrado sobrevivir... apenas.

A la tercera semana ya habían hecho todo lo posible, y ahora no cabía hacer otra cosa que esperar para ver si recuperaba la conciencia, permanecía en coma, o moría, algo que nadie sabía decir con certeza. Sarah permaneció sentada a su lado día tras día, sosteniéndole la mano, hablándole, infundiéndole la voluntad de vivir, hasta que casi tuvo peor aspecto que él mismo. Estaba desesperadamente pálida y delgada y los ojos vidriosos, pero siguió sentada a su lado, cuidándolo. Un día, una de las enfermeras entró en la habitación y sacudió la cabeza, diciéndole:

—No puede oírle, Su Gracia. No se agote intentándolo.

Le había traído a Sarah una taza de té, que ella aceptó agradecida, pero siguió insistiendo como si William pudiera oírla.

A finales de julio, le practicaron una nueva operación en el bazo y luego volvieron a esperar, mientras Sarah lo cuidaba, hablaba con él, lo animaba, le besaba los dedos y lo vigilaba, sin abandonar su cabecera ni por un momento. Le habían instalado una cama en la habitación, y ella se había puesto uno de los uniformes prestados por las enfermeras. Permanecía allí sentada, día tras día, sin abandonar nunca la esperanza. La única ocasión en que se separó de la cabecera de la cama de

William fue cuando la duquesa viuda trajo a Phillip al hospital, ya que en esa ocasión salió a encontrarse con ellos en la sala de espera. Al niño no se le permitió subir a la habitación para ver a William porque se habría asustado. Se le había dicho lo muy enfermo que se encontraba su padre, pero William todavía era un extraño para Phillip. En la época en que todavía podía haberlo recordado, el niño no lo había visto. Sarah se alegró de ver a su hijo; lo echaba mucho de menos, y él a ella, pero no creía que debiera abandonar a William.

Era el primero de agosto cuando el cirujano jefe le dijo que necesitaba descansar, que habían llegado al convencimiento de que William nunca despertaría de su coma. Sencillamente, esta vez no iba a conseguirlo. Podía existir de aquella forma durante años, o días, pero si fuera a despertar ya lo habría hecho para entonces, y eso era algo que ella tenía que afrontar.

—¿Cómo sabe que no despertará de improviso esta misma tarde? —preguntó con un tono un tanto histérico.

Pero lo único que sabía ella era que habían logrado salvarle las piernas y, a tenor de sus palabras, ahora se disponían a abandonar la lucha y desprenderse de él como de una basura. No había dormido decentemente desde hacía cinco semanas, y no estaba dispuesta a abandonar ahora, sin que le importara nada de lo que le dijeran. El médico, sin embargo, insistió en que ellos sabían lo que ocurría.

—Soy cirujano desde hace casi cuarenta años —le dijo con firmeza—, y a veces hay que saber cuándo luchar y cuándo ha llegado el momento de abandonar. Luchamos... y perdimos. Ahora tiene usted que abandonar.

—Estuvo prisionero de guerra durante tres años y medio, ¿considera usted que eso es abandonar? —le gritó, sin que le importara quién pudiera escucharla—. William no abandonó la lucha en aquellos momentos, y yo tampoco la abandonaré ahora. ¿Me ha oído bien?

—Desde luego, Su Gracia. La comprendo perfectamente.

El cirujano salió de un modo sereno de la habitación y pidió a la enfermera jefe que le sugiriera a la duquesa de Whitfield tomar un ligero sedante, pero Sarah se limitó a mirarle con rabia. Estaba poseída, obsesionada con la idea de salvar a su esposo.

—El pobre hombre ya está casi muerto. Debería dejarlo morir en paz —le comentó a la enfermera de turno, quien sacudió la cabeza, si bien pensó que a veces se veían cosas muy extrañas.

Habían tenido a un hombre en una de las salas que había revivido recientemente, después de permanecer casi seis meses en coma a causa de una herida en la cabeza sufrida durante una incursión aérea.

—Nunca se sabe —respondió la enfermera y regresó a la habitación para comprobar cómo se encontraban Sarah y William.

Sarah estaba sentada en la silla, junto a la cabecera de la cama, hablándole dulcemente de Phillip, de su madre, de Whitfield, del *château*, e incluso le mencionó de manera vaga a Lizzie. Le hubiera dicho cualquier cosa que creyera que pudiera funcionar, pero pasaron tantos días que, aunque se negaba a admitirlo, estaba a punto de desesperar. La enfermera le puso una mano cariñosa sobre el hombro, observándoles, y en ese momento, por un instante, creyó verlo moverse, pero no dijo nada. Sarah también lo había visto, y permaneció muy quieta durante un rato. Luego, volvió a hablarle, y le preguntó si no quería abrir los ojos para mirarla aunque solo fuera una vez..., por un instante muy pequeño, solo para comprobar si le gustaba el aspecto de su cabello. Llevaba más de un mes sin mirarse en un espejo, pero eso no le importaba ahora. Siguió hablándole, besándole las manos con ternura, mientras la enfermera la observaba admirada, y entonces, lentamente, los ojos de William aletearon levemente y los abrió, la miró y sonrió. Después, volvió a cerrarlos con un leve gesto de asentimiento, mientras ella sollozaba en silencio. Lo habían conseguido..., había abierto los ojos. La enfermera también lloraba, y apretó la mano de Sarah antes de decirle a su paciente:

—Es muy agradable que haya despertado, Su Gracia. Ya iba siendo hora de que lo hiciera.

Pero él no se movió durante un rato y luego lo hizo muy despacio. Giró la cabeza y miró directamente a Sarah.

—Es muy bonito —susurró con la voz enronquecida.

—¿El qué? —preguntó ella sin la menor idea de a qué se refería.

Pero nunca se había sentido más feliz. Hubiera querido ponerse a gritar de alivio y de alegría. Se inclinó para besarlo dulcemente.

—Tu pelo..., ¿no me preguntaste eso?

La enfermera y Sarah se echaron a reír. Al día siguiente ya lo habían incorporado y le dieron sopa y té flojo a cucharadas, y a finales de esa misma semana ya hablaba con todos ellos y poco a poco iba recuperando su fortaleza, aunque parecía la sombra de un fantasma. Pero había vuelto. Estaba vivo. Eso era todo lo que le importaba a Sarah. Era la única razón de su vida.

Representantes del Departamento de Guerra y del Interior acudieron a verlo, y cuando se sintió lo bastante fuerte, les contó lo que le había ocurrido. Para enterarse de todo necesitaron hacerle varias visitas, y resultó ser una historia casi increíble. William no consintió en que Sarah estuviera presente en la habitación. Le habían roto las piernas una y otra vez, lo habían abandonado entre la inmundicia hasta que se ulceró, lo torturaron con hierros al rojo vivo y con descargas eléctricas. Le hicieron de todo, salvo matarlo. Pero jamás lograron saber quién era, y él nunca lo dijo. Cuando fue hecho prisionero, llevaba pasaporte y documentación militar falsos, y eso fue todo lo que supieron de él hasta el final. Jamás les dijo una sola palabra sobre su abortada misión.

Recibió la Cruz de Vuelos Distinguidos por su heroísmo, pero eso no fue más que un pequeño consuelo por haber perdido el uso de sus piernas. Al principio, le deprimió saber que ya nunca volvería a caminar, pero Sarah tuvo mucha razón al luchar para que se las conservaran, pues le alegró mucho comprobar que todavía las tenía. No hubiera soportado verse con las piernas amputadas.

Ambos habían perdido mucho. Una tarde, poco antes de abandonar el hospital, Sarah le habló de Lizzie, y los dos se echaron a llorar, mientras le contaba lo ocurrido.

—Oh, querida..., y yo ni siquiera estaba contigo.

—No podrías haber hecho nada. No disponíamos de medicinas, ni de médicos... No teníamos de nada. Los aliados todavía no habían llegado y los alemanes se preparaban para marcharse y disponían de muy poca cosa. La niña no tuvo fuerzas suficientes para sobrevivir. El comandante del *château* se portó muy bien con todos nosotros, nos ofreció todo lo que tenía, pero Lizzie no tuvo ánimos suficientes... —Sollozó y luego miró a su marido—. Era una niña tan dulce y encantadora... —Sarah apenas si podía hablar, mientras él la tenía cogida de sus manos—. Desearía que hubieras podido conocerla.

—Algún día la conoceré —dijo él entre lágrimas—. Cuando todos volvamos a estar juntos, en algún otro lugar.

Y, de alguna forma, eso hizo que Phillip fuera doblemente valioso para ambos, por mucho que, a veces, ella todavía echaba terriblemente de menos a la pequeña Lizzie, sobre todo cuando veía a alguna niña que se parecía a ella. Sabía que otras madres también habían perdido a sus hijos durante la guerra, pero eso no aliviaba un dolor casi insoportable. Se sentía sumamente agradecida por el hecho de que William estuviera ahora con ella para compartirlo.

A veces, también pensaba en Joachim, pero él pertenecía cada vez más a un distante pasado. En la soledad, en el dolor, el terror y la guerra, había sido su único amigo, a excepción de Emanuelle. Pero su recuerdo se iba desvaneciendo gradualmente.

Sarah cumplió veintinueve años de edad cuando William todavía se hallaba hospitalizado. La guerra con Japón había terminado varios días antes, y todo el mundo lo celebraba con alegría. William regresó a la mansión de Whitfield el mismo día que los japoneses se rindieron oficialmente en el acorazado *Missouri*, en vísperas del sexto cumpleaños de Phillip. Era la primera vez que veía a su hijo desde que tenía unos pocos meses de edad, y el encuentro fue muy emocionante para él, y un tanto extraño para el pequeño. Phillip se quedó de pie, mirándolo fijamente durante largo rato antes de acercarse finalmente y rodear el cuello de su padre con los brazos, alentado por su madre. Incluso en su silla de ruedas, William era tan alto que causaba respeto en Phillip. Ahora, más que nunca, su padre lamentaba los años que había tardado en conocerlo.

El tiempo que pasaron en Whitfield les sentó muy bien. William aprendió a manejarse con mayor facilidad en su silla de ruedas, y Sarah obtuvo un descanso que necesitaba desde hacía mucho tiempo. A Phillip le encantaba estar allí, y eso le dio oportunidad para empezar a conocer a su padre.

En una ocasión habló con él de Lizzie y era evidente que hablar de su hermana todavía le resultaba doloroso.

—Era muy hermosa —dijo el niño dulcemente, con la mirada perdida en la distancia—. Y cuando se puso enferma, mamá no pudo conseguir medicinas para ella, así que se murió.

Apenas hubo un atisbo de reproche en su voz, que William no dejó de notar, pero que no comprendió. ¿Acusaba a su madre por la muerte de la niña? Pero le pareció tan improbable que no se atrevió a hacer más preguntas al niño. Sin duda, este sabía que su madre habría hecho todo lo posible por ella..., ¿o acaso no lo sabía?, se preguntó William.

A veces, Phillip también hablaba de Joachim. No dijo gran cosa, pero fue fácil percibir que aquel hombre le gustaba. Y fuera cual fuese su nacionalidad, William se sintió agradecido por la amabilidad que había demostrado con sus hijos. Sarah nunca le hablaba de él, cuando William le preguntaba, se limitaba a decir que había sido un hombre amable y decente. Aquel año celebraron el nonagésimo cumpleaños de la madre de William. Era una mujer superior, y ahora que William había vuelto parecía sentirse mejor que nunca.

Todos eran más felices de lo que lo habían sido en el reciente pasado. Pero no podían negar que habían sufrido pérdidas enormes... de tiempo, de esperanza, de personas a las que amaban, con la dulce Lizzie muerta, con William ausente durante tanto tiempo y casi perdido para siempre, con Joachim que apareció y desapareció de sus vidas. La muerte y el dolor habían cobrado su tributo, y ahora se recuperaban de ellos. Pero, a veces, Sarah se preguntaba si el más afectado de todos no habría sido el pequeño Phillip. Durante los seis primeros años de su vida había perdido a un padre al que no había conocido, y ahora tenía que conocerlo y construir con él una relación que no le resultaba fácil. Había perdido a un amigo cuando se marchó Joachim, y una hermana a la que nunca olvidaría, y a la que todavía lloraba.

—La echas de menos, ¿verdad? —le preguntó ella con tristeza una tarde en que paseaban por el bosque. El niño asintió, levantando los ojos para mirarla dolorosamente, como hacía siempre que hablaban de su hermana—. Yo también, cariño.

Le apretó la mano mientras caminaban, y Phillip apartó la mirada y no dijo nada. Pero sus ojos expresaron algo que William ya había comprendido y que Sarah todavía no había captado. En el fondo, acusaba a su madre por la muerte de su hermana. Ella tenía la culpa de que Lizzie hubiera muerto por falta de medicamentos, como era culpa suya el hecho de que Joachim hubiera tenido que marcharse. No estaba muy seguro de saber qué había hecho su madre para que esas calamidades afectaran a su vida, pero sabía que tenía que haber hecho algo..., o al menos no las había evitado. No obstante, en Whitfield se sentía muy feliz. Montaba a caballo, paseaba por los bosques, disfrutaba con la compañía de su abuela y, poco a poco, empezaba a conocer a su padre.

17

No regresaron a Francia hasta la primavera y para entonces William había vuelto a ser el centro de sus vidas. Parecía haber aceptado perder el uso de sus piernas y había recuperado su peso normal. Solo el cabello blanco le daba un aspecto diferente. Tenía ahora cuarenta y dos años, pero la experiencia pasada en el campo de prisioneros le había hecho envejecer varios años. Hasta Sarah se comportaba de una forma más seria que antes de la guerra. Todos ellos habían tenido que pagar un precio muy elevado por lo que había ocurrido, incluyendo a Phillip, que era un niño serio que volvió a sentirse muy desgraciado cuando abandonaron Whitfield. Dijo que quería quedarse allí, con su abuela y su poni, pero, desde luego, sus padres se impusieron.

William lloró al regresar al *château*. Era tan exacto a como lo recordaba, tal como soñó que sería cuando regresara de nuevo al hogar, que lo único que pudo hacer fue abrazarse a Sarah y llorar como un niño. Al llegar, todo ofrecía un aspecto hermoso. Emanuelle y su madre lo habían preparado todo en espera de su llegada. Sarah había dejado a Emanuelle a cargo de la mansión durante casi un año entero, y la joven se ocupó de todo a la perfección. No quedaban señales de la presencia de los soldados, ni en el *château* ni en los terrenos o en los establos. Emanuelle había empleado a brigadas de hombres para limpiarlo todo y prepararlo para la llegada de los Whitfield.

—Está todo muy hermoso —le alabó Sarah en cuanto regresaron, ante lo que Emanuelle se sintió muy complacida.

Se había convertido en una joven muy madura para sus años. Apenas había cumplido los veintitrés, pero sabía dirigir bien las cosas y poseía una gran aptitud para los detalles y la precisión.

La misma tarde de su llegada, Sarah llevó a William a visitar la tumba de Lizzie, y él lloró al ver la pequeña tumba. Ambos lloraron. Camino a casa, volvió a preguntarle a Sarah por los alemanes.

—Estuvieron aquí durante demasiado tiempo —comentó él de un modo natural—. Resulta extraño que no causaran más daños.

—El comandante se portó muy bien. Era un hombre afable y mantuvo controlados a sus hombres. No le gustaba la guerra más que a nosotros.

William enarcó una ceja al oír aquellas palabras.

—¿Llegó a decirte eso?

—En varias ocasiones —se apresuró a contestar ella, sin saber muy bien por qué le hacía aquellas preguntas, pero percibió en su voz algo que le indicaba su preocupación.

—¿Entablastes una buena amistad con él? —preguntó sin miramientos, sabiendo que Phillip lo mencionaba con frecuencia. Había momentos en que le preocupaba que su hijo prefiriera al oficial alemán antes que a su propio padre. Eso significaba un duro golpe para él, aunque, naturalmente, lo entendía. Ahora, cuando Sarah lo miró, comprendió por qué le hacía aquellas preguntas. Se volvió para poder mirar a William, sentado en la silla de ruedas.

—Solo fuimos amigos, William. Nada más que eso. Él vivió aquí durante mucho tiempo, y nos ocurrieron muchas cosas... Elizabeth nació en esa época. —Decidió ser honrada con él. Tenía que serlo, porque siempre se había comportado así—. Él me ayudó en el parto. De hecho, salvó la vida a la niña, ya que habría muerto de no haber estado él allí. —Pero, de todas formas, la pequeña había muerto, así que quizá eso no importara tanto—. Sobrevivimos aquí durante cuatro años, pasando por todo eso. Resulta difícil ignorarlo. Pero si me preguntas lo que creo me estás preguntando, debo decirte que no, jamás ocurrió nada.

Entonces, él la asombró con sus siguientes palabras, y un pequeño estremecimiento le recorrió todo su cuerpo.

—Phillip dice que lo besaste cuando se marchó.

No era correcto que el niño le hubiera dicho eso a su padre, o al menos de ese modo, pero posiblemente no comprendía lo que había hecho, o quizá sí. A veces, no estaba muy segura de comprender al niño. Se había mostrado tan arisco con ella desde la muerte de Lizzie..., desde que se marchó Joachim y regresó William. Ahora, la evitaba todo lo que podía. Aún tenía muchas cosas que asimilar y comprender. A todos les sucedía lo mismo.

—Tiene razón, lo hice —respondió Sarah con serenidad. No tenía nada que ocultarle a William y quería que lo supiera—. Se hizo amigo mío. Joachim odiaba lo que estaba haciendo Hitler casi tanto como nosotros. Y contribuyó mucho a garantizar nuestra seguridad. Cuando se marchó, sabía que no volvería a verle. No sé si logró sobrevivir o si murió, pero le deseo lo mejor. Le di un beso de despedida, pero no te traicioné.

Al decirlo, unas lágrimas le cayeron por sus mejillas. Y sus palabras eran ciertas: le había sido fiel, y Phillip había cometido un grave error al provocar los celos en su padre. Desde aquel preciso instante supo que el niño se sentía enojado con ella por haber besado a Joachim, y por haberle dejado marchar. En realidad, estaba enfadado por muchas cosas, pero jamás había esperado que hiciera nada al respecto. Ahora, le alegraba haber podido hablar sinceramente con William. No le había engañado. Eso era lo único por lo que había valido la pena pasar todas aquellas noches en soledad.

—Siento haberlo preguntado —dijo él, con expresión culpable.

Ella se arrodilló ante su esposo y le tomó el rostro entre las manos.

—No, no lo sientas. No hay nada que no puedas preguntarme. Te amo, William. Siempre te he amado. Jamás renuncié a ti. Nunca. Jamás dejé de amarte. Y siempre estuve convencida de que regresarías algún día.

Era verdad, y él pudo verlo reflejado en sus ojos, eso y lo mucho que le amaba.

Suspiró, aliviado por lo que ella le había dicho, y la creyó. Se había sentido aterrorizado cuando Phillip se lo contó. Pero también sabía que Phillip, a su modo, trataba de castigarlo por haberlos abandonado.

—Nunca creí que pudiera volver. Me decía una y otra vez que lo conseguiría, aunque solo fuera para sobrevivir otra hora más, otra noche, otro día..., pero en el fondo no estaba convencido. Hubo muchos que no lo consiguieron. —Había visto morir a tantos hombres, torturados hasta la muerte por los alemanes—. Son una nación de monstruos —añadió mientras regresaban a la casa.

Y ella no se atrevió a decirle que Joachim era diferente. Tal como él mismo había dicho una vez, la guerra era un asunto muy feo. Pero ahora, gracias a Dios, ya había terminado.

Llevaban apenas tres semanas instalados en el *château* cuando un día Emanuelle y Sarah se encontraban en la cocina haciendo pan. Hablaron sobre muchas cosas y fue entonces cuando Emanuelle empezó a hacer preguntas.

—Debe de estar muy contenta de tener a *monsieur le duc* otra vez en casa —empezó a decir, lo que era bastante evidente para todo aquel que les viera.

Sarah no se había sentido tan feliz desde hacía muchos años y ahora, lentamente, hacía nuevos descubrimientos sobre su vida sexual. Algunas de las alteraciones resultaron desafortunadas, pero muy pocas cosas parecían haber cambiado, ante la satisfacción de William, ahora que tenía la oportunidad de intentarlo.

—Es maravilloso —dijo Sarah sonriendo con una expresión de felicidad, amasando el pan bajo la mirada de Emanuelle.

—¿Ha traído mucho dinero de Inglaterra?

Le pareció una pregunta extraña y Sarah levantó la cabeza para mirarla, sorprendida.

—No, desde luego que no. ¿Por qué debía hacerlo?

—Solo me lo preguntaba.

Emanuelle pareció sentirse en una situación embarazosa, aunque no demasiado. Por lo visto, algo le rondaba por la cabeza, pero Sarah fue incapaz de imaginar de qué se trataba. Nunca le había hecho una pregunta como aquella.

—¿Por qué has tenido que preguntar una cosa así?

Sabía que, durante la guerra, la joven tuvo que ver con la Resistencia, a través de su hermano, y más tarde con el mercado negro, pero ahora no tenía ni la menor idea de en qué andaba metida.

—Hay personas que... a veces..., andan necesitadas de dinero. Me preguntaba si usted y *monsieur le duc* estarían dispuestos a...

—¿Quieres decir darles dinero? ¿Así de fácil?

Sarah estaba un tanto desconcertada, y Emanuelle parecía muy pensativa.

—Quizá no. ¿Y si esas personas tuvieran algo que vender?

—¿Quieres decir algo así como comida? —Sarah no acababa de comprender lo que la joven pretendía dar a entender. Terminó de preparar el pan y se lavó las manos, observándola con una mirada prolongada y dura, preguntándose una vez más en qué andaría metida. Nunca había sospechado de ella hasta entonces, pero ahora recelaba, y no le gustaba esa sensación—. ¿Te refieres a alimentos o aperos para la granja, Emanuelle?

Ella negó con la cabeza y bajó el tono de voz al contestar.

—No..., quiero decir cosas como joyas... Hay personas... *dans les alentours*, por los alrededores, que necesitan dinero para reconstruir sus hogares, sus vidas. Han ocultado cosas durante la guerra, a veces oro, plata o joyas, y ahora necesitan venderlas.

Emanuelle había reflexionado durante algún tiempo acerca de cómo podía ganar dinero ahora que había terminado la guerra. No quería pasarse toda la vida limpiando para los demás, ni siquiera para ellos, aunque les quería mucho. Y se le había ocurrido esa idea. Conocía a varias personas ansiosas por vender algunos objetos de valor, como joyas o plata, pitilleras Fabergé y otras pertenencias que habían ocultado. En concreto conocía a una mujer en Chambord, propietaria de un magnífico collar de perlas que necesitaba vender desesperadamente por cualquier cantidad que se le ofreciera. Los alemanes habían destruido su casa y necesitaba el dinero para reconstruirla.

Se trataba de una especie de permuta. Emanuelle conocía a personas que poseían objetos hermosos y que se encontraban muy necesitadas, y los Whitfield tenían dinero para ayudarlas. Había querido comentarlo desde hacía días, pero no estaba segura de cómo abordar la cuestión. Sin embargo, cada vez acudían a ella más personas, conocedoras de la estrecha relación que mantenía con los duques, rogándole que les ayudara. La mujer de las perlas, por ejemplo, había acudido a verla en dos ocasiones, lo mismo que otras muchas personas.

También había judíos que salían de sus escondites. Y mujeres que habían aceptado regalos caros de los nazis y que ahora temían conservarlos. Se pasaban joyas de unas manos a otras a cambio de vidas o de información para la Resistencia. Y Emanuelle quería ayudar a esas personas a venderlas. Ella también obtendría una ganancia, aunque relativamente pequeña. No quería aprovecharse de ellas, sino que solo deseaba ayudarlas y obtener un pequeño beneficio. Pero Sarah seguía mirándola ahora, perpleja.

—Pero ¿qué podría hacer yo con las joyas?

Precisamente esa misma mañana había recuperado las suyas del escondite bajo las tablas de la habitación de Phillip.

—Ponérselas —contestó Emanuelle pizpireta. A ella misma le habría gustado llevarlas, pero todavía no podía permitirse el comprarlas. Quizá lo hiciera algún día—. También podría volver a venderlas. Hay muchas posibilidades, *madame*.

—Algún día serás una gran mujer —le dijo Sarah sonriendo.

Solo les separaba seis años de edad, pero Emanuelle poseía un gran espíritu de supervivencia y de empresa, una forma de inteligencia que Sarah sabía le faltaba a ella. Lo que ella poseía era fortaleza interior y resistencia, algo muy diferente a lo que tenía Emanuelle: astucia.

—¿Se lo preguntará a *monsieur le duc*? —le rogó a Sarah antes de que esta saliera de la cocina con la bandeja del almuerzo para su esposo.

Sarah percibió en su voz un tono de ansiedad.

—Así lo haré —le prometió—, pero te aseguro que pensará que me he vuelto loca.

Curiosamente, al decírselo, él no pensó que estuviera loca. La miró divertido.

—Es una idea inteligente. Esa muchacha es extraordinaria, ¿verdad? De hecho, se trata de una manera muy limpia y bonita de ayudar a la gente, proporcionándole dinero. Me gusta la idea. Hace poco estaba pensando en lo que podríamos hacer para ayudar a las gentes del lugar. —Sonrió con una mueca—. Pero esa es una posibilidad. ¿Por qué no le dices a Emanuelle que no me parece mal y vemos qué ocurre?

Lo que ocurrió fue que, tres días más tarde, sonó el timbre de la puerta principal del *château*, a las nueve de la mañana. Cuando Sarah bajó a abrir, se encontró con una mujer que llevaba un brillante vestido negro con aspecto de haber sido muy caro, unos zapatos gastados y un bolso Hermès que Sarah reconoció de inmediato. Pero no reconoció a la mujer.

—*Oui?...* ¿Sí? ¿En qué puedo ayudarla?

—*En effet... je m'excuse...* Yo...

Parecía asustada, y no dejaba de mirar por encima del hombro, como si temiera que alguien pudiera asaltarla. Al mirarla con detenimiento, Sarah sospechó que sería judía.

—Debo disculparme, pero... una amiga mía me ha sugerido... El caso es que tengo un grave problema, Su Gracia. Mi familia...

Los ojos de la mujer se llenaron de lágrimas y empezó a explicarse poco a poco. Sarah la invitó amablemente a entrar en la cocina y le ofreció una taza de té. Ella explicó que toda su familia había sido deportada a campos de concentración durante la guerra. Por lo que sabía, era la única superviviente. Había permanecido oculta durante cuatro años en un sótano, en casa de unos vecinos. Su esposo había sido médico, director de un importante hospital en París. Pero los nazis lo habían deportado, así como a sus padres, a sus dos hermanas e incluso a su propio hijo. Empezó a llorar de nuevo, mientras la propia Sarah trataba de contener las lágrimas. La mujer dijo que necesitaba dinero para encontrarlos. Quería viajar a Alemania y a Polonia, para visitar los campos y ver si podía encontrar alguna información sobre ellos entre los supervivientes.

—Creo que la Cruz Roja podría ayudarla, *madame*. En toda Europa hay organizaciones que se dedican a ayudar a la gente en casos como el suyo.

Sabía que William ya había donado bastante dinero a esa clase de organizaciones en Inglaterra.

—Quiero ir yo misma. Y algunas de las organizaciones privadas resultan muy caras. Y una vez que los encuentre o... —Apenas si pudo pronunciar las siguientes palabras—. Quiero ir a Israel. —Lo dijo como si aquella fuera realmente la tierra prometida, y Sarah la comprendió. Entonces, la mujer extrajo dos cajas grandes del bolso—. Tengo algo que vender... Emanuelle me dijo que usted podría..., dijo que eran ustedes muy amables.

Y que su esposo era muy rico, aunque la señora Wertheim, que así se llamaba, fue lo bastante educada como para no decirlo. Lo que sacó del bolso eran dos cajas de Van Cleef, una que contenía un enorme collar de esmeraldas y diamantes, y la otra un brazalete a juego. Las joyas eran magníficas, impresionantes, y estaban hermosamente trabajadas.

—Yo... ¡Dios mío! ¡Son realmente hermosas! No sé qué decirle.

No se imaginaba a sí misma llevando una cosa así. Se trataba de piezas importantes y, desde luego, valdrían lo que ella quisiera pedir, pero ¿cómo podía fijarse un precio para algo así? Y, sin embargo, al mirarlas y por razones que no pudo explicarse, Sarah tuvo que admitir que la idea de comprarlas le parecía interesante. Nunca había poseído nada parecido. Y a la pobre mujer casi le temblaban las piernas, y rezaba para que se las compraran.

—¿Me permite mostrárselas a mi marido? Solo será un momento. —Subió la escalera con rapidez, llevando las dos cajas, y entró precipitadamente en el dormitorio—. No te lo vas a creer —exclamó con la respiración entrecortada—. Hay una mujer en la cocina que... —se interrumpió y arrojó el contenido de las cajas sobre el regazo de William—. Quiere vendernos esto.

Sacudió las magníficas esmeraldas y él emitió un silbido.

—Muy bonitas, cariño. Te sentarían muy bien en el jardín. Hacen juego con el verde...

—Esto es serio —dijo ella y le contó sucintamente la historia de la mujer de tal manera que él también sintió pena por ella.

—¿No podemos darle un cheque? Me siento como un bribón quitándole estas preciosidades, aunque debo decir que tú estarías divina con ellas puestas.

—Gracias, mi amor. Pero ¿qué vamos a hacer con ella?

—Bajaré y yo mismo hablaré con esa mujer.

Ya se había afeitado y se había puesto los pantalones, la camisa y el batín. Había desarrollado una gran habilidad para vestirse, a pesar de sus limitaciones. Siguió a Sarah fuera del dormitorio y bajó la escalera por la rampa que habían construido ex profeso para él.

La señora Wertheim todavía les esperaba en la cocina, con aspecto de estar muy nerviosa. Se sentía tan asustada que casi se hallaba a punto de huir de allí sin las joyas, por temor a que ellos le hicieran algo horrible, pero Emanuelle había insistido en que se trataba de personas de categoría. La joven conocía a las personas que habían ocultado a la señora Wertheim en el sótano. Había contactado con ellas a través de la Resistencia.

—Buenos días —la saludó William con una sonrisa, y la mujer intentó relajarse mientras esperaba a saber lo que harían con sus piedras—. Temo no haber hecho nada parecido hasta ahora, y para nosotros resulta una novedad. —Decidió sacar de dudas a la mujer y abordar directamente el asunto. Ya había decidido que deseaba ayudarla—. ¿Cuánto pide por ellas?

—No lo sé. ¿Diez? ¿Quince?

—Eso es ridículo.

La señora Wertheim se estremeció y habló en un susurro.

—Lo siento..., ¿cinco?

Las habría vendido por casi nada de tan desesperadamente como necesitaba el dinero.

—Yo estaba pensando más bien en treinta. ¿No le parece razonable? Es decir, treinta mil dólares.

—Yo..., oh, Dios mío. —Empezó a llorar, incapaz de controlarse por más tiempo—. Que Dios le bendiga..., que Dios le bendiga, Su Gracia.

Se limpió los ojos con un viejo pañuelo de encaje y besó a los dos antes de marcharse con el cheque guardado en el bolso. Hasta la propia Sarah tenía lágrimas en los ojos.

—Pobre mujer.

—Lo sé —dijo él, que pareció sombrío por un momento. Luego, le puso el collar y el brazalete a Sarah—. Disfrútalos, querida.

Ambos se sintieron contentos con la caritativa obra que acababan de hacer. Y antes de que terminara la semana, tuvieron oportunidad de hacer otra.

Sarah, ayudaba a Emanuelle a lavar los platos después de la cena, y William se encontraba en su estudio, que a Sarah todavía le hacía pensar vagamente en Joachim, cuando, de pronto, apareció una mujer ante la puerta de la cocina. Era joven y parecía incluso más asustada que la señora Wertheim. Llevaba el pelo corto, pero no tanto como cuando se lo raparon al cero, inmediatamente después de la ocupación. Sarah creyó haberla visto en compañía de uno de los oficiales alemanes que habían vivido en el *château*, a las órdenes de Joachim. Era una mujer hermosa y antes de la guerra había trabajado como modelo para Jean Patou, en París.

Emanuelle casi rezongó al verla, pero ella misma le había dicho que viniera. Esta vez, sin embargo, se prometió a sí misma pedir una comisión más elevada. Casi no había recibido nada de la señora Wertheim, aunque la mujer había insistido en darle algo.

La joven miró nerviosa a Emanuelle, y luego a Sarah. Después, la escena pareció repetirse.

—¿Puedo hablar con Su Gracia?

Tenía un brazalete de diamantes para vender. Era de Boucheron y muy bonito. Según le dijo a Sarah, se trataba de un regalo. Pero el alemán que se lo había dado, también le había regalado otras muchas cosas. La había dejado con un niño.

—Siempre está enfermo, y no puedo comprarle comida,

ni medicamentos. Temo que pueda haber contraído la tuberculosis.

Aquellas palabras conmovieron profundamente a Sarah, que pensó enseguida en Lizzie. Miró a Emanuelle, como preguntándole si era cierto lo que decía, y esta asintió con un gesto.

—Sí, tiene un bastardo alemán..., de dos años de edad, y siempre está enfermo.

—¿Me promete que le comprará comida y medicamentos y ropas calientes si le damos algún dinero? —preguntó Sarah con expresión dura.

La joven juró que así lo haría. Luego, Sarah fue a buscar a William, que acudió a la cocina para ver a la joven y el brazalete. Quedó impresionado con ambos y tras hablar con ella durante un rato, decidió que no mentía. No quería comprar joyas que podrían haber sido robadas, pero en este caso no parecía tratarse de nada de eso.

Le compraron el brazalete por un precio que les pareció justo, puede que el mismo que había pagado el alemán, y ella se marchó dándoles las gracias. Luego, Sarah miró a Emanuelle y se echó a reír, sentándose en la cocina.

—¿Qué estamos haciendo exactamente?

—Quizá yo consiga hacerme rica y usted obtendrá un montón de joyas bonitas —contestó con una amplia sonrisa.

Sarah no pudo evitar sonreír ante aquellas palabras. Aquello era casi una locura, pero divertido y conmovedor al mismo tiempo. Al día siguiente compraron un extraordinario collar de perlas de una mujer de Chambord, para que pudiera reconstruir su casa. Las perlas eran fabulosas y William insistió en que se las pusiera.

A finales del verano, Sarah ya tenía diez brazaletes de esmeraldas, tres collares a juego, otros cuatro de rubíes, una cascada de hermosos zafiros y varios anillos de diamantes, además de una soberbia diadema de turquesas. Todas esas joyas procedían de gente que había perdido sus fortunas, sus casas o los hijos, y necesitaban el dinero para encontrar a sus parientes desaparecidos, reconstruir sus vidas o simplemente para comer. Se trataba de una filantropía que podrían haber descrito a sus amigos sin sentirse estúpidos por ello y que, sin embargo, ayudaba a las personas a las que compraban las joyas, al mismo tiempo que Emanuelle, en efecto, se enriquecía con las comisiones. La joven empezaba a ir muy bien vestida, iba a la ciudad para arreglarse el cabello y compraba sus ropas en París, que era algo más de lo que había hecho la propia Sarah desde que terminara la guerra. En comparación con ella, Sarah empezaba a parecer poco elegante.

—William, ¿qué vamos a hacer con todas estas joyas? —le preguntó un día en que rompió el equilibrio de media docena de cajas de Van Cleef y Cartier que guardaba en el armario, y que le cayeron sobre la cabeza, ante lo que su esposo se echó a reír.

—No tengo ni la menor idea. Quizá debiéramos organizar una subasta.

—Hablo en serio.

—¿Por qué no abrimos una tienda? —le preguntó William de buen humor.

Pero la idea le pareció absurda a Sarah. Al cabo de un año, sin embargo, el inventario del que disponían parecía ser superior al de Garrard's.

—Quizá debiéramos venderlas —sugirió Sarah esta vez.

Ahora, sin embargo, William ya no estaba tan seguro. Estaba enfrascado con la idea de plantar viñedos en las tierras del *château*, y no disponía de tiempo para preocuparse por las joyas, que de todos modos seguían comprando. Ahora ya eran conocidos por su generosidad y amabilidad. En el otoño de 1947 William y Sarah decidieron ir a París para estar a solas, dejando a Phillip con Emanuelle durante unos días. Ya hacía año y medio que habían regresado desde Inglaterra, y no habían salido del *château* desde entonces por hallarse demasiado ocupados.

París estaba mucho más hermosa de lo que Sarah había esperado encontrarla. Se alojaron en el Ritz y se pasaron casi tanto tiempo en la cama como durante su luna de miel. Pero también encontraron tiempo suficiente para ir de compras, y fueron a cenar con los Windsor, en el Boulevard Sachet, en otra casa igualmente encantadora decorada por Boudin. Sarah se puso un vestido negro muy elegante que acababa de comprar en Dior, un espectacular collar de perlas y un fabuloso brazalete de diamantes que le habían comprado meses atrás a una mujer que lo había perdido todo a manos de los alemanes.

Durante la cena, todo el mundo quiso saber dónde había conseguido el brazalete. Pero Wallis también se fijó en las perlas y le dijo amablemente a Sarah que jamás había visto un collar como aquel. También se mostró intrigada por el brazalete y al preguntar de dónde procedía los Whitfield se limitaron a decir: «Cartier», sin dar mayores explicaciones. En comparación, hasta las joyas de Wallis palidecían.

Y ante su propia sorpresa, durante la mayor parte de su estancia en París Sarah se sintió fascinada por las joyas. Tenían joyas magníficas, pero también ellos las poseían en el *château*. En realidad, incluso tenían más que en algunos establecimientos, y algunas de sus piezas eran mejores.

—Creo que deberíamos hacer algo con todo eso —comentó ella de un modo vago mientras regresaban a casa en el Bentley especialmente construido para él después de que salieran de Inglaterra.

Pero transcurrieron otros seis meses antes de que se les ocurriera. Ella estaba muy ocupada con Phillip, y deseaba disfrutar de su compañía antes de que el pequeño se marchara para Eton al año siguiente. En realidad, hubiera querido que se quedara en Francia pero, a pesar de haber nacido allí y de haber pasado toda su vida en el *château*, el niño sentía una verdadera pasión por todo lo inglés y tenía grandes deseos de ir a estudiar a Eton.

William se hallaba demasiado ocupado con su vino y sus viñedos como para pensar demasiado en las joyas. Fue en el verano de 1948 cuando Sarah insistió en que hicieran algo con la gran cantidad de joyas que habían ido acumulando, y que incluso ya no eran una buena inversión. Todas quedaban allí guardadas, excepto las pocas que ella misma utilizaba.

—Cuando se marche Phillip, iremos a París y las venderemos todas. Te lo prometo —le dijo William con actitud distraída.

—Se pensarán que hemos robado un banco en Montecarlo.

—Algo así parece, ¿no crees? —replicó él burlonamente.

Pero en el otoño, cuando fueron a París, comprobaron que eran demasiadas para llevarlas todas consigo. Escogieron unas pocas, pero dejaron el resto en el *château*. Sarah empezaba a sentirse aburrida y un poco solitaria, una vez que Phillip se marchó. Y cuando ya se encontraban en París desde hacía dos días, William la miró y anunció haber encontrado una solución.

—¿A qué? —preguntó ella, que se encontraba mirando unos trajes nuevos en Chanel cuando él se lo dijo.

—Al dilema de las joyas. Montaremos nuestra propia joyería y las venderemos.

—¿Deliras? —replicó ella mirándole fijamente, admirando lo apuesto que era, incluso en la silla de ruedas—. ¿Qué vamos a hacer nosotros con una tienda? El *château* se encuentra a dos horas de camino de París.

—Le propondremos a Emanuelle que la dirija. Ya no tiene nada que hacer ahora que Phillip se ha ido, y ya se está cansando de ocuparse de la casa.

Últimamente, había comprado sus ropas en Jean Patou y en Madame Grès, y su aspecto era cada vez más elegante.

—¿Hablas en serio? —No se le había ocurrido pensarlo y no estaba muy segura de que le gustara la idea, aunque, en cierto modo, podía ser divertido, y a los dos les encantaban las joyas. Entonces, empezó a preocuparse—. ¿No crees que a tu madre le parecerá algo vulgar?

—¿Ser propietarios de una tienda? Es vulgar —asintió William—, pero muy divertido. ¿Por qué no? Y mi madre es muy tolerante. Casi me atrevería a decir que le encantaría.

A pesar de tener más de noventa años, cada vez parecía tener una mentalidad más abierta y ahora estaba encantada de tener a Phillip con ella para pasar las vacaciones y los fines de semana.

—Quién sabe, quizá algún día lleguemos a ser los joyeros de la casa real. Tendremos que venderle algo a la reina para conseguirlo. En tal caso, Wallis se volvería loca y nos pediría un descuento.

Era una verdadera quimera, pero durante el trayecto de regreso al *château* no hablaron de otra cosa y, después de todo, Sarah tuvo que admitir que la idea le encantaba.

—¿Cómo la llamaremos? —preguntó muy animada cuando ya habían llegado a casa y se hallaban acostados en la cama.

—Whitfield's, desde luego —contestó él con orgullo—. ¿De qué otro modo podríamos llamarla, querida?

—Lo siento —dijo ella rodando sobre la cama para besarlo—. Debería haberlo pensado.

—Sí, deberías haberlo hecho.

Fue casi como tener un nuevo hijo. Un proyecto nuevo y maravilloso.

Anotaron todas sus ideas, hicieron un inventario de las joyas que poseían, y las hicieron valorar en Van Cleef, donde se quedaron atónitos ante lo que habían ido acumulando. Hablaron con abogados y regresaron a París antes de Navidad para alquilar una tienda pequeña, pero muy señorial, en el Faubourg Saint-Honoré, en la que pusieron a trabajar a los arquitectos y los obreros, y hasta se encargaron de buscarle un apartamento a Emanuelle, que se sentía fuera de sí de tanta excitación.

—¿Estamos locos de atar? —preguntó Sarah mientras estaban en la cama de la suite del Ritz, la víspera de Año Nuevo.

De vez en cuando, todavía se sentía un tanto preocupada.

—No, querida, no lo estamos. Hemos hecho mucho bien a buen número de personas a las que hemos comprado todas esas joyas, y ahora nos vamos a divertir un poco con todo eso. No hacemos ningún daño a nadie. Y hasta es posible que sea un gran negocio.

En Navidades, cuando volaron a Inglaterra para pasar unos días en Whitfield, se lo explicaron todo a Phillip, y a la madre de William, a quien le pareció una idea excelente, y prometió ser la primera en comprarles una joya, si se lo permitían. Y Phillip anunció que algún día abriría una sucursal en Londres.

—¿No preferirías dirigir la de París? —le preguntó Sarah sorprendida por su reacción.

Para ser un niño criado en el extranjero y que, de todos modos, solo era medio inglés, se comportaba de una forma sorprendentemente británica.

—No quiero volver a vivir nunca en Francia —anunció el muchacho—, excepto para pasar las vacaciones. Quiero vivir en Whitfield.

—Vaya, vaya —exclamó William, más divertido que preocupado—. Me alegro de que haya alguien que piense así.

Ya ni siquiera podía imaginarse la idea de vivir allí. Al igual que le había sucedido a su primo, el duque de Windsor, se sentía mucho más feliz en Francia, lo mismo que Sarah.

—Tendréis que contarme todo lo que pasa en la inauguración —dijo la duquesa viuda antes de su partida, y obtuvo la promesa de que así lo harían—. ¿Para cuándo es?

—Para el mes de junio —contestó Sarah muy animada, mirando a William con excitación.

Era, en efecto, como tener un nuevo niño, y como eso no había ocurrido, Sarah se entregó al nuevo proyecto con toda su energía, durante los seis meses siguientes, y la noche antes de la inauguración todo parecía deslumbrante.

18

La inauguración de la tienda constituyó un éxito enorme. El interior fue exquisitamente decorado en un terciopelo gris pálido por Elsie de Wolfe, la estadounidense que se había instalado a vivir en París. Daba la impresión de ser el interior de un joyero, y todas las sillas eran de estilo Luis XVI. William había traído desde Whitfield unos pocos y pequeños cuadros de Degas y algún dibujo de Renoir. Había también un precioso Mary Cassatt que a Sarah le entusiasmaba, pero cuando alguien se sentaba allí no eran precisamente las obras de arte lo que más miraba. Las joyas expuestas a la venta eran absolutamente maravillosas. Habían descartado algunas de las alhajas menos notables, pero ellos mismos se hallaban sorprendidos por la calidad de la mayoría de ellas. Cada pieza tenía sus propios méritos; fabulosos collares de diamantes, enormes perlas, estilizados pendientes de diamantes y hasta un collar de rubíes que había pertenecido a la zarina. Las grandes marcas de la joyería eran claramente visibles en todo aquello que vendían, incluyendo la de Van Cleef en la diadema de turquesas. Disponían de piezas procedentes de Boucheron, Mauboussin, Chaumet, Van Cleef, Cartier y Tiffany, en Nueva York, Fabergé y Asprey. Su inventario era en verdad deslumbrante, como lo fue la acogida que les dispensaron los parisienses. Se había publicado un discreto reportaje de prensa para anunciar que la duquesa de Whitfield inauguraba una joyería llamada Whitfield's en el Faubourg Saint-Honoré donde se ofrecían joyas de ensueño para mujeres distinguidas.

La duquesa de Windsor acudió a la inauguración, así como la mayoría de sus amigas, y, de repente, *le tout Paris* apareció allí, lo más destacado de la ciudad, e incluso unas pocas amistades que habían acudido desde Londres, llenas de curiosidad.

Vendieron cuatro piezas solo en la noche en que ofrecieron la fiesta de inauguración, un encantador brazalete de perlas y diamantes procedente de Fabergé, con pequeñas aves esmaltadas en azul, y un collar de perlas que era una de las primeras joyas que les había traído Emanuelle. También vendieron el conjunto de esmeraldas de la señora Wertheim, que alcanzó un precio bastante elevado, así como la sortija de rubí *cabochon* hecha por Van Cleef para un marajá.

Sarah lo contemplaba todo deslumbrada, incapaz de creer lo que estaba sucediendo, mientras que William parecía sentirse muy satisfecho y orgulloso de ella, y muy divertido con lo que estaban haciendo. Habían comprado todas aquellas piezas con la mejor de las intenciones, y con la esperanza de ayudar a sus antiguos propietarios. Y ahora, de repente, todo ello se había transformado en el más extraordinario de los negocios.

—Has hecho un trabajo maravilloso, amor mío —la alabó cálidamente, mientras los camareros servían más champaña.

Habían traído cajas enteras de Cristal para la inauguración y gran cantidad de tarrinas de caviar.

—¡Casi no puedo creérmelo! ¿Y tú?

Parecía nuevamente una jovencita, de tan bien como se lo pasaba, y Emanuelle daba toda la impresión de ser una gran dama, codeándose con la élite, con un aspecto muy hermoso en su vestido negro de Schiaparelli.

—Pues claro que puedo creérmelo. Tienes un gusto exquisito y estas joyas son muy hermosas —dijo él con serenidad, tomando un sorbo de su copa.

—Es todo un éxito, ¿verdad? —preguntó riendo.

—No, querida, tú lo has logrado. Eres lo más querido que hay en mi vida —le susurró.

Los años pasados en el campo de prisioneros le habían enseñado a apreciar más que nunca todo aquello que más quería, su esposa, su hijo y su libertad. Su salud no había vuelto a ser tan fuerte como en otros tiempos, pero Sarah le cuidaba mucho y poco a poco se iba fortaleciendo. A veces, casi parecía tan vitalista como lo había sido en otros tiempos, mientras que en otras ocasiones daba la impresión de estar cansado, y entonces ella sabía que las piernas le hacían daño. Las heridas habían curado finalmente, pero nunca sucedería lo mismo con el daño sufrido en su constitución. Sin embargo, había conservado la vida, se encontraba bien y ambos estaban nuevamente juntos. Ahora, además, tenían este extraordinario negocio que representaba para ella una gran diversión de la que disfrutaba profundamente.

—¿Te lo puedes creer? —le susurró a Emanuelle pocos minutos más tarde.

La joven se había comportado de una manera muy fría mientras mostraba un caro collar de zafiros a un hombre muy apuesto.

—Creo que aquí nos vamos a divertir mucho —dijo Emanuelle sonriendo misteriosamente a su *patronne*.

Sarah comprendió que ella se lo pasaba muy bien y que coqueteaba sutilmente con algunos hombres muy importantes, sin que le diera mucha importancia al hecho de que estuvieran casados.

Al punto de concluir la inauguración, David le compró a Wallis una pequeña y preciosa sortija de diamantes con el leopardo de Cartier grabada en ella, para que combinara con las que ya tenía, lo que constituyó la quinta venta que efectuaban durante la velada. Era ya medianoche cuando todo el mundo se retiró y se aprestaron a cerrar la tienda.

—¡Oh, querido, ha sido tan fabuloso! —exclamó Sarah dando palmadas de alegría.

William la tomó de la mano y la hizo sentar sobre su regazo, mientras los guardias de seguridad se encargaban de cerrar, y Emanuelle les indicaba a los camareros dónde debían guardar el caviar sobrante. Al día siguiente se lo llevaría a casa y lo compartiría con algunos amigos. Sarah le había dado permiso para hacerlo así, ya que ofrecía una pequeña fiesta en su apartamento de la calle de la Faisanderie para celebrar su nuevo trabajo como directora de Whitfield's. Eso, para ella, quedaba muy lejos de La Marolle, de sus tiempos en la Resistencia, dedicada a acostarse con militares alemanes para obtener información sobre depósitos de municiones que luego eran volados, y de vender huevos, crema y cigarrillos en el mercado negro. Todos ellos habían tenido que recorrer un largo camino, y pasar por una guerra igualmente larga, pero ahora todo había cambiado aquí, en París.

Poco después, William y Sarah regresaron a la suite del Ritz. Habían hablado de la posibilidad de encontrar un pequeño apartamento donde pudieran alojarse cuando fueran a París. Solo había dos horas de viaje hasta el *château*, pero seguía siendo una gran distancia para conducir, y ella no iba a estar constantemente presente en la tienda, como lo estarían Emanuelle y la otra chica que la ayudaba. No obstante, quería buscar nuevas piezas siempre que pudiera, sobre todo ahora que había aumentado el número de personas que acudían a ellos en busca de ayuda. Además, quería diseñar por sí misma algunas joyas. El caso es que iban a París con mayor frecuencia de la que solían. Por el momento, el Ritz era de lo más conveniente y Sarah bostezó mientras caminaba tras la silla de ruedas de William. Pocos minutos más tarde ya se encontraba en la cama, a su lado.

Al deslizarse entre las sábanas, él se volvió hacia el otro lado y sacó un estuche del cajón de la mesita de noche.

—Qué tonto he sido —dijo en un tono vago, aunque ella sabía muy bien que estaba a punto de cometer alguna travesura—. Se me había olvidado esto... —Y le entregó una gran caja cuadrada y plana—. Solo es una pequeña chuchería para celebrar la inauguración de Whitfield's —le dijo con una sonrisa maliciosa.

Y ella también le sonrió, preguntándose qué habría dentro.

—¡Oh, William, eres tan travieso...! —Siempre se sentía como una niña con él. La mimaba demasiado y siempre tenía esos detalles señalados—. ¿Qué es?

Sacudió ligeramente la caja una vez que le hubo quitado el papel de regalo en el que venía envuelta. Se dio cuenta entonces de que se trataba de un estuche que llevaba un nombre italiano: Buccellati.

La abrió cuidadosamente, con un brillo de excitación en los ojos, y entonces se quedó con la boca abierta ante lo que vio. Era un collar de diamantes portentoso, delicadamente confeccionado y con aspecto de ser una pieza única.

—¡Oh, Dios mío!

Cerró los ojos y la caja al mismo tiempo. William ya le hacía unos regalos preciosos, pero esto era increíble y nunca había visto nada igual. Parecía como un cuello de encaje, primorosamente engarzado en platino, con hermosas gotas de diamantes que parecían acariciarle la piel como si fueran de rocío.

—¡Oh, William! —exclamó volviendo a abrir los ojos y echándole los brazos al cuello—. ¡No me merezco tanto!

—Pues claro que sí —se burló él—, no digas esas cosas. Además, como propietaria de Whitfield's, a partir de ahora la gente va a estar pendiente de ti para ver qué joyas te pones. Tendremos que comprarte más joyas fabulosas, joyas que sean espectaculares —dijo con una mueca burlona, divertido ante la perspectiva.

Le encantaba mimarla y siempre le había gustado comprar joyas, como había hecho su padre antes que él. Le puso el collar y ella se quedó tumbada en la cama, mientras él lo admiraba. Ambos se echaron a reír. Había sido una noche perfecta.

—Cariño, siempre deberías ponerte diamantes para acostarte —le dijo besándola en los labios, y su boca descendió sobre el collar y más abajo.

—¿Crees que será un gran éxito? —murmuró ella con suavidad, rodeándolo con sus brazos.

—Ya lo es —contestó él con voz ronca.

Y luego, ambos se olvidaron de la tienda.

Al día siguiente, los periódicos se hicieron eco de la inauguración, contando historias sobre los invitados, sobre las joyas, sobre lo hermosas que eran y la elegancia de Sarah y William. También se mencionó la presencia del duque y la duquesa de Windsor. Fue perfecto.

—¡Lo hemos conseguido! —exclamó ella con una sonrisa de satisfacción, durante el desayuno, sin llevar puesta otra cosa que el collar de diamantes.

Ya tenía casi treinta y tres años de edad, pero su figura estaba mejor que nunca, allí sentada en el sillón, con las piernas cruzadas y el cabello levantado en un moño sobre la cabeza, con los diamantes refulgiendo a la luz del sol de la mañana. William sonrió satisfecho, observándola.

—¿Sabes, querida? Eres mucho más hermosa que eso tan reluciente que llevas alrededor del cuello.

—Gracias, mi amor.

Se inclinó hacia él y se besaron. Poco después, terminaron de desayunar.

Esa tarde pasaron por la joyería, y las cosas parecían ir muy bien. Emanuelle les dijo que habían vendido otras seis piezas, algunas de las cuales eran bastante caras. También habían aparecido algunos curiosos para ver a las personas que iban, para observar las joyas y por la reputación. Acudieron dos hombres importantes para comprar algo, uno para su querida y el otro para su esposa. Y Emanuelle había quedado para cenar con el último. Se trataba de un alto funcionario del gobierno, bien conocido por sus asuntos amorosos, increíblemente apuesto, y a Emanuelle le pareció que sería divertido salir con él, aunque solo fuera por una vez. No haría daño a nadie. Él era un hombre maduro y ella, desde luego, tampoco era una virgen.

William y Sarah se quedaron un rato para ver qué ocurría, y más tarde, aquella misma noche, regresaron en coche al *château*, todavía excitados por el éxito de la inauguración de Whitfield's. Esa misma noche, Sarah se sentó sobre la cama y empezó a dibujar las alhajas que quería encargar hacer. No podían contar con encontrar continuamente piezas fabulosas. Tenía la intención de asistir a algunas de las subastas en Nueva York, y en Christie's, en Londres. Y sabía que Italia era un lugar ideal para encargar la confección de joyas. De repente, se encontraba con mil cosas que hacer. Y siempre le pedía consejo a William, que tenía muy buen gusto y un juicio excelente.

En el otoño, sus esfuerzos empezaron a dar resultados. La joyería funcionaba extremadamente bien, ya se habían realizado algunos de sus diseños y Emanuelle le decía que la gente se volvía loca con ellos. Ella tenía muy buen ojo, y William conocía bien las piedras. Compraban con cautela, y ella siempre insistía en la mejor artesanía. Las sortijas parecían volar de la tienda, y en octubre ya se encontraba diseñando más, en la confianza de poder tenerlas para antes de Navidades.

Emanuelle se hallaba íntimamente relacionada con Jean-Charles de Martin, un alto funcionario del gobierno, aunque la prensa no lo había descubierto todavía. Hasta el momento se habían comportado con una extremada discreción debido al cargo que él ocupaba en el gobierno. Siempre se encontraban en el apartamento de ella.

Sarah apenas si podía creer lo muy ocupada que estaba. Acudían a París con mucha frecuencia, aunque todavía se alojaban en el Ritz, y no disponía de tiempo para buscar un apartamento. Antes de Navidades se encontraba completamente agotada. Habían ganado una fortuna con la tienda y William le había regalado una espléndida sortija de rubíes que había pertenecido a Mary Pickford. En Navidades se marcharon de nuevo a Whitfield, con la intención de traerse a Phillip con ellos a París, pero el muchacho les desilusionó al rogarles que le permitieran quedarse allí.

—¿Qué vamos a hacer con él? —preguntó Sarah con tristeza, durante el vuelo de regreso a casa—. Es increíble pensar que nació en Francia y se crió aquí y, sin embargo, solo desea estar en Inglaterra.

Era su único hijo y le producía un dolor insoportable la idea de perderlo. Por muy ocupada que estuviera, siempre había tenido tiempo para él; pero el muchacho no parecía tener interés por ellos; y lo único que significaba Francia para él eran recuerdos de los alemanes y los años de soledad pasados sin la presencia de su padre.

—Whitfield debe de habérsele metido en los huesos —dijo William para consolarla—. Lo superará. Solo tiene diez años y desea estar con sus amigos. Dentro de unos pocos años se sentirá muy feliz de volver aquí. Puede ir a estudiar a la Sorbona y vivir en París.

Pero el muchacho ya hablaba de ir a estudiar a Cambridge, como su padre y, en cierto modo, Sarah tenía la impresión de que ya lo habían perdido. Todavía se sentía deprimida por ello en Año Nuevo cuando regresaron al *château* y pilló un molesto resfriado. Había pasado por otro el mes anterior, y se sentía increíblemente cansada después de todo lo que habían hecho hasta poco antes de Navidades.

—Tienes un aspecto lamentable —le dijo William cariñosamente al verla bajar por la escalera en la mañana de Año Nuevo.

Él ya estaba en la cocina, preparando el café.

—Gracias —dijo ella burlona.

Le preguntó entonces si Phillip no se sentiría más feliz en el *château* si compraran algunos caballos.

—Deja de preocuparte por él, Sarah. Los niños tienen que vivir sus propias vidas, independientes de sus padres.

—Pero si solo es un niño —dijo ella con los ojos inesperadamente llenos de lágrimas—. Y es el único hijo que tengo.

Empezó a llorar de verdad, pensando en la pequeña niña que había perdido durante la guerra, aquella dulce niña que tanto había amado, mientras que ahora su hijo ya no parecía necesitarla para nada. A veces, al pensar en ello, sentía que se le desgarraba el corazón. Le parecía tan horrible que estuviera tan lejos de ella y que no tuviera más hijos. Pero no había vuelto a quedar embarazada desde que William regresó de Alemania. Los médicos aseguraron que era posible, pero no había ocurrido todavía.

—Mi pobre cariño —la consoló William sosteniéndola en sus brazos—. Es un niño malo por querer ser tan independiente.

Él mismo nunca había logrado intimar mucho con su hijo, por mucho que lo había intentado. Pero había sido terriblemente difícil volver de la guerra, conocer a un hijo de seis años y entablar una relación con él a esas alturas. De alguna manera, William sabía que ya nunca podría intimar con su hijo. Y también se daba cuenta de que Phillip jamás le perdonaría su ausencia. Era como si lo acusara por haberse marchado al frente y no haber estado allí para él, del mismo modo que acusaba en su interior a Sarah por la muerte de su hermana. Nunca llegó a decirlo con esas palabras, pero William siempre tuvo la impresión de que esos eran sus sentimientos, a pesar de que jamás se lo mencionó a Sarah.

Ahora, la hizo volver a la cama después de tomar una sopa caliente y un té, y ella permaneció acostada, llorando por Phillip, haciendo dibujos hasta que por fin se quedó dormida, mientras él subía de vez en cuando a ver cómo se encontraba. Sabía lo que le ocurría: que estaba completamente agotada. Pero cuando el resfriado le afectó al pecho, llamó al médico para que viniera a verla. Siempre se sentía preocupado por su salud. No podía soportar el verla enferma, como si tuviera miedo de perderla.

—Eso es ridículo. Me encuentro muy bien —objetó ella, tosiendo de un modo horrible, cuando le dijo que había llamado al médico.

—Quiero que te recete algo para esa tos, antes de que pilles una neumonía —dijo William con firmeza.

—Ya sabes que odio las medicinas —dijo ella quejosa.

Pero el médico acudió de todos modos. Era un atento anciano que había tenido abierta la consulta en otro pueblo. Se jubiló después de la guerra, y se portó muy amablemente, a pesar de que a ella le fastidiaba que hubiera venido, y le dijo una y otra vez que no necesitaba ningún médico.

—*Bien sûr, madame*, pero *monsieur le duc*... No vale la pena preocuparlo —le replicó él muy diplomáticamente, ante lo que ella se tranquilizó mientras William abandonaba la alcoba para preparar otra taza de té.

Cuando regresó, encontró a Sarah muy sumisa y un tanto sonrosada.

—¿Y bien? ¿Vivirá? —preguntó William al médico con burlona jovialidad.

El anciano sonrió y dio unas palmaditas en la rodilla de Sarah, levantándose para dejarlos a solas.

—Sin lugar a dudas, y espero que por mucho tiempo —contestó lisonjero. Luego se puso serio y añadió—: Sin embargo, se quedará en la cama hasta que se sienta mejor, *n'est-ce pas?*

—Sí, señor —contestó ella obedientemente.

William se preguntó qué habría podido ocurrir para que

ella se mostrara sin causa aparente tan dócil. Todas sus objeciones habían desaparecido como por encanto y ahora parecía muy relajada y serena.

El médico no le había recetado ningún medicamento, por las razones que le explicó a ella mientras William estaba fuera de la habitación, pero le pidió que tomara sopas calientes y té y que siguiera con lo que tuviera entre manos. Una vez que se hubo marchado, William se preguntó si no sería demasiado viejo y no conociera bien su profesión. En estos tiempos se disponía de gran cantidad de fármacos para no terminar contrayendo una neumonía, o una tuberculosis, y no estaba seguro de que la sopa caliente fuera suficiente. Eso le hizo plantearse la idea de si no debería llevarla a París.

Al entrar en la habitación, la encontró tumbada en la cama, mirando ensimismada por la ventana. Acercó la silla de ruedas a la cabecera de la cama y le acarició la mejilla. Pero la fiebre había desaparecido, y solo le quedaba aquella tos, lo que no dejaba de preocuparle.

—Quiero llevarte a París mañana mismo si no has mejorado para entonces —le dijo con serenidad.

Era demasiado importante para él como para arriesgarse a perderla.

—Estoy bien —dijo ella con una extraña mirada en los ojos que a él le hizo sonreír—. Estoy perfectamente bien..., solo que me siento muy estúpida.

No se lo había imaginado ni ella misma. Había estado tan ocupada durante el último mes, que solo pudo pensar en las fiestas, en Whitfield's, en las joyas y en nada más. Y ahora...

—¿Qué significa eso? —preguntó él frunciendo el entrecejo y mirándola atentamente, mientras ella se incorporaba sobre la almohada con una sonrisa beatífica.

Se sentó en la cama y se inclinó hacia él, besándolo tiernamente a pesar del resfriado. Pero nunca le había amado tanto como en este momento, cuando le dijo:

—Estoy embarazada.

Por un instante, el rostro de William no expresó nada. Luego, se la quedó mirando, estupefacto.

—¿Que estás qué? ¿Ahora?

—Acertaste —dijo ella con una expresión resplandecien-te para luego dejarse caer de nuevo sobre las almohadas—. Creo que estoy de dos meses. Estaba tan absorbida por la tienda que me había olvidado por completo de todo lo de-más.

—Santo Dios. —Casi pegó un salto en la silla de ruedas y, con una sonrisa de orgullo, le tomó los dedos entre los suyos, se inclinó y los besó—. Eres extraordinaria.

—Esto no lo he hecho yo sola, ¿sabes? Tú también has te-nido que ayudar un poco.

—Oh, querida. —Se inclinó más hacia ella, sabiendo muy bien lo mucho que había deseado tener otro bebé, lo mismo que él. Pero ambos habían abandonado la esperanza después de los tres años transcurridos, al ver que no sucedía nada—. Espero que sea una niña —dijo en voz baja.

Sabía que ella también lo deseaba así, no para que ocupa-ra el lugar insustituible de Lizzie, sino para establecer un cierto equilibrio con Phillip. William no había llegado a co-nocer a su hija, y ahora anhelaba tener una. En el fondo de su corazón, Sarah también confiaba en que el nacimiento de una niña contribuyera a curar las heridas de Phillip. Había amado tanto a Lizzie, y había sido tan diferente, tan arisco y distante desde que la perdieron.

William se incorporó sobre la silla de ruedas y se dejó caer en la cama, junto a Sarah.

—Oh, cariño, si supieras cómo te amo.

—Yo también te amo —le suspiró ella, apretada contra él.

Y permanecieron así durante largo rato, pensando en lo felices que eran, y contemplando un futuro lleno de expecta-tivas.

19

—No estoy segura —dijo Sarah ceñuda, al observar las nuevas piezas con Emanuelle. Acababan de entregarlas, procedentes del mismo taller con el que solía trabajar el joyero Chaumet, pero Sarah no estaba segura de que le gustaran—. ¿Qué te parece a ti?

Emanuelle tomó en las manos uno de los pesados brazaletes. Eran de color dorado y rosado y estaban incrustados de diamantes y rubíes.

—Creo que son muy chic, y que están muy bien hechos —concluyó.

En los últimos tiempos, Emanuelle tenía cada vez más estilo, con su cabello pelirrojo recogido en un moño, y un traje negro de Chanel que la hacía parecer muy digna, allí sentada, en el despacho de Sarah.

—También van a ser muy caros —dijo Sarah con pesar.

Le fastidiaba tener que cargar demasiado y, sin embargo, la buena artesanía exigía pagar precios increíbles. Ella seguía negándose a encontrar atajos, a utilizar a malos profesionales o piedras de poca calidad. Su credo era que en Whitfield's solo pudiera comprarse lo mejor.

—No creo que eso le importe a nadie —dijo Emanuelle sonriéndole a Sarah, mientras cruzaba la estancia para probarse uno de los brazaletes ante el espejo—. A la gente le encanta pagar por lo que vendemos. Le gusta la calidad, el diseño y las piezas antiguas, pero sobre todo le encanta usted, *madame*.

Seguía llamándola así, incluso después de todo aquel

tiempo. Se conocían desde hacía once años, desde la primera vez que Emanuelle acudió al *château* para ayudarla a dar a luz a Phillip.

—Quizá tengas razón —decidió Sarah finalmente—. Son piezas hermosas. Les diré que las aceptamos.

—Bien —dijo Emanuelle complacida.

Se habían pasado la mañana revisando las cosas. Era el viaje final de Sarah a París, para tener el niño. Era a finales de junio, y lo esperaba para dentro de dos semanas. Pero, en esta ocasión, William no quería correr ningún riesgo. Meses atrás ya le había dicho a su esposa que hacía años había realizado su última intervención como comadrona y que no estaba dispuesto a permitir que ella le obligara a repetirlo, sobre todo después de saber lo difícil que había sido también su segundo parto, cuando él se hallaba ausente.

—Pero yo quiero que el niño nazca aquí —volvió a objetar ella antes de abandonar el *château*.

William, sin embargo, no quiso ni oír hablar de eso.

Llegaron a París y se alojaron en el apartamento que habían comprado finalmente, esa misma primavera. Tenía tres bonitos dormitorios, dos habitaciones para el servicio, un elegante salón, un estudio encantador, un *boudoir* en la alcoba y un comedor y cocina muy bonitos. Sarah se las había arreglado para encontrar el tiempo necesario para decorarlo, y desde el apartamento se contemplaba una hermosa vista de los jardines de las Tullerías, con el Sena al fondo.

También se hallaba cerca de Whitfield's, y de algunas de sus tiendas favoritas, lo que agradaba mucho a Sarah. En esta ocasión, habían llevado a Phillip con ellos. El niño estaba furioso por no haber podido quedarse en el *château*, en alguna otra parte o incluso en Whitfield, y decía que París era muy aburrido. Sarah había contratado a un profesor para él, un hombre joven que lo acompañaba al Louvre, a la torre Eiffel o al zoológico cuando ella no podía. Y tenía que admitir que durante las dos últimas semanas, desde que estaban en el apartamento, apenas si podía moverse. El embarazo parecía haber ocupado toda su existencia.

Y eso también molestaba a Phillip. Durante las vacaciones de primavera le habían comunicado que iba a tener un hermanito, y él les había mirado con expresión consternada y casi de horror. Más tarde, le oyó decirle a Emanuelle que le parecía algo nauseabundo.

El niño y Emanuelle se habían hecho muy buenos amigos, y lo único que le gustaba a Phillip era ir a la tienda para visitarla y contemplar las joyas, como hizo aquella tarde, cuando Sarah lo dejó con Emanuelle para poder hacer algunos recados. Admitía que algunas de las alhajas eran muy hermosas, y la joven trataba de convencerlo de que el pequeño también sería muy agradable, pero el niño le contestó que, en su opinión, los bebés eran estúpidos. Elizabeth no lo había sido, añadió con tristeza, pero eso era distinto.

—Tú tampoco fuiste un estúpido —replicó Emanuelle con afecto, mientras comían unas magdalenas y tomaban una taza de chocolate caliente en el despacho, una vez que Sarah se hubo marchado a hacer unos recados, antes de ingresar en la clínica—. Fuiste un crío maravilloso —añadió, deseando tranquilizar al niño, que se había acostumbrado a mostrarse muy duro y brusco—. Y tu hermana también lo era. —Al oírla, algo cruzó por el rostro del niño y Emanuelle decidió cambiar de tema—. Quizá sea también una niña pequeña.

—Odio a las niñas... —Pero tras una pausa decidió matizar su comentario—, excepto a ti. —Y a continuación la dejó totalmente sorprendida, al preguntarle—; ¿Crees que podrías casarte conmigo algún día? Quiero decir, si no te has casado para entonces.

Sabía que ella ya tenía sus años, veintiocho para ser exactos, y que cuando él tuviera edad para casarse, ella ya tendría casi cuarenta, pero le parecía la mujer más hermosa que había conocido, incluso más guapa que su madre, que también había sido guapa, hasta que se puso gorda con su estúpido bebé. Emanuelle le contestó que tenía demasiados años para pensar así, a su edad, que no debía sentir celos de un hermanito, sino alegría por su llegada y por el hecho de convertirse en un hermano mayor. Pero era evidente que el niño no experimentaba nada de eso, y mucho menos alegría. Emanuelle vio que, más bien, se sentía muy enojado.

—Me encantaría casarme contigo, Phillip. ¿Quiere decir eso que estamos prometidos? —le preguntó sonriéndole y ofreciéndole otra magdalena.

—Supongo que sí, pero no puedo comprarte un anillo de pedida. Papá nunca me deja tener dinero.

—Está bien, no te preocupes. Ya tomaré prestado uno de la tienda mientras tanto.

El niño asintió y observó algunos de los objetos que había sobre la mesa del despacho, y entonces la sorprendió de nuevo con sus palabras, y aún habría sorprendido más a su madre si esta le hubiera oído.

—Algún día me gustaría trabajar aquí, contigo..., cuando nos hayamos casado.

—¿Lo dices de verdad? —preguntó ella, divertida, y luego se burló un poco de él—. Creía que querías vivir en Inglaterra.

Quizá había descubierto que París no era un lugar tan malo donde vivir.

—Podríamos abrir una tienda allí, en Londres. Eso me gustaría.

—Tendremos que decírselo a tus padres —dijo ella dejando la taza sobre la mesa.

Justo en ese momento Sarah entró en el despacho. Tenía un aspecto absolutamente enorme, pero seguía siendo bella, con un vestido de Dior que le habían hecho a medida aquel mismo verano.

—¿Decirme, qué? —preguntó tomando asiento.

A Emanuelle le pareció que se sentía increíblemente incómoda. Ella misma esperaba no tener hijos nunca, y estaba dispuesta a hacer todos los esfuerzos posibles para evitarlo. Ya había visto cómo eran los partos de Sarah, y llegó a la conclusión de que no eran hijos lo que ella quería. No comprendía cómo Sarah los deseaba tanto.

—Phillip quiere abrir una tienda en Londres. Una Whitfield's —explicó Emanuelle orgullosamente y, al darse cuenta de que el niño no deseaba que dijera nada sobre su compromiso, decidió guardar silencio sobre eso.

—Eso parece una buena idea —dijo Sarah sonriéndole—.

Estoy segura de que le encantará a tu padre, pero no estoy tan segura de que yo pueda sobrevivir hasta entonces.

El año transcurrido desde la inauguración de la joyería había sido absolutamente agotador para ella.

—Tendremos que esperar a que Phillip tenga edad suficiente para dirigirla.

—Entonces lo haré —dijo el niño con una mirada decidida que Sarah conocía muy bien.

Le ofreció dar un paseo en coche por el Bois de Boulogne y el niño se despidió a desgana de Emanuelle, dándole sendos besos en ambas mejillas, y para acabar, le apretó la mano, como para recordarle lo de su compromiso.

Dieron un agradable paseo por el parque, y el niño se mostró más parlanchín de lo habitual en él, hablando de Emanuelle, de la tienda, de Eton y de Whitfield. Fue paciente con el paso lento de Sarah, e incluso sentía pena por ella al verla siempre tan incómoda.

Al regresar al apartamento, William ya les esperaba, y esa noche cenaron en la Brasserie Lippe, algo que siempre le encantaba a Phillip. Durante las dos semanas siguientes, Sarah se dedicó por completo a él, porque sabía que no podría disponer de tanto tiempo una vez que naciera el bebé. Tenían la intención de regresar al *château* en cuanto naciera, y los médicos aseguraran que podría viajar. Deseaban que ingresara en la clínica una semana antes de lo previsto para el alumbramiento, algo a lo que ella se negó en redondo, diciéndole a William que eso no lo hacía nadie en Estados Unidos. En Francia, en cambio, las mujeres ingresaban en las clínicas privadas una o incluso dos semanas antes de tener al niño, simplemente para dejarse mimar y dedicarse a esperar el momento. Una vez que habían dado a luz, se quedaban durante otras dos semanas. Pero ella, por muy de moda que estuviera, no estaba dispuesta a quedarse sentada en una clínica sin hacer nada.

Pasaban cada día por la tienda, y Phillip se entusiasmó mucho cuando llegó un nuevo brazalete de esmeraldas, así como en otra ocasión en que Emanuelle les dijo que en una mañana habían vendido dos enormes anillos. Lo más extraño de todo fue que uno de ellos lo había comprado Jean-Charles de Martin, su amante. Lo había comprado para ella, bromeando cruelmente al hacerlo, fingiendo que era para su propia esposa. Luego, a medida que Emanuelle fue enfadándose más y más con él, sacó el anillo del estuche y lo deslizó en uno de sus dedos. Y ahora estaba allí, por lo que Sarah enarcó una ceja al verla.

—¿Significa eso algo serio? —le preguntó, aunque también sabía las muchas joyas que adquiría aquel hombre para su esposa y sus amigas en otras joyerías.

—Solo que poseo un nuevo y hermoso anillo —contestó Emanuelle, muy realista.

No se hacía ilusiones. Sin embargo, había algunos clientes muy interesantes. Muchos de los hombres que acudían a comprar en la joyería lo hacían tanto para sus esposas como para sus amantes. Llevaban vidas complicadas y todos ellos terminaron por saber que Emanuelle Bourgois era la personificación de la más absoluta discreción.

A últimas horas de la tarde ya estaban en el apartamento y esa noche Phillip se fue al cine acompañado por su tutor, un hombre joven y agradable, estudiante de la Sorbona, que hablaba con fluidez inglés y francés y que, afortunadamente, le había caído muy bien a Phillip.

Corría ya el mes de julio y el ambiente en París era caluroso y húmedo. Estaban allí desde hacía tres semanas, y Sarah se mostraba ansiosa por regresar a su hogar. El *château* estaba tan hermoso en esta época del año. Parecía tonto desperdiciar el verano quedándose en París.

—Yo no diría que lo estamos «desperdiciando» —musitó William con una sonrisa, mirándola. Su esposa tenía el aspecto de una ballena varada, allí, sobre el lecho, con el enorme camisón de satén rosado—. ¿No tienes calor con eso puesto? —preguntó, sintiéndose incómodo solo de mirarla—. ¿Por qué no te lo quitas?

—No quiero ponerte enfermo por tener que verme así.

—No hay en ti nada que me ponga enfermo —dijo él rodando lentamente sobre la cama para acercarse a ella.

Le entristecía un poco no poder estar presente cuando

ella diera a luz, como si se viera excluido del acontecimiento por aquel médico de moda en París, y por la clínica, pero él mismo deseaba que su esposa estuviera allí, porque eso le parecía mucho más seguro.

Aquella noche, ella cayó en un profundo sueño mientras él apenas si dormía por el calor. Sarah lo despertó a las cuatro de la madrugada, cuando empezó a notar los primeros dolores. William se vistió cuidadosamente y llamó a la doncella para que la ayudara. Luego la llevó en el coche a Nevilly, a la clínica que habían elegido. En el momento de partir ella parecía estar sufriendo fuertes dolores, y habló muy poco durante el corto trayecto en el Bentley. Luego, ya en la clínica, la apartaron de su lado y él esperó nervioso hasta el mediodía, con el temor de que las cosas pudieran ir tan mal como la primera vez. En esta ocasión, le habían prometido anestesiarla, asegurándole que la intervención sería fácil y con las más modernas técnicas. Tan fácil como pudiera ser para una mujer que tuvo un bebé de unos cuatro kilos y medio. Finalmente, a la una y media de la tarde, el médico acudió a verle, con aspecto muy limpio y aseado, y sonriéndole ampliamente.

—Tiene usted un hijo muy guapo, *monsieur*.

—¿Y mi esposa? —preguntó William con ansiedad.

—Ha tenido un parto difícil —contestó el médico con expresión seria—, pero todo ha salido bien. Ahora le hemos administrado algo para dormir. Podrá verla dentro de un rato.

Y cuando fue a su lado, la vio envuelta en sábanas blancas, y muy pálida y adormilada, sin tener una idea clara de dónde se encontraba o por qué estaba allí. Seguía diciéndole que tenían que ir a la tienda esa misma tarde, y que no se olvidara de escribirle a Phillip a Eton.

—Lo sé, cariño..., todo está bien.

Permaneció pacientemente sentado a su lado y hacia las cuatro y media ella se agitó un poco, abrió los ojos y le miró. Luego miró a su alrededor, confundida. William se le acercó un poco más, la besó en la mejilla y le dijo que habían tenido un hijo. William todavía no lo había visto, pero todas las enfermeras le habían dicho que era encantador. Pesaba más de cuatro kilos y medio, casi tanto como pesó Phillip en su día, y a juzgar por la expresión de su esposa, William sabía que no debía de haber sido nada fácil.

—¿Dónde está? —preguntó ella buscándolo por la habitación.

—En la sala de recién nacidos. Lo traerán pronto. Querían que durmieras. —Volvió a besarla y preguntó—: ¿Ha sido muy difícil?

—Fue extraño... —contestó mirándole todavía con expresión soñolienta, sosteniéndole la mano y tratando de enfocar la visión—. No hacían más que aplicarme éter y eso hacía que me vinieran náuseas..., pero lo único que consiguió fue marearme. Tenía la impresión de que todo sucedía como muy lejos de mí, a pesar de que sentía el dolor, pero no podía decírselo a ellos.

—Quizá sea esa la razón por la que prefieren hacerlo así.

Pero al menos ambos se hallaban a salvo y esta vez no había sucedido nada terrible.

—Me gustó mucho más cuando lo hiciste tú —dijo ella con tristeza.

Todo esto le parecía tan distante, tan ajeno a ella misma, tan aséptico. Y ni siquiera les habían enseñado el bebé todavía.

—Gracias, pero me temo que no soy muy buen ginecólogo.

Entonces les trajeron al niño, y todo el dolor quedó olvidado al instante. Era hermoso y rollizo, tenía el cabello oscuro y unos grandes ojos azules, y se parecía mucho a William. Sarah lloró al sostenerlo en sus brazos. Era un bebé tan perfecto, tan hermosamente pequeño. Ella había deseado una niña, pero ahora que ya lo había tenido no le importaba. Lo único que importaba era que estaba allí, y que se encontraba bien. Habían decidido llamarlo Julian, por un primo lejano de William. Ella insistió en William como segundo nombre, lo que a su padre le pareció una tontería, aunque finalmente consintió de mala gana. Sarah lloró cuando se lo volvieron a llevar. No comprendía por qué tenían que hacerlo así. Ella disponía de su propia enfermera y de una habitación particular, donde había incluso un pequeño salón y un cuarto de baño, pero le dijeron que no era higiénico dejar al pequeño allí durante mucho tiempo. Debía estar en la sala de recién nacidos, donde reinaba un ambiente estéril. Sarah bufó por la nariz y miró a William una vez se hubieron llevado a Julian, y las emociones del día parecieron abrumarla. Entonces, él se sintió repentinamente culpable por haberla traído a esta clínica y le prometió llevarla a casa tan pronto fuera posible.

Al día siguiente llevó a Phillip y a Emanuelle a verlos. Al observarlo a través del panel de cristal, Emanuelle afirmó que Julian era muy hermoso. Pero en la clínica no permitían que nadie visitara a los recién nacidos, y Sarah empezaba a odiar aquel lugar. Phillip lo miró con curiosidad a través del cristal y luego se encogió de hombros y se dio media vuelta, visiblemente indiferente. Al llegar a la habitación, Sarah observó su expresión desilusionada. Parecía enfadado por la presencia del bebé y no se mostró muy amable con su madre.

—¿No te parece gracioso? —preguntó ella esperanzada.

—No está mal, pero es muy pequeño —dijo Phillip con un deje de desprecio.

Su padre se echó a reír tristemente, sabiendo por lo que había tenido que pasar Sarah.

—No lo es para nosotros, jovencito. ¡Cuatro kilos seiscientos gramos es un monstruo!

Pero no había nada de monstruoso en el pequeño cuando lo trajeron para que Sarah lo alimentara, y a su madre le pareció una criatura de lo más tierna. Después de alimentarlo, lo dejó descansando acurrucado a su lado. Pero entonces, como si hubiera sonado un timbre, apareció una enfermera para llevárselo.

Al octavo día, Sarah estaba esperando a William cuando este llegó con un ramo de flores. Ella estaba de pie en el saloncito de la habitación, con los ojos encendidos.

—Si no me sacas de aquí dentro de una hora, tomaré a Julian en brazos y yo misma me iré, aunque sea en camisón. Me siento perfectamente bien. No estoy enferma, y no me dejan estar ni un momento cerca de mi hijo.

—Está bien, querida —asintió William, sabiendo que este momento llegaría—. Mañana, te lo prometo.

Y al día siguiente los llevó a los dos al apartamento, y dos días más tarde emprendieron el camino al *château*, con Sarah sosteniendo a Julian en sus brazos, mientras el pequeño dormía felizmente rodeado por el calor de su madre.

El día de su cumpleaños, en agosto, Sarah volvía a ser la misma de siempre. Estaba delgada y se encontraba bien y fuerte y, sobre todo, encantada con su niño. Habían cerrado la tienda durante ese mes, Emanuelle se encontraba a bordo de un yate en algún lugar del sur de Francia, y Sarah ni siquiera tenía que pensar en el negocio. En septiembre, cuando Phillip tuvo que regresar a la escuela, fueron a París a pasar unos días y Sarah se llevó al bebé consigo. Les acompañaba a todas partes y a veces incluso dormía pacíficamente en una canastilla instalada en su oficina.

—Es un niño tan bueno —comentaban todos de él.

Siempre estaba sonriendo, riendo y haciendo gorgoritos, y la víspera de Navidad ya se sentaba y todo el mundo estaba enamorado de él. Todos, excepto Phillip, que parecía enojarse cada vez que veía a su hermano, y que siempre tenía algo desagradable que decir de él. Eso le dolía a Sarah, que había esperado que se produjera un cambio en su hijo mayor. Pero el amor fraternal que ella esperaba no se produjo, y el muchacho permaneció distante y hosco.

—Está celoso —dijo William, aceptando las cosas como eran, como siempre hacía, a diferencia de Sarah, que no dejaba de protestar—. Así son las cosas.

—Pues no está bien. Es un bebé muy dulce y no se merece esto. Todo el mundo le quiere, excepto Phillip.

—Si durante el resto de su vida solo hay una persona a la que no le guste, te aseguro que será un hombre muy feliz —comentó William de manera realista.

—Pero no si esa única persona es su propio hermano.

—La vida es así a veces. Nadie dijo nunca que los hermanos tuvieran que ser amigos. Solo tienes que pensar en Caín y Abel.

—No lo entiendo. Phillip estaba loco por Lizzie —dijo con un suspiro—. Y Jane y yo nos adorábamos cuando éramos jóvenes.

Y todavía era así, a pesar de que no se veían. Jane había vuelto a casarse después de la guerra, y se trasladó primero a

Chicago y luego a Los Ángeles. No había vuelto a Europa, y Sarah tampoco había ido a Estados Unidos, y mucho menos a California. Ahora, resultaba difícil creer que Jane estuviera casada con alguien a quien Sarah ni siquiera conocía. A pesar de la intimidad que compartieron de pequeñas, cada una había seguido su propio camino. Sin embargo, aún la quería, ambas se escribían con frecuencia y Sarah intentaba animarla para que fuera a Europa.

Por contra, al margen de lo que pensaran sus padres, Phillip nunca fue cariñoso con su hermano menor, y cuando Sarah intentó hablar con él al respecto, no le hizo caso, hasta que ella insistió y entonces explotó con ella.

—Mira, no necesito ningún otro bebé en mi vida. Ya tuve uno.

Era como si no pudiera volver a intentarlo, como si no pudiera aceptar el riesgo, la pérdida o el cariño. Había querido a Lizzie, quizá hasta demasiado, y la había perdido. En consecuencia, había decidido que nunca querría a Julian. Era una triste situación para los dos niños.

Poco después de su nacimiento, William y Sarah llevaron a Julian a conocer a su única abuela, en Whitfield, y ahora estaban juntos para pasar las Navidades. La duquesa viuda quedó encantada con el pequeño, asegurando que nunca había visto a un niño más risueño. Parecía irradiar luz y hacía sonreír a todo aquel que lo contemplaba.

Ese año, las fiestas navideñas fueron particularmente agradables en Whitfield, con toda la familia reunida. La madre de William ya tenía noventa y seis años y se hallaba postrada en una silla de ruedas, pero seguía conservando su buen ánimo. Era la mujer más amable y animosa que Sarah hubiera conocido nunca, y seguía estando muy orgullosa de William, que le regaló un hermoso brazalete de diamantes, ante lo que ella murmuró que ya era muy vieja para ponerse algo tan hermoso, aunque evidentemente le agradó tanto que no se lo quitó en todo el tiempo que estuvieron allí. Al marcharse, poco después de Año Nuevo, abrazó con fuerza a William y le dijo lo buen hijo que había sido y que siempre, siempre la había hecho muy feliz.

—¿Por qué crees que me dijo eso? —preguntó William con lágrimas en los ojos ya en la habitación—. Siempre ha sido tan increíblemente buena conmigo.

Giró la cabeza, incómodo porque Sarah le viera llorar, pero su madre lo había conmovido con su gesto. También había besado las sonrosadas mejillas de Julian, y a Sarah, agradeciéndole todos los regalos que le habían comprado en París. Dos semanas más tarde murió tranquilamente, mientras dormía, y fue a reunirse con su esposo y el Señor, después de una vida de felicidad en Whitfield.

William quedó muy conmocionado por su fallecimiento, pero incluso él tuvo que admitir que su madre había tenido una buena vida, y muy prolongada. Ese mismo año habría cumplido los noventa y siete años y había disfrutado de buena salud durante toda su vida. Mientras todos ellos estaban de pie, en el cementerio de Whitfield, William pensó que había razones para sentirse agradecido. El rey Jorge y la reina Isabel acudieron al funeral, así como los parientes y amigos que sobrevivían, y todos aquellos que la conocieron.

Phillip fue el que notó más su ausencia.

—¿Quiere decir eso que ya no podré venir más aquí? —preguntó con lágrimas en los ojos.

—No, al menos durante un tiempo —contestó William con tristeza—. Pero esto estará aquí siempre, para ti. Y algún día será tuyo. Intentaremos venir unos días todos los veranos. Pero no podrás venir durante las vacaciones y los fines de semana, como hacías cuando tu abuela estaba con vida. No sería correcto que te quedaras aquí solo, con los criados. Puedes venir si quieres a La Marolle, o a París, o quedarte con alguno de tus primos.

—No deseo hacer nada de eso —le replicó con petulancia—. Quiero quedarme aquí.

Pero William no vio forma de que pudiera ser así. Con el tiempo, iría por su propia cuenta, cuando estudiara en Cambridge. Pero para eso todavía faltaban siete años y, mientras tanto, tendría que contentarse con las visitas ocasionales durante el verano.

Pero, al llegar la primavera, William ya se había dado cuenta de que ni siquiera él mismo podría estar alejado de Whitfield tanto como creía. El no contar con la presencia de ningún miembro de la familia significaba que no había nadie para vigilar las cosas y tomar decisiones inmediatas. Le asombró descubrir las muchas cosas de las que se había ocupado su madre y de pronto resultó muy difícil dirigir la finca sin su presencia.

—No me gusta tener que hacer esto —admitió ante Sarah una noche, mientras leía página tras página las quejas del administrador de la hacienda—, pero creo que necesito pasar allí más tiempo. ¿Te importaría mucho?

—¿Y por qué iba a importarme? —replicó ella sonriendo—. Ahora puedo llevarme a Julian a cualquier parte. —Ya tenía ocho meses y seguía siendo muy manejable—. Emanuelle controla perfectamente la tienda. —Había contratado a otras dos jóvenes, por lo que en total eran cuatro y el negocio seguía marchando de maravilla—. No me importaría pasar algún tiempo en Londres.

A ella siempre le había gustado. Y Phillip podría estar con ellos los fines de semana, en Whitfield, algo que sabía le encantaría.

Pasaron allí todo el mes de abril, a excepción de una breve escapada al Cap d'Antibes, durante la Semana Santa. Vieron a los Windsor durante una cena, y Wallis tuvo el detalle de indicar que había comprado algunas piezas muy bonitas en la joyería de Sarah, en París. Daba la sensación de estar muy impresionada por sus joyas, y sobre todo por los nuevos diseños de Sarah. En Londres, mucha gente hablaba de Whitfield's.

—¿Por qué no abres una tienda aquí? —le preguntó William una noche, cuando salieron de una fiesta donde tres mujeres la habían acosado materialmente a preguntas.

—¿En Londres? ¿Tan pronto?

Solo tenían la joyería de París desde hacía dos años y le preocupaba un poco la idea de tener que repartirse tanto; además, no le gustaba verse obligada a pasar mucho tiempo en Londres. Una cosa era estar allí con él, y otra muy distinta tener que cruzar el canal una y otra vez. Además, quería pasar el mayor tiempo posible con su hijo antes de que se hiciera mayor y se alejara de su vida, como Phillip. Había aprendido lo fugaces que pueden ser los momentos en la vida.

—Tendrías que encontrar a alguien muy bueno para dirigirla. En realidad... —William pareció pensativo, como si tratara de recuperar algo desde lo más profundo de su memoria—. Había un hombre maravilloso que trabajaba en Garrard's. Un hombre muy discreto, muy profesional. Todavía es joven, aunque quizá un tanto anticuado, pero eso es lo que gusta a los ingleses, con muy buena educación y fiel a las viejas tradiciones.

—¿Y por qué crees que estaría dispuesto a dejarlos? Son los joyeros más prestigiosos aquí. Podría asustarse de una nueva aventura como Whitfield's.

—Siempre tuve la impresión de que se sentía un poco subestimado allí, como una especie de hombre olvidado, a pesar de ser bueno. Me pasaré por allí a la semana que viene y veré si puedo entrevistarme con él. Podemos invitarle a almorzar, si te parece.

Sarah le miró, sonriéndole burlonamente, incapaz de creer lo que estaban haciendo.

—Siempre andas tratando de meterme en más problemas, ¿verdad?

Pero lo cierto era que le encantaba. Le gustaba la forma que tenía William de animarla, de ayudarle a hacer las cosas que realmente deseaba hacer. Sabía que, sin él, nunca lo habría hecho.

Fiel a su palabra, William pasó por Garrard's a la tarde siguiente y le compró a Sarah una magnífica sortija de diamantes, muy antigua y bonita. Mientras lo hacía, distinguió a su hombre: Nigel Holbrook. Acordó una cita para almorzar con él al mediodía del martes siguiente, en el Savoy Grill.

En cuanto entraron en el restaurante, Sarah supo exactamente quién era él, a juzgar por la descripción que le había hecho William. Era un hombre alto, delgado y muy pálido, con el pelo rubio grisáceo y un pequeño bigote recortado. Llevaba un traje de rayas con un corte impecable y daba la impresión de ser un banquero o un abogado. Había algo elegante en su figura, distinguido y discreto, y se mostró extremadamente reservado cuando William y Sarah le explicaron lo que se proponían hacer. Dijo que llevaba en Garrard's desde hacía diecisiete años, desde que tenía veintidós y que le resultaría difícil pensar en dejarlos, aunque admitía que la perspectiva de una nueva aventura como la que le proponían le atraía bastante.

—Sobre todo si se considera la reputación de su joyería en París —añadió con serenidad—. He visto algo del trabajo que realiza allí, Su Gracia —dijo mirando a Sarah—, y me parece muy exquisito. En realidad, debo decir que me sorprendió. Los franceses pueden ser... —vaciló un momento, antes de continuar—, un tanto burdos a veces... si se les deja.

Ella se echó a reír ante el comentario tan chovinista, pero sabía lo que quería decir. Si no vigilaba los talleres con los que trabajaba tendían a descuidar los acabados, algo que ella nunca les permitía. Le encantó el comentario, así como la reputación que, evidentemente, se habían ganado.

—Quisiéramos estar por aquí durante un tiempo. Deseamos hacer las cosas bien, señor Holbrook.

El hombre era el segundo hijo de un general británico, y se había criado en la India y en China. Nacido en Singapur, se entusiasmó por las joyas hindúes, ya desde niño. De joven trabajó con diamantes durante una breve temporada en Suráfrica. Conocía bien su profesión. Y Sarah estaba completamente de acuerdo con William. Era justamente la clase de hombre que necesitaban en Londres. Aquí reinaba un ambiente muy diferente y ella intuyó que tendrían que moverse con algo más de sutileza y gracia, con menor ostentación, y precisamente con la clase de dignidad que Nigel Holbrook ofrecía. Le pidieron que les llamara cuando se lo hubiera pensado, y una semana más tarde Sarah se sentía desconsolada porque aún no había llamado.

—Dale tiempo. Es posible que no llame durante un mes. Pero puedes estar segura de que se lo va pensando mientras tanto.

Le habían hecho una atractiva oferta económica y, por muy leal que fuera con Garrard's, era difícil creer que no se sentiría tentado por ella. De no ser así, William quedaría realmente impresionado ante la fidelidad que demostraría a sus actuales patronos. Porque sabía que no podía estar ganando un salario como el que acababan de ofrecerle.

Resultó que, finalmente, les llamó a Whitfield la noche antes de su partida. Sarah esperó con impaciencia mientras William atendía la llamada, y le vio sonreír al colgar el teléfono.

—Acepta —anunció—. Quiere dar a Garrard's dos meses de tiempo, lo que es algo condenadamente decente por su parte. A partir de entonces, es todo tuyo. ¿Cuándo quieres inaugurar?

—¡Santo Dios! Ni siquiera lo había pensado... No lo sé..., quizá a finales de año. ¿En Navidad? ¿Crees realmente que deberíamos hacerlo?

—Desde luego que sí —afirmó. Siempre insistía en animarla—. De todos modos, tengo que volver dentro de pocas semanas. Podemos buscar entonces un lugar adecuado y hablar con un arquitecto. Conozco a uno muy bueno.

—Será mejor que empiece a comprar nuevas joyas.

Había utilizado el dinero que ganaba con la joyería de París para comprar piezas nuevas y hacer los nuevos diseños, pero ahora necesitaba algo de capital, y tenía la intención de emplear el dinero que le quedaba de la venta de la casa en Long Island. Y si Londres era parecido a París, sabía que no tardaría en empezar a ganar dinero.

Entonces, William dijo algo en lo que no había pensado.

—Da la impresión de que Phillip ha conseguido por fin su tienda —dijo con una ligera sonrisa mientras hacían planes para su regreso a Londres.

—Lo parece, ¿verdad? ¿Crees que lo haría?

—Podría.

—De algún modo, no me lo imagino participando en negocios con nosotros. Es tan independiente.

Y tan frío, y distante, y siempre tan desagradable con Julian.

—Puede que algún día te sorprenda. Nunca se sabe lo que son capaces de hacer los niños. ¿Quién me habría dicho a mí que algún día me convertiría en joyero?

Se echó a reír y la besó y al día siguiente ya estaban en París.

Durante los meses siguientes, Nigel voló a París en varias ocasiones para reunirse con ellos, hablar con Emanuelle y ver cómo funcionaba la joyería de París. Las cosas iban tan bien que empezaban a hablar de trasladarse a una tienda nueva, pero Sarah no quería forzar su suerte, sobre todo teniendo en perspectiva la inauguración en Londres.

Nigel quedó muy impresionado con todo lo que estaban haciendo en París, e incluso empezó a gustarle Emanuelle, quien ya había supuesto, desde el principio, que las mujeres no le apasionaban precisamente. Y tenía toda la razón, a pesar de lo cual admiraba el buen gusto de Nigel, su excelente olfato para los negocios y su buena educación. Ella misma se había pasado los últimos años tratando de pulir su educación, y admiraba sobre todo la serena elegancia de Nigel y su excelente saber estar. Cenaban juntos cuando él estaba en la ciudad, y ella le presentó a algunos de sus amigos, incluyendo a un importante diseñador, que también adquirió una gran importancia en la vida de Nigel. Pero la mayor parte del tiempo dedicaban toda su atención a los negocios.

Habían encontrado una pequeña y hermosa tienda en la calle New Bond, y el arquitecto de William aportó algunas ideas maravillosas. Lo iban a hacer todo en un terciopelo azul marino y en mármol blanco.

Tenían previsto inaugurar el primero de diciembre y tuvieron que trabajar como demonios para conseguirlo. Emanuelle acudió desde París para ayudar, dejando la tienda a cargo de una de sus mejores chicas. Pero ahora, la joyería del Faubourg Saint-Honoré casi funcionaba por sí sola. La de Londres, sin embargo, era como un recién nacido.

La semana antes de la inauguración trabajaron cada día hasta la medianoche, junto con un equipo de hombres incansables, colocando mármoles, instalando luces y espejos, forrando de terciopelo... Fue un período increíble, y Sarah no se había sentido tan cansada en toda su vida, pero tampoco se lo había pasado nunca tan bien.

Había traído consigo a Julian, y volvían a alojarse en el hotel Claridge, con una niñera. Por la noche estaban demasiado cansados para conducir hasta Whitfield.

Todos querían organizar fiestas en su honor, pero nunca disponían de tiempo. No pararon ni un instante, hasta que abrieron las puertas. Invitaron a unos cuatrocientos parientes y amigos, así como a otros cien de los mejores clientes de Garrard's, que proporcionó Nigel. Fue una fiesta a la que asistió lo mejor de la nobleza y la élite y, en comparación, la inauguración de la joyería de París dos años y medio antes pareció un acontecimiento sombrío. Brillaron más allá de lo esperado y las joyas que expuso Sarah para la inauguración dejó asombrada a la gente que las contempló. De hecho, le asustaba la idea de haber ido demasiado lejos, de que las joyas que había comprado fueran demasiado sofisticadas y caras. Aunque en París disponía de algunas piezas que podían llevarse sin necesidad de contratar a un guarda jurado, en Londres rebasó todos los límites y no se detuvo ante nada. Gastó todo el dinero que le quedaba de la venta de la propiedad en Long Island, pero ahora, al mirar a su alrededor, cuando ya llegaban los primeros invitados, supo que había valido la pena.

Al día siguiente, cuando Nigel se acercó a ella, con aspecto pálido y asombrado, pensó por un momento que debía de haber sucedido algo terrible.

—¿Qué ocurre?

—El secretario de la reina acaba de estar aquí. —Ella se preguntó si habrían cometido algún desafortunado *faux pas* y miró a William con el ceño fruncido, preocupada, mientras Nigel se guía hablando, explicando el motivo de la visita—. Su Alteza Real desea comprar algo que su dama de honor vio aquí anoche. —Sarah escuchó aquellas palabras muy complacida. Lo habían conseguido—. Quisiera comprar el gran alfiler con las plumas de diamantes.

Se parecía mucho a la insignia del príncipe de Gales y ella lo había adquirido a un comerciante en París por lo que le pareció una verdadera fortuna. La etiqueta del precio que le puso incluso le causó cierta incomodidad al escribirla.

—¡Santo Dios! —exclamó Sarah, impresionada por la venta, pero lo que le había impresionado a Nigel era algo mucho más importante.

—Eso significa, Su Gracia, que en nuestro primer día de actividad nos hemos convertido en joyeros de la casa real.

Es decir, que le habían vendido algo a la reina. Los joyeros de la casa real eran tradicionalmente Garrard's, considerados oficialmente como los joyeros de la reina, y encargados de restaurar anualmente las joyas de la Corona conservadas en la Torre de Londres. Esto significaba para ellos un logro importante en Londres.

—Si la reina lo desea, después de tres años puede concedernos un certificado real.

Nigel se sentía abrumado, y hasta el propio William enarcó una ceja. Habían logrado un gran golpe sin haberlo intentado siquiera.

La adquisición hecha por la reina les permitió hacer un inicio regio, y el resto de las piezas que vendieron solo en ese mes les habría permitido mantenerse en el negocio durante todo un año. A Sarah le satisfizo poder regresar a París y dejarlo todo en las capaces manos de Nigel. Durante el vuelo a París, después del Año Nuevo, apenas si podía creerlo. Emanuelle ya había vuelto hacía tiempo, después de la inauguración de Londres, y las cifras que había alcanzado la joyería en Navidad fueron asombrosas.

Sarah también se percató de que se había establecido una amistosa rivalidad entre las dos tiendas, cada una de las cuales trataba de superar a la otra. Pero no había nada malo en ello. Nigel y Emanuelle se caían bien el uno al otro. Además, Sarah deseaba que las dos joyerías fueran similares, pero diferentes. En Londres vendían fabulosas joyas antiguas, muchas de las cuales provenían de las casas reales europeas, junto con un selecto surtido de diseños modernos. En París también vendían joyas antiguas, pero junto con otras piezas nuevas, elegantes y asombrosas.

—¿Qué meta nos ponemos ahora? —preguntó William burlón mientras conducía de camino al *château*—. ¿Buenos Aires? ¿Nueva York? ¿Cap d'Antibes?

Las posibilidades parecían ilimitadas, pero Sarah se sentía satisfecha con lo que tenían. Era algo manejable, y divertido. La mantenía ocupada, pero podía seguir disfrutando de sus hijos. Julian ya tenía dieciocho meses de edad, y mantenía muy ocupadas a todas las personas que le rodeaban, siempre dispuesto a subirse a las sillas y a las mesas, o a caerse por la escalera o a desaparecer por la puerta del jardín, por lo que Sarah lo vigilaba sin pausa, y daba verdadero trabajo a la muchacha del pueblo que venía a ayudarla. Siempre se la llevaban con ellos a París y en Londres contrataban a niñeras temporales. Pero a Sarah le gustaba ocuparse de él personalmente durante la mayor parte del tiempo, y al pequeño le encantaba sentarse sobre el regazo de William e ir de un lado a otro, montado así en la silla de ruedas.

—*Vite! Vite!* —gritaba con su vocecita de niño, pidiéndole a su padre que fuera más deprisa.

Era una de las pocas palabras que había aprendido a pronunciar, le gustaba y la utilizaba con frecuencia. Fue una época muy feliz para todos ellos. Sus sueños se habían convertido en realidad. Tenían sus vidas ocupadas de forma plena y feliz.

20

Durante los cuatro años siguientes, Julian y las dos tiendas mantuvieron considerablemente ocupados a William y a Sarah. El negocio seguía creciendo en las dos joyerías y finalmente Sarah aceptó ampliar la de París, aunque mantuvieron la de Londres tal como estaba, a pesar de la excelente cifra de negocios que alcanzaba. Era un establecimiento elegante, discreto y, lo que era más importante, conforme al gusto de los británicos. Y tanto Emanuelle como Nigel habían seguido desarrollando un trabajo excelente. Sarah se sentía muy contenta cuando apagó las velas de la tarta de cumpleaños. Acababa de cumplir los treinta y nueve años. Phillip se encontraba en el *château*, con ellos. Había cumplido ya los dieciséis y era casi tan alto como su padre y ardía en deseos de volver a Whitfield. Iba a visitar a unos amigos, y solo se había quedado para el cumpleaños de Sarah porque su padre le dijo que tenía que hacerlo. Ella deseaba que se quedara y celebrara su propio cumpleaños con ellos, pero Phillip no demostró el menor interés. Y en julio también se las arregló para olvidar el quinto cumpleaños de Julian. La familia no parecía tener una gran importancia para Phillip. En realidad, parecía evitarla cuidadosamente. Era casi como si hubiera levantado una barrera y jamás permitía a nadie que la cruzara. Cuando volvió a marcharse, Sarah se lo tomó estoicamente. A lo largo de los años, poco a poco, había aprendido algo de William.

—Supongo que somos afortunados por el hecho de que se digne venir siquiera —le comentó a William el día que se marchó—. Lo único que quiere hacer es jugar al polo, estar en compañía de sus amigos y permanecer el mayor tiempo posible en Whitfield.

Finalmente, acordaron dejarle ir allí solo en los fines de semanas y de vez en cuando por vacaciones, y también le dieron permiso para llevarse a amigos, siempre y cuando invitara también a alguno de sus profesores. Fue un arreglo que pareció convenir a todos, y muy especialmente a Phillip.

—¿No te llama la atención lo inglés que es él, y lo francés que es Julian?

En efecto, todo lo que rodeaba a su hijo menor era increíblemente francés. Prefería hablar francés con ellos, le encantaba la vida en el *château*, y prefería París a Londres.

—*Les anglais me font peur* —decía siempre—. Los ingleses me dan miedo.

Sarah le decía que eso no tenía sentido, puesto que su propio padre era inglés y él mismo también pese a que, como segundo hijo, no heredaría el título. Cuando creciera sería, tan solo, lord Whitfield. A veces, las tradiciones británicas le parecían a Sarah excesivamente quijotescas. Pero no creía que nada de eso le importara alguna vez a Julian. Era un niño tan feliz y bondadoso que nunca nada le molestaba, ni siquiera la indiferencia de su hermano mayor. Ya de pequeño había aprendido a mantenerse alejado de él y a dedicarse a sus propias cosas, y eso parecía adaptarse perfectamente a ambos. El niño adoraba a sus padres, a los amigos, los animales de compañía, la gente que trabajaba en el *château* y le encantaba visitar a Emanuelle. En realidad, amaba a todos y a todo, y a cambio era querido por todo aquel que le conociera.

Sarah estaba pensando en ello una tarde, de septiembre, mientras colocaba unas flores sobre la tumba de Lizzie. Todavía iba con regularidad, mantenía limpio el lugar y, sin poderlo evitar, siempre lloraba cuando iba. Era increíble que la echara tanto de menos después de aquellos once años transcurridos. Ahora, la niña habría cumplido quince años, tan encantadora, tan dulce... Los ojos de Sarah se nublaron por las lágrimas mientras cortaba algunas de las flores y aplanaba la tierra blanda sobre la que crecían. Oyó entonces las ruedas de la silla de William que se aproximaba. Últimamente, él no se había sentido muy bien. La espalda le molestaba bastante y, aunque nunca se quejaba, Sarah sabía que el reumatismo de sus piernas había empeorado durante el invierno anterior.

Notó la mano que se posaba sobre su hombro y se dio la vuelta, con lágrimas en los ojos para acercarse a él, que le limpió tiernamente las lágrimas de las mejillas y se las besó.

—Mi pobre cariño... —Observó la cuidada tumba—, y la pobre y pequeña Lizzie.

Él también lamentaba que Sarah no hubiera tenido ninguna hija para consolarla, aunque la presencia de Julian constituía una gran fuente de alegría para ambos, y él aceptaba a Phillip por lo que era. Pero a pesar de no haber conocido a su hija, de no haber visto nunca su rostro, también la echaba de menos.

Sarah se volvió y terminó lo que estaba haciendo. Luego se sentó a su lado, sobre el suelo, y aceptó el pañuelo perfectamente planchado que él le tendió.

—Lo siento..., no debería llorar así después de tanto tiempo.

Pero siempre que acudía allí recordaba aquel pequeño cuerpo caliente apretado contra el suyo, sus manitas rodeándole el cuello, hasta que se quedó quieta y dejó de respirar.

—Yo también lo siento —dijo él sonriéndole—. Quizá debiéramos tener otro hijo.

Sarah sabía que solo bromeaba y le sonrió.

—A Phillip le encantaría.

—Podría sentarle muy bien. Es un joven muy egocéntrico.

En esta ocasión, al mostrarse tan impaciente y poco amable con su madre, le había molestado.

—No sé a quién puede parecerse. Tú, desde luego, no eres así, yo espero que tampoco. Julian adora a todo el mundo, y tu madre era tan dulce. Mis padres también fueron personas muy amables, así como mi hermana.

—Tiene que haber en mi pasado algún rey visigodo, o un normando salvaje. No lo sé. Pero no cabe la menor duda de que Phillip es Phillip.

Lo único que le importaba ahora era Whitfield, Cambridge y la tienda de Londres. Eso le fascinaba, y siempre que estaba allí le hacía a Nigel mil preguntas, que divertían al hombre. Procuraba contestarlas todas, le enseñaba todo lo que sabía sobre las piedras y le aleccionaba sobre las cuestiones más importantes relacionadas con el tamaño, la calidad, la claridad y los engarces. Pero Phillip tenía otras muchas cosas que hacer antes de que pudiera pensar en entrar a trabajar en Whitfield's.

—Quizá debiéramos irnos a alguna parte este año —dijo Sarah mirando a William, y observó que tenía aspecto de cansado. A sus cincuenta y dos años, había soportado mucho en la vida y a veces lo acusaba. Iba detrás de ella de un lado a otro, de París a Londres y vuelta a empezar. Pero al año siguiente, cuando Julian empezara a ir a la escuela en La Marolle, tendrían que pasar más tiempo en el *château*. Este sería el último año en el que realmente podrían viajar—. Me gustaría ir a Birmania y a Thailandia para ver algunas piedras —añadió con aire pensativo.

—¿De veras? —preguntó William, sorprendido.

Ella había ido adquiriendo unos conocimientos sorprendentes sobre piedras preciosas durante los seis años que llevaban en el negocio, y demostraba una gran capacidad de selección acerca de lo que compraba y a quién. Gracias precisamente a eso, Whitfield's había adquirido una reputación impecable. Las cifras de ventas habían aumentado tanto en Londres como en París. La reina había vuelto a comprarles en varias ocasiones, así como el duque de Edimburgo, y confiaban en que no tardarían en obtener el certificado real.

—Me encantaría viajar. Incluso podríamos llevarnos a Julian con nosotros.

—Qué romántico —se burló William, aunque sabía muy bien que a ella le gustaba tenerlo siempre cerca—. En ese caso, ¿por qué no organizo algo para los tres? Y podríamos llevarnos a una niñera para que nos ayudara con Julian. Podríamos viajar al Oriente y estar de regreso para Navidades.

Sería un viaje largo, y ella sabía que cansado para él, pero les sentaría bien a ambos.

Partieron en noviembre y llegaron a Inglaterra en Nochebuena, cuando se encontraron con Phillip en Whitfield. Habían estado fuera durante más de seis semanas y tenían muchas anécdotas que contarle sobre cacerías de tigres en la India, visitas a la playa en Thailandia y Hong Kong, innumerables templos y rubíes y esmeraldas..., y joyas maravillosas. Sarah se había traído consigo una verdadera fortuna en piedras preciosas. Y Phillip se mostró fascinado con ellas y con todo lo que le contaron sus padres. Por una vez, fue agradable con su hermano menor.

A la semana siguiente, cuando Sarah le enseñó todos sus tesoros a Nigel, este los contempló con respeto y le aseguró que había sabido comprar bien. A Emanuelle le encantaron algunas joyas compradas a un marajá indio, que se llevó a París, y también quedaron encantadas las damas que terminaron por comprarlas.

Había sido un viaje fabuloso y un otoño productivo para ellos, pero todos se sintieron felices de regresar al *château*. La muchacha que se habían llevado consigo tuvo maravillosas historias que contar a su familia, y a Julian le encantó estar de nuevo en el hogar, con sus amigos, lo mismo que a Sarah. Había hablado poco al respecto, pero lo cierto era que, aun cuando William parecía haber mejorado de salud durante el viaje, ella había pillado algún microbio en la India y no se lo podía quitar de encima. Le ocasionaba continuas molestias en el estómago e hizo lo posible por no quejarse, pero cuando llegaron al *château* estaba muy preocupada. No quería que William se preocupara también, y trató de tomárselo a la ligera, pero incluso estando en casa apenas si podía comer. Finalmente, a la siguiente ocasión que fueron a París, a finales de enero, fue al médico, que le hizo unos análisis, le dijo que no se trataba de nada grave y le pidió que volviera a verle. Para entonces, sin embargo, ya se encontraba un poco mejor.

—¿Qué cree usted que es? —le preguntó al doctor, realmente preocupada ya que apenas había probado una comida decente desde noviembre.

—Creo que se trata de algo muy sencillo, *madame* —le contestó el médico con serenidad.

—Eso es reconfortante.

Pero seguía molesta consigo misma por haberlo contraído, fuera lo que fuese. Gracias a Dios, Julian no se había visto afectado, aunque ella había llevado mucho cuidado con lo que comía y bebía. No quería que el pequeño se pusiera enfermo en el extranjero. Pero con ella misma había sido mucho menos cuidadosa.

—¿Tiene usted algún plan para el próximo verano, *madame*? —preguntó el médico con una ligera sonrisa.

Sarah empezó a sentir pánico. ¿Estaría sugiriendo acaso una operación quirúrgica? Pero para entonces todavía faltaban siete meses y, entonces, de repente, creyó entenderlo. Pero no podía ser. Otra vez no. Esta vez no podía ser.

—No sé..., ¿por qué? —contestó confusa.

—Porque creo que tendrá usted un hijo en agosto.

—¿Yo? —A su edad, no lo podía creer. Cumpliría cuarenta años en agosto. Había oído contar historias raras con anterioridad y ella todavía no había alcanzado la menopausia. Seguía teniendo el mismo aspecto de siempre, pero no se puede engañar al calendario. Y cuarenta años... eran cuarenta años—. ¿Está seguro?

—Así lo creo. Aunque quisiera hacerle una prueba más para asegurarme del todo.

Se la hizo y, en efecto, estaba embarazada. Se lo comunicó a William en cuanto el médico lo confirmó.

—Pero a mi edad..., ¿no te parece absurdo?

En cierta medida, esta vez, se sentía como un poco avergonzada.

—No es nada absurdo —dijo él, muy entusiasmado—. Mi madre tenía muchos más años que tú cuando me tuvo a mí, y me encuentro perfectamente bien y ella sobrevivió. —La miró con expresión de felicidad—. Además, ya te dije que deberíamos tener otro hijo.

Y, en esta ocasión, él también deseaba que fuera niña.

—Vas a volver a enviarme a aquella espantosa clínica, ¿verdad? —preguntó Sarah mirándole rencorosa, y él se echó a reír.

Había momentos en que Sarah seguía pareciéndole como una niña, aunque fuera una mujer muy hermosa.

—Bueno, no estoy dispuesto a actuar nuevamente de comadrona, y menos a tu edad —dijo bromeando y ella fingió enfadarse.

—¿Lo ves? Piensas que ya soy demasiado vieja. ¿Qué pensará la gente?

—Que somos muy afortunados... y que no nos hemos comportado muy bien, me temo —siguió bromeando.

Sarah no tuvo más remedio que echarse a reír. Tener un hijo a los cuarenta años le parecía un poco ridículo, pero debía admitir que también se sentía sumamente complacida. Había disfrutado mucho con Julian, pero ya no era un bebé, a los cinco años, y en septiembre empezaría a ir a la escuela.

Emanuelle se quedó un poco asombrada cuando Sarah se lo comunicó, en el mes de marzo, y Nigel se sintió desconcertado al enterarse, aunque le expresó amablemente sus felicitaciones. Las dos tiendas funcionaban tan bien que ya no necesitaban de la atención constante de Sarah, quien se pasaba la mayor parte del tiempo en el *château* donde, como siempre, Phillip se les unió en el verano. Hizo muy pocos comentarios sobre el embarazo de su madre, convencido de que era de mal gusto hasta hablar de ello.

Esta vez Sarah se salió con la suya y persuadió a William para que no la hiciera marcharse de allí. Llegaron a un compromiso y acordaron desplazarse al nuevo hospital de Orleans, que no estaba tan de moda como lo había estado aquella clínica, pero que era muy moderno y William se sintió satisfecho con el médico local.

Se las arreglaron para celebrar el cumpleaños de Sarah y pasárselo bien y esta vez hasta Phillip estuvo contento. Salió para Whitfield por la mañana, para pasar las últimas vacaciones antes de ingresar en Cambridge. La noche antes de su partida, Sarah tuvo molestias y, una vez acostado Julian, miró a William con una expresión extraña.

—No estoy segura de saber lo que pasa, pero me noto algo rara —dijo, pensando que quizá debía advertirle.

—Quizá debiéramos llamar al médico.

—Me sentiría como una boba. Todavía no tengo dolores. Solo que me siento... —Intentó describírselo mientras él la observaba con evidente nerviosismo—. No sé..., como si estuviera pesada..., bueno, algo más que pesada, y como si quisiera moverme todo el rato o algo así.

Experimentaba una extraña presión.

—Quizá el niño está empujando o algo. —Este no era tan grande como habían sido los otros, pero sí lo bastante para hacerla sentirse incómoda durante las últimas semanas, y la criatura no había dejado de moverse—. ¿Por qué no tomas un baño caliente, te echas en la cama y a ver cómo te encuentras después? —Y entonces la miró con firmeza. La conocía demasiado bien y no confiaba del todo en ella—. Pero quiero que me digas lo que está pasando. No quiero que esperes hasta el último minuto y luego no tengamos tiempo de llegar al hospital. ¿Me has oído, Sarah?

—Sí, Su Gracia —contestó burlona.

William le sonrió y ella se marchó a tomar el baño. Una hora más tarde estaba tumbada en la cama, experimentando la misma presión. Para entonces, ya había llegado a la conclusión de que se trataba de una indigestión, y no de los dolores del parto.

—¿Estás segura? —preguntó él cuando regresó para comprobar cómo se encontraba. Había en su aspecto algo que le ponía nervioso.

—Te lo prometo —dijo ella con una mueca.

—Muy bien. Procura entonces mantener las piernas cruzadas. Pasó a la otra habitación para echar un vistazo a unos balances de las tiendas, y Emanuelle llamó desde Montecarlo para saber cómo estaba, y charló un rato con ella. Su relación con Jean-Charles de Martin había terminado dos años antes, y ahora había iniciado otra mucho más peligrosa con el ministro de Finanzas.

—Querida, ten cuidado —le advirtió Sarah, ante lo que su vieja amiga se echó a reír.

—¡Mira quién habla!

Emanuelle se había burlado un poco de ella por el hecho de haber quedado embarazada.

—Muy divertido.

—¿Cómo te encuentras?

—Estupendamente. Gorda y aburrida, y creo que William se está poniendo un poco nervioso. Pasaré por la tienda en cuanto pueda, una vez hayas vuelto de las vacaciones.

Tal como hacían todos los años, cerraban durante el mes de agosto, pero volverían a abrir en septiembre.

Charlaron un rato más y cuando colgó Sarah volvió a caminar por la habitación. Parecía tener necesidad de ir continuamente al cuarto de baño.

Pero cada vez que salía volvía a pasear por la habitación. Luego bajó a la cocina y volvió a subir, y todavía estaba caminando cuando William entró en el dormitorio.

—Pero ¿qué estás haciendo, por el amor de Dios?

—Es muy incómodo tener que permanecer tumbada, y me siento inquieta.

Para entonces ya sentía un agudo dolor en la espalda y casi como si arrastrara el vientre por el suelo. Volvió a entrar en el cuarto de baño y sin previo aviso, al regresar al dormitorio, notó un fortísimo dolor que pareció atravesarla, un dolor que se iniciaba en la espalda, que la obligó a doblarse sobre sí misma. Y de pronto lo único que deseó hacer fue quedarse donde estaba y empujar hacia fuera el bebé. El dolor no cejó ni un momento, y seguía presionándola, desde la espalda hasta el vientre y más abajo. Apenas si podía sostenerse en pie cuando se sentó, y William se aproximó enseguida al ver la expresión de su rostro. La montó sobre la silla de ruedas y la llevó a la cama atemorizado.

—¡Sarah, me vas a hacer lo mismo otra vez! ¿Qué ha ocurrido?

—No lo sé —contestó sin casi poder hablar—. Creía que era... una indigestión, pero ahora está empujando tan fuerte... Es..., oh, Dios, William. ¡Estoy de parto!

—¡No, esta vez no!

Se negó categóricamente a permitir que volviera a suceder. La dejó un instante en la alcoba, y se dirigió al teléfono para llamar al hospital y pedirles que enviaran una ambulancia. Ella tenía esta vez cuarenta años, y no veintitrés, y no estaba dispuesto de nuevo a arriesgarse con otro bebé de cinco kilos. Pero ella le llamaba a gritos cuando colgó; en el hospital le aseguraron que llegarían enseguida. Estaban a veinte minutos de distancia y el médico ya se encontraba en camino.

En cuanto llegó a su lado, ella se agarró a su camisa y aferró su mano. No gritaba, pero parecía sentir una angustia terrible, y estaba sorprendida y asustada.

—Sé que está naciendo..., William..., ¡lo noto! —le gritaba. Estaba sucediendo todo con tanta rapidez, y tan de improviso...—. Ya puedo sentir su cabeza... ¡Está saliendo... ahora! —gritó ella.

Permaneció allí tumbada, gritando y empujando alternativamente, y William le levantó con rapidez el camisón y vio la cabeza del bebé, que justo apuntaba en ese momento, tal como la había visto la vez anterior. Solo que entonces tardó horas en salir, después de muchos dolores y esfuerzos, mientras que en esta ocasión nada parecía capaz de detenerla.

—¡William! ¡William! ¡No..., no puedo hacerlo! ¡Haz que se pare!

Pero nada podía detener a ese bebé. La cabeza se abría paso implacablemente, surgiendo de su madre, y un momento más tarde apareció un pequeño rostro que le miraba con unos ojos muy brillantes, y una boca rosada y perfecta que lloraba, y los dos lo vieron. Instantáneamente, William se inclinó para ayudarla. Intentó que Sarah se relajara y, un instante después, que volviera a empujar y de repente quedaron libres los hombros, y los brazos y, a continuación, a toda velocidad, el resto del cuerpo. Era una hermosa niña, que parecía absolutamente furiosa con los dos, mientras Sarah permanecía echada en la cama, con una expresión incrédula. Los dos quedaron asombrados por la fuerza del parto. Había sido tan violento y tan rápido. Apenas un momento antes había estado hablando con Emanuelle por teléfono y luego, de repente, ya estaba dando a luz. Y todo el alumbramiento había durado menos de diez minutos.

—Recuérdame que no vuelva a confiar en ti —le dijo William con un hilo de voz, luego la besó.

Esperó a que llegara el médico para cortar el cordón, y las envolvió a ambas en sábanas y toallas limpias. La recién nacida ya se había aplacado un tanto, al mamar del pecho de su madre y no sin dirigirle alguna que otra mirada ocasional de enojo por haber sido expulsada tan bruscamente de su cómodo y agradable alojamiento.

Los dos estaban sonrientes cuando llegó el médico, unos veinte minutos más tarde. Se disculpó profusamente, explicando que había acudido todo lo rápido que había podido. Al fin y al cabo, se trataba del cuarto hijo de Sarah y no había forma de saber que esta vez todo sería así de precipitado.

Los felicitó a ambos, declaró que la niña estaba perfectamente, y cortó el cordón que William había atado con un hilo limpio que había encontrado en su despacho. Alabó a ambos por lo bien que lo habían hecho, y ofreció a Sarah llevarla al hospital, aunque admitió que no lo necesitaba.

—Preferiría quedarme en casa —dijo Sarah tranquilamente y William la miró, haciendo ver que aún estaba enfadado.

—Sé que eso es lo que prefieres. La próxima vez te aseguro que te llevo a un hospital de París con dos meses de anticipación.

—¡La próxima vez! —exclamó irónica ella—. ¡La próxima vez! ¿Bromeas? ¡La próxima vez seré abuela!

Se reía de él, y volvía a ser ella misma. Había sido toda una experiencia y, aunque breve, terriblemente dolorosa, pero en realidad, todo se había desarrollado con suma facilidad.

—No estoy muy seguro de confiar en ti respecto a eso —replicó él y acompañó al médico a la salida. Luego le llevó a Sarah una copa de champaña, y se quedó allí sentado, observando durante largo rato a su esposa y a su hija recién nacida—. Es muy hermosa, ¿verdad?

Las miró intensamente, y se acercó con lentitud.

—Lo es —asintió Sarah, mirándole—. Te amo, William. Gracias por todo...

—No hay de qué.

Se inclinó hacia ella y la besó. A la pequeña la llamaron Isabelle. A la mañana siguiente, Julian anunció que era «su» bebé, enteramente suyo, y que todos tendrían que pedirle permiso para sostenerla entre sus brazos. La tuvo todo el tiempo, con la ternura propia de un padre primerizo. Experimentaba todas las emociones que había experimentado Phillip, toda la misma gentileza y amor. Adoraba a su hermana pequeña. Y, a medida que fue creciendo, se estableció entre ambos un lazo que nadie podría romper. Isabelle adoraba a Julian, y él siempre fue un hermano cariñoso y su más feroz protector. Ni siquiera sus padres pudieron interponerse entre ellos y al cabo de muy poco tiempo aprendieron a ni siquiera intentarlo. Isabelle pertenecía a Julian, y viceversa.

21

En el verano de 1962, cuando Phillip se graduó en Cambridge, a nadie de la familia le sorprendió su anuncio de que quería entrar a trabajar en Whitfield's, Londres. Lo único asom-
broso fue que añadiera que iba a dirigir la tienda.

—No lo creo, cariño —dijo Sarah imperturbable—. Antes tienes que aprender a llevar el negocio.

Durante el transcurso del verano había seguido cursos en
economía y gemología, y creía saber todo lo que necesitaba
sobre Whitfield's.

—Vas a tener que dejar que Nigel te muestre antes los hilos —añadió William a la voz de su esposa, y Phillip se puso
lívido.

—Ya sé más ahora de lo que podrá saber en toda su vida
esa vieja fruta seca —les espetó, ante lo que Sarah se enfadó.

—No lo creo, y si no trabajas como subordinado suyo y
le tratas con el mayor de los respetos, no te permitiré trabajar
en Whitfield's. ¿Está claro? Con esa actitud, Phillip, no tienes
nada que hacer en este negocio.

Phillip todavía estaba furioso con ella varios días más tarde pero finalmente consintió en trabajar para Nigel. Al menos durante un tiempo, y luego reconsideraría la situación.

—Eso es ridículo —exclamó Sarah más tarde—. Solo tiene veintidós años, casi veintitrés, de acuerdo, pero ¿cómo se
atreve a pensar que sabe más que Nigel? Debería besar el suelo que él pisa.

—Phillip nunca ha besado nada —comentó William ajustándose a la verdad—, excepto si con ello conseguía lo que quería. No ve que Nigel pueda serle de utilidad. Me temo que Nigel lo va a pasar muy mal con Phillip.

Antes de que Phillip empezara a trabajar en la tienda, en julio, advirtieron a Nigel que él tenía el control más completo y que, en caso de no poder manejar a su hijo, tenía su permiso para despedirlo. El hombre se mostró profundamente agradecido por el voto de confianza que le daban.

Sus relaciones con Phillip fueron ciertamente superficiales durante el año siguiente, y hubo momentos en que le habría gustado desembarazarse de él. Pero tenía que admitir que el instinto del joven para los negocios era excelente, algunas de sus ideas buenas, y a pesar de no tenerlo en una muy alta consideración como ser humano, empezó a convencerse de que, a la larga, sería muy bueno para el negocio. Le faltaba la imaginación y el sentido del diseño que poseía su madre, pero poseía todo el impulso empresarial de su padre, que ya había demostrado al ayudarle a dirigir Whitfield.

Durante los seis o siete últimos años William no había estado muy bien de salud. Había desarrollado una artritis reumatoide en todas sus antiguas heridas, y Sarah lo llevó a todos los especialistas que pudo. Pero poca cosa pudieron hacer por él. Había sufrido demasiado y lo habían torturado durante tanto tiempo, que ahora apenas si podían hacer nada. William se lo tomó con valentía. Pero en 1963, al cumplir los sesenta años, parecía diez años más viejo, y Sarah estaba muy preocupada. Isabelle ya tenía siete años y era como una pequeña bola de fuego. Tenía el cabello oscuro, como Sarah y sus mismos ojos verdes, pero con una mente propia y un carácter que no soportaba que le llevaran la contraria. Lo que Isabelle quería era ser abogado y nadie iba a convencerla de que hiciera otra cosa. La única persona capaz de hacerle cambiar de idea sobre cualquier cosa era su hermano Julian, que la adoraba, y ella le amaba con la misma pasión incondicional, a pesar de que siempre hacía lo que se le antojaba.

Julian tenía trece años y seguía mostrando el mismo carácter bonachón que había tenido desde que nació. Siempre le divertía lo que hacía Isabelle, tanto a él como a cualquier otra persona, fuera lo que fuese. Cuando le tiraba del pelo, le gritaba o le cogía y le rompía las cosas que más quería en una rabieta, la besaba, la calmaba, le decía lo mucho que la quería y por último ella volvía a calmarse. Sarah siempre se maravillaba al observar la paciencia del muchacho. Había momentos en que la propia Sarah hubiera querido estrangular a su hija. A veces, sin embargo, la niña era hermosa y encantadora. Pero, desde luego, no era una persona fácil de tratar.

—¿Qué he hecho para merecerme esto? —le preguntó a William en más de una ocasión—. ¿En qué me equivoqué para tener unos hijos tan difíciles?

Phillip había sido como una espina clavada en su costado durante años, e Isabelle la ponía furiosa a veces. Pero Julian lograba que las cosas fueran más fáciles para todos, diseminaba el bálsamo que suavizaba cualquier disgusto, amaba y besaba a los demás, se preocupaba por ellos y hacía todo lo que era correcto. Era clavado a William.

Sus negocios seguían prosperando. Sarah se mantenía muy ocupada con ellos y, también se las arreglaba para estar con sus hijos, al mismo tiempo que seguía diseñando joyas y peinando el mercado en busca de piedras preciosas, comprando ocasionalmente alguna que otra pieza antigua, rara y de gran valor. Para entonces ya se habían convertido en los joyeros favoritos de la reina y de otras muchas personas ilustres en ambas ciudades. Y le agradaba ver cómo Julian estudiaba ahora sus dibujos, e introducía pequeños cambios aquí y allá, o hacía sugerencias muy oportunas. De vez en cuando, él mismo diseñaba alguna pieza original, completamente diferente al estilo de su madre y, sin embargo, realmente encantadora. Recientemente, Sarah había ordenado montar uno de sus diseños y se lo había puesto, ante lo que Julian quedó totalmente emocionado. Del mismo modo que Phillip no mostraba el menor interés por el diseño y se concentraba en la parte empresarial de lo que hacía, Julian demostraba una verdadera pasión por las joyas. William solía decir que quizá algún día ambos formaran una combinación muy interesante, si es que no se mataban el uno al otro antes, añadía Sarah. No tenía ni la menor idea de qué lugar podría ocupar Isabelle en ese plan, excepto que encontrara un esposo muy rico y tolerante, que le permitiera pasarse el día entregada a sus caprichos. Sarah siempre intentaba mostrarse firme con ella, y trataba de explicarle por qué no podía hacer siempre lo que quería, pero era Julian el que finalmente le hacía recuperar el buen sentido, el que la calmaba y la escuchaba.

—¿Cómo es posible que solo tenga un hijo razonable? —se quejó Sarah a William una tarde, a finales de noviembre.

—Quizá te faltó alguna vitamina durante el embarazo —bromeó él, trasteando con la radio de la cocina, en el *château*.

Acababan de visitar a un médico en París, quien sugirió un clima cálido y mucho cariño. Sarah se disponía a proponer que hicieran un viaje al Caribe, o quizá a California, para ver a su hermana.

Pero ambos enmudecieron al oír las noticias. Acababan de disparar contra el presidente Kennedy. En los días que siguieron, mientras escuchaban y seguían las noticias, como el resto del mundo, se sintieron consternados. Todo les parecía tan increíble, incluida aquella pobre mujer con sus dos hijos pequeños. Sarah lloró por ellos al ver las noticias más tarde en la televisión, y estaba asombrada ante un mundo capaz de hacer una cosa así. Pero a lo largo de su vida había visto cosas mucho peores, la guerra, las torturas de los campos de concentración. A pesar de ello, lloraron la pérdida de ese hombre, que pareció extender un manto fúnebre sobre ellos y sobre el mundo hasta las Navidades.

Durante las vacaciones fueron a visitar la tienda de Londres para ver cómo le iban las cosas a Phillip, y quedaron muy contentos al comprobar que empezaba a entenderse con Nigel. Era lo bastante listo para comprender lo valioso que había sido Nigel para ellos, y parecía haber encontrado su sitio en Whitfield's. Aún no dirigía propiamente la tienda, pero poco a poco lo iba haciendo. Los beneficios alcanzados en Navidades fueron mucho más que excelentes, lo mismo que en París.

Finalmente, en febrero, Sarah y William emprendieron el viaje que habían planeado. Estuvieron fuera durante un mes, en el sur de Francia. Al principio hacía frío, pero desde allí se trasladaron a Marruecos y regresaron por España para ver a unos amigos. A todas partes adonde iban, Sarah bromeaba con William sobre la posibilidad de abrir una nueva sucursal de Whitfield's. No podía evitar preocuparse por él. Parecía tan cansado, tan pálido..., y ahora sufría dolores con frecuencia. Dos semanas después de su retorno, y a pesar de las agradables vacaciones, William se sentía muy cansado y débil, y Sarah estaba absolutamente aterrorizada.

Se encontraban en el *château* cuando sufrió un ligero ataque cardíaco. Después de la cena, dijo que no se sentía bien, que tal vez se trataba de una ligera indigestión y poco después empezó a tener dolores en el pecho y Sarah llamó enseguida al médico, que se presentó de inmediato, aunque esta vez lo hizo con mucha mayor rapidez que cuando nació Isabelle. Pero al llegar William ya se sentía algo mejor. Al día siguiente, cuando lo sometieron a un examen, dijeron que había sido un ligero ataque cardíaco o, como dijo el médico, «una especie de advertencia». Le explicó a Sarah que su esposo había pasado muchas calamidades durante la guerra y que eso había afectado a todo su organismo, y que el dolor que sufría ahora no hacía sino afectarlo más.

Dijo que William debía tener mucho cuidado, llevar una vida reposada, y cuidarse todo lo posible. Ella estuvo de acuerdo, sin la menor vacilación, aunque no así William.

—¡Qué disparate! No supondrás que he sobrevivido a todo eso para pasarme el resto de mi vida sentado en un rincón, bajo una manta. Por el amor de Dios, Sarah, si no ha sido nada. La gente sufre esta clase de ataques cardíacos todos los días.

—Pues bien, tú no. Y no voy a permitir que sigas agotándote. Te necesito a mi lado durante los próximos cuarenta años, así que será mucho mejor que te calmes y escuches al médico.

—¡Caracoles! —exclamó contrariado y ella se echó a reír, aliviada al ver que se sentía mejor, pero decidida a no permitir que cometiera excesos.

Le hizo quedarse en casa durante todo el mes de abril, y se sentía muy preocupada por él. También lo estaba por el comportamiento de Phillip con respecto a su padre. Sus otros dos hijos lo querían, e Isabelle lo adoraba. Permanecía sentada con él un rato todos los días, después de la escuela, leyéndole. Julian también hacía todo lo posible por distraerlo. Phillip había venido en una ocasión desde Inglaterra para verlo, y después solo llamó una vez para interesarse por su estado de salud. Según los periódicos, parecía estar demasiado ocupado persiguiendo a las jovencitas, para preocuparse por su padre.

—Es el ser humano más egoísta que he conocido —se enojó Sarah con él, conversando una tarde con Emanuelle, que siempre lo defendía.

Lo había querido mucho de niño y era la que menos admitía sus faltas. Sin lugar a dudas, Nigel podría haber catalogado unas cuantas, a pesar de lo cual había logrado establecer una cierta relación con él, y los dos trabajaban muy bien juntos. Sarah se sentía agradecida por ello, pero todavía se enfadaba ante la falta de cariño que demostraba con su padre. Cuando llegó, la miró consternado y le dijo a Sarah que tenía peor aspecto que su padre.

—Tienes un aspecto horrible, mamá —dijo Phillip con frialdad.

—Gracias —replicó Sarah, realmente herida por el comentario.

Emanuelle le dijo lo mismo en un viaje posterior a París. Estaba prácticamente verde, de tan pálida. A Emanuelle le preocupaba mucho verla así. Pero el ataque cardíaco de William la había asustado mucho. Lo único de lo que estaba segura en su vida era de que no podía vivir sin él.

En julio todo parecía haber vuelto a la normalidad, al menos en apariencia. William seguía sufriendo dolores, pero ya se había resignado a ellos y rara vez se quejaba. Por otra parte, parecía más saludable que antes de haber sufrido lo que él denominaba «su pequeño problema».

Pero durante esa época los problemas de Sarah no hicieron sino aumentar. Fue una de esas épocas en las que nada parecía salir bien y tampoco uno se encuentra bien. Tenía dolores de espalda, de estómago y, por primera vez en su vida, terribles dolores de cabeza. Fue en una de esas ocasiones en que las tensiones acumuladas durante los últimos meses se apoderaron de ella con su venganza.

—Necesitas unas vacaciones —le dijo Emanuelle.

Y lo que realmente deseaba hacer era irse a Brasil y a Colombia para buscar esmeraldas, pero no creía que William estuviera lo bastante recuperado como para realizar ese viaje. Y ella tampoco quería dejarlo.

Se lo mencionó a la tarde siguiente y él se mostró evasivo. No le gustaba el aspecto que tenía su esposa, y creía que aquel también sería un viaje extenuante para ella.

—¿Por qué no nos vamos a Italia? Podemos comprar joyas, para variar.

Ella se echó a reír, pero tuvo que reconocer que le agradó la sugerencia. En esos últimos tiempos necesitaba algo nuevo, de tan deprimida como estaba. Ya se había producido su cambio hormonal y eso contribuía a que se sintiera vieja y poco atractiva. El viaje a Italia le permitió sentirse joven de nuevo y pasaron unos días maravillosos recordando cuando él se le declaró, en Venecia. Todo eso parecía haber ocurrido hacía mucho tiempo. En buena medida, la vida se había portado bien con ellos y los años habían pasado. Ya hacía mucho tiempo que habían muerto sus padres, que su hermana había emprendido una nueva vida, y Sarah se había enterado varios años antes que Freddie murió en un accidente de tráfico en Palm Beach, después de regresar del Pacífico. Todo eso formaba parte de otra vida, una vida de capítulos cerrados. Durante años, William había sido todo para ella, William, los niños, las tiendas... Se sintió renovada al regresar del viaje, pero molesta por el peso adquirido después de dos semanas de comer pasta.

Siguió aumentando de peso durante otro mes, y quería acudir al médico para ver qué tenía, pero nunca encontraba el tiempo y, por lo demás, se sentía bien, bastante mejor que dos meses antes. Y entonces, sin esperarlo, una noche que estaba tumbada en la cama al lado de William percibió una sensación extraña, aunque familiar.

—¿Qué ha sido eso? —le preguntó como si él también la hubiera notado.

—¿El qué?

—Algo se ha movido.

—He sido yo. —Entonces, se giró hacia ella y le sonrió—. ¿Por qué estás tan nerviosa esta noche? Pensaba que ya nos habíamos ocupado de satisfacer eso esta mañana.

Eso, al menos, no había cambiado, aunque ella sí. Ahora se sentía mejor. Gracias a William, la temporada pasada en Italia había sido increíblemente romántica.

No le dijo nada más, pero lo primero que hizo por la mañana fue acudir al médico en La Marolle. Le describió todos los síntomas y el hecho de estar segura de que cuatro meses antes le había llegado la menopausia, y luego le describió la sensación que tuvo la noche anterior, cuando estaba con William en la cama.

—Sé que parece una locura —explicó Sarah—, pero creo... que estoy embarazada.

Se sentía como uno de esos hombres viejos con las piernas amputadas que todavía creen notar un picor en las rodillas.

—No es imposible. La semana pasada ayudé a traer al mundo a un niño de una mujer de cincuenta y seis años. Era su decimoctavo hijo —dijo el médico, tratando de animarla.

Sarah gimió ante la perspectiva. Quería mucho a los hijos que había tenido, aunque en algún momento hubiera querido tener más, pero esa época ya había pasado. Tenía ya casi cuarenta y ocho años de edad, y William la necesitaba. Era demasiado vieja para tener otro hijo. Isabelle cumpliría ocho años ese verano y ella era su bebé.

—*Madame la duchesse* —dijo el médico formalmente, de pie, mirándola después de haberla examinado—. Tengo el placer de informarle que, en efecto, va a tener un hijo. —Por un momento incluso creyó que podrían tratarse de gemelos, pero ahora estaba seguro de que no era así. Solo era uno, aunque de buen tamaño—. Creo que será quizá para Navidades.

—No lo dirá en serio, ¿verdad? —preguntó, conmocionada por un momento, pálida y mareada.

—Hablo muy en serio, y estoy muy seguro —contestó el médico sonriéndole—. *Monsieur le duc* se pondrá muy contento, estoy seguro.

Pero ella no estaba tan segura esta vez. Quizá William pensara de otro modo después de haber sufrido el ataque al corazón. Ahora, ni siquiera podía imaginárselo. Ella tendría cuarenta y ocho años cuando naciera el niño, y él sesenta y uno. Qué ridículo. Y, de repente, supo con absoluta certeza que no podía tener este bebé.

Le dio las gracias al médico y regresó al *château* en el coche, pensando en qué iba a hacer al respecto, y qué le diría a William. La situación la deprimía profundamente, incluso más que el pensar en la llegada de la menopausia. Esto era ridículo. Era un error, a su edad. No podía volverlo a hacer. Y sospechaba que, probablemente, él pensaría lo mismo. Incluso podía no ser normal. Era ya tan vieja, se dijo a sí misma. Por primera vez en su vida, consideró la posibilidad de un aborto.

Se lo dijo a William aquella misma noche, después de la cena. Él escuchó atentamente todas sus objeciones. Le recordó después que sus propios padres habían tenido la misma edad en el momento de nacer él, y que eso no parecía haberles afectado, pero también comprendía lo alterada que estaba Sarah. Sobre todo, estaba asustada. Había tenido cuatro hijos, uno de ellos murió, otro había aparecido como una sorpresa, y ahora esto, tan inesperado, tan tarde y, sin embargo, ante sus ojos, un verdadero don, hasta el punto de que no veía forma de rechazarlo. Pero la escuchó, y aquella noche permaneció a su lado, sosteniéndola entre sus brazos. Le preocupó un poco comprobar cómo se sentía Sarah, pero también se preguntaba si no estaría muy asustada. Había sufrido mucho en los partos anteriores, y quizá ahora fuera incluso peor.

—¿De verdad que no quieres a este niño? —le preguntó con tristeza, acostado a su lado, abrazándola como hacía siempre que se disponían a dormir.

Le entristecía que no lo quisiera, pero no deseaba presionarla.

—¿Tú sí? —replicó con otra pregunta porque en su interior también había una parte que no estaba segura del todo.

—Yo quiero lo que a ti te parezca bien, cariño. Te apoyaré en lo que tú decidas.

El oírle decir eso hizo que las lágrimas acudieran a sus ojos. Era siempre tan bueno con ella... siempre estaba allí cuando lo necesitaba, y eso le hacía amarlo más.

—No sé qué hacer..., ni lo que es correcto. Una parte de mí lo desea, y otra parte no ...

—La última vez también te sentiste así —le recordó.

—Sí, pero entonces solo tenía cuarenta años, mientras que ahora me siento como si tuviera doscientos. —William se echó a reír ante el comentario, y ella le devolvió la sonrisa entre un velo de lágrimas—. Y todo por tu culpa. Realmente, eres una amenaza para el vecindario —dijo, haciéndole reír—. Es un milagro que te dejen suelto por las calles.

Pero a él le encantaban esa clase de bromas, y ella lo sabía. Al día siguiente dieron un largo paseo por la propiedad y, sin darse cuenta, llegaron junto a la tumba de Lizzie. Se detuvieron, y ella apartó algunas de las hojas caídas. Se arrodilló un momento, para limpiar la tumba y entonces sintió a su marido muy cerca de ella. Levantó la cabeza y vio a William que la miraba con un punto de tristeza.

—Después de eso..., ¿podemos acabar con una vida, Sarah? ¿Tenemos ese derecho?

Fugazmente, volvió a recordar la sensación de tener a Lizzie entre sus brazos, veinte años antes..., la niña que Dios se había llevado y ahora Él les daba otra. ¿Tenía ella derecho a rechazar ese regalo? Después de haber estado a punto de perder a William, ¿quién era ella para decidir quién debía vivir o morir? De pronto, con una oleada de emoción, supo lo que quería, se fundió en los brazos de su esposo y empezó a llorar, por Lizzie, por él, por ella misma, por el bebé al que podría haber matado, excepto que en lo más profundo de su ser sabía que no habría podido hacerlo.

—Lo siento..., lo siento mucho, cariño...

—Sshhh, está bien, todo está bien ahora.

Permanecieron allí sentados durante largo rato, hablando de Lizzie, de lo dulce que había sido, de este nuevo niño, de los hijos que habían tenido y la bendición que habían representado para ellos. Luego, regresaron despacio al *château*, ella a su lado y él en la silla de ruedas. Se sentían desusadamente en paz consigo mismos y llenos de esperanza por el futuro.

—¿Para cuándo dijiste que sería? —preguntó William, repentinamente orgulloso, muy ufano.

—El médico dijo que para Navidad.

—Bien —dijo con expresión feliz. Y luego, con una mueca burlona añadió—: Apenas si puedo esperar para decírselo a Phillip.

Los dos se echaron a reír y así regresaron al *château*, riendo, hablando y gastándose bromas, como habían hecho siempre, desde hacía veinticinco años.

22

Esta vez, Sarah estuvo en el *château* durante la mayor parte
de la gestación. Podía llevar el negocio desde donde se encontraba, y no quería ofrecer un espectáculo en Londres o París.
Por mucho que William le hablara continuamente de la edad
que habían tenido sus padres cuando llegó él, ella era muy
consciente de lo que significaba un embarazo a su edad, aunque tuvo que admitir que le producía una sensación muy
agradable.

Predeciblemente, Phillip se mostró enojado cuando se lo
dijeron. Dijo que era lo más vulgar que había oído jamás, y su
padre rió a carcajadas al oír sus palabras. Pero sus otros hijos
estaban entusiasmados. A Julian le pareció una noticia maravillosa y en cuanto a Isabelle apenas si podía esperar a jugar
con el bebé, lo mismo que le sucedía a Sarah.

Diseñó unas joyas especiales antes de Navidad y quedó
muy complacida de su trabajo. Nigel y Phillip compraron
unas excelentes piedras nuevas y ella quedó altamente impresionada por su elección.

Esta vez, no discutió con William acerca de la posibilidad
de tener el niño en casa. Se fueron a París y ella ingresó en la
clínica de Neuilly con dos días de antelación sobre la fecha
prevista. Después de su parto de diez minutos con Isabelle,
William le dijo que tendría suerte esta vez si el niño le hacía
esperar tanto. Sarah se aburría como una ostra allí, e insistió
en que tenía por lo menos el doble de edad que las otras madres. Pero, en cierto modo, la situación les divertía a ambos, y

William la acompañó durante horas, jugando a las cartas y hablando de los negocios. Julian e Isabelle se quedaron en el *château* con los criados. Y ya casi había transcurrido una semana desde Navidad.

El día de Año Nuevo, Sarah y William bebieron champaña. Llevaba allí desde hacía cinco días, y estaba tan harta que le dijo a William que si el niño no nacía al día siguiente, iría a la tienda. Él no estaba seguro de que eso le hiciera ningún daño, pero ella rompió aguas aquella misma tarde, y por la noche tenía fuertes dolores y parecía muy perturbada. Acababan de venir para recogerla y entonces alargó la mano hacia la de William y le miró.

—Gracias por dejarme... tener este bebé.

Hubiera querido quedarse con ella, pero los médicos se pusieron hechos una furia solo de oírselo pedir. Era contrario a la política seguida en el hospital y, teniendo en cuenta la edad de *madame* y el alto riesgo que implicaba, estaban convencidos de que sería mucho mejor que esperara en cualquier otra parte.

A medianoche todavía no había recibido ninguna noticia, y a las cuatro de la madrugada empezó a experimentar verdadero pánico. Llevaba más de seis horas, lo que parecía extraño después de que el parto de Isabelle fuera tan rápido, pero, por lo visto, las cosas eran diferentes con cada niño.

Acudió a la recepción para preguntar de nuevo a la enfermera si se sabía algo, deseando poder buscar a Sarah y descubrirlo por sí mismo. Pero le dijeron que no había noticias y que en cuanto su esposa hubiera tenido el bebé se lo comunicarían..

A las siete de la mañana, cuando finalmente apareció el doctor, William estaba frenético. Había hecho todo lo que estuvo en su mano para que pasara el tiempo, incluyendo rezar. Y, de repente, se preguntó si no habría sido una locura permitir a su esposa que tuviera el niño. Quizá fuera demasiado para ella. ¿Y si eso la mataba?

El médico tenía un aspecto serio cuando entró en la habitación, y a William se le hundió el corazón al verlo.

—¿Ha salido algo mal?

—No —contestó negando firmemente con un gesto de la cabeza—. *Madame la duchesse* se encuentra todo lo bien que cabía esperar. Ha tenido usted un hijo, *monsieur*. Un niño muy grande que ha pesado más de cinco kilos. Sintiéndolo mucho, hemos tenido que practicarle una cesárea. Su esposa hizo todo lo posible por dar a luz ella misma, pero no pudo.

Era como cuando había nacido Phillip, y recordó lo terrible que había resultado. En aquel entonces, el médico ya le había hablado de la posibilidad de tener que practicarle una cesárea, y ella se las había arreglado para evitarlo y tener cinco hijos. Ahora, por fin, a los cuarenta y ocho años, los embarazos de Sarah eran cosa del pasado. Sin embargo, había sido una carrera respetable y William sonrió aliviado. Miró al médico y preguntó:

—¿Ella está bien?

—Está muy cansada... Tendrá algún dolor por la operación. Naturalmente haremos todo lo posible por ella, para que se sienta cómoda. Podrá regresar a casa dentro de una semana o dos.

Abandonó la habitación y William se quedó allí, pensando en ella, en lo mucho que significaba para él, en los hijos que le había dado..., y ahora este niño.

Pudo verla por fin a últimas horas de la tarde. Estaba medio dormida, pero le sonrió y ya estaba enterada de que había tenido un varón.

—Es un niño —le susurró a William, y él asintió, sonrió y la besó—. ¿Te parece bien?

—Es maravilloso —le aseguró, tranquilizándola. Cerró de nuevo los ojos para quedarse dormida, y de pronto los abrió y preguntó—: ¿Podemos llamarlo Xavier?

—Como tú quieras —concedió.

Y más tarde ella no pudo recordar nada más, pero dijo que siempre le había gustado ese nombre. Lo llamaron Xavier Albert, por el primo de él, el padre de la reina Elizabeth, que siempre le había caído muy bien a William.

Se quedó en el hospital durante tres semanas completas y llevaron a su hijo a casa con aire de triunfo, aunque William bromeó cruelmente con ella porque ya no podría tener más hijos, diciéndole que eso le perturbaba sobremanera, ya que había confiado en que ella tuviera su sexto hijo al cumplir los cincuenta años.

—Siempre podemos adoptar uno, claro —dijo durante el camino de regreso al *château*, ante lo que ella le amenazó con divorciarse.

Los niños quedaron encantados con Xavier, un bebé enorme y feliz, fácil de tratar. Nada parecía molestarle, y le gustaba todo el mundo, aunque no poseía la magia de Julian. Lo que sí tenía era una naturaleza abierta y feliz y, aunque daba la impresión de ser testarudo, no parecía, afortunadamente, que fuera a llegar a los extremos de su hermana.

Al verano siguiente, todo el mundo estaba por Xavier. Siempre había alguien que lo llevaba en brazos, ya fuera Julian, Isabelle o sus padres.

Pero Sarah prestaba menos atención al bebé de lo que hubiera querido. William no se encontraba bien, y a finales del verano ocupó toda la atención de su esposa. El corazón volvía a darle problemas y el médico de La Marolle dijo que no le gustaba su aspecto. Y la artritis campaba por sus respetos.

—Es una tontería representar una carga para ti —se quejó a Sarah, y cuando podía se llevaba a Xavier a la cama, aunque la verdad era que la mayor parte del tiempo sufría demasiado dolor como para disfrutar de él.

Ese año, las Navidades fueron tristes y agotadoras. Sarah no había estado en París desde hacía dos meses, ni en Londres desde antes del verano. Pero en esos momentos no podía atender a los negocios, y tenía que confiar por completo en Nigel, Phillip y Emanuelle. Lo único que deseaba hacer era cuidar a William.

Julian pasó todas sus vacaciones con él, y hasta Phillip acudió desde Londres para Nochebuena. Toda la familia se reunió en una cena deliciosa y hasta se las arreglaron para acudir a la iglesia, aunque William no se sintió bien para acompañarles. Phillip observó que parecía haberse encogido un poco, y que su aspecto era frágil y desvalido, aunque seguía teniendo el mismo ánimo de siempre, la fortaleza, la gracia y el sentido del humor que le caracterizaban. A su manera, era un gran hombre y ese día, aunque solo durante un breve instante, Phillip lo comprendió así.

El día de Navidad llegó Emanuelle desde París, pero no le dijo a Sarah lo impresionada que quedó al ver a William. Esa noche, sin embargo, lloró al volver a París.

Phillip se marchó a la mañana siguiente, y Julian tenía previsto irse a esquiar a Courchevel, aunque no le gustaba marcharse, y le dijo a su madre que si lo necesitaba regresaría inmediatamente. Lo único que tenía que hacer era llamarle por teléfono. Isabelle se marchó a pasar el resto de las vacaciones de Navidad con una amiga de Lyon a la que había conocido el pasado verano. Era una gran aventura para ella y la primera vez que estaría fuera de casa durante tanto tiempo. Pero a los nueve años, a Sarah le parecía que ya tenía edad suficiente para hacerlo. Estaría de regreso en una semana y quizá su padre ya se encontraría mejor para entonces.

William, por su parte, parecía decaer día tras día, y el día de Año Nuevo estaba demasiado débil para celebrar el primer cumpleaños de Xavier. Le habían preparado un pequeño pastel y Sarah le cantó el «cumpleaños feliz» durante el almuerzo, antes de subir a la alcoba para quedarse con William.

Se había pasado durmiendo la mayor parte de los últimos cinco días, pero ahora abrió los ojos al oírla entrar en el dormitorio, a pesar de que ella intentó no hacer el menor ruido. Le gustaba saber que estaba en alguna parte, cerca de él. Sarah pensó en llevarlo al hospital, pero el médico ya le había dicho que eso no serviría de nada, que allí no podían hacer nada por él. El cuerpo tan maltratado veinticinco años antes se estaba desmoronando finalmente, con sus órganos quebrados más allá de toda posible cura, operados únicamente para que pudieran resistir algún tiempo más, un tiempo que ahora se acercaba a su fin. Sarah no podía soportar ese pensamiento. Sabía lo fuerte que era el ánimo de su esposo y que acabaría por recuperarse.

La noche del cumpleaños de Xavier estaba tranquilamente junto a William, en la cama, sosteniéndolo en sus brazos, y se dio cuenta de que se abrazaba a ella, casi como un niño, tal y como había hecho Lizzie, y entonces lo supo. Lo sostuvo contra sí y lo cubrió con mantas, tratando de transmitirle todo el amor y la fortaleza que pudiera. Poco antes del amanecer levantó la mirada hacia ella, la besó dulcemente en los labios y suspiró. Ella le besó dulcemente en el rostro en el instante en que daba su último suspiro y dejó de existir serenamente, en brazos de la esposa que tanto le había amado.

Se quedó sentada en la cama, sosteniéndolo durante largo rato, con lágrimas rodándole por las mejillas. No quería dejarlo marchar, vivir sin él. Deseó marcharse con él, y entonces oyó el llanto de Xavier en la distancia y supo que no podía hacer eso. Fue casi como si el bebé hubiera sabido que su padre acababa de morir. Y la pérdida terrible que eso representaba para él y para todos ellos.

Sarah lo dejó suavemente sobre la cama, volvió a besarlo y cuando salió el sol y los largos dedos de su luz entraron en la habitación, lo dejó a solas, cerró la habitación sin hacer el menor ruido y lloró en silencio. El duque de Whitfield había muerto. Y ella era viuda.

23

El funeral fue sombrío y grave, se celebró en la iglesia de La Marolle y el coro local cantó el *Ave María*, con Sarah en los bancos de la iglesia, acompañada por sus hijos. Llegaron amigos íntimos desde París, pero el oficio fúnebre principal se celebraría en Londres, cinco días después.

Lo enterró junto a Lizzie, en el *Château* de la Meuze, y ella y Phillip discutieron sobre ello durante toda la noche, porque él afirmaba que, desde hacía siete siglos, los duques de Whitfield se enterraban en Whitfield. Ella no podía estar de acuerdo con su hijo. Deseaba que estuviera allí, con ella y con su hija, en el mismo lugar que tanto había amado y donde había vivido y trabajado con Sarah.

Salieron en silencio de la iglesia, sosteniendo la mano de Isabelle, con Julian rodeándola con un brazo. Emanuelle había llegado desde París y salió de la iglesia cogida del brazo de Phillip. Formaron un pequeño grupo y, más tarde, Sarah sirvió el almuerzo para todos en el *château*. Los habitantes del pueblo también presentaron sus respetos, y Sarah invitó a almorzar a aquellos que habían conocido, servido y querido a su esposo. Ni siquiera podía imaginarse cómo sería la vida sin él.

Parecía como atontada, caminaba por el salón, ofrecía vino a la gente, estrechaba manos y escuchaba las historias que contaban sobre *monsieur le duc*, pero esta había sido su vida, la vida que ellos habían construido y compartido durante veintiséis años. Ahora, le resultaba imposible creer que todo hubiera terminado.

Nigel también llegó de Londres. Y lloró cuando lo enterraron, como Sarah, sostenida entre los brazos de Julian. Verle allí, al lado de Lizzie, era más de lo que podía soportar. Parecía como si fuera ayer cuando habían acudido a ese mismo lugar y habían hablado de todo, de ella, de tener a Xavier, que se había convertido ahora en una alegría para ella. Pero la tragedia era que nunca conocería a su padre. Tendría dos hermanos mayores que se ocuparían de él, y una madre y una hermana que lo adorarían, pero nunca conocería al hombre que había sido William, y saberlo le desgarraba el corazón.

Dos días más tarde todos viajaron a Londres para el funeral, que discurrió con gran pompa y ceremonia. Estuvieron presentes todos los parientes de William, y también la reina y sus hijos. Después, se marcharon a Whitfield, donde atendieron a cuatrocientos invitados a tomar el té. Sarah se sentía como un autómata, estrechando manos, y se giró de repente cuando oyó a alguien decir: «Su Gracia», por detrás de ella, y la voz de un hombre que respondía. Por un momento, pensó que William acababa de entrar en la estancia, pero se sobresaltó al ver que se trataba de Phillip. Y entonces, por primera vez, se dio cuenta de que su hijo se había convertido ahora en el duque.

Fue una temporada muy dura para todos ellos, una época que ella siempre recordaría. No sabía adónde ir, ni qué hacer para escapar de la angustia que la atormentaba. Si iba a Whitfield, él estaría allí, y todavía más si se quedaba en el *château*. Si se alojaba en un hotel en Londres, no podía dejar de pensar en él, y el apartamento de París le inspiraba terror. Habían sido tan felices allí, y se habían alojado en el Ritz durante su luna de miel... No había ningún sitio adonde ir, ningún lugar hacia el que echar a correr. Él estaba en todas partes, en su corazón, en su alma, en su mente y en cada uno de ellos, cada vez que miraba a sus hijos.

—¿Qué vas a hacer? —le preguntó Phillip serenamente un día que estaba en Whitfield, mirando por la ventana con expresión ausente.

No lo sabía y ni siquiera le importaba el negocio. Con gusto se lo habría entregado a su hijo. Pero solo tenía veintiséis años, aún le quedaba mucho por aprender, y Julian solo tenía quince si es que algún día quería dirigir la tienda de París.

—No lo sé —contestó con sinceridad. Ya había transcurrido un mes desde que él se fuera para siempre, y todavía no era capaz de pensar con claridad—. Trato de averiguarlo, y no puedo. No sé adónde ir, ni qué hacer. Sigo preguntándome una y otra vez qué habría querido él que hiciera.

—Creo que él hubiera preferido que continuaras —dijo Phillip honradamente—, me refiero al negocio y a todo lo que solías hacer con él. No puedes dejar de vivir.

Sin embargo, había veces en que se sentía tentada de hacerlo.

—A veces, me gustaría.

—Lo sé, pero no puedes —dijo su hijo con serenidad—. Todos tenemos una obligación que cumplir.

Y la de él era más pesada ahora que la de ninguno. Había heredado Whitfield, del que Julian no recibiría ninguna participación. La tendría del *château*, que compartiría con Isabelle y Xavier, pero así era la injusticia de las leyes inglesas. Ahora, Phillip soportaba sobre sus hombros la carga del título y todo lo que eso representaba. Su padre lo había sobrellevado decorosamente y bien, y Sarah no estaba muy segura de que Phillip supiera hacer lo mismo.

—¿Qué me dices de ti? —le preguntó con amabilidad—. ¿Qué vas a hacer ahora?

—Las mismas cosas que he venido haciendo —contestó de un modo vacilante y entonces decidió decirle algo que no le había dicho todavía—. Uno de estos días quisiera presentarte a alguien.

Parecía un momento extraño para decírselo, y quizá no le había comentado nada por eso. Había querido hablarles de Cecily durante las fiestas navideñas, pero había visto tan enfermo a su padre, que no lo había mencionado.

—¿Alguien especial?

—Más o menos —contestó vagamente ruborizándose.

—Quizá podamos cenar juntos antes de que me marche de Inglaterra.

—Me gustaría mucho —dijo su hijo con timidez.

Ahora era diferente al resto de la familia, a pesar de lo cual ella continuaba siendo su madre.

Se lo volvió a recordar a Phillip dos semanas más tarde, cuando empezaba a pensar en regresar a París. Emanuelle había tenido algunos problemas con la tienda, e Isabelle debía reanudar sus clases. Se había quedado con ella en Whitfield, aunque Julian ya había regresado hacía varias semanas, para proseguir sus estudios.

—¿Qué hay de esa amiga con la que querías que cenara? —le preguntó con amabilidad, ante lo que él se mostró evasivo. —Oh, eso... Probablemente no tendrás tiempo antes de partir.

—Lo tengo —le contradijo—. Siempre tengo tiempo para ti. ¿Cuándo te gustaría que fuera?

Phillip lamentaba ahora habérselo mencionado, pero ella trató de que se sintiera cómodo, y acordaron una cita para ir a cenar al Connaught. La joven a la que conoció allí aquella noche no la sorprendió en absoluto, aunque hubiera querido que fuese distinta. Era tan típicamente inglesa... Alta, enjuta y pálida, y no hablaba casi nunca. Era extremadamente bien educada, totalmente respetable y la joven más aburrida que Sarah hubiera creído conocer. Se trataba de lady Cecily Hawthorne. Su padre era un importante ministro del Gabinete y ella era una joven muy amable, muy conveniente y bien educada, pero Sarah no dejaba de preguntarse cómo podría Phillip soportarla. No tenía ningún atractivo sexual, no mostraba nada cálido ni coqueto y, desde luego, no era una persona con la que resultara fácil reír. Antes de marcharse, a la mañana siguiente, Sarah trató de decírselo con tacto.

—Es una joven encantadora —dijo durante el desayuno.

—Me alegra que te guste.

Parecía muy contento, y Sarah se preguntó hasta qué punto sería una relación seria y si debía preocuparse. Todavía tenía entre las manos un hijo que llevaba pañales y ya tenía que empezar a preocuparse por sus nueras, y William se había marchado para siempre. Pensó que no había justicia en el mundo y trató de adoptar una actitud natural ante Phillip.

—¿Es algo serio? —le preguntó, haciendo esfuerzos por

no atragantarse con un trozo de tostada cuando él asintió—. ¿Muy serio?

—Podría serlo. Sin duda se trata de la clase de joven con la que a uno le gustaría casarse.

—Comprendo por qué dices eso, querido —dijo ella, tratando de mantener la calma, preguntándose si él la creía—. Y es una joven encantadora..., aunque ¿es lo bastante divertida? También hay que pensar en eso. Tu padre y yo siempre nos lo pasamos muy bien juntos. Eso es algo muy importante en un matrimonio.

—¿Divertida? —replicó él con expresión de asombro—. ¿Divertida? ¿Y qué importancia tiene eso? No te comprendo, madre.

—Phillip... —Decidió ser franca con él, confiando en no lamentarlo más tarde—. La buena educación no lo es todo. Necesitas algo más..., un poco de carácter, alguien con quien quieras estar en la cama.

Phillip ya tenía edad suficiente para oírle decir la verdad y, al fin y al cabo, corría el año 1966, y no el 1923. Los jóvenes se marchaban a San Francisco y se ponían collares de cuentas y flores en el pelo. Sin lugar a dudas, su hijo no podía ser tan anticuado. Pero lo extraño fue que lo era. Pareció aterrado mientras escuchaba a su madre.

—Bueno, que tú y papá lo practicarais no significa que yo tenga que elegir a mi esposa por los mismos baremos.

Y en ese preciso instante Sarah supo que si su hijo se casaba con esta joven cometería un error irreparable. Pero también sabía que, si se lo decía así, jamás la creería.

—¿Todavía crees en llevar una doble vida, Phillip? ¿Eres capaz de jugar con una cierta clase de joven y casarte con otra? ¿O te gustan acaso las que son serias y bien educadas? Porque si te gusta jugar con las que son atractivas y divertidas y te casas con una seria, te encontrarás con un montón de problemas.

Era lo mejor que podía hacer en aquellas circunstancias, aunque se dio cuenta de que él había captado el mensaje.

—Tengo que pensar en mi posición —dijo como si se sintiera muy molesto con ella.

—También lo hizo así tu padre. Y se casó conmigo. Y no creo que lo lamentara. Eso espero, al menos.

Le sonrió tristemente a su hijo mayor, sintiéndolo como si fuera un completo extraño.

—Tú procedías de una familia perfectamente buena, aunque te hubieras divorciado. —Ella misma se lo había contado hacía años, para que ninguna otra persona lo hiciera antes que ella—. ¿Quiere esto decir que no te gusta Cecily? —preguntó fríamente, levantándose y preparándose para abandonar la mesa.

—Me gusta mucho. Solo creo que si piensas en casarte con ella, debes reflexionar seriamente sobre lo que deseas en la vida. Es una joven muy agradable, pero muy seria y muy insulsa.

Sarah siempre había sabido que a su hijo le gustaban las jóvenes más activas, aunque sin compromisos, sobre todo a juzgar por las historias que había oído contar en Londres y París. Le gustaba que lo vieran y lo fotografiaran con la clase de jóvenes «correctas», al mismo tiempo que disfrutaba con las otras. Y no cabía la menor duda de que Cecily pertenecía a las primeras.

—Será una excelente duquesa de Whitfield —dijo Phillip con expresión austera.

—Supongo que eso es importante. Pero ¿es suficiente? —se sintió impulsada a preguntarle.

—Creo que soy yo el que mejor puede juzgar eso —replicó.

Ella asintió, confiando en que tuviera razón, pero convencida de que no la tenía.

—Solo quiero lo mejor para ti —le dijo, besándolo.

Phillip se marchó a la ciudad y ella regresó a París esa misma tarde, con sus dos hijos pequeños. Los llevó al *château*, dejándolos con Julian y luego volvió a París para pasar unos días atendiendo el negocio. Pero ya no ponía el corazón en lo que hacía y lo único que deseaba era regresar al *château* y visitar su tumba, lo que, según le comentó Emanuelle, era mórbido.

Tardó mucho tiempo en volver a ser ella misma, y solo

durante ese verano empezó a comportarse medio normal. Entonces, Phillip les anunció a todos que se casaba con Cecily Hawthorne. Sarah lo lamentó por él, pero jamás lo habría dicho a nadie. Iban a vivir en el piso que él tenía en Londres, y pasarían mucho tiempo en Whitfield, donde ella dejaría los caballos que poseía. Phillip le aseguró a su madre que podía utilizar el pabellón de caza siempre que quisiera. Él y Cecily ocuparían la casa principal, por supuesto. No dijo ni una sola palabra sobre sus hermanos.

Sarah no tuvo que hacer planes para la boda, ya que los Hawthorne se ocuparon de todo, y la ceremonia se celebró en su residencia familiar en Staffordshire. Los Whitfield llegaron todos juntos, con Sarah del brazo de Julian. Fue una boda de Navidad y ella se puso un traje de lana beige de Chanel.

Isabelle llevaba un delicado vestido de terciopelo blanco, con un abrigo a juego ribeteado de armiño, y Xavier un pequeño traje de terciopelo azul de La Châtelaine, de París. Julian tenía un aspecto increíblemente elegante con su traje de gala, lo mismo que Phillip. La novia estaba muy simpática, con un vestido de encaje que había pertenecido a su abuela. Era un poco alta para el vestido, y el velo le colgaba de un modo curioso sobre la cabeza. Si Sarah hubiera tenido a su lado a alguien con quien cuchichear, como Emanuelle, que no asistió, habría admitido que tenía un aspecto horrible, como un palo largo y seco, sin ningún encanto ni atractivo sexual. Ni siquiera se había molestado en maquillarse. Pero Phillip parecía muy complacido con ella. La boda se celebró la semana antes de Navidad y pasarían la luna de miel en las Bahamas.

Sarah no dejaba de preguntarse qué habría pensado William de ellos. Aquella noche, ya en el Claridge, se sintió deprimida por el hecho de que no le gustara su primera nuera, y se preguntó si tendría mejor suerte con sus otros hijos.

La vida era extraña, con estos hijos que hacían cosas tan raras, que llevaban sus propias vidas, a su manera, con personas que solo les gustaban a ellos. En el avión de regreso a París estos pensamientos la hicieron sentirse aún más sola sin William. Eran las primeras Navidades que pasaba sin él... Ya había transcurrido un año desde su muerte y Xavier cumpliría dos el día de Año Nuevo. Durante el trayecto hasta el *château*, su mente se hallaba llena de recuerdos. Pero al subir lentamente por el camino, al anochecer, vio a un hombre allí de pie. Un hombre que le pareció conocido y, sin embargo, diferente. Se preguntó si no estaría soñando, y lo miró con atención. Pero no, no soñaba. Era él... y por un momento pareció como si no hubiera cambiado. Caminó muy despacio hacia ella, con una sonrisa amable y Sarah no pudo apartar la mirada... Era Joachim.

24

Al bajar del Rolls, delante del *château*, Sarah daba la impresión de haber visto un fantasma y, en cierto modo, así era. Habían transcurrido casi veintitrés años desde la última vez que lo viera. Veintitrés años desde que le había dado aquel beso de despedida, antes de llevarse sus tropas de regreso a Alemania. No había vuelto a saber nada de él, si había sobrevivido o muerto, pero pensaba en él con frecuencia, sobre todo cuando recordaba a Lizzie.

Bajó con parsimonia del coche y él se la quedó mirando durante largo rato, con una expresión muy intensa, pensando que había cambiado muy poco, que seguía siendo hermosa. Su aspecto era ahora mucho más digno, y el cabello solo estaba un poco más gris. Sabía que había cumplido cincuenta años hacía poco, pero al mirarla, resultaba difícil creerlo.

—¿Quién es? —preguntó Julian en un susurro.

El hombre parecía comportarse de un modo muy extraño. Era delgado, viejo y miraba fijamente a su madre.

—No te preocupes, cariño. Es un viejo amigo. Lleva a los niños adentro.

Julian tomó a Xavier en sus brazos y a Isabelle de la mano, y entraron en el *château*, mirando de reojo, mientras Sarah se acercaba a él.

—¿Joachim? —musitó cuando él se le acercó también lentamente, con aquella sonrisa que ella conocía tan bien—. ¿Qué haces aquí?

Había esperado tanto tiempo para aparecer. ¿Y por qué

precisamente ahora? Tenía muchas cosas que contarle, que preguntarle.

—Hola, Sarah —dijo él gentilmente, tomándola de las manos—. Ha pasado mucho tiempo..., pero tú estás muy bien.

Estaba mejor que eso, y el mirarla ahora hacía que su corazón latiera más deprisa.

—Gracias.

Sabía que él tenía más de sesenta años, pero el paso del tiempo no se había portado muy bien con él, aunque sin duda alguna se conservaba mejor que William. Seguía con vida, mientras que William había muerto.

—¿Quieres entrar? Acabamos de llegar de Inglaterra —le explicó comportándose de pronto como la anfitriona con un invitado largamente esperado—. Hemos asistido a la boda de Phillip.

Le sonrió, y los ojos de ambos se buscaron, más allá de las palabras.

—¿Phillip? ¿Casado?

—Ya tiene veintisiete años —le recordó mientras él le abría la puerta y la seguía al interior.

De repente, ambos fueron dolorosamente conscientes de que en otro tiempo él había vivido allí.

—¿Y has tenido otros hijos?

—Tres —asintió y, sonriendo, añadió—: Uno de ellos hace relativamente poco. Xavier cumplirá dos años la semana que viene.

—¿Tienes un bebé? —preguntó, visiblemente sorprendido, echándose a reír.

—Te aseguro que a mí me sorprendió más que a ti. William se burló bastante por ello.

No quería decirle que William había muerto, al menos por ahora. Y entonces pensó que quizá Joachim ni siquiera sabía que hubiera sobrevivido. Tenía tantas cosas que contarle.

Lo invitó a sentarse en el salón principal y él contempló aquella estancia que le traía tantos recuerdos. Pero contemplarla a ella era mucho más interesante, y no podía dejar de mirarla detenidamente. Le asombró saber que si hubiera venido el día anterior, ella todavía habría estado en Inglaterra.

—¿Qué te ha traído ahora por aquí, Joachim?

Hubiera querido decirle: «Tú», pero no lo dijo.

—Tengo un hermano en París. Vine a verle para estas Navidades. Los dos estamos solos, y me pidió que viniera. —Y luego, tras una pausa, añadió—: Hace mucho tiempo que deseaba venir a verte, Sarah.

—Nunca me has escrito —dijo ella con suavidad, pensando que tampoco ella lo había hecho.

Pero ahora, al mirar hacia atrás, no estaba segura de que hubiera querido hacerlo aunque hubiera sabido dónde encontrarlo. Quizá en otro tiempo lo habría deseado, pero eso habría sido injusto con William.

—Las cosas fueron muy difíciles después de la guerra —explicó él—. Berlín fue como una casa de locos durante mucho tiempo, y cuando estuve en condiciones de venir, me enteré por los periódicos de la notable supervivencia y recuperación del duque de Whitfield. Eso me hizo muy feliz por ti; sabía lo mucho que deseabas su regreso. Después, no me pareció apropiado escribirte, o venir a verte. A veces lo pensaba. Con el transcurso del tiempo, estuve en Francia en varias ocasiones, pero nunca me pareció correcto, así que no lo hice.

Ella se limitó a expresar su conformidad con un ligero cabeceo. En cierto modo, habría sido muy extraño volver a verle. No había forma de negar lo que habían sentido el uno por el otro durante la guerra. Afortunadamente, habían conseguido controlarlo, pero no podía fingir que esos sentimientos no habían existido.

—William murió el año pasado —le dijo con expresión apenada—. En realidad, fue este año, el dos de enero.

Sus ojos le transmitieron lo sola que se sentía sin su marido. Y, una vez más, Joachim no pudo fingir ignorarlo. Esa era la razón por la que había decidido venir ahora. Nunca había querido interferir en la vida de Sarah con su esposo, sobre todo sabiendo lo mucho que lo amaba. Pero ahora que sabía que había muerto, tenía que venir, satisfacer el sueño de toda una vida.

—Lo sé. También lo leí en los periódicos.

Ella asintió, sin saber todavía por qué había vuelto, pero indudablemente feliz de volver a verlo.

—¿Te volviste a casar?

—Nunca —contestó negando con un gesto de cabeza.

La imagen de Sarah le había perseguido durante más de veinte años, y nunca había encontrado a otra mujer como ella.

—Ahora tengo un negocio de joyería, ¿sabes?

La miró con una expresión divertida, al tiempo que enarcaba una ceja.

—¿De verdad? —preguntó como si estuviera realmente sorprendido—. Eso es algo nuevo, ¿no?

—Para mí ya no lo es. Empezó todo después de la guerra.

Y le habló de la gente que les vendía sus joyas y de cómo el negocio había ido creciendo después. Le habló también de la tienda de París, que dirigía Emanuelle, y de la de Londres.

—Parece mentira. Tendré que ir a ver a Emanuelle cuando esté en París. —Pero en cuanto lo hubo dicho se lo pensó mejor. Sabía que nunca le había caído bien—. Supongo que los precios serán un poco altos para mí. Nosotros lo perdimos todo —dijo con naturalidad—. Nuestras tierras se encuentran ahora en la parte oriental.

Sintió pena por él. Había algo desesperadamente triste en aquel hombre, como si la vida le hubiera golpeado mucho y estuviera irremisiblemente solo. Le ofreció una copa de vino y luego fue a comprobar cómo estaban los niños. Isabelle y Xavier estaban cenando en la cocina, con la criada, y Julian había subido a su habitación para llamar a su amiga. Ella deseaba presentárselos a Joachim, pero antes quería hablar un rato más con él. Tenía la extraña sensación de que había venido a verla por algún motivo en concreto.

Regresó al salón y lo encontró mirando los libros. Tras un momento, se dio cuenta de que había encontrado el libro que él le había regalado veinte años antes, por Navidad.

—Todavía lo tienes —dijo, satisfecho, y ella le sonrió—. Yo aún conservo tu fotografía, en mi mesa de despacho, en Alemania.

Pero eso, a ella, también le pareció triste. Había pasado

tanto tiempo. A estas alturas, debería tener la foto de otra persona sobre su mesa, y no la de Sarah.

—Yo también conservo la tuya. La tengo guardada. —Pero aquella fotografía no tenía sitio en una vida con William, y Joachim lo sabía—. ¿A qué te dedicas ahora?

Tenía un aspecto distinguido, acomodado, aunque tampoco daba la impresión de tener mucho dinero.

—Soy profesor de literatura inglesa en la universidad de Heidelberg —contestó con una sonrisa, y ambos recordaron las largas conversaciones que habían mantenido sobre Keats y Shelley.

—Estoy segura de que serás muy bueno.

Se sentó con la copa de vino, y se acercó más a ella.

—Quizá sea un error haber venido, Sarah, pero he pensado mucho en ti. Parece como si solo hubiera sido ayer cuando me marché. —Pero no había sido ayer, sino que ya había transcurrido toda una vida—. Tenía que volver a verte..., saber si tú también recuerdas, si todavía sigue significando tanto para ti como significó para los dos en aquel entonces.

Era pedir demasiado. La vida de Sarah había sido tan plena y, por lo visto, la de Joachim tan vacía.

—Ha pasado mucho tiempo desde entonces, Joachim..., pero siempre te he recordado. —Tenía que decírselo—. En aquel entonces te amé, y quizá si las cosas hubieran sido diferentes, si no hubiera estado casada con William... Pero lo estaba, y él regresó. Lo amaba mucho, y no me imagino que pueda amar a ningún otro hombre, nunca.

—¿Ni siquiera a uno al que habías amado antes? —preguntó con la mirada llena de esperanza y de sueños perdidos.

Pero Sarah no podía ofrecerle la respuesta que deseaba oír, y sacudió la cabeza con tristeza.

—Ni siquiera a ti, Joachim. No podía entonces, y no puedo ahora. Estoy casada con William para siempre.

—Pero ahora ha muerto —dijo él con suavidad, preguntándose si no habría llegado demasiado pronto.

—No lo está en mi corazón, como tampoco lo estaba entonces. Me sentí agradecida, y lo sigo estando... No puedo comportarme de otro modo, Joachim.

—Lo siento —dijo él con el aspecto de un hombre roto.

—Yo también —dijo ella en voz baja.

En ese momento llegaron los niños. Isabelle estuvo adorable al saludarlo, mientras Xavier corría por la estancia, destruyendo todo lo que podía. Después, también bajó Julian para preguntar si podía salir con unos amigos, y Sarah se lo presentó a Joachim.

—Tienes una familia muy hermosa —dijo él una vez que se hubieron ido los niños—. El pequeño se parece un poco a Phillip. —Xavier tenía ahora la misma edad que había tenido Phillip durante la ocupación, y ella pudo observar en sus ojos el cariño que había sentido por su hijo, y por Lizzie. Sabía que también pensaba en ella, y asintió cuando él añadió—: A veces también pienso en ella. En cierto modo, fue como nuestra hija.

—Lo sé. —William también lo había pensado. En cierta ocasión le había dicho que llegó a sentir celos de Joachim porque había conocido a Elizabeth y él no—. Era una niña tan dulce. Julian es un poco como ella, y Xavier lo es de vez en cuando. Isabelle, en cambio, es muy suya.

—Eso parece —afirmó él sonriendo—. Y tú también, Sarah. Todavía te amo. Siempre te amaré. Eres exactamente tal como yo imaginaba que serías ahora, excepto quizá más hermosa y bondadosa. Quizá desearía que no lo fueras tanto.

—Lo siento —dijo ella riendo, por toda respuesta.

—William fue un hombre muy afortunado. Espero que lo supiera.

—Creo que los dos lo sabíamos. Pero fue un tiempo que ahora me parece muy corto; solo desearía que hubiera durado más.

—¿Cómo estaba después de la guerra? Los periódicos dijeron que sobrevivió de milagro.

—Así fue. Resultó gravemente herido y fue torturado.

—Hicieron cosas terribles —concluyó él sin vacilar—. Por una vez, me avergoncé de decir que era alemán.

—Lo único que hiciste fue ayudar a tus hombres mientras estuviste aquí. Lo demás lo hicieron otros. No tienes nada de qué avergonzarte.

Lo había amado, y lo respetaba, a pesar de ser de bandos opuestos.

—Tendríamos que haber detenido todo aquello mucho antes. El mundo jamás nos perdonará que no lo hiciéramos, y hace bien. Los crímenes que cometieron fueron inhumanos.

No podía estar en desacuerdo con él, pero al menos ambos sabían que su conciencia estaba limpia. Era un buen hombre, y había sido un soldado honorable.

Finalmente, se levantó y volvió a contemplar la estancia por un momento, como si deseara recordar cada rincón, cada detalle después de marcharse.

—Regresaré ahora a París. Seguramente mi hermano me estará esperando.

—Vuelve otra vez —le dijo ella acompañándole hasta la puerta.

Pero ambos sabían que ya no volvería. Caminó lentamente junto a él, acompañándole hasta el coche y al llegar, él se detuvo y se volvió a mirarla de nuevo. El hambre que había en su corazón se reflejaba en su mirada, de tanto anhelo como sentía por tocarla.

—Me alegro de haberte visto otra vez. Lo deseaba desde hacía mucho tiempo —dijo, sonriéndole, y le acarició con delicadeza la mejilla como había hecho en otra ocasión.

Entonces, ella se inclinó y lo besó suavemente en la mejilla, le acarició también el rostro y después, retrocedió un paso. Fue como retroceder un último paso desde el pasado para volver al presente.

—Cuídate mucho, Joachim...

Él vaciló un momento y a modo de conclusión hizo un gesto de conformidad. Subió al coche, le dirigió un ligero saludo y ella no vio las lágrimas en sus ojos al marcharse. Lo único que pudo ver fue el coche... y el hombre que antes había sido. Ahora solo podía pensar en los recuerdos de William. Joachim ya había salido de su vida años antes, desapareció. Y en ella ya no había ningún lugar para él. No lo había habido desde hacía años. Y cuando ya no pudo distinguir viendo el coche, se dio media vuelta y entró en su hogar, con sus hijos.

25

En 1972, cuando Julian se graduó en la Sorbona con una licenciatura en filosofía y letras, Sarah se sintió muy orgullosa de él. Todos acudieron a la ceremonia, excepto Phillip, que estaba muy ocupado en Londres comprando una famosa colección de joyas, entre las que se incluía una tiara de leyenda. Emanuelle acudió a la graduación, muy digna en su traje azul oscuro de Givenchy, y adornada con un maravilloso juego de zafiros de Whitfield's. Se había convertido en una mujer importante. Su relación con el ministro de Finanzas ya era un secreto a voces. Llevaban juntos varios años, y él la trataba con respeto y afecto. Su esposa había estado enferma durante muchos años, sus hijos eran ya mayores y no hacían ningún comentario. Se comportaban con discreción, él era muy amable y ella le amaba. Varios años antes le había comprado un hermoso apartamento en la avenida Foch, y allí era donde le recibía y daba fiestas a las que la gente rogaba asistir. Las personas más interesantes de París acostumbraban pasar por allí, y su puesto como directora de Whitfield's despertaba una gran fascinación e interés. Ella vestía impecablemente, y tenía un gusto exquisito, como las joyas que ahora escogía ella misma, con todo cuidado..., lo mismo que las que él le regalaba.

Sarah se sentía agradecida porque siguiera trabajando para ella, sobre todo ahora que Julian empezaba a introducirse en el negocio. El joven poseía un gran gusto y un maravilloso sentido para el diseño, así como un ojo muy fino para las joyas de mérito, pero había muchas cosas que no sabía acerca de cómo dirigir un negocio. Emanuelle ya no se dedicaba a vender directamente; eso lo había dejado desde hacía tiempo; ahora disponía de un despacho propio en el primer piso, era la *directrice générale*, y su despacho se hallaba situado directamente frente al de Sarah. A veces dejaban las puertas abiertas y se gritaban de uno a otro despacho, como dos jovencitas en un dormitorio común, cuando hacen los deberes. Seguían siendo muy buenas amigas, y solo esa amistad, sus hijos y la siempre creciente carga de trabajo habían ayudado a Sarah a superar la muerte de William. Habían transcurrido seis años desde entonces y, para Sarah, habían sido brutalmente solitarios.

La vida no era lo mismo sin él, tanto en las cuestiones grandes como en los pequeños detalles. Ahora ya habían desaparecido las risas que compartieron, los pequeños gestos reflexivos, las sonrisas, las flores, la profunda comprensión mutua, los puntos de vista compartidos o diametralmente opuestos, su increíble buen juicio, su ilimitada sabiduría. El dolor que ella experimentaba era casi físico y muy vivo.

Los niños la habían mantenido ocupada durante todos aquellos años. Isabelle ya tenía dieciséis, y Xavier siete. El pequeño estaba en todo y Sarah se preguntaba a veces si lograría sobrevivir a su niñez. Se lo encontraba en el tejado del *château* o en cuevas que hacía cerca de los establos, probando hilos eléctricos, construyendo cosas que daban la impresión de poder matarlo con facilidad. Pero, no sabía cómo, el pequeño nunca se hizo daño, y la energía e ingenuidad que demostraba intrigaban a su madre. También poseía pasión por las piedras preciosas y las rocas, y siempre creía haber descubierto oro, plata o diamantes. En cuanto algo relucía al sol, saltaba sobre lo que fuera y afirmaba haber encontrado un *bijou* para Whitfield's.

Phillip ya era padre de un niño que ahora tenía cinco años, y una niña de tres, Alexander y Christine, pero Sarah admitía, aunque solo ante Emanuelle, que se parecían demasiado a Cecily, y que despertaban muy poco interés en ella. Eran atentos, pero muy tristes y pálidos, y su compañía no resultaba muy excitante, o soportable. Se comportaban de una forma distante y tímida, incluso con Sarah. A veces, llevaba a Xavier a jugar con ellos, en Whitfield, pero el pequeño Xavier era mucho más emprendedor, y siempre andaba haciendo travesuras hasta que acabó por ser evidente que a Phillip no le gustaba tenerlo cerca.

En realidad, a Phillip no le gustaban ninguno de sus hermanos, o su hermana, ni se mostraba interesado por ellos, excepto quizá por Julian, a quien a veces Sarah temía que Phillip odiara.

Se sentía irrazonablemente celoso de él hasta el punto de que con la perspectiva de que Julian entrara en el negocio, a ella le preocupaba que Phillip pudiera hacerle algún daño. Sospechaba que Emanuelle temía lo mismo, pues ya le había comentado la necesidad de que lo vigilara. En otros tiempos, Phillip había sido su amigo, había estado a su cargo, pero en aquel entonces su vida era mucho menos sofisticada que ahora y, en cierto sentido, lo conocía incluso mejor que la propia Sarah. Sabía qué maldades era capaz de cometer, qué cosas temía más y qué venganzas podía perpetrar cuando alguien se le cruzaba en su camino. De hecho, a Emanuelle le extrañaba que, después de todos aquellos años, Phillip continuara llevándose bien con Nigel. Entre ambos se había establecido una unión insólita, una especie de matrimonio de conveniencia que, a pesar de todo, seguía funcionando.

Phillip odiaba lo mucho que todos querían a Julian, y no solo su familia, sino también sus amigos e incluso sus mujeres. Salía con las jóvenes más atractivas de la ciudad, siempre hermosas, divertidas y deslumbrantes, y ellas le adoraban. Incluso antes de casarse, las mujeres con las que salía Phillip eran un poco desaliñadas. Y Emanuelle sabía que seguía sintiéndose atraído por esa clase de mujeres cuando su esposa no estaba a su lado. En cierta ocasión lo había visto en París en compañía de una de ellas, y él fingió que se trataba de su secretaria y que estaban en viaje de negocios. Se alojaban en el Plaza Athénée, y él tomó prestadas algunas de sus mejores joyas para que las luciera durante unos pocos días. Al verse descubierto, le pidió a Emanuelle que no se lo comentara a su madre. Pero las joyas perdían en aquella mujer, que parecía cansada y usada, y las ropas ridículamente cortas que llevaba no tenían mucho estilo. Simplemente, parecía barata, algo que Phillip no daba la impresión de notar. Sarah lo sintió mucho por él. Para ella, era evidente que su hijo no había encontrado la felicidad en su matrimonio.

Pero durante la graduación de Julian nadie echó de menos a Phillip.

—Bien, amigo mío —le dijo Emanuelle al salir de la Sorbona—, ¿cuándo piensas ponerte a trabajar? Mañana mismo, *n'est-ce pas*?

Él sabía que solo bromeaba, porque acudiría a la fiesta que organizaba su madre en su honor aquella noche, en el *château*, fiesta a la que asistirían todos sus amigos.

Los chicos se alojarían en los establos y las chicas dormirían en la casa principal y en la casita del guarda, mientras que los invitados adicionales se quedarían en hoteles de las cercanías. Esperaban a casi trescientas personas. Después de la fiesta, se marcharía a pasar unos días en la Riviera, pero le había prometido a su madre que empezaría a trabajar el lunes.

—El lunes, te lo prometo —contestó mirando a Emanuelle con aquellos enormes ojos que ya habían derretido muchos corazones. Se parecía mucho a su padre—. Te lo juro...

Levantó una mano, como para dar un sentido oficial a su compromiso, y Emanuelle se echó a reír. Sería divertido tenerlo en Whitfield's. Era tan apuesto que las mujeres le comprarían cualquier cosa. Confiaba, sin embargo, en que él no las comprara para ellas. Era increíblemente generoso, como lo había sido William, y terriblemente bondadoso.

Sarah le había ofrecido su piso de París, hasta que pudiera encontrar uno, y tenía verdaderos deseos de instalarse allí. También le entregó un Alfa Romeo como regalo de graduación, lo que sin duda impresionaría a las chicas. Ese día, se ofreció a conducir a Emanuelle hasta el *château*, después del almuerzo en el Relais del Plaza, pero ella había prometido acompañar a Sarah.

En su lugar, fue Isabelle quien le acompañó y él no dejó de burlarse de sus piernas largas y sus faldas cortas, que le daban más aspecto de mujer de veintiséis años que de la adolescente que era.

Como solía decir Julian refiriéndose a ella, era un verdadero problema. Tonteaba con todos sus amigos, y había salido con varios de ellos. A él siempre le extrañaba que su madre no adoptara una postura más firme con ella. Pero desde la muerte de su padre se mostraba muy blanda. Era casi como si no tuviera la fortaleza o el deseo de luchar con ellos. Julian pensaba que consentía demasiado a Xavier, pero lo único que hacía el niño eran cosas como encender petardos en los establos y asustar a los caballos, o perseguir a los animales de la granja hasta hacerlos huir por los viñedos. Las travesuras de Isabelle, en comparación, resultaban mucho más peligrosas, a pesar de ser más discretas, al menos a juzgar por lo que le había comentado su amigo Jean-François. Recientemente, lo había vuelto loco durante un fin de semana que pasaron esquiando en Saint-Moritz, hasta que, finalmente, le dio con la puerta de su habitación en las narices, un hecho por el que Julian no dejó de sentirse agradecido, pero también sabía que su hermana no tardaría mucho en dejar la puerta abierta.

—¿Y bien? —preguntó mientras conducía hacia el sur por la Nacional 20, hacia Orleans—. ¿Qué hay de nuevo? ¿Algún novio?

—Nadie en especial —contestó fríamente, lo que no era habitual en ella.

De costumbre, le encantaba fanfarronear con él sobre su última conquista. Pero en estos últimos días se mostraba mucho más reservada, y estaba haciéndose cada vez más bonita. Parecía como su madre, pero de una forma más sensual y sugerente. Todo en ella sugería pasión y gratificación inmediata. Y la inocencia subyacente que mostraba no hacía sino hacer más tentadora la invitación.

—¿Cómo va la escuela? —siguió preguntando.

Todavía iba a la escuela en La Marolle, lo que él creía un error. Pensaba que debería ir fuera, a otra escuela o quizá a un convento. Él, al menos, había sido lo bastante listo como para portarse con discreción cuando tenía su edad; aparentaba la mayor de las inocencias y fingía jugar al tenis después de la escuela, aunque en realidad mantenía una relación con una de las profesoras. Nunca los habían descubierto, aunque la mujer se había puesto finalmente seria y le había amenazado con suicidarse cuando él la dejó, algo que realmente le alteró bastante. Después fue la madre de uno de sus amigos, pero eso también resultó complicado y, como resultado, llegó a la conclusión de que era más fácil ir detrás de las jovencitas vírgenes antes que meterse en complicaciones con mujeres mayores que él. A pesar de todo, seguían intrigándole. Se mostraba totalmente omnívoro cuando se trataba de mujeres. Las adoraba a todas, viejas y jóvenes, hermosas, sencillas, inteligentes y a veces, incluso a las feas. Isabelle le acusaba de no tener gusto, y sus amigos decían que era lascivo, lo que no dejaba de ser cierto, pero eso no constituía ningún pecado para Julian. Le agradaba serlo a la menor oportunidad.

—La escuela es algo estúpido y aburrido —le contestó Isabelle, con expresión petulante—, pero ahora ha terminado, gracias a Dios, al menos por este verano.

La enfurecía que no se marcharan a ninguna parte hasta agosto. Su madre le había prometido un viaje a Capri, pero quería quedarse en el *château* hasta entonces. Tenía cosas de las que ocuparse, cambios que quería introducir en la tienda de París, y reparaciones que había que hacer en la granja y en los viñedos.

—Es tan aburrido estar aquí —se quejó.

Encendió un cigarrillo, dio unas cuantas chupadas y luego lo tiró por la ventanilla. Julian no creía que fumara; más bien trataba de impresionarle.

—A tu edad, a mí me gustaba mucho el *château*. Y mamá siempre deja que invites a quedarse a tus amigas.

—Pero no a los chicos —replicó ella con la mirada encendida.

Adoraba a su hermano pero a veces no parecía entender nada, sobre todo de un tiempo a esta parte.

—Muy graciosa —ironizó él—. Pues a mí siempre me dejó que llevara a mis amigos.

—Muy gracioso —le imitó ella.

—Gracias. Bueno, esperemos al menos que esta noche no sea tan aburrida. Pero será mejor que te comportes o te daré unos azotes.

—Muchas gracias. —Cerró los ojos y se arrellanó en el

asiento del Alfa Romeo—. Y, a propósito, me gusta tu coche —añadió sonriéndole.

A veces, le agradaba su hermano.

—A mí también. Mamá ha sido muy amable.

—Sí. Probablemente, a mí me hará esperar hasta que haya cumplido los noventa.

Isabelle pensaba que su madre era irrazonable con ella. Pero, ante sus ojos, cualquiera que se interpusiera en sus deseos era una especie de monstruo.

—Quizá hayas obtenido para entonces el permiso de conducir.

—Oh, cállate.

En la familia se gastaban bromas acerca de lo mala conductora que era. Ya había estropeado dos de los viejos trastos que había en el *château*, y afirmaba que todo había sucedido porque resultaba imposible conducirlos y que eso no tenía nada que ver con su forma de conducir. Pero Julian pensaba de modo diferente, y jamás le habría permitido tocar el volante de su precioso Alfa Romeo.

Llegaron al *château* bastante antes que los invitados. Julian nadó un rato en la piscina y luego fue a ver si podía ayudar en algo a su madre. Sarah había contratado los servicios de una empresa local de banquetes, que preparó largas mesas provistas de selectos manjares. Se dispusieron varias barras y un entoldado sobre una enorme pista de baile. Habría dos orquestas, una local y otra más grande llegada desde París. A Julian le encantaba y le conmovía que su madre le ofreciera una fiesta tan fabulosa.

—Gracias, mamá —dijo, rodeándola con un brazo todavía húmedo después de su baño.

Tenía un aire esbelto y atractivo al lado de ella, goteando en su bañador. Emanuelle estaba junto a Sarah y fingió desmayarse al verlo.

—Cúbrete, querido. No estoy muy segura de que pueda tenerte en la tienda. —Y tampoco lo estaba nadie más. Tomó nota mental de vigilar a las chicas que trabajaban allí, por si a Julian se le ocurría llevarse a alguna de ellas a su apartamento, después del almuerzo. Sabía que tenía una dilatada repu-

413

tación en ese sentido—. Vamos a tener que inventarnos algo en el trabajo para que parezcas feo.

Pero la verdad era que eso no podía hacerse. Julian rezumaba encanto y atractivo sexual, y era todo lo contrario que su hermano mayor, tan contenido y reprimido.

—Deberías vestirte antes de que llegaran los invitados —le dijo su madre sonriéndole.

—O quizá no —susurró Emanuelle, que siempre disfrutaba con un cuerpo atractivo y a la que le gustaba burlarse un poco de él.

Al fin y al cabo, era algo inofensivo. Ella no era más que una vieja amiga y él apenas un niño para ella, que acababa de cumplir los cincuenta años.

Julian bajó mucho antes de que llegaran los invitados, tras pasar una media hora con Xavier, mientras se arreglaba, hablándole de los vaqueros en el salvaje Oeste. Por alguna razón, Xavier estaba obsesionado con *Davy Crockett*, se sentía fascinado por todo lo estadounidense y le había dicho a alguien en la escuela que era de Nueva York, y que solo estaría en Francia durante un año, mientras sus padres hacían unos negocios.

—¡Bueno, mamá lo es! —se había defendido más tarde.

Quería ser estadounidense más que ninguna otra cosa. Como no había conocido a su padre y veía muy poco a Phillip, no experimentaba ninguna relación especial con lo británico. Y mientras que Julian se sentía claramente francés, a Xavier le parecía mucho más excitante fingir que era de Nueva York, de Chicago o incluso de California. Hablaba constantemente de tía Jane y de sus primos a los que no conocía, lo que no dejaba de divertir a Sarah, que a menudo le hablaba en inglés. El pequeño lo hablaba muy bien, como Julian, aunque con un cierto acento francés. El inglés de Julian era mejor, a pesar de lo cual parecía más francés, a diferencia de Phillip, que parecía realmente británico. A Isabelle no le importaba de dónde era, siempre y cuando estuviera lejos de sus parientes. Quería estar separada de todos ellos para poder hacer así lo que deseara.

—Quiero que esta noche seas un buen chico —le advirtió Julian a Xavier antes de ir a reunirse con sus amigos—. Nada de travesuras, ni de hacerte daño. Quiero divertirme en mi fiesta. ¿Por qué no te vas a ver la televisión?

—No puedo —contestó el niño con naturalidad—. No tengo ninguna.

—Puedes mirar la que hay en mi habitación —dijo Julian sonriéndole. Por muy imposible que fuera su hermano menor, lo quería mucho. Había sido como un padre para él y disfrutaba estando en su compañía—. Creo que esta noche dan un partido de fútbol.

—¡Estupendo! —exclamó regresando a la habitación de su hermano, tarareando *Davy Crockett*.

Julian todavía sonreía para sus adentros cuando se encontró con Isabelle en la escalera. Llevaba un vestido blanco muy escotado y corto, que apenas le llegaba a las ingles y que le cubría el estómago con una especie de malla.

—¿Cardin? —le preguntó fingiendo frialdad.

—Courrèges —le corrigió ella mirándole con malicia.

Era mucho más peligrosa de lo que ella misma se imaginaba. Un verdadero problema andante.

—Ya voy aprendiendo.

Pero también Sarah. Al verla, la envió de nuevo a su habitación para que se pusiera otra cosa. A continuación, Isabelle cerró con fuerza todas las puertas que encontró abiertas en su camino, mientras Emanuelle la observaba y Sarah suspiraba y se servía una copa de champaña.

—Esta hija va a terminar conmigo. Y si no lo hace ella, lo hará Xavier.

—También solías decir eso mismo de los otros —le recordó Emanuelle.

—No decía exactamente eso —le corrigió Sarah—. Phillip me desilusionaba porque se mostraba muy distante y frío, y Julian me preocupaba porque se acostaba con las madres de sus amigos y creía que yo no me enteraba. Pero Isabelle es una criatura completamente diferente. Se niega a comportarse, a controlarse o atender a razones.

Emanuelle no podía estar en desacuerdo con ella. No le habría gustado ser la madre de aquella jovencita. Verla siempre le hacía sentirse agradecida por el hecho de no haber tenido hijos. Xavier, sin embargo, era otra historia; se trataba de un niño imposible, pero tan cálido y mimoso que era irresistible. Era como Julian, pero más libre y aventurero. Desde luego, los Whitfield formaban un grupo interesante. Ninguna de las dos vio a Isabelle salir de nuevo llevando unos leotardos a rayas y una falda de cuero blanco incluso peores que lo que se había puesto la primera vez. Pero, por suerte para ella, Sarah no la vio en esta ocasión.

—¿Te diviertes? —le preguntó Sarah a Julian varias horas más tarde, cuando lo vio en medio de la fiesta.

Parecía estar un poco bebido, pero sabía que no le pasaría nada. Nadie tenía que conducir, y había trabajado tanto para graduarse en la Sorbona... Se lo merecía.

—¡Mamá, estás estupenda! Es la mejor fiesta en la que he estado.

Estaba feliz, despeinado y ardiente. Llevaba bailando desde hacía horas con dos chicas que le planteaban el problema de tomar una decisión. Era una velada llena de agradables dilemas.

También le sucedía lo mismo a Isabelle. Estaba tumbada entre los matorrales, cerca de los establos, con un chico al que había conocido esa misma noche. Sabía que era un amigo de Julian, aunque no recordaba su nombre. Pero era el que mejor la había besado hasta entonces, y acababa de decirle que la amaba.

Finalmente, uno de los sirvientes la vio allí y le susurró algo a la duquesa, con discreción. Poco después, Sarah apareció como por ensalmo en el camino que conducía a los establos, acompañada por Emanuelle, fingiendo dar un paseo, enfrascadas en una conversación casual. Cuando Isabelle las oyó se alejó apresuradamente, a hurtadillas, y las dos mujeres se miraron y se echaron a reír, sintiéndose viejas y jóvenes al mismo tiempo. En agosto, Sarah cumpliría cincuenta y seis años, aunque no los aparentaba.

—¿Hiciste alguna vez cosas así? —preguntó Emanuelle—. Yo sí.

—Solo las hiciste con los alemanes, durante la guerra —dijo Sarah bromeando y Emanuelle puntualizó con firmeza.

—Eso solo fue para obtener información de ellos —replicó con orgullo.

—Fue un milagro que no nos mataras a todos —la reprendió Sarah ahora, treinta años más tarde.

—Hubiera querido matarlos a todos ellos —dijo ella apasionadamente.

Entonces, Sarah le dijo que Joachim había aparecido poco después de la boda de Phillip. No se lo había dicho hasta ese momento, y eso molestó a Emanuelle.

—Me sorprende que todavía esté con vida. Muchos murieron cuando regresaron a Berlín. Era bastante decente, para tratarse de un nazi, pero un nazi siempre es un nazi...

—Parecía tan triste, y tan viejo. Supongo que lo desilusioné amargamente. Tengo la impresión de que creía que todo sería distinto, una vez muerto William. Pero jamás podría haberlo sido.

Emanuelle hizo un gesto de ausencia. Sabía lo mucho que Sarah había amado a William. Jamás había mirado a ningún otro hombre desde su muerte, y no creía que volviera a hacerlo. Había intentado presentarle discretamente a unos pocos amigos suyos, una vez transcurridos unos años, pero era evidente que ella no tenía ningún interés. Ahora solo le interesaba el negocio y sus hijos.

La fiesta terminó a las cuatro de la madrugada cuando el último grupo de jóvenes se arrojó a la piscina y las orquestas se marcharon. Como colofón, aparecieron por la cocina, ya al amanecer, mientras Sarah les preparaba unos huevos revueltos y les servía café. Resultó divertido tenerlos allí. Le gustaba tener gente joven a su alrededor y últimamente se sentía contenta por haber tenido a algunos de sus hijos a una edad avanzada. Tenía tantos amigos que se encontraban solos... Ella, en cambio, los tendría siempre a su alrededor. Quizá la volverían loca, pero quienes la conocían bien sabían que lo disfrutaba.

Se dirigió a su alcoba a las ocho de la mañana, y sonrió al ver a Xavier profundamente dormido en la cama de Julian. La televisión seguía encendida, aunque ya habían terminado los programas y solo se emitía una grabación continua de *La*

Marsellesa. Entró en la habitación, le quitó a su hijo el sombrero de Davy Crockett que todavía llevaba puesto y le acarició el cabello. Después, entró en su dormitorio y durmió profundamente hasta después del mediodía.

Sarah y Emanuelle almorzaron juntas antes de que esta regresara a París. Tenían mucho de que hablar. Volvían a ampliar la tienda de París, y Nigel había comentado hacía poco que deberían pensar en hacer lo mismo con la de Londres. Todavía tenían su certificado real y eran, oficialmente, joyeros de la Corona. En los últimos años vendían a muchos jefes de Estado, reyes y reinas, así como a montones de árabes. Los negocios funcionaban muy bien en las dos joyerías y a Sarah le entusiasmaba la idea de que Julian se iniciara en el negocio.

Empezó, tal como había prometido, a la semana siguiente, y todo funcionó como una seda hasta que cerraron en agosto. Luego, él se marchó a Grecia con unos amigos y Sarah se llevó a Xavier y a Isabelle a Capri. Les encantó estar allí. Les gustó mucho la Marina Grande y la Marina Piccola, y la plaza, e ir a los clubes de la playa, como el Canzone del Mare, o a alguno de los más concurridos. Isabelle estudiaba italiano en la escuela y, como también sabía algo de español, se consideraba una gran lingüista.

Se lo pasaron muy bien, alojados en el Quisiana y comiendo helado en la plaza, y Sarah pudo investigar lo que había en las joyerías. No había mucho que hacer allí, excepto leer, comer, relajarse y pasar el tiempo con sus hijos. Creyó que no haría ningún daño permitir a Isabelle que fuera a un club de la playa ella sola, en uno de los taxis marítimos que todo el mundo empleaba. Se encontró con ella más tarde, acompañada por Xavier, que siempre quería ir a ver los pequeños burros.

Una mañana en que Isabelle se adelantó, Sarah y Xavier se entretuvieron más de lo habitual en su camino a la plaza, dedicándose a hacer unas compras. Llegaron al Canzone del Mare justo a tiempo para el almuerzo, y Sarah buscó a su hija por todas partes, sin encontrarla. Empezaba a asustarse, cuando Xavier encontró las sandalias de su hermana bajo una silla y siguió su rastro hasta una pequeña cabaña. La encontraron allí. Se había quitado la parte superior del traje de baño y estaba con un hombre que le doblaba la edad y que le sostenía los pechos con las manos, gimiendo, apretando su ominoso bulto contra el bikini de la joven.

Por un instante, Sarah no pudo hacer otra cosa que contemplar boquiabierta la escena, y luego, sin pensar, agarró a Isabelle por el brazo y tiró de ella, arrastrándola fuera de la cabaña.

—¿Qué crees que hacías ahí dentro, por el amor de Dios? —le espetó furiosa. Isabelle se echó a llorar, mientras el hombre salía, tratando de adoptar una postura digna, envuelto sin mucho éxito en una toalla—. ¿Se da usted cuenta de que mi hija solo tiene dieciséis años? —le dijo con un tono de voz incisivo, tratando de controlarse no sin cierta dificultad—. Podría llamar a la policía ahora mismo.

Pero ella misma sabía que, en tal caso, tendría que entregarles a su propia hija. Solo trataba de asustar a aquel hombre para que no volviera a hacer una cosa así y, a juzgar por la expresión de este, se dio cuenta de que había logrado su objetivo. Era un hombre muy apuesto, de Roma, y tenía aspecto de playboy.

—*Signora, mi dispiace*... Ella dijo que tenía veintiún años. Lo siento mucho.

Presentó toda clase de disculpas y miró apesadumbrado a Isabelle, que sollozaba histéricamente al lado de su madre. Regresaron al hotel, y Sarah sugirió con un tono de voz helado que ella se pasara el resto de la tarde en su habitación, y que luego volverían a hablar. Pero mientras regresaba a la playa con Xavier pensó que tendría que hacer algo más que hablar con su hija. Phillip y Julian tenían razón. Isabelle necesitaba ingresar en un internado. Pero ¿dónde? Esa era la cuestión.

—¿Qué estaban haciendo ahí dentro? —preguntó Xavier con curiosidad cuando volvieron a pasar ante la cabaña, y Sarah se estremecía por lo que había visto.

—Nada, cariño, practicaban unos juegos muy tontos.

Después de esto, mantuvo a Isabelle muy controlada, y el resto de las vacaciones ya no pudo salir tanto. Pero al día siguiente Sarah ya había hecho varias llamadas telefónicas. Encontró una maravillosa escuela para ella, cerca de la frontera austríaca, al lado de Cortina d'Ampezzo. Podría esquiar allí en el invierno, hablar tanto italiano como francés, y aprender a controlarse un poco mejor. Era un internado para señoritas y no había ningún otro para chicos en las cercanías. Sarah había hecho esas preguntas con mucha claridad.

El último día de vacaciones le comunicó sus propósitos a Isabelle que, como cabía esperar, se subió por las paredes, pero Sarah se mostró firme, incluso cuando su hija se puso a llorar. Era por su propio bien. Si no lo hacía así, sabía que Isabelle cometería cualquier estupidez en cuanto se descuidara y quizá incluso podía quedar embarazada.

—¡No iré! —exclamó hecha una furia.

Llamó a Julian, a la tienda de París, pero en esta ocasión su hermano se puso de parte de su madre. Terminadas las vacaciones en Capri, fueron a Roma para comprarle todo lo que necesitaba. Las clases empezarían al cabo de pocos días y no valía la pena llevarla de regreso a Francia, solo para tener más problemas. Sarah y Xavier la acompañaron al internado y su hija quedó muy apesadumbrada al ver el lugar. Era bonito, y ella disponía de una habitación grande y soleada. Las otras chicas parecían amables. Eran francesas, inglesas, alemanas e italianas, además de dos brasileñas, una argentina y otra de Teherán. Formaban un grupo interesante, y solo había cincuenta chicas en el internado. La escuela de La Marolle había ofrecido sus mejores recomendaciones, y el director felicitó a Sarah por su buen juicio.

—No puedo creer que me vayas a dejar aquí —gimió Isabelle.

Pero nada conmovió a Sarah. La dejaron allí y la propia Sarah lloró en el camino de regreso al aeropuerto. Luego, ella y Xavier volaron a Londres para visitar a Phillip. Después de haber dejado a su hijo con sus sobrinos para almorzar, se dirigió directamente a la tienda de Londres. Todo parecía estar bien. Almorzó con Phillip y le asombró oírle hacer varias observaciones maliciosas sobre su hermano.

—¿A qué viene todo esto? —preguntó Sarah cándidamente—. ¿Qué te ha hecho para que te sientas tan molesto?

—Él y sus condenadas y estúpidas ideas sobre el diseño.

No entiendo por qué tiene que meterse en esa clase de cosas —casi bramó, a lo que ella respondió con serenidad.

—Porque yo le pedí que lo hiciera así. Tiene mucho talento para el diseño. Bastante más que tú y que yo, y comprende las piedras importantes y lo que se puede y no se puede hacer con ellas. —Recientemente, había engarzado una esmeralda de un marajá, de más de cien kilates, y cualquier otro la habría estropeado, pero Julian supo exactamente lo que debía hacer con ella, y había supervisado todo el proceso del montaje en el taller—. No es nada malo que haga eso. Tú eres bueno en otras cosas —le recordó Sarah.

Sabía cómo tratar a la realeza y cómo mantenerse a la cabeza del mercado. Por rígido que fuera, encantaba a todos.

—No sé por qué tienes que defenderlo siempre —dijo Phillip con irritación.

—También te he defendido siempre a ti, Phillip, si es que eso te sirve de consuelo —replicó, negándose a entablar la lucha, pero desilusionada por sus celos. Se portaba peor que nunca—. Resulta que os quiero a los dos. —Phillip no dijo nada, pero se mostró algo más apaciguado al preguntar por Isabelle, diciéndole que había oído hablar muy bien de aquel internado—. Esperemos que obren un milagro —suspiró Sarah.

Al regresar a su despacho, Sarah observó a una joven muy bonita que salía del edificio. Tenía las piernas largas y bien formadas, llevaba una falda muy corta parecida a lo que hubiera podido ponerse Isabelle y dirigió una mirada a Phillip que ocultaba bien poco. Él se irritó, al tiempo que fingía no conocerla. La chica era nueva y no sabía que Sarah era su madre. «Estúpida zorra», pensó Phillip, pero Sarah captó enseguida la mirada que habían intercambiado, aunque no le dijo nada. Pero Phillip se sintió en la obligación de explicárselo a su madre, haciendo aún más evidente la situación de ambos ante ella.

—No importa, Phillip. Ya tienes treinta y tres años, y lo que hagas o dejes de hacer es asunto tuyo. —Entonces, decidió volver a ser valiente—. ¿Qué lugar ocupa Cecily en todo esto?

Su hijo pareció turbado por la pregunta y se ruborizó.

—¿Qué quieres decir? Ella es la madre de mis hijos.

—¿Y eso es todo? —inquirió Sarah con frialdad.

—Pues claro que no. Yo..., ella está fuera estos días. Por el amor de Dios, eso no ha sido más que una broma. Esa chica estaba flirteando conmigo.

—Querido, eso no importa. —Era evidente, sin embargo, que él seguía con sus devaneos, que dormía con busconas, con chicas con las que se «divertía», como él mismo solía decir, al mismo tiempo que estaba casado con otra.

Sintió mucho que su hijo no hubiera podido encontrar ambas cosas en una misma persona, pero él nunca se quejaba, por lo que abandonó el tema, ante el alivio de Phillip.

Al día siguiente, ella y Xavier volaron a París, donde Julian acudió a recibirles al aeropuerto. Durante el breve trayecto a la ciudad, Sarah le contó a su hijo la visita que había hecho a la Torre de Londres para ver las joyas de la Corona con su padre, al principio de conocerle.

—¿Era muy fuerte? —preguntó Xavier siempre fascinado por oírla hablar de su padre.

—Mucho —le aseguró—. Y un hombre muy bueno, inteligente y cariñoso. Era maravilloso y tierno, y algún día tú también serás como él. En cierto sentido, ya lo eres.

Y lo mismo era Julian.

Cenaron con Julian en París, contento de verlos y recibir noticias de Isabelle y de la tienda de Londres. Ella no le dijo nada sobre su entrevista con Phillip ni los comentarios que este había hecho sobre Julian. No quería azuzar el fuego entre ellos. Al anochecer, Sarah regresó al *château* con el coche que previamente había dejado en París. Xavier se durmió durante el viaje, y ella lo miraba de vez en cuando, a su lado, pensando en su buena suerte por haberlo tenido. Mientras que, a su edad, otras mujeres pasaban algún que otro sábado con sus hijos, ella tenía a este pequeño encantador con quien compartir la vida. Recordó lo inquieta que se había sentido al saber que estaba embarazada, lo tranquilizadora que había sido la presencia de William..., y también recordó a su suegra, quien consideraba a William como una bendición. Y así había sido para todos aquellos que le habían conocido en vida, y ahora este niño era para ella... como su propia y muy especial bendición.

26

Isabelle les escribía lo menos posible, y solo cuando sus preceptores la obligaban, ocasiones que aprovechaba para quejarse amargamente del internado. Pero la verdad era que, después de las primeras semanas, empezó a gustarle. Le encantó la sofisticación de las chicas que conoció allí, los lugares a los que iban, y le gustaba mucho esquiar en Cortina. Llegó a conocer incluso a gente más interesante allí que en Francia, y aunque la escuela la controlaba de cerca, se las arregló para hacerse muchos amigos entre la buena sociedad romana, y siempre recibía cartas y llamadas telefónicas de hombres, algo que el internado hacía todo lo posible por evitar, pero que no podía impedir por completo.

Al final del primer año, sin embargo, Sarah observó un cambio notable en ella, y Emanuelle también lo percibió. No es que Isabelle se comportara necesariamente mejor, pero se mostraba un poco más razonable y con más sentido común. Tenía una mejor idea de lo que podía y lo que no podía hacer, y sabía comportarse con los hombres sin necesidad de hacerles una invitación abierta. En algunas cosas, Sarah se sintió aliviada y en otras más preocupada aún.

—Es una jovencita peligrosa —le dijo a Julian un día, y su hijo no pudo estar en desacuerdo con su apreciación—. Siempre me hace pensar en una bomba a punto de explotar. Pero ahora es mucho más complicada, quizá como una especie de ruleta rusa... o como un delicado misil.

Julian se echó a reír ante la descripción que hacía de su hermana.

423

—No estoy muy seguro de que puedas cambiar eso.

—Yo tampoco. Y eso es lo que me asusta —admitió su madre—. ¿Y qué me dices de ti? —Había querido comentárselo desde hacía semanas—. He oído decir que tienes un pequeño asunto con una de nuestras mejores clientas. —Ambos sabían a quién se refería y Julian se preguntó si se lo habría dicho Emanuelle—. La *comtesse* de Bride es una mujer muy interesante, Julian, y también mucho más peligrosa que tu hermana.

—Lo sé —confesó con una mueca—. Me asusta mucho, pero la adoro.

El recientemente fallecido conde había sido su tercer marido en quince años, ella tenía ahora treinta y cuatro y parecía devorar a los hombres. Lo único que deseaba ahora era a Julian. Durante el mes anterior había comprado medio millón de joyas en dólares y, desde luego, podía permitírselo, pero seguía yendo para comprar más, aunque la joya más grande que deseaba era a Julian, su capricho.

—¿Crees que podrás controlar eso? —le preguntó su madre a las claras.

Temía que su hijo saliera herido, pero también sabía que, tratándose de él, tendría cuidado.

—Durante un tiempo, sí. Actúo muy cuidadosamente, mamá, te lo aseguro.

—Bien —replicó, sonriéndole.

Eran una familia muy ocupada, cada cual con sus travesuras, sus compañías y sus relaciones. Solo confiaba en que Isabelle lograra salir adelante con su segundo año de internado en Suiza. De hecho, terminó el curso a tiempo para participar en la fiesta del vigésimo quinto aniversario de la inauguración de Whitfield's, que Sarah ofrecía en el *château* para un total de setecientos invitados llegados de toda Europa. Asistirían representantes de todo tipo de prensa, habría un castillo de fuegos artificiales y se había invitado a la mayoría de las cabezas coronadas de Europa, así como a numerosos personajes importantes. Emanuelle y Julian la habían ayudado a organizarlo todo. Phillip, Nigel y Cecily también irían desde Londres.

Fue sensacional. Estuvieron presentes todos los que cabía esperar, la comida fue magnífica, el castillo de fuegos artificiales extraordinario y las joyas hermosas, muchas de ellas compradas en alguna de sus dos tiendas. Fue una velada absolutamente perfecta y un gran éxito para Whitfield's. Los periodistas estaban deslumbrados y antes de marcharse acudieron a felicitar a Sarah por aquel gran golpe y ella, a su vez, los felicitó y expresó su agradecimiento a todos aquellos que la habían ayudado a organizar la fiesta.

—¿Ha visto alguien a Isabelle? —preguntó Sarah ya a últimas horas de la noche.

No había podido pasar a recogerla por el aeropuerto, pero envió a alguien para que la llevara a la fiesta. La vio y la besó en cuanto llegó, antes de cambiarse de ropa, pero no la había vuelto a ver desde entonces. Había demasiada gente y ella tenía demasiadas cosas que hacer como para ir buscándola. Apenas si había podido hablar con Phillip y Julian durante toda la fiesta. Phillip abandonó a su esposa en cuanto empezó la velada y se pasó la mayor parte del tiempo con una modelo que había hecho varios anuncios para ellos, diciéndole lo mucho que le habían gustado, mientras bailaba con ella. En cuanto a Julian, también se le veía muy ocupado yendo detrás de algunas de sus últimas conquistas, una de ellas casada, y dos ya algo entradas en años, así como otras mujeres atractivas, con lo que provocó la envidia de todos los hombres, y en particular la de su hermano.

Habían enviado a Xavier a casa de unos amigos a pasar la noche, para que no pudiera hacer alguna de sus diabluras, aunque ahora, a los nueve años y medio, ya se comportaba un poco mejor. Ya no estaba tan entusiasmado con Davy Crockett. Lo que ahora le hacía feliz era James Bond. Julian le compraba todos los artículos publicitarios que encontraba, y se las había arreglado para conseguir que entrara a ver dos de las películas.

Sarah había dejado preparado un vestido para Isabelle. Le había comprado un diáfano vestido de organdí rosado en Emanuels de Londres, y estaba segura de que su hija estaría como una princesa de cuento de hadas con aquel vestido. Confiaba en que no se hubiera metido bajo ningún matorral con él. Se echó a reír solo de pensarlo. Pero cuando finalmente la vio no había ningún matorral a la vista, y la joven estaba bailando muy calmadamente con un hombre mayor, con el que mantenía una intensa conversación. Sarah la miró, con expresión de regocijo, le hizo un saludo con la mano y siguió con lo que estaba haciendo. Esa noche toda su familia estaba maravillosa, incluida su nuera, que lucía un vestido de Hardy Amies y un peinado de Alexandre. El *château* de la Meuze parecía pertenecer a un cuento de hadas. Hubiera deseado, más que nunca, que William lo hubiera visto. Se habría sentido muy orgulloso de todos ellos, e incluso quizá de ella..., habían trabajado tanto en el *château* durante tanto tiempo... Era imposible creer que no hubiera estado siempre tan perfecto como parecía ahora, y mucho menos destartalado y medio desmoronado, como ellos lo conocieron. Pero de eso hacía ya mucho tiempo. Si habían transcurrido veinticinco años desde que Whitfield's abrió sus puertas, habían pasado treinta y cinco desde que encontraron el *château*, durante su luna de miel. ¿Cómo era posible que el tiempo pasara tan deprisa?

Al día siguiente, los artículos y notas de sociedad que se publicaron sobre la fiesta fueron muy destacados. Todos afirmaban que había sido la mejor fiesta del siglo, y deseaban a Whitfield's otros cien años de buena fortuna, siempre y cuando los invitaran a la próxima fiesta de aniversario. Durante los días siguientes, Sarah se relamió con la gloria de la fiesta. Durante esos días vio poco a Isabelle, que se dedicaba a ver a sus antiguos amigos. A los dieciocho años ya sabía conducir y disfrutaba de una mayor libertad de la que tenía en años anteriores. Pero Sarah todavía quería vigilarla y una tarde, al no encontrarla, se sintió preocupada.

—Salió en el Rolls —explicó Xavier cuando le preguntó si había visto a su hermana.

—¿De veras? —replicó Sarah, sorprendida. Se suponía que debía conducir el Peugeot que estaba a su disposición y a la de las otras personas en el *château*—. ¿Sabes adónde ha ido, cariño? —preguntó, pensando que quizá solo había ido al pueblo.

—Creo que se marchó a París —contestó el niño y se fue corriendo.

Había un caballo nuevo en los establos y quería verlo. A veces todavía le gustaba imaginarse que era un vaquero, cuando le apetecía. Durante el resto del tiempo, era un explorador.

Llamó a Julian a la tienda y le pidió que estuviera atento por si Isabelle se dejaba caer por allí. Y, efectivamente, una hora más tarde entró en la tienda, como si fuera una cliente, con un bonito vestido verde esmeralda y gafas oscuras. Julian la vio desde su despacho, situado en el primer piso, y bajó enseguida.

—¿Me permite ayudarla, *mademoiselle*? —le preguntó con su voz más encantadora, y ella se echó a reír—. ¿Un brazalete de diamantes, quizá? ¿Una sortija de compromiso? ¿Una diadema?

—Una corona estaría muy bien.

—Desde luego —corroboró, siguiendo el juego con ella—. ¿De esmeraldas, para que haga juego con su vestido, o de diamantes?

—En realidad, me llevaré las dos —contestó ella mirándole con expresión resplandeciente.

Luego, su hermano le preguntó con naturalidad qué hacía allí.

—He venido para encontrarme con un amigo a tomar una copa.

—¿Y has conducido dos horas y diez minutos solo para tomar una copa? —preguntó Julian—. Debes estar sedienta.

—Muy divertido. No tenía nada que hacer en casa, así que pensé darme una vuelta por la ciudad. En Italia solíamos hacerlo continuamente. Ya sabes, nos íbamos a Cortina para almorzar allí o ir de compras.

Su aspecto era ahora muy sofisticado y hermoso. Realmente, estaba estupenda.

—Muy chic —siguió bromeando él—. Es una pena que la gente no sea tan divertida por aquí. —Pero sabía que ella se marcharía al sur de Francia al cabo de pocas semanas, y que se quedaría en casa de una de sus amigas de la escuela, en Cap Ferrat. Todavía estaba demasiado consentida, pero innegablemente ahora parecía más madura—. ¿Y dónde vas a encontrarte con tu amigo?

—En el Ritz, para tomar una copa.

—Vamos, te llevaré —dijo él, dando la vuelta al mostrador—. Tengo que llevarle un collar de diamantes a una vizcondesa.

—Tengo coche —dijo ella cortante—. Bueno, en realidad es el de mamá.

Julian no le hizo más preguntas.

—Entonces, puedes llevarme tú, puesto que yo no lo tengo. Está en el taller. Iba a tomar un taxi —mintió, pero quería ver con quién se iba a reunir.

Se dirigió al mostrador donde se hacían los paquetes, tomó un estuche muy impresionante, lo metió en un sobre grande y siguió a Isabelle al exterior. Llegó al coche antes de que ella pudiera poner objeciones. Charló animadamente con ella, como si fuera normal que hubiera venido a la ciudad para verse con un amigo, y la besó al dejarla ante el mostrador de recepción del hotel, fingiendo dirigirse hacia la conserjería, donde le conocían bien y le siguieron la corriente.

—¿Puedes hacer ver que aceptas esta caja, Renaud? Puedes tirarla una vez que me haya ido, pero sin que te vea nadie.

—Se la daría a mi esposa —le susurró el conserje—, pero a lo mejor esperaría encontrar algo dentro. ¿Qué está haciendo hoy por aquí?

—Me dedico a seguir a mi hermana —le confió, haciendo ver que le daba instrucciones—. Se va a reunir con alguien en el bar, y quiero asegurarme de que está bien. Es una joven muy bonita.

—Así es. ¿Qué edad tiene?

—Acaba de cumplir los dieciocho.

—*Oooh là là...* —exclamó Renaud, emitiendo un ligero silbido como de comprensión—. Me alegro de que no sea hija mía... Lo siento... —se disculpó al momento.

—¿Crees que podrías entrar, ver si está allí y si está acompañada? Luego yo puedo entrar y fingir que me he encontrado con ellos por casualidad. Pero no quiero echarlo a perder presentándome antes de que él haya llegado.

Dio por sentado que se iba a encontrar con un hombre, pues no creía que hubiera conducido durante dos horas para reunirse con una amiga.

—Desde luego —asintió Renaud solícito, al tiempo que, como compensación, un billete grande se deslizaba en su mano.

En esta ocasión, sin embargo, habría ayudado por nada. Lord Whitfield le caía bien, y siempre daba buenas propinas. Mientras tanto, Julian simuló escribir una larga nota sobre el mostrador de la conserjería. Renaud regresó al cabo de un minuto.

—Está allí y, señor, debo decirle que tiene usted problemas.

—*Merde*. ¿De quién se trata? ¿Lo conoces?

Empezaba a temer que pudiera tratarse de un mafioso.

—Desde luego. Viene con frecuencia, o por lo menos un par de veces al año. Se dedica a cortejar a las mujeres, a veces ya entradas en años, aunque en otras ocasiones las elige jovencitas.

—¿Le conozco yo?

—Quizá. Entrega cheques sin fondos un par de veces al año, aunque siempre termina por pagar, y nunca da una propina a menos que alguien que a él le interese esté mirando.

—Parece un tipo encantador —dijo Julian con una mueca.

—Es más pobre que una rata. Y creo que anda buscando dinero.

—Fantástico. Precisamente lo que necesitábamos. ¿Cómo se llama?

—Le encantará saberlo, el príncipe de Venezia y San Tebaldi. Asegura ser uno de los príncipes de Venecia. Probablemente lo sea. Por allí parece que hay por lo menos diez mil. —No era como con los británicos o los franceses. Los italianos tenían más príncipes que dentistas—. Es un verdadero sinvergüenza pero tiene buen aspecto y es atractivo. Ellas no suelen darse cuenta de la diferencia. Creo que se llama Lorenzo.

—¡Qué distinguido!

Después de todo lo que había oído, Julian se sintió más animado a seguir con su plan.

—No espere nada bueno —le dijo el conserje.

Julian volvió a darle las gracias y se dirigió al bar, con expresión distraída, como si estuviera muy ocupado en sus negocios, y con un aspecto aristocrático. Él lo era de verdad, como siempre decía Renaud, y nadie mejor que él para saberlo.

—Ah, estás aquí... Lo siento... —exclamó Julian aparentando haberse tropezado con ella, a la par que le obsequiaba con una gran sonrisa—. Solo quería darte un beso de despedida. —Miró al hombre con quien estaba su hermana y le sonrió ampliamente, aparentando sentirse absolutamente emocionado por conocerlo—. Hola..., siento mucho haberles interrumpido... Soy el hermano de Isabelle, Julian Whitfield —se presentó con naturalidad, dándole la mano, con actitud desenvuelta y relajada, mientras su hermana se removía, algo inquieta.

Pero el príncipe no pareció molestarse en lo más mínimo. Era encantador y tan untuoso como el aceite.

—*Piacere*... Lorenzo de San Tebaldi... Me alegro mucho de conocerle. Tiene usted una hermana de lo más encantador.

—Gracias, estoy totalmente de acuerdo.

Luego le dio a Isabelle un beso en la mejilla y se disculpó por tener que marcharse, aduciendo que tenía que regresar a la joyería para asistir a una reunión. Se marchó sin mirar atrás y, a pesar de la brillante actuación de su hermano, Isabelle se dio cuenta enseguida de que se hallaba metida en un problema. Al pasar junto al conserje Julian le guiñó un ojo y después regresó apresuradamente a la joyería, desde donde llamó enseguida a su madre. Su conversación, sin embargo, no fue tranquilizadora.

—Mamá, creo que podemos tener un pequeño problema.

—¿De qué se trata? ¿O acaso debo decir de quién?

—Estaba con un caballero, yo diría que de unos cincuenta años y que, según el conserje del Ritz, que parece conocerlo muy bien, es una especie de cazadotes. Muy elegante, pero todo fachada, como suele decirse.

—*Merde* —exclamó su madre con determinación desde el otro lado de la línea—. ¿Qué puedo hacer con ella? ¿Volver a encerrarla?

430

—Ya empieza a tener demasiados años para eso. Esta vez no te será tan fácil.

—Lo sé. —Dio un suspiro exasperado. Isabelle apenas llevaba un par de días en casa y ya se había metido en líos—. La verdad, no sé qué hacer con ella.

—Yo tampoco. Pero no me gusta nada la pinta de ese tipo.

—¿Cómo se llama? —preguntó, como si eso importara.

—Príncipe Lorenzo de San Tebaldi. Creo que es de Venecia.

—¡Cristo! Precisamente lo que nos faltaba, un príncipe italiano. ¡Dios mío, qué estúpida es!

—En eso no estoy de acuerdo contigo, aunque, desde luego, es una jovencita estupenda.

—Por eso da más pena —exclamó su madre desesperada.

—¿Qué quieres que haga? ¿Regresar allí y sacarla arrastrándola del pelo?

—Debería pedirte que hicieras algo así, pero creo que debes dejarla sola. Terminará por regresar a casa, y entonces intentaré razonar con ella.

—Eres una buena chica.

—No —confesó Sarah—. Solo estoy cansada.

—Bueno, no te desanimes. Eres un poco pesimista.

—Solo se ve lo que se quiere ver.

Pero se sintió conmovida por las amables palabras de su hijo. Las necesitaba como combustible para la batalla que sabía iba a entablarse en cuanto Isabelle regresara a casa en el Rolls, lo que finalmente sucedió a medianoche. Eso significaba que había salido de París a las diez, una hora relativamente razonable para ella. A pesar de todo, su madre no estaba nada contenta con su comportamiento. Isabelle cruzó el vestíbulo del *château* y su madre bajó la escalera para salirle al encuentro. Estaba a la espera y la había oído llegar.

—Buenas noches, Isabelle. ¿Lo has pasado bien?

—Mucho, gracias —contestó, nerviosa, aunque fría, girándose hacia su madre.

—¿Cómo está mi coche?

—Muy bien... Yo..., lo siento. Tenía intención de pedírtelo. Espero que no lo necesitaras.

—No, no tuve necesidad de él —dijo Sarah con calma—. ¿Por qué no vienes conmigo a la cocina a tomar una taza de té? Debes de estar cansada después de haber conducido tanto.

La actitud de su madre no hizo sino asustar más a Isabelle. No le había gritado, aunque su tono de voz sonó glacial. Eso era de mal agüero.

Se sentaron ante la mesa de la cocina y Sarah le preparó una infusión de menta, pero a Isabelle, allí sentada, no le importaba.

—Tu hermano Julian me ha llamado esta tarde —dijo al cabo de un momento y luego le miró directamente a los ojos.

—Pensé que lo haría —dijo Isabelle, nerviosa, jugueteando con la taza entre los dedos—. Me encontré con un viejo amigo de Italia..., uno de los profesores.

—¿De veras? —dijo su madre—. ¡Qué historia más interesante! Resulta que comprobé la lista de invitados y estuvo aquí la otra noche, como invitado de alguien. El príncipe de San Tebaldi. Te vi bailar con él. Es muy atractivo, ¿verdad?

Isabelle asintió, sin saber muy bien qué decir. No se atrevió a discutir con ella esta vez y se limitó a esperar hasta oír cuál sería su castigo, pero su madre tenía algo más que decirle, y la espera angustió a Isabelle.

—Desgraciadamente —siguió diciendo Sarah al cabo de un rato—, tiene una reputación muy poco atractiva... Acude a París de vez en cuando..., a la búsqueda de damas con un poco de fortuna. A veces le salen muy bien las cosas, y otras no tanto... Pero, en cualquier caso, querida, no es la clase de persona con la que a ti te gustaría salir.

No había dicho nada sobre su edad, ni sobre el hecho de que se hubiera marchado a la capital sin su permiso. Trataba de hablar con ella razonablemente, indicándole que su amigo no era más que un vulgar cazafortunas. Sarah creyó que eso la impresionaría, pero no lo hizo.

—La gente siempre dice cosas así sobre los príncipes, porque tienen celos —dijo con inocencia, aunque todavía demasiado asustada como para entablar una lucha abierta con su madre.

Además, sabía por experiencia que tendría todas las de perder.

—¿Qué te hace pensar así?

—Él mismo me lo dijo.

—¿Te dijo eso? —preguntó Sarah horrorizada—. ¿Y no se te ha ocurrido pensar que te lo ha dicho para protegerse en el caso de que la gente diga cosas sobre él? Eso no es más que una cortina de humo, Isabelle. Por el amor de Dios, tú no eres ninguna estúpida.

Pero sí lo era con los hombres. Siempre lo había sido, y particularmente con este. Esa misma tarde Julian había hecho algunas llamadas telefónicas, y todo el mundo hizo los mismos comentarios sobre el nuevo amigo de Isabelle, confirmando así que su hermana estaba en peligro.

—No es un hombre íntegro, Isabelle. Esta vez tienes que confiar en mí. Te está utilizando.

—Estás celosa.

—Eso es ridículo.

—¡Lo estás! —gritó Isabelle—. Desde que murió papá no has tenido a nadie en tu vida, y eso hace que te sientas vieja y fea y... ¡lo quieres para ti!

Lanzó todo aquel torrente de palabras, y Sarah se la quedó mirando, consternada, pero al hablar lo hizo con serenidad.

—Solo espero que no creas en lo que dices, porque las dos sabemos que no es cierto. Echo terriblemente de menos a tu padre, a cada momento, a cada hora del día... —Solo de pensarlo, las lágrimas acudieron a sus ojos—. Ni por un instante lo sustituiría por un gigoló de Venecia.

—Ahora vive en Roma —le corrigió Isabelle, como si eso importara, mientras su madre se sentía cada vez más sobrecogida ante la abrumadora estupidez de la juventud.

A veces la dejaba atónita ver cómo estropeaban sus vidas. Pero, por otro lado, se recordó a sí misma que, a su edad, ella no lo había hecho mejor con Freddie. Ahora intentaba ser razonable con su hija.

—No me importa dónde vive —dijo Sarah empezando a perder la paciencia—. No volverás a verle, ¿me entiendes? —Isabelle no dijo nada—. Y si vuelves a llevarte mi coche, la próxima vez llamaré a la policía para que te traigan, estés donde estés. Isabelle, aprende a comportarte o no te irán nada bien las cosas, ¿me has oído?

—Ya no puedes decirme lo que debo hacer. Tengo dieciocho años.

—Y eres una tonta. Ese hombre anda detrás de tu dinero, Isabelle, y de tu nombre, que es mucho más influyente que el suyo. Protégete. Aléjate de él.

—¿Y si no lo hago? —la desafió.

Pero Sarah no tenía ninguna respuesta a eso. Quizá debiera enviarla a que se quedara con Phillip en Whitfield durante una temporada, con su esposa y sus hijos, tan increíblemente aburridos. Pero Phillip no sería una influencia tan buena sobre su hermana, con sus secretarias, sus busconas y sus amoríos. ¿Qué les pasaba a todos ellos? Phillip se había casado con una mujer que no le importaba lo más mínimo, y que tal vez nunca le había importado, excepto porque era respetable. Julian se acostaba con todas las mujeres que conocía, y con sus madres si era posible, y ahora Isabelle se volvía medio loca por un calavera de Venecia. ¿Qué habían hecho ella y William para crear unos hijos tan insensatos?, se preguntó.

—No vuelvas a hacerlo —le advirtió a Isabelle.

Luego salió de la cocina y se fue a su habitación. Poco después oyó a Isabelle que hacía lo mismo.

Isabelle se portó bien durante una semana, y luego volvió a desaparecer, aunque esta vez en el Peugeot. Insistió en que iba a ver a una amiga en Garches, y Sarah no pudo demostrar lo contrario, a pesar de no creerla. El ambiente se mantuvo tenso hasta que ella se marchó a Cap Ferrat y, después de su partida, Sarah dio un suspiro de alivio, aunque sin saber muy bien por qué. Al fin y al cabo la Costa Azul no estaba en otro planeta. Pero al menos ella estaría con amigos, y no con un cretino de Venecia.

Más tarde, Julian le envió recortes de periódicos de Niza, Cannes y Montecarlo, lugares en los que estuvo para pasar un fin de semana. Publicaban historias sobre el príncipe de San Tebaldi y lady Isabelle Whitfield.

—¿Qué vamos a hacer con ella? —le preguntó Sarah, desesperada.

—No lo sé —contestó Julian sinceramente—. Pero creo que será mejor que vayamos.

Así lo hicieron a la semana siguiente, cuando dispusieron de tiempo, y entre los dos trataron de razonar con ella. Pero Isabelle se negó a escucharles, y les dijo con toda franqueza que estaba enamorada de él, y que él la adoraba.

—Pues claro que te adora, pequeña tonta —intentó explicarle su hermano—. Lo único que hace es calcular lo que vales. Teniéndote a ti, puede sentarse y haraganear durante el resto de su vida.

—¡Me pones enferma! —gritó ella—. ¡Los dos!

—¡No seas estúpida! —replicó él, gritándole también.

Se la llevaron con ellos y se alojaron en el hotel Miramar, y ella se escapó. Desapareció de la faz de la Tierra durante una semana, y cuando regresó lo hizo en compañía de Lorenzo. El hombre pidió mil disculpas por haber sido tan inconsciente, por no haberles llamado él mismo..., mientras la mirada de Sarah parecía querer atravesarlo. Se había sentido tan preocupada durante aquellos días, pero no se atrevió a llamar a la policía por temor al escándalo. Sabía que Isabelle tenía que estar con Lorenzo...

—Isabelle estaba tan alterada... —continuó rogando humildemente su perdón.

Pero Isabelle lo interrumpió de pronto y se dirigió a su madre directamente.

—Queremos casarnos.

—Jamás —contestó Sarah con franqueza.

—Entonces volveré a escaparme, una y otra vez, hasta que me dejes.

—Pierdes el tiempo. Jamás lo haré. —Y luego volvió su atención a Lorenzo—. Y lo que es más, le impediré el acceso a todo el dinero que tiene.

Pero Isabelle conocía bien la situación.

—No puedes quitármelo. Lo que papá me dejó lo tendré cuando cumpla veintiún años, sin que importe lo que pase.

Sarah lamentó entonces haberle dicho eso, pero Lorenzo pareció alegrarse mucho con la noticia, y se sintió furiosa al verlo. Era tan evidente para todos... Para todos menos para Isabelle, demasiado joven para comprenderlo. Era una joven de dieciocho años, sin ninguna experiencia de la vida y con una sangre ardiente, una combinación endiablada.

—Voy a casarme con él —anunció de nuevo.

A Sarah le extrañó que Lorenzo no dijera nada. Iba a dejar que su futura esposa luchara sus propias batallas y las de él, un presagio de lo que sucedería en el futuro.

—Nunca permitiré que te cases con él —insistió.

—No puedes impedírmelo.

—Haré todo lo que pueda —le prometió, y los ojos de Isabelle relampaguearon de cólera y odio.

—No quieres que sea feliz. Nunca lo quisiste. Me odias.

Pero en esta ocasión fue Julian quien le bajó los humos.

—Intenta ese truco con cualquier otra persona, pero no con mamá. Es lo más estúpido que he oído decir. —Entonces se volvió a mirar a su futuro cuñado, confiando en apelar a su razón, a su sentido de la decencia, si es que lo tenía—. ¿Quiere casarse realmente con ella de este modo, Tebaldi? ¿De qué serviría?

—Desde luego que no. Me desgarra el alma verlos de este modo —contestó, haciendo rodar los ojos, pareciendo ridículo a todos, excepto a Isabelle—. Pero ¿qué puedo decir...? La adoro. Ella habla por los dos... Nos casaremos.

Estaba tan contento que daba la impresión de que se pondría a cantar en cualquier momento, y Julian no sabía si llorar o echarse a reír.

—¿No se siente tonto? Ella solo tiene dieciocho años. Podría usted ser su abuelo, o casi.

—Es la mujer de mi vida —anunció él.

De hecho, lo único notable en él era que nunca se había casado. Hasta ahora, siempre había salido ganando manteniendo su libertad de movimientos. Pero en esta ocasión los beneficios serían mucho mayores si lograba comprometer a la pequeña lady Whitfield, cuya familia poseía el mayor negocio de joyería de Europa, así como tierras, títulos y valores. Era un verdadero premio que no estaba al alcance de cualquier aficionado. Y Lorenzo, desde luego, no lo era.

—Sí estáis los dos tan seguros, ¿por qué no esperáis? —preguntó Julian volviéndolo a intentar.

Pero ambos negaron con gestos de la cabeza.

—No podemos... y la deshonra... —Lorenzo parecía como

si estuviera a punto de echarse a llorar—. Acabo de pasar una semana con ella. Su reputación... ¿y si ha quedado embarazada?

—Oh, Dios mío —exclamó Sarah sentándose pesadamente en una silla. Aquella idea casi la hizo sentirse enferma. Un hijo de aquel hombre en su familia sería mucho peor que los dos niños sin vivacidad alguna de la pobre Cecily—. ¿Estás embarazada? —le preguntó sin rodeos a Isabelle.

—No lo sé. No tomamos ninguna clase de precauciones.

—Maravilloso. Apenas si puedo esperar a enterarme del resultado de eso dentro de unas pocas semanas.

Siempre quedaba el recurso al aborto, desde luego. Pero no era ese el tema. Lo que se planteaba ahora era el matrimonio.

—Queremos casarnos este verano... o en Navidades, como máximo. Y en el *château* —dijo ella, como si él la hubiera aleccionado, como así había sucedido.

Lorenzo quería una boda por todo lo alto, para que no pudieran desembarazarse de él fácilmente. Y, de todos modos, no podrían hacerlo. Una vez que estuvieran casados, sería para siempre. Él era católico e iba a casarse con Isabelle por la Iglesia católica, una vez que lo hubieran hecho en el *château*. Ya le había dicho a ella que esa era la única condición que imponía. Según le aseguró, lo único que le importaba era estar casado a los ojos de Dios, e incluso lloró al decirlo. Afortunadamente, Sarah no había tenido que escucharlo.

Discutieron, gritaron y arguyeron hasta bien entrada la noche, hasta que Julian se quedó afónico, Sarah contrajo un fuerte dolor de cabeza, Isabelle casi se desmayó y Lorenzo pidió hielo, sales olorosas y toallas húmedas. A la postre, Sarah cedió. No había otra alternativa. Si no lo hacía así, ellos lo harían de todos modos, estaba segura, e Isabelle se encargó de asegurárselo. Intentó convencerles para que esperaran un año, pero tampoco quisieron. Y Lorenzo no dejaba de insistir en que era mejor hacerlo ahora, por si acaso ella había quedado embarazada.

—¿Por qué no esperamos a ver? —sugirió Sarah con voz calmada.

Pero al final de la noche ya ni siquiera estaban dispuestos a esperar hasta Navidad. Lorenzo ya había calibrado para entonces la medida exacta del odio que le profesaban, y sabía que si no forzaba la situación encontrarían alguna forma de librarse de él, y no sucedería nada.

Así, antes de que acabara la noche todos acordaron una fecha a finales de agosto, en el *château*, con un puñado de amigos íntimos, sin nadie más, y sin la prensa. A Lorenzo le desilusionó no tener la gran boda que se merecían, pero le prometió a Isabelle una fiesta fabulosa en Italia que, según se apresuró a decirle su madre, él no pagaría.

Fue una noche amarga para ella y para Julian. Isabelle abandonó la estancia y se marchó con Lorenzo, a su hotel. Ahora ya no había forma de detenerla. Se dirigía de cabeza hacia su propia destrucción.

La ceremonia de la boda fue breve, pero con clase, se celebró en el *château* de la Meuze y solo asistieron unos pocos amigos. Isabelle estaba encantadora con un vestido blanco corto de Marc Bohan en Dior, y un gran sombrero a juego. Sarah se sintió profundamente agradecida por el hecho de que no hubiera quedado embarazada.

Phillip y Cecily acudieron desde Inglaterra. Julian apareció con ella cogida del brazo para entregarla al novio y Xavier llevó los anillos, mientras Sarah deseaba que los perdiera.

—Pareces encantada —le comentó Emanuelle con sorna tomando una copa de champaña en el jardín.

—Puedo vomitar antes del almuerzo —dijo Sarah con expresión apenada.

Los había visto contraer matrimonio en su propio jardín, por un sacerdote católico y un obispo episcopaliano. De ese modo, era doblemente oficial y desastroso para Isabelle. Durante todo el día Lorenzo se mostró efusivo, sonriente, tratando de encantar a todo el mundo, haciendo brindis y hablando de lo mucho que le habría gustado conocer al gran duque, el padre de Isabelle.

—Es un poco demasiado... ¿no crees? —preguntó Phillip,

haciendo reír por una vez a su madre con su forma de valorar las cosas—, patético.

—Y, sin embargo, atractivo.

En comparación con él, Cecily era Greta Garbo. A Sarah no le gustaba que ahora fueran dos. Pero Cecily solo la aburría, mientras que a Lorenzo lo odiaba, y le desgarraba el corazón, porque significaba que ya nunca podría volver a estar cerca de Isabelle, al menos mientras siguiera casada con Lorenzo. No era ningún secreto lo que todos ellos pensaban de su esposo.

—¿Cómo puede ni siquiera imaginar que lo ama? —preguntó Emanuelle con desesperación—. Es tan evidente..., tan palpable...

—Es joven. Todavía no sabe nada de hombres así —dijo Sarah con una infinita sabiduría—. Por desgracia, ahora se verá obligada a aprender muchas cosas en poco tiempo.

Eso le recordó de nuevo su propia experiencia con Freddie van Deering. Hubiera querido evitarle eso a Isabelle, y lo había intentado, pero no sirvió de nada. Isabelle había elegido y todos menos ella sabían que era una elección equivocada.

La fiesta continuó hasta bien entrada la tarde y luego Isabelle y Lorenzo se marcharon. Pasarían la luna de miel en Cerdeña, en un nuevo complejo turístico, para ver allí a su amigo, el Aga Khan, o eso fue lo que dijo Lorenzo. Pero Sarah imaginaba que debía haber mucha gente a la que él aseguraba conocer que se esfumaría durante los próximos años, si es que duraban tanto. Y esperaba que no durase.

Una vez que se hubieron marchado al aeropuerto en un Rolls-Royce alquilado con chófer, la familia se sentó apesadumbrada en el jardín, pensando en lo que había hecho Isabelle, con la sensación de haberla perdido para siempre. Solo a Phillip no parecía preocuparle demasiado, como era habitual en él. Charlaba despreocupadamente con una amiga de Emanuelle y de Sarah. Pero, para todos los demás, aquello se parecía más a un funeral que a una boda. En cierto sentido, Sarah tenía la impresión de haber fallado, no solo a su hija, sino también a su esposo. William se habría sentido anonadado de haber podido conocer a Lorenzo.

Sarah no tardó en recibir noticias de ellos, en cuanto llegaron a Roma. Pero luego ya no supo nada más hasta Navidades. Sarah les llamó una o dos veces y les escribió cartas, que Isabelle no contestaba. Evidentemente, estaba muy enfadada con todos ellos. Pero Julian habló con ella en un par de ocasiones, por lo que al menos Sarah sabía que su hija estaba bien, aunque ninguno de ellos sabía si era feliz o no. Durante todo el año siguiente no apareció por casa y no quería que Sarah fuera a visitarla, así que no lo hizo. Julian voló una vez a Roma para verla. Dijo después que la había encontrado muy seria, muy hermosa e italiana. También había descubierto, a través del banco con el que ambos trabajaban, que estaba gastando una verdadera fortuna. Había comprado un pequeño *palazzo* en Roma y una villa en Umbria. Lorenzo se había comprado un yate, un nuevo Rolls y un Ferrari. Y, por lo que Julian pudo apreciar, no esperaba ningún hijo.

Después del primer año, volvieron al *château* para pasar las Navidades, aunque de mala gana, e Isabelle casi no les dijo nada a ninguno de ellos, si bien regaló a su madre un bonito brazalete de oro y perlas de Buccellati. Ella y Lorenzo se marcharon el día después de Navidad, para ir a esquiar a Cortina. Resultaba difícil imaginar cómo iba su relación, y esta vez Isabelle ni siquiera se confió a Julian.

Fue Emanuelle la que acabó por descubrir la verdad. Después de un viaje de negocios a Londres para ver a Phillip y Nigel, voló a Roma, y más tarde le dijo a Sarah que había encontrado a Isabelle en un terrible estado. Tenía profundas ojeras, estaba muy delgada y ya no reía. Y en todas las ocasiones en que se encontró con ella, no vio ni el menor rastro de Lorenzo.

—Creo que tiene problemas, pero no estoy segura de que se halle dispuesta a admitirlos ante ti. Asegúrate de dejar la puerta abierta y finalmente regresará a casa, te lo prometo.

—Espero que tengas razón —dijo Sarah con tristeza.

Aquella desgracia había pesado terriblemente sobre ella. Durante los dos últimos años había perdido prácticamente a la única hija que sobrevivió.

27

Transcurrieron tres angustiosos años antes de que Isabelle volviera a París. Lo hicieron cuando Sarah los invitó a la fiesta del trigésimo aniversario de Whitfield's, que se celebró en el Louvre, que ocuparon parcialmente para ello. Nunca se había hecho hasta entonces y Emanuelle tuvo que utilizar sus contactos gubernamentales para conseguir el permiso. Se cerraría toda la zona adyacente y se necesitaría la vigilancia de cientos de guardias del museo y de gendarmes. Pero Sarah sabía que sería un éxito. Lorenzo, por su parte, sabía que no podía perderse un acontecimiento así. La propia Sarah se quedó asombrada cuando aceptaron la invitación. Para entonces, Isabelle y Lorenzo ya llevaban cinco años casados, y Sarah ya casi se había resignado a la distancia entre ellos. Concentró sus energías y su afecto en Xavier, Julian y, hasta cierto punto, Phillip, a pesar de que a este último lo veía poco. Llevaba casado con Cecily desde hacía trece años y en la prensa se hacían insinuaciones sobre sus aventuras extramatrimoniales, que habitualmente nunca se confirmaban por respeto a su posición, en opinión de Sarah. Según algunos, el duque de Whitfield era bastante peligroso.

La fiesta que dio Sarah fue la más deslumbrante que se había visto en París. Las mujeres eran tan hermosas que casi cortaban la respiración, y los hombres tan relevantes que con los que había en la mesa de honor podían haberse formado cinco gobiernos. Asistieron el presidente de Francia, los Onassis, los Grimaldi, los árabes, los griegos, muchos estadounidenses importantes y todas las cabezas coronadas de Europa. Todo aquel que hubiera llevado alguna vez una de sus joyas estaba allí, así como muchas mujeres jóvenes que esperaban llevarlas algún día. Había cortesanas y reinas, personajes muy ricos y muy famosos. En comparación, la fiesta dada cinco años antes fue aburrida. No se reparó en gastos, y la propia Sarah se entusiasmó al verlo. Permaneció sentada tranquilamente, disfrutando de su victoria, contemplándolo todo, mientras mil personas cenaban y bailaban, bebían y charlaban para alegría de la prensa. Indudablemente, muchas de ellas se comportaron maliciosamente en un sentido amplio, aunque nadie pareció enterarse.

Julian acudió acompañado por una joven muy bonita, una actriz sobre la que Sarah había leído recientemente algún escándalo, y que significaba un cambio interesante para él. Últimamente, había estado saliendo con una modelo brasileña despampanante. Nunca le faltaban mujeres, pero siempre se comportaba bien. Le querían cuando llegaba y cuando se marchaba. No podía pedirse más de él. A Sarah le habría gustado que eligiera una esposa pero, a los veintinueve años, todavía no daba la menor señal de querer hacerlo, y ella tampoco insistía.

Phillip trajo a su esposa, desde luego, pero se pasó la mayor parte de la velada con una joven que trabajaba para Saint Laurent. La había conocido en Londres el año anterior y ambos parecían tener mucho en común. Siempre observaba a las mujeres que acompañaban a Julian, y había visto a la actriz, pero no logró que se la presentara, y luego se perdieron entre la multitud. Más tarde, tardó mucho en encontrar a Cecily, que hablaba educadamente con el rey de Grecia sobre caballos.

Sarah observó complacida que Isabelle era una de las mujeres más hermosas. Llevaba un ceñido vestido de Valentino que revelaba su escultural figura, y el largo cabello negro le caía en cascada por la espalda. Además, lucía un notable collar y brazalete de diamantes, con pendientes a juego, que Julian le había prestado. Pero ni siquiera necesitaba joyas. Sencillamente, era tan hermosa que la gente no podía dejar de mirarla y a Sarah le agradó mucho que hubiera acudido a la fiesta. No se hacía ilusiones acerca del motivo por el que habían venido. Aquella noche, Lorenzo estuvo deambulando entre la multitud, yendo detrás de la realeza y posando constantemente para los periódicos. Sarah lo observó, como hizo su esposa, que lo miraba tranquilamente, pero no hizo ningún comentario, pese a que era fácil ver que algo andaba mal. Esperó a que Isabelle le dijera algo, pero no lo hizo. Se quedó hasta tarde, bailó con sus amigos, sobre todo con un príncipe francés muy conocido que siempre le había gustado. Había muchos hombres a los que les habría gustado cortejarla, ahora que tenía veintitrés años y era tan hermosa, pero ella había estado fuera durante cinco años, y estaba casada con Lorenzo.

Al día siguiente Sarah les invitó a almorzar en Le Fouquet, para agradecerles la ayuda que le habían prestado en la fiesta. Emanuelle también estuvo presente, así como Julian, Phillip y Cecily, Nigel, su amigo diseñador, Isabelle y Lorenzo. Xavier ya se había marchado para entonces. Llevaba varios meses rogándole a Sarah que le permitiera visitar a unos viejos amigos de ella que vivían en Kenia. Al principio se había resistido a concederle el permiso, pero se mostró tan insistente, y ella estaba tan ocupada con los planes para la fiesta de aniversario, que al final le dejó partir, cosa que él agradeció profusamente. A los catorce años solo deseaba ver el mundo, y cuanto más lejos fuese mejor. Le encantaba estar con ella, y vivir en Francia, pero experimentaba un anhelo constante por lo exótico y lo desconocido. Había leído cuatro veces el libro de Thor Heyerdahl y parecía saberlo todo sobre África, el Amazonas y otros muchos lugares repartidos por el mundo a los que ningún miembro de su familia había deseado ir. Definitivamente, era un muchacho muy suyo, algo parecido a William en ciertos aspectos, y a Sarah en otros; poseía algo de la calidez de Julian, y mucho del espíritu divertido de William. Pero también tenía un sentido de la aventura y una pasión por la vida alejada de las comodidades, que no compartía ningún otro miembro de la familia. Todos los demás preferían París o Londres, Antibes o incluso Whitfield.

—Somos un grupo muy aburrido comparados con él —comentó Sarah con una sonrisa.

El muchacho ya le había escrito media docena de cartas sobre los fabulosos animales que había visto. Y ya estaba preguntándole sí le permitiría volver otra vez.

—Desde luego, no lo habrá aprendido de mí —dijo Julian con una sonrisa burlona, que se sentía mucho más feliz en un sofá que en un safari.

—Ni de mí —exclamó Phillip riéndose de sí mismo por una vez.

Inmediatamente, Lorenzo se lanzó a contar una historia interminable que aburrió a todos, hablando de su querido amigo el marajá de Jaipur.

A pesar de su presencia, se lo pasaron bien durante el almuerzo y más tarde cada cual siguió por su camino, y todos los Whitfield se despidieron de su madre. Julian se iba a Saint-Tropez con unos amigos para descansar unos días después de todo el trabajo que le había dado aquella fiesta gigantesca. Phillip y Cecily volvían a Londres. Nigel se quedaba en París a pasar unos pocos días con su amigo. Emanuelle se reintegraba al trabajo. Solo Isabelle parecía no saber qué hacer después del almuerzo. Lorenzo dijo que tenía que recoger algo en Hermès y que deseaba ver a unos amigos. No se marchaban hasta el día siguiente y, por primera vez en varios años, Isabelle parecía querer hablar con su madre. Cuando finalmente se encontraron a solas, vaciló y Sarah le preguntó si quería tomar otra taza de café.

Ambas pidieron un café, e Isabelle se acercó para sentarse al lado de su madre. Se había instalado en el otro extremo de la mesa, y ahora había algo profundamente desgraciado en sus ojos, miró a su madre con expresión apesadumbrada y, finalmente, las lágrimas se le saltaron de los ojos, por mucho que ella intentó contenerlas.

—Supongo que no tengo el derecho de quejarme ahora, ¿verdad? —empezó preguntando de un modo lastimero. Sarah le acarició la mano con ternura, deseando poderla librar de su dolor, del que ella había tratado de protegerla desde el principio. Pero ya había aprendido hacía tiempo la dura lección de que eso era algo que no podía hacer por su hija—. De hecho, no tengo derecho a quejarme, puesto que me lo advertiste.

—Sí, claro que lo tienes —le dijo Sarah sonriendo tristemente—. Una siempre puede quejarse. —Y entonces decidió ser franca con ella—. Eres desgraciada, ¿verdad?

—Mucho —admitió Isabelle, limpiándose una lágrima de la mejilla—. No tenía ni la menor idea de cómo sería... Era tan joven y tan estúpida. Todos vosotros lo sabíais, y yo estuve tan ciega.

Todo eso era cierto, a pesar de lo cual Sarah se sentía apenada. En esta ocasión, tener razón no representaba ningún consuelo para ella. No a costa de la felicidad de su hija. Le desgarraba el corazón verla tan desgraciada. Durante aquellos años había intentado resignarse a no verla más, pero siempre le había resultado doloroso. Ahora, al verla tan desgraciada, la distancia que su hija había puesto entre ellas parecía un despilfarro.

—Eras muy joven —justificó Sarah—, y muy tozuda. Y él fue muy astuto. —Isabelle asintió con tristeza. Ahora lo sabía muy bien—. Jugó contigo como si tocara un violín para obtener la melodía que deseaba. —En realidad, había jugado con todos ellos, les había ganado la partida al convencer a Isabelle para que se casara con él. Resultaba fácil perdonar a Isabelle, pero no tanto a Lorenzo—. Sabía muy bien lo que hacía.

—Mucho más de lo que te imaginas. En cuanto llegamos a Roma y consiguió lo que deseaba, todo empezó a cambiar. Por lo visto, incluso había elegido el *palazzo*, y ya se lo había dicho a todas las personas importantes que conocía, asegurando que lo necesitaríamos para los hijos que íbamos a tener, así como la villa en Umbria. Y luego se compró el Rolls, y el yate, y el Ferrari y entonces, de repente, dejé de verlo. Siempre estaba fuera, con sus amigos, y los periódicos empezaron a publicar cosas sobre él y otras mujeres. Cada vez que yo le preguntaba, se echaba a reír y me decía que eran viejas amigas, o primas. Por lo visto, debía de estar emparentado con media Europa —dijo con una mueca burlona, mirando directamente a su madre—. Me ha engañado durante años. Ahora, ni siquiera se molesta en ocultarlo. Hace lo que quiere, y dice que yo no puedo hacer nada para evitarlo. En Italia no existe el divorcio, y está emparentado con tres cardenales, por lo que dice que nunca se divorciará de mí.

Parecía sentirse impotente, allí sentada. Sarah no sabía que las cosas hubieran llegado hasta tal punto, o que él se hubiera atrevido a mostrarse tan cínico. ¿Cómo se atrevía a ir allí, a sentarse junto a todos ellos, a participar en la fiesta, perseguir a sus amigas, después de haber abusado tanto de su hija? Palideció de ira.

—¿Le has pedido el divorcio? —preguntó Sarah preocupada, acariciando la mano de su hija, ante lo que Isabelle asintió.

—Hace dos años, cuando mantuvo una relación apasionada con una mujer muy conocida en Roma. Ya no podía soportarlo más. Lo publicaron todo en los periódicos, y no vi la necesidad de seguir con el juego. —Sarah la abrazó e Isabelle lanzó un bufido y continuó explicando su triste historia—. El año pasado se lo volví a pedir, pero siempre se ha negado, diciéndome que debo resignarme a aceptar el hecho de que estamos casados para siempre.

—Quería casarse con tu cuenta bancaria, no contigo.

Siempre lo quiso así, y según Julian, había tenido mucha suerte. Guardó buena parte del dinero que Isabelle le había entregado, y siguió haciéndola pagar a ella por todo, algo que a Isabelle no le habría importado si él la hubiese amado. Pero Lorenzo no la había amado nunca. Desde que su primera pasión se agotó, cosa que sucedió con bastante rapidez, no hubo absolutamente nada, excepto cenizas.

—Al menos no has tenido hijos con él. Si logras salir de esta situación, todo será menos complicado de esta manera. Y todavía eres joven. Ya los podrás tener más tarde.

—No con él —dijo Isabelle con rabia, bajando todavía más el tono de voz, mientras permanecían sentadas ante la mesa y los camareros se mantenían a una distancia discreta—. Ni siquiera podemos tener hijos.

Esta vez, Sarah quedó asombrada. Hasta entonces, nada de lo que le había dicho su hija la había sorprendido, excepto esto.

—¿Por qué no? ¿Hay algún problema?

Cuando dijeron de casarse, Lorenzo había amenazado incluso con la posibilidad de que ella pudiera estar embarazada; esa fue la razón principal por la que no quisieron esperar hasta Navidades. Y no era tan viejo como para no poder tenerlos. Ahora tenía cincuenta y cuatro años, y William tenía más cuando ella quedó embarazada de Xavier, y ni siquiera se encontraba con buena salud, recordó Sarah amorosamente.

—Sufrió graves heridas de niño y es estéril. Su tío me lo contó. Enzo nunca me ha contado nada y al preguntárselo se echó a reír. Dijo que yo tenía mucha suerte porque estaba muy versado en el control de natalidad. Me mintió, mamá..., me dijo que tendríamos docenas de hijos. —Las lágrimas seguían derramándose por sus mejillas—. Creo que si tuviéramos hijos hasta podría soportar seguir viviendo con él, por mucho que le odiara.

Ahora había en su corazón un anhelo que nada podía llenar. Durante cinco largos años no había tenido a nadie a quien amar, a nadie que la amara. Ni siquiera su familia, que Lorenzo se había encargado de enfrentar con ella.

—No es esa la forma de tener hijos, querida —dijo Sarah con serenidad—. No se puede criar a los hijos a partir de una situación tan desdichada.

Pero tampoco deseaba que su hija siguiera viviendo así.

—Ahora ya no nos acostamos juntos. No lo hemos hecho desde hace tres años. Nunca se le ve por casa, excepto para recoger sus camisas y conseguir dinero. —Pero algo de lo que le dijo Isabelle llamó la atención de Sarah, y tomó nota para analizarlo más tarde. El príncipe Di San Tebaldi no era tan astuto como parecía, aunque casi—. Ya no me importa —continuó diciendo Isabelle—. No me importa nada. Es como estar encerrada en una prisión.

Y ese era el aspecto que ofrecía. A la luz del día, Sarah comprendió que Emanuelle tuvo razón con los comentarios que le hizo al regresar de Roma, y ahora sabía por qué. Isabelle tenía un aspecto alicaído y pálido, y se sentía desesperadamente desgraciada con motivos.

—¿Quieres volver a casa? Probablemente, aquí conseguirías el divorcio. Te casaste en el *château*.

—Volvimos a casarnos en Italia —dijo Isabelle, con desesperanza—. Por la Iglesia. Si consigo el divorcio aquí, no sería legal en Italia y, de todos modos, nunca podría volver a casarme. Sería ilegal. Lorenzo dice que tengo que resignarme a mi destino, pero que él no va a ninguna parte.

Una vez más, como en otra ocasión, los tenía a todos bien atrapados, algo que a Sarah no le gustó lo más mínimo. Aquello era mucho peor de lo que había sido su primer matrimonio o, en todo caso, bastante similar. Y su padre había logrado sacarla del atolladero. Sabía que tenía que encontrar un medio de ayudar a su hija.

—¿Qué puedo hacer para ayudarte? ¿Qué quieres, cariño? —preguntó Sarah afectuosamente—. Hablaré inmediatamente con mis abogados, pero creo que deberás esperar el momento oportuno. Finalmente, habrá algo que deseará más que a ti, y entonces quizá podamos llegar a un acuerdo con él.

Debía admitir, sin embargo, que no sería nada fácil. Era un tipo duro.

Entonces Isabelle la miró de un modo extraño. Había algo que deseaba mucho, no tanto como el divorcio o un hijo, pero al menos le ayudaría a dar a su vida un cierto significado. Lo llevaba pensando desde hacía tiempo, pero tuvo la sensación de que no debía pedírselo, dada la distancia que había existido entre ellas.

—Me gustaría tener una tienda —susurró, y Sarah la miró nuevamente sorprendida.

—¿Qué clase de tienda?

Sarah se imaginó que se refería a una especie de boutique, pero no se trataba de nada de eso.

—Una joyería Whitfield's —contestó ella con la más absoluta seguridad.

—¿En Roma? —A Sarah nunca se le había ocurrido pensarlo. Los italianos ya tenían a Buccellati y a Bulgari. Ni siquiera había considerado la posibilidad de abrir una sucursal en Roma aunque, desde luego, ahora le pareció una idea excelente, a pesar de que Isabelle era demasiado joven para dirigirla—. Es una idea interesante, pero ¿estás segura?

—Absolutamente.

—¿Y si tienes éxito y logras divorciarte de él, o sencillamente decides marcharte, divorciada o no? ¿Qué haremos entonces?

—No haré nada de eso. Me gusta Italia. Lo que odio es a Lorenzo y mi vida con él. Pero allí se vive de maravilla. —Su rostro se iluminó por primera vez en toda la conversación—. Tengo amigos fantásticos y las mujeres son muy elegantes y llevan toneladas de grandes joyas. Mamá, sería un gran éxito, te lo prometo.

Sarah no estaba en desacuerdo con lo que había dicho sobre las mujeres italianas, pero para ella se trataba de una idea nueva y tenía que pensar sobre ella.

—Deja que me lo piense. Y tú piénsatelo también. No te metas en esto apresuradamente. Representa una gran cantidad de trabajo y un tremendo compromiso. Tendrás que trabajar muy duro, durante muchas horas. En todo esto hay mucho más que apariencias. Habla con Emanuelle, con Julian. Tienes que estar muy convencida antes de dar un paso así.

—Es todo lo que he deseado desde hace un año, pero no sabía cómo pedírtelo.

—Bueno, pues ya lo has hecho —dijo Sarah sonriéndole—. Ahora, deja que me lo piense y habla con tus hermanos. —Y luego, poniéndose nuevamente seria añadió—: Y déjame también pensar cómo puedo ayudarte con Lorenzo.

—No puedes —dijo Isabelle con tristeza.

—Nunca se sabe.

En el fondo de su corazón sospechaba que lo único que se necesitaría sería dinero. De la forma correcta y en el momento oportuno. Solo esperaba que ese momento llegara pronto, para que Isabelle no tuviera que continuar casada con él durante mucho más tiempo.

Permanecieron allí sentadas, hablando durante otra hora, y luego regresaron caminando lentamente hacia la joyería, cogidas del brazo. A Sarah le agradó mucho volverla a sentir a su lado, como no había estado desde hacía años, desde que era una dieciochoañera y la perdió tan dolorosamente. Había sido casi tan penoso como perder a Lizzie ya que Isabelle había estado como muerta para ella en muchos sentidos. Pero ahora había vuelto, y Sarah se sentía contenta por ello.

Isabelle la dejó a la entrada de la tienda y se marchó a tomar el té con una vieja amiga de la escuela y que iba a casarse pronto. Isabelle envidiaba su inocencia. Qué hermoso habría sido poder empezar todo de nuevo. Pero sabía que para ella no existía esa esperanza. Su vida, por muy vacía que estuviera, terminaría con Lorenzo. Al menos, si su madre le permitía abrir una tienda tendría algo que hacer, podría concentrarse en eso, en lugar de permanecer todo el tiempo sentada en casa odiando a su esposo, llorando siempre que veía a un niño, al pensar en los hijos que nunca había tenido. Podría haber vivido sin ellos si él la hubiera amado, o sin su amor de haber tenido un hijo que la consolara, pero no tener ninguna de las dos cosas era un doble castigo para ella y a veces se preguntaba qué había hecho para merecerse esto.

—Es demasiado joven —dijo Phillip con absoluta firmeza cuando Sarah se lo dijo.

Ya lo había discutido con Julian, quien creía que se trataba de una idea interesante. Le gustaban algunas de las joyas antiguas de Buccellati, así como muchos de los nuevos diseños que estaban haciendo los jóvenes diseñadores italianos. Pensaba que podrían hacer algo original en Roma, diferente tanto de París como de Londres, con cada una de las joyerías manteniendo su propio estilo, y con sus propios clientes. Londres tenía a la reina y a la vieja guardia, París a los personajes deslumbrantes, los elegantes y muy ricos, sobre todo a los nuevos. Y Roma tendría a todos aquellos italianos ávidos de estilo que devoraban las joyas.

—Podríamos conseguir a alguien que la ayudara; eso no es lo importante —dijo Sarah, rechazando las objeciones de su hijo—. La verdadera cuestión consiste en saber si Roma es el mercado adecuado.

—Creo que lo es —dijo Julian con tranquilidad, que participaba en la misma conversación.

—Creo que no sabéis de lo que habláis, como siempre —espetó Phillip, haciendo que a Sarah le doliera el corazón con sus palabras.

Siempre hacía cosas así. Julian era todo lo que él mismo

quería ser, y precisamente todo lo que no era: atractivo, encantador, joven, adorado por todos y el preferido de las mujeres. Con el paso de los años, Phillip se había vuelto particularmente rígido, tanto que casi parecía marchitado, y en lugar de ser sensual, era perverso. Tenía ya cuarenta años y, para tristeza de su madre, daba la impresión de tener cincuenta. El estar casado con Cecily no le había servido de nada, pero esa había sido su elección, y seguía siendo la clase de esposa que deseaba, respetable, apagada, bien educada y habitualmente ausente. Se pasaba la mayor parte del tiempo en el campo, con sus caballos. Y recientemente había comprado una caballeriza en Irlanda.

—Creo que todos deberíamos estar juntos en esto —dijo Sarah con naturalidad—. ¿Podéis venir aquí tú y Nigel? ¿O quieres que nos desplacemos nosotros a Londres?

Al final, decidieron que sería más sencillo que Nigel y Phillip fueran a París. Isabelle y Lorenzo ya se habían marchado, y los cinco discutieron durante tres días, pero al final ganó la idea de Emanuelle, al señalar que si William y Sarah no hubieran tenido el valor suficiente para intentar algo nuevo y diferente, y entonces casi tan arriesgado como esto parecía ahora, las joyerías Whitfield's no existirían, y que si no continuaban creciendo y expandiéndose llegaría el día en que dejarían de existir. Estaban a punto de entrar en los años ochenta, una época de expansión. Tenía la sensación de que debían mirar hacia Roma, incluso Alemania o tal vez Nueva York. El mundo no empezaba y terminaba en Londres y París.

—Argumento bien desarrollado —dijo Nigel.

En estos últimos tiempos tenía muy buen aspecto, siempre con aire distinguido, y a Sarah le aterraba la idea de que algún día decidiera jubilarse. Ahora ya casi contaba con setenta años. No obstante, y a diferencia de Phillip, Nigel aún miraba hacia el futuro, atento al mundo, probando nuevas ideas y atreviéndose a avanzar.

—Creo que ella tiene razón —añadió Julian—. No podemos permanecer sentados, satisfechos con lo alcanzado. Esa es la forma más segura de acabar con el negocio. En realidad, creo que deberíamos haber pensado en algo así desde hace tiempo, sin necesidad de que Isabelle lo planteara. Su idea ha llegado en buen momento.

Por la noche, todos se habían puesto de acuerdo, aunque Phillip solo de mala gana. Creía que abrir una sucursal en cualquier otra parte de Inglaterra tenía mucho más sentido que hacerlo en Roma, idea que vetaron todos los demás. De algún modo, nunca creía realmente que hubiera cualquier otro sitio que importara excepto Inglaterra.

Sarah se encargó de llamar a Isabelle esa misma noche, le dio la noticia y pareció como si le hubieran regalado la Luna. La pobre estaba anhelante, de vida, de amor, de afecto y de un sentido para su vida. Sarah le prometió ir a verla la próxima semana, para discutir sus planes. Cuando lo hizo, le intrigó darse cuenta de que no había visto ni una sola vez a Lorenzo durante los cinco días que duró su estancia en Roma.

—¿Dónde se ha metido? —se atrevió a preguntar al final.

—Está en Cerdeña, con unos amigos. He oído decir que tiene una nueva amante.

—Muy amable por su parte —dijo Sarah con acritud, recordando de repente a Freedie, cuando apareció con sus fulanas durante la fiesta de aniversario.

Entonces se lo contó a Isabelle por primera vez, y su hija se la quedó mirando, incrédula.

—Siempre supe que te habías divorciado, pero en realidad no sabía por qué. Creo que ni siquiera se me ocurrió pensarlo de pequeña. Jamás se me ocurrió que tú hubieras podido cometer un error o ser desgraciada...

O casarse con un hombre capaz de traer a unas prostitutas a casa de sus padres. Incluso cuarenta años más tarde constituía toda una hazaña.

—Cualquiera puede cometer un error. Yo cometí uno muy grande. Y tú también. Pero logré salir de aquello, con la ayuda de mi familia. Fue entonces cuando conocí a tu padre. Algún día tú también conocerás a alguien maravilloso. Espera y verás.

La besó con ternura en la mejilla y regresó al Excelsior, donde se alojaba.

Durante todo el siguiente año trabajaron frenéticamente

en el local que habían alquilado en Via Condotti. Era más grande que las otras dos tiendas, y sumamente distinguida. Fue un verdadero espectáculo; Isabelle estaba tan nerviosa que apenas si podía soportarlo. Según comentó con unos amigos, era casi como tener un hijo. La nueva joyería era todo lo que podía comer, pensar, beber, hablar, y ahora ya no le preocupaba no ver a Enzo, quien se lo tomaba a guasa, y le decía que algún día caería de bruces. Pero no había contado con Sarah.

Contrató a una empresa de relaciones públicas para que adulara a la prensa italiana, hizo que Isabelle diera fiestas, se relacionara con la alta sociedad romana de muchas formas que a ella no se le habían ocurrido. Se entregó a hacer obras de caridad, ofreció almuerzos y asistió a acontecimientos importantes en Roma, Florencia y Milán. De repente, lady Isabelle Whitfield, la *principessa* Di San Tebaldi, se convirtió en uno de los personajes más solicitados de Roma. Cuando ya estaban a punto de inaugurar la joyería, hasta su esposo prestaba atención a lo que hacían. Lorenzo hablaba con sus amigos sobre la tienda, fanfarroneaba sobre las fabulosas joyas que él mismo decía seleccionar y presumía de la gente que ya le había comprado. Isabelle se enteró de esas historias, pero no les dio la más mínima importancia. Se hallaba demasiado ocupada trabajando día y noche, comprobando estudios, hablando con los arquitectos, contratando al personal. Durante los dos últimos meses, Emanuelle acudió a Roma para ayudarla, y contrataron a un hombre joven muy capaz, hijo de un antiguo amigo suyo que había trabajado para Bulgari durante los últimos cuatro años, ocupando un puesto de cierta importancia. Se lo quitaron con relativa facilidad y su misión sería ayudar a Isabelle a dirigir la tienda. Casi no podía creer en su buena fortuna, y la miraba con mucho respeto, de modo que al cabo de poco tiempo se hicieron muy buenos amigos, y a Isabelle le gustaba. Era un hombre inteligente, bondadoso, amable y con un gran sentido del humor. También tenía esposa y cuatro hijos. Se llamaba Marcello Scuri.

La fiesta de inauguración que ofrecieron fue todo un acontecimiento social en Roma, y acudieron todos los personajes importantes de Italia, además de algunos de sus más fieles clientes de Londres y París. Llegó gente de Venecia, Florencia, Milán, Nápoles, Turín, Bolonia y Perugia. Acudieron de todo el país. El año que se había pasado preparándolo todo dio sus frutos y la previsión de Sarah demostró ser brillante. Phillip tuvo que admitir a regañadientes que era una joyería fabulosa y, al verla, Nigel dijo que si se hubiera muerto en ese momento se habría sentido feliz. Todo fue absolutamente perfecto en Roma, las joyas que se exponían eran hermosas y selectas, con una mezcla perfecta entre lo viejo y lo nuevo, espectaculares y discretas a un tiempo, caras y realmente brillantes. Isabelle se sintió encantada con el éxito, como también lo estuvo su madre.

Marcello, el joven director, hizo un trabajo espléndido, como también Isabelle. Emanuelle se sintió muy orgullosa de ambos. Y los hermanos de Isabelle la alabaron por los excelentes resultados alcanzados. Había hecho un trabajo maravilloso. Tres días más tarde, cuando la dejaron para reincorporarse a sus propias joyerías, la tienda funcionaba a la perfección.

Emanuelle ya se había marchado el día anterior, para afrontar una pequeña crisis surgida en la joyería de París. Se había producido un asalto, aunque milagrosamente no se habían llevado nada, gracias al cristal a prueba de balas y a las puertas blindadas. Pero a Emanuelle le pareció mejor estar presente para levantar los ánimos a los empleados. El personal de la joyería estaba trastornado. Proteger las joyerías del robo se estaba convirtiendo en una tarea cada vez más complicada. Pero, por el momento, disponían de excelentes sistemas de seguridad, y habían tenido mucha suerte.

Sarah todavía estaba pensando en lo bien que había ido la inauguración de la sucursal de Roma cuando ella y Julian subieron al avión que les llevaría a París. Le preguntó a su hijo si se lo había pasado bien y él contestó afirmativamente. Lo había visto conversar con una joven y hermosa *principessa*, que más tarde sería bien conocida como modelo de Valentino. Desde luego, las mujeres romanas eran hermosas, pero ella tenía la sensación de que su hijo aminoraba el ritmo. Estaba a punto de cumplir los treinta años y había ocasiones en que Sarah sospechaba que empezaba a comportarse y a controlarse. Había cometido locuras durante un tiempo pero, a juzgar por lo que ahora leía sobre él en los periódicos, últimamente no lo hacía. Y cuando ya se disponían a aterrizar en Orly, Julian le explicó por qué.

—¿Recuerdas a Yvonne Charles? —le preguntó inocentemente, ante lo que Sarah sacudió la cabeza.

Un momento antes habían estado hablando de negocios y no recordaba si la mujer mencionada era una clienta.

—Solo de nombre. ¿Por qué? ¿La he conocido?

—Es una actriz. La conociste en la fiesta del aniversario, el año pasado.

—Junto con quizá otras mil personas. Al menos no voy a meter la pata. —Pero de repente la recordó, aunque no por la fiesta, sino por algo que había leído en los periódicos—. ¿No tuvo un divorcio bastante escandaloso hace unos años... y luego se volvió a casar? Creo recordar que leí algo sobre ella... ¿Por qué?

Pareció sentirse incómodo por un momento, mientras el avión aterrizaba. Era una pena que su madre tuviera todavía tan buena memoria. Pero a los sesenta y cuatro años seguía siendo una mujer tan despierta como siempre, fuerte y todavía hermosa para su edad. La adoraba, pero había veces en que deseaba que no prestara tanta atención a las cosas.

—Algo así... —contestó vagamente—. En realidad, ahora vuelve a divorciarse. La conocí entre dos de sus matrimonios... —o posiblemente durante, conociéndola como la conocía—, y hace unos pocos meses nos encontramos de nuevo.

—Qué coincidencia más afortunada —dijo Sarah sonriendo; a veces, todavía le parecía muy joven; en realidad, se lo parecía a todos—. Muy afortunada para ti.

—Sí, lo es. —Y entonces percibió en sus ojos algo que por un segundo la asustó—. Es una mujer muy especial.

—Debe serlo, sobre todo después de haber pasado por dos matrimonios. ¿Qué edad tiene?

—Tiene veinticuatro años, pero es muy madura para su edad.

—Tiene que serlo.

No sabía qué decirle, ni adónde pretendía ir a parar, pero tenía la sensación de que no le iba a gustar.

—Voy a casarme con ella —dijo Julian con calma.

Sarah sintió como si el suelo del avión hubiera desaparecido bajo sus pies.

—¿De veras? —preguntó tratando de parecer indiferente, aunque el corazón le latió con fuerza en el momento de aterrizar—. ¿Y cuándo lo decidiste?

—La semana pasada. Pero estábamos todos tan ocupados con la inauguración que no quise decir nada hasta que hubiera pasado. —Qué considerado por su parte. Qué maravilloso que se casara con una joven que ya había estado casada dos veces, y que se lo dijera a su madre—. Te va a gustar mucho.

Confió en que tuviera razón, pero hasta el momento no le había gustado ninguna de las mujeres con las que salía. Empezaba a abandonar la esperanza de tener nueras y yernos a los que pudiera tolerar, y mucho menos que le cayeran bien. Por el momento, eso no había ido nada bien.

—¿Cuándo voy a conocerla?

—Pronto.

—¿Qué te parece el viernes por la noche? Podríamos cenar en Maxim's antes de que me marche de París.

—Eso sería estupendo —dijo él sonriéndole cálidamente.

Y entonces ella se atrevió a preguntarle algo que intuyó no debería haber preguntado.

—¿Te has decidido ya?

—Del todo. —Se lo había temido. Entonces, él se volvió a mirarla y se echó a reír—. Mamá..., confía en mí.

Hubiera deseado poder hacerlo, pero tenía en la boca del estómago la profunda sensación de que su hijo estaba cometiendo un error. Y cuando se encontraron en Maxim's, el viernes por la noche, supo que tenía razón.

La joven era muy hermosa, desde luego. Poseía esa belleza fría que uno se imagina tienen las suecas. Era alta, delgada, con una piel cremosa y unos grandes ojos azules, y el cabello de un rubio pálido cayéndole directamente sobre los hombros. Dijo que había sido modelo ya a los catorce años, pero que luego intervino en películas, y se había dedicado a actuar desde los diecisiete años. Había intervenido en cinco películas en siete años, y Sarah recordó vagamente que se había producido un escándalo al descubrirse que se había acostado con un director cuando todavía era menor de edad. Luego se había publicado algo sobre su primer divorcio de un joven actor con una vida agitada. Su segundo esposo había sido una elección más interesante. Se había casado con un *playboy* alemán y había tratado de atraparlo por una gran cantidad de dinero. Pero Julian insistió en que ambos habían llegado a un compromiso y querían casarse en Navidades.

Sarah no se entusiasmó lo suficiente como para celebrarlo. Hubiera querido regresar a casa y echarse a llorar. Volvía a suceder. Uno de sus hijos caía ciegamente en la trampa tendida por otra persona y se negaba absolutamente a entenderlo. ¿Por qué no podía limitarse a tener una aventura con ella? ¿Por qué tenía que engañarse diciéndose que esta joven era la más adecuada para casarse? Evidentemente, no lo era, eso lo habría visto hasta un ciego. Sí, se trataba de una mujer increíblemente hermosa y muy sensual, pero la mirada de sus ojos era fría, y todo en ella daba la impresión de estar calculado y planificado. No había nada de espontáneo, de sincero o de cálido. Y por la forma en que miraba a Julian, Sarah sospechaba que le gustaba, que le deseaba, pero no le amaba. Todo lo que veía en aquella mujer sugería que se trataba de alguien acostumbrado a usar y tirar las cosas. Y él se engañaba a sí mismo al decirse que era una joven adorable y que la amaba.

—¿Y bien? —preguntó con expresión feliz una vez que Yvonne desapareció para empolvarse la nariz, después de cenar—. ¿No te parece fantástica? ¿No te gusta?

Estaba tan ciego que ella se exasperaba. Todos ellos lo estaban. Le dio unas palmaditas en la mano y le dijo que era una mujer muy hermosa, lo que era cierto. Al día siguiente, cuando él acudió a recoger algunos documentos a su despacho, trató de hablar del tema con discreción.

—Creo que el matrimonio es algo muy serio —empezó a decir con la sensación de tener cuatrocientos años y sentirse muy estúpida.

—Yo también lo creo —asintió él, extrañado de que su

457

madre se mostrara tan pedante. Eso no era propio de ella. Por lo general se mostraba muy directa, pero ahora temía serlo. Ya había aprendido esa lección una vez, por mucha razón que hubiera tenido, y no quería perderlo. Pero con Julian sabía que era diferente. Isabelle se había comportado como una joven ardiente, y Julian adoraba a su madre y era menos probable que la rechazara por completo—. Creo que vamos a ser muy felices —dijo con gran optimismo, lo que ofreció a Sarah la ocasión que necesitaba.

—Yo no estoy tan segura. Yvonne es una mujer insólita, Julian. Ha demostrado tener un carácter marcado por frecuentes alteraciones, y lleva diez años cuidando de sí misma. —Según había explicado, abandonó la escuela para dedicarse a trabajar como modelo—. Es una luchadora. Sabe cuidar de sí misma, incluso puede que mucho más que tú. No estoy segura de que busque lo mismo que tú en el matrimonio.

—¿Qué significa eso? ¿Crees que anda detrás de mi dinero?

—Es posible.

—Te equivocas —dijo Julian, mirándola enojado. Tratándose de él, no tenía razón para decirle aquello. Pero pensó que se lo decía porque era su madre—. Acababa de recibir medio millón de dólares de su esposo, en Berlín.

—Qué bien —dijo Sarah con frialdad—. ¿Y durante cuánto tiempo estuvieron casados?

—Durante ocho meses. Y lo abandonó porque él la obligó a abortar.

—¿Estás seguro? Los periódicos dijeron que lo hizo por irse con el hijo de un armador griego, que luego la dejó a su vez por una jovencita francesa. El grupo de gente con el que te relacionas es un tanto complicado.

—Ella es una mujer decente, y lo pasó mal. Nunca ha tenido a nadie que se ocupe de ella. Su madre era una prostituta, y nunca llegó a saber quién fue su padre, que las abandonó antes de que ella naciera. Su madre se despreocupó totalmente de ella cuando apenas tenía trece años. ¿Cómo puedes esperar que en una situación así fuera a algún internado para señoritas, como mi hermana?

A pesar de eso, su hermana también había cometido errores. Esta joven, en cambio, no estaba cometiendo ningún error, sino que tomaba decisiones inteligentes y calculadas. Y Julian era una de ellas. Podía verse con toda claridad.

—Espero que tengas razón, pero no quisiera verte desgraciado.

—Tienes que dejarnos llevar nuestras propias vidas —dijo él enojado—. No puedes decirnos lo que tenemos que hacer.

—Intento no decirlo.

—Lo sé —reconoció Julian haciendo un esfuerzo por calmarse. No deseaba enfrentarse con su madre, pero le entristecía que no se hubiera sentido más impresionada con Yvonne. Se había vuelto loco por ella desde que la conoció—. Lo que sucede es que siempre creíste saber lo que era bueno para nosotros, y a veces te equivocaste —añadió, aun admitiendo para sus adentros que eso no había sucedido con frecuencia, a pesar de lo cual él tenía el derecho de hacer lo que quisiera.

—Confío en equivocarme esta vez —dijo ella con tristeza.

—¿Nos darás tu consentimiento?

Eso significaba mucho para él. Siempre la había adorado.

—Si la quieres... —Se inclinó hacia él y lo besó, con lágrimas en los ojos—. Te amo tanto..., no quiero verte sufrir nunca.

—No lo permitiré —dijo él con una expresión radiante.

Se marchó entonces, y Sarah se quedó a solas en su apartamento durante largo rato, pensando en William, en sus hijos, y preguntándose por qué todos ellos eran tan estúpidos.

28

Julian e Yvonne contrajeron matrimonio en una ceremonia civil que se llevó a cabo en la *mairie* de La Marolle, en Navidad. Luego, todos regresaron al *château* y participaron en un almuerzo suntuoso. Hubo unos cuarenta invitados y Julian parecía muy feliz. Yvonne lucía un corto vestido de encaje beige de Givenchy, que a Sarah le recordó un poco el que llevó el día de su boda con William. Pero las similitudes terminaban ahí. Aquella mujer irradiaba una dureza y una frialdad que asustaban a Sarah.

Eso también fue igualmente evidente para Emanuelle, y las dos mujeres permanecieron juntas, riéndose y hablando en un rincón tranquilo.

—¿Por qué nos sucede siempre lo mismo? —preguntó Sarah sacudiendo la cabeza ante su amiga, que posó una mano sobre su hombro.

—Ya te lo dije..., cada vez que te miro agradezco a mi buena estrella el hecho de no tener hijos.

Pero eso no era cierto del todo. Había momentos en que la envidiaba, sobre todo ahora que empezaba a sentirse vieja.

—A veces me dejan asombrada. No lo comprendo. Ella es como el hielo, pero él está convencido de que lo adora.

—Confío en que nunca se vea obligado a ver la verdad —dijo Emanuelle serenamente, sin decirle a Sarah que le había comprado para la boda una sortija con un diamante amarillo de treinta kilates, y que también había pedido dos brazaletes a juego.

Ya había conseguido mucho, y Emanuelle estaba convencida de que eso no era más que el principio.

Isabelle también acudió a la boda, esta vez sin Lorenzo, y tenía muchas cosas que contar de la joyería en Roma. Todo funcionaba de forma brillante y solo le fastidiaba que tuvieran que gastar tanto dinero en seguridad. La situación en Italia hacía las cosas difíciles, con los terroristas, las Brigadas Rojas. Pero el negocio iba muy bien. Phillip tuvo incluso la gentileza de admitir que se había equivocado, pero no el ánimo suficiente para acudir a la boda de su hermano, algo que, por otra parte, a Julian no le importó. Lo único que veía, lo único que sabía y deseaba era a Yvonne. Y ahora ya era suya.

Iban a pasar la luna de miel en Tahití. Yvonne dijo que nunca había estado allí y siempre había querido hacer ese viaje. En el viaje de vuelta a casa pasarían por Beverly Hills para ver a tía Jane, a quien Sarah no había visto desde hacía años, pero con quien se mantenía en estrecho contacto, y Julian siempre había tenido espíritu familiar. Y además, Yvonne también quería ir a Beverly Hills.

Sarah les vio partir, junto con el resto de los invitados. Isabelle se quedó en el *château* hasta Año Nuevo, lo que agradó a Sarah. Celebraron el decimosexto cumpleaños de Xavier con él, e Isabelle comentó que resultaba difícil creer lo crecido que estaba. Todavía lo recordaba cuando era un crío, lo que hizo reír a Sarah.

—Pues imagínate lo que debo sentir yo cuando os miro a ti, a Julian y a Phillip. Parece como si fuera ayer cuando erais pequeños.

Sus pensamientos parecieron volar por un momento, pensando en William y en todos aquellos años. Habían sido tan felices...

—Todavía lo echas mucho de menos, ¿verdad? —preguntó Isabelle con suavidad, y Sarah asintió.

—Eso nunca desaparece, aunque una aprenda a vivir con ello.

Era como la pérdida de Lizzie. Nunca había dejado de quererla o de sentir su ausencia, pero había aprendido a vivir día tras día con ese dolor, hasta que se convirtió en una carga a la que se había acostumbrado. Pero la propia Isabelle también sabía ahora algo de eso. La ausencia de hijos en su vida era un dolor constante en su corazón, y el odio que sentía por Lorenzo pesaba en ella cada vez que lo pensaba, algo que, últimamente, era cada vez menos frecuente. Por suerte, estaba muy ocupada con la tienda como para pensar demasiado en otras cosas. A Sarah le encantaba haber tomado la decisión de abrir otra tienda en Roma para que la dirigiera Isabelle.

La entristeció verla partir y, después, la vida continuó su pacífico curso. Ese año pareció pasar volando, como sucedía siempre. Y entonces, sin esperarlo, en el verano, todos anunciaron su visita para el día de su cumpleaños. Iba a cumplir sesenta y cinco años, algo que, por alguna razón, ella temía, pero todos insistieron en ir al *château* y celebrarlo con ella, lo que constituyó su único consuelo.

—No soporto pensar que ya soy tan vieja —le admitió a Isabelle cuando llegaron.

En esta ocasión, Lorenzo tenía que venir, lo que no pareció nada agradable. Isabelle siempre se mostraba más tensa cuando él estaba presente, pero tenían mucho de que hablar sobre la tienda, y eso la mantuvo distraída.

Phillip y Cecily también acudieron, desde luego. Ella estaba muy animada y hablaba sin parar de su nuevo caballo. Se había relacionado con el equipo olímpico inglés de equitación, y ella y la princesa Ana acababan de regresar de Escocia, donde habían participado en una cacería. Eran viejas amigas de la escuela, y Cecily ni siquiera parecía querer darse cuenta de que Phillip ni la escuchaba ni hablaba con ella. Simplemente, ella seguía hablando. También vinieron sus hijos, Alexander y Christina. Ahora tenían catorce y doce años respectivamente, y Xavier se encargó de mantenerlos muy ocupados, aunque era mayor que ellos. Se los llevó a nadar a la piscina, jugó al tenis con ellos, y bromeó con ellos haciendo que le llamaran «tío» Xavier, lo que no dejó de divertirles.

Para acabar, llegaron Yvonne y Julian, en su nuevo y reluciente Jaguar. Ella estaba más guapa que nunca, y bastante lánguida. Sarah no supo decir si ello se debía al calor o al aburrimiento. Probablemente, no sería un fin de semana muy excitante para ninguno de ellos, y se sintió un poco culpable por el hecho de que hubieran venido por su causa. Al menos pudo hablarles del viaje que había hecho a Botswana con Xavier. Había sido fascinante, y hasta visitaron a unos parientes de William que vivían en Ciudad de El Cabo. Llevó pequeños regalos para todos, pero Xavier se trajo unos fósiles y rocas extraordinarios, algunas gemas raras en bruto y una colección de diamantes negros. El muchacho tenía una verdadera pasión por las piedras, un gran ojo para distinguirlas y un instinto inmediato para valorarlas, incluso sin montar, y para saber cómo habría que tallarlas para conservar su belleza. Le habían encantado, sobre todo, las minas de diamantes que visitaron en Johannesburgo, y trató de convencer a su madre para que trajeran a casa una tanzanita del tamaño de un pomelo.

—No tenía ni la menor idea de lo que hacer con ella —explicó, después de haberles contado esa historia.

—Pues ahora son muy populares en Londres —dijo Phillip, aunque no estaba de buen humor.

Nigel se había puesto enfermo hacía poco y hablaba ya de jubilarse a finales de ese mismo año, lo que eran malas noticias para Phillip. Le dijo a su madre que sería imposible sustituirlo después de todos aquellos años, pero ella no le recordó lo mucho que lo había odiado al principio. Si se marchaba, todos lo echarían de menos, y ella todavía confiaba en que no lo hiciera.

Siguieron hablando durante un rato sobre el viaje a África, mientras almorzaban, y luego se disculpó por aburrirles. Enzo se había quedado contemplando el cielo, y se dio cuenta de que Yvonne se mostraba inquieta.

Cecily dijo que quería ver los establos después del almuerzo, y Sarah le informó que no había nada nuevo allí, y que seguían estando los mismos, viejos y cansados caballos de siempre, a pesar de lo cual Cecily fue para allí. Lorenzo también desapareció para hacer una siesta, Isabelle quería mostrarle a su madre unos dibujos que había diseñado y Julian había prometido a Xavier y a los hijos de Phillip darles una vuelta en su nuevo coche, lo que dejó a Phillip y a Yvonne a solas, sintiéndose ambos un tanto incómodos. Él solo la había visto en una ocasión desde la boda, pero debía admitir que era una beldad. El cabello rubio era tan pálido que casi parecía blanco bajo el sol del mediodía. Le ofreció salir a dar un paseo por los jardines y, mientras caminaban, ella lo llamó «Su Gracia», algo que a él no pareció importarle aunque a ella le encantaba que la llamaran lady Whitfield. Le habló de su única y breve experiencia en Hollywood y él se mostró interesado, y a medida que caminaban y hablaban ella se acercaba cada vez más a él. Phillip percibía el olor del champú que había utilizado en su cabello y al mirarla desde su altura pudo observar por debajo del escote de su vestido. A duras penas podía controlarse mientras estaba allí, cerca de ella, de una mujer joven tan increíblemente sensual.

—Eres muy hermosa —dijo sin previo aviso y ella le dirigió una mirada casi tímida.

Se encontraban al fondo del jardín de rosas y el aire era tan caluroso y quieto que ella hubiera deseado quitarse la ropa.

—Gracias —dijo bajando los párpados, moviendo lentamente las largas pestañas.

Entonces, incapaz de contenerse, Phillip extendió una mano y la tocó. Fue algo casi más poderoso que él mismo, un deseo tan grande que no pudo controlarlo. Le introdujo una mano dentro del vestido y ella gimió, acercándose más a él, hasta apoyarse contra su cuerpo.

—Oh, Phillip... —exclamó dulcemente como si deseara que se lo volviera a hacer, como así fue, en efecto.

Le tomó los dos pechos en las manos y le acarició los pezones.

—Dios mío, eres tan encantadora... —susurró.

Y luego, poco a poco, la hizo estirarse sobre la hierba, a su lado, hasta que quedaron tumbados allí, sintiendo cómo la pasión iba aumentando en ellos, hasta que ambos casi estaban fuera de sí.

—No..., no podemos —dijo ella dulcemente mientras él tiraba de su tenue ropa interior de seda, por debajo de las rodillas—. No deberíamos hacerlo aquí...

465

Planteaba objeciones al lugar, pero no al acto o a la persona. Pero él sin embargo ya no podía detenerse. Tenía que poseerla allí mismo. Tenía la impresión de hallarse a punto de explotar de deseo por ella, y en ese momento, mientras estaban allí bajo el sol, nada podría haberle detenido. Al penetrar lentamente en su cuerpo, lentamente, con cuidado, y luego con una fuerza abrumadora, ella se apretó contra él, incitándole, provocándole, estimulándole con el deseo y luego burlándose hasta que él emitió un grito ahogado en el aire en calma, y todo hubo terminado.

Permanecieron jadeantes el uno junto al otro y él se volvió a mirarla, incapaz de creer lo que habían hecho, o lo extraordinario que había sido. Nunca había conocido a nadie como ella, y sabía que tenía que poseerla de nuevo, una y otra vez. Ahora, al mirarla, la quiso de nuevo y al sentir que su miembro se endurecía la penetró sin decir una sola palabra. Lo único que oía eran sus deliciosos gemidos, hasta que volvieron a correrse y entonces él la sostuvo en sus brazos.

—Dios mío, eres increíble —le susurró él, preguntándose al concluir si les habría oído alguien, pero sin que le preocupara mucho.

No le importaba nada que no fuera esa mujer que le arrastraba a la locura.

—Y tú también —dijo ella con la respiración entrecortada, como si notara todavía el movimiento del hombre en su interior—. Nunca había disfrutado así.

Phillip la creyó y entonces se le ocurrió algo y se apartó lentamente para observarla mejor.

—¿Ni siquiera con Julian? —Ella negó con la cabeza y hubo en sus ojos algo que le indicó a Phillip que no se lo estaba diciendo todo—. ¿Ocurre algo malo? —preguntó esperanzado.

Pero ella se encogió de hombros y se abrazó tiernamente al hermano mayor de su marido. Sabía desde hacía tiempo que un lord no era un duque y que el hermano mayor no era el segundón. Le gustaba la idea de llegar a ser una duquesa y no simplemente una dama.

—No es..., no es lo mismo —dijo tristemente—. No sé.

—Volvió a encogerse de hombros, con expresión apenada—. Quizá le suceda algo..., pero no tenemos vida sexual —susurró.

Phillip se la quedó mirando atónito, con una sonrisa de felicidad.

—¿Es verdad eso? —Parecía tan complacido. Julian era un impostor. Su reputación no significaba nada. Todos aquellos años odiándole no habían representado nada—. Qué extraño.

—A mí me pareció que quizá... fuera homosexual —dijo ella con expresión avergonzada, y la extremada juventud de aquella mujer le conmovió—. Pero no creo que lo sea. Creo que, simplemente, no es nada.

Casi varios miles de mujeres se habrían echado a reír estentóreamente de haberla oído hablar así, pero ella era mejor actriz de lo que ninguno de ellos se imaginaba, y sobre todo el propio Phillip.

—Lo siento mucho.

Pero no, no lo sentía. Estaba encantado. Y le resultó difícil apartarse de ella y ponerse las ropas. Él solo se había bajado la cremallera, pero tuvieron que buscar entre los rosales sus bragas de seda y, al descubrirlas, ambos se echaron a reír, preguntándose qué pensaría su madre si lo descubriera algún día.

—Me atrevería a decir que se imaginaría que el jardinero se había dedicado a divertirse un poco —dijo él con una mueca burlona.

Yvonne se echó a reír con tanta fuerza que volvió a dejarse caer sobre la hierba, rodando por ella, atrayéndole con sus largos y esbeltos muslos, y él volvió a poseerla sin vacilación.

—Creo que ahora deberíamos regresar —dijo él finalmente, con expresión apenada. Pero durante las dos últimas horas parecía haber cambiado toda su vida—. ¿Crees que podrías separarte de él esta noche, durante un rato? —preguntó, pensando por un momento adónde podrían ir.

Quizá a un hotel cercano. Y entonces se le ocurrió una idea mejor. A los viejos barracones que había en el establo. Todavía se guardaban allí docenas de colchones y las mantas que utilizaban para los caballos. Pero no podía soportar la idea de pasar una noche sin ella, y lo arriesgado del encuentro hacía que este fuera todavía más excitante.

—Puedo intentarlo —dijo ella insinuante.

Era lo más divertido que ella había hecho desde que contrajo matrimonio... lo más divertido... esta vez. Y esa era su especialidad: «la doble entente extraordinaria». Le encantaba. Su primer esposo había tenido un hermano gemelo, y ella se había acostado con su hermano y con su padre antes de abandonarlo. Klaus había sido más complicado, pero muy divertido. Y Julian era tierno, pero tan ingenuo... Ella se aburría desde mayo. Y Phillip era lo mejor que le había sucedido durante todo el año... y posiblemente en toda su vida.

Regresaron al camino, uno al lado del otro, rozándose las manos, aparentemente enfrascados en una conversación normal, aunque en voz baja ella le decía lo mucho que lo amaba, lo bueno que había sido, lo húmeda que estaba y cómo apenas si podía esperar a que llegara la noche. Cuando llegaron a la casa ya había vuelto a ponerlo fuera de sí. Estaba sonrojado e ido cuando Julian llegó conduciendo el Jaguar.

—¡Eh, hola! —gritó—. ¿Dónde os habíais metido?

—Estábamos admirando los rosales —contestó ella con dulzura.

—¿Con este calor? Pues sí que tenéis ánimos.

Los jóvenes bajaron del coche y él observó lo acalorado y cansado que parecía su hermano, y casi se echó a reír, aunque no lo hizo.

—Pobre, ¿no te ha aburrido mortalmente? —le preguntó a Yvonne una vez que Phillip se hubo marchado—. Es muy propio de él arrastrarte por toda la finca para contemplar los jardines, en un día tan caluroso.

—Tenía buenas intenciones —dijo ella, y subieron a su habitación para hacer el amor antes de cenar.

Aquella noche, la cena fue muy alegre. Todos habían pasado un buen día y estaban muy animados. Cecily se las había arreglado para encontrar unas sillas militares alemanas en el cobertizo y estaba fascinada con su descubrimiento, hasta el punto que le preguntó a Sarah si podía llevarse una a Inglaterra. Sarah le contestó que podía llevarse lo que quisiera. Xavier había obtenido permiso para conducir el coche de Julian; los niños más pequeños se lo habían pasado muy bien e Isabelle parecía estar relajada y feliz, a pesar de la presencia de Lorenzo. Los recién casados también parecían muy animados, y Phillip se mostraba bastante amable, lo que era un tanto insólito en él. Hasta Sarah daba la impresión de haberse reconciliado, en el día de su cumpleaños, con lo que ella denominaba «esas cifras apabullantes». Pero también se sentía feliz de verlos a todos, hasta el punto de que el día del cumpleaños le parecía menos importante. Y lamentaba que todos tuvieran que marcharse a la tarde siguiente. Sus visitas siempre eran muy cortas pero al menos eran bastante agradables, sobre todo después del regreso de Isabelle al rebaño.

Aquella noche, permanecieron sentados en el salón durante largo rato, Julian haciendo preguntas sobre la ocupación alemana, fascinado con alguna de las historias que ella contaba. Cecily quiso saber cuántos caballos habían alojado allí, y de qué clase. Yvonne se había quedado de pie detrás de Julian, frotándole los hombros. Enzo cabeceaba en un cómodo sillón e Isabelle jugaba a las cartas con su hermano menor, mientras Phillip tomaba un coñac, fumaba un puro y miraba por la ventana hacia los establos.

Y entonces Julian comprendió en qué pensaba Yvonne y ambos desaparecieron discretamente en dirección a su habitación, después de darle un beso de despedida a su madre. Cecily fue la que se marchó a continuación. Dijo sentirse todavía muy cansada después del reciente viaje a Escocia. Al poco, Phillip también desapareció. Enzo continuó dormitando e Isabelle y Sarah charlaron durante largo rato, mientras que Xavier subía a acostarse. La casa quedó en silencio y había una luna casi llena. Hacía una noche muy hermosa para el cumpleaños de Sarah. Habían comido pastel y tomado champaña y a ella le encantaba verse rodeada de sus hijos.

Mientras tanto, en una de las habitaciones, Yvonne utilizaba sus trucos más exóticos para dar placer a su marido. Había cosas que ella había aprendido en Alemania que le encantaba hacerle y que a él le enloquecían. Media hora más tarde estaba tan agotado y saciado que se quedó profundamente dormido,

469

ante lo que ella se deslizó a hurtadillas fuera de la habitación, con una sonrisa. Se había puesto unos pantalones vaqueros y una vieja camiseta y echó a correr hacia los establos.

Para entonces, Cecily también se había quedado dormida. Había tomado pastillas para dormir, algo que le gustaba hacer para asegurarse una buena noche de sueño. Creía que valía la pena soportar la resaca momentánea que experimentaba por la mañana. Roncaba plácidamente cuando Phillip abandonó el dormitorio. Llevaba todavía las mismas ropas que se había puesto para la cena. Conocía bien los caminos posteriores de la casa, y solo unas pocas ramitas crujieron bajo sus pies, pero no había nadie que pudiera oírlo. Entró en los establos por la puerta del fondo, tras detenerse un instante para adaptar su visión a la oscuridad.

Entonces la vio, a solo unos pocos pasos de distancia, hermosa y temblorosamente pálida bajo la luz de la luna, como un fantasma, totalmente desnuda, sentada a horcajadas sobre una de las sillas alemanas. Se colocó de pie detrás de ella y la apretó contra sí, manteniéndose de ese modo durante un rato, sintiendo el tacto satinado de su carne y el aumento del deseo en su interior. Luego la levantó de la silla y la llevó hasta uno de los colchones que había en el establo. Allí era donde habían vivido los soldados alemanes y donde ahora le hacía el amor, penetrándola y rogándole que nunca le abandonara. Permanecieron juntos durante horas, y mientras la sostenía entre sus brazos, Phillip sabía que su vida ya no volvería a ser igual. No podía serlo. No podía dejarla marchar... Era tan extraordinaria, tan rara, tan poderosa..., como si fuera una nueva droga que ahora necesitaba para seguir existiendo.

Isabelle fue a acostarse después de la una, tras haber despertado a Lorenzo, que seguía durmiendo en el salón, y que se disculpó, mientras subía la escalera, soñoliento, y Sarah se quedaba a solas, preguntándose qué iba a hacer con él.

No podían seguir así para siempre. Tarde o temprano tendría que aceptar que ella lo abandonara. La tenía como rehén, y Sarah no tenía la intención de permitirle seguir haciéndolo durante mucho tiempo. Se enfurecía solo de pensarlo. Isabelle era una mujer muy hermosa y tenía derecho a esperar de la vida algo más de lo que él le ofrecía. Había sido para ella tan malo como todos habían temido, e incluso peor.

Sumida en estos pensamientos, Sarah salió al patio, bajo la luz de la luna. Le recordó algunas de las noches de verano, durante la guerra, cuando Joachim todavía estaba allí y habían hablado hasta últimas horas de la noche de Rilke, Schiller y Thomas Mann, tratando de no pensar en la guerra, en los heridos o en si William vivía o había muerto. Al recordar ahora todo aquello empezó a caminar instintivamente hacia la casa del guarda. Ya no vivía nadie en ella y permanecía sin utilizar desde hacía tiempo. Ahora se había construido una nueva casita cerca de la verja de entrada, bastante más moderna. Pero había conservado la antigua por sentimentalismo. Allí habían vivido ella y William al principio de llegar, mientras trabajaban en el *château*, y Lizzie había nacido y muerto allí.

Todavía estaba pensando en aquella época, mientras daba un pequeño paseo antes de irse a dormir, cuando oyó un ruido al pasar junto a los establos. Fue un gemido, y por un momento se preguntó si algún animal se habría hecho daño. Conservaban allí media docena de caballos, por si alguien quería montar, aunque la mayoría eran viejos y no invitaban a ello. Abrió la puerta sin hacer ruido y parecía que no había nadie allí. Los animales daban la impresión de estar tranquilos. Entonces percibió de nuevo un sonido, procedente de los antiguos barracones. Parecían sonidos extraños y no podía imaginarse de qué se trataba. Avanzó lentamente hacia el lugar de donde procedían. Ni siquiera se le ocurrió tener miedo, o coger una horca o algo con lo que protegerse por si se trataba de un intruso o de un animal rabioso. Simplemente, entró en el establo de donde procedían, encendió la luz y se encontró con los cuerpos entrelazados de Phillip e Yvonne, ambos completamente desnudos, sin dejar el menor lugar a dudas sobre lo que estaban haciendo. Los miró fijamente, muda por un instante y vio la mirada de horror en el rostro de Phillip, antes de volverse, dándoles tiempo para que se vistieran, pero luego se giró de nuevo hacia ellos hecha una furia.

Primero se dirigió a Yvonne, sin la menor vacilación.

—¿Cómo te atreves a hacerle esto a Julian? ¿Cómo te atreves, furcia, con su propio hermano, en su propia casa, bajo mi techo? ¿Cómo has osado?

Pero Yvonne se limitó a echarse hacia atrás el cabello largo y se quedó donde estaba. Ni siquiera se había molestado en vestirse de nuevo, y permaneció allí, sin vergüenza, con toda su desnuda belleza.

—¡Y tú! —exclamó Sarah volviéndose entonces hacia Phillip—. Siempre moviéndote a hurtadillas, siempre engañando a tu esposa, consumido de celos por tu hermano. Me das náuseas. Me avergüenzo de ti, Phillip. —Luego los miró a los dos, temblando de ira, por Julian, por sí misma, por lo que hacían con sus vidas y su falta de respeto por todos aquellos que les rodeaban—. Si descubro que esto continúa, que vuelve a suceder, en cualquier parte, se lo diré inmediatamente a Cecily y a Julian. Y mientras tanto os habré hecho seguir.

No tenía la intención de hacerlo así, pero tampoco quería pasar por alto sus infidelidades, y mucho menos en su propia casa y a expensas de Julian, que no se lo merecía.

—Madre..., lo siento mucho —dijo Phillip, que se las había arreglado para cubrirse con una manta de caballo y se sentía mortificado por haber sido descubierto—. Fue una de esas cosas insólitas... No sé lo que ocurrió —balbuceó a punto de echarse a llorar.

—Ella sí lo sabe —dijo Sarah brutalmente, mirándola directamente a los ojos—. No se te ocurra hacerlo de nuevo —añadió observándola intensamente—. Te lo advierto.

Luego se dio media vuelta y se marchó. Y en cuanto se hubo alejado un poco, ya en el exterior, tuvo que apoyarse en el tronco de un árbol y se echó a llorar, de dolor, de vergüenza y de desconcierto por ellos y por sí misma. Pero mientras regresaba lentamente hacia el *château* no podía dejar de pensar en Julian y en el dolor que le esperaba. Qué estúpidos eran sus hijos. ¿Y por qué ella nunca había podido ayudarles?

29

Durante el trayecto de regreso a casa, desde el *château*, Yvonne se mostró insólitamente tranquila con Julian. No parecía alterada, pero no habló mucho. El día que se marcharon pareció existir un ambiente tenso, casi como antes de una tormenta, como le comentó inocentemente Xavier a su madre antes de que se fueran. Pero el tiempo era muy caluroso e implacablemente soleado. Sarah no había comentado nada con nadie sobre lo que había visto, pero Phillip e Yvonne lo sabían. Eso fue suficiente. Los demás se adaptaron al ambiente, ignorantes de lo sucedido la noche anterior en los establos, y era conveniente que fuera así. Todos se habrían quedado estupefactos, excepto quizá Lorenzo, que se habría divertido, y Julian que se habría sentido destrozado.

Al llegar a París, Julian le preguntó en un aparte a Yvonne si había ocurrido algo que la inquietara.

—No —contestó ella encogiéndose de hombros—. Solo estaba aburrida.

Pero esa noche, cuando intentó hacer el amor con ella, se resistió.

—¿Qué ocurre? —insistió en preguntarle.

Se había mostrado tan entusiasmada la noche anterior y ahora, de pronto, parecía tan fría. Siempre era impredecible y muy mercurial, aunque eso le gustaba. A veces, incluso le gustaba más cuando se resistía, lo que contribuía a hacerlo más excitante. Ahora reaccionó ante ella de esa manera, pero en esta ocasión su esposa no estaba jugando.

—Ya basta... Estoy cansada... Tengo dolor de cabeza.

Nunca había utilizado antes esa excusa, pero todavía se sentía muy molesta por lo ocurrido la noche anterior, con Sarah actuando como si fuera la dueña del mundo entero, amenazándoles, y Phillip comportándose ante ella como un niño. Se había enojado tanto que más tarde le dio un bofetón, ante lo que él se sintió tan excitado que volvieron a hacer el amor. No abandonaron los establos hasta las seis de aquella misma mañana. Ahora, estaba harta y molesta por el hecho de que todos ellos se sintieran tan afectados por su madre.

—Déjame sola —le repitió a Julian.

No eran más que hijos de mamá, incluida la condenada esnob de su hermana. Sabía que ninguno de ellos la había admitido a ella, pero eso no le importaba. Estaba consiguiendo lo que quería, y ahora quizá obtendría más si Phillip hacía lo que le había prometido y acudía a verla desde Londres. Todavía podía utilizar el viejo estudio que poseía en la Île Saint Louis, o verse en el hotel donde él se alojara, o hacer el amor con él aquí mismo, en la cama de Julian, sin que le importara nada de lo que había dicho aquella vieja bruja. Pero ahora no se sentía con ánimos para soportar a ninguno de ellos, y mucho menos a su propio esposo.

—Te deseo ahora... —siguió jugueteando Julian, excitado por su negativa, percibiendo algo animal y extraño, como un predador que se hubiera acercado demasiado a él. Era como si notara el aroma de otro e, instintivamente, deseara que se lo volviera a hacer a él—. ¿Qué ocurre? —siguió preguntando, tratando de excitarla con sus hábiles dedos.

Pero en esta ocasión ella siguió manteniéndolo a raya, lo que le pareció extraño.

—Hoy se me ha olvidado tomar la píldora —le dijo.

—Tómatela más tarde —replicó él con voz queda, frotándose contra ella.

Pero la verdad era que se le habían terminado el día anterior y ahora quería llevar cuidado durante unos pocos días. Ya había tenido abortos más que suficientes, y si había algo que no quería tener a su lado era mocosos, ni de Julian ni de nadie. Y si él se lo impedía, iría por su cuenta al médico y se haría ligar las trompas. Eso facilitaría las cosas pero, por el momento, no era fácil.

—La píldora no importa —dijo él que siguió jugando hasta que ella se dio la vuelta.

Y entonces, tal como le había sucedido a su hermano la noche anterior, se sintió abrumado de deseo por ella, como siempre les había sucedido a los hombres, desde que ella tenía doce años y empezó a saber qué era exactamente lo que querían. Sabía lo que Julian deseaba ahora, pero no se lo quería ofrecer. Prefería torturarlo. Permaneció con las piernas y los ojos muy abiertos y si él se le acercaba, le golpearía. Pero Julian ya no podía detenerse. Lo había empujado demasiado lejos, para luego negarse y ella permanecía allí tumbada, desnuda y encantadora, con las piernas abiertas, llamándole con su cuerpo al mismo tiempo que fingía lo contrario.

La poseyó con rapidez y dureza, sorprendiéndola con su fuerza, estremecida también de placer y más tarde lamentó lo estúpida que había sido. Pero siempre lo era y esta vez se sentía realmente enojada.

—¡Mierda! —exclamó rodando sobre sí misma, apartándose.

—¿Qué ocurre? —preguntó Julian, sintiéndose herido, dándose cuenta de que su esposa se comportaba de una forma muy extraña.

—Te dije que no quería. ¿Y si me quedo embarazada?

—¿Y qué? —replicó él con expresión divertida—. Tendríamos un hijo.

—No, no lo tendríamos —le espetó ella—. Soy demasiado joven... No quiero tenerlo ahora. Acabamos de casarnos.

Por el momento no estaba dispuesta a decirle nada más, aunque sabía lo mucho que él deseaba tener descendencia.

—Está bien, está bien. Vete a tomar un baño caliente o una ducha fría, o tómate una píldora. Lo siento.

Pero no tenía aspecto de sentirlo cuando la besó. Nada le habría gustado más que dejarla embarazada.

Sin embargo, tres semanas más tarde regresó a casa inesperadamente una tarde y la encontró vomitando en el cuarto de baño.

—Oh, pobre —dijo, ayudándola a regresar a la cama—. ¿Es algo que has comido o un resfriado?

Nunca la había visto tan enferma, al tiempo que ella le miraba con los ojos cargados de odio. Sabía muy bien lo que le pasaba. Ya era la séptima vez. Había tenido seis abortos en los últimos doce años, e iba a tener que someterse a otro en esta ocasión. Sentía náuseas desde el primer momento, casi desde la primera hora, y siempre sabía lo que le ocurría, como ahora.

—No es nada —insistió—. Estoy muy bien.

A Julian no le gustó tener que dejarla para regresar a la joyería. Aquella noche, él le preparó una sopa que ella también vomitó. A la mañana siguiente no estaba mucho mejor, así que regresó a casa temprano sin haber tomado la precaución de advertírselo antes. Yvonne no estaba en casa cuando contestó el teléfono, y la recepcionista de su médico llamaba para confirmar que el aborto se practicaría a la mañana siguiente.

—¿El qué? —gritó por el teléfono—. ¡Cancélelo inmediatamente! Ella no irá.

Luego llamó al despacho, canceló sus compromisos para el resto de la tarde y se sentó a esperarla. Ella regresó a las cuatro, y no estaba preparada para afrontar su furia nada más entrar en el apartamento.

—Tu médico ha llamado —explicó y ella lo miró preguntándose si estaba enterado, pero solo dudó un instante. Después de mirarle comprendió que él lo sabía y también se dio cuenta de lo que sentía al respecto. Estaba lívido—. ¿Por qué no me dijiste que estabas embarazada?

—Porque es demasiado temprano..., no estamos preparados todavía y... —le miró preguntándose si la creería—. El médico me dijo que era demasiado pronto después del aborto al que me obligó Klaus.

Julian casi estuvo a punto de creerlo, pero entonces recordó cuándo había sucedido eso.

—Fue el año pasado.

—Todavía no me he recuperado por completo —dijo ella y empezó a llorar—. Quiero tener un hijo, Julian, pero todavía no.

—A veces no somos nosotros los que tomamos esas decisiones, y cuando se presenta la ocasión tenemos que aprovecharla. No quiero que te sometas a ningún aborto.

—Pues lo haré —afirmó ella mirándolo con determinación.

No iba a permitir que la convenciera de lo contrario. Además, no era el mejor momento para quedar embarazada. Phillip no tardaría en venir a verla y no quería tener un vientre enorme o un niño al final, ni nada de las dos cosas. Lo quería fuera de su cuerpo, ahora mismo o por lo menos a la mañana siguiente.

—No voy a permitir que lo hagas.

Discutieron durante toda la noche, y al día siguiente él se negó a ir a trabajar, por temor a que ella lo aprovechara para ir al médico. Al darse cuenta de lo serio que se ponía, ella empezó a mostrarse cada vez más sórdida. Tenía la impresión de estar luchando por su propia vida, así que cortó por lo sano, mientras él la escuchaba.

—Maldita sea, voy a desembarazarme de él sin que importe lo que hagas... Probablemente ni siquiera es tu hijo.

Estas palabras lo dejaron perplejo y se hundieron en su corazón como un cuchillo. Retrocedió ante ella, como si hubiera recibido un disparo, incapaz de creerla.

—¿Me estás diciendo que es hijo de otro? —preguntó mirándola horrorizado y extrañado.

—Podría ser —asintió ella inexpresiva e insensible.

—¿Te importa que te pregunte de quién? ¿Acaso ha vuelto por aquí ese mierda de griego?

Lo había visto en un par de ocasiones antes de que se casaran, y sabía que a Yvonne le parecía muy atractivo. Pero, de repente, a ella le pareció que todo aquello era como una gran broma. Probablemente, su hijo sería el próximo duque de Whitfield, no hijo del segundón, sino hijo de Su Gracia, del propio duque de Whitfield. Sin poderlo evitar, se echó a reír al pensarlo, se puso histérica y entonces, fuera de sí, Julian le dio un bofetón.

—¿Qué te sucede? ¿Qué has estado haciendo?

Pero para entonces ella ya había abandonado las apariencias. Sabía que había perdido la partida con Julian en cuanto se negó a tener su hijo. Ahora ya no podría sacarle nada más. El juego había terminado. Había llegado el momento de concentrarse en Phillip.

—En realidad —dijo mirándole con una mueca endiablada y burlona—, me he estado acostando con tu hermano. La criatura es probablemente suya, así que no tienes por qué preocuparte.

Julian no podía dejar de mirarla, horrorizado, sumido en el dolor. Se sentó sobre la cama y se echó a reír, al mismo tiempo que lloraba, mientras ella no dejaba de mirarle.

—Esto sí que es divertido —exclamó él limpiándose los ojos, aunque ahora ya no reía.

—¿Verdad que sí? A tu madre también se lo pareció. —Decidió decírselo todo ahora. Ya no le importaba. Nunca lo había amado. Había estado bien durante un tiempo pero ahora ambos sabían que ya todo había terminado—. Nos descubrió en los establos del *château*. Follando —dijo relamiéndose con la palabra y con la imagen que esta transmitía.

—¿Mi madre está enterada de esto? —preguntó él horrorizado—. ¿Quién más lo sabe? ¿Lo sabe la esposa de Phillip?

—No tengo ni idea —contestó ella encogiéndose de hombros—. Supongo que deberíamos decírselo, si es que voy a tener este bebé.

Al decirle estas palabras lo estaba poniendo a prueba, porque no quería tener un hijo de nadie, a menos naturalmente que Phillip consintiera en divorciarse de Cecily y casarse con ella. En tal caso quizá admitiera dar a luz. Si contaba con un incentivo suficientemente poderoso, quizá lo consintiera.

Julian la miraba con expresión desgarrada.

—Mi hermano se hizo una vasectomía hace años porque su esposa no quería tener más hijos —dijo en tono indiferente—. ¿Acaso no te lo dijo? ¿O no se molestó en hacerlo?

Julian sabía ahora cuándo había ocurrido y podía estar seguro de que se trataba de su hijo. Todo había ocurrido la noche en la que ella se había olvidado de tomar la píldora y la había forzado. Pero entonces se le ocurrió pensar algo más y la miró con expresión de cólera y odio.

—No comprendo cómo has podido hacerme esto ni por qué. Yo jamás te habría hecho una cosa así. —Y no lo habría hecho porque él era una persona decente—. Pero te voy a decir algo ahora, y será mejor que me creas. Si te casaste conmigo por mi dinero, no tendrás un maldito céntimo mío a menos que tengas ese niño. Si te libras de él me ocuparé de que no consigas jamás un céntimo, ni de mí, ni de mi familia, y te aconsejo que no te engañes, porque mi hermano tampoco te ayudará. Ese niño que llevas dentro es una persona, tiene una vida real..., y es mío. Y lo quiero. Una vez que lo hayas tenido, podrás marcharte. Puedes ir detrás de Phillip si así lo quieres. De todos modos, él nunca se casará contigo. No tiene agallas suficientes para abandonar a su esposa. Pero podrás hacer lo que quieras, y te ofreceré una asignación decente, incluso grande. Pero si matas a mi hijo, Yvonne, todo habrá terminado. No verás un céntimo mío. Y lo digo muy en serio.

—¿Me estás amenazando? —preguntó, mirándole con tanto odio que incluso le resultó difícil pensar que ella le hubiera amado alguna vez.

—Sí, te amenazo. Te digo que si no tienes ese bebé, si lo pierdes, aunque sea por accidente, no te voy a dar un céntimo. Consérvalo, procura darlo a luz, entrégamelo a mí y podrás divorciarte, obtener una asignación generosa, con honor... ¿De acuerdo?

—Tendré que pensármelo.

Él se levantó de la cama, cruzó la habitación hacia ella, sintiéndose violento con una mujer por primera vez en su vida, la agarró por el cabello rubio y tiró de él, echándole la cabeza hacia atrás.

—Pues será mejor que te lo pienses rápido, porque si te libras de mi bebé te juro que te mato.

La arrojó lejos de sí, con un empujón, y luego abandonó la casa. Estuvo fuera durante muchas horas, bebiendo y llorando, y cuando regresó estaba tan borracho que casi se había olvidado de la rabia que sentía, aunque no del todo. A la mañana siguiente, ella le dijo que seguiría adelante y tendría el niño. Pero que antes quería llegar con él a un acuerdo por escrito. Le dijo que llamaría a sus abogados en cuanto llegara a su despacho, pero le dejó bien claro que tenía que vivir con él. Podía instalarse si quería en la habitación de los invitados, pero deseaba saber si cuidaba de sí misma y quería estar presente cuando tuviera el niño.

Ella le miró con expresión venenosa y luego dijo algo con un tono de voz duro y maligno que no dejó en su mente la menor duda acerca de lo que sentía por él o por su bebé.

—Te odio.

Y odió también cada instante de su embarazo. Phillip acudió a visitarla por primera vez desde hacía varios meses, pero finalmente, después de Navidades, resultó demasiado violento. Había dejado de ser una diversión para él, y la situación era demasiado complicada. No le importó saber que Julian estaba enterado de todo; antes al contrario, eso le agradó. Pero sabía que su madre también estaba enterada, y no quería tener que enfrentarse con ella. Le dijo a Yvonne que se marcharían juntos de vacaciones en el mes de junio, una vez que hubiera dado a luz. Después de eso, ella odió todavía más a Julian. En su opinión, él lo había echado todo a perder, y le impedía conseguir todo lo que deseaba. Deseaba a Phillip más que a nada en la vida y quería ser su duquesa. Él le había dicho que finalmente abandonaría a su esposa, pero que en aquellos momentos no era oportuno pues su madre se encontraba muy enferma y estaba terriblemente alterada, y con el bebé en camino... Le dijo que esperara y que mantuviera la calma, y el oírle decir eso no hizo sino ponerla más histérica y enojada con Julian. Luego empezó a llamar a Phillip casi a diario, bromeando con él, burlándose. Lo llamaba al despacho, a casa, y en los momentos más incómodos posible le recordaba las cosas que habían hecho juntos y, de nuevo, él volvía a rogarle, palpitante, anhelante y apenas si podía esperar a que llegara el mes de junio. Yvonne había logrado volverle loco de nuevo, y ahora la espera hasta junio ya no le parecía a ella tan dolorosa. Hablaban por teléfono a diario, a veces incluso en varias ocasiones, y siempre de sexo, mientras ella le decía las cosas que le haría cuando se marcharan juntos, una vez que tuviera el niño. Eso era lo que Phillip quería de ella, y le encantaba.

Ella y Julian apenas se dirigían la palabra. Yvonne se instaló en otra habitación y se sentía tan mal como indicaba su aspecto. Estuvo vomitando durante seis meses, y al cabo de dos meses volvió a sentir arcadas. Julian estaba convencido de que ello se debía al resentimiento y a la cólera. Veía en la cuenta telefónica las constantes llamadas que hacía a Phillip, pero no decía nada. No tenía ni la menor idea de lo que ocurriría entre ellos y trataba de decirse a sí mismo que no le importaba, pero en el fondo sí le importaba. Toda aquella experiencia había sido increíblemente dolorosa. Y lo único que le consolaba era saber que el niño iba a nacer y que sería suyo. Ella no deseaba la custodia del niño, ni derechos de visita, ni que se le garantizara ningún derecho sobre él. El bebé sería por completo de Julian. A cambio de un millón de dólares. O lo tomas o lo dejas. Y Julian aceptó pagarlos, aunque después de que ella hubiera dado a luz.

Solo mantuvo una conversación con su madre acerca de todo el asunto. Tuvo que hacerlo, aunque solo fuera para explicarle por qué vendería algunas de las acciones que poseía de la compañía. Pagarle a Yvonne agotaría por completo todos sus ahorros, pero sabía que valía la pena.

—Siento haberme metido en este jaleo —se disculpó un día ante Sarah.

Ella le dijo que eso era absurdo, que se trataba de su vida y que no tenía que disculparse ni justificarse ante nadie.

—Tú eres el único que ha salido herido con todo esto. Y lo único que siento es que haya ocurrido —le dijo.

—Yo también..., pero al menos tendré a mi hijo —dijo, sonriendo con tristeza y regresando a la guerra fría que se desarrollaba en su apartamento.

Ya había contratado a una niñera para el bebé, había dispuesto a tal fin una habitación, e Isabelle le había prometido venir desde Roma para ayudarle. No sabía cómo cuidar a un niño, pero estaba dispuesta a aprender. Yvonne ya había dicho que, cuando saliera del hospital, iría directamente a su propio apartamento. El trato se cerraría entonces, y en su cuenta bancaria habría un millón de dólares más.

No esperaban al niño hasta el mes de mayo, pero a finales de abril ella empezó a preparar sus cosas, como si ya no pudiera esperar más a marcharse. Julian la observó, desconcertado.

—¿Es que no sientes nada por este niño? —preguntó tristemente, si bien lo que quería preguntar era si no sentía nada por él mismo.

Pero ya hacía tiempo que sabía la respuesta a esa pregunta. Lo único que a ella le preocupaba era Phillip.

—¿Y por qué iba a sentirlo? Nunca lo he visto.

No tenía instintos maternales, ni remordimientos por lo que le había hecho a él. Ahora solo le interesaba continuar su relación con Phillip, quien le dijo que había hecho reservas en Mallorca para la primera semana de junio. A ella no le importaba adónde irían, siempre y cuando estuviera con él. Iba a procurar conseguir todo aquello que deseaba.

El primero de mayo, Julian recibió una llamada en su despacho. Lady Whitfield acababa de ingresar en la clínica de Neuilly, la misma en la que él había nacido, a diferencia de su hermano más emprendedor y de su hermana, que nacieron con ayuda de su padre en el *château*.

Emanuelle le vio marchar y le preguntó si deseaba que lo acompañara, pero él negó con un gesto de la cabeza y salió presuroso hacia su coche. Media hora más tarde ya estaba en el hospital, paseando arriba y abajo, esperando a que le dejaran entrar en la sala de partos aunque, por un momento, temió que Yvonne no se lo permitiera. Pero una enfermera se le acercó minutos después, le entregó una bata de algodón verde y lo que parecía un gorro de ducha, le indicó dónde podía ponérselo y después lo condujo a la sala de partos, donde Yvonne lo miró con abierta expresión de odio, entre los dolores de las contracciones.

—Lo siento...

Experimentó una pena momentánea por ella e intentó tomarla de la mano, pero ella la retiró y se agarró a la mesa. Las contracciones eran terribles, pero la enfermera dijo que todo iba bien y con rapidez, a pesar de ser su primer hijo.

—Espero que sea rápido —le susurró a Yvonne, sin saber qué otra cosa decirle.

—Te odio —le espetó ella entre los dientes apretados, tratando de recordar que le pagarían un millón de dólares por esto, y que valía la pena.

Era una forma infernal de hacerse con una fortuna.

Las cosas se hicieron más lentas durante un rato, le pusieron una inyección y el parto se prolongó mientras Julian permanecía sentado, nervioso, preguntándose si todo estaba saliendo bien. Le parecía tan extraño estar allí, con esta mujer a la que ya no amaba, que sin duda alguna le odiaba, mientras ambos esperaban el nacimiento de su hijo. Era algo surrealista, y lamentó entonces no haberle pedido a nadie que le acompañara. De repente, se sintió muy solo.

El parto se reanudó y Julian tuvo que admitir que se sentía desconsolado por ella, que ofrecía un aspecto horrible. La naturaleza desconocía la indiferencia que ella sentía por este niño, o el hecho de que no fuera a tenerlo a su lado, a pesar de lo cual le estaba haciendo pagar un precio por ello. El parto se prolongó dolorosamente y durante un tiempo ella olvidó incluso el odio que sentía por Julian y le permitió que la ayudara. Le sostuvo las manos, y todos los presentes en la sala de partos la animaron hasta el anochecer. Entonces, de repente, se oyó un largo y tenue lloriqueo y un diminuto rostro rojo apareció crispado, mientras el médico lo extraía. Los ojos de Yvonne se llenaron de lágrimas al mirarlo y sonrió por un instante. Después volvió la cabeza, para apartar la mirada, y el médico le entregó el niño a Julian, que lloraba abiertamente, sin vergüenza alguna. Julian se puso a acunar al pequeño con el rostro muy cerca del suyo, y el recién nacido dejó de llorar en cuanto oyó su voz.

—¡Oh, Dios, es tan hermoso! —dijo contemplando con asombro a su hijo.

Luego, dulcemente, se lo entregó a Yvonne, pero ella sacudió la cabeza y la giró hacia otro lado. No quería ver al pequeño.

Permitieron a Julian llevarse al niño a la habitación, y lo sostuvo allí entre sus brazos, durante horas, hasta que trajeron a Yvonne. Ella le pidió que saliera para poder llamar a Phillip. Le dijo a la enfermera que llevara a la criatura a la sala de recién nacidos y que no se lo volvieran a traer. Miró después al hombre cuyo hijo acababa de dar a luz, y con el que se había casado, pero en su rostro no se reflejó ninguna emoción.

—Supongo que esto es el adiós —dijo ella tranquilamente.

No le tendió la mano, ni le echó los brazos al cuello; no había ninguna esperanza y Julian se sintió triste por ambos, a pesar de la llegada del bebé. Había sido un día muy intenso para él, y lloraba sin remilgos, mirándola.

—Siento mucho que las cosas hayan salido así —dijo apesadumbrado—. El niño es tan hermoso, ¿no te parece...?

—Supongo que sí —dijo ella encogiéndose de hombros.

—Cuidaré mucho de él —le susurró Julian.

Se acercó y la besó en la mejilla. Había tenido un parto doloroso y prolongado, y ahora abandonaba a su hijo. Eso le desgarraba el corazón a Julian, pero no a Yvonne. El único que lloraba era él. Ella le miró sin ningún sentimiento antes de que Julian se marchara.

—Gracias por el dinero.

Eso era todo lo que él había significado para ella. Se marchó entonces, dejándola para que siguiera su propia vida.

Yvonne abandonó el hospital al día siguiente. El dinero ya había sido depositado en su cuenta bancaria esa mañana. Fiel a su palabra, le había pagado un millón de dólares por traer al mundo a su hijo.

Julian se llevó al pequeño a casa, donde estaba ya la enfermera. Le llamó Maximillian, o Max. Sarah acudió desde el *château*, acompañada por Xavier, para conocerlo, e Isabelle voló desde Roma esa noche, y lo sostuvo en brazos durante horas en la mecedora. En su corta vida ya había perdido a su madre, pero había ganado una familia que lo adoraba y que lo había esperado amorosamente. A Isabelle se le desgarró el corazón de anhelo mientras lo sostenía.

—Tienes mucha suerte —le susurró a su hermano esa noche, mientras ambos contemplaban a Max, que dormía plácidamente.

—No lo habría pensado así hace seis meses —le dijo Julian—, pero ahora sí lo creo. Me parece que todo ha valido la pena.

Se preguntaba adónde habría ido Yvonne, cómo estaría, si lo lamentaba, pero no creía que fuera así. Esa noche, tumbado en la cama, no podía dejar de pensar en su hijo y en lo afortunado que había sido al tenerlo.

30

Ese año, la familia volvió a reunirse para el cumpleaños de Sarah, aunque no estuvieron presentes todos. Yvonne se había marchado, claro está, y Phillip se mantuvo discretamente alejado, tras excusar su asistencia, diciendo que estaba muy ocupado en Londres. Sarah había recibido de Nigel, que seguía trabajando, el rumor de que Phillip y Cecily habían iniciado el proceso de separación, pero no le dijo nada a Julian.

Julian acudió con Max, acompañado por una enfermera, aunque él mismo se encargaba de realizar la mayor parte del trabajo de cuidarlo. Admirada, Sarah le vio cambiarle los pañales, bañarlo, alimentarlo y vestirlo. Lo único doloroso era ver cómo lo observaba Isabelle. En sus ojos aún había aquella mirada de anhelo que a Sarah le llegaba hasta el fondo del alma. Pero ahora tenían más libertad para hablar, puesto que ese verano había venido sin Lorenzo. También fue un verano especial para todos ellos, porque era el último que Xavier pasaría en casa. Empezaría a estudiar en Yale con un año de antelación, en otoño, a los diecisiete años, y Sarah se sentía muy orgullosa de él. Se licenciaría en ciencias políticas y, al mismo tiempo, se diplomaría en geología. Y ya hablaba de pasar su año de prácticas en alguna parte de África, dedicado a trabajar en un proyecto interesante.

—Te vamos a echar mucho de menos —le dijo Sarah, y todos se mostraron de acuerdo con ella.

Sarah ya había decidido que pasaría más tiempo en París y menos en el *château*, por lo que no estaría tan sola... A los sesenta y seis años, le gustaba afirmar que ellos ya dirigían por completo los negocios, a pesar de lo cual seguía ejerciendo un fuerte control, igual que Emanuelle, que acababa de cumplir sesenta, algo que a Sarah le resultaba incluso más difícil de creer que su propia edad.

Xavier estaba entusiasmado con la perspectiva de estudiar en Yale, y Sarah no podía culparle por ello. Estaría en casa por Navidades, y Julian le había prometido visitarlo cuando tuviera que ir a Nueva York por negocios. Los dos hablaban de ello, mientras Sarah e Isabelle paseaban por el jardín y charlaban un rato. Isabelle le preguntó discretamente qué ocurría con Phillip. Había oído el rumor de su separación y el verano anterior también habían llegado a ella, a través de Emanuelle, rumores sobre su relación con Yvonne.

—Es un asunto muy feo —dijo Sarah con un suspiro, todavía conmocionada por lo ocurrido.

Pero Julian parecía haber salido bastante entero de la situación, sobre todo ahora que tenía al bebé.

—No te hemos hecho la vida fácil, ¿verdad, mamá? —preguntó Isabelle apesadumbrada, ante lo que su madre sonrió.

—Tampoco habéis dejado que la vida sea fácil para vosotros —dijo haciendo reír a Isabelle.

—Hay algo que quiero decirte.

—¿De veras? ¿Acaso Enzo está por fin de acuerdo en dejarte libre?

—No —contestó Isabelle negando con la cabeza mirando a su madre a los ojos. Sarah observó que su mirada parecía más serena de lo que había estado en mucho tiempo—. Estoy embarazada.

—¿Que estás qué? —Esta vez, Sarah se quedó desconectada. Creía que no había la menor esperanza—. ¿De veras? —Pareció extrañarse y luego entusiasmarse. La rodeó con sus brazos—. ¡Oh, cariño, eso es maravilloso! —Luego, apartándose de ella, la miró un tanto intrigada—. Creía..., ¿qué ha dicho Lorenzo? Debe de estar fuera de sí.

Pero la perspectiva de cimentar el matrimonio no representaba una buena noticia para Sarah.

Isabelle se echó a reír de nuevo, a pesar de sí misma, ante lo absurdo de la situación.

—Mamá, no es suyo.

—Oh, querida. —Las cosas volvían a complicarse. Se sentó sobre un pequeño muro de piedra y miró a Isabelle—. ¿Qué has hecho últimamente?

—Él es un hombre maravilloso. Llevamos saliendo juntos desde hace un año. Mamá..., no puedo evitarlo. Tengo veintiséis años y no puedo seguir llevando esta vida vacía... Necesito a alguien a quien amar, alguien con quien hablar.

—Comprendo —dijo ella con serenidad. Y, en efecto, la comprendía. A ella misma le disgustaba saber lo sola que se encontraba Isabelle y la poca esperanza que había para ella—. Pero ¿un niño? ¿Lo sabe Enzo?

—Se lo dije. Esperaba que eso le enfurecería lo suficiente como para marcharse, pero dice que no le importa. Todo el mundo pensará que es suyo. De hecho, la semana pasada se lo dijo a unos amigos, que lo felicitaron. Está loco.

—No, loco no, sino avaricioso —dijo Sarah con naturalidad—. ¿Y el padre de la criatura? ¿Qué dice él? ¿Quién es?

—Es un alemán, de Munich. Es el director de una importante fundación y su esposa es una persona importante que no quiere divorciarse. Él tiene treinta y seis años y tuvieron que casarse cuando él tenía diecinueve. Llevan vidas totalmente separadas, pero ella no quiere pasar por una situación embarazosa como un divorcio. Al menos por el momento.

—¿Y qué le parece a él la embarazosa situación de tener un hijo ilegítimo? —preguntó Sarah con franqueza.

—No le hace mucha gracia, como a mí tampoco. Pero ¿qué otra cosa puedo hacer? ¿Crees acaso que Lorenzo se irá alguna vez?

—Podemos intentarlo. ¿Y qué me dices de ti? —preguntó, mirando inquisitivamente a su hija—. ¿Eres feliz? ¿Es esto lo que quieres?

—Sí, realmente lo amo. Se llama Lukas von Ausbach.

—He oído hablar de su familia, aunque eso no significa nada. ¿Crees que se casará contigo algún día?

—Si puede, sí —contestó, siendo sincera con su madre.

—¿Y si no puede? ¿Y si su esposa no le da su libertad? ¿Qué harás entonces?

—Entonces, al menos, tendré un hijo.

Lo había deseado tanto... sobre todo después de haber visto a Julian con Max.

—Y a propósito, ¿para cuándo lo esperas?

—Para febrero. ¿Vendrás? —preguntó Isabelle con suavidad y su madre asintió.

—Desde luego. —Le conmovió que se lo pidiera. Entonces se preguntó algo, y lo expresó en voz alta—: ¿Está enterado Julian de esto? —Los dos siempre habían estado muy unidos. Era difícil creer que no lo supiera. Isabelle dijo que se lo había comunicado esa misma mañana—. ¿Y qué dice?

—Que estoy tan loca como él —contestó Isabelle sonriendo.

—Debe de ser algo genético —dijo Sarah volviendo a levantarse.

Regresaron dando un paseo por el parque del *château*. Desde luego, de una cosa podía estar segura: sus hijos nunca se aburrirían.

En septiembre, Xavier se marchó a Yale, tal y como estaba planeado, y Julian fue a verle a New Haven en octubre. Le iban bien las cosas, le gustaba la universidad, tenía dos compañeros de cuarto muy agradables y una novia muy atractiva. Julian los invitó a cenar y se lo pasaron bien. A Xavier le encantaba vivir en Estados Unidos, y tenía la intención de ir a California a visitar a su tía para el día de Acción de Gracias.

Cuando Julian regresó a París se enteró de que Phillip y Cecily se divorciaban, y en Navidades vio una fotografía de su hermano y de su ex esposa en el *Tatler*. Se la mostró a Sarah cuando ella pasó por la joyería, y ella frunció el ceño. No le agradó nada verla.

—¿Supones que se casará con ella? —le preguntó a Emanuelle cuando hablaron más tarde del asunto.

—Es posible. —Ya no tenía en él la fe que había tenido en otros tiempos, sobre todo a la vista de lo ocurrido últimamente—. Incluso es posible que lo haga para perturbar a Julian.

Los celos que sentía por su hermano nunca disminuían; antes al contrario, habían ido en aumento con el transcurso de los años.

Xavier vino por Navidades y los días parecieron pasar volando, como siempre por esas fechas. Al marcharse para regresar a la universidad, Sarah se trasladó a Roma, para cuidar de la joyería y ayudar a Isabelle a prepararse para el parto.

Marcello todavía estaba allí, trabajando muy duro, mientras Isabelle se preparaba para irse. Tal y como había sucedido desde el principio, el negocio seguía una trayectoria floreciente. Sarah sonrió al ver a su hija, y dio instrucciones a todo el mundo, ¡en italiano! Estaba muy hermosa y más bonita de lo que la había visto en mucho tiempo, aunque absolutamente enorme. Le hizo pensar en sí misma cuando estaba embarazada de sus propios hijos, que siempre fueron muy grandes. Pero Isabelle parecía sentirse extraordinariamente feliz.

Poco después de llegar, Sarah invitó a su yerno a almorzar. Acudieron a El Toulá, y poco después del primer plato abordó el tema que le interesaba. En esta ocasión, no se mordió la lengua con Lorenzo.

—Mira, Lorenzo, tú y yo ya somos bastante maduros. —Él tenía una edad cercana a la de ella, e Isabelle se había casado nueve años antes. Parecía un alto precio a pagar por un error de juventud, y estaba ansiosa por ayudar a poner fin a la situación—. Tú e Isabelle no habéis sido felices desde hace mucho tiempo. Este hijo es..., bueno, los dos conocemos muy bien la situación. Ya va siendo hora de llamar a las cosas por su nombre, ¿no te parece?

—Mi amor por Isabelle no terminará nunca —dijo él con expresión melodramática, ante lo que Sarah tuvo que hacer un esfuerzo supremo para no perder la paciencia.

—Estoy segura de ello. Pero debe de ser bastante doloroso para los dos, y, desde luego, para ti. —Decidió cambiar de táctica y tratarlo como la parte herida—. Y ahora esta situación embarazosa para ti, con la llegada del pequeño. ¿No crees que ha llegado el momento de hacer una buena inversión y permitir que Isabelle lleve una nueva vida?

No sabía qué otra cosa podía decirle. Preguntarle «cuánto» habría sido demasiado burdo, aunque tentador. Lamentaba más que nunca que William no estuviera allí para ayudarla, pero Enzo comprendió la cuestión sin mayores dificultades.

—¿Inversión? —preguntó, mirándola esperanzado.

—Sí, pensaba que, teniendo en cuenta tu posición, sería bueno que dispusieras de algunas acciones inglesas o italianas, si lo prefieres así.

—¿Acciones? ¿Cuántas?

Había dejado de comer para no perderse ni una palabra de lo que ella le estaba diciendo.

—¿En cuántas estás pensando tú?

Sin dejar de mirarla, hizo un vago gesto italiano.

—*Ma*... No lo sé... ¿Cinco..., diez millones de dólares?

La estaba tanteando, pero ella negó con la cabeza.

—Me temo que no. Uno o dos, quizá. Pero, desde luego, no más.

Se habían iniciado las negociaciones y a Sarah le gustaba cómo se desarrollaban las cosas. Lorenzo era caro, pero también lo bastante codicioso como para hacer lo que ella deseaba.

—¿Y la casa en Roma?

—Eso tendré que discutirlo con Isabelle, claro está, pero estoy segura de que ella podrá encontrar otra.

—¿Y la casa de Umbria?

Por lo visto, lo quería todo.

—Pues, no lo sé, Lorenzo. Tendremos que discutir todo eso con Isabelle.

Él asintió, sin mostrarse en desacuerdo con ella.

—Ya sabes que el negocio, quiero decir, la joyería, está funcionando muy bien aquí.

—Así es —dijo ella sin entrar en detalles.

—Me interesaría mucho convertirme en socio vuestro.

Sarah hubiera querido levantarse en ese momento y abofetearlo allí mismo, pero no lo hizo.

—Eso no será posible. Estamos hablando de una inversión en efectivo, no de formar parte de una sociedad.

—Entiendo. Tendré que pensármelo.

—Espero que lo hagas —dijo Sarah con serenidad.

Al recibir la cuenta, él no hizo ningún ademán de hacerse cargo de ella. Sarah no le comentó a Isabelle nada sobre ese almuerzo. No quería despertar falsas esperanzas por si acaso él decidía no aceptar la oferta y mantener el statu quo. Pero esperaba fervientemente que lo aceptara.

Todavía faltaba un mes para que naciera el niño, e Isabelle ya estaba ansiosa por presentarle a Lukas, que había alquilado un apartamento en Roma durante dos meses, dedicado a supervisar un proyecto allí, para poder estar con ella cuando diera a luz. Sarah no pudo por menos que mostrarse de acuerdo con ella. Esta vez había elegido bien. El único inconveniente que tenía Lukas era su esposa y su familia en Munich.

Era un hombre alto, de rasgos angulosos, con aspecto joven y el cabello negro como el de Isabelle; le encantaba vivir al aire libre, esquiar y los niños, el arte y la música, y poseía un maravilloso sentido del humor. Trató de convencer a Sarah para que abriera una tienda en Munich.

—Eso ya no depende de mí —dijo ella echándose a reír, aunque Isabelle la amonestó con un dedo levantado.

—Oh, sí, claro que depende de ti, mamá, y no finjas que no es así.

—Bueno, al menos no depende solo de mí.

—¿Qué te parece entonces la idea? —insistió su hija.

—Creo que todavía es demasiado pronto para tomar esa decisión. Y si vas a abrir una tienda en Munich, ¿quién dirigirá la de Roma?

—Marcello puede hacerlo con los ojos cerrados sin mi presencia. Y le cae bien a todo el mundo.

A Sarah también le gustaba aquel hombre, pero abrir otra tienda ahora era una decisión importante.

Pasaron una velada espléndida los tres juntos, y más tarde Sarah le dijo a Isabelle que le había gustado mucho Lukas. Después de eso, tuvo otro almuerzo con Lorenzo, quien, por el momento, no había tomado una decisión. Sarah le preguntó discretamente a su hija qué pensaba de las dos casas, y esta admitió que las odiaba, y que no le importaba que Enzo se las quedara, siempre y cuando le diera la libertad que deseaba.

—¿Por qué? —le preguntó a su madre.

Sarah se mostró evasiva. Pero en esta ocasión, durante el almuerzo, se sacó de la manga el as que tenía preparado y le recordó a Lorenzo que Isabelle tenía motivos para buscar la anulación del matrimonio en la Iglesia católica, sobre la base del fraude, alegando que él se había casado sabiendo que era estéril pero habiéndoselo ocultado a Isabelle. Al decírselo, lo observó con firmeza y casi se echó a reír, esperando ver su expresión de pánico. Él intentó negar que lo hubiera sabido, pero Sarah se mantuvo firme en su postura y no le dejó escapar. Redujo su oferta de dos a un millón de dólares, y le ofreció las dos casas. Él dijo que le haría saber su decisión, y dejó que pagara la cuenta antes de desaparecer.

Julian les llamaba todos los días para saber cómo estaba Isabelle y si ya había nacido el pequeño. A mediados de febrero, Isabelle estaba ya medio histérica. Lukas tenía que regresar a Munich en el término de dos semanas, y ella no hacía sino engordar, sin que llegara el bebé. Había dejado de trabajar y no tenía nada que hacer, excepto comprar bolsos y comer helados.

—¿Y por qué bolsos? —le preguntó su hermano, extrañado, preguntándose si no habría desarrollado un nuevo fetichismo.

—Porque es lo único que puedo llevar. Ni siquiera me vienen bien los zapatos.

Julian se echó a reír y luego se puso serio diciéndole que Yvonne le había llamado para comunicarle que se casaba con Phillip en abril.

—Eso será muy interesante en los próximos años —le dijo tristemente a su hermana—. ¿Cómo explicarle a Max que su tía es realmente su madre, y viceversa?

—No te preocupes por eso. Quizá para entonces ya le hayas encontrado una nueva madre.

—A eso me dedico —dijo tratando de no dar importancia alguna a sus palabras, aunque ambos sabían que todavía se sentía profundamente alterado por Yvonne y Phillip. Había sido un golpe terrible para él, y un bofetón horrible que había recibido de su hermano Phillip, que era realmente la verdadera razón por la que lo había hecho, junto con el hecho de que la ex esposa de Julian le había vuelto literalmente loco—. Ha tenido que odiarme siempre mucho más de lo que yo creía —le comentó apenado a su hermana.

—A quien más odia en el mundo es a sí mismo —dijo ella muy sabiamente—. No sé por qué tiene que ser así. Quizá quiso tener a mamá para sí solo durante la guerra o algo así. La verdad es que no lo sé. Pero sí puedo decirte una cosa: no es feliz. Y tampoco va a serlo con ella. La única razón por la que se casa con él es para convertirse en la duquesa de Whitfield.

—¿Crees que es así?

Todavía no estaba seguro de saber si eso hacía que la situación le pareciera mejor o peor, pero al menos ofrecía una explicación.

—Estoy totalmente convencida —contestó Isabelle sin la menor vacilación—. En cuanto lo conoció, casi se podían oír las campanillas anunciándole que había llegado la gran ocasión de su vida.

—Bueno, de todos modos, esta vez se lleva una burra mala —dijo riendo y haciéndola reír a ella.

—Parece que empiezas a sentirte mejor.

—Espero que tú también te sientas mejor dentro de muy poco. Anda, hazme caso y saca a ese bebé de una vez —dijo bromeando.

—¡Lo intento!

Ella hizo todo lo que pudo. Caminaba muchos kilómetros todos los días acompañada por Lukas, e iba de compras con su madre. Hacía ejercicio y nadaba en la piscina de unos amigos. El niño debía haber nacido hacía tres semanas y ella aseguraba que iba a volverse loca. Y entonces, por fin, un buen día, después de uno de aquellos interminables paseos, y un buen plato de pasta en una *trattoria*, empezó a notar que algo sucedía. Se encontraban en el apartamento de Lukas, donde ella se alojaba ahora. Ni siquiera había hablado con Lorenzo desde hacía dos semanas y no tenía ni la menor idea de en qué andaba metido, cosa que tampoco le importaba lo más mínimo.

Esa noche, en cuanto Isabelle le dijo algo, Lukas la obligó a levantarse y la hizo caminar por el apartamento, insistiendo en que eso aceleraría las cosas. Ella llamó a su madre al hotel y Sarah acudió en un taxi. Permanecieron sentados hasta la medianoche, bebiendo vino y hablando y para entonces Isabelle estaba como distraída. No se reía de sus bromas, ni prestaba mucha atención a lo que decían, y se irritó cuando Lukas quiso saber cómo se sentía.

—Estoy muy bien.

Pero no era ese el aspecto que ofrecía. Sarah intentaba decidir si debía quedarse o no. No quería meterse entre ellos, y justo cuando ya había decidido irse Isabelle rompió aguas y, repentinamente, los dolores aumentaron. Eso hizo pensar a Sarah en el pasado, cuando la propia Isabelle nació con tanta fuerza y rapidez, pero había sido su cuarto hijo, mientras que, en esta ocasión, para ella era el primero. No era probable que las cosas se produjeran con tanta velocidad.

Cuando llamaron al médico en la clínica Salvator Mundi, este les dijo que acudieran enseguida, y que no esperaran más tiempo. Cuando ya se marchaban hacia la via delle Mura Gianicolensi, en el coche de Lukas, Sarah miró a su hija con excitación. Finalmente iba a tener el bebé que tanto había esperado. Solo esperaba que algún día pudiera tener también a Lukas. Se lo merecía.

Las enfermeras del hospital fueron muy amables e instalaron a Isabelle en su habitación, que era muy moderna. Se trataba de una suite grande, de aspecto agradable, y ofrecieron café a Sarah y a Lukas mientras se ocupaban de Isabelle, que ya se sentía muy incómoda. Una hora más tarde dijo que sentía una presión terrible. Lukas le hablaba continuamente, le tenía cogidas las manos, le limpiaba la frente y los labios con paños húmedos. No la dejó a solas ni un momento, hablándole continuamente, mientras Sarah les observaba. Era precioso verlos tan cerca el uno del otro, tan enamorados, y en algún momento se acordó de ella misma con William. Lukas no era un hombre tan distinguido, ni tan atractivo o alto, pero era un buen hombre, amable e inteligente, y era obvio que amaba a su hija. A medida que se relacionaba con él, le gustaba más.

Por fin, Isabelle empezó a empujar, encogida en la cama, a ratos la sostenía Lukas, y luego ella se volvía a tumbar, mientras él le agarraba por los hombros. Lukas se mostró incansable, y Sarah inútil. Entonces, Isabelle empujó con más fuerza y toda la habitación pareció bullir de actividad y ánimos, hasta que finalmente vieron la cabeza. Sarah fue la primera en ver salir a la criatura. Se trataba de una pequeña niña que se parecía mucho a Isabelle. Sarah se echó a llorar y miró a su hija, a quien le corrían lágrimas de alegría por la cara, mientras Lukas la sostenía y ella, a su vez, sostenía a su bebé en brazos. Fue una escena muy hermosa, un momento inolvidable y al amanecer, cuando Sarah entraba en su hotel, se sintió inundada de amor y de ternura por ellos.

A la mañana siguiente, cuando llamó a Lorenzo para pedirle que viniera a verla, decidió pagarle lo que le pidiera. Pero él había comprendido su postura durante el último almuerzo. Quería las dos casas, y acordaron finalmente tres millones de dólares. Era un alto precio para desembarazarse de él, pero Sarah no dudó ni por un instante que valiera la pena.

Esa tarde, en el hospital, se lo comunicó a Isabelle, y una enorme sonrisa de alegría apareció en su rostro.

—¿Lo dices en serio? ¿Estoy libre?

Sarah asintió y se inclinó para besarla. Isabelle dijo que era el mejor regalo que podía haberle hecho. Y Lukas le sonrió, con la niña entre sus brazos.

—Quizá quiera venir conmigo a Alemania, Su Gracia —le dijo esperanzado, y Sarah se echó a reír.

Lukas prolongó su estancia en Roma durante otras dos semanas, pero luego tuvo que volver a Alemania para atender sus asuntos. Sarah se quedó hasta que Isabelle salió del hospital y la ayudó a encontrar una nueva casa. La abuela estaba enamorada de su nieta. Sus dos últimos nietos le habían producido una gran emoción, y hablaba entusiasmada de ellos con Emanuelle. El pequeño Max era lo más lindo que hubiera visto desde que Julian empezara a corretear, y la pequeña Adrianna era una verdadera belleza de criatura.

Ese año, por el cumpleaños de Sarah, se reunió un grupo de lo más interesante. Isabelle acudió sola con su hija, y Julian con Max. Xavier estaba en África para pasar el verano, pero envió dos enormes esmeraldas para su madre, con instrucciones exactas acerca de cómo tallarlas. Formarían dos sortijas macizas y cuadradas, y creía que sería fabuloso que ella se pusiera una en cada mano. Sarah le explicó la idea a Julian mientras le mostraba las piedras, y su hijo quedó impresionado. Eran verdaderamente hermosas.

Phillip acudió con Yvonne, lo que no resultó nada fácil para Julian, pero ahora ya se habían casado. Y Sarah percibió que hubo una cierta mezquindad en su hijo mayor como para presentarse en el *château* con ella y mostrarla delante de Julian, pero este manejó la situación bastante bien, como solía hacer. Era una persona tan decente que hasta le habría resultado difícil no hacerlo así. Resultó interesante observar que Yvonne no demostró el menor interés por el hijo que había dado a luz el año anterior. Ni siquiera lo miró mientras estuvo allí. Se pasó la mayor parte del tiempo dedicada a vestirse y maquillarse, a quejarse de su habitación, bien porque estuviera demasiado caliente o demasiado fría, o de la doncella que no la había ayudado. A Sarah le pareció que llevaba una cantidad exorbitante de joyas, lo que le pareció intrigante. Evidentemente, estaba haciéndole gastar a Phillip todo su dinero en ella, y obligaba a todos a llamarla Su Gracia, constantemente, lo que no dejaba de divertirles, sobre todo a Sarah, que también la llamaba así, sin que Yvonne pareciera darse cuenta de que todos se burlaban, incluido Julian.

Pero, como siempre, fue Isabelle quien la sorprendió una tarde en que ella y Sarah estaban jugando en el prado con Adrianna. La niña ya tenía seis meses y empezaba a gatear, y se hallaba muy ocupada tratando de comerse una hoja de hierba cuando Isabelle le dijo a su madre que volvía a estar embarazada, y que, esta vez, el bebé nacería en el mes de marzo.

—Supongo que Lukas es el padre, ¿verdad? —preguntó con expresión serena.

—Desde luego —asintió Isabelle riendo.

Lo adoraba y nunca había sido más feliz. Lukas se pasaba

la mitad del tiempo en Roma y la otra mitad en Munich, y esa situación parecía funcionar muy bien, a pesar de que él seguía casado.

—¿Existe alguna posibilidad de que se divorcie pronto? —inquirió su madre, pero Isabelle, sincera, negó con la cabeza.

—No lo creo. Creo que ella está dispuesta a hacer todo lo que pueda para resistirse.

—¿No se da cuenta de que él ha formado otra familia? ¿Y que va a tener dos hijos? Eso podría inducirla a aceptar el divorcio.

—Todavía no lo sabe —dijo Isabelle—. Pero Lukas dice que se lo dirá si tiene que hacerlo.

—¿Estás segura, Isabelle? —preguntó Sarah—. ¿Y si no la abandona nunca, y si te quedas sola para siempre con tus hijos?

—En ese caso los amaré, y seré feliz de haberlos tenido, como tú cuando tuviste a Phillip y a Elizabeth, y papá estuvo ausente durante la guerra, y ni siquiera sabías si volverías a verlo. A veces, no hay garantías —dijo sabiamente. A medida que transcurría el tiempo, se iba haciendo más madura—. Estoy dispuesta a aceptar esa posibilidad.

Sarah la respetó por ello. Desde luego, su vida no era nada convencional, pero sí honesta. Y hasta la propia sociedad romana parecía haber aceptado lo ocurrido. Ella había vuelto a trabajar a ratos en la joyería, y también en el diseño de joyas, y las cosas rodaban perfectamente bien. Todavía hablaba de inaugurar una sucursal en Munich. Quizá si se casaba con Lukas decidieran abrir una tienda allí. En esa ciudad había algunas personas muy expertas, y un excelente mercado para la joyería de lujo.

Isabelle esperaba su divorcio para finales de ese mismo año, lo que significaba que su bebé no llevaría el apellido de Enzo, que representaba otro obstáculo a superar, pero Isabelle parecía bien preparada para afrontarlo. Sarah no se sentía preocupada por ella cuando voló a Roma, llevándose a Adrianna. Una vez que se hubieron marchado, se encontró sola, pensando, como hacía con frecuencia, en las interesantes vidas que llevaban. Interesantes, sí, pero no fáciles.

31

Tres años más tarde, Xavier se graduó en Yale con honores, y su familia cruzó el océano para estar presente, o al menos la mayoría de sus miembros. Sarah y Emanuelle llegaron juntas. Julian también acudió, naturalmente, llevando consigo a Max, que ya tenía cuatro años y se hallaba muy ocupado destruyendo todo lo que encontraba a su paso. Isabelle también fue, pero no llevó a sus hijos. Estaba embarazada de nuevo, y ya casi estaban acostumbrados a verla en ese estado. Este sería su tercer hijo en cuatro años. Adrianna y Kristian se habían quedado en Munich, con su padre. Lukas todavía tenía que divorciarse de su esposa, pero Isabelle parecía haber aceptado la situación. Como cabía predecir, Phillip e Yvonne no se molestaron en ir. Ella estaba en un balneario en Suiza y él dijo hallarse muy ocupado, pero le envió a Xavier un reloj de la nueva línea Whitfield's, diseñado por Julian.

Fue una ceremonia encantadora en Yale y más tarde todos fueron a Nueva York y se alojaron en el hotel Carlyle. Julian seguía bromeando con Xavier, diciéndole que había llegado el momento de que abriera una tienda en Nueva York, ante lo que su hermano, muy diplomáticamente, le dijo que quizá lo hiciera algún día, pero todos sabían que antes quería recorrer el mundo. En cuanto saliera de Nueva York, se dirigiría de regreso a Botswana, vía Londres, para desde allí volar a Ciudad de El Cabo. Y lo único que deseaba hacer durante los próximos años era encontrar piedras raras para Whitfield's. Después quizá decidiera instalarse, pero no hizo promesas que no pudiera cumplir. Se sentía demasiado feliz en una jungla, con un pico, un rifle y una mochila para aceptar tan pronto la responsabilidad de dirigir una tienda como las de París, Londres y Roma. Prefería dedicarse a vagabundear y explorar, en alguna parte de la selva. Eso le cuadraba más y le respetaban por ello, aunque, desde luego, él era diferente.

—Creo que eso se debe al sombrero a lo Davy Crockett que solías ponerte cuando eras pequeño —bromeó Julian—. Creo que te afectó al cerebro o algo así.

—Tuvo que ser así —asintió Xavier sonriente y despeinado, como iba siempre.

Era un joven atractivo, y de todos ellos el que más se parecía a William, aunque en otro sentido fuera el menos parecido a él. Había tenido una novia muy interesante en Yale. Ella iniciaría sus estudios en la facultad de Medicina de Harvard durante el otoño, pero mientras tanto había estado de acuerdo en unirse a él en Ciudad de El Cabo. Por el momento, sin embargo, no había nada serio, y Xavier solo se interesaba por sus viajes y su pasión por las piedras. Para su graduación, Sarah se puso las dos enormes sortijas de esmeraldas que él le había regalado. De hecho, se las ponía casi a diario, y le encantaban.

Isabelle y Julian consiguieron una niñera para Max y se las arreglaron para tomar una copa esa noche en el Bemelmans Bar, mientras Bobby Short tocaba en la sala contigua, donde estaban Sarah y Emanuelle. Xavier se había ido a Greenwich Village, a cenar con su novia.

—¿Crees que se casará contigo alguna vez? —le preguntó Julian a su hermana, observando el grueso vientre.

Pero ella se limitó a sonreír y se encogió de hombros.

—¿Quién sabe? No creo que eso siga preocupándome más. Estamos prácticamente casados. Él siempre está ahí cuando lo necesito y los niños se han acostumbrado a verle ir y venir.

Ahora, cada vez que podía, ella se pasaba mucho tiempo en Munich, con Lukas. Era una situación perfectamente cómoda a la que incluso la propia Sarah se había adaptado. La esposa de Lukas estaba enterada de la existencia de Isabelle desde hacía dos años, a pesar de lo cual se resistía a divorciarse de él. Tenían asuntos familiares muy complicados y unos terrenos en el norte en los que habían invertido juntos, y ella hacía todo lo posible por comprometer el dinero de él e impedirle de esa manera que se divorciara.

—Quizá algún día. Mientras tanto, somos felices.

—Lo pareces —tuvo que admitir su hermano—. Te envidio por tener tantos hijos.

—¿Y qué me dices de ti? Hasta Roma han llegado algunos rumores —bromeó.

—No creas nada de lo que leas en los periódicos.

Pero se ruborizó al decirlo. A sus casi treinta y seis años, no había vuelto a casarse, aunque había una mujer de la que estaba muy enamorado.

—Vale, entonces dime la verdad. ¿Quién es ella?

—Consuelo de la Varga Quesada. ¿Te suena ese nombre?

—Un poco. ¿No fue su padre embajador en Londres hace unos pocos años?

—En efecto. Su madre es estadounidense, y creo que podría ser una prima lejana de mamá. Consuelo es maravillosa. La conocí el invierno pasado, cuando fui a España. Es artista, pero también es católica y yo soy un hombre divorciado. No creo que sus padres se mostraran muy entusiasmados cuando se lo dijo.

—Pero tú no te casaste por la Iglesia católica, así que, para ellos, nunca has estado casado.

Después de su divorcio con Lorenzo, casi se había convertido en una experta sobre ese tema. Esa parte de su vida, al menos, había quedado atrás.

—Eso es cierto, pero creo que se muestran prudentes. Ella solo tiene veinticinco años y..., oh, Isabelle, es una mujer muy dulce. Te encantará conocerla.

Julian le mostró una fotografía y parecía una jovencita. Tenía unos enormes ojos pardos, un largo cabello moreno y una tez suave y olivácea que le daba un aspecto ligeramente exótico.

—¿Esto va en serio?

De ser así, se trataría de la primera relación realmente seria que hubiera tenido desde Yvonne. Durante largo tiempo, se había dedicado de nuevo a jugar.

—Me gustaría que lo fuera, pero no sé qué van a pensar sus padres sobre mí, o qué dirá ella misma.

—Deberían sentirse muy felices. Eres el hombre más agradable que conozco, Julian —le dijo su hermana, besándole tiernamente.

Siempre le había querido mucho.

—Gracias.

A la mañana siguiente todos volvieron a marcharse, como pájaros que siguen su propio destino. Julian a París, y después a España. Isabelle a Munich, para estar con Lukas y sus hijos. Sarah y Emanuelle de regreso a París. Y Xavier a Ciudad de El Cabo, con su novia.

—Realmente, parecemos un grupo de aves migratorias, diseminados por todo el mundo, como nómadas —comentó Sarah mientras el Concorde despegaba.

—Yo no diría eso —dijo Emanuelle sonriéndole.

Ella y el ministro de Finanzas estaban a punto de emprender unas largas vacaciones. La esposa de él había muerto ese mismo año, y acababa de pedirle que se casara con él, lo que a ella le produjo una verdadera conmoción, después de todos aquellos años. Pero se sentía muy tentada a aceptar. Llevaban juntos desde hacía tanto tiempo, que realmente le amaba.

—Deberías casarte con él —le aconsejó Sarah mientras tomaban champaña y caviar.

—Después de todos estos años, el aura de respetabilidad puede ser una novedad excesiva para mí.

—Inténtalo —dijo Sarah dándole unas palmaditas en la mano.

Cuando llegaron, Sarah regresó al *château*, pensando en sus hijos. Solo confiaba en que Isabelle no tuviera que esperar para casarse tanto tiempo como había esperado Emanuelle. Le extrañaba ahora pensar en Emanuelle como una mujer casada... Eran amigas desde hacía tantos años, habían llegado tan lejos, y habían aprendido tanto juntas.

32

Sarah se encaminó otra vez hacia la ventana, para así observarlos a todos. Qué divertidos eran…, y qué diferentes, y cómo los quería. No pudo dejar de sonreír al verlos bajar de los coches. Phillip e Yvonne del Rolls, ella con un aspecto hermoso, excesivamente ataviada y muy enjoyada como siempre. A sus treinta y cinco años, iba madurando bien, y todavía parecía una jovencita de veinte, pero se tomaba muchas molestias para conseguirlo, como le ocurría en todo lo que hacía. Solo pensaba en sí misma y en lo que deseaba, y nada más. Phillip ya había aprendido esa lección hacía mucho tiempo. Después de nueve años todavía se sentía entusiasmado con ella, pero su duquesa solo era una bendición a medias para él. Había veces en que se preguntaba si Julian no se había sentido realmente contento por haberse librado de ella. Y pensarlo le desilusionaba.

Isabelle llegó inmediatamente después, en una absurda camioneta que habían alquilado en el aeropuerto. Ella y Lukas se dedicaron a descargar cochecitos de niño, bicicletas y cosas para bebés. Venían acompañados por sus tres hijos, y los dos del matrimonio anterior de él. Isabelle levantó la mirada hacia la ventana del primer piso, como si percibiera que Sarah estaría allí, pero no la vio. Le sonrió un momento a Lukas, que le entregó el niño y llevó sus maletas al interior del *château*. Sus hijos charlaban en voz alta y echaron a correr escalera arriba, preguntándose dónde estaría la abuela, cada vez más alborotados antes de encontrarla. Isabelle se detuvo un momento y le sonrió a Lukas, mientras el ruido que producían sus hijos en los salones dejaba oír sus ecos hasta donde ellos estaban. Su matrimonio con él había sido finalmente muy fructífero.

Julian llegó en el Mercedes 600 que su suegro había insistido en regalarle. Era un coche imposible, necesitado constantemente de reparaciones, pero muy hermoso, y cabían todos sus hijos. Consuelo sostuvo las manos de las dos niñas y Julian la ayudó a bajar. Las niñas lo siguieron, riendo felices, como solía hacer su padre de pequeño. Julian bromeaba con Max, que ya tenía nueve años y era muy guapo. Y, al volverse, pudo observarse el abultado vientre de Consuelo, que indicaba un embarazo ya bastante avanzado. La criatura nacería en otoño. Sería su tercer hijo en cuatro años. Habían estado muy ocupados.

Y por último llegó Xavier, con la mochila sobre el brazo, en un viejo jeep que había tomado prestado en alguna parte. Mostraba un intenso bronceado y se había convertido ya en un hombre fuerte y recio. Sarah lo miró, abrumada por los recuerdos. Si se le acercara un poco más, habría pensado que era William que acudía a su lado.

Ahora, mientras los miraba a todos, pensó en él, en la vida que compartieron, en el mundo que habían construido, los hijos a los que habían amado, y que habían salido al mundo por su propio pie, habían tropezado, y se habían vuelto a levantar por sí mismos. Todos ellos eran personas fuertes, buenas y queridas. Algunos más que otros; a unos resultaba más fácil comprenderlos, o amarlos. Pero ella los quería a todos. Y al pasar de nuevo ante la mesa donde estaban las fotografías, se detuvo para contemplarlas... William..., Joachim y Lizzie... Ellos también estaban allí, en su corazón. Siempre estarían. Luego, había una fotografía de ella, en brazos de su madre..., recién nacida... hoy hacía ya setenta y inco años.

Increíble. Resultaba extraño comprobar qué rápido pasaba todo, cómo volaba el tiempo..., con lo bueno y lo malo, lo débil y lo fuerte, las tragedias y las victorias, las pérdidas y ganancias.

Oyó una suave llamada en la puerta de la habitación. Era Max, que venía acompañado de sus dos hermanas pequeñas.

—Te estábamos buscando —dijo con excitación.

—Me alegro mucho de que hayáis venido —dijo Sarah sonriéndole.

Caminó hacia él, con aspecto orgulloso, alta y fuerte. Lo levantó en alto para darle un fuerte abrazo, y luego besó a sus dos hermanas.

—¡Feliz cumpleaños! —gritaron al unísono.

Levantó la mirada y vio a Julian ante la puerta, y a Consuelo..., a Lukas y a Isabelle, a Phillip y a Yvonne, a Xavier... Y si cerraba los ojos, todavía podía ver a William. Aún podía sentirlo allí, con ella, como siempre había estado, a su lado, en su corazón, en cada momento de su vida.

—¡Feliz cumpleaños! —gritaron todos al mismo tiempo.

Y ella les sonrió, incapaz de creer que aquellos setenta y cinco preciosos años hubieran podido pasar tan rápidamente.

Este libro ha sido impreso en los talleres
de Novoprint S.A.
C/ Energía, 53 Sant Andreu de la Barca
(Barcelona)